MOEWIG
MEMOIREN

Salvador Dali

So wird man Dali

Zusammengestellt und präsentiert von André Parinaud

MIT 35 ORIGINALZEICHNUNGEN

MOEWIG

Dalis „paranoia-kritische Methode“ (siehe unsere Übersetzung) wird in der Fachliteratur sehr häufig auch als „paranoisch-kritische Methode“ oder als „kritische Methode der Paranoia“ bezeichnet.

Der Verlag

Titel der Originalausgabe: Comment on Devient Dali
Aus dem Französischen von Franz Mayer

Lizenzausgabe mit Genehmigung des Verlags Fritz Molden
Umschlagfoto: dpa
Umschlagentwurf und -gestaltung: Franz Wöllzenmüller, München
Verkaufspreis inkl. gesetzl. Mehrwertsteuer
Auslieferung in Österreich:
Pressegroßvertrieb Salzburg, Niederalm 300, A-5081 Anif
Printed in Germany 1981
Druck und Bindung: Mohndruck Graphische Betriebe GmbH, Gütersloh
ISBN 3-8118-4107-6

Inhalt

Vorwort

Dieses Buch ist ein Dali-Roman. Wenn sein Held, Dali, in der ersten Person spricht, so ist das nur ein stilistischer Kunstgriff. Dali sagt nie *je*, sondern *jeux*.* Denn Dali ist das Ja und das Nein, der Widerspruch selbst, die Herausforderung. Wenn Dali „ich" sagt, so spricht nicht Dali, sondern nur *ein* möglicher Dali, den ich kenne und aus den tausend anderen, die er verkörpert, heraushöre.

Hätte Nietzsche Dali gekannt, er müßte das Gefühl gehabt haben, in ihm seinem Übermenschen (seinem Zarathustra) zu begegnen: in seinem Willen zur Macht nämlich, in seinem ständigen Hinauswachsen über sich selbst, seinem überwachen Verstand, der Herausforderung, die er fortwährend dem Tod, der Moral, dem Establishment, den Menschen entgegenschleudert. Die Geschichte, wie sie uns in der Literatur oder in legendären Erinnerungen überliefert ist, kennt nur wenige Beispiele einer Existenz, die sich so ohne Scham in ihrer extremsten Maßlosigkeit behauptet, und einer Intelligenz, deren Schärfe sich bis zum Paroxysmus hellsichtigen Deliriums zu steigern weiß. In mehr als einer Hinsicht ist das Phänomen Dali exemplarisch: Der Künstler ist ungeheuer, der Psychologe eine unerschöpfliche Fundgrube, der Intellektuelle enzyklopädisch; der Mensch ist faszinierend, sein Erfolg glorreich. Nach zwanzig Jahren einer aufmerksamen Beziehung zu ihm bin ich so neugierig wie am ersten Tag.

Dali hat eine hohe Zeit seines Lebens erreicht. Er wendet sich mit einem Herrscherblick zurück, um abzuwägen. Man baut ihm ein Museum in Figueras. Unter den lebenden Künstlern gehört er zu denen, die die höchsten Preise erzielen. Aber er ist noch immer der in Gala Verliebte, der leidenschaftliche Katalane, der paranoia-kritische Surrealist und das dem Lebensgenuß am meisten zugeneigte Wesen, das man sich denken kann.

Salvador Dali hat schon in verschiedenen Werken Fragmente seiner Erinnerungen und Gedanken wiedergegeben, und zahllose Interviews

* *je* – ich; *jeux* – Spiele

haben die Konfetti seiner Betrachtungen über unsere Zeit ausgestreut. Hier werden jedoch zum erstenmal alle Elemente seines erregenden Lebens mit einem Blick zusammengefaßt, damit man sie durchdenke, ihre Kraftlinien herauslese und versuche, die Schlüssel zu ihnen zu finden, und ihr kräftiges Aroma würdige. Aber Dali läßt sich durch kein Etikett definieren, nicht einmal durch das des Surrealismus. Man müßte sehr anmaßend sein, wollte man in einer einzigen Gestalt, einem einzigen Stil, einer einzigen Erscheinungsform seine so außergewöhnliche Persönlichkeit einfangen und seine unnachahmliche Sprache kristallisieren. Wir haben jedoch an vielen Stellen des Buches Aussprüche Dalis im genauen Wortlaut wiedergegeben.

Ich habe mich bemüht, die Merkzeichen und Herkunftslinien des „wunderbaren" Dalischen Denkens in seinen Schriften und Erinnerungen und in den Zeugnissen seiner Verwandten und Freunde aufzuspüren. Gespräche, Tonbandaufnahmen, Nachforschungen – eben alle Techniken der Analyse wurden ausgeschöpft, um die Worte Dalis in ihren Kontext, in den rechten Bezugsrahmen zu setzen.

Für Dali sind Daten und Fakten nur Gelegenheiten, die Gegenwart zu transponieren und die Zukunft zu schaffen nach den Prinzipien der paranoia-kritischen Methode, die es gestattet, mehrere Gegenwarten ein und derselben Situation zu erleben oder so viele verschiedene Bilder erstehen zu lassen, wie die Vorstellungskraft es will. Wir haben die Ereignisse seiner erstaunlichen Existenz mit der größten Genauigkeit nachgeprüft, wobei uns freilich immer bewußt war, daß das Wesentliche nicht in der Richtigkeit des Details liegt, sondern in der tiefen Einsicht in jede Handlung und in der Analyse, die dieses außergewöhnliche Schicksal erhellt.

Die Person, die man in der Öffentlichkeit kennt, ist nur die allzu sichtbare Spitze des Eisbergs. Ich wünsche mir, daß man bei der Lektüre dieses Berichts eines Lebensabenteuers den Reiz der wunderbaren menschlichen Erfahrung und die bewundernswerten psychologischen Rezepte begreifen möge, die dieser einzigartige geniale Fall enthüllt.

André Parinaud

1. Wie man mit dem Tode lebt

Ich, Dali, will, daß mein Buch mit einer Beschwörung meines eigenen Todes beginne.

Nicht aus Lust am Paradoxen, sondern um die geniale Originalität meines Lebenswillens begreiflich zu machen.

Ich lebe mit dem Tode, seit ich weiß, daß ich atme, und er tötet mich mit einer kalten Wollust, der nichts gleichkommt als meine hellwache Leidenschaft, in jeder Minute, in jeder infinitesimalen Sekunde meines Seinsbewußtseins mich selbst zu überleben. Diese unaufhörliche, hartnäckige, wilde, schreckliche Spannung ist die ganze Geschichte meiner Suche.

Mein köstlichstes Spiel ist: Ich stelle mir vor, daß ich tot bin und von den Würmern gefressen werde. Ich schließe die Augen, und mit unglaublichen Einzelheiten von absoluter, obszöner Präzision sehe ich, wie ich langsam aufgezehrt und verdaut werde, von einem infernalischen Gewimmel großer, grünlicher, in meinem Fleische schwelgender Maden. Sie nisten sich in meine Augenhöhlen ein, nachdem sie meine Augäpfel vernascht haben, und machen sich gefräßig über mein Hirn her. Ich spüre sie auf der Zunge, wie sie, geifernd vor Genuß, darüber herfallen. Ein Lufthauch unter den Rippen hebt meinen Brustkorb, während ihre Kauwerkzeuge das Spinngewebe meiner Lungen zerstören. Mein Herz leistet der Form halber ein wenig Widerstand; es hat mir immer treu gedient. Wie ein großer, von Eiter strotzender Schwamm ist es, und plötzlich bricht es auf, in einem Magma versinkend, in dem sich feiste weiße Würmer wälzen. Und dann mein Bauch, jauchig, verpestet, platzt er wie eine Blase voller Aas, ein Haufen Abfall, geschüttelt von den Stößen des unterirdischen Lebens. Ich furze ein letztes Mal wie ein alter Vulkan und löse mich auf, mein Fleisch zerreißt, meine Knochen knacken unter der Last der Maden, die sich gütlich tun an meinem Mark. Eine nützliche Übung ist das, der ich mich von frühester Kindheit an unterziehe.

Dalis erste Erinnerung

Ich habe den Tod erlebt, bevor ich das Leben lebte. Mit sieben Jahren war, drei Jahre vor meiner Geburt, mein älterer Bruder an einer Hirnhautentzündung gestorben. Meine Mutter war davon in ihrem tiefsten Innern getroffen worden. Die Frühreife dieses Bruders, seine geniale Begabung, seine Anmut, seine Schönheit hatten ihre schwärmerische Bewunderung erregt. Sein Hinscheiden war für sie ein furchtbarer Schock, von dem sie sich nie mehr erholen sollte. Die Verzweiflung meiner Eltern wurde erst durch meine Geburt gelindert, aber alle Zellen ihrer Körper hatten sich mit ihrem Gram vollgesogen. Schon im Schoße meiner Mutter spürte ich ihre Qual. Mein Fetus schwamm in einer höllischen Plazenta. Ich bin diese Qual nie losgeworden. So manchesmal habe ich Leben und Tod dieses älteren Bruders heraufbeschworen, dessen Spuren – Kleider, Porträts, Spielzeug – mir unterkamen, sobald einmal meine Aufmerksamkeit erwacht war, und der im Gedächtnis meiner Eltern unauslöschliche, rührende Erinnerungen hinterlassen hatte. Zutiefst fühlte ich seine beharrliche Gegenwärtigkeit, für mich zugleich Trauma – eine Art Liebesdiebstahl – und krankhafte Sucht, ihn zu übertreffen. Alle meine Bemühungen richteten sich fortan darauf, mein Recht auf das Leben zurückzuerobern und zunächst die Aufmerksamkeit und das ständige Interesse meiner Verwandten durch eine Art unaufhörlicher Aggression zu erregen.

Van Gogh trieb der tote Doppelgänger an seiner Seite in den Wahnsinn. Mich nicht.

(Man kennt den berühmten Fall Vincent van Goghs, dessen Geburt ebenfalls der Tod eines Bruders vorausging, der Vincent hieß. Als Schüler ging der zukünftige Künstler jeden Morgen an einem Friedhof vorbei, wo auf einem Grabstein sein eigener Vornahme zu lesen stand.)

Es ist mir immer gelungen, selbst die grausigsten Erinnerungen in meinem Gedächtnis aufzubewahren, indem ich sie bezwang. So erinnere ich mich sogar an mein Leben im Uterus.

Ich brauche mir nur die Fäuste vor die geschlossenen Augen zu drücken, und schon sehe ich wieder die Farben des intrauterinen

Fegefeuers, der luziferischen Flammen, das Rot, das Orange, das Gelb mit den bläulichen Reflexen; einen phosphoreszierenden Leim aus Sperma und Eiweiß, in dem ich wie ein seiner Anmut beraubter Engel schwimme.

Dalis Erinnerungen an die fetale Existenz – geistige Schöpfung oder Zwangsvorstellung?

Ich wurde wie jedermann im Entsetzen, in Qualen, in der Betäubung geboren. Wenn ich die Fäuste plötzlich sinken lasse und die Augen weit in das grelle Licht öffne, finde ich etwas von dem Schock wieder, der mit Würgen und Ersticken, mit einer Blendung, mit Schreien, Blut und Angst das Ereignis meines Eintritts in die Welt kennzeichnete. Dieser tote Bruder, dessen Phantom mich willkommen hieß, war, wenn man so will, der erste Dalische Teufel. Er ist sieben Jahre alt geworden. Ich betrachte ihn als einen ersten Entwurf für mich selbst, eine Art extremen Genies. Sein Hirn hatte vor unglaublicher Frühreife geglüht wie ein überhitzter Stromkreis. Nicht zufällig hieß er Salvador wie mein Vater – Salvador Dali y Cusi – und wie ich. Er war der Liebling, mich liebte man zu sehr. Ich trat, als ich geboren wurde, in die Fußstapfen eines angebeteten Toten, den man in mir weiterliebte, ja vielleicht noch mehr liebte. Eine narzißtische Wunde war für mich dieses Übermaß von Liebe, eine Wunde, die mir mein Vater am Tage meiner Geburt zufügte und die ich schon im Schoß meiner Mutter spürte. Nur durch die Paranoia, das heißt durch stolze Selbstverherrlichung, gelang es mir, mich vor dem Nichts des systematischen Selbstzweifels zu retten. Ich lernte zu leben, indem ich die Leere einer nicht wirklich mir geltenden Zuneigung füllte mit der Liebe-durch-mich-zu-mir; ich habe den Tod durch Stolz und Narzißmus besiegt.

Dem Tod bin ich im Laufe meiner Tage oft unter den unpassendsten Umständen begegnet. Ich beende einen Vortrag in meiner Heimatstadt Figueras vor einer Zuhörerschar, in der sich alle Würdenträger des Ortes befinden. Man schreibt das Jahr 1928. Die Leute sind gekommen, um ein Kind ihrer Stadt zu sehen und zu hören. Ich schlage einen aggressiven Ton an, um diese Schlafmützen aufzurütteln, und zum Schluß schreie ich beinahe: „Meine Damen und Herren, der

Vortrag ist aus!“ Die Zuhörer, die mir nur schwerfällig folgen, haben noch nicht ganz begriffen, daß ich sie entlasse. Ich schweige. Einen Augenblick herrscht regungslose Stille. Da stürzt mit einemmal der Bürgermeister, der vor mir, beinahe zu meinen Füßen, sitzt, tot zu Boden. Man springt allenthalben auf, erschüttert, entsetzt. Ich stehe unbeweglich da und betrachte dieses verstörte Gesicht mit den geschlossenen Augen, dessen letzten Ausdruck meine Gedanken geformt haben.

Schreckt der Tod Dali?

Kraft dieser Gedanken ist dieser Tote mit dem Siegel Dalis gezeichnet. Die Toten sind für mich ein weiches Kissen, auf dem ich einschlummere, oft jedoch habe ich auch das Grauen des Todes erlebt.

Ich bin fünf Jahre alt. Es ist das Jahr 1909. Einer meiner Vettern, der schon zwanzig ist, hat mit seinem Luftgewehr eine Fledermaus am Auge verletzt. Er hat sie in einen Eimer gelegt. Einer Laune folgend, bitte ich ihn, mir das Tier zu geben, und ich laufe, um es an einem meiner Lieblingsorte zu verstecken, einem Waschplatz, den ich oft aufsuche. Ich betrachte das zitternde, leidende kleine Tier, das sich in seinem Gefängnis niederduckt. Ich spreche zu ihm, nehme es in die Hand, küsse es auf seinen flaumigen Kopf. Ich beginne es zu lieben. Am nächsten Morgen laufe ich gleich nach dem Erwachen zu ihm. Ich hebe den umgestülpten Eimer hoch, und da liegt das Tier auf dem Rücken und kämpft, schon von einem Ameisengewimmel bedeckt, mit dem Tode. Ich sehe seine kleine lechzende Zunge und seine Greisenzähne. Ich betrachte die Fledermaus mit unendlichem Mitleid, hebe sie auf, und plötzlich, anstatt sie zu küssen, wie es meine Absicht gewesen war, trenne ich ihr, von einer Art Wut gepackt, mit einem einzigen Biß beinahe den Kopf vom Rumpf. Entsetzt über meine Tat, über diesen Blutgeschmack im Mund, schleudere ich den kleinen Kadaver wie wahnsinnig in den Waschbrunnen neben dem großen Feigenbaum. Ich fliehe mit Tränen in den Augen. Dann kehre ich wieder um, aber die Fledermaus ist verschwunden. Noch heute erinnere ich mich mit einem Schauder daran, und oft genügen schwarze Punkte, die ich irgendwo erblickte, um mir den Tod der Fledermaus ins Gedächtnis zurückzurufen.

Als Kind hatte ich auch einen Igel, aber eines Tages war er fort. Ich fand ihn eine Woche später in einem Hühnerstall wieder. Er war tot, doch ich erinnere mich, daß ich zuerst glaubte, er lebe noch, denn seine Stacheln wurden von den Würmern hin und her bewegt, die als ein wimmelndes Knäuel an dem Kadaver hafteten. Der Kopf verschwand unter einem grünlichen, gallertigen Klumpen. Ich erlebte damals bis zum Rausch die seltsame Faszination dieses Todes, dieses ekligen Kadavers, des Verwesungsgeruchs, der von diesem biologischen Misthaufen aufstieg. Erst als mir die Beine schwach wurden und der Gestank mich in die Flucht schlug, vermochte ich die Augen abzuwenden. Zu dieser Zeit begann man gerade die Lindenblüten zu pflücken, und als ich, noch vor Entsetzen zitternd, aus dem Hühnerstall trat, sog ich wie einen gesegneten Duft die balsamischen Dünste der Linde ein. Meine Faszination war jedoch stärker. Ich kehrte mit angehaltenem Atem in den Stall zurück, um den fauligen Kadaver zu betrachten. Dann schnappte ich draußen wieder Luft, hernach war ich wieder im Stall. Gestank, Linde, Schatten und Licht, Kadaver und Blütenpracht: Dieser hysterische Tanz ging weiter, bis mich plötzlich das unbezähmbare Verlangen packte, diesen Haufen Ungeziefer zu berühren. Zuerst widerstand ich noch, und um mein schreckliches Verlangen zu täuschen, wollte ich über den Igel springen. Durch irgendeine ungeschickte Bewegung glitt ich jedoch aus und fiel beinahe mit der Nase in die Würmer. Grauenhafter Ekel überkam mich, ich griff nach einer Krücke – für mich ein mit den Kräften eines Fetischs geladenes Werkzeug –, und mit der Achselstütze zerquetschte ich langsam den Igel, dessen Haut zerriß und das wimmelnde Fleisch preisgab. Ich ließ die Krücke fallen und floh. Ich keuchte. Der Schock war ungeheuerlich. Aber ich ging noch einmal in den Stall zurück, um meinen vom Kadaver besudelten Fetisch zu holen, den ich lange in das Wasser eines Baches tauchte, bevor ich ihn in einen Haufen Lindenblätter warf, die in der Sonne trockneten. Doch damit er den Verwesungsgeruch ganz verlor, mußte ich ihn noch in den Tau der Morgenröte legen. Ich war dem Grauen des Todes begegnet.

Wie sich Dali an den Tod seines Vaters erinnert

Mein Vater war schon gestorben, als ich, zu spät gekommen, meine lebensvollen Lippen auf seinen kalten Mund drückte. Ich habe, Francisco de Quevedo paraphrasierend, oft gesagt, es müßte die größte Wollust sein, meinen sterbenden Vater zu mißbrauchen. Gibt es in der Tat eine schrecklichere Entweihung, der ein Mann sich unterwerfen, einen größeren Lebensbeweis, den er sich geben könnte, als diese Herausforderung, dieses Sakrileg? Allein meine Feigheit und die Umstände hielten mich davon ab, es zu begehen, aber davon träumen kann ich immerhin.

Garcia Lorca, den ich 1919 im Universitätsviertel kennenlernte, spielte manchmal seinen eigenen Tod. Ich sehe noch sein düsteres, schreckliches Gesicht, wie er, auf dem Bett ausgestreckt, die Stadien seines langsamen Verfalls darzustellen versuchte. Die Verwesung dauerte in seinem Spiel fünf Tage. Er beschrieb seinen Sarg, seine Aufbahrung, die Szene des Verschließens, die Fahrt des Leichenwagens durch die holperigen Straßen Granadas. Und wenn er unserer tiefen Beklommenheit gewiß war, richtete er sich plötzlich auf, brach in ein wildes Gelächter aus und zeigte grinsend seine weißen Zähne. Dann schob er uns zur Tür und legte sich wieder ins Bett, um ruhig und befreit zu schlafen.

Als ich ein Kind war, verursachte mir das geringste Anzeichen des Todes eine Angst, die ich schneidend in den Eingeweiden spürte, und die vielgestaltige Perversität, von der ich schon sehr früh überzeugende Proben ablegte, war ohne Zweifel tiefgründiges Spiel der in mich einströmenden Lebenskräfte gegen die Kräfte des Todes. Ich wurde doppelt geboren, mit einem Bruder zuviel, den ich töten mußte, um meinen eigenen Platz, mein Recht auf meinen eigenen Tod zu erringen. Ich erinnere mich, daß ich eines Tages die Wange meiner Amme mit einer Stecknadel grausam zerkratzte, weil ein Süßwarengeschäft geschlossen war und vor allem, weil mir diese glatte, rote, fügsame Wange wie eine Schiefertafel erschien, auf die ich mit Blut das Zeichen meines Namens schreiben konnte: Dali ist das katalanische Wort für „Begierde“.

Mit fünf Jahren stieß ich einen kleinen, reizenden Kameraden mit blonden Locken, den ich auf seinem Dreirad vor mir herschob, in die Tiefe. Wir kamen zu einer Brücke ohne Geländer, und als ich mich vergewissert hatte, daß uns niemand beobachtete, warf ich ihn die mehrere Meter hohen Felsen hinunter. Dann lief ich, Verzweiflung heuchelnd, ins Haus, um Hilfe zu holen. Das ganze Haus war in Todesängsten. Ich sehe mich noch, wie ich in einem kleinen Schaukelstuhl sitze und Früchte genieße, schaukelnd das fieberhafte Hin und Her der Eltern beobachtend und mich wohlfühlend in dem friedlichen Dämmer des Salons – ohne eine Spur von Reue, gleichsam erleichtert durch meine Tat und Herr über mein Leben wie nie zuvor.

Ein Jahr später versetze ich meiner kleinen dreijährigen Schwester, die auf allen vieren kriecht, einen Tritt gegen den Kopf. Ich will schon fröhlich meines Weges gehn, aber zu meinem Unglück hat mich mein Vater beobachtet, und er sperrt mich ein. Ich höre das Einschnappen des Schlosses, ich ahne seine riesenhafte Silhouette vor der Tür. Wütend bleibe ich regungslos stehen. Er bestraft mich durch Einsperren, damit ich den Kometen nicht sehen kann, den die ganze Familie schon mit himmelwärts gewandten Blicken erwartet. Ich allein soll um dieses einzigartige Schauspiel gebracht werden. Bei dieser Vorstellung ersticke ich beinahe an meinen Schluchzern. Alle Tränen meines Körpers stürzen hervor, und ich schreie so laut, daß mir zuletzt die Stimme versagt, wodurch ich vor allem meine Mutter erschrecke, die auch gleich bei meinem Vater ein Wort für mich einlegt. Ich begreife augenblicklich, welchen Nutzen ich aus dergleichen Situationen ziehen kann. Ich bin sechs Jahre alt.

Einige Tage darauf rächte ich mich, indem ich so tat, als ersticke ich an einer Gräte, was meinen Vater vom Tisch verscheuchte. Er konnte meinen hysterischen Husten nicht ertragen, der in ihm zweifellos ein Echo der qualvollen Todesangst seines Erstgeborenen wachrief. Dergleichen furchterregende Mimodramen des Erstickens führte ich übrigens noch oft auf, um mich am Entsetzen meiner Eltern weiden zu können.

Durch die Rache an meinem Vater verlängerte ich die Lust an meiner eigenen Begierde.

Um diese Zeit brauchte ich nur durch das Zimmer meiner Eltern zu gehen, wo sich das Porträt Salvadors, meines älteren Bruders, meines Doppelgängers, befand, um auch schon mit den Zähnen zu schnattern, und ich brachte es nicht über mich, sein Grab auf dem Friedhof zu besuchen. Ich mußte meine Vorstellungskraft üben, um imstande zu sein, das Thema meiner Leichenverwesung zu behandeln, indem ich Bilder meines von Würmern zerfressenen fauligen Fleisches entwarf, so daß ich mich selbst austreiben und einschlafen konnte.

Wie Dali die paranoia-kritische Methode definiert

Ich definiere die paranoia-kritische Methode als die hohe Kunst, sich durch Hellsichtigkeit aller seiner eigenen Widersprüche zu bedienen und die anderen die Ängste und Ekstasen seines Lebens erleben zu lassen, so daß ihnen dieses nach und nach ebenso wirklich und wesentlich wird wie ihr eigenes. Rein instinktiv konzipierte ich aber schon sehr früh meine Lebensformel: Die anderen dazu bringen, die Exzesse der eigenen Persönlichkeit als natürlich zu akzeptieren; sich von den eigenen Ängsten befreien, indem man eine Art kollektiver Anteilnahme schafft.

Im Kolleg der Maristenbrüder in Figueras hatte ich eines Abends, als ich die steinerne Treppe hinunterging, um mich in den Pausenhof zu begeben, plötzlich das Verlangen, in die Tiefe zu springen. Feigheit lähmte mich. Tags darauf sprang ich jedoch und blieb ganz zerschlagen auf den Stufen liegen. Schüler und Professoren waren sehr bestürzt und besorgt. Das Erstaunen, das ich hervorrief, machte mich beinahe unempfindlich für den Schmerz. Man pflegte mich, man umgab mich mit Aufmerksamkeiten. Einige Tage später wurde ich rückfällig, aber diesmal stieß ich einen lauten Schrei aus, der alle Blicke auf mich zog. Ich sprang ungeachtet meiner Prellungen noch einige Male, aber da die Angst meiner Kameraden so groß war, empfand ich selbst keine Furcht mehr. Jedesmal wenn ich die Treppe hinunterging, war die Aufmerksamkeit der ganzen Klasse auf mich gerichtet, so als hielte ich einen Gottesdienst, und ich schritt in großer Stille – in Totenstille, wie man sagt – hinunter und hielt die anderen bis zur letzten Stufe in Bann. Meine Persönlichkeit wurde geboren.

Die Kompensation, die ich erhielt, war weit größer als die Unannehmlichkeiten. Es ist mir oft widerfahren, daß ich, einem plötzlichen Impuls gehorchend, von einer Mauer hinuntersprang, wie um die höchste Gefahr auszukosten und meine Herzensängste zu beruhigen. Ich wurde sogar ein sehr geschickter Springer. Und ich bemerkte, daß ich nach jeder dieser Prüfungen eine tiefere Freude an der mich umgebenden Wirlichkeit empfand: Gräser, Bäume und Blumen rückten mir näher.

Ich fühle mich danach so leicht, ich kann normal am Leben teilnehmen und meine Sinne „spüren". Wenn ich vor meinen Kameraden sprang, schuf ich in ihnen eine Angst, die der meinen gleichkam oder die sogar noch übertraf, ich gewann eine gewisse Würde in ihren Augen und erhob meine Tat in den Rang eines Ereignisses. Dali wurde zum Träger der Angst aller, und seine Schwäche verwandelte sich in Stärke. Ich brachte alle dazu, mein Delirium anzuerkennen, es zu akzeptieren, und ich zwang jeden einzelnen, an derselben Trance teilzunehmen.

So wurde mir diese Leidenschaft für den Tod zur geistigen Freude. Was typisch spanisch ist. Es geht mir nicht darum, „recht zu behalten", wie Montaigne sagen würde, den ich verachte wegen seines kleinbürgerlichen Geistes, wegen seines grotesken Versuchs, den Tod zu beschönigen, ihm sein Wesen zu nehmen, seinen Schrecken zu bezwingen. Ich möchte ihm ins Auge sehen. Ich mache mir den erhabenen Ausruf des heiligen Johannes vom Kreuz zu eigen: „Komm, o Tod, so gut verborgen, daß ich dich nicht nahen fühle, denn die Lust zu sterben könnte mir das Leben wiedergeben." Wie erbärmlich erscheinen einem vor diesem Schrei die Verwässerungsvorschläge des Michel de Montaigne. Ich wünsche mir, daß der Tod wie ein Donnerschlag in mein Leben fährt, daß er mich als Ganzen packt wie ein Liebesspasmus, um meinen Körper mit der Ganzheit meiner Seele zu bewohnen.

Ich genieße schon im voraus meine Verzweiflung, denn meine Ohnmacht erhebt mich, und mein Entsetzen gibt mir den Mut des Trotzes. Der Stachel des Todes verleiht meinem Leben, meinen Leidenschaften neuen Wert. Als sich Gala, das Wunder meines Lebens, 1936 einer schweren Operation unterziehen mußte, verbrachten wir noch am Vorabend in einem Zustand offensichtlicher Sorglosigkeit unsere Zeit damit, surrealistische Objekte zu konstruieren. Spielerisch fügte sie aus erstaunlichen, heterogenen Teilen einen mechanisch-biologischen Apparat zusammen: über Brüsten, in deren Saugwarzen Federn staken, metallene Antennen, die sie in eine Schale mit Mehl getaucht hatte. (Diese Montage war eine Anspielung auf ihre Operation.) Im Taxi, das uns zur Klinik brachte – wir hatten die Absicht, unterwegs noch André Breton aufzusuchen, um ihm Galas Erfindung zu zeigen –, fiel das Gebilde durch einen unglücklichen Stoß auseinander, und wir wurden mit Mehl bestäubt. Man kann sich vorstellen, in welchem Aufzug wir in der Klinik ankamen. Ich muß betonen, daß ich am Abend dieses Tages, ganz mit meiner eigenen Erfindung beschäftigt – einer hypnagogischen Uhr, die aus einem riesengroßen Stab aus Brot bestand, in den zwölf volle Tintenfässer mit zwölf Federn von verschiedener Farbe eingesetzt waren –, mit gutem Appetit speiste, ohne auch nur eine Sekunde an Galas Operation zu denken.

Bis zwei Uhr morgens vervollkommne ich noch meine Uhr, indem ich sechzig Tintenfässer hinzufüge; sie sind mit Wasserfarben auf Kartonstücke gemalt, die ich an mein Brot hänge. Dann schlafe ich ein, aber um fünf wecken mich meine überreizten Nerven. Ich bin in Schweiß gebadet und beginne vor Reue zu schluchzen. Taumelnd, mit Tränen in den Augen, stehe ich auf, mein Geist ist erregt von den Bildern meiner angebeteten Gala in den Situationen unseres Lebens, und ich laufe in die Klinik, um meine Angst hinauszuschreien. Acht Tage lang vermag ich unter heftigem Schluchzen nur mühsam zu atmen. Der Tod hält mich an der Gurgel gepackt. Endlich ist die Krankheit besiegt. Ich trete in Galas Zimmer. Ich nehme mit der größten Zärtlichkeit ihre Hand und sage zu mir selbst: „Jetzt, Galuschka, könnte ich dich töten."

Meine Seele stärkt sich an dem, was sie zermalmt, und findet ihre höchste Wollust in dem, was sie verneint. Die Schwäche selbst wird mir zur Stärke, und ich bereichere mich an meinen Widersprüchen.

Ich lebe mit weitgeöffneten, klaren Augen, ohne Scham, ohne Reue, und werde zum Zuschauer meiner eigenen Existenz.

Ist für Dali das Obszöne edel?

Glauben Sie, es sei Zufall, daß sich die Entrückung der großen Mystiker so oft mit dem Kot, dem Furz vermählt hat? Die Wahrheit ist, daß der After, den Quevedo in seinem „Lob des Arschlochs" preist, vor allem ein Symbol ist, das unsere kannibalischen Handlungen reinigt. Alles, was zum durch die Geistigkeit des Todes transzendierten Menschlichen gehört, wird mystisch. Nach der Geburt des Dauphins sammelte man am französischen Hof vor den Großen des Reiches die Exkremente des Thronerben und rief die größten

Künstler zusammen, damit sie sich durch die Farbe der königlichen Scheiße inspirieren ließen. Der ganze Hof kleidete sich in der Farbe der Dauphin-Kacke. Das ist edel. Es gilt, den Menschen in seiner Ganzheit zu akzeptieren, seine Scheiße wie seinen Tod. Im übrigen ist die Exkrementenpalette unendlich reichhaltig; sie reicht von Grau bis Grün, von Ockergelb bis Dunkelbraun. Man betrachte nur Chardin. Und nichts schmeichelt in der Gastronomie dem Auge mehr als die Tönung der Scheiße. Der wahre Skandal ist, daß wir es nicht mehr zu sagen und zu denken wagen. Es lebe die Dauphin-Kacke!

Nehmen Sie die Amerikaner, die unfähig sind, dem Tod ins Gesicht zu sehen, und eine ganze Industrie aufgebaut haben, die unter dem Motto „Sterben Sie, das übrige erledigen wir" nur darauf bedacht ist, die Wirklichkeit dieses Phänomens zu verschleiern, zu bagatellisieren, zu überschminken, zu pasteurisieren, zu standardisieren, ihm alles Tragische zu nehmen. Aber ein ohne Größe gedachter Tod kann nur zu einem kleinen Leben mit mittelmäßigen Ideen inspirieren. Das Leben des Menschen hat keine Gestalt mehr, wenn der Tod keinen Sinn hat. Dauphin-Kacke in den USA, das ist undenkbar; sie wird dort durch Bonbon-Rosa ersetzt, das heißt durch Fadheit und Mittelmäßigkeit.

Ich träume davon, dem Tod seine Feierlichkeit und seine Faszination zurückzugeben. Vielleicht sollte man die Verwesungsgruben wieder einführen, die es im Escorial in den Zeiten seiner Größe gab. Man wohnte dort der langsamen Verwesung bei, und Auge und Geruchssinn vermittelten dem Geist und dem Gedächtnis die gärenden Werte echter Geistigkeit. Die von den Würmern verwüsteten Körper erfüllten ihre letzte, erhabene Funktion: die Rückkehr zur Erde. Es liegt in der Hinnahme des Obszönen, der Exkremente und des Todes eine geistige Energie, die ich mir zunutze mache. Ich bin überzeugt: der tiefe Drang, der mich meinen kleinen toten, verwesten Igel zerquetschen hieß, forderte unbewußt, daß ich ihn äße.

Dali: töten und essen

Es bereitet mir Lust, die Schädel kleiner Vögel zwischen den Zähnen zu zerknacken, die Knochen aufzubeißen, um das Mark herauszusaugen; ich liebe die schon stark riechenden Schnepfen, die in ihren eigenen Exkrementen aufgetragen werden, und ich bedaure, daß es mir nie vergönnt war, den berühmten lebenden, aber gebratenen Truthahn zu essen, der eine magische Speise zu sein scheint.

Ich weiß, ich bin grausam, und mein Gewissen freut sich meiner kannibalischen Gelüste, denn meine Art zu essen ist ein ständiger Beweis für meine lebendige Wirklichkeit. Ich fühle mich lebendiger, wenn ich einen Toten verschlinge. Die Kiefer sind übrigens wunderbare Werkzeuge zur Erkenntnis unseres eigenen Lebenstriebes und der Beschaffenheit der Wirklichkeit, die nichts anderes darstellt als ein gigantisches Nahrungsreservoir, dessen Friedhöfe unsere Tische sind. Zwischen den Zähnen liegt die Wahrheit. Jede Philosophie findet ihre Bestätigung in der Kunst des Essens. Mit der Gabel in der Hand offenbart sich der Mensch. Die Aristokratie der Großen Küche hat mich stets fasziniert. Wie mein Vater schwärme ich für die Meeresfrüchte, die Krebse, deren jungfräuliches Fleisch von Knochen geschützt wird, die diese schlauen Tiere außen tragen, aber ich verabscheue ausgelöste Austern und die Schlaffheit des Spinats.

Joseph de Maistre hat zu diesem Thema alles gesagt, als er äußerte, daß der Mann auf dem Schlachtfeld nie den Gehorsam verweigert und daß die ganze, unaufhörlich mit Blut getränkte Erde ein ungeheurer Altar ist, auf dem alles Lebendige geopfert werden muß, ohne Ende, ohne Maß und Unterlaß, bis zur Erschöpfung aller Dinge, bis zur Auslöschung des Bösen, bis zum Tode des Todes.

Ja, die Vernichtung ist unabwendbar. Wir werden von der Erde verdaut werden. Daran denke ich immer. Jede meiner Handlungen, jede meiner Schöpfungen hebt sich von diesem Hintergrund ab. Es gibt in meinem Leben keinen Augenblick, in dem ich nicht den Tod spüre. Er macht mich froh und geistreich. Zunächst, weil in seinem Schatten alles einzigartig und notwendig wird, dann, weil ich die Absicht habe, ein wenig zu schwindeln, indem ich mich einfrieren lasse, das heißt, indem ich die Komödie noch um zwei oder drei Akte verlängere, die erst im nächsten Jahrhundert spielen sollen. Schließlich, weil ich an die Auferstehung des Fleisches glaube. Schade, daß ich nicht gläubig bin. Ich verliere aber nicht den Mut. Der heilige Augustinus hat uns ein Beispiel gegeben, indem er Gott um den Glauben bat – jedoch erst nachdem er lange genug gewartet hatte, um zuerst noch die Freuden dieser Erde ausschöpfen zu können. Für das ewige Leben wünsche ich mir die Fortdauer des Gedächtnisses. Ich möchte mich an alle Einzelheiten meines Lebens erinnern können.

Die Glückseligkeit ist mir gleichgültig ohne die Gewißheit, daß ich meine Erinnerungen, das heißt mein ganzes Leben, behalten werde. Andere Formen der Auferstehung lehne ich ab. Ich ziehe es eher vor, nicht zu sterben. Es gibt zur Zeit mindestens zehn Methoden, das Leben gleichsam bis ins Unendliche zu verlängern, nämlich durch Schlafperioden, die dem Wachsein noch größeren Reiz verleihen. Ich werde den richtigen Zeitpunkt so geschickt wie möglich wählen. Das gehört zu meinem Spiel mit dem Tode. Mein Genie dient mir als Rechtfertigung für den Versuch, meine Tage so lange hinauszuzögern, wie es die Vollendung meines Werkes erfordert. In Wirklichkeit aber liebe ich tief und aus den Eingeweiden heraus nur das Innere meines Körpers. Meine ganze Ethik besteht darin, die höchste Lust durch Warten zu erlangen, die Begierde durch Verweigerung zu verlängern und zu bereichern bis zum Paroxysmus – zu bereichern nicht nur um alles das, was sie im Gegenteil verkehren kann, sondern vor allem durch meinen festen Willen, *nicht* zu nehmen, was mir gehört, *nicht* zu besitzen, was mein ist. Und wer gehört mir mehr als der Tod?

Ich gebe zu: ich halte mich für unverwundbar. Ich möchte fortdauern bis zur äußersten Grenze, um den göttlichen Tod in seinem eigensten Wesen herauszufordern, gleichsam so groß zu werden wie er, ihm in seiner Dimension und Beschaffenheit die Stirn zu bieten. Er ist mein ruhmreicher Gott, er regiert uns alle. Er ist die heilige, absolute Schönheit. Ich weiß, daß dieses Leben das Reich des Unvollendeten ist, aber ich werde aus dieser langen, endlosen Abfolge von Tagen, die mein Leben darstellen, etwas strahlend Vollendetes machen und den Stolz bis zu jenem Punkte treiben, wo ich mit Gott verschmelze. Ich möchte ihm ein Gedicht machen, in dem es heißen müßte: „O Tod, meine schöne Gottheit, Du hast Deinen Hohenpriester gefunden, Deinen Rivalen, und Du dienst mir, wie ich Dich anbete. Gemeinsam arbeiten wir an einer Gleichung des Absoluten, die ihresgleichen nie gehabt hat. Von Tag zu Tag mehr werde ich zum Großen Erzengel des Hauses der Toten."

Um auf mein intrauterines Leben zurückzukommen: Es endete am elften Tag des Monats Mai, im Jahre 1904, als die achte Stunde um fünfundvierzig Minuten überschritten war, indem ich aus dem legitimen Schoß der Doña Felipa Dome Domenech geboren wurde. Meine Mutter war dreißig Jahre alt. Und die Geburtsurkunde, die mein Vater, Don Salvador Dali y Cusi, zwei Tage später aufsetzte, führt die Abstammung der beiden Familien an: Väterlicherseits Don

Galo Dali Vinas aus Cadaqués, verstorben, und Doña Teresa Cusi Marcos aus Rosas. Mütterlicherseits Don Ancelmo Domenech Serra und Doña Maria Ferres Sadurne, beide aus Barcelona. Die Zeugen: Don José Mercader aus La Bisbal in der Provinz Gerona, von Beruf Gerber, wohnhaft in dieser Stadt, und Don Emilio Baig aus Figueras, Musiker, wohnhaft in dieser Stadt, beide volljährig.

Mein Vater, der aus Cadaqués stammte, war damals einundvierzig Jahre alt. Er war der Notar von Figueras und wohnte in der Monturiol-Straße 20.

Man gab mir die Vornamen Salvador, Felipe und Jacinto. Ich bin gewiß, daß sich alle ruhmreichen Toten, alle, die mit ihrer Seele die mystische Noosphäre bereichern, in der wir schweben und die den kybernetischen Humus der Geistigkeit bildet, in dieser Minute freuten über mein Erscheinen auf der Welt, in welchem sich die größte Herausforderung offenbarte, die das Genie des Menschen je dem Tod entgegenschleuderte.

Wie viele der Berühmtheiten, die in der langen Reihe der Jahrhunderte geboren wurden, haben mein harmonisches, kosmisches Delirium erreicht? Was ich von mir behaupten darf, ist, daß ich, Dali, meine Begierden nähre mit dem *Élan vital* aller toten Genies. Ich setze sie fort. Ich bin die Sonne, die über all diesen in der Nacht der Zeiten versunkenen Planeten leuchtet.

> *„Der Tod ist das Eine, das mir am meisten Angst macht, und die Auferstehung des Fleisches, dieses große spanische Thema, ist das, was ich am schwersten akzeptieren kann, nämlich vom Standpunkt des . . . Lebens.“*

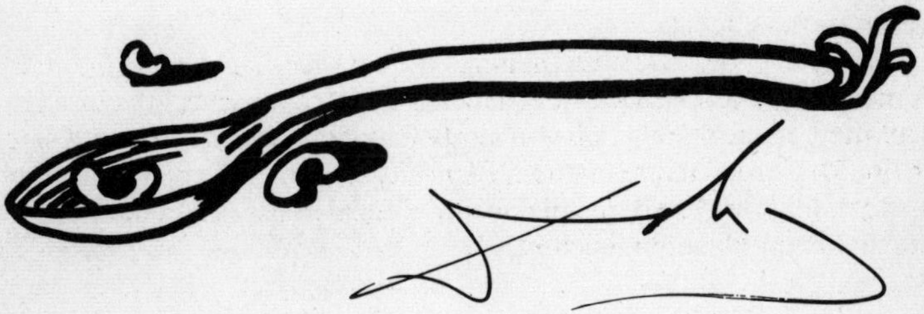

2. *Wie man sich seines Vaters entledigt*

Für den kleinen Mann, der ich war, war mein Vater ein Riese an Kraft, Ungestüm, Autorität und gebieterischer Liebe. Moses und Jupiter in einem.

Die Liebe, die er für Salvador, seinen Erstgeborenen empfunden hatte, der Stärke seines Charakters und der Eindrücklichkeit des Neuen, beseelte ihn sein Leben lang. Mich jedenfalls durchdrangen ihre Ausdünstungen, ihre Strahlungen wie Feuer. Wenn er mich ansah, war sein Blick ebensosehr auf meinen Doppelgänger gerichtet wie auf mich. Ich war unter diesem Blick nur die Hälfte meiner selbst oder einer zuviel. Meine Seele wand sich vor Schmerz und Wut unter diesem Laserstrahl, der sie unaufhörlich durchforschte und dann den anderen suchte, der nicht mehr da war. Ich habe lange in meiner Seite eine blutende Wunde getragen, die mein Vater, gefühllos, gleichgültig, ohne meines Schmerzes zu achten, durch seine unmögliche Liebe zu einem Toten immer wieder aufriß. Lange habe ich seine Liebe hingenommen wie einen Keulenschlag, und oft zerschnitt er mir das Herz mit einem wie ein Dolch geschliffenen Wort. Der Existenz meines Vaters zum Trotz, und trotz der Last dieses Gefühls, einer zuviel zu sein und um meiner selbst willen nur schlecht geliebt zu werden – und erstickend im Korsett des Bildes des andern, in das man mich zwängte –, versuchte ich zu atmen, kräftig um mich zu schlagen wie ein Ertrinkender, meinen Platz an der Sonne zu erobern. Diese Verzweiflung war wie ein Delirium; zugleich aber, fasziniert von der so ganz spanischen Härte meines Vaters, der gleichsam die natürliche, biologische und psychologische Achse war, um die herum sich meine zukünftige Persönlichkeit bildete, hörte ich nie auf, ihn zu bewundern. Sein Beispiel und seine Kraft erhoben meinen Geist, und gleichzeitig versuchte ich mich von der Bedrückung zu befreien, die er auf mich ausübte. Ich fürchtete den Schatten dieser Eiche, ich rieb mich an ihrer rauhen Rinde wund und zerkratzte mir die Seele an ihrem Stamm. Ich mußte, um Dali zu werden, Dali y Cusi, auf dem psychoanalytischen Altar opfern; ich mußte ihn, wie es die Kopfjäger Javas mit den

Schädeln machen, auf die Größe eines jener Zelluloidspielzeuge einschrumpfen lassen, die ich als Kind mit dem Hammer zerschlug, und ihn verschlingen wie eine Hostie, um ihn zu verdauen und mich von seinem Wesen und seiner Substanz zu nähren. Denn ich durfte zugleich niemals aufhören, mir seine wunderbare Gegenwart zu erhalten, damit der Rausch meiner Macht und Verbitterung mich nicht überflutete, sondern in seinen Ufern blieb und sich nach und nach formte in seiner monumentalen Projektion, die dann er und ich, ich und er sein mußte, ich genial durch das Geheimnis seiner Kraft.

Er hat die Nacht an meinem Bett gewacht, weil ich krank war. Am folgenden Tag, einem Sonntag, bat er sich aus, daß man ihn schlafen lasse.

Da kommt ein Klient, ein Bauer aus Figueras, ins Haus und bittet, ihn sprechen zu dürfen. Nach einer Weile *verlangt* er nach dem Notar und schimpft laut auf diese Beamten, die fürs Nichtstun bezahlt werden und nie da sind, wenn man sie braucht, die die Nächte durchfeiern und bei Tage schlafen, während alle anständigen Leute wie er sogar noch am Sonntag arbeiten. Mein Vater, der alles gehört hat, steht plötzlich auf. Er hat nur eine Lederweste und eine Unterhose an. Ich höre, wie die Tür aufgerissen wird. Brüllend packt er den Mann am Hals, und die beiden stürzen ins Treppenhaus hinaus; dann wird der Kampf auf dem Trottoir fortgesetzt, dann auf dem Platz genau unter meinem Fenster. Ich laufe auf den Balkon hinaus und sehe zwischen den Gitterstäben hindurch, wie sich mein Vater und der Bauer auf dem Boden wälzen. Das Glied meines Vaters ist durch den Schlitz der Unterhose geglitten, es hängt in den Staub und klopft im Rhythmus der Bewegungen der beiden Kämpfer wie eine Wurst auf den Boden. Wenn mein Vater wütend wurde, hielt die ganze *Rambla* von Figueras den Atem an. Wie ein Gewittersturm, der auf seinem Wege alles niederreißt, drang seine Stimme durch die Tür seines Arbeitszimmers.

Ein anderer Klient, der ihm Geld gebracht hat, verlangt eine Quittung, denn die Urkunde soll erst am nächsten Tag endgültig unterzeichnet werden, und er meint: „Sie könnten ja heute nacht sterben." Mein Vater springt auf: „Sehe ich aus wie einer, der sterben kann?" Und der Notar von Figueras packt den Mann und wirft ihn auf den Flur hinaus.

Er hatte bei aller Strenge dennoch etwas Rührendes an sich. Seine

Unruhe verriet sich an einem Tick. Er nahm eine Haarsträhne zwischen Daumen und Zeigefinger und zwirbelte sie zu einer Spirale, die an der Seite des Kopfes wie ein Horn in die Höhe stand, und mit seiner gefurchten Stirn und seiner majestätischen Haltung wurde er dann zum erleuchteten, mit göttlicher Autorität ausgestatteten Moses.

Er sitzt in seinem Schaukelstuhl und neigt das Ohr dem riesigen Trichter eines Phonographen zu, der das Ave Maria von Gounod näselt. Ich stehe vor ihm und betrachte vor dem Hintergrund der Musik seine fahlrote Kinnlade, die sich über meinem Kopf hin und her bewegt, schwer von einer schrecklichen Energie.

Er hat sich eingeschlossen, aber ich habe gesehen, daß er sich in einer Schüssel eine Pyramide von Seeigeln mitgenommen hat, die er leidenschaftlich gern ißt. Im Geiste stelle ich mir vor, wie er sie mit geschickten Griffen öffnet und um so wollüstiger genießend ausschlürft, als das Alleinsein sein Behagen erhöht.

Ich bin sieben Jahre alt, und er hat mich mit seiner riesigen Hand am Arm gepackt. Wir gehen durch die Stadt. Er muß mich hinter sich her zerren; ich schreie und sträube mich dagegen, in die Schule zu gehen. Die Geschäftsleute stehen auf den Stufen vor ihren Türen und sehen zu, wie der Notar seinen Erzieherpflichten nachkommt. Er ist ebenso wütend wie ich. Unsere Meinungsverschiedenheiten werden noch dramatische Formen annehmen, und dieser Gewaltakt wird mich zuletzt nur in meinem Größenwahn bestärken. Als Freidenker glaubte mein Vater, mich in die Gemeindeschule schicken zu müssen, statt zu den Mönchen, wie es für uns standesgemäß gewesen wäre. Ich wurde in dieser Schule als Eindringling betrachtet. Mit meinem Matrosenanzug, meinem wohlgekämmten, parfümierten Haar und meinen blankgewichsten Schuhen sah ich aus wie eine Zeichnung aus einem Modejournal, die unter eine Bande zerlumpter Tagediebe geraten ist, und meine Manieren, mein Spitzentaschentuch und die mit meinen Initialen versehene Thermosflasche für meine Vieruhr-Schokolade isolierten mich von den anderen sicherer als eine schändliche Krankheit. Man rümpfte die Nase, man hänselte mich, man schubste mich beiseite. Ich lebte in einer Art schweigend-stolzer Quarantäne, während um mich her das rauhe Treiben der Schreie, Prügeleien und lärmenden Spiele herrschte, in denen die Barfüßigen von Figueras die Vitalität ihres Alters auslebten. Ich zog mich in mich selbst zurück. Und in einem Jahr verlor ich, was ich an Kenntnissen meiner Mutter verdankte, die mich die Buchstaben des Alphabets und meinen

Namen zu schreiben gelehrt hatte. Ich wurde so furchtsam, daß ich mich nicht mehr allein ausziehen konnte. Meine Matrosenjacke über den Kopf streifen, das war eine kühne Tat, bei der ich Gefahr lief zu ersticken. Ich war außerstande, meine Schuhe zuzuschnüren, und es kam vor, daß ich regungslos vor einem Türknopf stand, gelähmt von dem bloßen Gedanken, mich seiner bedienen zu müssen. Die Welt, die mich umgab, war voller Hexerei, mit Stacheln gespickt, mit Fußangeln ausgelegt. Meine Nächte waren von Ungeheuern bevölkert, und ich schrie oft vor Entsetzen. Meine Mutter mußte mich in die Arme nehmen, und ganze Nächte lang wiegte sie mich auf den Knien.

Dali erinnert sich an sein erstes Schuljahr

Trayter, unser Lehrer, ähnelte Tolstoi mit seinem weißen Bart, der gelb gefleckt war von dem Schnupftabak, den er rein mechanisch in großen Mengen nahm. Er strömte einen kräftigen Geruch aus und war sehr schlecht gekleidet, aber er trug einen der wenigen Zylinder, die man in Figueras sehen konnte. Wenn er saß, umgaben die beiden Hälften des Bartes sein Gesicht wie die Schöße eines Gehrocks, und sie fielen ihm bis auf die Knie hinunter. Er galt als intelligent, und seiner Verschrobenheit kam nur noch seine Gabe zu träumen gleich. Trayter ist das katalanische Wort für Omelette, und diese Speise schien er gern recht teigig zu mögen und schwer zu verdauen, denn er schlief meistens während des Unterrichts. Zwischen zwei Träumen nahm er eine Prise Schnupftabak, wie man ein Rauschgift nimmt, und nach einem Niesen, das seinen ganzen schweren Leib erschütterte, versank er wieder in seinen Greisenschlummer. Wenn ihn einer der Bengel aus seinen Träumen riß, sprang dieser Fleischkoloß wie von einem Alpdruck aufgescheucht mitten in die Klasse, zwickte mit Daumen und Zeigefinger ein Knabenohr, brummte eine Verwünschung und begab sich wieder in Morpheus' Arme. So erhielten wir, wie man sieht, eine beispielhafte Erziehung in der Kunst der Siesta.

Da ich, wenngleich ebenso ein Dummkopf wie die anderen, der einzige Schüler von Stand war, wies mir Trayter in seiner vegetativen Existenz einen besonderen Platz zu. Er hatte eine Leidenschaft, ein Refugium, eine Methode, sich vor der Gegenwart zu schützen: das Sammeln von Werken der Vergangenheit, das er bis zum Vandalismus trieb. Man erzählte sich, er sei eines Tages beinahe gesteinigt worden, als er bei dem Versuch, heimlich ein romanisches Kapitell von einem Glockenturm zu holen, ein großes Mauerstück zum Einsturz brachte. Die fallenden Glocken hätten ihn erschlagen können, und jedenfalls rief diese Zerstörung eine erbitterte Reaktion seitens der Dorfbewohner hervor. Der Zwischenfall trug aber viel dazu bei, daß er als gebildeter Mann und Kunstliebhaber galt. Er häufte in seinem Haus die auf seinen Raubzügen erbeuteten Schätze an und geruhte sie mir zu zeigen.

Nach zwischen Schlummer und jähem Aufschrecken hingebrachten Schultagen nahm mich Trayter oft in seine Karawanserei mit. Ich erinnere mich an einen plattgedrückten, getrockneten Frosch, den er in seinem Zimmer an einem Faden aufgehängt hatte und seine Tänzerin nannte. Er diente ihm, glaube ich, als Barometer, aber seine grotesken Bewegungen machten mir Angst. Manchmal zog er ein wahres Feuerwerk aus einer kleinen Mephisto-Statue, die in einer Nische aus Mahagoni stand und einen Dreizack in der Hand hielt, aus dem Flammengarben sprühten. Aus dem Heiligen Land hatte er einen riesigen Rosenkranz mitgebracht, dessen Perlen aus dem Holz der Olivenbäume vom Heiligen Berg geschnitzt waren. Er legte ihn für mich um die Schultern und schleifte ihn mit einem polternden, rasselnden Geräusch über das Parkett. Das große Wunder war jedoch seine Laterna magica, eine Art Stereoskop, in dem bewegliche Bilder in allen Farben des Prismas am Betrachter vorbeizogen. Ich entsinne mich mit solch eindringlicher Präzision, als hätte ich die Szene eben jetzt vor Augen, der für mich überwältigenden Erscheinung eines Mädchens, das auf weißen Fellen in einer Troika saß und von wilden Wölfen verfolgt wurde, deren Augen im Finstern glühten. Mich sah sie an, mich rief sie, und ihr Ruf, ihre Gegenwart schnürten mir das Herz ab. Nie sollte ich dieses Gesicht, diesen Ruf, dieses zauberische Bild vergessen, das wie ein erster Blick der Liebe war. Es gab noch manches andere in Trayters Laterna magica, aber von allen Erscheinungen erreicht keine die Eindringlichkeit dieser phantastischen Wechselbeziehung zwischen meinem einsamen, größenwahnsinnigen, hysterischen, absoluten Geist und diesem Traumbild, das aus dem Nichts auftauchte, um mir zu sagen, daß es auf Erden oder im Himmel einen Engel gab, der über mich wachte und zugleich meiner bedurfte.

Was Dali wirklich in seinem Vater sah

Wir gehen zum Schloß von Figueras. Mein Vater führt mich an der Hand. Wir nähern uns dem Hügel. Ich sehe auf dem Dach eine rotgelbe Fahne wehen, zeige mit dem Finger darauf und bitte, daß man sie mir herunterhole. Mein Vater redet mir gut zu. Ich werde zornig und will sie haben. Mein Starrsinn ist nicht zu brechen. Ich gebe nicht nach. Mein Vater verliert die Geduld. Ich schreie und stampfe auf den Boden. Mein Vater hat die Szene satt, und um nicht die allgemeine Aufmerksamkeit zu erregen, eilt er, mich hinter sich her zerrend, mit großen Schritten zurück. Ich habe ihm den Tag verdorben.

Jeden Tag fällt mir etwas Neues ein, um meinen Vater auf den Höhepunkt der Wut, der Angst oder der Erniedrigung zu treiben und ihn zu zwingen, mich, seinen Sohn, mich, Salvador, als einen Gegenstand des Mißvergnügens und der Schande zu betrachten. Ich bringe ihn aus der Fassung, verblüffe ihn, fordere ihn immer mehr heraus: angefangen von dem angeblich durch eine Gräte in meinem Hals hervorgerufenen Hustenanfall, den ich bis zur Hysterie übersteigerte, damit er zitternd vor Angst und mit einem Würgen in der Kehle den Tisch verließ, bis zu meiner Disziplinlosigkeit im Kolleg. Ich sehe noch meinen Vater, wie er beim Abendessen mein Zeugnis und die Bemerkungen meiner Professoren liest und wie sich Bestürzung in seinem Gesicht abzuzeichnen beginnt. Mit echtem Entzücken verfolgte ich die zunehmende Fassungslosigkeit, die ihn wie eine Woge überflutete.

Oft stellte ich mich auch krank, um meine Eltern zu beunruhigen, und ich machte mit wahrem Vergnügen ins Bett. Mein Vater hatte mir ein schönes rotes Dreirad gekauft, das auf einem Schrank stand, und versprochen, es mir zu geben, sobald ich aufhörte, das Bett zu nässen. Ich war damals acht Jahre alt und stellte mir jeden Morgen die Frage: Das Dreirad oder ins Bett pissen? Nach einiger Überlegung pißte ich dann ruhig und mit der Gewißheit, meinen Vater zu erniedrigen, in die Leintücher.

Ihren besonderen Reiz hatte auch die Kack-Zeremonie. Ich dachte mir zunächst einen recht ausgefallenen Ort aus: den Teppich im Salon, eine Schublade, die Schuhkiste, eine Treppenstufe, einen Schrank.

Dann verrichtete ich diskret mein Geschäft und rannte darauf durchs ganze Haus, um meinen Sieg zu verkünden. Gleich liefen alle zusammen, um den Gegenstand meines Triumphs zu suchen. Ich wurde zum Hauptdarsteller des Familientheaters. Man schimpfte, man schrie, man wurde immer aufgeregter, je länger die Suche dauerte. Ich wählte mit Vorliebe eine Stunde, in der mein Vater zu Hause war und das Schauspiel betrachten oder sich an ihm beteiligen konnte. Eines Tages schiß ich, um das Happening zu würzen, ins Klosett. Man suchte lange, und keine Drohung brachte mich dazu, den Ort zu verraten, so daß man mehrere Tage nur mit Bangen eine Schublade zu öffnen oder den Fuß auf die Treppe zu setzen wagte.

Ich habe lange ein Königskostüm, ein Geschenk meiner Onkel in Barcelona, aufbewahrt, zu dem ein mit Hermelin gefütterter Mantel und eine mit Topasen besetzte Krone gehörten, die in meinen Augen die höchste Autorität verkörperte. Das Zepter in der einen Hand und eine Peitsche in der andern, so geisterte ich durch die Gänge unseres Hauses, wo ich im Dunkeln den Dienstboten, die mich verspottet hatten, auflauerte, um ihnen die schlimmsten Verwünschungen an den Kopf zu werfen. Am liebsten hätte ich sie geschlagen, und meine Krone und mein Zepter verliehen mir die Gewißheit, daß ich dazu früher oder später auch imstande sein würde. Im Laufe der Jahre wurde mein Kopf immer größer, aber diese Krone behielt ich, bis ich sie nicht mehr ohne Schmerzen tragen konnte, so sehr stellte sie in meinen Augen die Macht dar, die ich meinem Vater entreißen wollte.

Sobald mich mein Vater der Autorität Trayters, dessen pädagogische Unfähigkeit ihn zuletzt doch beunruhigte, entzogen und meine Erziehung dem Mönchskolleg von Figueras anvertraut hatte, begann ich eine sonderbare Macht zu entwickeln, nämlich die, durch die Mauern zu blicken und mich vollständig nach außen abzuschließen – eine Fähigkeit, mit der eine unglaubliche Verstellungskunst Hand in Hand ging. Ich erreichte eine beinahe ununterbrochene Abwesenheit während der Unterrichtsstunden und besaß die Gabe des Wachträumens in unvergleichlichem Maße. Meine Einbildungskraft hatte sich als häufigsten Gegenstand der Abschweifung die „fünf Wachposten“, wie ich sie nannte, erwählt. Das Thema lieferten zur Linken zwei Zypressen, die ich durch das Fenster meines Klassenzimmers sah und deren Schatten den Tagen ihren Rhythmus verlieh, zur Rechten die beiden einander zugekehrten Silhouetten auf Millets „Angelus“, von dem eine Kopie hell angeleuchtet an der Wand des Ganges hing, der zum Klassenzimmer führte, und schließlich vor mir ein großer Christus aus gelber Emaille, der an ein schwarzes Kreuz genagelt war. Jeden Abend beim Verlassen der Klasse bekreuzigten wir uns davor, nachdem wir unsere Lippen auf die behaarte Hand des Superiors gedrückt hatten, und berührten die Füße des Gekreuzigten. Die schmutzigen Finger mehrerer Schülergenerationen hatten das Elfenbeingelb des Erlösers grau werden lassen. Mein Spiel bestand nun darin, daß ich mir mit der größten Genauigkeit den Gang der Sonne und die subtile Verwandlung ihrer durch die Zweige fallenden Strahlen vorstellte und sodann alle Beobachtungen damit assoziierte, die ich in mich hatte aufnehmen können: die Tönung des Lichts über den Pyrenäen, das Leuchten einer Fensterscheibe, die einen Lichtblitz zurückwarf, die wechselnden Farben der Ebene des Ampurdan, wo sich mein Traum mit geologischen Formen vermählte. Zugleich ließ ich in mir eine unklare Angst anwachsen, die mir die beiden Personen auf dem Gemälde Millets einflößten, die unbeweglich und mit einer toten Leere zwischen sich dastanden. Dieses heftige Unbehagen war unerklärlich, und es steigerte sich bis zur Übelkeit. Dazu kam, daß mich das schmutzige Grau der Füße des Gekreuzigten und die vollendet nachgeahmten Wunden an seinen Knien, durch die man die Knochen sah, faszinierten. In meinem Kopf bildeten alle diese Elemente eine quälende Dekoration, ich stellte aus ihnen ein Traumballett zusammen, und nichts, weder Strafen noch Unterbrechungen, noch die Versetzung auf einen anderen Platz, konnte mich von dieser Tätigkeit abbringen. Seither träume ich mit offenen Augen. Ich bin imstande, mir meinen kleinen inneren Film vorzuführen und den Alltag mit den Bildern meiner Erfindung zu beleben. Jeden Tag übertreffe ich mich selbst aufs neue, ich sondere mich von der Wirklichkeit ab, ich entweiche durch einen Geheimausgang aus dem Kreis, den man um meine Seele zu ziehen versucht.

Wie sich Dali von einem Zwang befreite

Bald sollte ich meine Macht gebrauchen, um mich von meinem Vater zu befreien. Ich bemerkte schon, wie nach und nach in meinen Augen seine jupitergleiche Stärke unter den unaufhörlichen Angriffen meiner Launen zerbröckelte.

Zuerst nahm ich ihn allmählich in mein Delirium auf und verwandelte ihn, den Herrn, den Starken, den Unverwundbaren, in einen Menschen, der von meinem Willen abhing durch die Angst, den Zorn, die Scham, den Abscheu. Ich zwang ihn, sich meinen Spielen zu fügen und aus den Schienen seines Rationalismus, seiner Ruhe und Autorität zu treten. Er wurde ein Objekt meines intimen Kinos, einer der Sklaven meiner Paranoia. Ich entkleidete ihn allmählich seiner Machtattribute, um ihn auf ein Symbol zu reduzieren. Ich bewundere die erstaunliche Geschicklichkeit, die ich damals besaß. Instinkt und Intelligenz verbündeten sich, um diese geniale Operation erfolgreich zu beenden. Denn wenn ich mich nicht größter Gefahr aussetzen und erleben wollte, daß sich meine Persönlichkeit wie Zucker in Kaffee in einem permanenten Delirium auflöste, durfte ich nicht darauf verzichten, ihn, den Vater, trotz allem zu bewundern, damit es mir gelang, mich mit ihm zu identifizieren, seine Struktur zu bewahren und mich nach dem Bilde seiner Kraft zu formen.

Noch heute halten mich seine strukturellen Ideen gefangen: Mein Vater war Atheist, und ich finde nicht zum Glauben. Er hatte Angst vor Geschlechtskrankheiten. „Ich will“, sagte er, „ein Buch mit farbigen Reproduktionen machen, das die Männer davon abhalten wird, sich mit Huren einzulassen.“ Diese Angst lähmt auch mich noch immer. Ich habe gesehen, wie mein Vater, vor heftigen Zahnschmerzen weinend, rief: „Ich bin bereit, einen Pakt zu unterschreiben, daß ich diese Schmerzen ewig ertragen will, wenn ich dafür nicht zu sterben brauche.“ Ich bin wahrhaftig sein Sohn!

Doch nach und nach verlor Moses den Bart der Autorität, und Jupiter legte den Blitz aus der Hand. Was blieb, war Wilhelm Tell, der Mann, dessen Erfolg von dem Heroismus und Stoizismus seines Sohnes abhing. Ich übte mich im Ertragen von Leiden; nicht nur, indem ich bis zur Grenze des Unerträglichen meinen Kot zurückhielt, sondern auch, indem ich mich zwang, die bewußte Königskrone zu tragen, obwohl mein Schädel so schnell gewachsen war. Bald litt ich grausame Schmerzen, aber ich blieb mir selbst gegenüber unerbittlich bis zur Raserei. Eine seltsame Wollust erwuchs mir aus diesen masochistischen, durch die schärfste Intelligenz ins Transzendente gehobenen Handlungen.

Eine Anekdote soll zeigen, welcher Art meine Entwicklung war. Ich war Student in Madrid. Um mir zu beweisen, wie sehr er meine Intelligenz würdigte, hatte mein Vater mir ein Abonnement auf die

Große Spanische Enzyklopädie geschenkt, und nun schickte er mir jeden Monat einen Band, aber ich ahnte, daß dieses Geschenk in seinen Augen auch eine gute Investition darstellte. Bei jeder Sendung beklagte er sich darüber, daß er keine Nachricht von mir erhielte. Eines Tages riß ich den Buchdeckel vom letzten Band, den er mir eben geschickt hatte, und schrieb darauf: „Ich wünsche Dir fröhliche Ostern und fröhliche Weihnachten." Dann schickte ich ihm das Ganze, und noch lange habe ich mich damit vergnügt, mir auszumalen, wie er die Sendung empfing. Glücklich über das dicke Kuvert, in dem er zweifellos eine ausführliche Berichterstattung über meine Arbeit vermutete, ließ er sich Brokkoli, seine Leibspeise, zubereiten, und beim Dessert dann öffnete er den Umschlag. Seine Bestürzung über die Beleidigung muß ungeheuer gewesen sein. Er stand ohne ein Wort vom Tisch auf und ging in sein Schlafzimmer hinauf. Ich hielt den Ariadnefaden des Sieges in der Hand.

Er gab mir freilich Schlag um Schlag zurück, indem er beispielsweise versuchte, mich unter dem Hinweis auf meine Zukunft und sichere Existenz von meiner Berufung abzubringen und einen Landwirt aus mir zu machen. Es gelang ihm, mich für die technische Seite dieser Beschäftigung und für die bäuerliche Lebensweise zu interessieren, aber er konnte mich nicht vergessen machen, wer ich war. Später weigerte er sich, Gala, mein Idol, meine Frau, zu empfangen, und er widersetzte sich unserer Heirat unter dem heuchlerischen Vorwand, daß Gala rauschgiftsüchtig sei. Bald darauf aber konnte ich ihn niederschmettern – als ich nämlich nach meiner Rückkehr aus den USA in einem prächtigen Cadillac, dem Beweis meines Erfolges und der Nutzlosigkeit seiner Revolte gegen mein Genie, bei ihm vorfuhr. Es war mir gelungen, von mir selbst Besitz zu ergreifen und stärker zu werden als er. Was er nicht wußte, war, daß ich, indem ich ihn verdaute, auch seine Auferstehung herbeiführte und er durch mich wieder lebendig wurde. Diese Askese der Eroberung und Überwindung ist das ganze Geheimnis meines Genies. Mein Vater, der besiegte Jupiter, wurde immer wieder neugeboren in meinen unaufhörlichen geistigen Projektionen. Ich habe ihn wiedergefunden in der Person Picassos wie in den Zügen Stalins, doch ohne jeden Schrecken, ohne jede Angst, ohne daß mich der Schatten einer Faszination lähmte. Freudscher Held par excellence, habe ich mich von seiner Vormundschaft befreit, indem ich mich von jeder Zelle seines Ichs nährte, und so wurde er eine der Triebkräfte meines Genies.

Was bedeutet für Dali die Mutter?

Meine Mutter ist im Dalischen Olymp ein Engel. Nach ihrem Blut haben mir ihre Brüste das Leben gegeben. Ihre sanfte Stimme hat meine Träume gewiegt. Sie war der Honig der Familie. Ich hätte sie trinken mögen in der Art, wie es unsere argentinischen Freunde taten, die Matas, die im zweiten Stock unseres Hauses wohnten und jeden Nachmittag gegen sechs mit einem silbernen Saugröhrchen, das in dem großen Salon von Mund zu Mund ging, ihren Mate tranken. Auch ich nahm den riesigen Behälter in die Hand und ließ mich durchrieseln von der süßen Wärme der Flüssigkeit, die in mich einströmte, wobei ich starr auf das kleine, mit Mateblättern gefüllte Fäßchen starrte, von dessen Seite her mich ein Bild Napoleons betrachtete. Der Kaiser hatte rosige Wangen, einen weißen Bauch, schwarze Stiefel und einen schwarzen Hut. Zehn Sekunden lang nährte ich mich von seiner Kraft. Ich wurde selbst Napoleon, Herr der Welt. Damals war ich sieben Jahre alt und in die schöne Ursulita, eine der Töchter der Matas, verliebt. Ein seltsames Gefühl durchdrang mich immer bei dem Gedanken, daß mein Mund beim Trinken die Stelle berührte, die auch Ursulita und meine Mutter mit dem ihren berührt hatten, aber gleichzeitig stach mir ein Funke Eifersucht ins Herz, wenn ich bedachte, daß sie nach einem anderen getrunken hatte, der nicht ich war.

Dem Fäßchen hatte ich es zu verdanken, daß ich lange glaubte, Napoleon zu sein. Wenn ich auf dem Heimweg nach einem langen Spaziergang hinter den anderen zurückblieb, brauchte man nur zu sagen: „Geh voran, Napoleon!“, und schon vergaß ich meine Müdigkeit und schwang mich auf mein Schlachtroß.

Ich höre noch das regelmäßige Geräusch der Kurbel des Projektionsapparats, die meine Mutter mit der Hand betätigte. Ich erinnere mich an einen Dokumentarfilm, „Die Einnahme Port Arthurs“, der uns den russisch-japanischen Krieg wieder vor Augen führte und in dem Generale wie mechanische Puppen salutierten, und an einen anderen, der „Der verliebte Gymnasiast“ hieß. Meine Mutter steht hinter mir im Dunkeln. Meine Schwester, meine Kameraden und ich, wir senden unsere Blicke auf die Leinwand, die plötzlich lebendig wird. Sie ist die Bilderfee. Wenn ich an sie zurückdenke, sehe ich auch die Nelken, die sie auf dem Balkon pflanzte, und die winzigen Kakteen, mit denen sie die Weihnachtskrippe schmückte.

Meiner Mutter verdanke ich es, daß ich im Oberkiefer statt vier nur zwei von den kleinen Zähnen habe, die, wie man mir sagt, Schneidezähne heißen, und im Unterkiefer hatte ich noch lange zwei Milchzähne. Den einen schlug ich mir selbst mit einem Fausthieb heraus, den ich mir bei einem Wutanfall versetzte.

Ich war untröstlich, als meine Mutter starb. Lange zweifelte ich daran, daß sie wirklich fort war. Sie allein hätte meine Seele verwandeln können. Ich empfand ihren Verlust wie eine Herausforderung und beschloß, mich zu rächen, indem ich unsterblich wurde.

> *„Ich hatte auf einer Art Fäßchen aus Blech, das dieses süße lauwarme Getränk enthielt, das man Mate nennt, ein Bild Napoleons gesehen, das mir von einer ganz und gar übermenschlichen Schönheit erschien, und zwar sowohl was die Gesichtszüge als auch was das Geschlecht anbetraf, denn die weichsten Teile Napoleons vermischten sich mit denen meiner Mutter."*

3. *Wie man die Launen zu einem System erhebt*

Das Irrationale bricht ständig aus unserem Geist und aus dem Schock der Wirklichkeit hervor, aber wir verstehen es nicht wahrzunehmen, so sehr sind wir dazu abgerichtet, nur den gesunden Menschenverstand, die Vernunft und die erworbene Erfahrung gelten zu lassen. Das Wunder ist indessen immer gegenwärtig, und wir besitzen alle Schlüssel, um im Geheimnis der Weltseele zu leben. Wir haben jedoch die Wege der Wahrheit vergessen. Wir haben Augen und sehen nicht, Ohren und hören nicht.

Ich, Dali, habe die Straßen der Offenbarung und der Freude, das schwindelnde Glück, das den Hellsichtigen vorbehalten ist, entdeckt. Ich nehme mit meinem ganzen Wesen teil an dem großen Pulsschlag des Kosmos. Ich mache aus meinem Verstand ein einfaches Werkzeug, mit dem ich die Natur der Dinge dechiffriere und mein Delirium lese, um es besser zu begreifen.

Eine lange Suche brachte mich dahin, in mir – vor allen und gegen alle – die Sprache des wahren Lebens sprechen zu lassen.

Ich erinnere mich, daß ich als Kind das Spiel des kleinen Patouflet spielte, dieses katalanischen Helden von winziger Gestalt, der sich, vor einem Unwetter Schutz suchend, von einem Ochsen verschlingen ließ, in dessen Bauch es nicht regnet und nicht schneit. Ich ging auf alle viere nieder und ließ den Kopf hin und her pendeln, bis das Blut ihn wie einen Weinschlauch prall füllte und mich betäubte. Mit weit aufgerissenen Augen sah ich dann eine Welt voll tiefer Dunkelheit, aus der leuchtende Scheiben auftauchten, die sich nach und nach in Spiegeleier verwandelten. Es gelang mir in dieser Lage, zunächst zwei Eier zu sehen, denen meine Aufmerksamkeit gebannt folgte. Aus den zweien wurden unzählige Eier, und sie verwandelten sich in eine weiche, nachgiebige weiße Masse, die ich, etwa wie ein Bäcker seinen Teig knetet, formte. Ich fühlte mich an den Quellen der Macht, in der Höhle der großen Geheimnisse. Ich fand so etwas wie ein warmes, schützendes Paradies, gemacht aus rohem, sinnlichem Genuß. Meine Empfindung verschmolz mit der schwindelerregenden Erinnerung, die ich an den Leib meiner Mutter vor meiner Geburt bewahrt hatte: zwei phosphoreszierende Eier, ungeheuer groß wie die kalten, ausdruckslosen Augen eines riesenhaften Tieres, deren Weißes einen leichten Blauschimmer zeigte. Lange habe ich mir immer wieder aus Vergnügen diese Leuchterscheinungen hervorgerufen, indem ich auf meine Lider drückte, um so die kostbaren Bilder meines Embryos wiederzufinden, und noch heute kann ich auf Wunsch – doch ohne die Magie des Augenblicks – wieder in diese Welt der Engel tauchen, die wie die Aura des Göttlichen ist.

Mit meiner Schwester und meinen Freunden spielte ich oft auch das Höhlenspiel. Dabei mußten wir uns in einen Schrank oder irgendeine Vertiefung zwängen, und zwar möglichst viele von uns in den denkbar kleinsten Raum. Im Fenster des Speisezimmers, zum Beispiel, zwischen den äußeren und inneren Läden, fanden unser sechs Platz, einer gegen den anderen gepreßt. Ich ließ mich dann von einem geradezu köstlichen Gefühl der Beengtheit und des Erdrücktwerdens überwältigen und verfolgte mit den Augen das Wandern der Sonnenstrahlen, die zwischen den Brettern der Fensterläden hereinfielen.

Ich brauche nur vor dem Einschlafen die Lage des Fetus einzunehmen – die Knie ans Kinn gezogen, die Arme zwischen den Schenkeln, beide Hände auf dem Gesicht, die Daumen unter die zu Fäusten geballten Finger gesteckt, das Bettuch wie ein Sack an meinem Körper anliegend –, und wenn noch zwei zusätzliche Bedingungen zusammentreffen, nämlich daß meine Oberlippe am Kissen saugt und meine kleine Zehe ein wenig aus meinen Körperumrissen hinausragt: dann kann ich die göttliche Schwere des Schlafes in meinen Kopf einströmen lassen, und mein Körper ist weiter nichts mehr als eine Krücke. Ich finde die Muschel des Urbeginns wieder und das Paradies, aus dem ich vertrieben wurde.

Trayters Laterna magica war durch die Plötzlichkeit und die blendende Helligkeit der Bilder ein Zauber gewesen, der mich erschütterte, indem er meinen hypnagogischen Empfindungen beinahe lebendige Formen verlieh. Sie spielte die Rolle des Entwicklers für die lichtempfindliche Platte meines Gedächtnisses und gab meiner Suche einen Sinn. Die Erscheinung des Mädchens wurde wirklicher als die Wirklichkeit und gestattete mir, die mich umgebende Welt auszulöschen, um dem Bild absolute Allmacht zu verleihen. Ich verliebte mich in einen Traum, aber die physische Konsistenz, die Inkarnation des Mädchens erschien mir ebenso möglich und wahrscheinlich wie die Farbe, das Licht, die Gegenwart ihres Bildes. Vielleicht brauchte ich sie nur zu suchen? Ich wußte noch nicht, daß es genügte, zu denken und zu wollen, damit mein Traum Wirklichkeit werde.

Ein Wachtraum Dalis

Ich gehe mit meiner Mutter und meiner Schwester durch den Schnee, den ich zum erstenmal entdecke. Ich schwebe über einen wunderbaren Teppich dahin, der unter meinen Füßen leise knirscht und zugleich seine Unbeflecktheit verliert. Bald haben wir Figueras hinter uns gelassen und gehen immer tiefer in einen Wald hinein. Plötzlich bleibe ich stehen: Mitten auf einer Lichtung liegt, so als wartete es dort auf mich, ein magisches Etwas, eine runde Platanennuß, mit ein wenig gespaltener äußerer Schale, so daß man den Flaum sieht. Ein vereinzelter Sonnenstrahl bricht durch die Wolken, und wie ein kleiner Scheinwerfer erhellt er den Flaum und läßt ihn lebendig werden. Ich knie nieder, und behutsam, wie wenn ich einen verletzten Vogel aufheben wollte, forme ich aus meinen Händen eine Schale und nehme die kleine Kugel auf. Ich nähere meine Lippen dem flaumigen Spalt und küsse ihn. Dann nehme ich mein Taschentuch und wickle die Kugel darin ein. Meiner Schwester sage ich, ich hätte ein Zwergäffchen gefunden, aber ich weigere mich, es ihr zu zeigen. Ich spüre, wie sich das Äffchen in meiner Hand, im Taschentuch bewegt. Ich habe nur noch den einen Wunsch, meinen Fund dem kleinen Mädchen aus der Laterna magica zu zeigen. Ich weiß, daß sie mich an der Quelle erwartet, und bitte meine Mutter, sogleich dorthin zu gehen. Sie ist einverstanden. Bald darauf treffen wir Freunde, bei denen sie stehenbleibt. Ich stürze zur Quelle, und – was für eine Freude! – das kleine russische Mädchen aus der Troika erwartet mich, auf einer Bank sitzend. Sie sieht mich an. Das Äffchen in meiner Hand, in meiner Tasche, bewegt sich. Mir ist, als müßte mein Herz aussetzen. Ich fliehe zu meiner Mutter zurück. Dann gehe ich wieder zur Quelle, aber diesmal mache ich einen Umweg und betrachte das Mädchen von hinten. Ich knie im Schnee, regungslos, unfähig zu denken. Ich höre und sehe einen Mann zur Quelle treten, um einen Krug zu füllen, und das Glucksen des Wassers reißt mich aus meinem Traum. Ich nehme die Nuß aus der Tasche und beginne, sie mit meinem Messer zu schälen, um sie meiner Liebsten zu geben, die ich in den Nacken küssen will, wenn ich ihr mein Geschenk überreiche. Doch plötzlich steht sie auf und füllt selbst einen kleinen Krug. Mit vor Kälte blauen Knien richte ich mich auf und gehe auf die Bank zu, um die flaumige Kugel daraufzulegen. Ich zittere an allen Gliedern. In diesem Augenblick kommt meine Mutter. Von meinem Zustand tief gerührt, wickelt sie mich in ihren Schal und beschließt unsere Heimkehr. Meine Zähne klappern, und ich bringe nicht ein Wort hervor. Am liebsten wäre ich immer dort geblieben, um meinen entfliehenden Traum zurückzuhalten.

Doch ich habe entdeckt, wie ich die wunderbaren Augenblicke meiner Begegnung mit Galuschka – so werde ich sie fortan nennen – immer wieder nacherleben kann. Ich brauche nur auf den feuchten Fleck an der Decke von Trayters Klassenzimmer zu starren. Ich kann die wirklichen Formen nach Belieben verwandeln. Sie werden zuerst Wolken, dann Gestalten, dann Gegenstände. Man könnte sagen, ich hätte einen regelrechten Projektionsapparat im Kopf, der durch meine Augen ausstrahlt und an der Decke mein Drehbuch verwirklicht. Ich kann den Film nach Wunsch zurücklaufen lassen, etwas verbessern, eine Einzelheit schärfer herausarbeiten, Körper und Situationen bis zur Orgie multiplizieren. Zuerst baue ich Galuschkas Schlitten mit den Pelzen auf, dann komponiere ich ein Rudel galoppierender Wölfe, deren grausame Mäuler vor Wut geifern. Bald genügt mir die Decke nicht mehr. Ich nehme den Kopf des schlafenden Trayter zur Zielscheibe und bediene mich seines Bartes, um einen Zauberteppich daraus zu weben, und den Wald verwandle ich in eine mit Kuppeln, Türmen und Zinnen prächtig geschmückte Stadt, deren Prinzessin Galuschka ist. Meine Spiele können sich ins Unendliche fortsetzen; ich staune über diese Gabe, über die ich so leicht verfügen kann und die wie ein Geschenk des Himmels ist und mir eine Welt enthüllt.

Ich hatte einen Freund, der so blond war wie ich braun, so rosig wie ich oliv. Alle nannten ihn Butchaqués, denn er trug zu einer eng anliegenden Hose, die seine Gesäßbacken hervortreten ließ, eine Joppe mit großen Taschen, und Tasche heißt auf katalanisch *butchaqués.* Im Laufe köstlicher Spaziergänge zur Quelle, wohin wir,

Arm in Arm wie Verliebte, gingen, teilte ich ihm das Geheimnis meines Äffchens und Galuschkas mit. Unsere Lippen vereinigten sich bei jeder Trennung, und ich geriet in Begeisterung über unsere Gemeinsamkeit. Jeden Tag machte ich Butchaqués als Pfand meiner Neigung ein neues Geschenk. Bald waren zur großen Verblüffung meiner Eltern alle kleineren Gegenstände aus unserem Haus verschwunden, und meine Mutter war sehr überrascht, als eines Tages die Mutter meines Freundes sie besuchte, um ihr eine Suppenschüssel zurückzubringen, die ich Butchaqués geschenkt hatte. Das war der Anfang unserer Entfremdung und schließlich unseres Zerwürfnisses. Meine Geschenke mußten aufhören, und Butchaqués ließ mich im Stich. Er beging sogar ein Sakrileg: er nahm mir mein Äffchen weg, verhöhnte mich und warf es auf die Straße. In meinen Augen war er ein gemeiner Verräter. Ich haßte ihn bis in meine Träume hinein.

Es widerfuhr mir oft, daß ich Wirkliches und Eingebildetes nicht zu unterscheiden vermochte, und ich hätte mich, ohne jeden Sinn für die Wirklichkeit, ganz von der Flut meiner Träume forttragen lassen können. Das war vielleicht das einzige Anzeichen dafür, daß ich mich in einem besonderen Zustand befand. Doch mein Wahn war von solcher Art, daß sich nichts in mir gegen diese Versuchung auflehnte. Im Gegenteil, ich suchte unaufhörlich neue Gelegenheiten, mich nach Belieben meinen Wachträumen hingeben zu können.

Meine Absicht war, meine Begierden im Wachzustand ohne Unterlaß durch alle Möglichkeiten, die meine Phantasie mir bot, zu steigern. Noch wußte ich nicht, daß aus mir der geniale Erfinder der paranoia-kritischen Methode werden sollte, und zu jener Zeit wurde mir vor allem die glückliche Überraschung zuteil, die erwachenden geheimen und phantastischen Kräfte meines Körpers und meines Geistes zu entdecken. Schon in meiner Kindheit entstanden die Archetypen meiner Persönlichkeit, meines Werks und meiner Ideen. Eine Bestandaufnahme dieser psychologischen Materialien ist daher wichtig. Und da ich mich um dieselbe Zeit nach und nach meiner Einzigartigkeit und genialen Begabung bewußt wurde, ist die Kenntnis dieser Periode ein wahres Rezept dafür, wie man Dali wird.

Einige Beispiele für das „Delirium“ im Alltag

In dem Jahr, in dem ich acht wurde, befand ich mich einmal kurz vor Weihnachten mit meinem Onkel im Speisezimmer. An dem einen Ende des Tisches liegen waagrecht die Champagnerflaschen – ein seltener, kostbarer Wein für das bevorstehende Familienfest. Ich stehe am anderen Ende des Tisches und betrachte die Flaschen. Mein Onkel sitzt in einem Sessel und liest seine Zeitung. Plötzlich geht das Dienstmädchen durch das Zimmer und schlägt, als sie es verläßt, die Tür kräftig zu. Eine der Flaschen zittert und beginnt zu rollen. Ich sehe ruhig zu, wie sie auf mich zukommt. Sie fällt von der Tischkante und zerschellt mit lautem Knall und einem märchenhaften Spritzen und Schäumen auf dem Boden. Mein Onkel blickt von der Zeitung auf und sieht mich an. Eine zweite Flasche beginnt, von der ersten nachgezogen, zu rollen. Er begreift, daß ich keinen Finger rühren werde, und stürzt zum Tisch, um sie aufzuhalten. Mein Vater kommt, und er sagt zu ihm ganz außer Fassung: „Dein Sohn ist nicht wie die andern.“ Dann erklärt er ihm, wie ich mich verhalten habe. Für mich aber stellt diese Aufeinanderfolge von Tatsachen eine göttliche Liturgie dar: Die Flasche setzt sich in Bewegung, rollt, zerplatzt und wirft einen Geysir auf – was für eine schöne Reihe erstaunlicher Ereignisse! Doch wie soll ich das diesen Leuten erklären?

Freilich verschaffte mir der Zufall nicht immer solche Freuden. Ich half durch meine Einfälle nach. Ich erzählte schon, wie ich meine Amme mit einer Stecknadel blutig kratzte, weil sie mir, da das Süßwarengeschäft geschlossen war, ein Bonbon verweigerte, und wie ich ins Bett pißte und in Schubladen schiß. Meine Tage bestanden aus lauter Manifestationen meines irrationalen Willens, der instinktiv zu meinem Lebens- und Denksystem werden sollte. Manchmal fiel es den Erwachsenen nicht auf, aber meistens riefen meine Launen Erstaunen, Bestürzung und Wut hervor.

Mein Vater trägt mir eines Tages auf, Brot für ein Sandwich zu holen. Dabei sagt er ausdrücklich, ich solle ihm kein nach französischer Art mit einer Omelette gefülltes Brot bringen, das eine Spezialität unseres Bäckers war. Bei meiner Rückkehr sieht er, daß das Brot ausgehöhlt und mit Eigelb bekleckst ist. „Was hast du mit der

Omelette gemacht?“ fragte er. „Ich habe sie weggeworfen“, antworte ich. „Du sagtest doch, daß du sie nicht magst.“ Er wurde natürlich wütend, und ich erschien ihm noch sonderbarer, aber er versuchte nicht mehr, mich zu verstehen.

Etwa um dieselbe Zeit verbrachten wir die Ferien bei den Pitchots, mit denen wir befreundet waren, und ich beschloß eines Tages, ein Maisbad zu nehmen. Ich zog die Hose aus und schüttete einen Sack Körner über mich, so daß sich ein Haufen auf meinem Bauch und meinen Schenkeln bildete. Als ich eben dabei war, die Wärme des von der brennenden Sonne erhitzten Maises und das Prickeln der Körner zu genießen, betrat plötzlich Herr Pitchot die Scheune. Ich habe seinen verdutzten Blick bis heute nicht vergessen. Er machte jedoch ohne ein Wort kehrt und ging. Ich schämte mich sehr, bei meiner Suche nach Wollust ertappt worden zu sein, und mein Schuldgefühl war so groß, daß es mir nur mit Mühe gelang, die Körner wieder in den Sack zu füllen. Jede Handvoll erschien mir schwer wie Blei. Ich mußte lernen, mit der Scham und der Schuld fertigzuwerden und sie in Kräfte zu verwandeln, die mir dienten.

Einstweilen erlaubten es mir die Wolken, meine Wachträume fortzusetzen. Auf dem Balkon liegend, sah ich in dem grellen Licht den schäumenden Himmelswolken nach. Brüste, Schenkel, Köpfe, Pferde, Elefanten zogen an meinem Blick vorüber. Ich erschaute mir monströse Paarungen, Titanenschlachten, Tumulte, Begegnungen ganzer Scharen von Menschen. Alle Phantasmagorien meiner Kindheit lebten auf Befehl wieder auf. Bisweilen mischte sich der Donner ein, und ich zog den Blitz Jupiters hinzu, um mein Spiel fortzusetzen. Nach einer Weile hatte ich solche Übung erworben, daß nichts mehr meinem Willen widerstand. Es genügte, daß sich mein Blick eines Gegenstands bemächtigte, und schon wurde er nach meiner Laune verwandelt und neu geschaffen.

Wo war die Grenze dieser Fähigkeit zur Neuschöpfung?

Meine Kräfte versagten vor dem Idealen und dem Wirklichen, ich will sagen vor dem wunderbaren kleinen Dorf Cadaqués, das ich liebte, in dem ich jeden Winkel und jeden Felsen kannte und in dem für mich auf unvergleichliche Weise die Schönheit der Erde Gestalt angenommen hatte. Es war nicht nötig, ihr die Phantasie des Geistes hinzuzufügen. Ich wurde nie müde, ihre Reize zu betrachten, doch immer kam mir in solchen Augenblicken ein teuflisches Insekt dazwischen: die Heuschrecke, deren Sprünge mich lähmten. Es gelang mir jedoch, sie zu bezwingen.

Ich liebte es, Tag für Tag den Kampf und das Wandern von Licht und Schatten auf den Felsen zu verfolgen, und ich dachte mir ein Spiel aus, das darin bestand, eine auf einem Stück Kork befestigte Olive an genau die Stelle zu legen, die der letzte Sonnenstrahl treffen mußte. Während ich an der Quelle Wasser trank, beobachtete ich meine Olive, und wenn es dann geschehen war, wenn sie vor meinen Augen im letzten Sonnenstrahl explodiert war, nahm ich sie, steckte sie in eines meiner Nasenlöcher und rannte aus Leibeskräften, bis die Kraft meines Atems die Olive aus meiner Nase trieb. Dann wusch ich sie nach einem bestimmten Ritual und aß sie mit großem Genuß auf. Das war eine Art, mich der Natur und ihrer Kraft zu bemächtigen.

Als ich noch ganz klein war, liebte ich die Heuschrecken. Ich ging sie suchen, um ihre kräftig gefärbten Flügel zu sammeln. Dann entdeckte ich eines Tages, daß ein kleiner Fisch, den ich gefangen hatte, ein „Seeschmetterling", ganz die gleiche Kopfform hatte wie eine Heuschrecke. Ich weiß nicht, warum – aber diese Entdeckung erfüllte mich mit einem Abscheu, der sich bis zur Nervenkrise steigerte. Alle meine Kameraden nutzten natürlich meine Angst aus. Ich wurde beinahe ohnmächtig, als meine Kusine einmal eine Heuschrecke an meinem Hals zerquetschte, und ich warf eine Fensterscheibe in meinem Klassenzimmer ein, als ich ein Buch von mir schleuderte, zwischen dessen Blättern ich eine zerdrückte Heuschrecke gefunden hatte. Ich war wie besessen – bis zu dem Tag, an dem ich ein Gegenmittel erfand: ein Papierschiffchen, auf das ich alle meine Zwangsvorstellungen und Ängste lud, indem ich allen erklärte, ich fürchtete es tausendmal mehr als eine Heuschrecke. Von diesem Augenblick an vertauschten meine Verfolger die Insekten mit Papierschiffchen, und ich heuchelte ein Entsetzen, das sie entzückte. Ich mußte Erschrecken simulieren – ein Erschrecken, das nichts gegen meine wahre Angst war –, aber eben das hatte meinen Ausschluß aus dem Kolleg zur Folge. Der Superior war gerade in unserer Klasse, als ich ein Schiffchen in meiner Mütze entdeckte. Ich mußte einen lauten Schrei ausstoßen, denn die ganze Klasse beobachtete mich, und ich weigerte mich, den Gegenstand zu berühren, den ich dem Professor bringen sollte. Zuletzt fand ich eine Lösung. Ich schüttete ein Fläschchen Tinte darauf. „Blau macht es mir keine Angst mehr", erklärte ich, und dann nahm ich es mit spitzen Fingern und warf es an die Tafel. Zu meinem Unglück wurde mir meine Erklärung als Frechheit ausgelegt.

Zugleich mit dem Papierschiffchen wurde noch ein anderer Gegenstand in die Dalische Trophäensammlung meiner Kindheit aufgenommen, nämlich eine Krücke, die ich bei unseren Freunden Pitchot auf dem Dachboden fand. Als ich dieses Ding zum erstenmal sah, erwählte ich es augenblicklich als Fetisch. Seine funktionelle Fremdartigkeit reizte mich, die Materialien, aus denen es gemacht war, zogen mich an. So gefiel mir der abgewetzte, schmutzige Stoff, mit dem die Achselstütze überzogen war. Diese Krücke verkörperte für mich die Autorität, das Geheimnis und die Magie, und sie verlieh mir einen echten Machtwillen. Mir schien, daß ich durch sie die Wollust neuer Launen kennenlernen sollte. Noch heute nimmt die Krücke in meinem Werk und in meiner Mythologie einen besonderen Platz ein. Jeder Dalier sollte seine Krücke haben wie einen Zauberstab.

Des Abends machte ich mir ein Vergnügen daraus, in Gemüse und Früchte zu beißen, in eine Zwiebel, eine Rübe, eine Melone, eine Pflaume. Ich ließ mir aus der Wunde, die meine Zähne geschlagen hatten, ein wenig Saft in den Mund rinnen wie ein Vampir, der seine Kraft aus den Quellen des Lebens schöpft, und behielt das Fruchtfleisch nicht im Mund.

So ließ ich in mir die Begierde aufblühen, eine immer größere Begierde und eine unauslöschliche Unerfülltheit. Die irrationalen Kräfte ergriffen Besitz von mir, und neue Sinne traten in Erscheinung, während mein Wesen immer sonderbarer wurde.

In Cadaqués sollten sich schließlich meine Erleuchtung und die Bewußtwerdung meiner Lage vollenden. Das alles, weil ich eines Tages entdeckte, daß die Blätter eines gewissen Baumes ein Eigenleben führten. Ich will damit sagen, daß sie sich frei zu bewegen schienen. Bald bemerkte ich allerdings, daß unter den Blättern ein kleiner unsichtbarer Käfer saß, dessen Bewegungen die des Blattes hervorriefen. Die Schutzfärbung war so vollkommen, daß es langer, aufmerksamer Betrachtung bedurfte, um das Insekt vom Blatt zu unterscheiden. So unwahrscheinlich es klingen mag: niemand in meiner Umgebung hatte bis dahin dieses Phänomen beobachtet. Ich konnte daher alle in Erstaunen setzen, indem ich vorgab, die Macht zu haben, Blätter zum Leben zu erwecken. Ich legte sie auf einen Tisch, und sie veränderten ihre Lage, wenn ich mit einem Stein auf die Platte klopfte.

Meine Entdeckung beeindruckte mich sehr. Sie bestätigte mir meine Beobachtungsgabe und meine Listigkeit und enthüllte mir eines der Geheimnisse der Natur, das ich später stets in meinen Bildern anwandte. Dieses Insektenblatt wurde eines der Lieblingsthemen meines paranoia-kritischen Deliriums und eine Quelle außerordentlichen Vergnügens. Ich nannte es *morros de con*. So heißen im Katalanischen die Geschlechtsteile der Frau, und der Ausdruck bedeutet zugleich Arglist und Verschlagenheit. Dieses Bild paßte gut zu dem Insekt, und ich hätte es auch für mich in Anspruch nehmen können.

„Ich glaube, ich bin in dem, was ich schaffe, ein recht mittelmäßiger Maler. Was ich als genial betrachte, ist meine Vision, nicht das, was ich gerade verwirkliche.“

LANCINATA
PHOLIMORFA

4. *Wie man sein Genie entdeckt*

Das Genie – zunächst: es haben oder nicht haben. Dann ruhen lassen. Auf sein erstes Keimen lauern. Nichts beschleunigen, um zu vermeiden, daß es in Samen schießt. Die Auswüchse nicht zu früh beschneiden. Es in alle Richtungen austreiben lassen, bis sich deutlich ein Weg abzeichnet. Die erste Frucht pflücken. Würzen und heiß servieren. Ein einfaches Rezept, das die Eltern eines Genies auswendig kennen sollten. Aber woher wissen, daß man Vater oder Mutter eines Genies ist? Man muß selber verrückt sein!

Meine Großmutter mütterlicherseits, Anna, die neunzig Jahre alt wurde, versank nach dem Tod einer ihrer Töchter in einen sanften Wahnsinn. Sie flüchtete sich in die Vergangenheit und beschwor mit einer Überfülle von Einzelheiten die Episoden ihres glücklichen Lebens herauf. Sie sprach oft in Versen und trug Góngora vor. Wir waren Fremde für sie geworden, und ihre Anwesenheit in der Wirklichkeit bekundete sie nur bei den Mahlzeiten durch eine Vorliebe für Sahnebaisers.

Eine Stunde bevor sie starb richtete sie sich im Bett auf und rief: „Mein Enkel wird der größte katalanische Maler werden!“ Dann schlief sie ein und wachte nicht mehr auf. Die unmittelbare Nähe des Todes macht hellsichtig.

Auf einer kleinen Bank an einem kleinen Tisch sitzend, machte ich meine erste Zeichnung. Auch die Abziehbilder liebte ich sehr, und tagelang plantschten meine Schwester Maria und ich mit den Händen in einer Untertasse mit Wasser und zogen Bilder in knalligen Farben ab. Ich hatte einen aufmerksamen Blick für Formen und Farben. Eines Tages fand ich ohne Zögern die falschen Geldscheine heraus, die mein Vater scherzhalber unter ein Bündel echter Scheine gemischt hatte. Ich hatte ständig den *Art-Gowens* bei der Hand, eine Sammlung von Meisterwerken der Malerei, die mir mein Vater geschenkt hatte und die ich immer wieder aufmerksam studierte. Auch einen Stoß Canson-Papier hatte ich immer griffbereit. Ich zeichnete den Kirchturm, den See und Porträts, und bald hatte ich die Gewohnheit angenommen, bei der Arbeit zu singen; jedoch mit geschlossenen Lippen, so daß nur ein Summen daraus wurde. „Er singt wie eine goldene Hornisse“, sagte später Garcia Lorca.

Ich bin neun Jahre alt. Meine Eltern schicken mich in den Ferien zu den Pitchots, die zwei Stunden von Figueras entfernt ein Landgut haben, „Turmmühle“ genannt. Sie waren eine Familie von sechs Geschwistern, die alle bemerkenswerte künstlerische Begabung hatten. Ramon Pitchot war Maler, Ricardo Cellist, Luis Geiger, Maria Opernsängerin; Pepito war auf nichts spezialisiert, aber vielseitig begabt, und Mercedes heiratete später den Dichter Eduardo Marquina.

Pepito Pitchot, seine Frau, ihre Adoptivtochter Julia und ich fuhren in einer Kutsche los. Am Abend kamen wir an, und es war gerade noch hell genug, daß ich den Turm sehen konnte, der dem Anwesen seinen Namen gab und der mir märchenhaft erschien mit dem Klappern des Mahlwerks, das wie das unerbittliche Geräusch der verrinnenden Zeit war, und der senkrechten Steinmasse, die so hoch aufragte. Ich mußte zwei Tage auf einen Schlüssel warten, bis ich diesen Ort betreten konnte, der mich schon im voraus faszinierte.

Endlich stürzte ich auf die Terrasse hinaus und stand hoch über dem Abgrund. Ich spuckte, so weit ich konnte, über die Büsche hinaus und ließ den Blick über mein Reich schweifen. Da war das Band des Baches, der die Schleuse speiste, der Gemüsegarten, der Wald, der sich bis zu den Bergen hinzog. Ich war ein wenig trunken von Schwindel und Macht.

Die heftigste Gemütsbewegung erlebte ich jedoch beim Frühstück, als ich die Bilder an den Wänden bemerkte. Ich aß allein meinen mit Honig bestrichenen und in Milchkaffee getunkten Toast. Plötzlich fielen mir die Gemälde auf. Es waren Werke von Ramon Pitchot, der damals in Paris arbeitete und sich für den Impressionismus begeisterte. Fasziniert betrachtete ich die scheinbar ohne jede Ordnung in dicken Schichten hingesetzten Farbflecke, die sich mit einemmal, wenn man nur den richtigen Abstand einnahm, auf großartige Weise zu einer funkelnden Farbvision zusammenschlossen und ein tiefes, von Sonnenlicht übersprühtes Bild von einem Bach, einer Landschaft oder einem Gesicht vermittelten. Ich glaube, die Augen traten mir aus dem Kopf. Nie hatte ich so stark das Märchenhafte, Zaubrische empfunden. Das war die Kunst! Zugleich Genauigkeit – ich betrachtete wie in Trance die roten Achselhaare einer Tänzerin – und

Ausstrahlung des Wirklichen in all seinem Glanz. Meine besondere Bewunderung erregte die pointillistische Technik. Die Nachschöpfung des wahren Bildes mit Hilfe der Zerlegung in winzige Farbflecke erschien mir genial. Ich verschaffte mir den geschliffenen Stöpsel einer Karaffe, der es mir, als Monokel verwendet, gestattete, die Welt in ihre Bestandteile zu zerlegen und die impressionistischen Eindrücke der Gemälde nachzuschaffen. Das Spiel wurde zur Methode, und ich verbrachte meine Tage damit, die Welt durch einen Blick neu zu denken. Diese Verrücktheit hielt mich ganz gefangen ... oder beinahe ganz, denn gleichzeitig stillte ich andere Begierden, die Quellen sinnlicherer Freuden waren.

Wie sich Dalis Sinnlichkeit äußerte

Jeden Morgen beim Erwachen inszenierte ich ein exhibitionistisches Schauspiel. Es ging mir darum, eine Lage zu erfinden, in der meine Nacktheit Julia verwirren konnte, die den Auftrag hatte, mich zu beaufsichtigen. Ich stellte mich schlafend, während das Mädchen die Fensterläden öffnete. Völlig regungslos, aber mit klopfendem Herzen wartete ich darauf, daß sie zu mir ans Bett trat, wo sie mein Geschlecht sehen mußte, das ich ihr, auf dem Bauch oder auf dem Rücken liegend, mit gespreizten Beinen darbot. Dann nutzte ich die Situation aus und zwang sie unter den verschiedensten Vorwänden, meinen Körper zu betrachten, etwa indem ich auf ein Jucken, einen Pickel, eine Schramme hinwies... Beim Frühstück, das ich gierig verschlang, machte ich mir ein Vergnügen daraus, mir den Milchkaffee übers Kinn, den Hals hinunter und auf die Brust rinnen zu lassen, wo er in klebrigen Flecken trocknete. Manchmal gelang es mir auch, die Kaffeeflecke bis auf den Bauch auszudehnen. Eines Tages ertappte mich das scharfe Auge Pitchots bei meinen Machenschaften. Jahre später sollte es ihm wieder ins Gedächtnis treten als ein Anzeichen meiner beginnenden Paranoia. Die größten Freuden erlebte ich jedoch in meinem Atelier, einem mit Kalk geweißten Raum, den die Sonne den ganzen Tag erhellte. Ich malte mit tiefer Befriedigung auf Papierrollen, die ich dann an den Wänden aufhängte. An diesem Ort schuf ich mein erstes Meisterwerk.

Da mir das Papier ausgegangen war, beschloß ich, eine ausgehängte

BINOCU
LA
RE

Tür zu benutzen, die ich über die Rückenlehnen zweier Stühle legte. Ich hatte mir vorgenommen, eine Handvoll Kirschen zu malen, die ich aus einem Korb auf den Tisch schüttete, und ich wollte nur zwei Farben verwenden: Zinnober für das von der Sonne erhellte Rot und Karmin für die Schatten, dazu Weiß für die aufgesetzten Lichter. Im Rhythmus der alten Mühle trug ich meine Farben nach einer strengen Methode auf, die mir große Freude bereitete. Die Komplimente Pitchots erhöhten noch mein Vergnügen und meinen Stolz. Nachbarn und Freunde schauten zu mir herein und sparten nicht mit Ermunterung. Als man mich aber darauf aufmerksam machte, daß ich die Stille der Kirschen zu malen vergessen hatte, ging ich daran, die Früchte zu entstielen. Das Fruchtfleisch aß ich, und jeden der Stiele klebte ich auf eine gemalte Kirsche. Diese Collage verlieh dem Ganzen einen packenden Eindruck von Wirklichkeit. Ich verwendete sogar die Würmer, die die alte Tür zerfraßen, zur Gestaltung meines Bildes, indem ich sie mit einer Stecknadel aus ihren Löchern holte. Pepito Pitchot sah mir dabei aufmerksam zu und rief: „Das ist genial!“ Ich war davon überzeugt.

Mit einiger Mühe überredete er meinen Vater, mir Zeichenunterricht geben zu lassen, aber ich wollte davon gar nichts hören und sagte nur immer wieder: „Ich bin ein Impressionist!“ Mit zwölf Jahren wurde ich in die Zeichenklasse des Professors Don Juan Nuñez in der städtischen Schule aufgenommen. Nuñez, der als Kupferstecher den Rompreis erhalten hatte, war ein bemerkenswerter Pädagoge, dem ich viel verdanke.

Ich erinnere mich an die kostbaren Stunden, die er mir widmete, um mir die Feinheiten des Hell-Dunkel in einem Originalstich Rembrandts, den er besaß, zu erklären. Er verstand es, mir seinen mystischen Glauben an die Kunst mitzuteilen, mich von dem hohen Wert der Arbeit des Malers zu überzeugen und mich in der Vorstellung, die ich von meiner genialen Begabung hatte, zu bestärken. Von letzterer versuchte er auch meinen Vater zu überzeugen, aber da meine Noten in der Schule meinen künstlerischen Talenten nicht annähernd entsprachen und die Künstlerkarriere, die man mir voraussagte, meinen Vater schreckte, gab er dem Drängen des Professors nicht nach. „Später“, sagte er, „warten wir ab, wie dein Abitur ausfällt.“ Einstweilen kaufte er mir die Kunstbücher, die ich mir wünschte.

Jeden Tag beobachtete ich Nuñez, wie er sich in Trauerkleidung auf den Friedhof begab, wo seine geliebte Tochter begraben lag. Diese Wallfahrt, die an die drei Stunden dauerte, beeindruckte mich sehr durch ihre Beharrlichkeit und Inbrunst, aber um nichts in der Welt hätte ich ihn an diesen Ort begleitet, wo mein älterer Bruder Salvador schlief, den man mit der Hälfte meiner Seele begraben hatte und der als ein unauslöschliches Mal wie eine Wunde an mir haftete. Das Ansehen des Professors stieg jedoch in meinen Augen, da er die Toten besuchte.

Meine Selbstsicherheit war indessen so groß, daß ich nicht zögerte, meinem Professor auf künstlerischem Gebiet, wo er doch Meister war, zu widersprechen, ja ich erhob den Widerspruch geradezu zum System.

Ich möchte von einem „Erlebnis" berichten, das die Wirksamkeit meiner Widerspruchslogik deutlich erkennen läßt, die mich unaufhörlich zu einer immer größeren Überschreitung der Regeln zwingt, je unmöglicher die Aufgabe ist, die ich mir stelle.

Die Klasse sollte einen Bettler mit einem weißen, gekräuselten Bart zeichnen. Nachdem er meinen ersten Versuch betrachtet hatte, machte Nuñez mich darauf aufmerksam, daß ich zu stark aufgedrückt und schon zu viele Striche übereinandergesetzt hätte, um noch die flaumige Feinheit des Bartes wiedergeben zu können. Er schlug mir vor, neu zu beginnen, das Weiß auszusparen und den Stift nur ganz leicht über das Papier zu führen. Ich beschloß jedoch weiterzumachen, und taub für jeden Rat, hackte ich förmlich kräftige schwarze Striche in meine Zeichnung hinein. Ich arbeitete mit einer Art Wut, und nach und nach wurde die ganze Klasse auf mich aufmerksam. Bald war meine Zeichnung nur noch ein dunkler, formloser Fleck. Nuñez trat zu mir und zeigte sich über meinen Starrsinn betrübt. Da überpinselte ich meine Zeichnung mit schwarzer Tusche, und sobald diese trocken war, begann ich mit einem Messer zu schaben. Überall wo ich eine Papierschicht abkratzte, erhielt ich ein reines Weiß, und wenn ich ein wenig Speichel zu Hilfe nahm, färbte sich das Weiß grau. So gelang es mir, einen Eindruck von Leichtigkeit und Körperhaftigkeit zugleich zu schaffen, den ich durch eine rasante Lichtperspektive steigerte. Ich hatte ganz allein die Gravurtechnik Mariano Fortunys neuentdeckt, dieses Magiers der Malerei, der zu den berühmtesten spanischen Koloristen zählt.

Mein Professor war verblüfft. Ich erinnere mich noch, daß er sagte: „Seht her, wie großartig dieser Dali ist!"

Diese Komplimente genügten mir nicht. Ich wollte andere, durch meine immer glänzendere Selbstbestätigung in immer höherem Maße verdiente hören. Ich arbeitete mit unerhörter Begeisterung vom Erwachen bis zum Abend, immer leidenschaftlich bemüht, die Gesetze und Beziehungen des Lichts und der Farben zu begreifen. Meine Versuche führten dazu, daß ich die Leinwand mit einer dicken Materialschicht bedeckte, die das Licht einfing und Relief und Präsenz schuf. Zuletzt entschloß ich mich dazu, in meine Bilder Steine hineinzukleben, die ich dann übermalte. Ich komponierte auf diese Weise vor allem einen strahlenden Sonnenuntergang, in dem die Wolken durch Steine aller Größen dargestellt wurden. Mein Vater erlaubte mir, das Werk im Speisezimmer aufzuhängen. Leider hielt der Leim den Spannungen nicht stand, denen ihn das Gewicht meiner Materialien aussetzte, und oft hörte man ein Poltern, das mein Vater mit den ironischen Worten kommentierte: „Das ist nur ein Stein, der aus dem Himmel unseres Kindes fällt." Dennoch machte er sich allmählich mit der Vorstellung vertraut, daß ich Zeichenlehrer wie Nuñez werden und somit einen ordentlichen Beruf haben könnte.

Wie sich Dali über die internationale künstlerische Bewegung informierte

Ich verfolgte hartnäckig meinen Weg, entdeckte den Kubismus und begeisterte mich für Juan Gris, den ich durch die Zeitschrift „L'Esprit Nouveau" kennenlernte, auf die ich abonniert war. Die Bücher verschlang ich förmlich. Nach dem Unterricht bei den „Schulbrüdern" war ich bei den Maristen eingetreten, um meine Gymnasialstudien zu absolvieren, aber neben dem Unterrichtsprogramm las ich leidenschaftlich Nietzsche, Voltaires „Dictionnaire philosophique" und vor allem Kant, dessen kategorischer Imperativ mir unbegreiflich erschien und mich in Abgründe des Nachdenkens stürzte. Ich grübelte lange über den Texten von Spinoza und Descartes, sammelte umfangreiches Material für Spekulationen und legte den Keim für die tiefsinnigen Überlegungen, aus denen sich später die Grundlagen meiner philosophischen Methodologie herausbildeten. Meine Ideen waren noch kurz, wenn auch meine Haare und Koteletten lang geworden waren. Als Kontrast zu meinem schmalen, olivbraunen Gesicht trug ich eine riesige Künstlerkrawatte. Meine Kleidung bestand aus einer Wolljacke, einer Pluderhose und Wickelgamaschen, die bis unters Knie reichten. Eine Meerschaumpfeife, deren geschnitzter Kopf einen breit grinsenden Araber zeigte, und eine griechische Münze als Krawattennadel waren meine üblichen Accessoires. Meine Person erregte Aufsehen, mein Talent Neugier. Etwa dreißig Künstler aus Gerona und Barcelona, die in diesem Jahre 1918 in Figueras ausstellten, forderten mich auf, mich ihnen anzuschließen. (Ein halbes Jahrhundert später sollte mir Spanien in derselben Stadt ein Museum weihen.) Zwei der bedeutendsten Kritiker, Carlos Conta und Puig Pojadés, wurden auf mich aufmerksam und sagten mir eine große Karriere voraus.

Ich hatte den brennenden Wunsch, mich möglichst rasch meiner Jugend zu entledigen und meine Metamorphose zu vollenden. Ich arbeitete ohne Unterlaß und verschlang alle möglichen Zeitschriften – „L'Amour de l'Art", „L'Art Vivant", „L'Art d'Aujourd'hui", „La Gaceta de las Artes", „La Gaceta de Sitges", „Variétés", „Der Querschnitt" – und alle Kunstbücher, die erschienen. Daneben war ich selbst Mitherausgeber einer Kunstzeitschrift, „Studium", die auf Packpapier gedruckt wurde und in der mir eine den großen Meistern der Malerei gewidmete Rubrik anvertraut war. Ich schrieb über Velásquez, Goya, El Greco, Michelangelo, Dürer und Leonardo und beschäftigte mich vor allem mit der bildnerischen Technik, wobei ich jedoch meine Gedanken über ihre Verfahren sorgsam für mich behielt. Weiters verfaßte ich einen Essay, „Der Turm von Babel", und kritzelte mehrere hundert Seiten über das Thema Tod. Dabei wandte ich mich gegen den Kompromiß, mit dessen Hilfe die Menschen sich mit dem Tode zu versöhnen oder ihn zu vergessen vorgeben, und rühmte statt dessen dieses Phänomen, das für mich die Grundlage jeder künstlerischen Schöpfung und der Vorstellungskraft selbst ist. Die meisten Menschen waren in meinen Augen erbärmliche Kellerasseln, Erdkriecher, unfähig, sich kühn zu behaupten und ihren Weg zu gehen. Ich faßte den Vorsatz, alle meine persönlichen Neigungen zu betonen und alle Widersprüche herauszukehren, die mich von den gewöhnlichen Sterblichen trennten. Vor allem wollte ich nichts mit diesen Zwergen, diesen Kümmerlingen zu schaffen haben, die mich umgaben, und nichts an meiner Persönlichkeit ändern, sondern, im Gegenteil, meine Anschauungen, mein Betragen, die Ganzheit meiner Einzigartigkeit allen anderen aufzwingen. Von dieser Verhaltensregel bin ich niemals abgewichen. Ich erhob daher den Widerspruch zum System. Ich spuckte mit Wollust auf alles. Tränen der Wut stiegen mir in die Augen bei dem bloßen Gedanken, ich könnte nicht in jedem Augenblick ganz und gar anders sein als die anderen. Mit niemandem wollte ich etwas gemein haben. Hätte ich nur der einzige meiner Spezies sein können! Ich ganz allein! Ich trieb meine Lust an der Täuschung auf die Spitze – in meiner Kleidung, in meinem Auftreten, in den geringfügigsten Begebenheiten meines Lebens. So behauptete ich, zum Beispiel, das Frauenprofil auf der griechischen Münze, die ich als Krawattennadel trug, sei das der trojanischen Helena. Ich schwang ständig einen Stock – und ich besaß eine ganze Kollektion absonderlich geformter Stöcke. Meine Haare erreichten eine phänomenale Länge. Ich färbte mir die Brauen schwarz. Jede meiner Dandy-Gesten war theatralisch. Ich legte es sogar darauf an, als verrückt zu gelten. Eines meiner Spiele bestand darin, daß ich meinen Kameraden Einpesetenmünzen um zwei Peseten abkaufte und mich vorgeblich über den Gewinn freute, den ich dabei dank einer geheimen höheren Mathematik machte, die ich in meinem Notizbuch entwarf. Sie behandelten mich auch tatsächlich als einen Verrückten, und ich freute mich meiner Einsamkeit und der Verständnislosigkeit, die mich umgab.

Welchen philosophischen Standpunkt bezog Dali um diese Zeit?

Ich war Anarchist und komponierte für mich selbst Hymnen auf meinen Machtwillen. Als ich eines Morgens vor der Schule ankam, sah ich eine Gruppe lärmender Studenten, die im Namen des katalanischen Separatismus eine spanische Fahne verbrannten. Ich trat zu ihnen, und im selben Augenblick liefen sie auseinander. Stolz bildete ich mir ein, mein Erscheinen habe sie in die Flucht geschlagen, da umringte mich plötzlich ein Trupp im Sturmschritt herbeieilender Soldaten, als ich eben die noch rauchenden Überreste der Fahne aufhob. Ich wurde ungeachtet meiner Proteste verhaftet und angeklagt. Das Gericht sprach mich jedoch in Anbetracht meiner Jugend frei.

Der Vorfall kam meinem Ruf zugute, in den Augen meiner

Kameraden war ich ein Held, aber wenn ich auch mehr Macht über sie gewann, so tat ich doch nichts, um sie für mich einzunehmen.

Ich fand Vergnügen daran, mich an Burschen zu vergreifen, die kleiner und schwächer waren als ich. Ich tat, als wäre ich in die Lektüre eines Buches vertieft, und suchte mir indessen mein Opfer aus. Ich erinnere mich noch an einen besonders häßlichen Jungen, der mit Hingabe eine Tafel Schokolade verzehrte, wobei er abwechselnd von dieser und einem Stück Brot abbiß. Er kaute mechanisch wie ein Rind. Das und seine sanftmütige Ruhe regten mich auf. Ich ging auf ihn zu, ohrfeigte ihn mit aller Kraft, warf seinen Imbiß in den Staub und ließ den völlig Verdutzten stehen.

Nicht immer ging es so gut für mich aus. Eines Tages machte ich mich an einen kränklich aussehenden Jungen heran, der eine Geige in der Hand hielt. Ich wartete geduldig, bis er das Instrument einen Augenblick weglegte, um sich einen Schuh zuzubinden. Dann versetzte ich ihm unversehens einen gewaltigen Tritt in den Hintern und zerstampfte seine Geige mit dem Schuhabsatz. Unglücklicherweise hatte der Junge lange Beine, und die wahnsinnige Wut verlieh ihm eine Kraft, mit der ich nicht gerechnet hatte. Er holte mich ein. Feige kniete ich vor ihm nieder und flehte ihn an, mich zu schonen, und ich bot ihm fünfundzwanzig Peseten, wenn er mich nicht schlüge. In seinem Zorn hörte er mich nicht. Er verprügelte mich, warf mich auf den Boden und riß mir eine Handvoll Haare aus. Ich begann vor Schmerz und aus Berechnung zu brüllen. Meine Hysterie hatte den erhofften Erfolg. Mein Henker hielt überrascht inne, und ein aufmerksam gewordener Professor eilte herbei und erkundigte sich nach dem Grund der Prügelei.

Ich behauptete dreist, ich hätte, indem ich die Geige zertrat, die Überlegenheit der Malerei über die Musik beweisen wollen. Die Umstehenden lachten.

„Wie das?“ fragte der Professor.

„Mit meinen Schuhen.“

Ein regelrechter Radau brach los.

„Das ist doch sinnlos!“ sagte der Professor.

„Für Sie und meine Kameraden vielleicht“, antwortete ich. „Aber meine Schuhe sind anderer Meinung.“

Und ich hatte recht – was ich seither bewiesen habe, indem ich in meinen Gemälden die wahren Tugenden des Schuhs darstellte und ihn sogar vergöttlichte, indem ich ihn auf die Köpfe von Frauen setzte –

Elsa Schiaparelli kreierte dieses Hutmodell –, während ich Musikinstrumente zerfließend, schlaff oder zerbrochen wiedergebe und somit aus jeder Einzelheit meiner Existenz, selbst aus den übelsten, ein Monument mache.

Der Professor, den meine Antworten verblüfften, bestrafte mich nicht, und ich wurde danach nur noch mehr bewundert. Der Erfolg meiner Exzentrizität begann Neugier zu erregen, meine gespielte Verrücktheit wurde als Beweis für mein außergewöhnliches Temperament aufgefaßt. Ich erkannte, daß mein Wahn zu überzeugen und zu unterwerfen vermochte. Es war leicht, alle Welt über die Ursprünge und den Sinn meiner Handlungen zu täuschen und um mich herum eine für mich nützliche Verwirrung zu stiften.

Ich arbeitete hart, außer in den Gegenständen, die für meine Reifeprüfung nötig waren. Meine künstlerische Arbeit machte Fortschritte. Ich begann mit Wasserfarben zu malen. Mein Lieblingsmotiv waren Zigeuner, die fröhlich in meinem Atelier in der Monturiol-Straße umhersaßen und sich mir spontan als Modelle zur Verfügung stellten. Jeden Tag konnte ich zwei oder drei neue Werke an die Wand hängen, aber ich war stets unzufrieden mit den Ergebnissen, die nie an die Vorstellung, die ich in mir trug, heranreichten.

Welchen Einfluß hatte Dali auf seine Kameraden?

Mein Ruf eilte mir voraus. Der Waffenstillstand, mit dem der Krieg endete, war in Katalonien Anlaß zu großen Feiern. Man beschloß, in Figueras eine öffentliche Kundgebung mit Fahnen und Aufmärschen zu veranstalten. Zur großen Freude meines Vaters, der die katalanische *Sardana* liebte, sollte auf den *Ramblas* getanzt werden. Die Studenten beschlossen jedoch, ihre Teilnahme an diesen Feiern zur Diskussion zu stellen.

Man bat mich, bei der Versammlung die Eröffnungsansprache zu halten – meine erste öffentliche Rede. Ich studierte ernsthaft vor dem Spiegel die Gesten ein, durch die ich mich am besten zur Geltung bringen konnte, und verfaßte einen Text voll des schönsten Dalischen Pathos, der meine Zuhörer durch seine Originalität beeindrucken sollte. Dann lernte ich ihn auswendig, aber bei der bloßen Vorstellung, daß ich öffentlich auftreten sollte, streikte mein Gedächtnis, und es gelang mir nicht, mich unter Kontrolle zu bringen. Aus Wut darüber begann ich auch noch zu zittern.

Der Tag kam, meine Angst erreichte ihren Höhepunkt. Ich schrieb meine Rede noch einmal ab, rollte den Bogen zusammen und begab mich schon eine Stunde vor der Zeit ins „Republikanische Zentrum“, um mich an die festliche Dekoration und an diese furchterregende, von Fahnen umgebene Tribüne zu gewöhnen. Als es soweit war, nahm ich zwischen dem Präsidenten und dem Sekretär Platz, der aufstand, um den Zweck der Versammlung zu erklären. Er wurde von einigen Zwischenrufern gestört, die unsere Kundgebung nicht ernst nahmen. Bevor er mir das Wort erteilte, erinnerte er an meinen sogenannten Heroismus in der Affäre der verbrannten Fahne. Ich erhob mich. Im Saal wurde es still. Ich hatte nicht geahnt, wie sehr ich dieses Gefühl genießen würde, die doch so beklemmende hingebungsvolle Erwartung, die mir diese Männer und Frauen entgegenbrachten, welche sich versammelt hatten, um mich zu hören. Ein Verlangen packte mich, ich nahm es mit Vergnügen wahr. Doch ich war außerstande, mich auch nur an das erste Wort meiner Rede zu erinnern. Ich blickte mit der größten Autorität in den Saal. Ich war in eine Sackgasse geraten, ich wußte nicht mehr weiter. Da zeigte mir mein Genie den Ausweg. Ich brüllte aus Leibeskräften: „Es lebe Deutschland! Es lebe Rußland!“ Zugleich stürzte ich den Tisch auf der Tribüne um und schleuderte ihn ins Publikum.

Seltsamerweise rief ich damit keine Reaktion gegen meine Person hervor. Der Saal teilte sich augenblicklich in zwei Lager, die sich gegenseitig beschimpften und schließlich prügelten. Es gab einen Riesentumult, und ich verschwand unbemerkt.

Martin Villanova, einer der Führer der Bewegung, erklärte mein Verhalten sehr überzeugend: Dali wollte uns klarmachen, daß es weder Sieger noch Besiegte gibt und daß die russische Revolution, die auf Deutschland übergegriffen hat, das eigentliche Resultat des Krieges ist. Den Tisch warf er in den Saal, weil er fand, daß wir so schwer von Begriff seien... Am selben Abend noch zog eine lange Kolonne mit den Fahnen Deutschlands und der UdSSR durch Figueras. Ich trug die deutsche Fahne. Ich hatte die Situation ins Gegenteil verkehrt.

In diesem Jahr begannen meine Haare zu wachsen, und meine Koteletten wurden recht respektabel. Ich verlor meine Mutter, und ein Himmel voll Kummer fiel mir auf den Kopf. Sie hatte mich geliebt, und ich hatte sie verehrt. Nur der unsterbliche Ruhm, den zu erringen ich fortan fest entschlossen war, konnte mich über den Verlust hinwegtrösten.

Der große Tag meiner Abreise nach Madrid kam, und ich fuhr in Begleitung meines Vaters und meiner Schwester ab. Ich sollte die Aufnahmeprüfung an der Kunstakademie ablegen. Binnen sechs Tagen war eine Zeichnung nach einem Abguß des Bacchus von Jacopo Sansovino anzufertigen. Am dritten Tag erfuhr mein Vater aus einem Gespräch mit dem Portier, der in alle Zellen kam, daß meine Zeichnung nicht das vorgeschriebene Format habe. Er geriet darüber in Erregung. Als ich das Gebäude verließ, stürzte er auf mich zu, fragte mich aus und hatte mich bald mit seiner Besorgnis angesteckt. Am nächsten Tag radierte ich alles wieder aus, aber dann geriet ich in arge Bedrängnis, denn es wollte mir nicht gelingen, mein Sujet wieder aufs Papier zu bringen. Ich hatte an diesem Tag ein boshaftes Vergnügen daran, meinen Vater zu quälen, der in immer größere Aufregung geriet und schon bedauerte, mich beeinflußt zu haben. Er verbrachte eine schlaflose Nacht.

Tags darauf gab ich mir Mühe, bemerkte aber zuletzt, daß meine nun zu groß angelegte Zeichnung nicht ganz auf dem Blatt Platz fand. Ich radierte sie also wieder aus. Mein Vater weinte, als er es erfuhr. Er sah uns schon mit Schande nach Figueras zurückkehren. Ich nutzte die Situation aus und machte ihn noch unglücklicher, indem ich defätistische Reden führte und ihm die volle Verantwortung für mein Versagen zuzuschieben versuchte.

Mein Vater war niedergeschmettert, und je deutlicher er mir seine Schwäche zu erkennen gab, desto mehr Kraft schöpfte ich aus seinen Ängsten. Am letzten Tag machte ich mich mit ungewöhnlicher Geschicklichkeit und Selbstsicherheit ans Werk. Ich beendete die Prüfungsarbeit mit erstaunlicher Schnelligkeit und hatte zuletzt noch eine gute Stunde Zeit, mein Werk zu bewundern. Dabei stellte ich überrascht fest, daß die Zeichnung noch kleiner ausgefallen war als beim erstenmal. Ich sagte es meinem Vater, als ich ihn am Ausgang traf, und freute mich über seine Niedergeschlagenheit. Zuletzt ließ man mich aber mit der Bemerkung zur Akademie zu: „Die Zeichnung entspricht zwar nicht den vorgeschriebenen Maßen, aber sie ist so vollendet, daß die Jury sie billigte.“

Mein Vater übergab mich der Obhut seines Freundes, des Dichters Edmondo Marquina, der mich dem Leiter des Studentenwohnheims,

Gimenez Fraud, empfahl. Für mich begann eine mönchische Periode, die ganz der einsamen Arbeit gewidmet war: Besuche im Prado, wo ich mit dem Stift in der Hand alle großen Meisterwerke analysierte, Arbeit im Atelier, Modelle, Studien. Ich ließ mich bei meiner Malerei von den Theorien der Kubisten und vor allem durch Reproduktionen von Werken Juan Gris' inspirieren, und ich änderte meine Palette, indem ich die kräftigen Farben zugunsten von Terra di Siena, Olivgrün, Schwarz und Weiß aufgab. Ich besuchte fleißig die Kurse, begierig, die Geheimnisse der Technik, das Handwerk, zu erlernen, und mußte enttäuscht feststellen, daß die Professoren, dem Zeitgeschmack Rechnung tragend, die Lehren der akademischen Malerei vernachlässigten und die Freiheit und das persönliche Temperament über alles andere stellten. Um auf solche Weise ein Genie zu werden, bedurfte ich keiner Lehrer. Ich wollte lernen, wie man die Farben anreibt und aufträgt, wie man sie aufeinander abstimmt, wie man am besten eine Leinwand grundiert, ich wollte mir alle technischen Kenntnisse aneignen, die man von den großen Meistern besaß. Tatsächlich aber wußten meine Lehrer nichts vom wirklich Wesentlichen. Sie besaßen nur eine rein empirische, oberflächliche Geschicklichkeit, sie lehrten die Regellosigkeit, während mein höchster Ehrgeiz gerade darauf gerichtet war, die Gesetze der Malerei zu entdecken. Ich war wütend auf sie, und nur einer fand in meinen Augen Gnade: José Moreno Carbonero, einer der ältesten, der sein Handwerk sicher beherrschte und mit untadeliger Gewissenhaftigkeit ausübte. Die Schüler lachten aber nur über ihn, über seinen Cutaway, die schwarze Perle in seiner Krawatte und seine weißen Handschuhe. Er besaß ein Können ohnegleichen, aber sobald er seinen eingebildeten Schülern den Rücken kehrte, löschten sie seine Korrekturen wieder aus, in denen sich doch ein wahrer Meister offenbarte. Ich hielt mich dieser Bande von Faulenzern und Schwachköpfen fern und beschäftigte mich lieber mit meinen kubistischen Studien. Eines meiner Bilder brachte mich schließlich mit neuen Freunden in Verbindung.

Im Wohnheim hatte intellektueller Snobismus zu einer gewissen Cliquenbildung geführt. So hatte sich um Federico Garcia Lorca, Luis Buñuel und Eugenio Montès eine kleine Gruppe von literarischen und künstlerischen Avantgardisten geschart. Einer davon, Pepin Bello, ging eines Tages an meiner Zelle vorbei, deren Tür offenstand, und entdeckte auf meiner Staffelei ein kubistisches Gemälde. Er teilte sein

Erstaunen den anderen mit, die mich für rückständig gehalten hatten und von meinem Avantgardismus angenehm überrascht waren. Sie wären allerdings noch mehr überrascht gewesen, wenn sie gewußt hätten, daß ich mich mit diesem Stil nicht so sehr um der Abstraktion und Provokation willen befaßte, sondern weil ich die Werte der bildnerischen Gestaltung und des Realismus, die exakte Wissenschaft der Zeichnung und die Perspektive besser begreifen wollte. Sie nahmen mich als einen der Ihren auf.

Was für Erinnerungen hat Dali an diese Zeit bewahrt?

Ich hatte meine Ausstaffierung gleich bei meiner Ankunft durch ein wasserdichtes Cape, das mir bis zu den Absätzen reichte, und einen breitkrempigen Hut ergänzt. Mit meinen Wickelgamaschen, meinem schulterlangen Haar und meiner riesigen Künstlerkrawatte fiel ich überall auf. Meine Freunde waren Dandys von korrekter, durch und durch englischer Eleganz. Sie gehörten den besten spanischen Familien an, aber ihre Bewunderung für mich war ungeteilt und ihre Freundschaft unverbrüchlich. Meine Reden, meine Ideen faszinierten sie, und ich war bald der Mittelpunkt der Gruppe. Sie nahmen teil an meiner Revolte gegen die Professoren, die mit einer Verspätung von dreißig Jahren eine demagogische Pädagogik trieben, den Impressionismus lehrten, als schon längst der Kubismus Mode war, und von der wahren Tradition nichts wußten. Von meinen neuen Kameraden hörte ich zum erstenmal einen Ausdruck, der Karriere – und vor allem *meine* Karriere – machte: „Das ist Dalisch." Bald war ich jedoch ihrer Gefolgschaft und ihres selbstzufriedenen Geschwätzes müde. Nur wenige verdienten meine Aufmerksamkeit, und ich würde mich von allen – außer Garcia Lorca, dessen Persönlichkeit und Begabung mich fesselten – distanziert haben, wenn sie mich nicht in eine mir bis dahin unbekannte Welt eingeführt hätten, nämlich in die Welt des aus dem Alkohol, der Orgie, der Musik und der ein wenig ordinären Prasserei geborenen Vergnügens.

Im Madrider Kristallpalast, einem der elegantesten Teesalons, erlebte ich meine Feuertaufe. Unser Einzug – ich ging in meiner anarchistisch-künstlerischen Uniform allen voran – war äußerst wirkungsvoll, so wirkungsvoll, daß sich bei ähnlichen Gelegenheiten meine Kameraden mit Buñuel an der Spitze in meine Leibwächter verwandelten und sich für mich prügelten. Diesmal gab es keinen Skandal, aber ich sah zum erstenmal so etwas wie eine elegante Dame mit ausgezupften Brauen, enthaarten und blau geschminkten Achselhöhlen und luxuriösem Aufwand an Kleidung und Schmuck. Ich hatte nur noch den einen Wunsch: zu gefallen. Daher entschloß ich mich bald dazu, mein Kostüm in der Requisitenkammer abzugeben. Ich dankte meinen Freunden für ihren Mut, und zu ihrer großen Bestürzung – denn sie hatten Geschmack an dem Spiel gefunden und darin eine einmalige Gelegenheit zur Provokation gesehen – beschloß ich, mich ebenfalls in einen Dandy zu verwandeln, der das Interesse der Frauen zu erwecken vermochte. Wieder irrten sie sich hinsichtlich meiner Absichten und Motive und glaubten, mein Verhalten werde von der Freundschaft diktiert.

Als ich mir die Haare schneiden ließ, glaubte ich in Ohnmacht zu fallen, da man mir die Attribute meiner Einzigartigkeit nahm, aber ich hielt aus. Ich kaufte mir ein Hemd aus himmelblauer Seide und ein Paar mit Saphiren geschmückte Manschettenknöpfe, ich ließ mir einen eleganten Anzug schneidern und schmierte mir zur Krönung des Ganzen Malfirnis in die Haare, der diese in eine geschmeidige, verharzende Masse verwandelte, aus der ich einen regelrechten schwarzen Helm formte. In der Hand schwang ich mit der größten Ungezwungenheit ein Bambusstöckchen, und so setzte ich mich auf die Terrasse des Café Regina.

Eine neue Ära begann. Sie war gekennzeichnet durch zwei Offenbarungen. Die eine war der Alkohol, die andere die Allmacht des Geldes. Die Wirkung der Cocktails auf meinen Magen war explosiv. Wermut, Champagner und *Drys* verwandelten und erhöhten mein Universum, wie mich einst der Karaffenstöpsel der Pitchots die Welt auf „impressionistische“ Weise hatte sehen lassen. Ganze Tage und Nächte wurde diskutiert und unter Gelächter und Geschrei gegessen und getrunken. Oft überraschte uns der fahle Morgen im Rector's Club, wo wir begeistert den Jazz entdeckten. Wir besiegelten dort Pakte mit Champagner, und einer meiner Freunde aus jener Zeit hat ein Stück Karton aufgehoben, das unsere Unterschriften trägt und auf dem sich die Gruppe verpflichtet, sich fünfzehn Jahre später wieder an demselben Ort zu versammeln. Ich hatte diese Kinderei vergessen. Wir brauchten freilich Geld für den Alkohol, die Gardenien, die Mahlzeiten und die fürstlichen Trinkgelder, durch die wir die Kellner in Sklaven verwandelten. Ich unterschrieb beim Verwalter des Wohnheims Schuldscheine auf Rechnung meines Vaters, überglücklich, diesem unangenehme Überraschungen bereiten zu können.

Im Oktober zeigte die Galerie Dalmau in Barcelona Schülerarbeiten. Ich stellte einen Krug aus, und er hatte großen Erfolg, aber ich hatte keine Zeit, mich darüber zu freuen.

Nach einem besonders feuchten Abend, an dem ich mir die Eingeweide aus dem Leib gekotzt hatte, blieb ich einen Tag im Bett und hielt Diät. Als ich am darauffolgenden Tag in die Akademie kam, herrschte dort große Aufregung. Ein neuer Professor der Malerei sollte durch einen Wettbewerb ermittelt werden, bei dem ein Werk eigener Wahl und eine Bearbeitung eines gegebenen Themas vorzulegen waren. Die Werke der Kandidaten waren soeben ausgestellt worden, und alle Schüler sahen übereinstimmend in Daniel Vasquez Diaz den Schöpfer der bemerkenswertesten Arbeiten. Durch Intrigen, deren Fäden wir nur allzu gut kannten, wurde er jedoch ausgeschieden, und man gab einem verkalkten Greis den Vorzug, den wir nicht haben wollten. Die Schüler erwarteten von mir, daß ich als Wortführer ihrer Revolte fungierte. Es kam, wie es kommen mußte. Der Vorsitzende der Jury gab die Entscheidung bekannt, die unsere Niederlage bedeutete. Ich stand auf und ging ohne ein Wort hinaus. Erst am nächsten Tag kam ich zurück und erfuhr, daß die Schüler, nachdem ich gegangen war, die Jury beschimpft und belästigt und sich zuletzt verbarrikadiert hatten, so daß die Polizei einschreiten mußte. Da ich durch meinen Aufbruch – so still er auch vonstatten gegangen war – das Signal zum Angriff gegeben hatte, sah man in mir den Rädelsführer. Ich wurde für die Dauer eines Jahres ausgeschlossen. Doch mit diesen Sanktionen begnügte man sich nicht. Ich war kaum in Figueras angekommen, als ich auch schon von der Polizei verhaftet und nach Gerona gebracht wurde, wo ich einen Monat im Gefängnis verbrachte. Ich konnte in stiller Abgeschiedenheit über den Ruhm und den Erfolg nachdenken, die mich in der Zukunft erwarteten.

Wie sich Dali im Unglück verhielt

Wunderbare Ferien begannen unmittelbar nach meiner Freilassung. In Katalonien wirkten noch die starken Erschütterungen eines schlecht vorbereiteten Aufstandes nach, den der bekannte General Miguel Primo de Rivera – dessen Sohn José Antonio später die Falange gründen sollte – mit eiserner Faust niedergeschlagen hatte.

Diesem Umstand war offenbar auch meine Verhaftung zuzuschreiben. Ich reiste wieder nach Figueras, wo ich allgemein als lokale Berühmtheit gefeiert wurde. Unverzüglich machte ich mich an die Arbeit, so als wollte ich die Zeit wieder einbringen, die ich in den Nächten meiner Ausschweifungen verloren hatte.

Ich traf wieder mit Nuñez zusammen und begeisterte mich für die Gravur. Mein Vater ließ mir sogar in einem Zimmer des Hauses eine Presse aufstellen.

Bald hatte ich mich mit allen Techniken vertraut gemacht und einige eigene Verfahren entwickelt.

Während eines langen Aufenthaltes in Cadaqués leistete mir Garcia Lorca Gesellschaft. Er las uns Auszüge aus seinem Drama „Mariana Pineda“ vor, das er eben beendet hatte und für das ich später das Bühnenbild entwerfen sollte. (Es wurde von Marguerite Xirgu am Goya-Theater in Barcelona inszeniert.) Ich höre ihn noch mit seiner warmen Stimme skandieren:

Ich bin einsam. Und mein Tod
lauert in Akazienblüten.
Laut und sich dem Garten zuwendend:
Dort im Garten. Hier doch leb' ich.
Und mein Blut erregt sich, zittert
wie ein Baum, der aus Koralle,
bebt im weichen Seegerausch.

Bei seiner Abreise tanzte man ihm zu Ehren die Sardana auf der *Rambla*. Ich malte die Landschaft um Cadaqués, meinen Vater, meine Schwester – alles wurde zum Gegenstand meiner künstlerischen Raserei. Aufmerksam studierte ich anhand von Zeitschriften die

Malerei Chiricos. Ich schrieb für die „Gaceta de las Artes“ in Barcelona und für die „Gaceta de Sitges“, und ein Buch war mein ständiger Begleiter: die „Pensées“ von Ingres. Ich beschloß, Auszüge daraus für die Einleitung zu meiner ersten Einzelausstellung im November 1925 in der Galerie Dalmau in Barcelona zu verwenden, und so konnte man damals im Katalog lesen: „Die Zeichnung ist die Redlichkeit der Kunst“; und dann noch: „Wer sich keinen anderen Geist als seinen eigenen dienstbar machen will, sieht sich bald zur kläglichsten aller Nachahmungen, nämlich zu der seiner eigenen Werke, genötigt.“

Diese Verherrlichung der Schönheiten des Handwerks und der Tradition entsprach vollkommen meinen eigenen Ideen. Auf dieser Grundlage darf man es sich erlauben, genial zu sein. Ich stellte fünf Zeichnungen und sieben Gemälde aus. Die Kritiker, die doch sonst stets hintennachhinken und die Wahrheit nicht sehen, waren begeistert.*

Eine weitere Ausstellung von zwanzig Gemälden und sieben Zeichnungen fand vom 31. Dezember 1925 bis 14. Januar 1926 ebenfalls bei Dalmau statt und hatte den gleichen Erfolg. Ich war es sehr zufrieden, die wunderbare klassische Tradition zeigen zu können, die mich inspirierte – paradoxerweise gerade mich, den aus der Kunstakademie ausgestoßenen Anarchisten.

Unter den ausgestellten Bildern waren vor allem zwei bemerkenswert: ein Mädchen vom Ampurdán mit einem prachtvollen Gesäß und ein Brotkorb. Letzteren nahm ein Abgesandter des Carnegie-Instituts, der aus den USA gekommen war, für eine Ausstellung nach Pittsburgh mit, wo das Bild vom Museum für moderne Kunst angekauft wurde. Ich kehrte, da meine Disziplinarstrafe abgelaufen war, nach Madrid zurück. Dort fand ich meine Freunde und meine Vergnügungen wieder. Mein Vater hatte mir – in weiser Voraussicht,

* „La Publicidad“, 20./25. November: „Er hat einen solchen Weg zurückgelegt, daß ihn die gegenwärtige Ausstellung als einen der sichersten Werte der jungen katalanischen Künstlergeneration ausweist.“

„Gaceta de las Artes“, 1. November 1926: „Sein Pinsel gleicht einem scharfgeschliffenen Skalpell, das ins Mysterium der Wirklichkeit eindringt und sie, gleich einem Philosophen, eingehüllt zeigt in die Melancholie des Transzendenten, in die sich die bescheidenen Dinge kleiden.“

„De-ci de-là“: „Der junge Salvador Dali hat eine starke Seele, er hat die Gabe, die malerische Vision zu materialisieren, die Dinge der Welt in ihrem körperlichen Aspekt zu spiegeln, ohne daß sie eine Intensität verlieren, die niemals die Anmut ausschließt.“

wie er meinte – nur ein sehr kleines Taschengeld zugebilligt, aber ich unterschrieb eben Rechnungen, die ich ihm schickte und die er wohl oder übel begleichen mußte. Meine Freunde fügten sich allen meinen Einfällen. Sie hatten mich mit überströmender Freude empfangen und zeigten mir nun, daß ich nichts von meinem Ansehen eingebüßt hatte – im Gegenteil, ich war gewachsen durch dieses Abenteuer, das mir obendrein die Möglichkeit geboten hatte, mein Handwerk gründlich zu erlernen und mich dabei noch zu amüsieren. Sie legten ihr Geld zusammen, um meine Launen zu befriedigen. Das Pfandhaus war damals ein Ort, den die Jugend von Madrid sehr häufig aufsuchte, und wir brachten die Kunst, unsere Freunde „anzupumpen", auf die Höhe einer regelrechten Institution, und zwar sowohl was die Technik als auch was den Zynismus anbetraf.

Alle Methoden, alle Börsen, die dicken wie die mageren, alle Lügen waren uns recht.

Machte der schlechte Umgang Dali nichts aus?

Wir waren gierige, durchtriebene kleine Teufel. Ich war von einem selbstzerstörerischen Wüten gegen alle Werte besessen, so als wollte ich prüfen, wie weit sie standhielten, in der Absicht, eine neue Wertordnung aufzustellen, die mein Genie sich erdachte.

Sogar meine Freundschaft mit Garcia Lorca geriet in Gefahr. Ich hatte regelrechte Eifersuchtsanfälle, die mich veranlaßten, ihm tagelang aus dem Weg zu gehen. Ich legte es systematisch darauf an, im Sumpf der Liederlichkeit zu versinken und auch alle Beziehungen abzubrechen. In der Malklasse zeichnete ich eines Tages, als ich eine gotische Jungfrau malen sollte, die auf einer Kugel saß, eine Waage.

Dem verblüfften Professor versicherte ich: „Das sehe ich im Modell." Ich hätte ihn darauf aufmerksam machen können, daß die Waage im Tierkreis neben der Jungfrau steht, aber das würde mir auch nicht mehr viel geholfen haben. Mein endgültiger Ausschluß aus der Akademie, den Alfons XIII. am 20. Oktober 1926 unterzeichnete, wurde offiziell in der Zeitung bekanntgegeben. Ich hatte den König gesehen, als er der Akademie im Jahre meines Eintritts einen Besuch

UNE VISIERE ENTOURE
COMME UN EMPREUNT

abstattete. Damals hatte er seinen Zigarettenstummel wie ein Madrider Straßenjunge in einen mindestens zwei Meter entfernten Spucknapf geschnippt. Ähnlich war er nun mit mir verfahren. Muß ich eigens sagen, daß ich längst gehofft hatte, der objektive Zufall werde eines Tages ein Ereignis dieser Art herbeiführen und einer Existenz ein Ende machen, die mir durch die starke Monotonie ihres falschen Zaubers ebenso zuwider war wie der geregelte Lebenslauf eines Kleinbürgers?

Ich hatte eine ausschweifende Jugend hinter mir. Gut so. Nun kehrte ich mit den Händen in den Taschen nach Figueras zurück. Meine Koffer ließ ich im Wohnheim stehen, von meinem letzten Geldschein kaufte ich einer Bettlerin einen Strauß Gardenien.

Bei meiner Heimkehr war mein Vater eben dabei, das Vorwort zu einem Tagebuch zu schreiben, in dem er meine ganzen Erfolge aufzuzeichnen gedachte! Er versuchte, sich mit dem Unglück abzufinden, das alle in meine Professorenlaufbahn gesetzten Erwartungen zunichte machte.

Seine Niedergeschlagenheit war mir ein erfreulicher Anblick. Ich fertigte von ihm und meiner Schwester eine Zeichnung an, mit Bleistift, und er hatte tatsächlich eine bleifarbene Haut und vor Angst und Unsicherheit trübe Augen. Ich setzte viel Talent daran, seine Verwirrung festzuhalten. Mit einem etwas albernen Eifer versuchte er, die Trümmer seines Traums wieder zusammenzuleimen, aber ich hatte dergleichen kindische Basteleien nicht nötig, um von meinem Genie überzeugt zu sein.

Ich hatte solide Kenntnisse und eine technische Meisterschaft erworben, die es mir gestatteten, wie ein Klaviervirtuose alles aus meinem Instrument herauszuholen – in der edelsten klassischen Tradition und zugleich indem ich die geheimsten Kräfte meines Unterbewußtseins sprechen ließ. Ich hatte einen unstillbaren Durst nach Erkenntnis und nach Imagination. Ich hätte den Einfluß nachweisen können, den ich auf die verschiedensten Arten von Publikum ausübte.

Alle hatte ich dazu gezwungen, meine Einzigartigkeit anzuerkennen. Ich hatte meine Persönlichkeit zu allen theatralischen Exzessen gesteigert und war in jedem Augenblick imstande, sie vollkommen auszufüllen. Ich hatte in mir alle Widersprüche, die wahnwitzigsten Neigungen und die verrücktesten Vorstellungen herangezüchtet und genoß in jedem Augenblick bis zur Trunkenheit das Gefühl zu leben.

Es blieb mir noch, Liebe, Ruhm und Reichtum zu erobern. Und ich wußte, daß mein Schicksal alle Weichen für meinen Triumph gestellt hatte.

Wie Dali seinen Militärdienst ableistete

Ich habe neun Monate gedient. Als Luxussoldat, das heißt als „zahlender" Soldat. Ich gehörte zu denen, die in der Stadt essen, ihre Uniform von einem Schneider anfertigen lassen und zu Hause schlafen durften. Unsere kleine Gruppe war theoretisch von allen unangenehmen Arbeiten befreit, aber einige übellaunige, neidische Unteroffiziere ließen sich keine Gelegenheit entgehen, uns mit heranzuziehen. Meine Kameraden lehnten sich dagegen auf, ich aber fügte mich allen Launen meiner Vorgesetzten. Ich riß mich geradezu um den Latrinendienst, und die scheußlichen WCs des Regiments blitzten wie ein funkelnagelneuer Salon. Soviel Unterwerfung brachte die Unteroffiziere aus der Fassung. Ich salutierte vor allem, was Uniform trug, sogar vor der Feuerwehr. Ich war ein Mustersoldat, und Fügsamkeit, Gehorsam, Zwang und Sklaverei machten mich vor Wollust schwindeln. Etwas auf sich nehmen, was man nicht zu tun braucht – was für eine Lust! Da ich es aber verabscheute, nachts vor dem Gefängnis Wache zu halten – aus Faulheit und aus Angst, da manchmal Gefangene ausbrachen –, simulierte ich Nervenkrisen. Zugleich heuchelte ich den Willen, sie zu verbergen, aber ich richtete es jedesmal so ein, daß ich von einem Offizier gesehen wurde. Mein Täuschungsmanöver hatte Erfolg. Ich wurde vom Wachdienst befreit, obwohl ich mich freiwillig meldete. Wieder einmal bewies ich meine große Verstellungskunst. Ich hatte viel Zeit, an meine Zukunft zu denken.

> *„Ich habe von frühester Kindheit an die Gabe zu malen. Mein Bett war, damit ich nicht hinausfiel, mit zwei Seitenbrettern versehen, die schwarz von Zeichnungen waren. Von Zeichnungen, die stets nur phantastische Figuren darstellten. Wenn es ein Hund war, so war es ein Hund mit Frauenbrüsten oder einem menschlichen Gesicht. Nie war es ein normaler Hund. Ich malte mit Farbstiften,*

denn ich wollte immer die intrauterinen Bilder wiedergeben, die übermäßig farbig waren und für mich stets eine paradiesische Bedeutung hatten. Diese paradiesische Bedeutung fand ich später wieder, als ich ‚Das Geburtstrauma' las, das mir den Schlüssel zu ganz deutlichen Erinnerungen lieferte, deren Herkunft aus meiner intrauterinen Periode ich sogleich erkannte."

5. *Wie man erotisch wird und keusch bleibt*

Mit zwanzig bin ich ein Geschöpf aus lauter Begierde, das die Lüste, alle Lüste der Sinne und des Geistes, mit raffinierter, erfahrener Wollust auskostet und dessen olympischer Genuß einem überdeutlichen Kodex langgereifter Disziplin unterliegt. Mein Auge, meine Intelligenz und mein Stachel sind die köstlichsten Werkzeuge meiner Lust, und ihre beinahe unendlich vielen Kombinationen ermöglichen mir Varianten, die vom Zotigen bis zum Exhibitionismus und von der Träumerei bis zur Masturbation reichen (wobei das eine das andere nicht ausschließt). Die Bestätigung durch den Vollzug der Handlung ist dabei noch das am wenigsten Interessante, es sei denn, ich befinde mich in der Rolle des Voyeurs, und es kommt vor, daß mir das Versagen, die Verweigerung, der Zufall, die die Ausführung verhindern, mehr Freude bereiten als der Erfolg. Es geht darum, keusch zu bleiben, während man erotisch wird – eine Formel, die große Selbstbeherrschung erfordert. Um es gleich zu sagen: man muß imstande sein, die paranoia-kritische Haltung einzunehmen.

Die Liebe, die ich mit sieben Jahren für die schöne Ursulita Matas – nach der Erklärung von Eugenio d'Ors die treibende Kraft in „La Bien Plantada" – empfand, war nicht nur ihrer Schönheit zuzuschreiben, sondern auch der Wollust des Saugens, die mir Napoleon verschaffte. Der rundliche Leib des Kaisers, der den Mate-Tee enthielt, und das große Saugrohr, das von Mund zu Mund ging, erlaubten mir, eine Honigflüssigkeit, die süßer als das Blut meiner Mutter war, ein wenig Speichel von Ursulita und die gebieterische Kraft Napoleons, die mir, durch das Fäßchen, aus seinen Eingeweiden kam, in mich hineinzusaugen. Ich war für einige Augenblicke der Verliebte, der durch eine Nabelschnur mit dem Bauch seiner Mutter und seiner Geliebten verbunden war, und in meinem Delirium machte mich dieses göttliche Getränk zum allmächtigen Herrn der Welt. Mein Mund war die Quelle eines lauen, aber vielfältigen Wohlbehagens. Ich war zugleich der kleine Embryo-Knabe und der eifersüchtige Liebhaber, der es immer so einzurichten verstand, daß er neben der schönen Ursulita saß, um von dem Mund seiner Geliebten und von dem Schimmer ihres wunderschönen Haars zu genießen.

In meinen Wunsch, die Nahrung, die Wärme und den Schutz der Plazenta wiederzufinden, mischte sich auch ein ausgeprägtes Gefallen an den kräftigen Gerüchen des Menschen. Blut, Schweiß, Urin. Ich versteckte mich gern hinter Küchentüren, um die schweren Ausdünstungen erhitzter Dienstmädchen einzuatmen, deren breite Hinterteile sich in der Höhe meiner Augen hin und her bewegten. Die Zubereitung der Speisen war mir eine Quelle tiefer Befriedigung, mit all den Wohlgerüchen von Nieren, Herdfeuer, Gewürzen, Saurem und Gebratenem, die wie Verheißungen durch die Luft zogen und in denen die Fliegen ihre Tänze vollführten. Ich füllte mir die Augen mit schaumigen Cremes, geschlagenem Eiklar und allerlei fließenden, schlaffen, weichen organischen Substanzen. Daß es mir verboten war, die Küche zu betreten, erhöhte nur den Reiz des Schmeckens, beinahe so, als hätte ich einem Dienstmädchen den verlockenden weiten Rock gehoben und Geheimnisse entweiht, die mir verborgen gewesen.

Ich habe lange ins Bett gepißt, nicht nur um zu provozieren, sondern auch weil es mir Lust bereitete, den warmen Urin meine Beine entlangrinnen zu spüren und mich in meinem Geruch zu sielen. Die Erwachsenen vergessen zu rasch, was für eine tiefe Befriedigung es gewährt, sich in seinem eigenen Schmutz zu wälzen und an sich selbst zu berauschen. Strenge Tabus halten uns davon ab und formen uns ohne Rücksicht auf die primären Wahrheiten der Haut und der Sinne. Ich habe es verstanden, mir die Gabe der organischen Teilnahme zu bewahren.

Eine der Erinnerungen aus dieser Zeit fällt in mein fünftes Lebensjahr. Ein Spaziergang mit drei sehr schönen, sehr eleganten, sehr zierlichen jungen Frauen. Drei Bilder der Anmut. Sie sprechen plötzlich leise miteinander und wollen mich wegschicken, aber ich lasse sie nicht aus den Augen. Die eine bleibt stehen, die beiden anderen sehen ihr zu. Mit beiden Händen hebt sie ihren langen Rock ein wenig in die Höhe, und auf einmal spritzt zwischen ihren weißen Schuhen ein Urinstrahl in den Staub des Weges, bohrt einen kleinen Krater und plätschert bald um ihre Schuhe, die sich mit großen feuchten, das Spanisch-Weiß grau färbenden Flecken bedecken. Dann sprudeln noch zwei weitere Bäche in der Stille. Ich betrachte wie eine

Halluzination diese drei Strahlen, die den Boden besudeln und Schuhe und Röcke bespritzen, und bei jedem Spritzer empfinde ich Scham wie einen schmerzhaften Stich. Dieses gelbe, schäumende Gesprudel, das die Erde aufreißt, fasziniert mich. Eine der jungen Frauen bemerkt mich – den versteinerten Zeugen –, und alle drei lachen, erleichtert und herausfordernd. Ich stehe regungslos und verstört da... Das Blut entweicht mir aus dem Kopf, und mein Blick hebt sich langsam bis zu dem Schleier einer der Frauen, deren Lider sich spöttisch verengen.

Ich lasse die drei Frauen vor mir hergehen und folge ihnen, verwirrt von einem wollüstigen Groll, als hätte man mir ein Geheimnis gestohlen. Ich hebe einen glänzenden Wurm auf, und meine geschlossene Hand ist naß von Schweiß. Ein Tropfen fällt auf den Weg und frißt sich wie Säure durch die dünne Erdkruste. Ich fühle, wie ich auf den Armen eine Gänsehaut bekomme.

Um diese Zeit begann ich, zuerst aus Ungeschick und dann aus Vergnügen, meine Unterhemden mit Milchkaffee zu besudeln, der noch auf meinem Bauch Flecke bildete. Eines meiner Spiele bestand darin, daß ich in Früchte aus dem Garten unserer Freunde Pitchot biß und mir den Saft, während ich im Mund mit ihm gurgelte, über das Kinn rinnen ließ. Ich biß in eine Frucht nach der andern, um die Geschmacksempfindungen zu variieren und möglichst viele Früchte zu verderben, vor allem aber, um mich nicht zu übersättigen.

Eine Lindenblütenpflückerin bei den Pitchots. Sie hat volle, schwere, feste Brüste. Sie steht auf einer Leiter. Ich halte meine Fetisch-Krücke in der Hand und habe das heftige Verlangen, diese Brüste mit der Stütze der Krücken zu heben. Da vollziehe ich mit angehobener List, und lange bevor ich die Methode entwickelt habe, eine bewundernswerte paranoia-kritische Übertragung. Ganz von dem Willen erfüllt, meine Phantasie zu befriedigen, bemerke ich, daß es im Flur des Hauses ein Klappfenster gibt. Und ich sage mir: Wenn die Frau die Leiter vor dieses kleine Fenster stellte, müßten ihre Brüste in einem bestimmten Augenblick von diesem eingerahmt werden, so als hätte man sie zu meinem Vergnügen abgeschnitten, und ich könnte sie von innen betrachten, ohne selbst gesehen zu werden. Während ich auf diese beiden schwellenden Brüste starre, will ich mit meiner Krücke eine der an der Flurdecke aufgehängten Melonen herunterheben und sie, diese Ersatzhandlung genießend, langsam zerquetschen.

Um die Frau vor das Klappfenster zu locken, beugte ich mich aus dem Fenster im ersten Stock und steckte mein Diabolo in einen Rosenstrauch, der sich die Mauer hinaufrankte, so daß man bis zur Höhe des offenen Klappfensters hinaufsteigen mußte, um das Spielzeug zu holen. Dann ging ich wieder hinunter und bat die Pflückerin, mir zu helfen. Ich betrachtete sie, wie sie oben auf der Leiter stand, erregte mich über ihre Brüste und sah verwirrt ihre haarigen Achseln, aus denen sich ein Schweißtropfen löste, der mir auf die Stirn fiel wie das erhoffte Vergnügen verheißende Manna. Endlich nahm sie ihre Leiter und ging zum Rosenstrauch, und ich hatte unterdessen Zeit, in den Flur zu laufen, mich auszuziehen – denn ich wollte mein Unternehmen nackt ausführen – und mir den Hermelinmantel meiner königlichen Uniform umzuhängen. Wie ich vorausgesehen hatte, erschienen ihre Brüste im Klappfenster. Ich ließ den königlichen Hermelin fallen, und während sie das Diabolo zu befreien versuchte, hob ich meine Krücke und drückte langsam und ohne den gebannten Blick von ihren schönen Brüsten zu wenden, gegen eine der oben hängenden Melonen. Der Druck zerquetschte die Frucht, deren aromatischer, klebriger Saft in einem langen Strahl niederfiel, den ich mit dem Mund aufzufangen trachtete. Mein Gesicht war vollständig überschwemmt von dem süßen Strom.

Meine von köstlichen Tränen nassen Augen wanderten unaufhörlich zwischen den Brüsten und der Melone hin und her, bis ich im Halbdunkel das eine nicht mehr vom andern zu unterscheiden vermochte. Als die Frau von der Leiter stieg, fiel plötzlich Licht in den Flur.

Die zermalmte Melone fiel mir auf den Kopf, ich sank auf meinen Hermelinmantel, verstört, gebrochen, matt und verzückt. Einen Augenblick lang bedauerte ich, daß mich die Frau beim Heruntersteigen nicht gesehen hatte, nackt und besudelt wie ich war. Doch ich war so müde und hatte bald nur noch den einen Wunsch, mich auf meinem Bett auszustrecken. Ich hatte einen geistigen Orgasmus erlebt, den ich nie vergessen sollte.

Seit jener Zeit habe ich eine heftige Vorliebe für Achseln und den kräftigen Geruch des Schweißes. (Aber ich habe diese kostbare Stelle ihrer haarigen Attribute entkleidet. Heute ziehe ich ausgezupfte oder rasierte und leicht blau geschminkte Achselhöhlen vor.) Und die großen, schwellenden, saftvollen Brüste meiner Kindheit sind für mich mächtige erotische Archetypen geblieben.

Es ist gewiß, daß der Schöpfungsprozeß meines Genies sich

herausgebildet hat in den intensiven Augenblicken der Lust, und unter ihnen sind am kostbarsten die Spiele, die ich die intrauterinen nennen möchte. Einer der wichtigsten Beiträge zur Kristallisation meines paranoia-kritischen Deliriums ist das Bottichspiel. In der „Turmmühle" stellte ich meinen Stuhl mitten in einen Bottich, den ich mit lauwarmem, lange der Sonne ausgesetztem Wasser füllte, und so, naß bis unter die Achseln, malte ich auf den Deckel von Hutschachteln, die ich auf ein Waschbrett legte, welches auf den Rändern des Bottichs auflag.

So schuf ich mir ein warmes Milieu und den schützenden, isolierenden Bauch.

Mit köstlichen kleinen erotischen Schauern malte ich die trojanische Helena, oder ich modellierte die Venus von Milo. Einen Genie-Embryo spielend, ließ ich das Genie geboren werden, indem ich die Umstände seiner Geburt herstellte und die Ursache schuf. Meine Paranoia kehrte die physische Wertordnung um, denn für mich können aus Wirkungen Ursachen werden. Ich schließe die Logik der Reaktionen kurz, indem ich in den Ablauf irrationale Elemente einfüge, die eine Mutation bewirken. Salvador Dali wurde in einem von Salvador Dali erschaffenen Bauch erfunden. Ich bin zugleich mein Vater, meine Mutter und ich selber – und vielleicht auch ein wenig vom Göttlichen.

Trayters Laterna magica und die Erscheinung Galuschkas fallen in eine Zeit, in der ich gern ein Mädchen gewesen wäre. Der Narziß, der ich war, wunderte sich darüber, daß er da ein dürftiges, feuchtes, schlaffes Anhängsel zur Hand hatte, so etwas wie einen überflüssigen Auswuchs, den ich zu verbergen trachtete, indem ich ihn manchmal zwischen die Schenkel klemmte, wenn ich mich in meinen königlichen Hermelin kleidete und meine Krone aufsetzte. Ich war um so weniger stolz darauf, ein Knabe zu sein, als mir der entschwundene Salvador, mein älterer Bruder, den ersten Platz im Gedenken meiner Eltern streitig machte.

Die Situation erforderte jedenfalls, daß ich ein männliches Glied hatte. Und in meinen Wachträumen war Galuschka beinahe geschlechtslos, mit kleinen Brüsten und einer Partie zwischen den Schenkeln, die unter dem Kleid kaum sichtbar war, selbst wenn sie hinfiel und die Beine in die Luft warf. Einen Augenblick hätte ich sogar Butchaqués und sein festes, in der engen Hose kräftig modelliertes Gesäß lieben können, wenn er sich nicht wie ein ungestümer, brutaler und sich seines Geschlechts schon bewußter Bursche aufgeführt hätte.

Die Mädchen, denen ich auf der Straße begegnete, die lebhaften, hämisch kichernden, plappernden Mädchen, schüchterten mich ein; sie lähmten mich, und ich schämte mich geradezu, ihre Blicke aufzufangen. Nie hätte mich eine von ihnen verstehen können. Wozu sollte ich sie also ansprechen? Ich gehörte keinem Geschlecht an und war weder Knabe noch Mädchen, aber vielleicht ein Engel oder ein Dämon. In meinem vaginalen Bottich sitzend, gab ich mir ein Geschlecht.

Dali vor der Einsamkeit

Ich betonte meine Einsamkeit, indem ich meine Beziehungen zu anderen auf das Allernotwendigste einschränkte. Die Mahlzeiten schlang ich in aller Eile hinunter, und ich schloß mich unter den fadenscheinigsten Vorwänden ein. Ich hatte zu Hause oder bei den Freunden meiner Eltern immer einen Raum für mich allein, der zuerst mein Isolationszimmer und später mein Atelier war. Meinen gleichaltrigen Kameraden wich ich sogar in den Pausen aus. Zugleich mit meiner Aggressivität – von der ich so manche Probe ablegte – entwickelte ich selbstzerstörerische Neigungen. Die Tiefe zog mich an. Ich liebte zwar die Höhen, von denen ich auf meine Umgebung hinuntersehen konnte, aber der Schwindel hatte für mich etwas Erschreckendes und zugleich Erregendes. Immer öfter sprang ich von einer Mauer oder eine Treppe hinunter, allein oder indem ich mich vor anderen in Erregung versetzte. Ich erlebte die Gefahr und meine Stärke, den Rausch des Todes und die narzißtische Wollust meines Körpers.

Galuschka war gleichsam meine feenhafte Doppelgängerin, mein vollkommenes Abbild, das ich bis zu köstlichen Tränen lieben, neu schaffen und verherrlichen konnte, meine vergeistigte Komplizin, der Teil meiner Seele, der mir fehlte, weil ihn Salvador I. mit ins Grab genommen hatte.

Bei Dullita blühte mein Narzißmus auf. Ich ertappte mich oft dabei, daß ich die Hand auf mein Glied legte, erstaunt über die süße, brennende Empfindung, die diese Berührung auslöste. Meine Kenntnisse von geschlechtlichen Dingen waren noch recht dürftig. Aus den Gesprächen meiner Kameraden war ich nicht klug geworden, und die Freuden der Onanie, allein oder mit anderen, hatte ich noch nicht entdeckt. Meine sexuelle Verbitterung äußerte sich zunächst in unzusammenhängenden Reden. Der Schwall der Worte, die sich in meinem Munde drängten, war wie ein Orgasmus und drückte keineswegs die Erhabenheit meiner Gedanken aus. Mein wie eine Klinge geschärfter Verstand schien in die Geheimnisse der Weltgesetze einzudringen durch die Trunkenheit meines Genies, das ich mir mit fanatischem Stolz einredete. Ich war von tiefer Zärtlichkeit mir selbst gegenüber erfüllt und zugleich imstande, mir Leiden aufzuerlegen, und ich empfand masochistische Wollust, wenn ich mir die zu eng gewordene Königskrone, die mir die Schläfen zermarterte, auf den Kopf drückte oder beide Ohren unter meine Schülermütze zwängte, um mich dann zu befreien und den Wind um meinen jäh entblößten Kopf spielen zu lassen, wobei ich die Augen schloß, um die Ekstase dieser Liebkosung zu genießen. Wenn ich Nasenbluten hatte, legte man mir einen großen Schlüssel auf den Rücken, an dem ich mich wundrieb wie an einem Büßerhemd. Um dieselbe Zeit fand ich meine Schönheit geradezu anstößig, und ich nutzte jede Gelegenheit, mich zu entkleiden.

Dullita hatte ich erfunden, um meine neue Macht zu üben. Als Vorbild diente mir ein Mädchen, das ich auf der Straße gesehen hatte. Zwei Freundinnen hielten die Kleine, die mir den Rücken zukehrte, um die Taille gefaßt und redeten schmeichelnd auf sie ein. Ich hörte nur ihren Namen. Ihr Gesicht sah ich nicht. Die bloße Erinnerung an die Zerbrechlichkeit ihrer schmalen Taille trieb mir Tränen in die Augen. Ich träumte aber auch davon, meine Geliebte zu quälen, sie zu meiner Sklavin zu machen, sie zu zwingen, sich über die Tiefe zu beugen, damit sie erschräke. Und ich wollte sie mit perversem Vergnügen seelisch martern. Eines Tages lernte ich endlich ein kleines Mädchen kennen, dessen Mutter als Lindenblütenpflückerin zu den Pitchots kam. Ich taufte sie, indem ich die Hand auf meine Fetisch-Krücke legte, eigenmächtig Dullita. Meine Leidenschaft nahm nun fanatische Formen an, und zugleich empfand ich dumpfe Angst bei dem Gedanken, meine narzißtische Exaltation mit jemandem teilen zu müssen. Ich wollte, daß sie ein Engel sei und ich mich in ihren Augen spiegelte, und ich wollte aus ihrem Mund meinen eigenen Speichel trinken. Sie sollte vor Liebe vergehen und ein Spielzeug meiner Launen werden. Ich zog sie in meinen Wachtraum hinein und hatte mit ihr ein gefährliches und wunderbares existentielles Erlebnis.

Zuerst machte ich ihr den Hof, indem ich vor ihren Augen geschickt Diabolo spielte und, um mich in Szene zu setzen, die schönsten Haltungen erfand und das Diabolo in beträchtliche Höhen schleuderte – so hoch hinauf, daß es sich meiner Geschicklichkeit entzog. Dullita lief, um es aufzuheben. Bald bat sie, mit mir spielen zu dürfen. Ich empfand ihre Bitte als Beleidigung. Wie durfte sie es wagen, da sie mich doch bewundern konnte! Ich nahm ihr ihren Mangel an Unterwürfigkeit übel, und als sie das Diabolo aus Koketterie einen Augenblick behalten wollte, wurde ich zornig und packte sie so heftig, daß sie weinte.

Später beobachtete ich, in meinen Turm zurückgezogen, wie ein Gewitter näherkam und die Wolken in wildem, von Blitzen durchzucktem Getümmel am Himmel heranstürmten. Eine Vorhut von Schwalben, dünn wie Striche, kündete den Sturm an. Das ganze Land erschauerte, den elektrisierenden Kräften willig hingegeben, vor durstiger Begierde. Der Regen stürzte mit erotischem Ungestüm nieder, der Humus strömte seine Gerüche aus wie eine Frau in der Umarmung. Dullita, die sich im Kornspeicher des Turms an mich drängte, fürchtete sich vor den Donnerschlägen und dem Wüten des Regens. Immer tiefere Dunkelheit umgab uns. Und als ich fühlte, wie sich dieser kleine Vogel an mich drückte, in dieser Einsamkeit, die ihn von meiner Stärke abhängig machte, genoß ich den Augenblick voll Entzücken.

Doch dann legte sich Dullita auf den Rücken und schloß die Augen. Als ich mich über sie beugte, um ihr starres Gesicht zu betrachten, schlug sie mir ein Spiel vor. Wir sollten an unseren Zungen saugen. Und ohne einen Augenblick zu zögern, streckte sie mir auch schon ihre kleine spitze Zunge entgegen. Ich stieß sie heftig zurück. Wie eine Wunde empfand ich das Beschämende dieses Speichelaustauschs, der mich vielleicht entzückt haben würde, hätte ich selbst ihn mir als Beweis für die Unterwerfung Dullitas ausgedacht. So aber erfüllte mich diese Art von Gemeinsamkeit, als eine Profanierung meiner Person, mit Abscheu. Ich drückte meinen Zorn durch so viele Drohungen aus, daß sie erschrak. Am liebsten hätte ich sie bei ihrer schmalen Taille gepackt und entzweigebrochen.

Als es zu regnen aufhörte, schlug ich ihr vor, zur Spitze des Turms hinaufzusteigen, und stürzte auch schon zur Treppe. Sie folgte mir nicht gleich. Ich fürchtete, meine Beute könnte mir entkommen, lief ungeduldig zurück, packte sie wütend bei den Haaren und zerrte sie hinter mir her die Treppe hinauf. Als ich die Gewißheit hatte, daß sie sich mir fügte, ließ ich sie allein den Kalvarienberg ihrer Versklavung ersteigen. Sie konnte nicht ahnen, daß alles, was sie tat, einem Plan entsprach, den ich schon seit Tagen mit mir herumtrug. Ich hatte davon geträumt, Dullita auf meinen Turm hinaufzuführen wie der Herr der Welt, der seiner Königin, trunken vor Macht, sein Reich zeigt, der aber, als absoluter Tyrann und keinem anderen Gesetz als seiner eigenen Laune gehorchend, ebensogut beschließen kann, sie von der Höhe des Schloßturms hinunterzustoßen.

Oben hatte ich zu ihrem Empfang wie Fahnenstangen meine Fetisch-Krücke und mein Diabolo aufgestellt. Der donnernde, grollende Sturm über unseren Köpfen lieferte mir die apokalyptische Dekoration. Um sie dorthin zu bringen, wo ich sie haben wollte, täuschte ich Gefühle vor, die meinen Wünschen genau entgegengesetzt waren, denn ich wußte im voraus, daß sie mich provozieren wollte. So sagte ich ihr, wenn sie sich nur ja nicht über die Brüstung beugte, würde ich ihr mein Diabolo schenken. Selbstverständlich setzte sie sich sofort auf die Mauer und ließ die Beine ins Leere hängen, um meiner vermeintlichen Besorgtheit und meiner zärtlichen Gefühle zu spotten.

Ich trat vorsichtig eine Schritte zurück und nahm meine Krücke, fasziniert von dem mageren Rücken Dullitas, die, unschuldig wie ein Lamm, die Beine hinabbaumeln ließ und mit den Blicken die letzten Scharmützel der großen Schlacht der Wolken verfolgte, die nun der Wind davonjagte.

Sanft, liebevoll, mit dem erhabenden Mute Abrahams, der im Namen Jahves sein Messer über Isaak zückt, legte ich ihr von hinten die Stütze meiner Krücke in die schmale Taille und drückte ein wenig, damit sie ihr vollkommen anlag. Ich empfand eine unerhörte Lust. Ich war ein Priester, der die Hostie über die gebeugten Köpfe der Gläubigen hält. Meine Dullita, die von meinen Absichten nichts ahnte, sah mich an, glaubte, einem köstlichen Mißverständnis erliegend, es handle sich um ein Spiel, schmiegte selbst kokett ihre Hüften in die Stütze meiner Krücke und lehnte sich zurück mit der Befriedigung einer Frau, die sich hingibt. Sie lächelte, und ihr Gesicht nahm einen Ausdruck tiefster Zufriedenheit an. Diese reizende Anmut war ein Streich des Himmels. Ich stemmte die Spitze meiner Krücke in einen Spalt zwischen den Steinplatten, dann riß ich Dullita das Diabolo aus der Hand und warf es vom Turm hinunter. Es verschwand in der Dunkelheit, die sich schon über den Boden breitete.

Ich hatte das Traumbild Dullitas getötet, indem ich meine Wahnbilder durch eine symbolische Handlung austrieb, die die Regungen des Todes ins Geistige wandelte. Diese Übertragung ließ die Erinnerung an Dullita zu einem erhabenen Bild werden, das mich eines Tages dazu anregen sollte, sie durch die künstlerische Neuschöpfung wiederauferstehen zu lassen.

Dieses Opfer hatte meine narzißtische Seele gestählt, indem es mir alle Schätze zeigte, die ich aus der wunderbaren Mine fördern konnte, welche fortan die schrankenlose Entfaltung meiner Persönlichkeit in meinen Augen darstellte.

In welchem Augenblick wurde Dali zum Jüngling?

Als ich mich eines Tages in der Bucht von Rosas nach dem Baden in der Sonne trocknete, bemerkte ich, daß meinen Schamhügel ein zarter schwarzer Flaum bedeckte, aus dem einige schon längere Haare hervorstanden. Vorsichtig nahm ich eines dieser Haare und zog daran, so daß eine Art Hautauswuchs entstand, der so lang war wie das Haar selbst. Mit einem Ruck riß ich es aus und betrachtete es in der Sonne, erstaunt über dieses neue Stück meiner selbst, dessen Entstehung mir entgangen war. Ich benetzte es mit Speichel, und es leuchtete irisierend in der Sonne. Dann wickelte ich es um meinen Finger, und die Enden klebten fest zusammen, so daß ein Ring entstand. Darauf machte ich aus Speichel eine wie ein kleiner Regenbogen schillernde Blase und betrachtete durch sie den Strand und das Meer. Ein besonders dickes Haar härtete ich, indem ich es anfeuchtete und in der Sonne trocknen ließ, und mit diesem Stachel zerstach ich die Blase.

Ich trieb aber auch weniger unschuldige Spiele, denn mittlerweile hatte ich die Freuden der Masturbation in den Klosetts der Zeichenschule entdeckt. Ich hatte jedoch noch kein wirkliches Vergnügen daran gefunden und war nur erstaunt gewesen über das Wachsen und Anschwellen meines Gliedes und den Samenstrahl, der plötzlich hervorspritzte. Meine Hand war bald erfahren in der Liebkosung, und ich schöpfte mehr Freude aus den Gesten der Anbetung dieses lebendigen Teiles meines Wesens als aus der jähen Ekstase, die mich am Ende meiner Übung überkam. Gebannt beobachtete ich diese physische Veränderung meines Gliedes, das, ein schlaffes Anhängsel zunächst, hart und lang wurde und dessen Spitze sich in eine rote Drüse verwandelte, die sich violett färbte, bevor sich die kleinen Lippen weiteten und den Samen ausstießen. Das Ganze faszinierte mich wie eine ungewöhnliche Besitzergreifung. Ich war maßlos stolz darauf, daß ich imstande war, dieses Phänomen zu erkennen und zu erleben, und zugleich bestürzt über meine Praktiken, deren Zweideutigkeit ich ahnte. In Wirklichkeit war ich hinter meinen Kameraden zurückgeblieben, die schon längst onanierten und von denen ich da und dort ein Wort aufgeschnappt hatte, das mich neugierig machte. Ich hatte lange nicht gewußt, wie man sich dieses Vergnügen verschaffte. Ich hatte nur verstanden, daß man dabei allein sein konnte oder auch zu zweien, aber mein Hang zur Absonderung hatte mich davon abgehalten, einen meiner Mitschüler um eine Erklärung zu bitten. Meine Unwissenheit, das Geheimnis, das diese Praktiken umgab, und die späte Entdeckung der Ekstase weckten in mir quälende Schuldgefühle. Ich erinnere mich, daß ich, nachdem ich die einsame Lust kennengelernt hatte, enttäuscht und mit einem Gefühl der Reue beschloß, sie nicht zu wiederholen. Ich blieb meinem Vorsatz jedoch nur drei Tage treu. Danach wurde es zu einer beinahe mechanischen Gewohnheit.

Diese Periode der Entdeckung meines Geschlechts war auch durch Träume gekennzeichnet, in denen ich oft Zähne verlor und heftig aus der Nase blutete. Mein Schuldgefühl wurde dadurch noch größer. Um meine Gewissensbisse zu besänftigen, widmete ich mich dem Zeichnen mit einer Aufmerksamkeit und Energie ohnegleichen, und ich machte stetige Fortschritte. Auf jede Arbeitsperiode folgte gewöhnlich eine Periode der Masturbation. Ich hatte die Liebkosung vervollkommnet, um die Lust zu vervielfältigen und zu verfeinern; sehr bald assoziierte ich das Vergnügen der Masturbation mit dem des Zeichnens. Um meine Wollust noch zu steigern, dachte ich mir ein System aus: Ehe ich mich schuldig fühlte oder der Lockung widerstand, wollte ich mir lieber einen Tag auswählen, der dem Vollzug des „Aktes“ gewidmet sein sollte; und ich entschied mich für den Sonntag.

So verging nun die Woche in der Erwartung, der Erregung, der Zurückhaltung bis zum Taumel. Das Warten bereitete mir mehr Wollust als die Erfüllung. Diesen Stunden meines Jünglingsalters verdanke ich die Entdeckung eines der Schlüsselprinzipien der Methode: Steigerung der Begierde bis zu ihrer Erstarrung, Warten bis zur Askese, Verzicht auf das, was man besitzen kann, als Quelle des Genusses. Was man Lust nennt, diese rasche Ejakulation, erschien mir bald nur noch wie ein flüchtiger Lidschlag der Wollust, verglichen mit der tiefen Befriedigung, die ich aus dem vielfältigen Spiel meines Willens schöpfte, indem ich meine Begierde aufschob, sie in die Länge zog und knetete und formte, wie es mir meine Phantasie eingab. Ich konnte eine ganze Woche lang *in* der Lust leben und das Gefühl der Begierde ständig meinem ganzen Körper mitteilen, während der Spasmus nur meine Muskeln erschöpfte, die Verzauberung auslöschte und mich mit Bedauern erfüllte.

Ich begann den Mädchen ins Gesicht zu sehen. Bis dahin hatten sie mich eingeschüchtert und verlegen gemacht, und in Ruhe hatte ich sie nur von meinem Balkon aus betrachten können. Nie hatte ich mich an den abendlichen Spielen beteiligt, bei denen Jungen und Mädchen lachend und schreiend durch die Straßen von Figueras rannten, und ich hatte mein mürrisches Wesen und meine Originalität genossen, mich an meinen Wahnbildern berauscht und meinen latenten Masochismus gepflegt wie eine seltene Pflanze.

Wie sich Dali seiner ersten Liebe erinnert

Eines Abends im Institut, nach einem nicht obligatorischen philosophischen Kolleg, das im Freien stattgefunden hatte, tauschte ich einen langen Blick mit einem der anwesenden Mädchen. Die Begegnung unserer Augen löste ein sofortiges Einverständnis aus. Ohne zu warten, gingen wir zusammen fort. Wir liefen, um unsere Gemütsbewegung zu verbergen, und hatten bald das offene Land am Rande der Stadt erreicht. Ich zeigte auf ein Kornfeld, und nach wenigen Schritten ließen wir uns in ein Nest aus niedergedrückten Halmen fallen. Ihre schönen, festen Brüste reizten mich. Ich legte eine Hand darauf und fühlte, wie sie sich unter dem Kleid bewegten. Dann küßte ich lange und ungestüm ihren Mund, bis sie keine Luft mehr bekam. Da sie Schnupfen hatte, zog sie heftig auf, ohne jedoch den Nasenschleim zurückhalten zu können, der ihr die Wangen verschmierte. Sobald ich ihr Gelegenheit dazu gab, putzte sie sich zuerst mit einem kleinen

Taschentuch und dann mit dem Saum ihres Kleides die Nase. Während unseres ganzen Stelldicheins schnupfte sie ununterbrochen auf und war deshalb sehr verlegen. Ich nahm sie in die Arme und rieb meinen Mund an ihren blonden Haaren, um den getrockneten Nasenschleim abzuwischen, der auf meinen Lippen kleben geblieben war und kitzelte, und um zu versuchen, den Lämmchengeruch zu atmen, der aus ihren Achselhöhlen aufstieg.

An dieser *novia* sollte ich fünf Jahre lang die Klaviatur meiner egoistischen, narzißtischen, paranoischen und sexuellen Empfindungen erproben und die verschiedenen Aspekte meiner sinnlichen Perversität ausleben.

Zuerst: sie faszinieren. Durch meine Sprache, meine Küsse, mein Auftreten, meinen Ehrgeiz. Sie war eine leichte Beute. Meine angeborene Lügenhaftigkeit und Heuchelei schuf rasch ein Klima der Verzauberung, dem sie erlag. Dann jeden Widerstand in ihr brechen. Gleich am ersten Abend hatte ich ihr eine schreckliche Wahrheit gesagt, die sie betäubte: „Ich liebe dich nicht." Bald darauf sagte ich ihr, ich wollte nur fünf Jahre mit ihr gehen, ohne sie jemals zu lieben. Unsere Beziehung war keusch. Ich streichelte ihre Brüste und küßte sie auf den Mund. Diese Zurückhaltung, meine verächtlichen Reden und mein schroffes Benehmen bildeten das kunstvolle Netz der seelischen Sklaverei, das ich über sie werfen wollte.

Ihre Knechtschaft tat ihrer Liebe keinen Abbruch, im Gegenteil, sie befeuerte ihre Gefühle, und ich erkannte, daß es auf dem Gebiet des allen Wesen angeborenen Masochismus etwas gab, was ich als eine der Quellen meiner Lust ausschöpfen konnte. Meine Gefühlskälte erhöhte in ihr das Schuld- und Minderwertigkeitsgefühl, das ihre ewig ungestillten Begierden reizte und das ich „zur Rotglut" bringen wollte.

Bei jeder unserer Begegnungen lenkte ich das Gespräch so, daß jeder meiner Sätze ein Pfeil war, der auf ihr Herz und ihre Liebe zielte. Sie sollte nach meinem Willen ein komplexes Lustgefühl erlangen bei dem bloßen Gedanken, daß ihre Liebe zu mir hoffnungslos war und daß ich mich an ihrem Leid ergötzte.

Ihre Schönheit war für mich ein ideales Instrument, meine Begierde zu erproben. Ich hatte entschieden, daß es zwischen uns keine Liebe geben sollte. Dieses Gefühl war den Bereichen des Wachtraums, des Imaginären und des Absoluten vorbehalten. Ich bediente mich ihrer wie eines Totems, dessen Brüste ich kneten, dessen Speichel ich trinken und dessen Lippen ich zerbeißen konnte, wie eines Meerschweinchens, dem ich Liebe einimpfte, um es dann in einem Labyrinth auszusetzen und auf die Probe zu stellen, seine Leidensfähigkeit zu testen und die Entwicklung seiner Krankheit zu studieren. Es hätte mir gefallen, wenn der Tod an diesem Experiment nicht unbeteiligt gewesen wäre.

Sie erholte sich immer wieder von meinen argen Bosheiten und begegnete meinen Launen mit unermeßlicher Fügsamkeit: Zeig mir deine Brüste, tiefer, leg dich hin, stell dich tot, hör auf zu atmen, küß mich... Bei jeder Begegnung ging die Komödie weiter, ohne daß sie mir je den Gehorsam aufsagte. Manchmal weinte sie, und ich beruhigte sie kalten Herzens. Jeder ihrer Augenblicke der Schwäche ließ mich noch anspruchsvoller werden. Ich befahl ihr sogar, mit allen Freunden zu brechen, damit sie allein mir ergeben wäre. Sie fügte sich mir auch darin. Ich zerstörte die Achtung, die sie für ihre Verwandten hegte, indem ich diese scharf verurteilte. Ich schuf eine Wüste um sie herum, und sie wurde immer trauriger. Ich quälte sie, indem ich ihr die Monate vorrechnete, die noch bis zu unserer Trennung blieben, deren Zeitpunkt ich ein für allemal festgesetzt hatte. Ich brachte sie schließlich sogar um den Schlaf, sie verlor das gesunde Aussehen, das mir ein Greuel war. Sie wurde wächsern bleich, traurig, vor Liebe abgezehrt. Unsere tägliche halbe Stunde war für sie stets von neuem eine Folter, die sie dennoch inbrünstig erwartete. Sie schrieb mir Briefe, die von seltener Seichtheit waren, aber von Leidenschaft überströmten, und ich ließ sie achtlos in meinen Taschen stecken. Bald brachte ich sie regelmäßig zum Weinen, um mit meinen Küssen ihre Tränen trinken zu können. Ich war bald zärtlich, bald grob, um sie zu verwirren. Als ich sie körperlich und geistig zum Wrack gemacht hatte, sagte ich ihr Adieu. Der Zeitpunkt war gekommen: ich fuhr nach Madrid.

Unsere Verbindung hatte fünf Jahre gedauert. Es war mir gelungen, sie in eine Art mystischer Verzückung zu versetzen. Ich hatte meine *niña* meinem Zynismus, meiner Gewalttätigkeit und meinen Lügen unterworfen, und ich hatte vor allem das Grundprinzip meines Systems herausgearbeitet: die Fülle der Liebeslust zu erlangen durch den freiwilligen Verzicht auf Befriedigung und durch die Versklavung des Partners. Ich liebte sie, wohlverstanden, nicht wirklich, aber ich schöpfte die größtmögliche Befriedigung aus ihrer Unterwerfung, ihrer regelrechten Verdummung. Ich bedauerte nur, daß das Ende unserer Liaison nicht mit dem Tod meiner Geliebten zusammenfiel. Wir gingen jungfräulich auseinander.

Die Liebe kam mir wie eine Art Krankheit vor, der Seekrankheit vergleichbar, der dieselben Symptome vorausgehen: Schauer, Beklemmungen, Gleichgewichtsstörungen. Ich sagte damals, daß das Gefühl, sich zu verlieben, leicht verwechselt werden könne mit dem Drang, sich zu erbrechen. Ich war nichtsdestoweniger für weibliche Schönheit sehr empfänglich, aber das Bild der Köchinnen mit ihren breiten Gesäßen, schwellenden Brüsten, dichten Haaren und kräftigen Gerüchen, das mich in der Kindheit beglückt hatte, war nach und nach einem anderen gewichen, und mit achtzehn Jahren schätzte ich Eleganz, maß den Brüsten keinerlei Bedeutung mehr bei und forderte statt dessen Hüftknochen, die sich unter dem Kleid abzeichnen mußten wie die hervorstehenden Henkel eines Korbes. Ich liebte ausrasierte und bläulich geschminkte Achselhöhlen und verlangte selbst von den Dümmsten einen intelligenten Blick. Denn meiner Erotik genügte der äußere Schein. Ein gesundes Aussehen erschien mir, außer was das Haar anbetraf, als ein Zeichen von schlechtem Geschmack.

Meine Erotik nährte sich von drei Elementen: der Engelhaftigkeit, das heißt einem Ausdruck der Geschlechtslosigkeit, der kalten, harten, raffinierten Grausamkeit, die jedes Gefühl tötet, und dem Obszönen, das sich, wie auf den Gemälden Gustave Moreaus, durch eine Anhäufung von Juwelen, Ketten, Ringen und Bändern verrät. Man weiß, daß Gold und Kot für den Psychoanalytiker dasselbe ausdrücken. Eine Frau, die sich der funkelnden Tyrannei des Schmucks unterwirft, ist wie mit Exkrementen beschmiert und weckt meine Gier.

Damals litt ich unter zwei Wahnideen, die mich lähmten. Die eine war eine panische Angst vor Geschlechtskrankheiten. Mein Vater hatte mir diese Mikrobenfurcht eingeimpft. Ich habe sie nie ganz überwinden können, und sie hat mich manchmal sogar bis zum Wahnsinn getrieben.

Vor allem aber quälte mich lange die Befürchtung impotent zu sein. Wenn ich mich nackt mit meinen Kameraden verglich, fand ich mein Glied klein, traurig und schlapp. Ich mußte immer an einen pornographischen Roman denken, in dem ein Don Juan mit wilder Ausgelassenheit in die Bäuche feuerte und erklärte, er höre die Frauen gern knacken wie eine Wassermelone. Ich war überzeugt, daß es mir nie gelingen würde, eine Frau knacken zu lassen wie eine Melone, und diese Schwäche beunruhigte mich. Ich verhehlte mir meine Anomalie, aber oft wurde ich von unbezähmbaren, geradezu hysterischen Lachkrämpfen heimgesucht, die meine innere Bewegung verrieten. Es war Zeit, daß ich Gala begegnete.

„Der Abscheu ist der Wachtposten vor der Tür zu den Dingen, die man am meisten begehrt."

VALDES LEAL

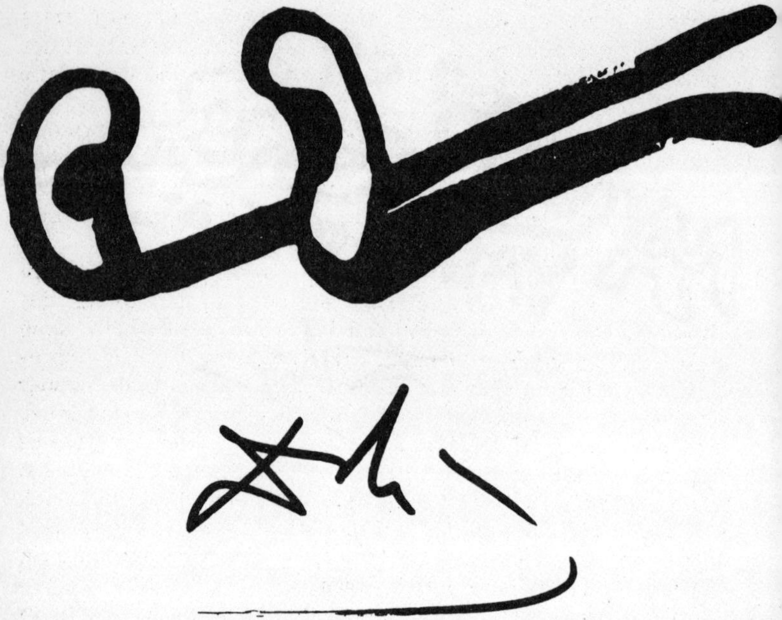

6. *Wie man Paris erobert*

Ich träumte nicht von Liebe, sondern von Ruhm, und ich wußte, daß der Weg zum Erfolg über Paris führte. Doch im Jahre 1927 war Paris weit von Figueras, weit, geheimnisvoll und groß. Ich kam eines Morgens mit meiner Schwester und meiner Tante dort an, um der Stadt Maß zu nehmen wie ein Boxer, der die Größe und Reichweite seines Gegners abschätzt.

Zuerst entdeckte ich Versailles (dem ich jedoch immer noch den Escorial vorziehe) und das staubige *Musée Grévin.* Mein Selbstvertrauen wuchs von Tag zu Tag, aber noch war nichts Wesentliches vollbracht. Ich brauchte die Bestätigung durch den einzigen Pariser, der in meinen Augen zählte: Pablo Picasso.

Ich hatte meine feierliche Einsetzung sorgfältig vorbereitet. Ich wußte, daß Picasso in Barcelona schon eines meiner Bilder, das „Mädchen von hinten", gesehen und daß es ihm gefallen hatte, denn er hatte mit seinem Kunsthändler, Paul Rosemberg, darüber gesprochen, der mir dann eines Tages geschrieben und um Fotos meiner Arbeiten gebeten hatte. Nun ersuchte ich einen Freund Garcia Lorcas, den kubistischen Maler Manuel Angelo Ortiz, mich zu Picassos Atelier zu führen. In der Rue de la Boétie angekommen, wußte ich sofort, daß mich die beiden Jettknöpfe seiner Augen erkannten. Ich war „der andere, der einzige, der ihm das Stichwort geben konnte; allerdings weiß ich jetzt, daß die Welt für zwei von unserer Sorte ein wenig zu klein war. Zum Glück war ich jung."

Ich überreichte ihm respektvoll ein Geschenk, ein Mädchen aus Figueras, ähnlich dem Bild, das ihm gefallen hatte. Ich brauchte lange, um es aus seiner komplizierten, mumienhaften Verpackung zu schälen, aber was endlich aus den Tüchern hervorkam, war ein sehr lebendiges Bild, und ich hatte den Eindruck, daß es sich unter seinem Blick plötzlich entwickelte. Picasso betrachtete es lange eindringlich forschend, und ich hatte es noch nie so schön gefunden. Von diesem Augenblick an gab er sich große Mühe, Eindruck auf mich zu machen. An die Stelle meiner anfänglichen Erregung trat Zuversicht, als er mich in das Atelier im oberen Stock führte und mir zwei Stunden lang ohne Unterbrechung seine Bilder von den kleinsten bis zu den größten zeigte, die er nacheinander auf seine Staffelei stellte. Er ging hin und her, wählte aus, nahm ein Bild zur Hand, stellte es wieder weg, leise, mit raschen Bewegungen, sein eigenes Genie abwägend, aber immer für mich allein seine verführerischen Schritte tanzend und mir lange, komplizenhafte Blicke zuwerfend.

Wir wußten einer wie der andere, wer wir waren. Unser Schweigen war mit elektrischen Strömen von hoher Spannung geladen. Ich hatte bei meinem Eintreten zu ihm gesagt, ich habe ihn sehen wollen, bevor ich den Louvre besuchte. Dieses Kompliment, das einen spanischen Granden umgeworfen hätte, nahm er mit olympischer Gelassenheit auf. Ich hatte mit meinen Worten seinen Vorsprung anerkennen wollen. Wir befanden uns im Jahre 1927, und ich mußte mich erst noch bewähren, ehe ich ihn überflügeln konnte. Er mußte etwas dergleichen ahnen, und der letzte Blick, den wir wechselten, war ein Zeichen des gegenseitigen Verstehens und der Herausforderung. Wir beide, Picasso! Wir beide, Dali! Ich hatte das Wesentliche vollbracht. Paris machte mir keine Angst mehr. Die Sonde war mit beruhigenden Zeichen zurückgekehrt. Bald würde ich sagen dürfen: „Paris gehört mir." Für mich lag das jenseits allen Zweifels.

Ich malte viel, sobald ich nach Figueras zurückgekehrt war: einen Harlekin mit leeren Augen, eine schlaffe Gitarre und einen geschmeidigen Fisch in „Stilleben im Mondlicht" und „Blut süßer als Honig", einem Bild, das, wenn ich mich seiner erinnere, wie das silberne Mate-Saugrohr meiner Kindheit noch die Flüssigkeit in mir zirkulieren läßt, die mir den Honig eines uterinen Lebens bringt. Und dann eine von Licht überströmende Sonne und zum Anbeißen hübsche Badende. Diese Phasen eifrigen Arbeitens wechselten ab mit intensiven Meditationen. Ich setzte ganz allein das Puzzle meines Genies zusammen und entwarf die Grundlagen meiner paranoia-kritischen Methode, von der diese Werke Zeugnis ablegen. Ich hörte ein für allemal auf, an dem gebieterischen Anspruch meiner eigenen Zeugen zu zweifeln. Fortan brachte eine unwiderstehliche Hellsichtigkeit alle Angriffe der Welt, die mich umgab, und sogar meine eigenen unbewußten Regungen, in eine Ordnung, in die gewünschten Bahnen, um die Gesamtheit der Welt sowie die schärfsten Widersprüchlichkeiten der Befriedigung meiner Begierden dienstbar zu machen. Nun herrsche ich – jedoch in immer größerer Einsamkeit, was sich in

Lachanfällen von ungewöhnlicher Heftigkeit ausdrückt. Ich ersticke unter dem Druck meines eigenen Genies.

Ich wußte, daß sich eine geheimnisvolle Maschinerie in Gang gesetzt hatte, die die Umstände meines Schicksals formte. Ich brauchte nur ich selbst zu sein, um zu existieren, und zu gegebener Zeit mußte alles für meinen Triumph bereit sein. Ich hegte hinsichtlich meiner königlichen Zukunft nicht den geringsten Zweifel und amüsierte mich schon im voraus über die Gegnerschaften, die Sandkörner, die versuchen würden, meinen unerbittlichen Vormarsch zu verzögern.

Pierre Loeb, ein Pariser Kaufmann, der sich schmeichelte, schon viele Künstler entdeckt zu haben, kam mit Miró, der meine Arbeiten kannte und schätzte und ihm die Gelegenheit bot, sich als Talentsucher zu bewähren, zu mir nach Figueras. Die Reise war jedoch vergeblich. Eine Woche später bekam ich einen Brief von dem Kaufmann, der mir riet zu arbeiten, um „meine unleugbaren Fähigkeiten zu entwickeln", damit er sich „schließlich meiner annehmen könne". Er hatte seine Chance verpaßt und kehrte zurück in das graue Einerlei, in das Nichts seines Kolonialwarenladens. Am gleichen Tag schrieb übrigens Miró meinem Vater, um ihm zu sagen, daß er von meiner „glänzenden Zukunft" überzeugt sei. Alles lief wie vorausgesehen. Ein anderer meiner Freunde, Luis Buñuel, wurde schließlich zum Boten meines Rufes.

Buñuel hatte den bemerkenswerten Plan, sich von seiner Mutter einen Film finanzieren zu lassen, und dazu eine weit weniger bemerkenswerte Drehbuchidee: Er wollte Zeitungsrubriken, vermischte Nachrichten, Theateraufführungen und Karikaturen zu einem Film verarbeiten. Ich teilte ihm mit, daß ich soeben ein Drehbuch geschrieben hätte, das imstande wäre, die zeitgenössische Filmkunst zu revolutionieren, und daß er mich unverzüglich aufsuchen solle. Er kam. Das Ergebnis unserer gemeinsamen Arbeit war „Un chien andalou". Mit dem Textbuch unter dem Arm fuhr Buñuel nach Paris zurück. Zwei Monate später folgte ich ihm nach.

Ich hatte einen Film entworfen, von dem ich wollte, daß er die Denk- und Sehgewohnheiten und den Geschmack der Intellektuellen und Snobs der Hauptstadt an spießbürgerlicher Unterhaltung schokkierte und erschütterte, einen Film, der jeden Betrachter in die geheime Mitte seiner Kindheit, zu den Quellen des Traums, des Schicksals und des Geheimnisses von Leben und Tod zurückversetzen sollte, ein Werk, das alle vorgefaßten Meinungen über den Haufen warf und den Beweis für mein Genie und Buñuels Talent erbrachte. In dreißig Minuten mußte sich mein Name in das Gedächtnis aller Betrachter eingraben mit den Lettern des Alptraums, des Phantastischen, des Surrealen.

„Un chien andalou“ ist ein Gemälde Dalis in Bewegung. Alle Gestalten meines bildnerischen Traums tanzen darin im Rhythmus meines Genusses einen verrückten Reigen. Der Film war dazu bestimmt, wie ein Feuerwerk mit Flammenschrift den Namen Dali zu schreiben und es mir zu ermöglichen, die Etappen der Bekanntheit mit großen Schritten zurückzulegen. Alle filmgeschichtlichen Werke analysieren ihn wohlgefällig, und sogar die böswilligsten Kritiker müssen zugeben, daß er einen Meilenstein in der Geschichte der internationalen Filmkunst darstellt, einen skandalösen Akt, den Willen zu schockieren, und schließlich, daß er konzipiert wurde, um beim Betrachter das größtmögliche visuelle Unbehagen auszulösen. Revolte, Angst, Traum, Imagination, Obszönes – ich hatte einen Antifilm geschaffen, der gegen alle Regeln des Films verstieß. Ich hätte gern gesehen, daß der Zuschauer ohnmächtig würde bei den ersten Bilderfolgen, in denen ein Rasiermesser ein Mädchenauge zerteilt, daß er sich erbricht, wenn er die verwesten Esel mit den leeren Augenhöhlen und den zerfetzten Lippen sieht, daß er vor Ohnmacht weint angesichts der nackten Frau, die auf jedem Arm einen Seeigel trägt, daß er vor Angst schwitzt wie das Paar hinter der Scheibe, wenn er den Unfall entdeckt, der sich auf der Straße ereignet hat ... „Un chien andalou“, dieses bewundernswerte sadistische Filmwerk, das an den latenten Masochismus der Leute appellierte, war ein Skandalerfolg, mit dem ich mich zum erstenmal in Paris behauptete.

Als ich in Paris ankam, hatte Buñuel den Hauptdarsteller des *Chien* schon gefunden, Pierre Batcheff, ein Wesen, das aus dem vom Rasiermesser gespaltenen Auge, mit dem der Film beginnt, hervorging, stets auf der Grenze zwischen Bewußtem und Unbewußtem taumelte, sich mit Äther berauschte, um in der Welt anwesend zu bleiben, und zwischen Leben und Tod balancierte, um am letzten Drehtag Selbstmord zu begehen wie ein zu meinem größeren Ruhme dem Moloch dargebrachtes Sühneopfer.

Der Dichter Eugenio Montés, der zehn Jahre später einer der Gründer der spanischen Falange werden sollte, schrieb nach der Vorführung des Films, der „Chien andalou“ widerlege, „was man den guten Geschmack, das Schöne, das Angenehme, das Feinfühlige, das Französische nennt" ... „Spanien", sagte er, „ist ein Planet, auf dem die Rosen verweste Esel sind . . . Spanien, das ist der Escorial . . . In Spanien blutet Christus auf den Kruzifixen . . . Das ist ein mit Blut gekennzeichnetes Datum, das, was Nietzsche gewollt hat, was Spanien immer getan hat!" Diese Zeilen, die mich mit der großen Tradition der katalanischen Schöpfer verbanden, waren ein glücklicher Widerhall meines Ehrgeizes. Snobismus entstand um meinen Namen. Ich hatte mir selbst mein Parisertum bescheinigt und mit ein Entree verschafft, das ebenso aufsehenerregend war wie einige Jahre später mein Austritt aus dem Kreis der Surrealisten. Meine Ankunft in Paris war ein Meisterstück.

Wie um meine Aura zu vergrößern, veröffentlichte Federico Garcia Lorca in „La Revista del Occidente" die „Ode auf Salvador Dali", die wie der Gruß Spaniens am Beginn meiner neuen Karriere klang:

„Spuren der Hände überleben wie Blut auf dem Gold, prägen das Herz des ewigen Kataloniers. Daß ein Stern wie eine Faust ohne Falte dich erhelle, während deine Malerei und dein Leben sich mit Blumen bekränzen..."

Um die gleiche Zeit entdeckte Amerika durch die Internationale Ausstellung des Carnegie-Instituts in Pittsburgh meinen „Brotkorb", das „Sitzende Mädchen" und „Anna Maria", drei Bilder, die durch ihren modernen Klassizismus lebhaft beeindrucken.

Alle diese Neuigkeiten machen die Runde, sowohl in Barcelona – wo meine Freunde in der Redaktion der Zeitschrift „La Gaceta de Sitges", die ich für mich begeistert habe, intensive Propaganda treiben – wie auch in Paris, wo sich die rührige Gruppe der Surrealisten meiner Persönlichkeit bedient, um ihre Bewegung wieder ins Gespräch zu bringen, obwohl der erste Artikel, der über mich in der Hauptstadt erschien – sein Verfasser war Charles-Henry Ford –, bereits auf prophetische Weise meine antisurrealistischen Ideen hervorhob. Aber noch weiß dort keiner, wer ich bin und was ich will.

Wovon träumt Dali – außer vom Ruhm?

In meinen erotischen Wachträumen vor allem von Frauen. Ich hatte noch nie eine Frau besessen, aber mein Durst nach Eros war darum nur um so größer. Bei der Ankunft auf der Gare d'Austerlitz war es meine erste Sorge gewesen, in ein Taxi zu springen und den Chauffeur zu bitten, mich zu den besten Bordellen der Hauptstadt zu fahren. Ich machte die große Rundreise durch das Pariser Kuppelgewerbe und besichtigte natürlich zuerst das Chabanais, das One-two-two und den Panier fleuri mit den Deckengemälden, der barocken Einrichtung, dem chinesischen Zimmer, den Spiegeln, den unzüchtigen Gerätschaften wie jenem verstellbaren Sessel des englischen Königs, der so konstruiert war, daß er es dem Monarchen gestattete, seine sexuellen Gelüste trotz seines Schmerbauchs zu befriedigen. Die Atmosphäre begeisterte mich, ich sog mich mit diesem erotischen Klima voll wie ein Schwamm und sammelte Vorräte für meine intimen Träume. Die vulgären Frauen, die fetten und solche, die keinen der Reize besaßen, die ich mir von einer erotischen Überraschung erwartete, beachtete ich nicht.

Ich jagte das Weib auf der Straße, in den Autobussen, auf den Trottoirs, jedoch mit solcher Schüchternheit, daß ich die Hoffnung auf eine Eroberung aufgab. Meine Phantasie erhitzte sich beim Anblick all dieser Körper, die sich als Beute anboten, die dennoch unerreichbar waren für meine Hände, mein Glied, meinen Mund und die mir nur der Ruhm in mein Bett fallen lassen konnte. Ich keuchte vor Begierde. Ich setzte mich auf die Terrasse eines Cafés und bezahlte im voraus, was ich bestellte, um dem leisesten Wink augenblicklich folgen zu können. Ich erregte mich an der Vorstellung, daß jede Frau, die an mir vorüberging, von vornherein bereit war, daß ich ihr nur meine Wünsche zu nennen brauchte, und schon würde sie meinen Launen willfahren.

Ich betrachtete zuerst die Beine, die Waden, die Füße, dann zeichnete ich im Geiste die Gesäßbacken und zwang mich, mir ihr Geschlecht mit seinen Lippen und dem Wald der Haare vorzustellen. Wenn sie langsam gingen, hatte ich Zeit, mir ihren Geruch zusammenzusetzen, aber meist gingen sie schnell vorbei, und ich konnte mir nur die Form des Gesäßes und des Rückens vorstellen. Wenn Gesicht und Eleganz der Bewegung mich nicht fesselten, ging ich zur nächsten über und begann aufs neue mit meiner lasziven Entkleidung.

Wie viele Geschlechtsteile, Schenkel, Bäuche, Gesäße habe ich auf diese Weise verdaut? Manchmal wagte ich es, ihnen offen ins Gesicht zu starren, und fing daraufhin einen kurzen Blick auf, der dunkel und zornig wurde. Ich hätte diese schönen Augen mit einem Rasiermesser barbarisch, sadistisch zerschneiden mögen, um die Beleidigung auszulöschen. Ich fragte mich, was ich mit diesem Harem anfangen könnte, der wie lauter Köder an mir vorüberzog. Ich träumte davon, daß ich mein steifes Glied in diese schönen Münder steckte und in ihnen mit vulkanischer Wollust explodierte oder daß ich den Ober des Cafés zwang, sie vor meinen Augen zu sodomisieren, während sie gierig meinen genialen Samen saugten. Sie knieten auf allen vieren, nackt, vor Begierde keuchend, mit gekrümmtem Rücken auf meine Liebkosung wartend, die Blicke starr auf mein Glied geheftet, und ich ging zwischen ihnen hindurch wie ein Dompteur zwischen seinen Raubtieren und verteilte meine Gunst nur sehr sparsam, beinahe grausam. Ich steckte einen Finger in eine Scheide und zwickte sie. Ich ritzte einen festen weißen Schenkel mit dem Fingernagel. Ich zerkratzte eine Brust. Dort riß ich einer eine Handvoll Haare aus, daß sie blutete. Ich setzte mich auf einen Rücken und kreuzte lässig die Beine, während ich mit meinem Spazierstöckchen auf einen rundlichen Hintern klopfte. Ein großer Augenblick der Erotik war das, der mein Glied schwellen ließ.

Die Ausstattung der Bordelle half mir sehr. Ich wälzte mich auf Betten, so groß wie Araberzelte und mit Fellen bedeckt, umgeben von nackten Frauen mit hochgereckten Brüsten, rasierter Maus und flachem Leib, die sich, einem Wink gehorchend, jeder meiner Launen fügten. Wir komponierten erstaunliche menschliche Gruppen und trieben die Liebe zu viert, fünft oder sechst in Stellungen, die ich mir recht akrobatisch und phantastisch ausdachte und die von den Spiegeln in allen Richtungen zurückgeworfen wurden.

Ich hätte aufstehen und auf den Tisch steigen mögen, um unter bewundernden Bravorufen in aller Öffentlichkeit zu ejakulieren. Wenn ich aber dann plötzlich von meinem Stuhl aufstand, um einem Gesäß zu folgen, das sich da vor meinen Augen bewegte, stellte ich fest, daß diese Frau mich gar nicht bemerkt hatte. Ich ging ihr verstohlen nach, wagte nicht, sie anzusprechen, und begann bald, sie zu hassen wegen der Kühnheiten, zu denen ich mich nicht aufraffen konnte. Ich hätte sie am liebsten ausgepeitscht, mit einem Rasiermesser gezeichnet, geschlagen, niedergeworfen, um meine unnütze Leidenschaft an ihr zu stillen. Manchmal folgte ich einer in einen Autobus, und es gelang mir, einen Platz ihr gegenüber zu bekommen. Schüchtern streifte ich sie dann mit dem Knie, aber nie brachte ich sie dazu, auf mich einzugehen. Man hatte mir gesagt, daß es manche Männer zur Zeit des stärksten Andrangs auf der Plattform eines Autobusses fertigbrächten, dem Gegenstand ihrer Begierde ihr Glied zu zeigen und die Frau dazu zu bewegen, es in die Hand zu nehmen! Bei mir stand sie beinahe jedesmal schon bei der ersten leisesten Berührung auf und ließ mich allein mit meinem schlaffen, nutzlosen Glied, und bald darauf fand ich mich auf dem Trottoir wieder, verschlungen von der Menge, hin und her gestoßen von feindseligen Gesäßen, harten Schenkeln, rauhen Händen und erbarmungslosen Gesichtern. Ich habe alles versucht, selbst bei den häßlichsten Frauen! Ich war jung, elegant, verführerisch, genial. Keine wollte es erkennen. Ich haßte sie wegen ihrer Gleichgültigkeit, ihrer Dummheit, ihrer Eitelkeit, wegen der Scham, die sie mich empfinden ließen. Ich hätte sie foltern mögen mit geschmolzenem Blei, dessen brennheiße Tropfen ich über ihren ganzen Körper verteilen wollte, ich hätte ihnen die Spitzen ihrer Brüste abschneiden und ihre Geschlechtsteile, ihre schönen, aufreizenden Ärsche verstümmeln können. Doch ich stürzte nur in mein Hotelzimmer in der Rue Vivienne, und vor dem Schrankspiegel nahm ich mein Glied mit beiden Händen, brachte es zum Schwellen und liebkoste es langsam bis zum Krampf der Lust. Ich bespritzte das Spiegelglas mit meinem Samen, während mir Tränen aus den Augen rannen und einen Schirm bildeten, auf dem sich die orgiastischen Bilder aller Frauen vermengten, die mich verhöhnt hatten. Ich fiel auf die Knie nieder und betete zu Gott, er möge sie in der Hölle brennen lassen.

Wie Dali seine Verzweiflung bezwang

Diese Verzweiflung war eine der Stationen des Kreuzeswegs meiner Leidenschaft. Ich mußte zahlen für meinen Sieg, das wußte ich. Und selbst mein Unglück stärkte nur meine Überzeugung. Ich stählte mich im Haß, im Groll, und meine Launen wurden immer wilder. Den Glauben an meine überlegene Intelligenz vermochte nichts zu erschüttern. Ich wußte, daß ich die schwache Stelle in der Rüstung der anderen finden mußte. Ich wußte, daß man nur zu warten und zu wollen brauchte, um zu siegen, und daß mein wahnhafter Mitteilungsdrang zuletzt von allen als Beweis meines Genies anerkannt werden müßte. Meine paranoia-kritische Methode hatte sich bewährt. Die wahre Eroberung des Ruhms mußte so aussehen, daß mir die Frauen zu Füßen lagen und mir ihre Ärsche darboten. Einstweilen hatte ich Paris zu entdecken.

Miró, den ich in Paris wiedergetroffen hatte, lud mich einige Male zum Abendessen ein, aber ich besaß keinen Smoking, und ich glaube, er war sehr enttäuscht, als er entdeckte, wie schlecht ich für einen Eroberer ausgerüstet war. Ich mußte jedoch den Einladungen Folge leisten, und so lernte ich die Duchesse de Dato kennen, die Komtesse Cuevas de Vera und den Vicomte und die Vicomtesse de Noailles, die mir bei meinem Eintritt in die Welt Pate standen. Ich lernte sehr rasch das kulturelle Raffinement dieser Aristokraten zu schätzen, die durch ihre Rasse und ihre Mumifizierung meinen eigenen Vorstellungen so nahe kamen. Wie ich selbst kehrten sie der Wirklichkeit den Rücken, die die Bourgeoisie und ihre intellektuellen Speichellecker gegen die Tradition schufen.

Begierig enthüllte ich das Geheimnis ihrer Manieren, die mich so entzückten. Die Kunst der Konversation, die darin besteht, zu sprechen, um die Zuhörer zu fesseln, indem man nichts sagt – mit vollem Mund, während die andern die geistreichen Bemerkungen verdauen. Die Würde des Kellermeisters, der einem Einzelheiten über einen Jahrgang ins Ohr flüstert, als handele es sich um ein Staatsgeheimnis. Die Attraktion ihrer Bilderwände, wo man unter den Größten aufgehängt wird, so als gehörte man zur Familie. Wäre ich nicht so schüchtern gewesen, ich hätte diesen Aristokraten die verlorengegangene Überzeugung von ihrem historischen Wert, ihrer großen Zukunft in einer Welt des Zerfalls zurückzugeben versucht; sie waren die letzte wirkliche Kraft. Doch als Philosoph und Prophet war ich noch nicht bekannt. Ich war Maler, und sie begannen meine Bilder zu kaufen. Alles zu seiner Zeit. Die Noailles hatten „Le Jeu lugubre" gekauft, in meinen Augen eines meiner größten Gemälde, und bei sich zu Hause zwischen einem Watteau und einem Cranach aufgehängt.

Ich aß, ich trank, ich sah zu, wie Schatten und Licht die schönsten Busen von Paris modellierten. Ich hatte mein boshaftes Vergnügen daran, eine der schönen Frauen der Versammlung mit glühenden Blicken zu betrachten, sie im Geiste auszuziehen und ihr nichts anderes zu lassen als ihr Perlenkollier und ihre Juwelen, und dann hörte ich, den Augenblick genießend, ihre schönen geschminkten Lippen mondäne Banalitäten reden, während ich ihr mit einer heißen Phantomhand den Bauch streichelte.

Es gab auf diesen Soireen immer ein oder zwei böswillige Emporkömmlinge, die sich die Welt nach ihrem Bilde zurechtschnitten und Gift verspritzten wie ein Skunk seinen Gestank. Ich fand sie immer sehr rasch heraus und nahm ihnen im voraus die Lust, ihre Säure an meiner Person zu erproben, indem ich sie augenblicklich aufforderte, über mich und mein Genie zu sprechen. Ich vermittelte ihnen eine solche Gewißheit meines Erfolges und meiner Verrücktheit, daß sie aus Angst vor der Lächerlichkeit nicht mehr wußten, was sie denken sollten.

Sie wurden meine Höflinge, um sich nicht erdrückt fühlen zu müssen, und zogen es vor, zu loben, was sie nicht auf ihr Niveau herabzerren konnten. Ich habe immer aus den Kadavern jener Personen, die meinem Genie am wenigsten genehm waren, den Humus meines Erfolgs gemacht. Ich ziehe die Narren und die Böswilligen an und mache aus ihnen Trittbretter oder Teppiche meines Erfolgs. Ich bin in jenen Zeiten vielen Klapperschlangen begegnet, die ich in harmlose Nattern verwandelte und aus deren Haut ich meine Brieftasche gerbte.

Jedes Hindernis nehme ich verbissen zum Anlaß, mich selbst zu überbieten. Der Herbstsalon lehnt 1928 meinen „Grand pouce-ciseau pourri et lune" (der sich heute in der Sammlung Morse befindet) ab, denn die erotischen Anspielungen schockieren anscheinend die Jury. Daraufhin veröffentlichte ich das „Manifeste Croc", das so verletzend ist wie eine Ohrfeige, und male „Les premiers jours du printemps", ein

Bild, das ein wahres erotisches Delirium darstellt. Immer weiter. Immer stärker. Immer Dalischer.

Man hält mich für umzingelt, geschlagen, widerlegt. Aber mein Genie ist größer als alle Hindernisse, und ich tauche wieder auf wie ein Maulwurf, mitten im Garten, mitten in dem Beet, das man vor mir schützen wollte. Pavel Tchelitchev nahm mich mit in die Untergrundbahn. Der Lärm, die Menschenmenge erschreckten mich, ein entsetzliches Gefühl der Klaustrophobie und des Verlorenseins erstickte mich. Je kopfloser ich wurde, desto fröhlicher gab sich Tchelitchev, auf diese Weise meine Scham und mein Unbehagen weiter steigernd. Bei der nächsten Station ließ er mich feige im Stich. Ich stürzte auf den Ausgang zu und stieß alles beiseite, was sich mir in den Weg stellte, um Atem ringend wie ein Ertrinkender. Oben angekommen, blieb ich eine Weile verstört stehen, um meine Gedanken zu sammeln. Ich hatte den Eindruck, durch einen Darm gewirbelt und von einem monströsen After ausgestoßen worden zu sein. Ich wußte nicht, wo ich mich befand, mir war, als wäre ich auf eine fremde Erde ausgespien, ein kleines, nutzloses Exkrement. Langsam nahm ich wieder von mir selbst Besitz, und – o Wunder! – meine Hellsichtigkeit, mein Stolz, meine Kraft fanden augenblicklich mächtiger denn zuvor zu mir zurück. Ich begriff, daß ich soeben eine große Initiation erlebt hatte. Dieser Schock war eine wohltuende Offenbarung. Man muß bei jeder Gelegenheit die unterirdischen Wege der Tat und des Geistes benutzen, die Spuren verwischen, zu ungelegener Zeit auftauchen, ohne Unterlaß sich selbst besiegen, niemals zögern, die eigene Seele zu schänden, damit sie reiner neugeboren werde und stärker denn je.

So ging ich von Entdeckung zu Entdeckung – meiner selbst und der andern – in dieser proteushaften Stadt.

„Die andern“ – das war der surrealistische Dichter Robert Desnos, den ich kennenlernte, als ich eben „Les premiers jours du printemps“ beendet hatte. Er war Stammgast in der Bar de la Coupole, einem Zentrum der Bohème vom Montparnasse. Man schritt vom Boulevard aus durch eine Tür mit einem Windfang und befand sich in einem langen, schmalen Rechteck, das durch die Theke geteilt wurde, hinter der Bob, der Barkeeper, thronte. Eine zweiflügelige Tür führte in einen riesigen Saal, der zum größten Teil von den „Café-crémistes“ besetzt war, intellektuellen Dauerarbeitslosen, die in ihre Tassen starrten, als wollten sie aus dem Kaffeesatz wahrsagen. Im Souterrain wiegten sich dreihundert Personen von der Teestunde bis vier Uhr morgens in einem überheizten Saal im Takt der Tanzmusik. Desnos gehörte zur Clique der Stammgäste, die ich neidvoll, aber auch schon mit zur Schau getragener blasierter Gleichgültigkeit betrachtete: Derain, Kisling, Brancusi, Ehrenburg, Zadkine; Schriftsteller, Modelle, eine ganze Schar hübscher Mädchen, von der Gewerbsmäßigen bis zur müßigen Kleinbürgerin oder verirrten Provinzlerin. Nichts für mich. Und auch nichts für mich im „Select", dem Schlupfwinkel der Homosexuellen, wo allerdings Prévert Hof hielt, oder im „Dôme", wo sich die Rauschgiftsüchtigen versammelten.

Desnos wollte unbedingt mein Bild sehen und schleppte mich in mein Hotel. Er lobte es in lyrischen Tönen. „Etwas Niegesehenes!" sagte er begeistert. Wenn er Gold gehabt hätte, würde er es mir abgekauft haben, aber seine Komplimente waren eine kleine Münze, die mir wohltat wie Morgentau.

„Die andern" – das war Paul Eluard, dem ich im Tabarin begegnete. Ich war mit Camille Goemans hingegangen, der mir einen Vertrag vorgeschlagen hatte und mir bis zur endgültigen Entscheidung *Paris by night* zeigte.

Der Kunsthändler, der mich künftig vertreten sollte, gab mir mit halblauter Stimme einige Auskünfte über diesen blonden, schlanken, hochgewachsenen Mann, der den Kopf so hoch trug.

„Ein Freund Picassos. Er kennt alle begabten Maler. Er ist Sammler und ein kluger Händler. Er ist wohlhabend. Die Surrealisten halten viel von ihm. Er hat 1917 eine Frau mit einem wunderbaren Körper geheiratet, deren Foto er in seiner Brieftasche mit sich herumträgt. Er zeigt es allen Freunden, die es verstehen, ihm zu schmeicheln. Zur Zeit ist sie in der Schweiz. Sie heißt Gala."

Goemans lud uns zum Champagner ein. Eluard beeindruckte mich sehr durch seine Distinktion. Ich erfuhr, daß er einer der großen Dichter des Surrealismus sei. Seine Stimme und seine Hände zitterten ein wenig, was ihm etwas Pathetisches verlieh. Seine sinnlichen Augen leuchteten auf, sooft er einer weiblichen Silhouette nachblickte, obwohl er ein köstliches Geschöpf mit einem schwarzen, mit Flitter besetzten Kleid bei sich hatte. Er nahm meine Einladung zu einem Besuch in Cadaqués im nächsten Sommer an.

Langsam rückten auf meinem Schachbrett die Bauern des Schicksals vor.

„Die andern" – das war auch André Breton, der sich schon wie ein

Papst gebärdete, obwohl sich seine Kardinäle noch in einem Café an der Place Blanche versammelten und statt der Hostie einen Aperitif nahmen. Vom Neuankömmling wurde eine Hingabe verlangt wie von einem, der die Weihe über sich ergehen läßt.

Breton hielt wie ein fetter Truthahn hochtrabende Reden vor seinem Hofstaat – eine Prüfung, der man sich nicht entziehen konnte. Seine Versammlungen hatten vor allem den Sinn, es ihm zu ermöglichen, seine Truppe fest in der Hand zu halten und seine Autorität zu behaupten, indem er den leisesten Widerspruch im Keim erstickte und höhnisch über die Abwesenden herzog, die immer unrecht hatten – bei den Surrealisten noch mehr als anderswo! Der Mandarin-Curaçao diente dazu, die Stimmung der Surrealisten hochzuhalten, während Breton laut die Zeitung las oder unglücklichen Wirrköpfen den Prozeß machte, deren Namen niemand kannte, die aber das Unrecht begangen hatten, ihm zu mißfallen – durch irgendwelche verschwommene Artikel oder Werkchen, oder gar durch einen Skandal. Weibergeschichten wurden streng verurteilt. Man hätte meinen können, vor einem Inquisitionstribunal zu stehen, das ins Café Commerce verlegt worden war. Ich langweilte mich zu Tode, allenfalls amüsierte ich mich manchmal über die Duelle zwischen Breton und Aragon, in denen bereits eine Spannung durchbrach, die über bloße Ironie hinausging. Ich hatte diese geschwätzigen Revolutionäre bald allesamt durchschaut und fragte mich einen Augenblick, ob ich mich nicht an ihre Spitze stellen sollte, denn wenn ich bei seltenen Gelegenheiten das Wort ergriff, wurde meine Überlegenheit ohne Diskussion anerkannt. Ich sah den Blick der blauen Augen Bretons auf mich gerichtet und über meinem Kopf ein Fragezeichen in die Luft zeichnen. Er mißtraute mir. Ohne Grund! Der Einsatz war mir nicht lohnend genug, und ich überließ ihm gern den Vorsitz über diese Gesellschaft ohne Aktien. Der Surrealismus war ich.

Ich beschloß, wieder nach Cadaqués zu fahren, um dort zu arbeiten und um zu warten, bis die Saat aufging, die ich in diesem Paris gesät hatte, das mir nun keine Angst mehr machte.

Ich fing an zu malen, und die übrige Welt kümmerte mich nicht mehr.

Nach einigen Tagen bekam ich ein Telegramm von Camille Goemans, in dem er mir bestätigte, daß er nun mein Händler sei. Außerdem schickte er mir 3000 Francs. Er wurde damit Eigentümer von dreien meiner Bilder und erwarb das Recht, meine künftigen Arbeiten als erster zu sehen. Mein Vater rieb sich die Hände mit einer Befriedigung, die nicht ganz frei von Besorgnis war, denn man hatte ihm hinterbracht, daß ich mich manchmal damit vergnügte, eine Banknote in einem Glas Whisky von guter Qualität aufzulösen.

„Der Maler ist nicht ein Inspirierter, sondern einer, der imstande ist, die anderen zu inspirieren.“

EPINGLE DE
CRAVATE ROYALE
1973

7. *Wie man Gala liebt*

Ich fühlte den Krampf nahen wie eine aus dem tiefsten Innern meines Wesens geborene Kraft. Ein Schrei stieg in mir auf, der die schreckliche Spannung, die mich marterte, hätte zerreißen können, aber er erstarb in meiner Kehle und drückte sich nur durch eine Verzerrung meines ganzen Gesichtes aus. Mein Mund öffnete sich, um zu brüllen, und ein furchtbarer Lachanfall, eine Art Delirium auf dem Höhepunkt der Krise, schüttelte mich. Tränen sprangen mir aus den Augen wie Erbsen. Ich versuchte meine Brust zusammenzudrücken, damit sie nicht zersprang unter den Stößen des Zwerchfells, die mir die Rippen auszurenken drohten. Ich erstickte. Mein ganzer Körper befand sich in Trance, mein ganzes Wesen explodierte förmlich vor Lachen. Jedes Glied, jeder Muskel führte ein Eigenleben unter der Herrschaft einer dämonischen Raserei. Ich zerfiel vor Lachen in tausend Stücke.

Ich krümmte mich, ging auf die Knie nieder, schlug, am Ende meiner Kräfte, auf den Boden hin, rang nach Atem, verstört, zuckend, von Krämpfen geschüttelt. Mit verschmutztem Gesicht, zerschlagenen Beinen und zermarterter Brust versuchte ich aufzustehen, aber ein neuer Anfall tödlicher Heiterkeit warf mich wieder nieder.

Diese Exzesse konnten fünfzehn bis zwanzig Minuten dauern, bis zur völligen Erschöpfung meiner Kräfte. Zuletzt lag ich da wie ein von den Wellen an den Strand gespülter Ertrunkener, völlig ausgeleert wie nach einer ununterbrochenen, quälenden Masturbation. Mein ganzes Leben war mir aus dem Mund entwichen durch dieses Lachen, in dessen Tiefen ich den Abgrund des Wahnsinns schimmern sah.

Wenn ich aufwachte, wenn ich mich ankleidete, wenn ich mit Verwandten oder Freunden plauderte, im Bett oder auf der Straße – nie und nirgends war ich vor der schrecklichen Explosion sicher. Und meine Krisen traten von Tag zu Tag häufiger auf und dauerten immer länger. Es brauchte nicht viel, um sie auszulösen: Ein Gesicht, ein Wort, eine bestimmte Situation, und schon riß es mich hin. Manchmal brach mitten in einem Satz, anstelle eines Wortes, das man erwartete, mein Gelächter los, und mein vor Schreck erstarrter Gesprächspartner sah, wie sich mein Gesicht und mein Körper vor seinen Augen verwandelten und ich in einen rasenden Veitstanz fiel. Hilflos sah er zu, wie sich der junge Dandy mit den feinen Zügen und dem Schnurrbart im Staub wälzte. Außerstande, mir zu helfen, ging er um mich herum, unschlüssig und gekränkt, und seine widersprüchlichen Gefühle erhöhten noch meine wahnsinnige Heiterkeit.

Meist führte ich jedoch den Lachanfall selbst herbei, indem ich in meiner Phantasie ein obszönes Bild heraufbeschwor. Dabei wandte ich einen Trick, eine meiner Erfindungen an: die Kacketräger-Eule. Ich stellte mir vor, die Person, mit der ich gerade zu tun hatte, balanciere auf ihrem Kopf die handgroße Skulptur einer Eule. Und auf dem Kopf der Eule ruhte, ebenfalls im Gleichgewicht, ein Haufen Kot, eine meiner prächtigsten Würste, die, wohlgeformt und eingeringelt, eine einzigartige Krone auf dem grausamen Kopf des Vogels bildete. Dieses Nebeneinander – die Eule, die wohlplacierte Dalische Scheiße und dazu das selbstzufriedene Spießbürgergesicht – brachte meinen Verstand aus dem Gleichgewicht und reizte mich um so mehr zum Lachen, als niemand die Ursache begriff.

Die Bestürzung meiner Gesprächspartner trug nicht wenig zu meiner Heiterkeit bei. Manche Köpfe wollten sich jedoch nicht zu diesem Spiel hergeben, und die Kacketräger-Eule konnte ihre Funktion nicht erfüllen. In solchen Fällen setzte ich sie im Geiste rasch auf einen anderen Kopf. Zuletzt fand mein obszöner Hut immer ein Gesicht, das er clownhaft verwandelte, und ich lachte los. Mein Spiel war wie eine Säure, die das Etikett der Erwachsenen zerfraß, ihr Selbstgefühl in ein Skelett, ihre Persönlichkeit in Fäulnis verwandelte. Und zugleich mit diesem Todesspiel entwickelte ich in mir die Fähigkeit zur Selbstvernichtung. Alle erkannten, daß ich die Zeichen eines düsteren Deliriums in mir trug.

Ich hatte auch einzigartige Halluzinationen. So geschah es zu jener Zeit, daß ich eines Morgens, als ich die Toilette im ersten Stock aufgesucht hatte und in mein Zimmer zurückkehrte, eine Frau im Nachthemd vor dem Fenster sitzen sah, die mir ihr Profil zuwandte und auf mich gewartet zu haben schien. Langsam und ohne den Blick von der Erscheinung zu wenden, legte ich mich wieder ins Bett. Ich wußte sofort, daß es sich um eine Halluzination handelte, aber ich nahm sie ohne Verwirrung und ganz natürlich hin. Sie war zwar unkörperlich, aber ganz deutlich zu sehen. Ich fühlte mich glücklich und wie in Seligkeit schwebend. Wie lange diese Empfindung anhielt, weiß ich nicht, aber als ich einen Augenblick den Kopf abwandte, war alles verschwunden. Es gelang mir nicht, dieses kostbare Bild wieder lebendig werden zu lassen, aber von diesem einzigartigen, erlesenen Augenblick ist mir die Sehnsucht und die Hoffnung geblieben, diese Anmut eines Tages wiederzufinden. Oft sagte ich mir, daß ich die Gabe, solche Visionen zu projizieren, mit meinen schrecklichen Lachkrämpfen und der Beeinträchtigung meiner Fähigkeiten nicht zu teuer bezahlte, und noch heute kommt es vor, daß ich vor dem Öffnen einer Tür glaube, drinnen erwarte mich meine Unbekannte, seitwärts gewandt vor einem Fenster sitzend wie an jenem Sonntagmorgen im Sommer 1929 in meinem Zimmer in Figueras.

Im übrigen lebte ich in einem Zustand permanenter Hysterie zwischen meinen Anfällen, meinen Halluzinationen, meinen Masturbationen – bei denen ich mich mit geschickten Liebkosungen daran ergötzte, aus meinem Glied eine Lust hervorzulocken, die mich bis zur Ekstase durchströmte – und meiner Arbeit. Sobald ich nach Paris zurückgekehrt war, malte ich ohne Unterbrechung an einem Bild, aus dem „Le Jeu lugubre“ werden sollte und auf dem ich eine mit Exkrementen befleckte Unterhose darstellte. Nach und nach färbte sich mein ganzes Universum mit den Lichtern des Wahnsinns, und ich vergeudete mein Genie in Gelächter, Samenergüssen und Visionen. Es war Zeit, daß mir Gala eine Seele gab.

Wie Dali Gala kennenlernte

Mein Händler Camille Goemans und seine Frau, das Ehepaar Magritte* und Buñuel hielten sich schon seit einigen Tagen in Cadaqués auf, als eines Morgens die Eluards ankamen. Gala stieg mit verdrossener Miene im Augenblick aus dem Wagen, als einer meiner Lachanfälle ausbrach. So fand unsere erste Begegnung unter wahnsinnigem Gelächter statt.

Später war ich mit den anderen vor dem Hotel Miramar zum Aperitif verabredet. Ein neuer Anfall! Paul Eluard hörte sich mit der größten Aufmerksamkeit die Erklärungen meiner Freunde über

* Der belgische Maler Magritte ist ein ständiger Freund Dalis.

meinen Zustand an. Ich verlor mehr und mehr die Herrschaft über mich selbst. Meine Krisen hingen vom Zufall ab, von dem Zusammentreffen irgendwelcher Umstände und von Vergleichen, die meine erhitzte Phantasie anstellte. Wie ein Ertrinkender wartete ich verzweifelt auf einen Rettungsring. Alles ging sehr schnell. Ich habe einige Bilder aus jener Zeit für immer in meinem Gedächtnis aufbewahrt.

Ich verbrachte einen großen Teil meiner Zeit damit zu malen, allein und nackt in meinem Zimmer, und es geschah oft, daß ich den Pinsel weglegte, um in dieselbe Hand mein Glied zu nehmen, so daß ich von der einen Lust zur anderen überwechselte und durch beide die gleiche Ekstase erlebte. Wenn ich ausging, richtete ich mich lange her und gab mir ein theatralisches Aussehen. Seit meiner Madrider Studentenzeit fettete ich mir das Haar mit Pomade und verwandelte es in einen regelrechten schwarzen Helm, der fest und geschmeidig wie Kunststoff war. Diesen Eindruck eines argentinischen Tänzers wandelte ich dadurch ab, daß ich mich wie eine Frau kleidete, und zwar trug ich ein selbst entworfenes Seidenhemd mit großen bauschigen Ärmeln und einem tiefen Ausschnitt, der eine Kette aus falschen Perlen zur Geltung brachte, und dazu ein Armband. Ein burschikoses Mädchen, ein Zwitter, hätte man meinen können. Mann war ich durch die weiße Hose. Auf den ersten Blick durchschaute mich Gala nicht. Die Maske täuschte sie.

Ich würde vielleicht alles verdorben haben, wenn ich am folgenden Tag meine ursprüngliche Absicht ausgeführt hätte. Wir hatten uns mit den Eluards am Strand verabredet, um gemeinsam zu baden. Ich wollte sie durch meine Extravaganz verblüffen. Dieses Paar verkörperte für mich, den kleinen Provinzler, den Geist von Paris. Ihre Selbstsicherheit, ihre blasierten Mienen und ihr Luxus schockierten mich wie eine Herausforderung, und zugleich faszinierten sie mich, und Gala versetzte mich geradezu in Trance mit ihren Koffern nach der neuesten Mode, die sich, auseinandergenommen, in Schränke verwandelten und von Kleidern und feiner Wäsche überquollen. Ich beschloß, mich ihnen als das Gegenteil dessen zu präsentieren, was ich am Vortag gewesen war, und den dekadenten Epheben in einen zerlumpten Ochsentreiber zu verwandeln. Ich verstümmelte daher mein schönstes Hemd mit der Schere, indem ich ein Drittel davon samt dem Kragen wegschnitt, so daß eine Art Joppe übrigblieb. Zwei Risse auf der Brust ließen meine Haare und Brustwarzen sehen. Aus Fischleim und Ziegendreck mischte ich einen abscheulichen Moschus, mit dem ich mich einschmierte. Dann rasierte ich mir die Achselhöhlen, schnitt mich dabei absichtlich und ließ das Blut rinnen und stocken. Zuletzt fügte ich noch ein wenig Wäscheblau hinzu, das mein Schweiß über den ganzen Oberkörper verteilte. Hinters Ohr steckte ich mir eine Jasminblüte, ich stank wie ein Bock. So stieß ich in meiner ganzen großartigen Häßlichkeit das Fenster weit auf.

In diesem Augenblick sah ich ihren Rücken. Gala saß am Strand. Und ihr herrlicher Rücken, der so athletisch und zugleich so zerbrechlich aussah, so gespannt und so zart, so weiblich und so energisch, faszinierte mich wie einst der Rücken meiner Amme. Ich sah nur noch diesen Schirm der Begierde, der in der Verengung der Taille und der Rundung des Gesäßes endete. Aus war die Komödie. Wie ein Blitz Jupiters durchfuhren mich die Kraft und die strahlende Schönheit des Lebens. Meine Maskerade flößte mir Abscheu ein. Nackt und mit ausgestreckten Händen wäre ich ihr am liebsten entgegengetreten. Ich hatte große Mühe, mich von meinem Bocksgestank zu reinigen, und als ich am Strand ankam, war ich so heftig bewegt, daß ich wieder einen Lachkrampf bekam und unfähig war, mit ihr zu sprechen. Ich setzte mich zu ihren Füßen nieder, erstickend, aber jede ihrer Mienen aufmerksam wie ein Hund beobachtend. Ich achtete nicht auf unsere Umgebung und hatte nur Augen für sie. Die größte Kühnheit, die ich aufbrachte, war, daß ich ihre Hand streifte, um den elektrischen Schlag unserer Begierde zu spüren. Ich wünschte mir nichts anderes, als ewig so zu ihren Füßen zu sitzen, mein Leben an ihrem Blick aufgehängt. In ihren Pupillen sah ich eine ernste Frage und einen Ruf, dessen Sinn ich mir trotz meiner intuitiven Begabung nicht zu deuten vermochte.

Wenn eine Liebe groß ist durch die Proben, die sie besteht, und durch die Hindernisse, die sie überwindet, dann ist die unsere unerschütterlich. In der ganzen Geschichte der Liebesliteratur aller Zeiten wird man nirgens im Leben eines Paares einen solchen Grad von Maßlosigkeit und Gleichgewicht, Kraft und Zartheit, Anziehung und vulkanischer Leidenschaft finden. Gala und Dali verkörpern auf wunderbarste Weise den Mythos der Liebe, die die Geschöpfe über sich hinaushebt, den Schwindel des Absurden auslöscht und den Stolz und den Wert des menschlichen Genies bezeugt. Ohne die Liebe, ohne Gala wäre ich nicht mehr Dali. Ich werde nie aufhören, diese Wahrheit zu verkünden und zu leben. Sie ist mein Blut, mein Sauerstoff.

Man hatte Gala gesagt, ich sei ein Koprophage, und ihr mein Bild

„Le jeu lugubre" gezeigt, auf dem ich eine mit Kot bedeckte Unterhose gemalt hatte. Sie interpretierte dieses Bild als einen Versuch, mein Laster zu verherrlichen.

Warum habe ich ihr die Wahrheit gesagt, ich, der sich doch sonst darin gefiel, die Frauen zu belügen, um sie besser unterjochen zu können? Ich betrachtete sie aufmerksam und bewunderte nicht nur die Schönheit ihres schmalen olivbraunen Gesichts, ihrer von einem Übermaß der Empfindung geweiteten Augen, ihrer beinahe kränklichen Zartheit und ihrer Wespentaille, sondern auch den offenen, ehrlichen, edlen Ausdruck ihres forschenden Blicks, der es mir plötzlich verbot, ihr mein Spiel zu verheimlichen. Und vor allem beeindruckte der kosmopolitische Charme Galas den Snob in mir. Ich hatte in der Reichweite meiner Hand, meines Mundes eine Pariserin, elegant, göttlich, die Frau eines berühmten surrealistischen Dichters, die mit ihrem neumodischen Koffer voller Spitzen und Schöpfungen der großen Couturiers vom Ende der Welt zu mir kam – Eluard und Gala waren eben aus der Schweiz zurückgekehrt, wo sie René Crevel besucht hatten, der sich seiner Gesundheit zuliebe dort aufhielt. Eine Frau, von der man mir viel erzählt und an die ich oft gedacht hatte. Und diese Frau sprach mit mir über mich, sie fragte mich über meine geheime Person aus, und ich konnte mich ihr enthüllen und ihre tiefe Neugier und ihr leidenschaftliches Interesse wecken. Gala war nach meinem Maß gemacht. In ihr hatte ich die Schwesterseele gefunden.

Ich sagte ihr, daß mir Heuschrecken, Blut und Kot Entsetzen einflößten, und erklärte ihr meine Methode, ein von mir gelenktes Delirium zu schaffen, das mir über meine Ängste hinweghalf und es mir ermöglichte, „die andern" zu faszinieren. Gala ergriff meine Hand mit einer Anmut und Kraft, die ich noch heute spüre. Sie nahm mich in der vollsten Bedeutung des Wortes in die Hand. Sie hatte mich und meine Seele, und ich glaube, zugleich auch die ihre, durch und durch verstanden.

Die Berührung ihrer Haut löste einen neuen Krampf in mir aus, aber in ihren Ohren mußte mein Gelächter nun einen anderen Klang haben. Ihre geniale Intuition hatte mich ganz erkannt. Ich fühlte, wie mich ihre Kraft durchdrang, während sie meine Hand immer fester drückte. Sie wußte, daß ich nicht der frivole argentinische Tänzer war, dessen Aussehen ich mir gegeben hatte, keiner von den Blasierten, die sie umgaben, sondern ein Abgrund von Angst und Schrecken, ein geniales Kind, das verloren war in dieser Welt voller Dummheit und voller Ungeheuer mit breiten Kinnbacken, mit Zangen und Klauen, die alles hassen, was ihnen überlegen ist. Und mein schreckliches Lachen war ein Schrei der Verzweiflung und der Wut, ein Aufschrei meines ganzen Wesens, die letzte Botschaft einer Intelligenz, die sich im Labyrinth des Nichts verlor. Gala hörte mich. Sie adoptierte mich. Ich wurde ihr Neugeborenes, ihr Kind, ihr Sohn, ihr Liebender – ihr zu Liebender –, sie öffnete mir den Himmel, und wir beide ließen uns, fern der Welt, auf den Wolken nieder. Sie nahm sich die Macht, meine Beschützerin zu sein, meine göttliche Mutter, meine Königin. Ich verlieh ihr die Kraft, in ihren Augen und vor der Welt die Spiegelung ihres eigenen Mythos zu erschaffen. Unsere beiden Leben sollten in Zukunft einander rechtfertigen. „Mein Kleiner, wir werden uns nie mehr trennen." Diese Worte Galas besiegelten den Pakt des Dalischen Wunders.

Gala trieb mir die Kräfte des Todes aus. Zuallererst befreite sie mich von dem quälenden Mal Salvadors, meines toten älteren Bruders, des Kastor, dessen Pollux ich war und zu dessen Schatten ich wurde. Sie gab mich dem Licht zurück durch ihre Liebe, deren Ausströmung ich spürte. Gala hatte bereits einen Grad der Reife und der Verzweiflung erreicht, der sie empfänglich machte für die totale Wirklichkeit meiner Tragödie und es ihr ermöglichte, unmittelbar mit meinem geheimsten Ich in Verbindung zu treten und mir auf eine beinahe mediale Weise ihre strahlende Energie zu schenken. Durch sie erlebte ich den Schrei des Lebens.

Die einzelnen Stadien waren schwierig und oft dramatisch. Ich nahm Gala auf meine verrückten Strandwanderungen mit, und wir kletterten um des Spiels willen auf die höchsten Felsen, die mehrere Meter über das Meer hinaufragten. Wir streiften an Abgründen entlang. Gala folgte mir ohne Widerspruch mit ihrem Sphinxlächeln, ihren großen, auf mich gerichteten Augen. Eines Tages erkannte ich, daß sie sich nicht täuschen ließ. Wir waren auf der Spitze eines großen Felsblocks aus rosa Granit angekommen, und ich begann plötzlich mit einer Art von Wut, große Steine ins Meer zu werfen. Meine Erregung wurde immer hektischer. Als ich fühlte, daß Gala mich forschend betrachtete, hielt ich augenblicklich inne. Dann rannte ich, in meiner verbrecherischen Absicht durchschaut, den steilen Hang hinunter. Wie einst Dullita von der Turmmühle der Pitchots hatte ich Gala hinunterwerfen wollen auf die scharfen Felsgrate. In demselben archetypischen Bild sah ich das kleine Mädchen und die Frau, die sich beide erbötig gemacht hatten, mich meiner Einsamkeit zu entreißen. Ich wußte noch nicht, daß ich mein Heil nur um diesen Preis erlangen konnte, und berauschte mich an meiner Verzweiflung.

Warum habe ich Gala nicht töten können? Und wie konnte sie die Qual meiner Vorwürfe und die Wunden meiner Ungerechtigkeit ertragen? Als ob nicht ich der Bittende, der Drängende, der diese entstehende Liebe Berechnende gewesen wäre, warf ich ihr vor, mich von meiner Malerei abzuhalten, mich mir selbst zu entfremden und mein Genie zu zerstören. In Wirklichkeit starb ich vor Angst vor der Liebe. Ich ging von der niederträchtigsten, willkürlichsten Aggressivität zur sklavischen Unterwerfung über. Ich küßte die Füße und die Schuhe Galas und flehte sie an, mir ein wenig Interesse zu gewähren –, sie, die mir ihre Seele schenkte! –, und ich setzte sie vor dem Eingang ihres Hotels ab, niedergeschlagen, außer mir vor Angst und Scham, schweigend, grimmig, durch mich selbst erniedrigt.

Sie war herrlich und erhaben. Von meinem Spaziergang zurückgekehrt, malte ich ein Bild, das ich „L'Accomodation du désir" nannte, und heute weiß ich, daß es meine Geister austrieb und mein Schicksal prophezeite.

War Dali trotz seiner erotischen Erfahrungen noch unschuldig?

Ich masturbierte häufig, aber mit großer Beherrschung meines Geschlechts, indem ich mich geistig zur Lust anregte und meine Handlungen einer strengen Disziplin unterwarf, um meine Ekstase besser auszukosten. Die Masturbation war damals der Mittelpunkt meiner Erotik und die Achse meiner paranoia-kritischen Methode – der Poller, an dem mein Boot vertäut war, wenn ich so sagen darf. Ich und meine Lust – und dann die übrige Welt. Ich hatte jedoch noch nie geliebt im Sinne des Koitus. Von meinem Bild „Le grand masturbateur", mit der mundlosen Gestalt, die durch eine Heuschrecke verkörpert ist und deren Bauch von Ameisen gefressen wird, Ausdruck meiner heterosexuellen Ängste, ging ich über zu „L'Accomodation du désir", wo Löwenrachen mein Erschrecken angesichts der Enthüllung des Besitzes eines weiblichen Geschlechts ausdrücken, die zur Enthüllung meiner Impotenz führen mußte. Ich bereitete mich auf den Rückstoß, die Rückwirkung meiner Schande vor. Um diese Zeit wurde mein Gelächter hysterisch.

Eluard beschloß voll Feingefühl, ohne seine Frau nach Paris zurückzufahren, und nahm seine Freunde mit. Im September dieses Jahres 1929 blieb ich mit Gala allein zurück. Meine Leidenschaft wurde von Tag zu Tag um so größer, als Gala sich dreimal täglich umzog und ich sie bei jeder Begegnung neu entdeckte.

„Sie werden bald wissen, was ich von Ihnen will", sagte sie zu mir.

Ich konnte nur antworten: „Tun Sie mir nicht weh. Versprechen Sie mir das. Wir wollen einander nie weh tun."

Ich war wie im Fieber vor Angst und Beklemmung, besessen von seltsamem Glücksgefühl, das vielleicht das Opfer mit dem Henker verbindet. Es war die Zeit der Weinlese. Gala saß in der Sonne auf einer niedrigen Mauer und aß Muskatellertrauben, die ich ihr gebracht hatte. Sie war nichts als Anmut und Schönheit, ein Bild der Lustfülle und der Verlockung. Ich schwoll vor Begierde und nahm diesen Augenblick so stark in mich auf, daß ich später bei meiner „Etude pour la ville paranoïaque" nur die Augen zu schließen brauchte, um die Erscheinung Galas mit den Weintrauben in der Hand unversehrt wiederzufinden.

Ich sehe sie wieder vor mir auf dem Pfad längs der Felsen, in Weiß gekleidet, ein zarter kleiner Körper, vom Wind hingezeichnet; so schmal, offenbar so schwach, daß ich sie am liebsten in die Arme genommen hätte und sie bat, sich im Schatten des Seewindes hinter einen Felsen zu setzen. Wir fühlten beide, daß der große Augenblick gekommen war. Ich wurde seit Tagen von erotischen Zwangsvorstellungen verfolgt, die meinem Gefühl der Impotenz entsprangen. In meinen Träumen rächte ich mich für diese quälenden Gedanken und Befürchtungen. Ich packte meine Geliebte wie ein Wilder, ich zerriß ihr Kleid, legte ihre Brüste frei, zerfetzte ihre Unterwäsche und spießte sie auf den schrecklichen Pfahl meines gereckten Gliedes. Ich drehte sie in allen Stellungen der Begierde hin und her und bog sie mir wie ein Rasender nach meinen Launen zurecht. Ich genoß meine Phantasien und ihre zärtliche, dankbare Unterwerfung. Doch sobald ich wieder bei ihr war, verscheuchten ihr Blick, ihre Stimme und ihr Lächeln meine Wahnbilder. Ich wurde wieder ein von Liebe und Angst hingerissenes Wesen.

Nun nahm ich sie in die Arme. Die Stille wurde erdrückend – nur der Wind pfiff um die Zacken des Schieferfelsens. Plötzlich bemerkte ich, daß Gala weinte. Große flüssige Perlen rollten ihr über die Wangen.

Ich näherte meine Lippen den ihren, ihr Mund öffnete sich ein wenig. Ich hatte schon geküßt, jedoch zynisch, beinahe lasterhaft, um zu täuschen und mich selbst zu täuschen, um Begierde und Liebe nachzuäffen, um mir wohl zu tun, indem ich weh tat. Nun entdeckte ich den Kuß, das Geschenk des Wesens, das sich in einem Hauch erhebt und das man mit seinem Speichel trinkt, mit seinem Atem atmet. Ich streckte ihr meine Zunge in den Mund, so weit ich konnte, wand sie um die ihre, die ich in mich hineinsog. Mehrere Male vermengten sich unsere Zungen wie lebende Tiere, sie umschlangen einander, als wollten sie miteinander ringen, um sich besser lieben zu können.

Nie zuvor hatte ich ein solches Gefühl der Macht, des Besitzes und der Gnade erlebt. Unser beider Speichel war ein Liebestrank, unsere Zungen waren überreizte Geschlechtsteile. Unsere Zähne schlugen aneinander wie Schilde, aber diese Hindernisse stachelten unsere Begierde nur noch heftiger auf. Ich hätte tief in sie hineintauchen mögen, um ihr Fleisch zu lecken, zu essen, zu zerreißen. Ich zerbiß ihre Lippen, bis mir der Geschmack ihres Blutes den Mund füllte und ich diese Flüssigkeit saugen konnte, die süßer als Honig ist. Ich wurde ein Vampir, ich wurde grausam, ich stürzte in einen Abgrund unerhörter Lust. Ich war Liebhaber.

Ich erinnere mich, daß ich Gala an den Haaren packte, und ich riß ihr den Kopf in den Nacken und rief:

„Sagen Sie mir, was ich tun muß. Sagen Sie es mir obszön, damit ich ein Mann und ein Tier werde.“

Etwas Unerhörtes geschah. Galas Gesicht wurde totenblaß und wie in der unbeweglich gewordenen Zeit erstarrt; es nahm den unerbittlichen Ausdruck einer Göttin an und zugleich das Pathetische der Pythia, als sie sagte: „Ich will, daß Sie mich umbringen!“

Ich begriff in Sekundenschnelle, daß Gala mich durchschaut hatte, durchschaut bis auf den Grund meiner Seele. Sie schleuderte mir mein eigenes Geheimnis ins Gesicht. Gala hatte meine verbrecherischen Absichten erraten. Während sie so leichtfüßig vor mir herging, auf den Pfaden und über den Abgründen, oder während sie mir zusah, wie ich Steine ins Meer warf, wußte sie, daß ich daran dachte, sie zu töten. Sie erschien mir plötzlich wie die unbefleckte Intuition. Ihre Hellsichtigkeit erschütterte mich. Zugleich zeigte sie mir, wie sehr sie mich achtete. Gala hielt mich für würdig der kühnsten Taten und des göttlichsten Mutes und für fähig, das Eingeständnis zu ertragen. Gala war die Liebe, der ich mich weihen konnte.

Doch die Wahrheit war noch größer. Sie entzog sich meinen stürmischen Dankesküssen und sprach von meinem Verbrechen mit der Genauigkeit eines Regisseurs, der eine wichtige Szene aufbaut. Sie erklärte mir, ich hätte nichts zu befürchten, denn sie wolle einen Brief hinterlassen, der meine schreckliche Tat als Selbstmord tarnte. Sie dankte mir im voraus dafür, daß ich ihrem Leben ein Ende machen wollte, aber sie wünschte, daß ich den Mord mit der größten Schnelligkeit ausführte, um ihr jede Qual, und sei sie nur seelischer Art, zu ersparen. Diese Furcht vor dem Tode und den Augenblicken, die ihm vorausgehen, hatte sich wie eine Zwangsvorstellung in sie eingegraben. Indem sie mich zu ihrem Henker erwählte, lieferte sie mir ihr Geheimnis aus und bewies sie mir ihre Liebe. Wir sprachen lange über die verschiedenen Mittel, die meine Phantasie mir eingab. Ich war überzeugt, daß es mir unmöglich gewesen wäre, sie zu erwürgen. Gift war zu unsicher und konnte einen qualvollen Todeskampf bedeuten. Warf ich sie von einer Brüstung oder vom Turm einer Kathedrale hinunter, so war die Garantie des Nichtleidens nicht gegeben, die Gala verlangte. Man mußte in der Tat jedes Warten und jedes Leiden verhindern. Vollkommene Überraschung und augenblickliches Gelingen waren die Grundbedingungen. Der Revolver? Aber ich war nicht fähig, ihn geschickt genug zu handhaben. Gala sprach von ihrem Tode ruhig und zuversichtlich, ja beinahe wollüstig. Wie eine Hausherrin, die Anweisungen für das Decken einer Tafel erteilt. Mit einem Ernst, der mir zeigte, daß es sich nicht um Koketterie handelte, sondern um eine fundamentale metaphysische Absicht. Gala wollte sterben, und mich hatte sie auserwählt, das große Werk zu vollbringen. Ich war das magische Element ihres Lebens, das Wunder des Schicksals. Ihre Qual, ihre Einsamkeit waren so groß wie meine. Ihr ruhiger Mut verblüffte mich, ihre Demut eines Osterlamms erschütterte mich. Blitzschnell vollzog sich in mir ein Wandel. Meine Seele stärkte sich an dem Anblick dieser bewundernswerten Haltung. Alle verstreuten Bruchstücke meines Genies wurden zu einem Ganzen zusammengeschweißt. Dadurch, daß ich mir alle Einzelheiten meines Verbrechens vorgestellt hatte, war das Thema erschöpft, ich hatte gleichsam meinen Wahnsinn ausgelotet. Meine Grausamkeit, meine Wildheit, mein Drang zu erniedrigen und zu beschmutzen, verwandelten sich wie ein Laserstrahl im Prisma des Diamanten, der die Intelligenz und das Herz Galas waren. Von diesem Augenblick an war ich geheilt von meinen Heimsuchungen, meinem Gelächter, meiner Hysterie. Unglaublich, wunderbar im wahrsten Sinne des Wortes: Ein Kuß besiegelte meine neue Zukunft! Gala wurde das Salz meines Lebens, das Härtebad meiner Persönlichkeit, mein Leuchtfeuer, meine Doppelgängerin – ICH. Fortan waren Dali und Gala verbunden in alle Ewigkeit.

Ich weiß nicht, ob wir uns in diesem Augenblick liebten – so heftig war mein Delirium. Meine Glieder gehörten mir nicht mehr, eine unglaubliche Kraft wohnte in mir. Ich fühlte mich als Mann, befreit von meinem Grauen und von meiner Impotenz. Durch sie bin ich seither mit vertikalen tellurischen Kräften begabt, die es einem Mann gestatten, in eine Frau einzudringen.

Wie die Liebe Dalis Weltbild veränderte

Gala enthüllt Dali die Dalische Liebe. Ich war bei einem beinahe absoluten Narzißmus angelangt, vor allem im Augenblick der Masturbation. Ich genoß mein in meiner aufgereckten Rute erhobenes und totemisiertes, bis zur Ekstase liebkostes Ich. Aber der höchste Augenblick der Lust ist derjenige, in dem – kurz vor dem Sperma – ein starkes Bild hervorschießt, das mich blendet und gleichsam durch meine Handlung verneint wird: mein Vater auf dem Sterbebett, zum Beispiel; oder ich betrachte sehr aufmerksam ein Bild, so als wollte ich es in mich eingraben und die Zeit anhalten. Dutzende Male masturbierte ich, während ich durch die Dachluke der Scheune den Kirchturm von Figueras betrachtete – offenbar weil ich ihn eben vor Augen hatte, aber es war auch eine Vorahnung mit im Spiel, denn dieser Turm wurde während des spanischen Bürgerkrieges zerstört. Tatsächlich verhält es sich so, daß das Vergnügen an dem Bild, das ich im Augenblick der Lust aus meinem Gedächtnis hervorhole oder mit gespannter Aufmerksamkeit in mich aufnehme, meine eigentliche erotische Freude darstellt. Ich bin ein Bildergenießer, und meine Malerei ist eine Suche nach Ekstase.

Ich habe mich immer damit vergnügt, erotische Spiele zu erfinden, die in meiner Phantasie gleich einem Film mit Bildern von unerhörter Präzision ablaufen. Mit trancehafter Genauigkeit gestalte ich die

Einzelheiten jeder Stellung, jedes Haares, jeder Hautpore, jeder Linie, und aus der Schärfe und Exaktheit meiner Visionen schöpfe ich meine Lust.

Bei Gala wurde mir die Lust zur tiefen Freude, indem sie sich auf unglaubliche Weise vervielfätigte und vervollkommnete. Ich kann kein besseres Beispiel anführen, als auf Proust zu verweisen, der mit dem Geschmack einer *madeleine* sich eine ganze Welt wieder in Erinnerung bringen konnte. Gala ist wie ein Zauberspiegel, in dem die wunderbarsten Augenblicke der aufeinander folgenden Gegenwarten meines Lebens konvergieren. Kurz bevor ich in ihr explodiere, nachdem ich in sie eingedrungen bin und sie in einem natürlichen Rhythmus voller Süße mit meinem Glied liebkost habe, fühle ich in mir eine Bildergewalt aufsteigen, die mich bis zum Schwindel blendet. Nicht ein einzelnes, strahlendes Bild erscheint mir, sondern eine unbeschreibliche Fülle von Visionen, lauter erlesene Augenblicke, begleitet von ihrem Geruch und den Gefühlsregungen, die sich an sie knüpfen, Erinnerungen, die mein Bewußtsein überfluten. Bald ordnen sich diese Bilder wie unter dem Gitter eines Dechiffriersystems, und sie teilen mir eine einzigartige Wahrheit mit, der zuletzt meine erotische Lust entspringt.

Über den Kirchturm von Figueras, der mit der Erinnerung an die Masturbationen meiner Jünglingsjahre verbunden ist, legen sich die Umrisse von St. Narziß in Gerona und eine Ansicht der Kirche von Delft, wie Vermeer sie gemalt hat. Die Überlagerung dieser drei auserwählten Kirchen, in der sich das Ästhetische mit der persönlichen Erinnerung verknüpft, verleiht meinem Genuß eine neue, erhebende Dimension. Die Lust des Fleisches kann nur vollendet werden, wenn eine besondere Dimension entsteht, eine Art stereoskopisches Phänomen, eine imaginäre Holographie, die so wirklich ist wie die Wirklichkeit. Mein geistiges Leben muß auf intime Weise teilhaben an der Entfaltung des Körpers. Genau in der Minute, in der ich mit Gala verschmelze, gelingt mir dann immer die großartige Übereinanderschichtung meiner Visionen, und gleichzeitig besetzt mein Orgasmus drei Dimensionen: den Körper Galas, den meinen und ein Reich, das die Gegenwart aller meiner Gegenwarten ist.

Ich brauche alle diese jäh wieder vorhandenen Bilder meiner Vergangenheit, aus denen sich das Gewebe meines ganzen Lebens zusammensetzt. Jedesmal wird Gala von allen Dalis geliebt, die es je gab. Ich wollte dieses Gefühl in meiner Malerei mitteilen, indem ich die Sehweise des Fliegenauges rekonstruierte, die den Eindruck vermittelt, alle Dimensionen zu erfassen, das Oben und das Unten, das Links und das Rechts, das Vorn und das Hinten; oder das Moirégewebe, das die leuchtenden Bilder der Wirklichkeit übereinanderschichtet und bei dem sich der Betrachter je nach dem Abstand, den er einnimmt, seine Vision wählen kann. Jedes mikroskopische Element des Moiré kann eine eigene Vision entstehen lassen... Lieben, eine Frau besitzen heißt in der Dalischen Konzeption der Erotik ein verzerrtes Abbild der Wirklichkeit herstellen.

Gala wurde zu einem fundamentalen Katalysator meines Lebens. Mein visuelles und affektives Gedächtnis wird durch sie transzendiert. Ihr habe ich es zu danken – ihrer von meinem Ich empfundenen und akzeptierten Liebe –, daß ich dieses Bündel von Projektionen hervorzubringen vermag und imstande bin, daraus die stärksten und besten auszuwählen, daß ich meinen wunderbaren Reichtum filtrieren kann, um den Diamanten der Dalischen Wirklichkeit zu formen. Gala ist mir unentbehrlich, weil ich dank ihr mein Elixier herstellen kann, meinen Genuß und die Substanz der Kraft, die es mir erlaubt, mich selbst zu überwinden und die Welt zu beherrschen.

Es hätte sein können, daß ich ein Voyeur geblieben wäre, der sich am Anblick der vor Begierde außer sich geratenen Paare berauscht. Gala hat mir den Weg zu den geistigen Genüssen des Eros gewiesen, sie hat die Schranken meiner infantilen Phantasmen und meiner Todesängste niedergerissen, indem sie sich mit all ihren eigenen Qualen vor mir entblößte. Sie hat mich von meinem rasenden Selbstzerstörungsdrang geheilt, indem sie sich selbst als Opfer auf dem Altar meiner Lebenswut anbot. Ich bin nicht wahnsinnig geworden, weil sie meinen Wahnsinn auf sich nahm.

Ebenso wichtig wie ihre Begabung für die Liebe ist ihre Überredungsgabe. Ihre Gespräche sind notwendig für meine Seele. Sie beruhigt mich. Sie enthüllt mich. Sie macht mich. Sie überzeugt mich von meinem Talent zum Leben. Die paranoia-kritische Methode verdankt ihr alles. Sie hat mich gezwungen, aus meiner Hellsichtigkeit eine Fähigkeit zur Selbstanalyse zu entwickeln, die meine schrecklichsten und trübsten Gedanken siebt, um sie in Licht und Handlung zu verwandeln. Ich wäre erstickt unter der Last meiner Phantasie und meiner Ängste. Ich bin reich geworden durch all den Kot, den ich in Gold verwandelte. Ich habe den Sturzbach meiner Eindrücke reguliert und mit ihnen meine Wirklichkeit gezähmt.

Eines Tages schrieb ich ein Manifest gegen die Blinden und lebte danach eine Zeitlang in der quälenden Furcht, das Augenlicht zu verlieren. In Cadaqués verbrachte ich einmal ganze Tage damit, den Wahnsinn eines armen Fischerjungen zu nähren, der dann Selbstmord verübte. Ich fühlte mich schuldig, ich verfiel in eine Art Trance und konnte – es war dies eine Art von Selbstbestrafung – nicht mehr essen und trinken. Zwei Fälle von hundert. Immer erklärte mir Gala mein Verhalten, sie führte mich zum Normalen zurück, gab mich meinen Pinseln wieder und machte aus meinen Wahnideen mein Genie.

Aus der schrecklichsten Krankheit des Geistes, aus meinen phantastischen Verirrungen, meinen paranoischen Visionen, meinem Delirium machte sie eine *klassische Ordnung*. Sie hat mein Delirium abgegrenzt, delimitiert – ich sage dalimitiert – und die geistigen Mechanismen gleichgeschaltet, die den Anteil des Wirklichen bestimmen. Ihr danke ich es, daß ich zu unterscheiden vermag zwischen Traum und Wirklichkeit, zwischen meinen ätherischen Absichten und meinen praktischen Erfindungen. Dadurch, daß ich mich ständig mit ihrer Intelligenz messe, habe ich mein Gefühl für das Objektive entwickelt und mir dabei dennoch jenen unveräußerlichen Teil meiner Paranoia erhalten, aus dem ich mein Genie schöpfe. Diese Dualität macht die unfaßliche Einzigartigkeit meines Wesens aus. Ich habe die erhabene Verwandlung des Bösen in das Gute, des Wahnsinns in die Ordnung vollzogen, und ich konnte meine Zeitgenossen dazu bringen, meine Verrücktheit anzuerkennen und zu teilen. Dali hat sich in die Welt projiziert und ist wahrhaft Dali geworden.

Hat Dali eine andere Frau besessen?

Dali kann mit keiner anderen Frau genießen. Das ist unmöglich. Man kann nicht seinen eigenen Schatten betrügen, und ihn verlieren heißt die Seele verlieren. Ich denke auch nicht daran, Kinder zu haben. Ich finde diese Embryos abscheulich. Ihr fetales Aussehen bereitet mir ein Unbehagen, das sich bis zur Angst steigert. Außerdem könnte ich, wie alle Genies, allenfalls einen Kretin zeugen.

Und ich möchte mich auch nicht mit der Wirklichkeit des Todes Galas auseinandersetzen. Mein Geist würde auf alle seine Reserven zurückgreifen müssen, um zu überleben. Mit der Übung, die ich dank ihrer Hilfe erworben habe, würde es mir aber sicherlich gelingen, meine Intelligenz auf der Höhe meiner Liebe zum Leben zu halten. Ich bin imstande, das abgrundtiefste Unglück zu überwinden, aber sie, Gala, wäre mir immer unersetzlich. Seit dem ersten Tag unserer Liebe habe ich übrigens so oft an ihren Tod gedacht, daß ich gewissermaßen auf diese Tragödie vorbereitet bin. Gala selbst versichert heute wie am ersten Tag, der Tod werde der schönste Augenblick ihres Lebens sein. Vielleicht werde ich dann trotz meines ungeheuren Schmerzes sagen, was ich am Tage nach unserer ersten Umarmung ungeachtet meiner Liebe und meines Abschiedsschmerzes sagte, als ich sie in Figueras zum Zug brachte: „Endlich allein." Denn nichts ist größer, als seine wahren Dimensionen zu entdecken und die Einsamkeit zu ertragen. Das hat mich Gala gelehrt, und weiterleben, wie sie es gewollt hat, wäre vielleicht eine Art, ihr zu huldigen.

Damals war ich trotz meines Stolzes noch nicht hart genug, ich mußte Kraft und Mut wie ein Besessener aus Gegenständen schöpfen, denen sie ihren Stempel aufgedrückt hatte, aus ihren Gerüchen, aus der Erinnerung an sie – aus einem Paar alter Leinenschuhe, einem Badeanzug, einem Kieselstein. Ich knetete diese Dinge in der Hand, ich roch mit Wonne an ihnen, ich versuchte, ein wenig von Galas Gegenwart und ihrem Leben wiederzufinden, und ich wärmte mir das Herz mit dem Magnetismus, den sie noch ausstrahlten.

Ich hatte meine Arbeit. Ich schloß mich einen ganzen Monat in meinem Atelier in Figueras ein und beendete „Le grand masturbateur" und das „Portrait de Paul Eluard". Ich war es mir schuldig, die Physiognomie des Dichters festzuhalten, dem ich eine der Musen seines Olymps weggenommen hatte.

Gegen Ende des Sommers fuhr ich nach Paris, um meine erste Ausstellung zu organisieren, die im November in der Galerie Goemans stattfinden sollte. Ich habe mir aus dieser Zeit eine Reihe starker Erinnerungsbilder bewahrt, die die Wollust des freiwilligen Versagens verkörpern.

Ich stehe in einem Blumenladen und habe nicht genug Geld, um die hundert Rosen zu bezahlen, die ich für Gala bestellt habe.

Ich warte bis zum Äußersten, bevor ich Gala aufsuche, obwohl ich sterbe vor Verlangen, sie zu sehen.

Nach Flitterwochen in Sitges und Barcelona lasse ich Gala allein nach Paris zurückfahren, um meinen Vater zu besuchen, der mir erklärt, ich könne keine Russin heiraten. Er glaubt trotz meiner gegenteiligen Versicherungen, Gala sei rauschgiftsüchtig und habe einen Rauschgifthändler aus mir gemacht, was in seinen Augen meine Einkünfte erklärt, die ihm unwahrscheinlich hoch vorkommen.

Schließlich schrieb er mir, daß er mich verstoße. Aus Schmerz beschloß ich, mir den Kopf kahlzuscheren, und bevor ich Cadaqués verließ, begrub ich am Strand meine Haare zusammen mit Seeigelschalen, die nach weiblichen Geschlechtsteilen rochen.

Ich stehe auf dem höchsten Hügel über Cadaqués und blickte starr auf mein Dorf hinunter, um ihm Lebewohl zu sagen. Mit nacktem Schädel fahre ich nach Paris, ein Bild der Angst, des Schmerzes und des Kummers, die den Übergang zur Reife und das Ende der galaktischen Prüfungen kennzeichnen.

In Paris sind alle ausgestellten Bilder verkauft worden – ein großer Erfolg für mich. Gala hat die Reinschrift meiner Aufzeichnungen beendet, die ich unter dem Titel „La femme visible“ veröffentlichen will. Buñuel will, daß wir unverzüglich mit dem Drehbuch zu „L'Age d'Or“ beginnen, einem neuen Film, den der Vicomte de Noailles bei ihm bestellt hat. Er hat ihm dafür eine Million zur Verfügung gestellt, damals ein phantastisches Budget. Eine Seite meines Lebens wird umgeblättert, ich trete aus dem Schatten ins Licht.

Mit Gala leben wurde mir zur Besessenheit. Sie verdauen, sie besitzen, sie in mich aufnehmen, mich in ihr auflösen. Mit meinem rasierten Schädel und meinen brennenden Augen sah ich aus wie ein Großinquisitor, aber ein von der Liebe beherrschter. Gala begriff, daß wir die Welt fliehen mußten, um unseren Bund in der Prüfung des Lebens zu zweit zu härten. Ein kleines Hotel in Carry-le-Rouet an der Côte d'Azur bot uns Unterschlupf. Wir mieteten zwei Zimmer. In dem einen meine Staffelei, mein Bild, „L'homme invisible“, inspiriert durch meine Beschäftigung mit Arcimboldo, über den ich lange nachgedacht habe, meine Bücher und meine Pinsel, in dem andern das Bett. Man brachte uns das Essen aufs Zimmer. Die Fensterläden blieben geschlossen. Die Tür öffneten wir nur einen Spaltbreit, um den Hausdiener oder das Zimmermädchen einzulassen.

Ich erforschte Gala methodisch, mit der peinlichen Genauigkeit eines Physikers und eines von Liebeswahn beseelten und berauschten Archäologen. Ich prägte mir jeden Fleck auf ihrer Haut in mein Gedächtnis ein, um die Nuancen seiner Konsistenz und seiner Farbe zu erfassen und jedem aufmerksame Zärtlichkeit zu widmen. Ich hätte eine Karte ihres Körpers zeichnen können mit der vollständigen

Geographie der Zonen der Schönheit, der Zartheit ihrer Fleischhülle und der Lust, die zu nehmen und zu schenken war. Ich verbrachte Stunden damit, ihre Brüste zu betrachten: ihre Rundung, die Zeichnung der Warzen, das unterschiedlich getönte Rosa ihrer Spitzen, die bläulichen Äderchen unter der hauchzarten Haut. Ihre Rückseite entzückte mich durch die Feinheit des Knochenbaus und die Kraft der Gesäßmuskeln, durch die sichtbar gewordene Verschmelzung von Schönheit und Tierhaftigkeit. Die Linie ihres Halses war voll Anmut, ihr Haupthaar, ihre Körperhaare, ihre Gerüche berauschten mich; ihr Mund, ihre Zähne, ihr Zahnfleisch, ihre Zunge erfüllten mich mit ungeahnter Lust. Ich wurde ein Fanatiker der Liebe, ich sielte mich in ihr bis zum Paroxysmus, gierig, rasend, im Delirium meiner endlich gesättigten Instinkte.

Noch heute erinnere ich mich unserer Liebeseinsamkeit, der Bilder unserer orgiastischen Umarmungen, die so animalisch waren und so vollkommen und schön in ihrer Maßlosigkeit. Wir waren wie zwei dem Geschlecht geweihte Mönche, die zu jeder Tagesstunde ihrem Gott huldigten.

Geldmangel zwang uns schließlich, ans Licht des Tages zurückzukehren. Alles war von dem Silber überglänzt, das in meiner Tasche fehlte: die blasse Wintersonne, die Landschaft, unsere Leichenmienen. Auf schlotternden Beinen, geführt von unseren geblendeten, vor Lust geweiteten Augen gingen wir auf eine Terrasse, angelockt von den warmen Sonnenstrahlen. Gala bestellte ein Galafrühstück, um unsere Rückkehr in das Leben der anderen zu feiern, und während wir aßen, entwarfen wir eine Taktik, wie wir unsere Finanzen aufbessern konnten.

An diesem Morgen war ein Brief des Vicomte de Noailles angekommen – wir hatten ihn schon seit Tagen erwartet, denn Gala hatte die Karten gelegt und das baldige Eintreffen eines Briefes vorausgesagt, der einen großen Freundschaftsbeweis und viel Geld bedeuten sollte –, und nun erfuhren wir, daß mein Händler, Goemans, vor dem Konkurs stand, daß aber der Vicomte bereit war, mir mein nächstes Bild abzukaufen. Es war keine Zeit zu verlieren. Gala beschloß, nach Paris zu fahren, um die Summen einzutreiben, die mir Goemans schuldete. Währenddessen wollte ich mit den Noailles, die den Winter in ihrem Schloß in Saint-Bernard bei Hyères verbrachten, das Thema meines nächsten Werkes besprechen. Wir setzten die Anzahlung auf 29000 Francs fest, eine Summe, die man von

Aristokraten ihres Ranges, ihres Entgegenkommens und ihres Vermögens verlangen durfte.

Gala reiste ab. Da suchte mich der Etagendiener auf und erzählte mir mit verstörter Miene, er habe beim Auskehren im Salon ein Meistergemälde mit seinem Besenstiel aufgespießt. Man werde ihn gewiß entlassen, wenn es mir, dem Künstler, nicht gelänge, den Schaden wiedergutzumachen. Ich war noch ganz von Liebe durchdrungen und daher für Mitleid zugänglich. Mit großer Sorgfalt tilgte ich alle Spuren des Loches in der Leinwand, und ich glaubte, mit dieser guten Tat sei die Angelegenheit für mich erledigt, aber zur Mittagszeit erschien der Diener mit drei Dutzend Austern, die er mich als Dank anzunehmen bat. Ich hatte gerade erfahren, daß die Austernparks von einer Seuche heimgesucht wurden, und die bloße Vorstellung, eines dieser Weichtiere schlürfen zu sollen, verursachte mir Übelkeit und Entsetzen. Ich dachte schon daran, die Platte irgendwie verschwinden zu lassen, aber der vor Dankbarkeit überströmende Mann wollte unbedingt bei der Mahlzeit dabeisein und öffnete mir eine Auster nach der andern. Ich glaubte, ich müsse sterben, und zwei Tage lang schwitzte ich vor Angst, in der Erwartung des Todes. An diesem Abend beschloß ich, nie wieder gut zu sein, und ich bin diesem Vorsatz treu geblieben und habe meine Großmut und die Aufmerksamkeit meines Herzens allein Gala vorbehalten.

In Abwesenheit meiner geliebten Beatrice erlebte ich noch eine andere Einweihung, und zwar durch den Scheck des Vicomte de Noailles. Ich legte, als ich aus dem Schloß zurückgekehrt war, das rosa Papier auf den Tisch und studierte es mit der größten Aufmerksamkeit. Seine Form, seine zarte Farbe, der Druck, die handgeschriebenen Ziffern, die Unterschrift – mir schien, alles war darauf angelegt, eindrucksvoll den Kult des Geldes zu feiern. Dieses kleine Stück Papier war also Millionen wert. In diesen Zeichen verbarg sich das Dynamit einer furchtbaren Macht. Der Scheck verwandelte sich in eine Truhe voll Goldbarren, in Mahlzeiten, Stoffe, Kleider. Mir schien, wenn ich ihn nur in meiner Brieftasche trüge, so müßte mir das den Schutz einer Rüstung und die Macht eines Fürsten verleihen. Eine Armee von imaginären Dienern umgab mich respektvoll und las mir aufmerksam jeden Wunsch von den Augen ab. Ich brauchte nur einen Finger zu heben, und alle Schwierigkeiten waren beseitigt. Wollen war Macht. Das Geld war ein Zauberstab. Als Gala zurückkam, befand ich mich in einem Goldrausch.

Wie sich Dalis Liebe zu Gala ausdrückte

Während dieser zwei der Liebe und dem Kult Galas geweihten Monate war ich zu den Quellen der Lebenslust hinabgestiegen bis in die abgründigen Tiefen des Seins. Eine Art Reise zur Mitte des Seins hatte ich zurückgelegt, ich hatte meine intrauterinen Erinnerungen, ja die Nahrung der ursprünglichen Plazenta wiedergefunden und in meinem Delirium das Geschlecht Galas mit dem Schoß meiner Mutter verwechselt. Ein Liebestrank, süßer als Honig, durchströmte mich. Die Sinne Galas, der Schoß Galas, der Rücken Galas beflügelten meine Träume, ihre Formen flossen ineinander, nahmen neue Gestalt an, glichen sich dem Verlauf und Rhythmus der Freudenwogen an, die mich wiegten und auf einen Ozean der Glückseligkeit hinaustrugen. Meine Paranoia kannte keine Grenzen. Mein Delirium erlangte die Vollendung, und die Komplizenschaft einer überintelligenten Gala gestattete es meiner Erfindungsgabe, zu den letzten Grenzen vorzustoßen. Ich brauchte nur das Muttermal auf Galas linkem Ohrläppchen zu berühren, und schon wurde ich vom fliegenden Teppich meines Liebeswahns davongetragen.

Dieses wunderbare Muttermal erschien mir wie das Proton der göttlichen Energie meiner Geliebten, die Sonne ihres Herzens, der geometrische Ort unserer gemeinsamen Leidenschaft, der Punkt, an dem jeder Widerspruch zwischen unser beider Wesen endete. Ich brauchte es nur mit dem Finger zu streicheln, um von Kraft und Vertrauen in meine Zukunft durchflutet zu werden. Dieses göttliche Muttermal war für mich der Beweis für den endgültigen Tod meines Bruders Salvador, sein mystisches Grab; wenn ich es streichelte, streifte ich seinen Grabstein. Ich ergriff so, durch eine einzige Geste, Besitz von meiner Existenz und hatte das berauschende Gefühl, zugleich die Erinnerung an diesen toten Bruder auszulöschen und die Frau, die ich liebte, ganz zu besitzen, die ganze Schönheit der Welt einzufangen, ja mein eigenes Leben zu leben und liebend zu umarmen. Sogar meinen Vater konnte ich symbolisch verschlingen, wenn ich Galas Ohrläppchen zwischen die Lippen nahm und langsam daran saugte. Später machte Picasso das Maß meines Glückes voll, als er mir zeigte, daß er das gleiche Muttermal wie Gala, und an der gleichen

Stelle, hatte. Er schenkte ihr an diesem Tag sogar ein kubistisches Gemälde – ein Beweis dafür, daß das alles an sich reißende Genie dieses schrecklichen Charakters der Ausstrahlung Galas nicht zu widerstehen vermochte. Allerdings wählte Gala von den Bildern, die er ihr zeigte, das kleinste aus. Ein fester Punkt genügt, um die Welt aus den Angeln zu heben, und mit Galas Muttermal kann ich die Geometrie der Dalischen Existenz neu aufbauen. Ihr geheiligtes Ohr nahm den Taumel meiner Seele auf, machte mich neugeborenen, hellsichtig, ganz im Gefühl der Einheit, Herr über die geniale Persönlichkeit meines brüderlichen Zwillings, stark genug, um den väterlichen Fluch zu überwinden, mannhafter Sohn meiner Mutter. Mein ganzes Unbewußtes ordnete sich um diese Achse, wurde von ihr angezogen wie ein Planet von der Sonne, ein Gläubiger von der Hostie. Magisches Mal, Alpha und Omega Dalis!

So als sollte ich in meiner Paranoia bestärkt werden, erhielt ich während unserer Flucht vor der Welt Briefe von Lydia, der Witwe Nandos, eines Fischers aus Cadaqués, die zusammen mit ihren beiden Söhnen in meinen Augen die vollkommene Verkörperung des paranoischen Deliriums darstellte. Die delphische Pythia wäre beim Anblick Lydias vor Neid erblaßt. Ihre Sprache war erhaben. Der Dichter Eugenio d'Ors, der während eines Ferienaufenthalts in Cadaqués einige Male mit Nando zum Fischfang ausgefahren war, hatte eines Tages, als sie ihm ein Glas Wasser reichte, zu ihr gesagt: „Was für eine schöne Haltung du hast, Lydia." Diese Worte hatten ihren Geist und ihr Herz erschüttert. Ein poetischer Blitzstrahl hatte ihre Liebe entzündet, und als Nando gestorben war, dachte sie nur noch an Eugenio d'Ors, vor allem nachdem sie sein Buch „La bien plantada" gelesen hatte, in dem sie sich fälschlich wiedererkannte. Sie las alle Artikel ihres Helden und interpretierte jeden seiner Texte als einen verschlüsselten Liebesbrief. Sie redete sich ein, d'Ors wolle auf diese Weise Rivalen irreführen. Selbstverständlich schrieb sie ihm, und das Erstaunliche ist, daß sie am nächsten Morgen in seinem Artikel immer ein Wort, eine Anspielung entdeckte, die mit ihrem Brief vom Vortag übereinstimmte. Mit einer unerhörten Interpretationsgabe stellte sie Beziehungen zwischen den gegensätzlichsten Gedanken her, und immer zog sie die strengsten Schlußfolgerungen, um die Logik ihrer absonderlichen Algebra zu demonstrieren.

Lydia war von der bedingungslosen Liebe Eugenio d'Ors' überzeugt, und die leiseste Anspielung nährte ihre Leidenschaft. Im übrigen war sie eine umsichtige Hausfrau und die treueste Freundin. Die mystische, leidenschaftliche, unbeugsame, inquisitorische katalanische Seele lebte in ihr in ihrer ganzen Großartigkeit. Als ich Gala dazu überredete, mit den 29 000 Francs des Vicomte de Noailles ein Haus in Cadaqués zu kaufen, wollte ich damit in meine Heimat zurückkehren und meinem Vater Trotz bieten, aber auch mit Lydia das wunderbare paranoische Klima teilen, denn ich war fasziniert von der unerbittlichen Folgerichtigkeit des Geistes dieser Frau, die imstande war, aus einander im rechten Winkel schneidenden Geraden Parallelen zu machen. Nie ist mir eine Intelligenz begegnet, die wie die ihre mit dem Absurden umzugehen verstand und das Chaos in eine fehlerlose Geometrie zwang. Wie ein geübter Philologe deutete sie den Sinn der Worte, sie entdeckte die Liebe wie einen seltenen Diamanten, stellte Übereinstimmungen und Beziehungen her und erhob den Flug der Gedanken zur hohen Kunst.

Ich kam in Cadaqués als ein Verbannter an, als von meinem eigenen Vater Geächteter. Dieser Fluch nahm die gute Gesellschaft um so mehr gegen mich ein, als ich in wilder Ehe mit einer Fremden lebte, die man für verdorben hielt. Das Hotel Miramar verschloß uns seine Tür unter dem Vorwand, es würden Bauarbeiten durchgeführt. Eine elende kleine Familienpension bot uns schließlich Unterschlupf. Lydia, die ich von meiner Ankunft benachrichtigt hatte, nahm uns wie eine Mutter auf. Damit waren zwei meiner Wünsche erfüllt: diesen Kleinbürgern, die sich von meinem Vater, dem Notar, hypnotisieren ließen, den Rücken zu kehren und direkt am Meer zu leben, das ich bewunderte. Sie bot uns ein kleines Fischerhaus in Port-Lligat an, jenseits des Friedhofs von Cadaqués in paradiesischer Umgebung. Unser Schloß war jedoch nur eine Hütte von vier mal vier Metern Fläche, und wir beauftragten gleich als erstes einen Tischler, das Ganze wohnlicher zu machen, indem er in einem Nebenraum, den man über drei Stufen erreichte, eine Dusche, eine Toilette und eine Küche einrichtete.

Eine Reihe alptraumhafter Ereignisse folgte nun rasch aufeinander. Wir hielten uns gerade in Barcelona auf, um den Scheck des Vicomte de Noailles einzulösen, als sich Gala mit hohem Fieber zu Bett legen mußte. Sie hatte eine Rippenfellentzündung. Ich litt mit ihr, ich keuchte, erstickte und fieberte wie sie. Die Osmose zwischen uns war so stark, daß ich mich für fähig hielt, ihr meine Kraft einzuhauchen und ihre Qual mit ihr zu teilen. Ich litt körperlich und seelisch mehr, als wenn ich selbst krank gewesen wäre. Nach einiger Zeit besserte sich endlich ihr Zustand. Wir waren jedoch finanziell sehr schlecht gestellt, denn wir hatten gemeinsam beschlossen, die volle Summe, die wir auf den Scheck des Vicomte erhalten hatten, im Tresor des Hotels zu deponieren, um sie für unser Nest in Port-Lligat aufzuheben. Die Einrichtung *unseres* Hauses, die Schaffung unserer Muschelschale erschien uns als das Wichtigste auf der Welt – als eine Lebensnotwendigkeit. Das Haus sollte nicht nur ein vorläufiger Unterschlupf sein, sondern die Muschel, aus der sich die unzerstörbare Korallenbank entwickeln würde. Zunächst aber waren wir trotz unseres vielen Geldes mittellos. Da lud uns ein Freund ein, der in Malaga wohnte, und schlug uns vor, Kost und Unterkunft mit Bildern zu bezahlen. Ich deutete diesen Vorschlag als günstiges Vorzeichen.

Zwar zeigte sich bald, daß dies nur eine kurze Unterbrechung in der Reihe der Widrigkeiten sein sollte, die uns heimsuchten, aber ich hatte mein ursprüngliches Glücksgefühl wiedergefunden.

Ich mietete ein Haus in Torremolinos, inmitten von Blumen und mit dem Blick aufs Meer. Dort setzte ich Gala wie die Nelkenkönigin mitten in ein leuchtendes Beet. Meine hemmungslose Sexualität verwandelte sich in ein Delirium der Zärtlichkeit. Während ihrer Krankheit hatte ich, um meine Hoffnung aufrechtzuerhalten, ganze Tage damit zugebracht, mir Geschenke auszudenken, die ich ihr nach ihrer Genesung machen wollte. Ich hatte nichts als meine Hände, meine Pinsel und mein Glied, um ihr meine Liebe zu beweisen. Gala war so schwach, daß die geringste Anstrengung sie erschöpfte. Wir gingen langsam in der Sonne spazieren, oder ich legte mich an ihrer Seite in einen Liegestuhl und betrachtete sie, wie sie unbeweglich dalag und beinahe vor meinen Augen eine schöne Sonnenbräune bekam. Sie wurde dunkel-golden wie ein kräftig gebackenes Hörnchen, ihre Energie kehrte Stück um Stück zurück. Bald hörten die Weinkrämpfe auf, in denen sich ihre Depression äußerte. Sie lachte sogar über die sadistischen Qualen, die ich ihr zufügte.

Wie Dali seine seltsame sadistische Zärtlichkeit erklärt

Liebe ist Kraft, Macht, Verschlingen, Verdauen. Sie ist Glied und sie ist Zunge, sie ist Zahn, sie ist Kralle, sie ist Liebkosung. Sie ist Beherrschung und Unterwerfung, Gehorsam und Verweigerung. Dieses Tierhafte, das in uns schlummert und in der Besitzergreifung und im Genuß erwacht, macht das eigentliche Wesen der Liebesekstase aus. Traum und Symbolismus sind nur Mittel, die Leere zu erforschen, die man mit seiner männlichen Kraft ausfüllen wird, und für die Frau eine Vorbereitung auf die Befriedigung des Mannes. Die Krankheit hatte Gala so zerbrechlich gemacht, daß ihre durchsichtige Haut und ihre zarte Schönheit meine sexuelle Leidenschaft im höchsten Grade erregten. Die Machtlosigkeit versetzte mich in Wut. Da ich mich damit begnügen mußte, sie in die Arme zu nehmen, drückte ich sie so fest an mich, als wollte ich sie zerquetschen, ich bedeckte sie mit Küssen, ich leckte sie wie ein in die Hand seines Herrn verliebter Hund. Sie stöhnte in meinen Umarmungen, bald rang sie nach Atem, bald weinte sie. Ihr schönes Gesicht wurde häßlich unter den Tränen, und ich machte mir manchmal daraus ein Vergnügen, es in eine clownhafte Maske zu verwandeln: Ich biß sie in die Nase, bis sich deren Spitze rötete, ich knetete ihre Wangen, um ihnen ein blutvolles Aussehen zu geben, ich drückte ihr die Ohren zu Muscheln zusammen, ich zog ihr, mit dem Mund daran saugend, die Lippen in die Länge. Sie wurde abstoßend häßlich, ihre Augenlider schwollen vom Weinen an. Diese verliebten Quälereien bereiteten mir ein gewisses Vergnügen, aber das alles war nur eine zufällige Nebenerscheinung, eine Art, mich für die Leiden zu rächen, die ich während ihrer Krankheit erduldet hatte. Die Gesundheit gab mir eine gebieterische Gala zurück, und ich wurde wieder ihr beglückter Liebhaber. Wir wälzten uns auf unserem Bett und erlebten die Freude des Wiederfindens und die Trunkenheit unserer Körper. Von unserer Liebe geknetet und geformt, spazierte dann Gala siegreich und mit nackten Brüsten über die blühenden Wiesen und sogar durch das Dorf. Ich betrachtete sie voll Stolz und Freude.

Ich arbeitete damals an der Fertigstellung des „Homme invisible". An den Abenden gingen wir am Strand spazieren und achteten darauf, die bewundernswerten Kotwürste nicht zu zertreten, die die Fischer in kleinen provokanten Haufen absetzten. Die Scheiß-Sitzungen, die abends nach dem Essen abgehalten wurden, waren die große Attraktion des Dorfes, die Stunde des Forums. Die Männer gruppierten sich nach Familienzugehörigkeit und gemeinsamen Interessen, um ihre Angelegenheiten zu besprechen, während sie die Hosen hinunterließen. Unsere Anwesenheit genierte sie nicht im mindesten. Es fehlte nicht viel, und sie hätten uns eingeladen mitzumachen, denn wir waren beliebt. Ich sah interessiert zu, wie die Exkremente aus den festen weißen Gesäßen hervorquollen und die Form vollkommener Spiralen annahmen. An diesem Stuhl und an ihrer Art, so ohne Scham zu scheißen, zeigte sich ihre Gesundheit.

Wir hätten diese homerischen Sitzungen oft noch lange hinausgezogen, wenn das Ende des Abends nicht meist durch Prügeleien verunstaltet worden wäre. Denn während die Väter einander in Kot und Urin teilten, beschossen sich die Kinder gegenseitig mit Steinschleudern. Die Schlachten nahmen rasch heftige und blutige Formen an. Die Männer zogen, ohne sich abzuwischen, die Hosen hoch, und kaum daß sie sie zugeknöpft hatten, stürzten sie sich ins Gemenge und ergriffen Partei für ihre Sprößlinge. Wenn die Messer gezogen wurden, kamen die Frauen herbeigelaufen und trennten die Streitenden. Der Strand hallte wider von Flüchen, Gezeter und Gebrüll. Wir stiegen langsam wieder zu unserem Haus hinauf, und der Lärm des Streits klang noch lange hinter uns her. Ich habe diese Menschen und diese Augenblicke nie vergessen können, nicht nur weil sich diese Erinnerungen an die kostbaren Bilder eines brutalen, wahren, wunderbar spanischen Lebensstils knüpften, sondern auch weil diese Bilder eines gewissen Lebensglücks schweren und dunklen Zeiten vorausgingen.

Wir empfingen oft durchreisende Freunde oder Künstler und Intellektuelle, die dem Surrealismus huldigten, der damals gerade Mode war. Jeder von ihnen berichtete gleichsam zum Willkommen Neuigkeiten aus der Außenwelt, die wir seit unserer Ankunft in Torremolinos systematisch ignorierten. So erfuhren wir innerhalb weniger Stunden, daß Buñuel – der zweifellos in die Hände seiner marxistischen Freunde geraten war – mit den Dreharbeiten zu „L'Age d'Or" begonnen hatte, ohne auf mich zu warten, was einen Verrat und die ärgsten Geschmacklosigkeiten befürchten ließ, und daß die Galerie Goemans in Konkurs gegangen war. Ich war moralisch und materiell ruiniert. Um das Unglück voll zu machen, hatten wir nicht einen Sou mehr in der Tasche, und unser Freund aus Malaga war an ebendiesem Tag zu einem langen Aufenthalt in Spanien abgereist, ohne uns zu benachrichtigen und ohne eine Adresse zu hinterlassen. Am Abend brachte uns der Briefträger die Rechnung des Tischlers aus Cadaqués, der für seine Arbeit das Doppelte des vereinbarten Preises forderte. Ich fühlte mich plötzlich von den Hyänen des Unglücks eingekreist. Am nächsten Tag hatten wir nichts mehr zu essen. Nur ein wenig Olivenöl war uns noch geblieben. Ich genoß es mit Anchovis und rieb mir mit dem Rest die Haare ein.

So erhielt meine Samsonmähne ihre Kraft und Form wieder.

Was für eine Wirkung hatte das Unglück auf Dalis Charakter?

Ich finde auf dem Grunde meiner Erinnerung ein Bild meiner Phantasie. Ich knie in einer dunklen Grotte und sehe den Eingang, durch den Licht hereinfällt. Es ist wie die riesige Scheidenöffnung einer Frau. Meine Hose ist offen. Ich halte mein Glied mit beiden Händen. Ich will die Lust aus meinem Fleisch hervorspritzen lassen und masturbiere mit aller Kraft. Die Augen richte ich starr auf die helle Öffnung, aber ich schließe die Lider, um auf ihre Schirme das erotische, ein wenig schmutzige Bild der mächtigen Schenkel einer Zigeunerin zu projizieren, die ich kurz zuvor beim Schüren eines Lagerfeuers gesehen habe. Aus einigen Metern Entfernung höre ich Männerstimmen. Ein Kind schreit, weil man ihm die Brust entzogen hat. Vor meinen Augen dreht sich ein verrückter Reigen: Gesichter von Gendarmen, die an diesem Morgen in der Nähe des Hauses einen halb verrückten Nachbarn festgenommen haben, der in der Nacht seine Mutter mit einem Gartenmesser erstochen hat. Der Mörder ist mit Stricken zusammengebunden wie ein Paket, die Gendarmen vergnügen sich damit, in Schwärme von Wanderschwalben hineinzuschießen, die wie Wolken vorüberziehen. Sie lachen sehr laut, und jeder Schuß trifft mich wie ein Peitschenhieb. Ich laufe auf dem Höhepunkt meiner Wut in die Felder hinein, lasse meinen Stock durch die Blumen sausen, und wie eine Feuerwerksgarbe regnen Nelkenblüten auf mich nieder, während mein Samen hervorspritzt. Ich pflanzte einen Menschen in die Erde und lasse mich langsam fallen, ausgeleert. Ich habe Hunger, ich habe Durst. Ich hätte Lust, mit Gala unter Zigeunern zu leben wie ein Ausgestoßener. Allein der Gedanke, Galas Koffer „Innovation“ mit den Schubladen schleppen zu müssen, treibt mir diesen Wunsch aus, aber mein Zorn flammt auf wie ein Bündel Rebholz. Ich bin wütend auf mich selbst, und so fest ich kann schlage ich mir mit der Faust auf die Lippen.

Ein Krachen – mein Mund füllt sich mit Blut. Ich bin erstarrt und taste langsam meine Zähne ab. Meine Zunge erfaßt ein Stückchen Elfenbein, das ich ausspucke. Ein Milchzahn, den ich mir herausgeschlagen habe. Ich habe einen Mund, der so einzigartig ist wie mein Genie. Mit sechsundzwanzig Jahren hatte ich noch drei Milchzähne, und noch heute habe ich zwei Backenzähne zu wenig.

Meine Wut verfliegt augenblicklich. Daß ich meinen Samen ausgespritzt und mir einen Zahn ausgeschlagen habe, hat eine Verwandlung in mir bewirkt. Als ich aufstehe, bin ich ein anderer geworden. Der kleine Zahn in meiner hohlen Hand ist ein Talisman – mein hart gewordener Samen, den ich auf diese Weise zurückgewonnen habe.* Ich beschließe auf der Stelle, diesen spermatischen Milchzahn in der Mitte unseres Hauses in Port-Lligat an einem Faden aufzuhängen.

Heimgekehrt, teile ich Gala mit, was ich beschlossen habe. Wir wollen einen unserer Freunde bitten, an das Hotel in Barcelona zu telegraphieren, daß man uns etwas von dem Geld im Tresor schickt, dann wollen wir nach Paris fahren, um unser Vermögen zu verzehnfachen. Auf dem Grunde meiner Verzweiflung habe ich meine Entschlossenheit wiedergefunden. Mein spermatischer Glücksbringerzahn wird Gold auf das Haus in Port-Lligat regnen lassen, Gold, das ich aus meinem Genie herauslocken werde.

Wir platzten mitten in einen Skandal hinein. Wie vorausgesehen, hatte Buñuel mich verraten und, um sich auszudrücken, Bilder gewählt, die aus dem Himalaja meiner Ideen Papierschiffchen machten. „L'Age d'Or“ war ein antiklerikaler, irreligiöser Film geworden. Buñuel hatte meine wahnhaften Ideen auf die primitivste Weise aufgefaßt und in stockende Bildassoziationen verwandelt, die nichts von der heftigen Poesie an sich hatten, die das Salz meines Genies ist. Nur da und dort tauchten aus meinem verstümmelten

* In der Psychoanalyse ist Zahn ein männliches Sexualsymbol.

Drehbuch noch einige Bildfolgen auf, die ihm zwangsläufig gelingen mußten, da meine Anweisungen so genau gewesen waren. Sie genügten immerhin, um ihm zum Erfolg zu verhelfen. Mit bewundernswertem Opportunismus hatte Buñuel Paris noch vor der Premiere verlassen und war nach Hollywood gefahren. Drei Tage später war das Studio 28, in dem der Film vorgeführt wurde, ein Trümmerfeld. Anhänger der „Action française" hatten die Zuschauer mit Revolverschüssen, die sie gegen die Decke abfeuerten, und mit Stinkbomben vertrieben und Tintenfläschchen auf die Leinwand geworfen; sie hatten die Vitrinen der Ausstellung surrealistischer Bücher eingeschlagen und meine im Vorraum des Kinos aufgehängten Bilder zerschnitten. Es war ein denkwürdiger und zugleich jammervoller Abend. Die Polizeipräfektur, der ein Teil der Presse die Stange hielt, verbot weitere Vorführungen des Films. Ich war sogar darauf gefaßt, ausgewiesen zu werden.

Ich entdeckte bei dieser Gelegenheit einige wichtige Wahrheiten. Es gab in Paris Freunde der Freiheit des Ausdrucks, die in Dali einen genialen Schöpfer sahen. Er mußte allein Herr seines Werkes und seiner Ausdrucksmittel bleiben und durfte sich in Zukunft mit niemandem mehr zusammentun. Es war klar, daß ich allein das Geschepper des Skandals um „L'Age d'Or" aushalten mußte wie eine Katze, der man einen Kochtopf an den Schwanz gebunden hat, und daß ich versuchen mußte, diesen Nachteil in einen Vorteil zu verwandeln. Gala war das einzige Wesen auf der ganzen Welt, das mich diese Niederlage – meine Angst – durch den Zauber seiner Gegenwart vergessen machen konnte. Unsere Liebe ging aus diesem Zwischenfall und aus dem finsteren Tunnel, der darauf folgte, stärker denn je hervor.

Fühlte sich Dali verfolgt?

Ich war allein zu zweit. Meine sogenannten Freunde unter den Surrealisten verabscheuten mich bereits und verkündeten Ideen, die meinen tiefsten Überzeugungen zuwider waren. Sie hatten sich auf die Seite Picassos geschlagen und rühmten die Negerkunst gegen den Klassizismus, dessen Diener ich war. Die von einer falschen Avantgarde beherrschten Kunstzeitschriften und Galerien ignorierten mich.

Wir hatten kein Geld, und dabei verging nicht eine Woche, ohne daß man meine Ideen schamlos plünderte. Zwei Dinge machten mir Mut: Man begann meinen Namen mit allem in Verbindung zu bringen, was es in unserem Jahrhundert an Erstaunlichem, Verrücktem und Sensationellem gab. Dali wurde zum Synonym für Genie. Und zum anderen wurde Gala jeden Tag mehr meine Frau, meine Gattin, meine Doppelgängerin, mein Glaube und meine Überzeugung. Jeden Morgen und jeden Nachmittag ließ sie mich in meinem Atelier, vor meiner Leinwand zurück und ging mit einem Karton unter dem Arm fort, um einige der leuchtendsten Früchte meiner Erfindungsgabe anzubieten, die seither meine Zeitgenossen verblüfft und einige Händler reich gemacht haben, die schlau genug waren und die Gelegenheiten ohne Scham flink beim Schopfe packten. Ich erlebte die glückliche Überraschung, aufgeklebte Fingernägel erscheinen zu sehen, die Spiegel waren, durchsichtige Aquarium-Puppen, in denen sich rote Fische tummelten, aerodynamische Autos, barocke Badewannen... Ich säte mit vollen Händen und in alle Winde die Splitter eines ungeheuren Talents. Trotz der Verschwörung des Schweigens, der Dummheit, des falsch verstandenen Eigennutzes konnte mich diese Periode um 1930 nicht unterkriegen. Wenn ich aber von den Schlägen und Erniedrigungen, die ich einstecken mußte, nicht bitter wurde, so verdanke ich das Gala. Ihrem Mut. Nie beklagte sie sich über ihre ermüdenden Gänge, über das lange Warten, die Zurückweisungen, den Spott, die Niederträchtigkeiten, die sie erleiden mußte. Ich verlor oft den Mut und weinte. Ihre tapfere kleine Seele strahlte in der Dunkelheit wie ein Leuchtfeuer der Hoffnung. Sie gab nie auf. Sie bereitete unsere kärglichen Mahlzeiten zu und vollbrachte Wunder an Sparsamkeit und Einfallsreichtum. Sie war eine vollkommene Haushälterin. Sie schneiderte ihre Kleider selbst und verzichtete in Paris darauf auszugehen.

Um uns her breiteten sich der Snobismus, das Laster, die Rauschgiftsucht, der Handel, die Päderastie und die Freimaurerei aus. Ich wurde hart wie ein Fels von Port-Lligat, unerbittlich, stolz und meiner selbst sicher. Eines Morgens reisten wir mit meiner Staffelei, meiner Palette, einem Satz Petroleumlampen, einer Bibliothek, Stahlmöbeln und zehn Koffern nach unserem Haus ab. Das Einsteigen auf der Gare d'Austerlitz war ein Dalisches Spektakel. Ich höre noch das Pfeifen des Nordwinds, der uns an unserem Ziel begrüßte. Nachdem ich die Lampe gelöscht hatte, nahm ich, in den Kissen versinkend, Gala in die

Arme und sagte mir, daß mitten im Ozean der von der Natur und den Menschen entfesselten zerstörerischen Kräfte die Liebe ein ausreichender Talisman sei. Ich schlief beruhigt ein und widmete den letzten Blick des Halbschlafs meinem Milchzahn, der am Ende eines Fadens in der Mitte des Schlosses meiner Träume tanzte.

> *„Ich verspürte eine Art Ruhe, eine Art Gleichgewicht; ich fühlte sofort, daß mein Leben eine systematische Sanftheit annahm ... Man hätte meinen können, daß der Blick meiner Frau meine paranoia-kritische Aktivität bereits strukturiert habe ... Alle verstreuten, maßlosen, dominierenden Elemente meines Lebens wurden zu einer Architektur."*

8. *Wie man Surrealist wird*

Am 5. Februar 1934 hatte André Breton in seinem Atelier in der Rue Fontaine 42 den surrealistischen Areopag versammelt, um über mich zu Gericht zu sitzen. Ich hatte Fieber und litt an einer beginnenden Angina. Bei meiner üblichen Feigheit erhöhte der bloße Gedanke an die Krankheit meine Unpäßlichkeit, aber ich schöpfte aus meiner Schwäche die paranoische Logik, die die Lage zu meinen Gunsten in ihr Gegenteil verkehren sollte. Ich zog mich warm an, schlüpfte in meinem Kamelhaarmantel, versah mich mit einem Thermometer, das ich mir unter die Zunge steckte, um die Entwicklung meiner Krankheit aufmerksam verfolgen zu können, und bemerkte im Augenblick des Aufbruchs, daß ich beinahe meine Schuhe vergessen hätte. Ich zog sie an, ohne sie zuzuschnüren. Als ich mit Gala an Ort und Stelle ankam, erwarteten mich schon alle, auf Sofas, Stühlen und sogar auf dem Boden sitzend. Ein Nebel von Tabakrauch stach uns in die Augen. Breton, ganz in Flaschengrün gekleidet, setzte die Miene des Großinquisitors auf und begann unverzüglich, eine Bilanz meiner Abweichungen und Irrtümer zu ziehen. Er schritt auf und ab und ging dabei immer an meinem Bild „La Gravida" vorbei, das neben dem großen Fenster seines Ateliers aufgehängt war. Kurze Zeit hörte ich ihm aufmerksam zu, aber das Steigen meines Fiebers nahm mich weit mehr in Anspruch, und während ich mit einem Ohr den Ausführungen des Generalstaatsanwalts lauschte, nahm ich das Thermometer aus dem Mund und las die Temperatur ab. Ich hatte 38,5 Grad. Das war viel. Die medizinische Wissenschaft empfiehlt in einem solchen Fall, alles zu tun, um das Fieber zu senken. Ich zog mir die Schuhe, den Mantel, den Rock und die Wollweste aus. Dann zog ich Rock und Mantel wieder an, denn man muß in solchen Fällen auch darauf achten, sich nicht zu rasch abzukühlen. Schließlich schlüpfte ich wieder in meine Schuhe. Breton durchbohrte mich während alledem mit finsteren Blicken. Er zog nervös an seiner Pfeife.

„Dali, was haben Sie dazu zu sagen?"

Ich rief, die gegen mich vorgebrachten Anschuldigungen enthielten politische oder moralische Kriterien, die in bezug auf meine paranoiakritischen Vorstellungen wertlos seien.

Breton rollte wütend die Augen. Ich hatte vergessen, das Thermometer aus dem Mund zu nehmen, meine Worte waren unverständlich gewesen, und ich hatte ihn angespuckt. Ich fiel auf die Knie und beschwor ihn, mich zu verstehen. Er schrie noch lauter als ich.

Da stand ich auf und zog meinen Mantel, meinen Rock und eine zweite Wollweste aus, die ich ihm vor die Füße warf. Dann zog ich Rock und Mantel wieder an, um mich nicht zu rasch abzukühlen. Die Zuschauer lachten.

Ich wandte mich an sie und flehte sie an, mich zu verstehen, aber meine spuckefeuchten Erklärungen verdoppelten nur ihre Heiterkeit.

Breton war nahe daran, die Beherrschung zu verlieren. Ich hätte natürlich das Thermometer aus dem Mund nehmen müssen, aber ich war um meinen Gesundheitszustand so besorgt, daß ich dann völlig gelähmt gewesen wäre, und so hatte ich zwischen Stummheit und Stottern zu wählen. Breton setzte seinen anklagenden Monolog fort und stellte meine Zugehörigkeit zur Gruppe der Surrealisten in Frage. Was ich vor allem begriff, war die ungeheure Entfernung, die uns von Anfang an getrennt hatte.

Wir hatten uns 1928, während meines zweiten Aufenthalts in Paris, durch Miró kennengelernt, und ich hatte in ihm sogleich einen zweiten Vater gesehen. Damals glaubte ich, mir sei eine zweite Geburt beschieden. Die Gruppe der Surrealisten war für mich eine Art nährender Placenta, und ich glaubte an den Surrealismus wie an die Gesetzestafeln. Ich nahm mit unbeschreiblichem und unersättlichen Appetit die Lehre und den Geist der Bewegung in mich auf, der im übrigen meinem eigensten Wesen so genau entsprach, daß er mir auf die natürlichste Weise einging. In Wirklichkeit war dieser Prozeß eine um so paradoxere Maskerade, als ich ohne Zweifel der größte Surrealist der ganzen Gruppe war – vielleicht der einzige – und man mir eben gerade vorwarf, es zu sehr zu sein. In der Scholastik befangene Priester versuchten, einen Heiligen zu widerlegen ... Eine Geschichte, die so alt ist wie die Religion!

Was mir Breton vor allem nicht verzeihen konnte, war, daß ich ihn von Anfang an verblüfft hatte: weil ich den Taxichauffeuren Banknoten gab, ohne auf das Wechselgeld zu warten – ich wußte nämlich nie, wieviel ich genau zu zahlen hatte –; weil ich die Leute durch meine ungereimten Behauptungen zum Lachen brachte; weil ich die ernsthaftesten Gespräche durch die ausgelassensten Späße störte; weil ich durch meine Reden und mein Benehmen regelrechte Halluzinationen hervorzurufen verstand; weil ich seine Autorität untergrub. Meine ganze Haltung widersprach seinen eigenen Reflexen, denn er war ein Mann der Ordnung, gewissenhaft, zuverlässig noch in seinen Launen, er predigte zwar das Delirium der Freiheit, aber vor allem war Breton Vernunftmensch und Bürger.

Unseren ersten Zusammenstoß hatten wir, als ich „Le Jeu lugubre" gemalt hatte. Man sieht auf diesem Bild einen Mann von hinten, durch dessen Unterhose ein vollkommen geformter Kot quillt. Gala hatte mich schon gefragt, ob ich Kotesser sei, und damit nur die Gedanken der ganzen Gruppe ausgedrückt. In Wirklichkeit verhielt es sich, wie man weiß, so, daß ich meinen unbewußten Trieben gehorchen mußte, um mich von meinen Ängsten zu befreien. Aber diese Erklärung genügte Breton nicht. Er sagte, er sei von dem Bild ehrlich schockiert, und verlangte von mir die Bestätigung, daß dieses unflätige Detail eine Irreführung sei. Ich lachte darüber und erklärte, Scheiße bringe Glück und ihr Erscheinen in einem surrealistischen Werk bedeute eine neue Chance für die ganze Bewegung. Im übrigen sei die ältere Literatur, angefangen vom Huhn mit den goldenen Eiern und der göttlichen Kolik Danaës reich an Anspielungen auf die Exkremente. Mir war aber schon von diesem Tage an klar gewesen, daß ich es mit Klosettpapier-Revolutionären zu tun hatte, die in ihren kleinbürgerlichen Vorurteilen erstarrt waren und in denen die Archetypen der klassischen Moral unauslöschliche Spuren hinterlassen hatten. Die Scheiße machte ihnen Angst. Die Scheiße und der After. Gibt es denn etwas Menschlicheres, etwas, was zu transzendieren nötiger wäre! Ich beschloß in diesem Augenblick, sie mit dem zu verfolgen, was sie am meisten fürchteten, und wenn ich fortan surrealistische Objekte erfand, hatte ich, während sich die Freunde der Gruppe über ihre Funktion begeisterten, den tiefen, intimen Genuß, mir zu sagen, daß diese Objekte mit der größten Genauigkeit die Kontraktionen eines tätigen Afters nachvollzogen und daß meine Freunde ihre eigene Angst bewunderten.

Ich hatte am Beginn meiner Beziehungen zur Gruppe die Absicht gehabt, mich ihrer als Sprungbrett zu bedienen, aber ich erkannte bald ihre dogmatische Beschränktheit. Einen Augenblick dachte ich daran, die Macht zu übernehmen, doch dann wurde mir übel beim bloßen Gedanken, daß ich kämpfen sollte, um in einem Dorf Zweiter zu werden, wo ich doch in Rom Erster sein konnte. Ich begnügte mich daher damit, einige Bomben in das Café du Commerce zu werfen, wo die Versammlungen der surrealistischen Revolution abgehalten wurden.

Ebendas warf mir nun Breton mit der Leidenschaftlichkeit eines Savonarola vor. Ich nutzte die Gelegenheit, um mir wieder Schuhe, Mantel, Rock und nun auch die dritte Weste auszuziehen. Ich hatte Fieber, diesmal zog ich den Rock und den Mantel nicht wieder an, sondern nur die Schuhe. Dann stammelte ich ein paar Worte mit dem Thermometer im Mund, gerade so viel, daß wieder alle lachten.

Wenn ich sage, daß sich die Surrealisten an alle kleinbürgerlichen Tabus gebunden fühlten, so will ich es auch beweisen. Sie sprachen von sexuellen Dingen nur auf symbolhafte Weise, und die Kirchenväter hätten ihre Reden nicht immer zensiert. Die größte Kühnheit, die Aragon aufbrachte, war, daß er „Le Con d'Irène“ schrieb, ein mühseliges erotisches Werk, aber in der Gruppe hatten der anale Verkehr oder anale Phantasien keinen Kurs an der Liebesbörse und ebensowenig die Päderastie oder der Mystizismus. Ich war sehr erstaunt, als ich erfuhr, daß Breton eine regelrechte Wertordnung in bezug auf die Träume aufgestellt hatte. So war es beispielsweise streng verboten, eine Traumerinnerung an Maria, die Mutter Jesu, heraufzubeschwören – von der ich oft träumte –, und ich durfte auch nicht gestehen, daß ich von dem Gedanken an die Haare ihres Hinterns besessen war. Das wäre ein Zeichen von schlechter Erziehung und schlechtem Geschmack gewesen. Und wehe dem, der sich nicht an den Kodex der Treue in der Liebe hielt und die Frau eines Freundes anrührte oder auch nur seine Geliebte betrog! Man spielte nicht mit der Begierde und der Wollust. Die Freiheit war den großen theoretischen und platonischen Abenteuern vorbehalten.

Ich fand es normal, meinen Stuhl zu überwachen und auch davon zu reden. Mein Kot ist ein integraler Teil meiner selbst, und seine Konsistenz, sein Geruch und seine Form hängen eng zusammen mit meinen Launen, meiner Arbeit, meiner ganzen Lebensweise. Ich hatte einen pestilenzialischen Kot, als ich Student war und ausschweifend lebte; heute, das heißt, seit ich Asket geworden bin, habe ich einen wunderbar modellierten und modulierten Stuhl. Auf den Furz habe ich für den Eigengebrauch so gut wie ganz verzichtet, aber ich widme ihm nach wie vor meine ungeteilte Aufmerksamkeit, ganz wie der heilige Augustinus, der wohl der berühmteste Furzomane der Kirche war. Und ich bewahre sorgfältig die reizende Plattenaufnahme eines Furzomanenkonzerts auf. Der Furz und der Kot sind höchst bedeutende Themen; Medizin und Philosophie sollten sich ihnen mit der größten Aufmerksamkeit zuwenden. Dasselbe gilt für die Metaphysik, und ich habe es immer bedauert, daß sich die Surrealisten die Nase zuhielten, wenn sie nur daran dachten. Mir schien, eine wahrhaft surrealistische Handlung wäre es gewesen, wenn ich dem Gericht bei diesem Scheißprozeß einige Aussprüche über die Kunst des Furzens aus dem „Handbuch des hinterhältigen Kanoniers" des Comte de La Trompette vorgetragen hätte, wodurch die Debatte auf das Terrain verlegt worden wäre, wo sie hingehörte, denn wir hätten von der Poesie gesprochen, von der Freiheit, vom Menschen und seiner Natur. Ich kenne einige Abschnitte auswendig und hätte die eine oder andere Definition liefern können, die die Anwesenden erheitert haben würde, wie etwa das folgende Sprichwort: „Wer will kommen hoch zu Jahren, muß lassen seine Winde fahren." Ich hätte den Unterschied erläutern können zwischen dem Furz, der aus dem After schlüpft, und dem Rülpser, aber ob der Wind nun oben oder unten hinausfährt – das eine ist so gut wie das andere. Furetière hebt im zweiten Band seines „Essai d'un dictionnaire universel" hervor, daß der Graf von Suffolk als Vasall alljährlich am Weihnachtstag vor seinem König einen Furz, einen Rülpser und einen Sprung vollführen mußte. Es hätte mir Freude gemacht, die verschiedenen Arten von Fürzen aufzuzählen: die weithin hallenden Fürze etwa, die man auch Praller nennt, und den großen Prallfurz. Man möchte diesen Phönix der Fürze mit Kanonendonner oder dem Platzen großer Blasen vergleichen, und es folgt ihm stets ein unangenehmer Geruch nach, der die Nase beleidigt. Darin eben ist er schuldig: er zieht den schändlichsten Begleiter hinter sich her und läßt keinen Zweifel bestehen an der schlechten Gesellschaft, in welcher er verkehrt, aber der wahre, reine oder trockene Furz hat keinerlei Geruch. Das lateinische Wort *crepitus,* das den Furz bezeichnet, bedeutet ein Geräusch ohne Geruch, aber man verwechselt dieses nur zu gern mit zwei anderen, üblen Blähungen, deren eine den Geruchssinn betrübt und in vulgärer Redeweise Pup oder Schleichfurz oder, wenn man so will, auch stummer oder Weiberfurz genannt wird, während die andere als fetter oder Maurerfurz bekannt ist. Jegliche Luft, die sich im Körper staut und ihm, nachdem sie komprimiert wurde, entfährt, wird Blähung genannt, und je nachdem ob ein Wind kurz oder lang im Körper verweilt, und ob er leicht oder schwer entweicht, gehört er der einen oder anderen Art an. Es gibt Fürze, die, einem ununterbrochenen Wehen gleich, wie fünfzehn oder zwanzig nacheinander abgefeuerte Gewehrschüsse abgehen. Man nennt sie die diphthongischen, und es wird versichert, eine Person von strammer Konstitution könne davon gut zwanzig in einem Zuge ablassen. Man vernimmt dann eine Kanonade, aus der man diphthonigische Silben herauszuhören vermeint wie etwa: pa-pa-pax, pa-pa-pa-pax, pa-pa-pa-pa-pax. Was gäbe es Gefälligeres als dergleichen diphthongische Fürze, und dem After haben wir dieses Vergnügen zu danken! Der diphthongische Furz ist ein Westentaschendonner. Er ist von tief wirkender und rückwirkender Heilsamkeit, und seine Kostbarkeit wurde schon im frühesten Altertum erkannt, weshalb auch die Römer das Sprichwort hatten, daß ein kräftiger Furz ein Talent wert sei. Claudius, dieser dreimal große Kaiser, dem nichts so sehr am Herzen lag wie die Gesundheit seiner Untertanen, ließ, als man ihm mitteilte, manche von ihnen trieben den Respekt so weit, daß sie lieber sterben als in seiner Gegenwart furzen wollten – und nachdem er aus einem Bericht Suetons erfahren hatte, daß sie vor dem Hinscheiden an schrecklichen Koliken gelitten –, ein Edikt veröffentlichen, wodurch er allen seinen Untertanen sogar an seiner Tafel zu furzen erlaubte, sofern sie es nur frei heraus taten. Die Ägypter schließlich machten aus dem Furz einen Gott, von dem man noch heute Figuren sehen kann. Und je nachdem, ob ihre Fürze laut oder leise abgingen, sagten die Alten Schönwetter oder Regen voraus.

Der Comte de La Trompette als weltkluger Mann beendete seine Schrift mit vortrefflichen praktischen Ratschlägen. Sollte einer dermaßen Sklave seiner Vorurteile sein, daß er ihre Fesseln durchaus nicht zu sprengen vermag, so wollen wir ihm nicht davon abraten zu furzen, wann immer es die Natur verlangt, sondern ihm die Mittel verraten, wie er seine Fürze zumindest verheimlichen kann.

Er achte also darauf, daß er den Furz, sowie er sich bemerkbar macht, mit einem kräftigen „Ehem" begleite. Sind seine Lungen nicht stark genug, so mag er ein lautes Niesen vortäuschen. Er wird dann wohlgelitten sein und gar noch von der ganzen Gesellschaft mit Segenswünschen überhäuft werden. Wenn er so ungeschickt ist, daß er weder das eine noch das andre zustande bringt, so soll er kräftig ausspucken, seinen Stuhl zur Seite rücken oder eben irgenein Geräusch machen, das seinen Furz übertönt. Und wenn er all das nicht tun kann, muß er eben die Backen fest zusammenkneifen, und er wird durch die Kontraktion des Afterschließmuskels in ein Weibchen verwandeln, was da als Mann hinauswollte, doch dieses unglückselige Zartgefühl wird die Nase teuer bezahlen lassen, was es dem Ohr erspart hat.

Hätte ich nicht gefiebert, ich glaube, ich wäre an jenem Tag imstande gewesen, einen gigantischen diphthongischen Furz zu lassen, der die Trompetenbegleitung zum Halali gestellt hätte, das Breton mir blasen wollte. Ich begnügte mich damit, mir die vierte Weste auszuziehen. Den Anwesenden wurde sehr warm. Der Rauch war undurchsichtig geworden.

Der Hohepriester Breton hatte meinen formellen Antisurrealismus schon lange gewittert. Ich hatte ihm auch nie den Treueid geleistet, und Rechenschaft konnte er nicht gut von mir fordern. Er selbst war es gewesen, der Buñuel und mich in die Gruppe eingeführt hatte, und zwar nach der Premiere des Films „Un chien andalou", der die Surrealisten zwang, *gegen ihren Willen* zuzugeben, daß wir den ersten *surrealistischen* Film geschaffen hatten. Mit meinem Drehbuch und nur 235 000 damaligen Francs und in sechs Drehtagen hatte Buñuel, ein ehemaliger Assistent Epsteins, zehn Jahre falscher Film-Avantgarde beiseitegefegt.

Der „Chien andalou" war gewappnet mit den Schenkeln Jupiters – den meinen –, und das hatte Breton wohl oder übel zur Kenntnis nehmen müssen – ebenso wie meine Malerei, die von Anfang an fasziniert hatte und nichts den Theorien und dem Dogmatismus verdankte. Meine erste Schrift, „La Femme visible", von meiner absoluten Liebe zu Gala inspiriert, war eine wunderbare Illustration des totalen Surrealismus, die keineswegs erst von der Bewegung legitimiert zu werden brauchte. Meine Leidenschaft für Gala und meine echte Gleichgültigkeit gegenüber allem, was nicht meine brennende Begierde war – zwei Tage vor der Eröffnung meiner Ausstellung bei Goemans im November 1929 mußte ich Paris verlassen, weil außer der Frau meiner Träume *nichts* mehr für mich zählte und weil ich fanatisch meine Liebe verschlang –, waren unbestreitbare surrealistische Taten.

Welche wesentlichen Meinungsverschiedenheiten bestanden zwischen Breton, der Bewegung und Dali?

Die Politik – das Engagement, wie die Surrealisten sagten – hatte uns auseinandergebracht. Ich gab auf den Marxismus soviel wie auf einen Furz, wobei mich ein Furz immerhin erleichtert und inspiriert. Die Politik erschien mir wie ein Krebs, der die Poesie zerfrißt. Ich hatte mit angesehen, wie so viele Freunde an der politischen Betätigung zugrunde gingen und ihre Seele verloren, indem sie sie gewinnen wollten. Das Soziale und die Wirtschaft fand ich lächerlich, überflüssig und vor allem falsch. Eine inexakte Wissenschaft par excellence war das für mich, eine Falle, in der sich in unauflösbaren Widersprüchen die Künstler und Intellektuellen fangen sollten, das heißt gerade jene, die am unzulänglichsten gewappnet sind gegen den Appell an das Gefühl und die man mobilisieren wollte, damit sie für Dinge kämpften, die früher oder später ohnehin durch das natürliche Spiel der geschichtlichen Kräfte ihre Lösung finden mußten und an denen die Intelligenz nur einen sehr kleinen Anteil hatte. Die Poesie und die Kunst waren die großen Opfer des historischen Geschehens. Die Nichteinmischung erschien mir als die einzig wirksame Methode des Handelns und der Selbstverteidigung, als die einzige Ehrlichkeit gegenüber jener Poesie, die man in sich trug wie eine seltene, empfindliche Flamme.

Die Verteidigung meiner persönlichen Interessen war in meinen Augen ebenso dringend notwendig, gerechtfertigt und wichtig wie die Verteidigung der Interessen des Proletariats. Was würde aus dem Sieg des Proletariats, wenn die Künstler nicht die Elemente eines Lebensstils vorschlügen, der sich auf die Freiheit und die Qualität gründet? Eine Welt voll anonymer Sandkörner! Eine Ameisenhaufen-Technokratie! Dali ließ sich zum Glück nicht auf neblige Theorien festlegen. Wenn Breton von Politik redete, kam er mir immer vor wie ein Volksschullehrer, der einer Elefantenherde, die durch einen Porzellanladen trampelt, die Verkehrsregeln beibringen will. Die Disziplin! Er führte immer nur dieses eine Wort im Mund! Für einen Künstler war das die Pest!

Ich wollte nichts mehr davon hören. Diese elenden, aus den

kommunistischen Zellen hervorgegangenen Mißgeburten, die Dali ihre Moral, ihre Taktik, ihre engstirnigen Ideen, ihre Illusionen aufzwingen wollten, machten mich lachen durch ihre Arroganz. Ich zuckte nur die Schultern. Breton verneigte sich vor ihnen im Namen des Marxismus-Leninismus! Bevor er vollends auf alle viere niederging, kam er zum Glück doch noch zur Besinnung, und die Affäre Aragon, die bald darauf folgte, gab ihm die Gelegenheit, einen gesünderen Standpunkt zu beziehen, aber er riß sich zugleich die linke Herzkammer der Freundschaft aus, und ich bin nicht ganz sicher, ob er jemals den Ausschluß seines Gründerbruders überwunden hat, der ihn nach der Veröffentlichung des „Misère de la poésie“ verleugnete. Schuld an dem Bruch war ich.

In der Nummer 4 der Zeitschrift „La Révolution surréaliste“ war 1931 unter dem Titel „Träumerei“ ein Text von mir erschienen, der *ohne jede Zensur* eine erotische Schilderung um die Gestalt der Dullita, einer der Heldinnen meiner amourösen Kindheit, darstellte. Die kommunistische Partei fand diesen Text pornographisch, und ein Ausschuß wurde gebildet, der die Vertreter der surrealistischen Gruppe mit Aragon an der Spitze vorlud. Aragon wurde beauftragt, ein Kommuniqué zu verfassen, das mich verurteilte. Breton lehnte sich dagegen auf und erklärte in „Misère de la poésie“, es werde eines Tages „den Surrealisten zur Ehre gereichen, ein von einem dermaßen kleinbürgerlichen Geist diktiertes Verbot übertreten zu haben“.

Damit war der Bruch vollzogen. Die prüden Kämpfer waren mit einemmal ganz der engen Moral der monogamen, vom Privateigentum beherrschten Familie verpflichtet, und ihr Vasall Aragon nutzte nur allzu bereitwillig die Gelegenheit, mit den Surrealisten zu brechen, die seiner literarischen Karriere hinderlich waren. Er dachte mit Recht, die kulturlosen Kommunisten würden es ihm eher erlauben, seine geschickt gemachten kommerziellen Romane zu veröffentlichen. Es hat mich erheitert, die beiden feindlichen Brüder bei einem flagranten Widerspruch ihrer Freundschaft und ihres Denkens zu ertappen. Wieder einmal war ich glücklich, feststellen zu können, daß die Politik mit den tieferen Beweggründen der angeblich so leidenschaftlichen Kämpfer gar nichts zu tun hatte. Aber von diesem eigentlichen Problem sprach Breton an jenem Tage nicht.

Hatten die Surrealisten Dali in künstlerischer Hinsicht ganz akzeptiert?

Ich bin der surrealistischste Surrealist, den es gibt, und dennoch hat zwischen mir und der Gruppe immer ein tiefes Mißverständnis geherrscht. Breton und Picasso haben niemals Geschmack und niemals ein Gefühl für wahre Tradition gehabt. Sie haben den Schock gesucht, mehr die Erschütterung als die Ekstase. Für mich sind sie „impotente" Intellektuelle. Sie haben demissioniert aus Unfähigkeit, das innere Sujet zu erneuern; das Pittoreske hat für sie stets mehr gezählt als die schöpferische Ordnung, das Detail mehr als das Ganze, die Analyse mehr als die Synthese. Daher haben sie sehr bald die barbarische und vor allem die afrikanische Kunst dem Klassizismus vorgezogen, der allzu schwer zu erlangen, anzunehmen und zu überwinden ist. Meine Malerei hat Breton nie wirklich überzeugt. Er konnte ihr Gewicht und ihre Bedeutung nicht leugnen, aber er bedauerte sie. Meine Werke waren stärker als seine Theorien. Sie warfen einen Schatten auf ihn. Er wurde ihr Kritiker, nicht ihr Prophet. Und als ich ihm den Jugendstil entgegenhielt, war er sprachlos. Er predigte die Poesie der Barbaren, aber was das Erotische, das Delirium, den biologischen Wert, die Unruhe und das Mysterium anbetraf, hatte die Kunst des Jahres 1900 nicht ihresgleichen. Ich brachte mit größtem Erfolg die Frisuren, die Kleider, die Lieder, die Gebrauchsgegenstände von 1900 wieder in Mode. Doch von diesen seinen Enttäuschungen sprach Breton an jenem Tage nicht. Ich weiß nicht, wo er in seiner hochtrabenden Rede gerade angekommen war, als ich meine fünfte Weste auszog, um die Atmosphäre ein wenig zu entspannen.

Ich hatte mich auch gegen die Exzesse des automatischen Schreibens und der Traumschilderungen gewandt, die mit ihren Codes und schlechten Gewohnheiten, ihrer Selbstzensur und ihren stereotypen Bildern bald nur noch ein fauler Trick waren. Was anfangs ein Versuch gewesen war, das unbewußte Unbekannte zu erklären, endete in einem durch und durch verfälschten Narzißmus. Deshalb schuf ich surrealistische Objekte mit symbolischer Funktion.

Es ging darum, ein irrationales Objekt zu erfinden, das so konkret

FROID

wie möglich die Delirienphantasmen eines poetischen Geistes übersetzte. Man mußte die Vernunft verwirren, dabei jedoch der Phantasie möglichst viele Elemente liefern, um wach und unter konkreter Inanspruchnahme aller Sinne zu träumen. Eine Art Gnadenzustand des Geistes erwecken – das war das Ziel. Zugunsten der surrealistischen Objekte vergaß man sehr rasch die Traumschilderungen und die automatistischen Séancen, die bald als überholt galten. Das konnte man mir nur schwer verzeihen. Die Gruppe beschäftigte sich jedenfalls weiter mit den alten Tricks, bei denen Spülwasser herauskam.

Ich war der Urheber der Idee eines zwanzig Meter langen Brotes, das in Versailles in den Gärten des Palais-Royal und in mehreren europäischen Hauptstädten aufgestellt werden und eine Sensation hervorrufen sollte, die imstande gewesen wäre, hysterische Erscheinungen auszulösen, da die rationalen Grundlagen der heiligsten Vorstellungen in Frage gestellt werden: das Brot, Sinnbild des gestillten Hungers, Hostie und göttlicher Leib, Frucht der Arbeit, Grundlage der menschlichen Gemeinschaft. Wenn aber meine symbolischen Objekte ungeheuren Erfolg hatten, so schockierte mein Brot ebenso wie meine mit Bechern voll heißer Milch versehene Denkmaschine, die Aragons Zorn erregte. Er verurteilte meine Exzentrizität im Namen der Kinder der Arbeitslosen, denen ich die Nahrung wegnahm. Dieses eine Mal war nicht ich der Wahnsinnige! Der Blechsozialismus Aragons wurde geradezu grotesk. Er hatte jeden Sinn für Humor verloren. Ich glaube, meine Hinweise auf Freud, der von seinen Freunden für einen Konterrevolutionär gehalten wurde, waren Aragon sehr peinlich, und er versuchte mit allen Mitteln, mich anzuwidern.

Welches Licht brachte Freud in die schöpferische Entwicklung Dalis?

Ich hatte mir von Freud schon allerlei Vorstellungen gemacht, bevor ich ihn kennenlernte. Ich glaube, er wäre der einzige gewesen, der als Ebenbürtiger einen Dialog mit meiner Paranoia hätte führen können. Er bewunderte meine Malerei sehr. Ich hätte ihn gern geblendet. Als ich ihm in London von Stefan Zweig vorgestellt wurde, gab ich mir große Mühe, als das zu erscheinen, was ich nach meiner Meinung in seinen Augen war: ein Dandy von Weltklasse. Es gelang mir nicht. Er hörte mir mit großer Aufmerksamkeit zu und rief zuletzt, an Zweig gewandt: „Was für ein Fanatiker! Was für ein perfekter spanischer Typ!“ Ich war für ihn ein Fall, nicht eine Person. Sein Schneckenschädel hatte meine Eingebungen und meine innere Kraft nicht erkannt. Ich machte dennoch einen starken Eindruck auf ihn, denn am nächsten Morgen schrieb er an Zweig:

„Wirklich, ich darf Ihnen für die Einführung danken, die die gestrigen Besucher zu mir gebracht hat. Denn bis dahin war ich geneigt, die Surrealisten, die mich scheinbar zum Schutzpatron gewählt haben, für absolute (sagen wir fünfundzwanzig Prozent wie beim Alkohol) Narren zu halten. Der junge Spanier mit seinen treuherzig fanatischen Augen und seiner unleugbar technischen Meisterschaft hat mir eine andere Schätzung nahegelegt. Es wäre in der Tat sehr interessant, die Entstehung eines solchen Bildes analytisch zu erforschen. Kritisch könnte man doch noch immer sagen, der Begriff der Kunst verweigere sich einer Erweiterung, wenn das quantitative Verhältnis von unbewußtem Material und vorbewußter Verarbeitung nicht eine bestimmte Grenze einhält. Aber jedenfalls ernsthafte psychologische Probleme.“

Was Freud vor allem interessierte, war offenbar seine eigene Theorie, nicht meine Persönlichkeit. Er kam schon nicht mehr ganz mit. Ich zeichnete ihn auf ein Löschblatt. Das war 1938, ein Jahr vor seinem Tode.

Zwei Genies waren einander begegnet, und es hatte keinen Funken gegeben. Seine Ideen sprachen für ihn. Für mich waren sie nützliche Krücken, denn sie stärkten mein Vertrauen in mein Genie und die Echtheit meiner Freiheit, aber ich hatte ihn mehr zu lehren, als ich selbst von ihm erwarten durfte.

Ich bin überzeugt, daß unsere Begegnung einen Wendepunkt in Freuds Kunstauffassung darstellte. Ich bin überzeugt, daß ich den großen Schirmherrn des Unterbewußtseins zwang, seine Sehweise zu revidieren. Vor mir, Dali, hatte Freud noch keinen wirklichen modernen Künstler empfangen. Vor unserem Geprách hielt er die Surrealisten, wie er selbst schrieb, für „Narren“; nach mir hat er seine Meinung „überprüft“. Freud hatte die Surrealisten und mit ihnen die

Expressionisten im Verdacht, daß sie die Mechanismen der Kunst mit der Kunst selbst verwechselten. Mein Werk – meine technische Meisterschaft – und meine Person zeigten ihm, daß er voreilige Schlüsse gezogen hatte. Ja, ich bin überzeugt: Wären wir einander früher – oder öfter – begegnet, so hätte er manche seiner Vorstellungen in bezug auf die Kunst ändern müssen. Meine paranoia-kritische Methode hätte ihm neue Horizonte eröffnet. Freud war der Meinung, das Unbewußte sei ein seelischer Inhalt, der nicht mehr ins Bewußtsein, aus dem er vertrieben wurde, zurückkehren könne. Es schuf eine Tiefenpsychologie – als Gegensatz zur Psychologie, die in dieser Hinsicht nur eine oberflächliche Geographie des Geistes darstellt – und ließ uns den Finger auf die Wirklichkeit des Verstandes legen, den der Mensch erfunden hat, um sich in einer Welt voll ständiger Auseinandersetzungen und Konflikte zu verwirklichen. Durch Freud wissen wir, daß sich das Seelische nicht mit dem Bewußten deckt, aber ich hätte ihm den lebendigen, fundamentalen Beweis liefern können, daß die Paranoia, eine der außergewöhnlichsten Erscheinungsformen des irrationalen Unbewußten, sehr wohl die rationalen Mechanismen beseelen und die Wirklichkeit ebenso wirksam befruchten kann wie die experimentelle Logik. Das paranoia-kritische Delirium ist eine der faszinierendsten Formeln des menschlichen Genies. Freud war schon zu alt, um sein Thema in Frage zu stellen und neuen Erfahrungen den Weg zu bereiten.

Der Prozeß vom 5. Februar 1934

Die Initiatoren der surrealistischen Bewegung verstanden in Wirklichkeit nicht viel von der Malerei. Sie ließen sie gelten, weil sie ihrer These diente. Damit war die Sache für sie erledigt. Was sich mit ihrem Dogma nicht vertrug, wurde abgelehnt. Im übrigen bemühten sie sich, die allzu starken Persönlichkeiten in Reih und Glied zu bringen. So kamen sie eines Tages auf die Idee, eine Ausstellung zu veranstalten, bei der die Bilder in alphabetischer Reihenfolge gehängt wurden, um die Gleichheit aller vor dem Geiste zu proklamieren. Diese Revolution, die sich damit begnügte, die Ordnung des Alphabets zu errichten, erschien mir doch ein wenig zu kurzatmig!

Ihr Wunsch, alles zu erklären, wurde zur Manie, die Logik Bretons zum Gesetz Mose. Meine Erfindungen überstiegen ihr Begriffsvermögen und fügten sich nicht in ihre Doktrin. Sie eilten ihrer Phantasie voraus. Als ich eines Abends, an dem ich müde allein zu Hause geblieben war – Gala war mit Freunden ausgegangen –, auf dem Tisch die Reste eines zerfließenden Camemberts betrachtete, kam mir nach wenigen Augenblicken eine Idee zu meinem noch unvollendeten Bild. Ich hatte im Vordergrund einen entlaubten und beschnittenen Ölbaum vor einer Landschaft von Port-Lligat dargestellt, und während ich ihn nun betrachtete, projizierte ich plötzlich auf einen Ast des Baumes zwei weiche, herabfließende Uhren. Ich machte mich sofort an die Arbeit. Zwei Stunden später war das Bild fertig – Frucht der Vermählung meines Genies mit dem weichen Camembert und Ausdruck meiner Vorstellung von der Raum-Zeit, die die Auflösung der Materie voraussagte. Ich malte die Leuchterscheinungen meiner intrauterinen Vorkindheit, indem ich Spiegeleier im Spiegel darstellte und rohe Koteletts, die auf den Schultern Galas balancieren. Das Weiche, das Verdaubare, das Eßbare, das Intestinale sind natürliche Bestandteile meiner paranoia-kritischen Darstellung der Welt, und ich habe diese Bilder allen – auch den Surrealisten – aufgezwungen.

Immer hat meine paranoische Magie die Surrealisten als allzu wahrer Ausdruck des Surrealismus, von dem sie träumten, gestört. Ich bin das Medium meiner eigenen Imagination. Ich brauche nur meine Leinwand zu betrachten, und schon lasse ich eine neue Wahrheit des Wirklichen auf ihr hervortreten. Ich kann aber auch nach Belieben diesen oder jenen Gegenstand zum Verschwinden bringen. Ich mache das Sichtbare unsichtbar, indem ich es durch meine halluzinatorische Kraft auslösche. Mein schöpferisches Delirium hat eine verhängnisvolle Kraft. Eines Tages im Café de la Paix überzeugte ich Robert Desnos davon, daß man eine erhabene Statue schaffen könnte, wenn man das Café mit Gips ausgösse; sobald dieser getrocknet wäre, brauchte man ihn nur in vier Teile zu zerschneiden, von diesen Abgüsse anzufertigen und sie für die Ewigkeit aufzubewahren. Ich erklärte ihm die paranoia-kritische Methode, die mich von einer Zwangsvorstellung zu einer Erfindung geleitet hatte, die es gestattete, das Café de la Paix in die Zeit eingeleimt aufzubewahren. Robert Desnos erklärte, meine Methode werde den Surrealismus selbst revolutionieren. Einen Augenblick lang konnte man es glauben. Ich war zu vielen theoretischen Konzessionen bereit, nur nicht dazu, mich selbst zu verleugnen oder Selbstmord zu begehen wie Crevel.

Wie sich Dali an René Crevel erinnert

Ich dachte immer, der Vorname René bedeute „der Wiedergeborene" und widerspräche somit dem Familiennamen, der, von *crever* abgeleitet, „der Krepierte" bedeuten müßte. Zwischen diesen beiden Polen bewegte sich tatsächlich sein ganzes Leben. Dieser Schwerkranke, dieser Schwindsüchtige – man hatte ihm einen Pneumothorax gemacht – verschwand oft aus Paris, um sich in Sanatorien aufzuhalten, aus denen er pausbäckig, fröhlich, mit onduliertem Haar, gut gekleidet und optimistisch zurückkehrte, um sich sofort wieder in ein Leben zu stürzen, das auf die raffinierteste Selbstvernichtung angelegt war – durch nächtliche Ausgänge, Schlaflosigkeit und Opium und vor allem durch ein bis zum Pathetischen gesteigertes dichterisches und politisches Engagement. Er war seit 1925 begeisterter Marxist und geriet durch seinen mit den surrealistischen Ideen unvereinbaren Kommunismus in unauflösbare Widersprüche, die ihn quälten. Sein Schicksal war Sinnbild der Beziehung zwischen der kommunistischen Partei und der Gruppe der Surrealisten, und sein verhängnisvolles Ende ist symbolhaft.

Wenn René Crevel wieder einmal wie ein „Krepierter" aussah und bei seinen Freunden zusammenbrach und erklärte, er wolle nun lieber gleich „krepieren", beförderte man ihn rasch in ein Sanatorium zu einer neuen Kur, aus der er euphorisch wiedergeboren wurde, um von vorn zu beginnen.

Gala und ich hatten ihn mehrere Male in Port-Lligat aufgenommen, wo er Perioden echten Lebensglücks durchmachte. Er ging als Anachoret völlig nackt im Olivenhain spazieren und schrieb dort auch „Les Pieds dans le plat", „Dali et l'anti-obscurantisme" und „Le Clavecin de Diderot". Er verehrte Gala, die er „die Olive" nannte, und träumte davon, eine Frau wie sie zu finden und zu lieben. Zu seinem Unglück begegnete er nur Breton, der kommunistischen Partei und – dem Tod.

Im Verband der Revolutionären Schriftsteller und Künstler spielte Crevel eine Rolle, die er sich recht einflußreich wünschte, denn er wollte die Surrealisten mit den Kommunisten einigen. Beim großen internationalen Kongreß des Jahres 1934 hoffte er, Breton werde für die Einheit sprechen, aber der Papst der Bewegung ohrfeigte Ilja Ehrenburg, bevor dieser seine Rede halten konnte.*

Es kam zum endgültigen Bruch. Crevel war erschüttert. Er unternahm einige verzweifelte Versöhnungsversuche. Ein Streit mit Breton war das einzige greifbare Resultat seiner Diplomatie. Der Schmerz über diesen Fehlschlag warf ihn nieder.

Eines Morgens rief ich ihn an, um ihm zu sagen, daß ich mit Bretons Standpunkt keineswegs solidarisch sei. Eine Stimme antwortete mir, Crevel habe einen Selbstmordversuch unternommen und es gehe mit ihm zu Ende. Ich kam zugleich mit der Feuerwehr bei ihm an. Crevel hatte versucht, sich durch die Nabelschnur einer Sauerstoff-Flasche die Lungen zu füllen. Sein Säuglingsgesicht war blutleer.

Am linken Handgelenk trug er ein Stück Karton, auf das er in Großbuchstaben wie eine Grabinschrift seinen Namen geschrieben hatte. Er lebt noch heute in meiner Erinnerung als wunderbarer, traumhafter Phönix, der sich im Namen der Freundschaft, der Ehre und des freien Menschen immer wieder aus der Asche erhebt. Ein schrecklicher Beweis für die Unvereinbarkeit von Politik und Poesie.

Aber vorerst richtete die Politik weiterhin ihre Verheerungen an und verdunkelte den Blick Bretons und seiner Gruppe. Über der Politik vergaßen sie sogar die surrealistische Wahrheit. Ich hatte zum fünfzigsten Jahrestag der *Indépendants* im Grand Palais ein Gemälde mit dem Titel „L'Enigme de Guillaume Tell" und eine Zeichnung, „Le Cannibalisme des objets", ausgestellt. Auf dem Gemälde kniet Lenin mit heraushängendem Hemd auf einem Bein, er hat eine Mütze aus einem schmelzenden Löffel auf und trägt einen Hüfthalter, seine eine Gesäßbacke hat die Form eines langen Milchbrots und wird am Ende von einer Astgabel gestützt. Die Gesäßbacke war natürlich das Symbol der Oktoberrevolution von 1917.

Ich hatte keinen „surrealistischen Grund", Lenin *nicht* als traumhaftes, wahnhaftes Thema zu behandeln. Im Gegenteil. Lenin und

Hitler

* André Breton traf einige Tage vor dem „Schriftstellerkongreß zur Verteidigung der Kultur" mit Ehrenburg zusammen, der in seinem Buch „Mit den Augen eines Schriftstellers der UdSSR" geschrieben hatte: „Die Surrealisten wollen Hegel und Marx und die Revolution, aber was sie nun einmal gar nicht wollen, ist arbeiten. Sie haben so ihre Beschäftigungen. Sie studieren, zum Beispiel, die Päderastie und die Träume. Der eine zehrt ein Erbteil auf, der andere die Mitgift seiner Frau..." Breton ohrfeigte ihn. Ehrenburg war Mitglied der sowjetischen Delegation zum Kongreß. Man entzog Breton nach diesem Zwischenfall das Wort.

erregten mich im höchsten Grade. Hitler übrigens noch mehr als Lenin. Sein gedrungener Rücken weckte in mir – vor allem wenn ich ihn in seiner Uniform mit ledernem Koppel und Schulterriemen sah, die ihm das Fleisch einschnürten – einen köstlichen Schauder, der vom Mund und von den Geschmacksnerven herrührte und mich in eine wagnerische Ekstase versetzte. Ich träumte von Hitler oft als von einer Frau. Sein Fleisch, das ich mir schneeweiß vorstellte, entzückte mich. Ich malte eine Hitler gleichende Amme, die in einer Pfütze sitzend strickt. Man zwang mich, das Hakenkreuz von ihrer Armbinde zu entfernen. Deshalb hörte ich jedoch nicht auf zu verkünden, daß Hitler für mich das vollkommene Bild des großen Masochisten verkörperte, der einen Weltkrieg auslöste um des reinen Vergnügens willen, ihn zu verlieren, und sich unter den Trümmern eines Reiches zu begraben – eine sinnlose Tat par excellence, die die Bewunderung der Surrealisten hätte hervorrufen müssen, da wir nun einmal einen modernen Helden hatten! Ich malte „L'Enigme d'Hitler", ein Bild, das fern aller politischen Absichten alle Symbolismen meiner Ekstase vereinte. Breton entrüstete sich. Er wollte nicht zulassen, daß der Herr der Nazis für mich nur ein Gegenstand unbewußten Deliriums, eine Kraft der Selbstvernichtung und der ungeheuren Katastrophe sei.

Vor jener inquisitorischen Versammlung hatte Breton zusammen mit Benjamin Péret, Tanguy, Rosey, Marcel Jean und Hugnet meinen „Lenin" im Salon zerstören wollen, aber ihre kurzen Arme hatten das hoch aufgehängte Bild nicht erreichen können. Das machte sie nur noch wütender. Am selben Morgen hatte der „Papst" einen von Crevel, Tzara und Eluard unterzeichneten Brief erhalten, in dem diese drei erklärten, sie wollten trotz der „Tagesordnung", die sie erhalten hatten, nicht für meinen Ausschluß stimmen. Was man ihnen zugestellt hatte, lautete wie folgt:

„Tagesordnung: Da sich Dali wiederholt konterrevolutionärer Handlungen schuldig gemacht hat, die auf die Verherrlichung des Hitlerfaschismus abzielen, schlagen die Unterzeichneten – ungeachtet seiner Erklärung vom 25. Januar 1934 – vor, ihn als faschistisches Element aus dem Surrealismus auszuschließen und mit allen Mitteln zu bekämpfen."

Breton war nun also entschlossen, einen großen Schlag zu führen. Um mich darauf vorzubereiten, zog ich mir die sechste Weste aus.

Das Thermometer fest im Munde haltend, setzte ich zum Gegenangriff an, entschlossen, Breton mit seiner eigenen Logik zu entwaffnen.

Ich erklärte stolz, für mich bleibe der Traum die große Sprache des Surrealismus und das Delirium das großartigste Ausdrucksmittel der Poesie. Von Träumen ausgehend hätte ich meinen „Lenin" und meinen „Hitler" komponiert. Die verzerrte Gesäßbacke Lenins sei keine Kränkung, sondern geradezu der Beweis für meine Treue zum Surrealismus. Ich sei ein totaler Surrealist, den keine Zensur und keine Logik aufhalten könne. Keine Moral, keine Angst und keine Katastrophe diktierten mir ihr Gesetz. Wenn man Surrealist sei, müsse man sich selbst gegenüber konsequent sein. Alle Tabus seien zu ächten – oder andernfalls solle man mir jene aufzählen, denen man sich zu unterwerfen habe, und Breton solle mir erklären, daß das Reich der surrealistischen Poesie nur ein kleiner Bezirk sei, den man Künstlern als Aufenthaltsort zuweise, die unter Überwachung der Sittenpolizei oder der kommunistischen Partei stünden. Ich schloß mit den Worten: „Darum, André Breton, wenn ich heute nacht träume, daß wir zwei uns lieben, werde ich morgen früh unsere schönsten Beischlafstellungen mit dem größten Detailreichtum malen."

Breton erstarrte, er hielt die Pfeife zwischen die Zähne geklemmt und knurrte: „Das möchte ich Ihnen nicht geraten haben, lieber Freund." Er war mattgesetzt.

Während ich meine siebente Weste auszog und damit meinen Oberkörper vollends entblößte, beschwor er mich unter Strafe des Ausschlusses, meine Ideen über Hitler aufzugeben. Ich hatte gewonnen. Ich kniete auf dem dicken Teppich meiner auf den Boden geworfenen Westen nieder und schwor feierlich, daß ich kein Feind des Proletariats sei – das mir völlig gleichgültig war, da ich kein Wesen dieses Namens kannte und mich darauf beschränkte, meine Freundschaft den Allerärmsten dieser Erde zu schenken, nämlich den Fischern von Port-Lligat, die mit ihrem Los so zufrieden waren, daß ich mich oft fragte, ob die Marxisten wußten, was sie taten, wenn sie die Revolution forderten.

Ich hatte diese groteske Kundgebung in ein echtes surrealistisches Ereignis verwandelt. Breton sollte es mir nie verzeihen, aber er zog daraus immerhin den Schluß, daß er künftig dergleichen Unternehmungen meiden mußte, die sich gegen ihn selbst richten und ihn in der Falle seiner eigenen intellektuellen Prahlerei fangen konnten.

„Breton war der erste wichtige Mensch, der mir Stoff zum Nachdenken gab und dessen Bekanntschaft mich sehr interessierte. Mein Beitrag waren die verwesten Esel und die auf dem Kopf balancierten Exkremente, das heißt ein phantastisches, einmaliges, erstklassiges Gepäck, das ihn sehr anzog. Sie hatten mir sehr schön erklärt, daß ich durch reinen Automatismus alles transkribieren müsse, was mir durch den Kopf gehe, ohne daß der Verstand oder die Ästhetik oder die Moral irgendeine Kontrolle ausübten. Ich besaß also ideale Kommunikationsmittel und -möglichkeiten. Breton war aber sehr bald schockiert über die Anwesenheit obszöner Elemente. Er wollte weder Exkremente noch Madonnenbilder. Es widerspricht aber doch dem reinen Automatismus, sofort eine Abwehr einzubauen, denn diese Exkremente kamen mir auf eine direkte, biologische Weise. Es gab da eine Zensur, die durch den Verstand, die Ästhetik und die Moral bestimmt und von dem Geschmack Bretons oder der reinen Willkür gezeichnet waren. Sie hatten sich eine Art durch und durch literarischer Neoromantik ausgedacht ... Und für mich bedeutete das immer ein großes Unglück, Verurteilungen und Untersuchungen und schließlich einen Inquisitionsprozeß."

9. *Wie man nicht Katalane ist*

Mein Vater führte uns, als wir noch Kinder waren, am Kap Creus spazieren. Ich brauche nur die Augen zu schließen, um Landschaften und Bilder unversehrt wiederzufinden, aber ich führe dann das seltsamste Gespräch mit mir selbst. Alle Felsen, alle Vorsprünge des Kap Creus befinden sich in unaufhörlicher Metamorphose. Jedes ist eine Suggestion, die es erlaubt, sich spontan einen Adler, ein Kamel, einen Hahn, einen Löwen, eine Frau vorzustellen ... Nähert man sich dem Kap von der Seeseite, so entfaltet und verwandelt sich die Symbolik in dem Maße, in dem die Entfernung abnimmt. Der Vogel wird zum Raubtier, dann zu einem Stück Geflügel. Man lebt in einer ständigen Täuschung ... Sobald wir aber an Land gehen, ist der Granit unter unseren Füßen, nachdem er uns unaufhörlich genarrt hat, mit einemmal hart, kompakt, glatt und unerbittlich.

So ist auch mein Denken, so ist mein Geist: leidenschaftlich auf sich selbst konzentriert, aber mit so vielen schillernden Facetten versehen, daß die Wirklichkeit, die ihn umgibt, verwirrt, getäuscht, in die Falle gelockt, geködert wird. So sind meine Kraft und meine Strategie nach dem Beispiel einer einzigen Landschaft geformt, aus der meine Wurzeln ihren Saft ziehen.

Das Universum ist ein Ganzes. Wie wollte man diesen offenkundigen Sachverhalt leugnen? Achtzehnmal in der Minute atmet ein Mensch ein und aus, das heißt 25 920mal an einem Tag, und 25 920 Jahre braucht der Äquinoktialpunkt der Sonne, um den Tierkreis zu durchwandern. Unser Herz schlägt viermal so schnell wie unsere Lungen atmen, so wie sich der Schall im Wasser viermal so schnell fortpflanzt wie in der Luft. Unser Leben ist nur eine Abspiegelung der Welt. Unser Geist ist wie ein Film, der die Vielfalt der Erscheinungen der Welt aufzeichnet. Ich bin überzeugt, daß ich das Kap Creus selbst bin – daß ich den lebendigen Kern dieser Landschaft verkörpere. Mein existentieller Zwang besteht darin, daß ich mich ständig mimetisch in das Kap Creus verwandle. Wie dieses bin ich eine von einem Traumdelirium umschienene Kathedrale der Kraft. Meine Granitstruktur schmückt sich mit Dehnbarkeiten, mit Nebeln, mit Gefunkel, mit Flugsand, um Zacken, Krater, Vorsprünge zu verbergen, damit ich meine Geheimnisse besser wahren kann.

Der Nordwind war es, der auf diesem von den Alten der Aphrodite geweihten Kap die Traumfiguren herausschnitt, so wie ich auf der Bühne meines Lebens meine Gestalten modelliere. Um meine geheime Stimme zu hören, muß man zuerst lange dem Gesang des Windes auf den Pyrenäenfelsen gelauscht haben, die ihre Erinnerungen austauschen und ihre jahrtausendealten Legenden miteinander vermählen. Dieses Kap, das äußerste Ende Kataloniens, ist einer der Orte, wo ein heiliger Geist weht und die Grundwelle aus den Tiefen des Meeres sich mit dem Hauch vereint, der vom Himmel herabkommt und unsere Erde befruchtet. Dort, in dieser Keimzelle des Geheimnisses, wurde meine Paranoia geboren.

Ich fand eines Tages ein Stück Holz, das Wellen und Steine zurechtgeschliffen hatten und das mich wie ein von den Göttern gesandter Talisman an einem Strand von Kap Creus erwartete. Es geschah während eines Spaziergangs mit Gala. Die Liebe lenkte unsere Schritte und erhellte unsere Tage. Alle unsere Handlungen hatten etwas Außergewöhnliches, und unter unseren Blicken sprang das Wunder hervor. Als ich dieses Holz erblickte, das den Stempel des Magischen trug, wußte ich, daß Aphrodite selbst es uns gesandt hatte. Ich nahm es mit frommem Sinn an mich und habe mich seither nicht mehr von ihm getrennt. Diese Botschaft der Götter ist ein Glücksbringer. Oft verspüre ich den unwiderstehlichen Wunsch, ihn zu berühren, um seine magnetische Kraft zu fühlen und seine geistigen Ausstrahlungen aufzunehmen. Diese Vorstellungen werden zum regelrechten Wahn: Gala weiß wie ich, daß unser beider Leben durch diesen magischen Stab verbunden ist. Es kam vor, daß ich ihn verlegt hatte, und dann waren wir verzweifelt. Ich erinnere mich, daß wir einmal in New York das Personal des Hotels St. Moritz zwangen, die Schmutzwäsche eines ganzen Tages zu durchsuchen, um meinen Fetisch wiederzufinden, den ich in den Bettüchern vergessen hatte. Er wirkt nämlich beruhigend auf mich, wenn ich schlafen will. Er schenkt mir einen harmonischen Übergang von der Wirklichkeit zum Traum. Bevor ich ihn am Strand fand, quälte mich immer die Unordnung, die ich hinterließ. Ich mußte die Schlösser aller Schubladen im Zimmer überprüfen, und Gala mußte alle Türen einen Spaltbreit öffnen. Ich verteilte eine Reihe von Gegenständen nach einer harmonischen, esoterischen Ordnung im Zimmer und stellte nach und nach einen strengen, manischen Kodex auf, ohne dessen Einhaltung mein Schlaf wennschon nicht unmöglich, so doch unruhig und gequält war. Heute brauche ich nur mein heiliges Holz zu streicheln, um glückselig in den Wachzustand zurückzukehren.

Ich bin ein katalanischer Bauer, der auf die Seele seines Landes abgestimmt ist. Nie ist es vorgekommen, daß ich nach einem Aufenthalt von einem Monat nicht die tellurische Kraft wiedergefunden hätte, die es mir ermöglichte, allen Stürmen und allen Versuchungen standzuhalten wie ein Fels. In Port-Lligat habe ich mich darin geübt, meine Gedanken und meinen Stil zu schmieden, der so scharf ist wie das Schwert Tristans. Wir leben dort in der Einsamkeit und im Rhythmus des kosmischen Pulsschlags. Wir fischen Sardinen bei Neumond und wissen, daß zur gleichen Zeit der Salat schießt, anstatt Köpfe zu bilden. Wir denken lieber über die genialen Eingebungen des Paracelsus nach, als daß wir Radio hören; wir träumen lieber mit offenen Augen von der Welt des Unsichtbaren, als daß wir uns vom Fernsehen verführen lassen; wir fliegen auf die Gipfel des Absoluten, anstatt für die Entwicklung eines utopischen Sozialismus zu kämpfen. Ich kümmere mich um meinen Acker und um mein Boot – das heißt um das Bild, das ich gerade male – wie ein tüchtiger Arbeiter und freue mich an einfachen Dingen: Ich esse geröstete Sardinen, ich gehe mit Gala am Strand spazieren, wenn es Abend wird, und sehe zu, wie sich die gotischen Felsen in der Dunkelheit in Schreckgespenster verwandeln.

An diesen Ufern habe ich mich aufgebaut, dort habe ich meine Persönlichkeit geschaffen, meine Liebe entdeckt, mein Werk gemalt, mein Haus errichtet. Ich bin nicht zu trennen von diesem Himmel, von diesem Meer, von diesen Felsen: für immer gebunden an dieses Port-Lligat – das „gebundener Hafen“ heißt –, wo ich alle meine unverfälschten Wahrheiten und meine Wurzeln entdeckt habe.

Nur dort bin ich daheim; anderswo halte ich mich nur auf. Es handelt sich dabei nicht um ein Gefühl, sondern um eine psychische und biologische, um eine surrealistische Wirklichkeit. Ich fühle mich durch eine regelrechte Nabelschnur mit der lebendigen Ganzheit dieses Landes verbunden. Ich nehme teil am Rhythmus eines kosmischen Pulsschlags. Mein Geist befindet sich im Zustand der Osmose mit dem Meer, den Bäumen, den Insekten, den Pflanzen, und ich gewinne ein wirkliches Gleichgewicht, das sich in meinen Bildern ausdrückt. Ich bin in Wahrheit der Mittelpunkt einer Welt, die mir Kraft gibt und mich inspiriert. Mein Genie ist wie ein Proton der absoluten Substanz, die Sonne eines Universums, das mich rechtfertigt. An diesem begnadeten Ort ist der Abstand zwischen dem Wirklichen und dem Erhabenen am kleinsten. Mein mystisches Paradies beginnt in der Ebene von El Ampurdan, es wird eingefaßt von den Alberes-Bergen und findet seinen Sinn in der Bucht von Cadaqués. Dieses Land ist meine ewige Inspiration. Und der einzige Ort der Welt, wo ich mich geliebt fühle. Als ich diesen Felsen malte, den ich „Grand masturbateur" nannte, anerkannte ich nur eine der Grenzen meines Reiches, und mein Bild war eine Huldigung an eines der Juwelen meiner Krone. Ja, ich bin ein katalanischer Bauer, und jede meiner Zellen ist an ein Stück dieses Bodens, jeder Geisterfunke gebunden an eine Periode der Geschichte Kataloniens, der Heimat der Paranoia.

Die katalanische Familie ist paranoisch, das heißt wahnhaft und systematisch, und die Wirklichkeit fügt sich zuletzt den Forderungen dieses von einem gelenkten Wahnsinn bestimmten Willens. Nichts widersteht unseren Wünschen, und die Wirklichkeit ist nur dazu da, sie zu erfüllen. Ich frage Gala: „Herz, was wünschst du dir?" Sie antwortet: „Ein Herz aus einem Rubin, das schlägt." Und dieser poetische Wunsch verwandelt sich in ein Juwel, das die Welt in Erstaunen setzt.* Der Zufall selbst ist unser Diener. Mein Vater wirft, nachdem er sich eine Zigarre angezündet hat, ein frisches Streichholz in die Luft. Es fällt senkrecht auf eine heiße Schieferplatte des Daches und flammt auf. Ich selbst werfe einen Karaffenstöpsel zur Zimmerdecke hinauf, er prallt ab und setzt sich im Gleichgewicht auf eine schmale Vorhangstange, wo wir ihn mehrere Tage lang betrachten, um das Spiel der Kräfte des reinen Zufalls zu bewundern. Denn wir wissen, daß alles geschehen kann. Der Wille und das Wort sind in Katalonien König. Die Magie entspringt spontan unserem Glauben an sie, unserer tiefen Übereinstimmung mit den Kräften des geistigen Unbekannten und der Natur.

Meine Freunde Pitchot gingen – die ganze Familie – auf die Felsen des Kap Creus hinaus, um dort klassische Musik zu spielen und mit den Wellen Zwiesprache zu halten. Jeder Katalane ist ein Dirigent, fähig, geheime Kräfte einzufangen und zu lenken. Der Bescheidenste unter

* Dieses Juwel wurde von der Sammlung Cheatham erworben.

uns ist sich seiner paranoischen Macht sicher. Ich kannte einen Schuhmacher aus Ortis, der seine Zeit damit zubrachte, zu einer geheimen Musik den Takt zu schlagen. Keine Hochzeit, keine Beerdigung, keine *Sardana,* keine Veranstaltung ohne seine erhabene Anwesenheit: mit erhobenem Arm dirigierte er Harmonien, die er allein hörte. Er war der Clown aller Versammlungen, und selbst wenn man ihn ohne Erbarmen davonjagte, hörte er nicht auf, sein Orchester zu dirigieren... bis zu jener großartigen Nacht, in der er mitten auf dem Dorfplatz den losbrechenden Sturm dirigieren wollte. Er kämpfte bis zum Morgen und starb in einem Blitzstrahl, der ihm das Herz zersprengte.

Die kleinen katalanischen Bauern sammeln am Abend Leuchtkäfer. Sie fädeln sie zu Ketten auf und schenken diese ihrer Auserwählten, die sie entgegennimmt wie einen Strom von Diamanten. Gibt es – solange die Nacht dauert – auf dieser Welt einen lebendigeren, leuchtenderen, poetischeren Liebesbeweis? Ich bin glücklich darüber, daß dieser Teil der Kindheit im Erwachsenen zurückbleibt und es ihm erlaubt, seine Träume in die Wirklichkeit einzuflechten. Es gibt nichts Größeres, als daß man sich seinen Glauben an das Wunderbare, an die Metamorphose der Wirklichkeit unversehrt bewahrt. Man kann lieber sterben wollen, als auf seine innerste Überzeugung oder auf sein Absolutes verzichten. Ein alter Mann in Cadaqués, ein Sonntagsmaler, hatte einen kleinen Trödelladen. Er war in ein junges Mädchen verliebt, wagte aber nicht, ihr seine Leidenschaft zu gestehen. Sein einziges Vergnügen war es, ihr hinter den schmutzigen Scheiben seines Ladens aufzulauern. Eines Tages, es war Weihnachten, ging sie am Arm eines jungen Mannes vorbei. Er erhängte sich an einem Balkon, und der Pfarrer, der die Leiche entdeckte, hatte große Mühe, den Strick durchzuschneiden, denn er war tief in die Falten des Tuches eingegraben, das sich der Alte um den Hals gebunden hatte, um sich nicht zu erkälten.

Man kann auch die Faulheit dem Handeln vorziehen. Das Nein dem Ja. Ramón de Hermosa, eine der Berühmtheiten von Port-Lligat, war der vollkommenste Nichtstuer, den man sich vorstellen kann. Der Bürgermeister erlaubte ihm, mit den wilden Katzen und den Flöhen in einem verfallenen Haus zu schlafen. Er ließ sich seine Kleider schenken und bettelte schamlos. Seine Opfer – hart arbeitende Fischer – sahen ihn oft auf der Terasse eines Cafés sitzen, vor einer dampfenden Tasse und mit einer Zigarre im Mund, und er antwortete auf ihre Flüche mit einem milden Lächeln, wie es der heilige Franz von Assisi an sich gehabt haben mag. Dieser Schmarotzer hatte das Stadium schon überschritten, wo einen das Wort eines Menschen noch anzurühren vermag. Ich begriff das, als ich ihn einmal im voraus dafür bezahlte, daß er mir Wasser pumpte, und ich ihn dann im Schatten sitzen sah, wo er den Pumpenschwengel, ohne sich anzustrengen, nur eben so weit bewegte, daß er quietschte. Ramón hatte aus seiner Unfähigkeit eine Tugend gemacht und aus seiner Faulenzerei eine stehende Einrichtung. Seine Seelenruhe war vollkommen.

Das paranoische Universum der Katalanen ist von unerhörter Vielfalt. Aus der eigenen Schwäche eine Kraft machen, das Absurde transzendieren – es gibt für einen Katalanen keine edlere Freude... Jeder einzelne ist ein Held, der seine Ehre, mit offenen Augen zu träumen, verteidigt. Ich kannte in meiner Kindheit einen hünenhaften Mann, der an einem grandiosen Katarrh litt. Man vernahm in seiner Gegenwart ein unaufhörliches, gewaltiges Räuspern, aber er war auf die unglaubliche Idee verfallen, die Absonderungen von jeweils vierundzwanzig Stunden nur ein einziges Mal auszuspucken. Jeden Abend um Punkt halb neun gab er seine Vorstellung, und schon von acht Uhr an versammelte sich das ganze Viertel vor seiner Tür, um dem Schauspiel beizuwohnen.

Endlich erschien er; er hielt sich am Türpfosten fest, sein Gesicht war violett, so als wäre er einem Schlaganfall nahe, seine Augen waren starre Kugeln, er atmete schwer, hatte einen Schluckauf und schwankte, und seine Speiseröhre war angeschwollen von einem dicken, zähen Schleim. Und plötzlich, genau zur festgesetzten Zeit, spie er einen mächtigen, ekelerregenden grünlichen, mit Blut vermischten Strahl aus, der unter den bewundernden Blicken der Kenner auf dem Boden schäumte.

Jeder Lebensumstand, jeder Charakterzug, jede Anomalie wird auf diese Weise außergewöhnlich und mystisch, und jede Art von Exhibitionismus kann sich in ein großartiges Schauspiel der Menschlichkeit und Wahrheit verwandeln. Es gibt keinen Zufall mehr. Wenn ich in der Monturiol-Straße geboren wurde, so geschah das deshalb, weil der berühmte Narziß das Unterseeboot erfand, um die grünen Tiefen eines Meeres aufzusuchen, das ihn in seiner Kindheit faszinierte, und weil es ganz normal war, daß der berühmteste Sohn von Figueras mein Genie symbolisch willkommen hieß. Und ich sah vom Balkon des Hauses meines Vaters, das Figueras überragte, die Ebene von El Ampurdan und die Bucht von Rosas, woher mir meine Berufung kam, die es mir gestattete, der Welt des Notars und des Bürgers zu entfliehen.

Für Dali sind Delirium und Traum nicht objektiv die Wirklichkeit

Ich glaube an die universelle Analogie. Zwischen den Sternen und den Sandkörnern am Strand besteht eine subtile Verbindung. Ich glaube, daß das Delirium, das uns beseelt – uns Katalanen –, das Blut des Geistes ist, der die Wirklichkeit entwickelt, wie sie uns eine fotografische Platte erkennen läßt. Wahr wird nur, was wir für wahr halten und als wahr durchzusetzen die Kraft haben. Das Wissen – die Wissenschaft – ist nur ein Vorschlag, eine der Möglichkeiten des Universums. Wenn ich Lydias Leben betrachtete, fragte ich mich oft, ob die dichterische Illusion nicht ebenso wahr sei wie die objektive, allgemein anerkannte Wahrheit. Die Witwe Nandos, des Seemanns, die wahnsinnig verliebt war in den Romancier Eugenio d'Ors, den sie kennengelernt hatte, als er im Alter von zwanzig Jahren mit ihrem Mann zum Fischfang ausfuhr, hüllte ihr ganzes Leben um diese Leidenschaft. Ich sehe sie noch auf dem Boden sitzen und mir einen Artikel von Eugenio d'Ors vorlesen, in dem sie jeden Satz als eine an sie gerichtete geheime Botschaft deutete. Und während sie ihren imaginären Roman entwickelte und mir erläuterte, schnitt sie einem Huhn den Hals ab, das sie sodann mit bewundernswerter Geschicklichkeit rupfte und ausnahm, so daß sie sich auf die natürlichste Weise gleichzeitig auf zwei Ebenen bewegte. Gewiß, sie war verrückt, und noch verrückter waren ihre beiden Söhne, die man einsperren mußte, um zu verhindern, daß sie ihre Mutter in einem Wutanfall töteten. Aber außer mir verstand es niemand besser als sie, die Systematisierung eines wahnhaften Gedankens folgerichtig durchzuhalten. Wenn aber Eugenio d'Ors seinerseits Lydia geliebt hätte? Wo wäre dann der Wahnsinn? Wo die Wahrheit? Das Geheimnis besteht darin, mit klarem Blick die Verbindung zwischen den Wogen des Wahnsinns und der geraden Linie der Logik aufrechtzuerhalten. Genie ist das Vermögen zu leben, indem man ständig zwischen den Grenzen hin und her pendelt und mit vollen Händen die Schätze des Geheimnisvollen schöpft, die man wie ein Athlet mit ausgestreckten Armen vor den Augen der Zeitgenossen funkeln läßt, deren Phantasie sich plötzlich der unbekannten Strände erinnert, die sie verlassen hat. Ich bin ein solches Genie. Andere haben den Zutritt zum Delirium mit ihrem Verstand bezahlt. Ich habe Ramón de Hermosa gesehen, dermaßen in die Trägheit seiner Träume eingesponnen, daß er nur noch ein Haufen wimmelnden Ungeziefers war, mit dem man keine Verbindung mehr aufnehmen konnte. Ich erinnere mich an Lydia, die nackt und in schöner Haltung mit einem Papierhut als einzigem Schmuck auf dem Dach ihres Hauses stand. Man mußte sie einsperren... Diese Forschungsreise ist gefährlich – die schrecklichste aller Seefahrten, bei der als Strafe für den Mißerfolg der geistige Tod steht. Auch ich habe die schweren Stunden des Sturms und der größten Gefahr kennengelernt. Ich habe oft die qualvollen Ängste des Hinüberkippens auf die Seite des Irrationalen erlebt. Meine Lachkrämpfe waren furchtbare Augenblicke meines Lebens. Und meine Mordgedanken... Und meine Zwangsvorstellungen: als ich nicht mehr essen und rinken konnte, weil ein Sohn Lydias, dem ich ein wenig nachgestellt hatte, freiwillig verhungert war; als ich glaubte, erblinden zu müssen, nachdem ich einen Blinden geschlagen hatte; als ich mich für einen Dali hielt, den in seinem Innern die Ewigkeit selbst nicht mehr ändern könnte...

Es macht meine Kraft aus, daß ich willentlich bin, was ich bin. In jedem Augenblick sind meine Intelligenz und meine Hellsichtigkeit gegenwärtig. Das ganze wahnsinnige Erbe Kataloniens lebt in mir, jedoch beherrscht, befruchtet, fermentiert durch die genialste Intuition hellsichtigen Lebens, die man je gekannt hat. Ich habe alle Dramen und Abenteuer des im Wahnsinn durch die Welt irrenden Geistes erlebt und überwunden und immer wieder meinen Weg gefunden. Ich bin der ewig Wiedergeborene, der aus jedem Hinabtauchen in die Abgründe des Unbewußten stärker und lebendiger hervorgeht. Dali ist die erhabenste Persönlichkeit, die es gibt. Und ich bin Dali.

Ich kenne und gebrauche alle Methoden, um mein Genie noch größer zu machen, indem ich unaufhörlich auf den Äckern der Erde die Diamantkörner des Wahnsinns aussäe. Seit der Zeit, da ich, wie alle katalanischen Kinder, den Patouflet spielte und auf allen vieren, indem ich den Kopf hin und her pendeln ließ wie ein Metronom, vor meinen Augen einen schwarzen Schleier hervorzurufen versuchte, auf den die Bilder phantastischer Eier projiziert wurden, die in mir wieder die Empfindungen des intrauterinen Lebens auslösten, seit jener Zeit habe ich das System vervollkommnet. Ich bin ein Magier der wahnhaften Erkundung und ein Weiser, dessen Geheimnisse zu den Schätzen der Menschheit gehören. Und diese Geständnisse, diese vertraulichen Mitteilungen sind ein geistiges Testament, das imstande sein könnte, die zukünftigen Nietzsches auf den Weg der großen Verwandlung zu schicken. Doch um Dali zu sein, muß man *zuerst* Katalane sein, das heißt gerüstet für den Wahn, die Paranoia, und darin ganz natürlich leben wie die alten Fischer von Cadaqués, die an den schimmernden Barockengeln des Altars ihrer Kirche lebende Langusten aufhängten, damit es ihnen der Todeskampf der Tiere ermögliche, der Passion der Messe besser zu folgen. Vor allem aber muß man *wahr* sein. Der Wahnsinn ist ein künstliches Delirium ohne Wurzel, ein Delirium nach der Art der Schlange, die sich selbst in den Schwanz beißt. Ich gehe von der Wirklichkeit aus und kehre mit meinem vollen Korb zur Wirklichkeit zurück. Bei diesem Spiel wird man ein Medium, das imstande ist, seine Phantasmen zu projizieren und ein großartiger Berechner aller seiner Gesten, die unaufhörlich vor dem Gewissen geprüft und verglichen werden. Ich existiere in der Gesamtheit meines Seins, und jede Zelle steht für das Ganze, aber diese wunderbare Energie ist vollkommen orchestriert und zusammengefaßt unter dem Blick meiner Hellsichtigkeit. So bediene ich mich eines jeden Goldkörnchens, um durch die Kraft des Imaginären einen Goldbarren daraus zu machen wie Gaudi, der die Straßenpassanten anhielt, um sie in Gips abzuformen und in Heilige vor dem Portal der „Sagrada Familia“ zu verwandeln. Der Raum und die Zeit, die nur durch die Formen der Welt in Erscheinung treten, wollen unsterblich gemacht werden durch das menschliche Genie. Ich bin ein um so universaleres menschliches Genie, als ich Katalane bin.

Transzendenz, das ist das Genie. Die Palmen, die Gaudi als Kind verzückt betrachtete, inspirierten ihn dazu, die Türme seiner Kathedrale zum Himmel emporzuwerfen. Die Reproduktion des „Angelus“ von Millet, die ich als Kind in der Schule der Brüder in Figueras sah, ließ eine tragische Interpretation entstehen, die zur Grundlage meines paranoia-kritischen Systems wurde. Cadaqués – und ganz Katalonien – hat mir unauslöschliche Male eingeprägt, und ich habe Zeichen meiner ganzen Existenz im Sand seiner Strände hinterlassen. Wir befinden uns in einer existentiellen Osmose. Zwischen den Felsen von

Kap Creus habe ich meine ersten Körperhaare entdeckt und den Ausdruck meiner narzißtischen Begierden gefunden. Längs der kleinen Buchten habe ich masturbierend meinen Samen in Ekstase verspritzt und eine Art erotischer Messe zwischen dieser Erde und meinem Körper hergestellt. Ich habe tausende Stunden von meinem Fenster in Port-Lligat aus daran gearbeitet, die Schönheitslinien einer Landschaft nachzuziehen, die von einem Leonardo mit der Hand Gottes hätten gezeichnet sein können. Ich selbst bin diese Hand, das Blut, das Auge, der Same dieser katalonischen Erde.

Ihre Schönheit ist eine Magie des Unwägbaren. Wo sonst findet man das Gefühl einer solchen Trostlosigkeit, so einsame Pfade, so armselige Straßen, eine so karge Vegetation... Doch dann wieder empfängt man den lebendigen Eindruck von etwas Kostbarem, Unübertrefflichem in den Umrissen der Hügel, in der Linie der Bucht, in der Form der Felsen, in der fein nuancierten Abstufung der zum Meer abfallenden Spaliergärten. Einsamkeit, Anmut, Unfruchtbarkeit, Elegie: die Kontraste vermählen sich wie in der Natur des Menschen, und wir leben mitten in dem ewigen Spiel des Wunders. O Vortrefflichkeit der Dinge, von denen sich mein Blick immer nähren wird und die die schönste Landschaft der Welt bilden!

Eines Tages auf dem Peni-Paß, der sich über den vollkommenen Linien der Bucht meiner Träume erhebt, damals, als mich mein Vater verflucht hatte, wollte ich mich ein letztes Mal umwenden, um mir jede Einzelheit dieses gesegneten Ortes einzuprägen. Doch ich blieb regungslos stehen und starrte nur auf die Straße vor mir, denn ich wußte, daß sich mein Rücken an dieses Land meiner Kindheit lehnte, das mir an der Haut klebte wie die Rinde am Baum. Fortan lebte Katalonien in mir und inspirierte meine Hand. Nichts vermochte uns zu trennen, weder der Fluch meines Vaters noch die Revolte eines Volkes.

Als Companys im Oktober 1933 die katalanische Republik ausrief, befand ich mich gerade in Barcelona, um einen Vortrag zu halten. Damals sprang mich die wilde Roheit der Menschen an, und um ein Haar wäre ich dem schrecklichen Wahnsinn des Bürgerkriegs zum Opfer gefallen. Bomben explodierten. Der Generalstreik lähmte die Stadt. Die kriegerische Paranoia erfaßte alle Gemüter. Der alte Händler Delmau, der mich eingeladen hatte, weckte uns in den frühen Morgenstunden. Er schien aus einem Alptraum aufgeschreckt worden zu sein; sein Haar war struppig, sein Gesicht gerötet, sein Bart schmutzig, sein Hosenschlitz stand offen, als wäre er eben einer Meute wütender Ehemänner entronnen, die ihn kastrieren wollten. „Verschwinden wir“, sagte er. „Der Bürgerkrieg ist ausgebrochen.“

Das war leicht gesagt. Zwei Stunden brauchten wir, um einen Passierschein zu bekommen, einen halben Tag, um für teures Geld einen Chauffeur samt Wagen aufzutreiben. Überall Betrunkene, wilde Aufständische. Maschinengewehre in den Fenstern. Man traf sich in den Pissoirs, um seine Geschäfte besprechen zu können, ohne gleich der Verschwörung verdächtigt zu werden. Die Angst herrschte, und in ihrem Gefolge lauerte der Tod.

Ich sehe noch das kleine Dorf vor mir, in dem wir hielten, um zu tanken. Männer tragen lächerliche, aber tödliche Waffen in den Händen, und in einem großen Zelt wird zu den Klängen der „Schönen blauen Donau“ getanzt. Mit der größten Sorglosigkeit wiegen sich Burschen und Mädchen eng umschlungen im Walzertakt. An einer anderen Stelle wird Tischtennis gespielt, und vor einem Weinfaß stehen alte Männer und warten darauf, bedient zu werden. Ich beuge mich aus der Wagentür, um dieses idyllische Schauspiel eines kleinen katalanischen Dorfes zu betrachten, das ein Fest feiert, da höre ich die Stimmen von vier Männern, die sich mit langen Gesprächspausen über Galas Koffer unterhalten, deren auffälligen Luxus sie provozierend und beleidigend finden. Sie sind von einem proletarischen, anarchistischen Haß beseelt. Einer sieht mir ins Gesicht und meint, man solle uns auf der Stelle erschießen, als abschreckendes Beispiel. Ich sinke in den Sitz zurück. Ich bekomme keine Luft mehr. Mein Glied verwandelt sich in einen gekrümmten Wurm vor dem bewaffneten Maul des Hechts. Ich höre das Schimpfen unseres Chauffeurs, der ihnen befiehlt, zur Seite zu treten. Sie gehorchen, von den groben Flüchen eingeschüchtert. Glückliche Paranoia des Wortes!

Als wir in Cerbère ankamen, schwor ich mir, vor allen Revolutionen zu fliehen. Unser Chauffeur wurde auf der Rückfahrt von einer Maschinengewehrgarbe getötet. Ich sehe ihn noch, wie er einen Tischtennisball aufhebt und mit großer Liebenswürdigkeit dem ungeschickten Spieler reicht, und ich zittere noch bei dem Gedanken an den dummen, sinnlosen Tod, der auf allen Seiten entfesselt wurde. Ich begann „La Prémonition de la guerre civile“ zu malen, ein Bild, auf dem sich Arme und Beine gegenseitig erdrücken und das auf prophetische Weise das große Gemetzel in einem vom Grauen der Selbstvernichtung faszinierten Spanien ankündigte. Bald sollte die

Welt die zerfetzten Gedärme des spanischen Kadavers zu riechen bekommen... Man wird mit dem abgeschnittenen Kopf eines Erzbischofs Fußball spielen. Man wird den verwesten Leichnam Gaudis durch die Straßen von Barcelona schleifen. Mit einem grauenhaften, gewaltigen Zorn werden die Kinder Spaniens einander vom Haß glühend gemachte Eisen in die Eingeweide stoßen. Mit bewundernswertem Mut werden sie sich aufopfern wie die Inkas, die aus Lust am Sterben zum Opferaltar schritten. Man wird töten ohne Vernunft, nur um zu töten, aus Selbstsucht, aus Verachtung, aus Willkür, um eines Ideals willen, aus Liebe. Man wird Lorca töten, weil er von allen der spanischste war und der symbolischste aller Toten.

Er gehörte keiner Partei an. Im August 1936 wurde er in der Nähe von Granada regelrecht entführt. Man fand weder seine Leiche noch sein Grab, ganz wie er es in einem seiner Gedichte vorausgesagt hatte. Das Entsetzen des gräßlichsten Alptraums packte mit seiner eisernen Kralle das ganze Land. Ich schloß Augen und Ohren, um nichts zu erfahren, aber immer wieder drangen die Berichte von furchtbaren Greueln zu mir durch und verfolgten mich wie Schreckgespenster.

Während die Massen unter der Schirmherrschaft des Marquis de Sade mit dem Leid und dem Tod Unzucht trieben, fuhr ich nach Italien, um auf den Spuren Stendhals durch Rom zu wandern.

Der Himmel Spaniens rötete sich vom Blut, und ich sagte mir, daß es gut sei, zu leben und das eigene Dasein zu spüren. Nachdem ich nun den Bankrott aller Ideen, aller Thesen, aller Engagements mit angesehen hatte, wurde ich unerbittlich Dalisch. Ich wußte, daß Spanien eines Tages aus diesem Misthaufen aufgeschlitzter Leiber, aus den Trümmern dieser Städte wiedererstehen und seine traditionelle Wahrheit, seine große männliche Kraft wiederfinden mußte, und dann wollte ich, der Katalane, dasein, um nach dieser Zeit revolutionärer Verirrung an die Existenz der heiligen Werte zu mahnen. Ich malte „La Paranoia“, „Le Grand paranoiaque“ und „Le Cannibalisme d’automne“, während vor den Toren Madrids gekämpft wurde, und „Le Sommeil“, ein Bild, das die Zeit kennzeichnet, die es braucht, um das Grauen zu vergessen.

Diese Zeit kam. Etwa dreißig meiner Freunde in Cadaqués waren erschossen worden. Europa hatte die Krankheit der „Ismen“ und die Grundirrtümer des 19. Jahrhunderts noch immer nicht überwunden, aber ich kehrte zurück in mein Haus inmitten der Ölbäume, an der schönsten Bucht der Welt. Der Kirchturm des Dorfes war verstümmelt, aber die Felsen des Kap Creus setzten ihre ewige Metamorphose fort in dem schillernden Sprühen der Wogen, die an ihren Graten zerschellten. Und in ihren wiedererstehenden Trugbildern erkannte ich wie eine Wahrsagerin, die im Kaffeesatz forscht, die phantastischen Bilder des Schicksals der menschlichen Paranoia, deren vollkommenste katalanische Frucht ich bin. Es kann nicht darum gehen, daß Spanien europäisch wird. Vielmehr muß sich mein Vaterland von der katalanischen Seele inspirieren lassen; Katalonien muß „geronisiert" und Gerona muß der Widerschein des „Figuerismus" werden und Cadaqués die Keimzelle von Figueras. Dann wird Europa spanisch werden. Ich glaube nur an den Ultralokalpatriotismus.

„Für mich kommt die Geistigkeit aus den Eingeweiden."

10. Wie man paranoia-kritisch wird

Ich bin ein lebendiges, beherrschtes Delirium. Ich bin, weil ich deliriere, und ich deliriere, weil ich bin. Die Paranoia ist meine eigene Person, jedoch beherrscht und gesteigert zugleich durch mein Seinsbewußtsein. Mein Genie liegt in dieser zwiefachen Wirklichkeit meiner Persönlichkeit, in dieser Verbindung auf höchster Ebene zwischen der kritischen Intelligenz und ihrem irrationalen, dynamischen Gegenteil. Ich sprenge alle Grenzen und schaffe ohne Unterlaß neue Denkstrukturen.

Lange bevor ich 1933 die bewundernswerte These Jacques Lancas („Über die paranoische Psychose in ihren Beziehungen zur Persönlichkeit") las, war ich mir meiner besonderen Kraft schon voll bewußt. Gala hat mich exorziert, aber immer schon war mein Geist und vor allem in meinem Werk die tiefe Intuition meiner Genialität vorhanden gewesen.

Lancan hat das Licht der Wissenschaft in ein für die meisten Zeitgenossen dunkles Phänomen – nämlich in den Ausdruck Paranoia – gebracht und ihm seine wahre Bedeutung gegeben. Vor Lacan beging die Psychiatrie in dieser Hinsicht einen groben Irrtum, indem sie behauptete, die Systematisierung des paranoischen Deliriums werde „nachträglich" vollzogen und dieses Phänomen müsse als ein „denkender Wahnsinn" betrachtet werden. Lacan hat das Gegenteil bewiesen:

Das Delirium ist selbst eine Systematisierung. Es entsteht systematisch als aktives Element, das darauf abzielt, die Wirklichkeit um seine Kraftlinie herum zu orientieren. Es ist das Gegenteil eines Traums oder eines Automatismus, der sich in bezug auf den Ablauf des Lebens passiv verhält. Das paranoische Delirium behauptet sich und setzt sich durch. Den Traum und den Automatismus führt die surrealistische Aktion ins Konkrete hinüber, aber das paranoische Delirium ist das Wesen des Surrealismus selbst und hat an seiner eigenen Kraft genug.

Ich brauchte nur die Eroberung des Irrationalen meinen genialen Gaben entsprechend zu organisieren. Ich stoße in all meinen

Gedanken und Handlungen stets zum Kern des Problems vor. Alles, was die anderen erschreckt, erhebt mich; die Ängste und Phantasmen, die von allen anderen unterdrückt werden, sind für mich lebendige Quellen meiner kritischen Intelligenz; aber noch verrückter als ich wäre derjenige, der glaubte, er könne die Komplexheit meiner Intuitionen und Beweggründe analysieren. Ich, der ich sie selbst erlebe, bin weit davon entfernt, alles zu begreifen! Zum Glück gibt es meine Werke, die, der objektivsten Prüfung unterzogen, Wahrheiten preisgeben können, die ich aus den Tiefen heraufhole.

Wie Dali unter diesem Gesichtspunkt seine Kunst definiert

Meine ganze Kunst besteht darin, mit der unerbittlichsten Präzision die Bilder des Irrationalen, die ich meiner Paranoia entreiße, zu konkretisieren. Ich habe die systematischste und in sich selbst entwicklungsfähigste surrealistische Methode der Eroberung des Irrationalen ausgearbeitet. Wenn man die Resultate betrachtet, die durch die Schilderung von Träumen, durch automatisches Schreiben oder durch die Objekte mit symbolischer Funktion erzielt werden, so wird einem bewußt, wie leicht sich die märchenhaften Fischzüge in der Welt des Traumes und des Wunderbaren auf gewöhnliche Wörter und auf eine offenkundige Logik zurückführen lassen. Selbst wenn ein – freilich wesentlicher – Teil als undurchdringlicher Kern zurückbleibt, ist doch klar ersichtlich, daß sich das Gefühl, das man von dem eigentlichen Wert dieser Zeugnisse hat, in dem Maße vermindert, in dem wir nicht mehr imstande sind, sie einer Nachprüfung zu unterziehen. Die poetische Flucht ist kein Kriterium, und das Phantastische bleibt ein literarisches Bild, wenn es nicht erlebt wird.

Der surrealistische Künstler-Poet muß im Konkreten die Formen des Deliriums materialisieren, das der geheime Weg zur unbekannten Welt der Paranoia ist.

Etwa um 1929 konzipierte ich die experimentelle Formel der Paranoia-Kritik. Nach der landläufigen Auslegung bezieht sich der Ausdruck Paranoia auf ein Wahnphänomen, das sich durch eine Reihe interpretierender und systematischer Assoziationen ausdrückt. Meine Methode besteht darin, daß ich auf spontane Weise die irrationale

Erkenntnis erkläre, die aus den wahnhaften Assoziationen erwächst, indem ich eine kritische Interpretation des Phänomens liefere. Die kritische Hellsichtigkeit erfüllt die Rolle eines fotografischen Entwicklers. Sie beeinflußt keinesfalls die Entwicklung der paranoischen Kraft. Da der Wille zur Systematisierung an den paranoischen Ausdruck gebunden ist, von dem er einen wesentlichen Teil bildet, handelt es sich lediglich darum, die spontane Handlung, die aus der paranoischen Handlung und aus dem Zusammenstoß der Systematisierung mit der Wirklichkeit hervorgeht, objektiv zu erhellen. Die kritische Hellsichtigkeit registriert Entwicklung und Produktion. Auf surrealistischer Ebene drückt sich die paranoische Aktivität durch die Schöpfung des reinen Zufalls aus, der die Welt neu erschafft, und das Delirium wird echte Wirklichkeit.

Die anamorphische Hysterie ist ein Beispiel dafür. In einem Stoß von Papieren eine Adresse suchend, fand ich einmal eine Fotografie, die ich für die Reproduktion eines Bildes von Picasso hielt. Ich erkannte vollkommen deutlich die beiden Augen, die lange Nase mit den Nasenlöchern und zwei Münder.

An demselben Morgen hatte ich lange über die Deformation der Gesichter bei dem kubistischen Picasso der Negerperiode nachgedacht.

Als ich nun aber den Blick schärfer auf den zweiten Mund dieses Gesichts richtete, verschwand plötzlich alles, und ich erkannte, daß ich einer Täuschung erlegen war. Ich hatte ein Foto so in der Hand, daß ich es als Hochformat betrachtete, während es in Wirklichkeit ein Querformat war. Es stellte drei Gruppen von Negern dar, die vor einer runden Hütte saßen oder lagen.

Später zeigte ich dieses „Gesicht“ André Breton, der es spontan als den Kopf des Marquis de Sade deutete. Er erkannte sogar die gepuderte Perücke. Zu jener Zeit beschäftigte sich Breton allerdings beinahe ausschließlich mit dem göttlichen Marquis. Man hat sich damit amüsiert, ein Detail des Bildes „L'Enigme du désir“ aus dem Jahre 1929 mit einem Foto zu vergleichen, das einen barock geformten Felsen von Kap Creus darstellte, aber ebensogut hätte man auch eine der Formen der „Sagrada Familia“ von Gaudi nehmen können. Die Wahrheit ist, daß meine paranoische Kraft eine Serie systematischer Bilder projizierte, die ich bewußt erfaßte und zu konkretisieren versuchte. Ich bin kein Kopist und kein Bilderfabrikant, sondern ich deliriere.

Ich äußerte eines Tages, wir Surrealisten und unsere Werke seien „Kaviar“, die dialektische Verfeinerung des Kaviars, das heißt die höchste Verdichtung des Mysteriums der Poesie der Wahrheit, eine erhabene Nahrung, Brücke zum großen Unbekannten in einer Welt, die faulig zu riechen beginne durch die furchtbare Technologie und den Materialismus. Unser Schaffen treibe zwischen Wissenschaft und Kunst auf dem Strom des Irrationalen dahin, den zu befahren unser Vorrecht ist.

Ich persönlich bin imstande, von einer einzigen Vision ausgehend sechs, acht oder zehn Bilder gleichzeitig zu interpretieren. Meine paranoia-kritische Fähigkeit kennt keine Grenzen. In manchen meiner Bilder sieht jeder Betrachter etwas anderes. Die paranoische Vision kann bei jedermann durch „Infektion“ von dessen Vorstellungskraft erzeugt werden. Die paranoische Systematisierung beeinflußt und orientiert die Wirklichkeit, sie bestimmt die Kraftlinien, die sich mit den genauesten Wahrheiten decken. Meine weichen Uhren sind nicht einfach ein phantastisches, poetisches Bild der Wirklichkeit, sondern jene Vision des zerfließenden Käses ist die vollkommene Definition, wie sie nur die tiefgründigsten mathematischen Spekulationen uns über die Raum-Zeit vermitteln könnten. Dieses Bild ist in mir spontan entstanden, und anhand dieses paranoisch inspirierten Gemäldes wird man erkennen, daß ich dem Irrationalen einen der gewaltigsten Archetypen aus dem Arsenal seiner Geheimnisse entrissen habe. Denn besser als eine mathematische Gleichung definieren die weichen Uhren das Leben: die Raum-Zeit ist auf das höchste verdichtet, um den Camembert zu schaffen, aus dessen Verwesung die Pilze des Geistes schießen – Funken, die imstande sind, den großen kosmischen Motor zu zünden.

Es wird, geistesgeschichtlich gesehen, Zeit, sich darüber klarzuwerden, daß die Wirklichkeit, wie sie uns die rationale Wissenschaft darstellt, nicht ganz *die Wirklichkeit* ist. Die Welt des logischen und vorgeblich experimentellen Denkens, die uns die Wissenschaft des 19. Jahrhunderts vermacht hat, ist arg in Mißkredit geraten. Die Erkenntnismethode selbst ist suspekt geworden. Man hat eine Gleichung aufgestellt und die Unbekannten einfach verschwinden lassen, und man hat sich eingebildet, so sei nun ein Teil des Problems bereits gelöst. Eines Tages wird man offiziell zugeben müssen, daß das, was wir Wirklichkeit getauft haben, eine noch größere Illusion ist als die Welt des Traums. Um meinen Gedanken zu Ende zu führen, möchte ich sagen, daß das, was wir Traum nennen, als solches gar nicht existiert, denn unser Geist ist auf Sparflamme eingestellt; die Wirklichkeit ist ein Epiphänomen, eine Begleiterscheinung des Denkens – eine Folge des Nichtdenkens, eine durch Gedächtnisschwund hervorgerufene Erscheinung. Die wahre Wirklichkeit ist in uns, und wir projizieren sie nach außen durch die systematische Auswertung unserer Paranoia, die eine Antwort und Reaktion auf den Druck – oder Unterdruck – der kosmischen Leere ist. Ich glaube, daß meine Paranoia der Ausdruck der absoluten Struktur, der Beweis ihrer Immanenz ist. Mein Genie liegt darin, daß ich mich direkt mit der kosmischen Seele auseinandersetze.

Dalis Gedanken über die Welt: eine wahre Kosmogonie

Ich bin im Grunde ein Seher, eine Art Stimmgabel der totalen Wahrheit. Meine Intuitionen sind fundamentaler Natur. Ich glaube, daß das Universum, das uns umgibt, nur eine Projektion unserer Paranoia ist, ein vergrößertes Abbild der Welt, die wir in uns tragen; ich denke, daß der Gegenstand, den unser Blick aus der Wirklichkeit herauslöst oder den wir erfinden, reiner Ausdruck unseres kristallisierten Deliriums ist. Eine einfache Sekretion. Die Objektivität ist Täuschung, in Wahrheit ein bloßes Kräfteverhältnis im Schwebezustand. Calderón spricht von der „trügerischen Welt". Ein bewundernswerter Ausdruck! Ich betrachte mein Auge, das der einzige Beweis ist, den ich für den Glanz meiner Seele, für meine Gefühle geben kann und das meine paranoische Kraft projiziert und die Botschaft der Wirklichkeit neu schafft und übermittelt ... Aber was ist dieses Auge? Eine Ansammlung von Säften, ein Muskelknoten, eine dünne Schicht Fleisch und Nerven, von einem Säurestrom befeuchtet; unter dieser äußeren Erscheinung wimmelt es von mikroskopisch kleinen Elektronengalaxen, die angetrieben werden von einer unfaßbaren Schwingung, welche ihrerseits wieder Fluidum einer gleichsam immateriellen Energie ist. Auf welcher Ebene liegt die Wirklichkeit? Für mich, Dali, ist die Wahrheit in der Lupe, die ich auf die Welt richte und die Auge heißt – und durch die ein Austausch zustande kommt, der in dem Augenblick, in dem er stattfindet, Wirklichkeit genannt wird. Für mich ist das, was ich projiziere, wahrer als wahr und das einzig Wahre. Real ist daher gleich irreal.

Im übrigen drückt sich die Paranoia nicht nur durch eine systematisierte Projektion aus, sie ist auch ein gewaltiger Lebenshauch. Die zornige Erregung, die mich antreibt, zu sein, besitzt ebensoviel Konsistenz wie die Bilder, die sie beseelt. Ich weiß, daß die Welt kein Traum ist, weil sich mein Leben mir selbst wie der Welt aufzwingt und weil daraus meine Träume selbst hervorgegangen sind. Und dieser Hauch lebendiger Kraft, der mich bewegt und alle Dinge färbt, ist auch der einzige Beweis für die Wirklichkeit. Aber was für eine Leere! Wie schlecht alles zusammenpaßt! Was für eine Fremdheit uns umgibt! Wie soll man an die Substanz selbst glauben? Wer ist die Substanz? Gott? Manchmal scheint mir, daß ich auf der Spitze meines Pinsels oder meines Gliedes im Orgasmus – in der Sekunde, in der mich die Lust Galas wie eine zurückflutende Welle durchströmt – ein tiefes Gefühl für die unendliche Wirklichkeit, ein Mikron absoluter Gebilde, den Elan des Werdens festhalte. Und ich glaube letzten Endes, daß die Wirklichkeit nur ein ewiges Werden ist. Diese Welle, die mir in der Ekstase erscheint, einen Schauder davon, glaube ich manchmal in der Schönheit wahrzunehmen. In einer geschlechtslosen, ursprungslosen, erzengelhaften Schönheit, die *wie eine Gewißheit Gottes* ist.

Wenn Dali die Gewißheit Gottes empfindet

Ich beuge mich über Gala, ihr Körper ist eine Galaxis – durchzuckt von Wellenblitzen, erschüttert von Ausbrüchen der Begierde, geschüttelt von Spannungen, Erektionen, Schaudern. Ich werde auf die Sterne eines entstehenden Universums getragen. Aber dieses Gesicht ist etwas ganz anderes als eine materielle Spur, ein Gewebe des Lebens. Diese Linien, diese Formen, dieser Glanz, dieses Lächeln sind *Gegenwart* eines Wesens in seiner Macht, seiner Einzigartigkeit, seiner Einheit, seiner Ausstrahlung. Jedoch vor mir. Es sagt mir, daß es ist. Es erwartet mich, es will mich. Es ruft mich. Es empfängt mich. Das ist nicht nur ein Austausch von Energien, Erektionen, Empfindungen, ein Reiben von Haut an Haut, das eine elektrische und biologische Entladung bewirkt, das sind nicht nur zwei Intelligenzen, die einander zu verstehen versuchen – es ist eine Feuerkugel aus einem unbekannten Himmel, die Vereinigung zweier Kräfte, die ein Teilchen der Unendlichkeit schaffen, ein Funke, der das Universum in allen seinen Dimensionen durchstrahlt, ein einzigartiges Etwas, das unser Leben transzendiert und alles rechtfertigt, alles: sie, mich, die Gesamtheit der Welt. Gala ist sie selbst und alle Frauen, auch der Kosmos. Und diese Begierde, die mir auf der Haut brennt, die mich einsaugt, mich mit sich reißt und erhebt, nährt sich plötzlich von meiner intimsten Substanz, aus der dichtesten meiner tiefen Wirklichkeiten. Wir sind zusammengeschweißt, Zeit und Raum werden einzigartige Wirklichkeit, Schmelzpunkt der absoluten Struktur. Jenseits des Lebens schlagen wir eine Brücke, schießen wir eine Rakete ab zum wunderbaren Unbekannten. Wir sind die größte Hoffnung der Welt. Alle Männer leben in mir, alle Frauen unter mir – in Gala! Die Welt ist erfüllt, neu, absolut.

Ich ziehe langsam mein Glied zurück und betrachte diese weinende Wurzel. Meine Hand streichelt langsam ihre Brüste. Unsere Augen öffnen sich und erblicken das Wort Ende, das auf dem Bildschirm der Wirklichkeit projiziert wird, in dem Maße deutlicher wird, in dem das Gemälde, der Stuhl, das Bett, das Fenster, der Vorhang wieder erscheinen. Wir steigen wieder auf eine gleichgültige Erde nieder und wissen, daß das wahre Leben irgendwo in einer unbekannten Dimension ist, wohin uns nur die Begierde und die Paranoia leiten können. Dali heißt „Begierde", und ich bin das Symbol aller Begierden der Welt. Die Begierde, das Leben in seiner Ganzheit zu besitzen, zu überschreiten, neu zu erfinden – ohne den Tod. Im Raum des Traumes.

Ist die Wissenschaft für Dali nicht nur ein Zugang zum Traum?

Die Wissenschaft, die uns den Schlüssel zur Macht über die Welt zu liefern scheint, entfernt uns in Wahrheit von der Wirklichkeit der Macht, die nur aus der totalen, blitzhaften Intuition des Wirklichen entstehen kann. Rationalismus und Erfahrung sind nur Kontrollelemente. Allein die irrationalen Fähigkeiten schließen uns die Pforten des Universums auf. Die Kunst ist eine Schule der tiefen Erkenntnisse und der Initiation. Ich sage die Kunst, nicht der Ästhetizismus oder der

Plastizismus. Das Modell, das meinen Gedanken veranschaulicht, ist der Jugendstil als Ausdruck des Wahnhaften. Ich habe – zuerst mit der „Femme invisible" von 1929 – zur Erkenntnis der tiefen Originalität dieses Stils beigetragen, der nicht nur als Reaktion gegen den Rechten Winkel und den Goldenen Schnitt aufzufassen ist, die bis dahin die bildende Kunst beherrscht hatten, sondern mit seinem Antifunktionalismus und seiner Verherrlichung der Begierde auch als echte Revolution. Eine Auswahl von typischen Formen und Elementen des Jugendstils zeigt weiche Unterleiber, Frauenhaar, Wasserpflanzen und weiche, wasserköpfige Säulen. Als Kunst der Metamorphose und Materialisation des Rauchs, der Welle, des Immateriellen ist der Jugendstil zugleich gemeißeltes Wasser und ein ungemein eßbarer Kuchen. Er verbindet die beiden Pole der Existenz, und sein erotischer Ausdruck ist geradezu kannibalisch. Der Jugendstil entwikkelt in uns die unbewußten Mechanismen, den Größenwahn und unseren exhibitionistischen Trieb. Er zerschlägt alle Schöpfungen des Maßes, der Ordnung, des Gleichgewichts, des guten Geschmacks, er verherrlicht den Traum und die Phantasie und fordert uns auf, unsere eigenen Begierden zu verschlingen. Er führt uns die Bilder einer Schönheit vor, die sich aus dem Eros, der Angst, dem Hunger, dem analen Sadismus und der Onanie nährt, das heißt, er verherrlicht die Wahrheiten des Ichs. Man muß zu seinen Quellen zurückgehen, um wieder einzutauchen in die tiefen Wahrheiten des Seins und des Ganzen und der Lebenskraft, denen uns die dekadente griechisch-römische Kunst entfremdet hat. (Wenn ich von Lebenskraft spreche, meine ich allerdings weder die Albernheiten Bergsons mit seinem *élan vital* noch die primitive Ästhetik der in die Negerkunst Vernarrten. Ich will sagen, daß das Mysterium, das Pathos, die Erotik und der Wahnsinn in den barbarischen Fetischen ebensowenig zu finden sind wie in den Säulen des Parthenon.) Der Mensch muß die Kraft des Ausdrucks in seinen biologischen und psychologischen Tiefen finden, und der Jugendstil ist das Zeichen dieser Explosion als Reaktion gegen alle ästhetischen Tabus. Die Zeit ist reif für eine neue kulturelle Revolution, aus der ein neuer Stil entsteht, und für den Sturz der erniedrigenden Macht der Bourgeoisie, die das Nackte, das Traumhafte und das Lyrische aus dem Leben verbannt hat. Ich sage: Gaudi und Ledoux sind die großen Magier der Zukunft, und die Paranoia ist die Kraft, durch die wir uns die Welt aneignen.

Worin liegt für Dali die Größe Gaudis?

Ich liebe an Gaudi seine Vitalität. Er hat sein Gehirn in den Fingerspitzen, auf der Spitze seiner Zunge. Er ist ein Schmeckender. Seine Architektur will die Summe schlemmerischer Empfindungen verkörpern. Sie erscheint mir als die Inkarnation der Begierde des Menschen. Die Kathedrale der „Sagrada Familia“ ist eine gigantische, mit einer Gänsehaut bedeckte erogene Zone, die zur Liebkosung mit der Hand und der Zunge einlädt.

Ich erinnere mich, daß Lorca vor der bewunderungswürdigen Fassade der „Sagrada Familia“ eine *gritería,* ein Geschrei, zu hören behauptete, dessen schrille Laute bis zum First der Kathedrale aufstiegen und in ihm eine unerträgliche Spannung auslösten. Das ist der Beweis für das Genie Gaudis. Er wendet sich an alle unsere Sinne und regt ihre Vorstellungskraft an. Gaudi hat übrigens gründliche Forschungen betrieben und die praktische Anwendung der Gesetze der Akustik studiert. Daher hat er seinen Glocken die Form von Orgelpfeifen gegeben. Die gleiche Sorgfalt verwendete er auf die Farbe, und seine Bauten sind polychrom angelegt. Nach dem Vorbild der katalanischen Bauernkrippen, deren Figuren lebenden Personen nachgebildet sind, hat jeder Gegenstand seine Eigenfarbe, und sogar die Hähne haben ihre roten Kämme. Gaudi stellte eine Farbpalette zusammen, die seiner polyphonen Tonskala entsprach. Alles in seinem Werk, das Licht wie die Stille, „entführt uns an einen anderen Ort“, und niemand hat besser als er den schlechten Geschmack anzuwenden verstanden, um uns aus dem gewohnten Trott zu bringen und der Sterilität des guten Geschmacks zu entreißen. Er provoziert uns bis in unser Innerstes. Durch ihn ist alles Metamorphose, nichts ist mehr tabu, nichts mehr starr – das Gotische nähert sich dem Hellenistischen, das sich wiederum in fernöstliche Formen auflöst. Er fordert die paranoische Vision heraus und vervielfacht alle Interpretationen. „Genießen“ heißt auf katalanisch *gaudi.* Die „Sagrada Familia“ ist die Kathedrale der paranoia-kritischen Methode, das heißt der reinen Wissenschaft des systematischen, schöpferischen, fatalen Deliriums. Die Tatsache, daß die „Sagrada Familia“ heute nur noch „ein gigantischer fauler Zahn“ ist, darf nicht von ihrer wahren

Bedeutung ablenken. Sie ist eine magnetische Stimmgabel, deren Schallwellen sich unaufhörlich ausbreiten und in alle Geister eindringen, die für das Irrationale empfänglich sind und häufig den Jugendstil praktizieren und leben, ohne es zu wissen.

Wenn wir mechanisch einen Metro-Fahrschein zwischen den Fingern hin und her drehen und zusammenrollen, schaffen wir eine Jugendstil-Form! Wenn der Fleischhauer eine Kalbsleber in Scheiben schneidet, praktiziert er den Jugendstil!

Was für Dali die katalanische Zukunft ist

Katalane sein heißt heute, die größten Zukunftsaussichten haben. Es ist wie Jude sein unter Nero! Einer dieser Verfolgten aus Judäa, die in 2000 Jahren die Welt erobert haben. Selbst ein katalanischer Esel hat in seinen Chromosomen das Genie der paranoischen, erobernden Macht. Der katalanische Philosoph Ramón Lull, Alchimist, Metaphysiker, der „Die zwölf Prinzipien der Philosophie" geschrieben hat, Mystiker und Märtyrer – er wurde mit 80 Jahren in Bougie von den Arabern gesteinigt –, inspiriert mich. Wie er glaube ich an die Verwandlung der Körper. Ich bin überzeugt, daß die Begabung für das Delirium das katalanische Volk eines Tages durch die Macht der paranoischen Imagination einem großen Schicksal entgegenführen wird. Nach der Meinung eines anderen Katalanen – Francisco Pujols – haben wir einen Engel in uns, der erst nach einer langen Reihe von Verwandlungen, die im Mineralreich beginnen und über das Pflanzen- und Tierreich zum Menschen führen, erscheinen kann. Ich befinde mich in der engelhaften Phase meiner Existenz. Ich nähere mich dem Absoluten, und ich habe eine ganze Anzahl von Methoden entwickelt, um mich zu vervollkommnen – von der Verzögerung des Orgasmus bis zur Lust an der Vorstellung des Todes. Bald wird man einen Engel gewordenen Dali kennenlernen! Einen, der auf alles verzichtet, was er sich nur zu nehmen braucht, der seiner brennenden Begierde die Befriedigung, ja den bloßen Ausdruck versagt und das Warten zur höchsten Kunst erhebt, bis er nur noch ein Gluthaufen ungestillter Lüste ist. Das katalanische Denken wird die Welt verblüffen. Es reicht hinab zur Quelle der Tiefen. Und ich verleihe ihm die Kraft der Bewußtwerdung. Indem ich mich – durch die Kraft Galas und ihrer

Liebe – exorzierte, fand ich die Wege der Methode der Wahrheit. Paradoxerweise habe ich mein Delirium durch den Verstand kanalisiert, so wie ich in der Kunst meinen Ausdruck durch den Klassizismus fand. Ich bringe alle meine Widersprüche in einen Zusammenhang. Ich kann sagen, daß ich nicht weiß, wann ich zu simulieren beginne und wann ich die Wahrheit sage, aber ich weiß, wann und wo das Delirium endet. Durch die unerbittliche Forderung der kalten Intelligenz habe ich einen Teil meiner Persönlichkeit in die Fähigkeit zur Analyse umgeformt und dem Wahn einen Bereich abgerungen, den ich in Macht und Schöpfung verwandelt habe. Muß ich es noch einmal sagen: Der Unterschied zwischen einem Narren und mir ist, daß ich keiner bin.

Als ich von dem Tode des Sohnes Lydias erfuhr, dem ich ein wenig nachgestellt hatte und der, von seiner Psychose beherrscht, freiwillig verhungerte, hatte ich Trancezustände und war meinerseits unfähig, etwas zu mir zu nehmen. Ich lebte unter dem furchtbaren Zwang, mich selbst bestrafen zu müssen. Damals machte ich eine Periode durch, in der ich an meiner Malerei zweifelte, da ich fand, Velázquez habe bereits alles gesagt. Gala wandte die erste meiner Methoden an und erklärte mir, mein künstlerischer Tod sei durch den Tod des Sohnes Lydias hervorgerufen worden; sie zeigte mir, daß ich wieder imstande sein würde zu essen, wenn ich, allein meinem ungeheuren Talent gehorchend, wieder zu zeichnen begänne. Auf dem Tisch lagen Brot und Sardellen. Während ich Gala zuhörte, deren Überredungsgabe mich in Wellen durchdrang, nahm ich mechanisch von den Speisen und begann zu kauen. Eine Stunde später zeichnete ich wieder. Ein Bewußtseinskeim, in einen Strom von Begierden eingeführt, schafft Erotik; in einer paranoischen Anwandlung provoziert er das Genie, in einer Psychose schafft er Heilung, indem er das Licht in einen Laserstrahl verwandelt.

Die Paranoia entwickelt sich, dank meiner kritischen Methode, wie ein zellulares Knospen. Sie gedeiht, sobald sie sich von dem nähren kann, was man die Wirklichkeit nennt. Ich habe mein Delirium besiegt. Aber man muß wissen, wieviel gespannte Hellsichtigkeit dieser ständige Sieg verlangt. Ich bin der Ritter aus Dürers „Ritter, Tod und Teufel“, der ohne Unterlaß über Abgründen zwischen dem Menschlichen und dem Nichtmenschlichen hinwegreitet. Mein ganzes Sein ist ein Bauplatz, den ich durch meinen Willen ordne. Diese Kraftwelle braucht nur einen Augenblick auszusetzen, und Dali ist nicht mehr. Ich bin der Triumph des bewußten Lebens. Ich existiere total in jeder Tausendstelsekunde. Ich dürfte mich nur um den Preis des Lebens von diesem existentiellen Kampf ablenken lassen. Auf dem Topf sitzend, gähnend, furzend, mich rasierend oder kämmend und in der Badewanne bin ich stets gegenwärtig, und das leiseste Glucksen in meinen Eingeweiden ist so wichtig und wesentlich wie der Gang der Gestirne. Zum einen, weil ich glaube, daß jeder Zustand unseres Lebens, jede Bewegung unseres Seins, jeder Gedanke teilhat an der Gesamtheit des Universums und an der Übereinstimmung, die in ihm herrscht; jeder Welle entspricht ein Stern, ein Grashalm, ein Windhauch, unsere Freiheit ist eine Blase in dem großen Ganzen; ein rasender Zahnschmerz ist irgendwo anders ein Sturm. Zum andern, weil für MICH nichts wichtiger ist als ICH; andernfalls höre ich auf zu sein, und indem ich auf mein Leben lausche, diene ich ihm am besten und nähre ich mein Genie. Und schließlich sind der Körper und das Seinsbewußtsein die besten Radargeräte für die Wirklichkeit – die einzigen uns bekannten, die uns sagen, daß außer uns eine Welt existiert. Wir müssen die Anstrengungen unternehmen, aus dem Schlaf aufzutauchen, der uns zwingt, in den Grenzen unseres körperlichen Gefängnisses zu leben. Wir müssen unsere Energie ausstrahlen wie eine Sonne. Wir müssen die verwandten, oft bedeutungslosen Formen begreifen, die wie Leuchtbilder auf unserem inneren Schirm erscheinen und, indem wir sie deuten, die Geheimnisse des Alls entziffern. Alles stimmt mit allem überein. Die Intelligenz und die Imagination erfinden nichts. Sie erinnern sich nur, indem sie entziffern. Ihre Funktion besteht nicht darin, die Wirklichkeit neu zu erfinden, sondern darin, den Abstand zwischen den Dingen zu verringern. Genie haben heißt zunächst, mit dem Finger oder der Zunge oder dem Glied die Wahrheit der Formen berühren. Das Genie Dalis besteht darin, daß er den äußeren Schein des rechten Winkels, der Logik und des Ästhetizismus beseitigt hat, die die Wirklichkeit in Käfige einsperren, und daß er der Wirklichkeit die organischen, dehnbaren, weichen Formen zurückgegeben hat, mit deren Hilfe ein ganzes Netz von Übereinstimmungen errichtet werden kann. Meine weichen Uhren, zum Beispiel, sind ein Symbol dafür. Ich fordere dazu auf, von den sinnlichen, fleischlichen, erotischen Gewißheiten ausgehend, alles in Frage zu stellen. Gehen wir hinein in die Welt nach dem Bilde Dalis!! Wir befinden uns mitten in einem Labyrinth und können unseren Weg finden, indem wir selbst

Labyrinth werden. Durch Mimese hat meine Paranoia die analytische Härte der Granitfelsen des Kap Creus angenommen, und dadurch, daß ich diese ständig sich verändernden Ufer entlangirrte, hat meine Imagination die Kraft der Metamorphose gewonnen. Mein Delirium hat sich genährt von den Ängsten und Traummysterien, die aus dem Spiel der Winde, der Felsen und des Meeres entstanden. Ich habe diesen Ort zum Mittelpunkt meiner Welt erwählt, diesen Ort, an dem der intimste Kontakt zwischen der Erde, die mich trägt, und dem Wesen, das ich bin, entsteht. Ja, ich bin das Kap Creus, und jeder seiner Felsen ist ein Leuchtturm, nach dem sich meine innere Navigation orientiert. In der Mitte erhebt sich der „Große Masturbator“ mit seiner ungeheuren Nase und seinen riesenhaften Lidern, der Fels der Fremdheit, dessen Faszination auf mich immer die Macht der Sphinx ausübt. Ich versuchte ihn zu zähmen, indem ich ihn malte, aber ich habe nur sein Bild verherrlicht und ins Mythische erhoben, und seine Persönlichkeit muß, seit ich ihn losgelöst und in den Strom gestoßen habe, irgendwo auf dem Grunde der Traumerinnerungen umherirren. Denn der „Große Masturbator“ gehört mir, und ich allein kann ihm die Messe der paranoischen Passion lesen. Man muß gehört haben, wie der Nordwind in seiner granitenen Pforte orgelt, man muß seine Krater gestreichelt und sich die Füße an seinen scharfen Zacken blutig gerissen haben, um mit ihm sprechen zu können und von ihm gehört zu werden. Ich allein kann seine geschlossenen Lider heben und seinen Ewigkeitsblick begreifen. Er ist mein Seinsbewußtsein, das Radarecho meines Ichs. Mein ganzes Leben ist eine Alchimie, die alles in Gold verwandelt. Und solange ich mit diesen Felsen im Herzen meines Katalonien, der Quelle meines Lebensdeliriums, verbunden bleibe und von meinen katalanischen Geistern inspiriert bin, werde ich immer wieder alle Mißgeschicke überwinden.

Dali muß ständig Dali sein

Es gibt für mich keine höhere Forderung als die, Dali zu werden, das heißt der Mittelpunkt der höchsten Anspannung an Intelligenz, Sinnlichkeit und Macht, die es gibt. Meine Hellsichtigkeit enthüllt mir unaufhörlich die Geheimnisse der Welt und vor allem meines eigenen Ichs, mit dem alles beginnt. Ich lasse nichts im Schatten der aufsteigenden Phantasmen, denn nur das Licht kann meinem Delirium seine wahre Kraft verleihen. Wenn ich einen Augenblick zu wachen aufhörte, könnte ich von einem alptraumhaften Ungeheuer überrascht werden. Eines Tages entdeckte ich, daß ich meinem Vater, dieser Sphinx, diesem größten meiner intimen Feinde und großartigsten Tyrannen meines Unbewußten, meine Anhänglichkeit an Stalin verdankte. Durch eine Art Projektion hatte ich die Regungen meines Unbewußten um das Bild des Väterchens der Völker gruppiert. Durch dieses Erlebnis habe ich übrigens begriffen, welche Macht der „Stählerne" durch den Ödipuskomplex auf seine Zeitgenossen ausübte. Er erschien ihnen als der unheilvolle Vater, dessen Macht man erdulden mußte, um vor sich selbst zu wachsen, und den man noch in seinen schlimmsten Exzessen verehrte, weil er das schicksalhafte Verhängnis verkörperte. Nach seinem Tode, als man ihn beschimpfte und die Erinnerung an ihn zerstörte, indem man die Straßenschilder herunterriß, die seinen Namen trugen, war sein Körper nicht viel wert. Ich hätte seine Mumie kaufen sollen. Ich würde ihm in meinem Garten in Cadaqués einen Dalischen Sarkophag errichtet haben, und er wäre Mittelpunkt eines Ödipuskults, eines phallischen und vielleicht auch orgiastischen Kults geworden – eines jener großen Spiele, wie ich sie liebe.

Ich bedaure jedoch nichts, denn solange ich mich noch rühren kann, kann ich auch das Muttermal mit dem Finger berühren, das Gala hinter dem Ohr hat, und damit werde ich meinen Talisman, meine Kraft, meine Kathedrale, meine größte Attraktion haben. Ich sagte schon, daß Picasso das gleiche Muttermal hatte, und es war mein größtes Vergnügen, eines Tages beide Ohren gleichzeitig zu berühren, um diese Punkte der absoluten Schönheit des Genies und der Liebe, diese Reflexe der inneren Sonne der Wesen, zu ertasten.

In meiner paranoia-kritischen Kosmogonie kommt dem Muttermal eine außerordentlich große Bedeutung zu. Ich habe mir selbstverständlich alles angeeignet, was die sogenannte Wissenschaft zu diesem Thema zu sagen hat, aber man weiß im Grunde gar nichts! Ich stelle mir daher vor, daß es sich um einen Hinweis auf das innere Vorhandensein einer außergewöhnlichen Konstruktion handelt, um einen Tropfen absoluter Struktur, der in den Körper eingebettet ist wie ein Diamant in seinen Schrein, daß ein Teilchen des alchimistischen Elixiers vorhanden, daß der Goldene Schnitt irgendwo in der Architektur dieses Kopfes anzutreffen ist. Ein engelhafter Funke lebt in dieser Seele! Ich finde es normal, daß Gala und Picasso – beide außergewöhnliche Wesen – das gleiche göttliche Siegel an der gleichen Stelle tragen. Meine Leidenschaft für Gala vermehrt sich um den Wert des Heiligen. Diese zweifache Entdeckung stellt einen wesentlichen Teil dessen dar, was wir aus uns gemacht haben. Sie vollendet meine innerste Geometrie. Jedesmal wenn ich das Ohr Galas berühre, streichle ich zugleich meinen toten Bruder – meinen Doppelgänger –, Picasso, der eine Art ödipaler Vater, also mein Vater, war, und die Schönheit; aber Gala ist auch meine Mutter, denn sie symbolisiert Leda und ihre göttlichen Zwillinge. Der Zeigefinger auf Galas Muttermal gibt mir das Gefühl, meine ganze physische, legale, legitime, heilige und mythische Familie zu besitzen: Es ist eine Art riesenhafter, wunderbarer, paranoia-kritischer Orgasmus.

Dali trägt einen Sieg über den Tod davon

Meine Lebensfreude liegt auf dieser Ebene: Den Tod übertrumpfen durch ein Feuerwerk des Lebens. Ich fliehe den Tod, aber er fasziniert mich durch seine Ewigkeit wie der „Große Masturbator", der regungslos über den Wogen steht. Ich glaube, ich liebe ihn trotz meiner Angst, aber ich sehe mich nicht sterben. Wenn eines Tages etwas enden muß, so kann es nur in einem gigantischen Orgasmus geschehen. In einer kosmischen Entladung. Dieser Gedanke erhebt mich, wie er Lorca verwandelte, der seine Angst verbarg, indem er seinen Tod mimte, und dann lachend und geläutert wieder aufstand. Ich brauche nur an das Porträt meines toten Bruders zu denken, das im Zimmer meiner Eltern neben der Reproduktion des Christus von Velázquez hing, und schon überläuft mich ein Schauder. Ich fühle mich umzingelt von all den Toten, die ich im Laufe meines Lebens gesammelt habe. Ich warte, bis sich meine Besessenheit zum Schwindel steigert. Dann sage ich mir, daß jeder von ihnen für mich arbeitet, den Humus meiner eigenen Geistigkeit bildet und mein Genie nährt; und plötzlich werde ich zum Kannibalen, der sich an den engelhaften Kadavern aller seiner dahingegangenen Freunde gütlich tut. Alle tragen sie bei zu meinem Ruhm, zu meinem wahren Ruhm, der Dauer bedeutet. Nicht nur in der Erinnerung, sondern als ewiger Dali will ich fortbestehen. Ich glaube, daß alle diese Toten mein Leben stützen wie

Strebepfeiler. Daraus schöpfe ich unerhörte Kraft. Ich habe eine Antwort auf alle Herausforderungen, und meine Fähigkeit, alle Hindernisse zu überwinden, grenzt ans Wunderbare. Ich bin wie die *Phyllomorpha laciniata* meiner Kindheit, die ich mit neun Jahren auf der Paranychia der Hügel um Cadaqués entdeckte. Dieser Magier der Anpassung versteckt sich so gut unter den Blättern des Strauches, daß man glauben kann, diese selbst bewegten sich, und wenn ich die Blätter auf einen Tisch legte und ihnen zu marschieren befahl, bewegten sie sich zur Verblüffung der Fischer tatsächlich von der Stelle, und ich wurde als Zauberer angesehen. Noch niemand hatte dieses eigentümliche Tier bemerkt. Ich taufte meinen Gevatter Phyllomorpha *morros de con,* und dieser katalanische Ausdruck bedeutet zugleich „List“ und „Schamlippen“. Ich bewunderte seine Fähigkeit, sich, um am Leben zu bleiben, bis zur Unsichtbarkeit zu tarnen. Dann entdeckte ich, daß der *morros de con* auf seinem Rücken einen Parasiten trägt, und dieser trägt seinerseits eine Pyramide von Eiern, die wie goldene Diamanten geformt sind und zweifellos noch erstaunlichere Kräfte beherbergen. Ich habe einen Biologen gebeten, zu untersuchen, ob diese Polyeder nicht vielleicht Ausdruck des reinen Lebenskeims sind, mit dem man beispielsweise den Krebs heilen könnte. Eine Eingebung, die nachgeprüft zu werden verdient.

Die paranoia-kritische Logik brachte mich dazu, den Weg zu erahnen und zu entdecken, der von Cadaqués über den *morros de con* und seinen Parasiten zur Enthüllung der goldenen Eier und der absoluten Struktur führte, in der sich mein Genie im Spiegel der Einheit der Welt selbst betrachtet. Mein Werk gibt seither nur die transzendente Anpassung des kristallisierten, sublimierten *morros de con* wieder, der das paranoia-kritische Erlebnis veranschaulicht.

Die wesentlichen Informationen über die Wahrheiten des Lebens erreichen uns auf den Wegen des Verstandes, aber die der blitzhaften intuitiven Erkenntnis hängen ab von unserer Empfänglichkeit, unserer Bereitschaft gegenüber der Welt. Der Zustand vor dem Einschlafen gehört zu den begnadeten Augenblicken, in denen die Seele die Frische der Kindheit wiedererlangt und eine tiefe Kommunikation entstehen kann. Wenn ich imstande wäre, mich der zum Schlaf führenden Bilder zu erinnern oder diese Bilder zu fotografieren, die vor dem Einschlafen auf dem Schirm meiner geschlossenen Lider vorüberziehen, könnte ich gewiß die größten Geheimnisse der Welt entschleiern. Man müßte eine Maschine erfinden, die wie Kontaktgläser die aus den Träumen entstehenden Ströme registrierte und es gestattete, ihre Zeichen wiederherzustellen. Ein gelungenes Gemälde ist nur eine Erinnerung an diese wunderbaren Minuten. Es enthält die für den Menschen wesentlichen *bits,* die Informationselemente. Ein Bild betrachten heißt Botschaften des Absoluten empfangen. Fünfzehn Jahre vor Crick und Watson habe ich auf Weisung eines Psychoanalytikers die Strukturspirale der DNS (der Desoxyribonukleinsäure, die am Ursprung des Lebens steht) gezeichnet, denn aus meinen Träumen kannte ich sie von jeher, und 1931 malte ich das Bild „La Persistance de la mémoire", auf dem man alle biologischen Informationen in ihrer intuitiven Wahrheit findet. Man sollte eines Tages einmal daran denken, meine weichen Uhren aufzuziehen, damit sie die Zeit der absoluten Erinnerung anzeigen, die die wahre, prophetische Zeit ist.

Einige Beispiele für die paranoia-kritische Methode

Das Geniale der paranoia-kritischen Tätigkeit besteht darin, daß man die weiche Paranoia mit der harten Kritik, das Klebrige mit dem Stählernen, die Lebenskraft an sich mit dem Geist verbindet, um zur tiefsten Intuition zu gelangen. Zwei wesentliche Beispiele: Der tragische Mythos des „Angelus" von Millet und der Bahnhof von Perpignan.

Ich war stets besessen von Millets „Angelus", den ich in meiner frühen Kindheit entdeckte, und immer habe ich beim Anblick dieses Bauern und dieser Bäuerin, die einander regungslos gegenüberstehen, ein unerklärliches Unbehagen empfunden. Ich betrachtete diese einsamen Gestalten und fragte mich, was sie miteinander verband. Im Laufe der Jahre wurde der „Angelus" nach und nach das Bildwerk, das mich in meinem Innersten am meisten beunruhigte, das dichteste Bild, das es gab. Im Juni 1932 drängte es sich meinem Geist plötzlich mit phänomenaler Gewalt auf. Mit unfaßbarer Bewunderung und Ausdauer sprach ich immer und immer wieder vom „Angelus". Das Bild tauchte mit drängender Intensität nicht nur in meinen Gesprächen, sondern auch in meinen Tagträumen auf – obwohl ich sonst nicht von Bildern träume –, aber es war für mich *anders* als alles, was ich schon gesehen hatte, gewissermaßen alles andere *ausschließend,* und es rief in mir eine übermäßige Erschütterung hervor, die sich jeder logischen Erklärung entzog. Es wurde Quelle wahnhafter Bilder nicht kraft seines geistigen oder künstlerischen Wertes, sondern durch seine psychische Bedeutung, die eine ganze Welt von Assoziationen umfaßte, welche plötzlich auftauchten und sich objektivierten und dabei ein Drama enthüllten, das weit entfernt war von der Ruhe und Entspannung, die durch das Sujet dargestellt werden sollten.

Mein Verhalten wird in einem solchen Augenblick von dieser paranoischen Deutungskraft bestimmt, und die reinen Zufälle vervielfachen sich: Ich spiele mit den Steinen, die ich am Strand aufgehoben habe, um – durch ihre ungewöhnlichen Formen verführt – Objekte zusammenzustellen. Mechanisch lege ich zwei Kiesel nebeneinander hin, und plötzlich entsteht aus dieser Anordnung ohne mein Zutun in meiner Phantasie das Paar des „Angelus“, wobei sich die Steine unerhört präzise in die beiden Personen verwandeln. Die Gestalt des Mannes erscheint deformiert, von der mechanischen Einwirkung der Zeit und der Wellen total zerfressen, und sie verwandelt sich in eine beängstigende Silhouette. Ich begreife, daß diese Assoziation eindeutig wahnhaft ist.

Vom Baden zurückkehrend, überquere ich eine Wiese, wobei ich den Heuschrecken, die ich seit meiner Kindheit fürchte, aus dem Weg zu gehen versuche. Ich bemerke einen Fischer, der mir entgegenkommt. Kurz bevor wir aneinander vorbeigehen müssen, mache ich einen schnellen Schritt zur Seite, um ihm auszuweichen, aber durch eine ungeschickte Bewegung stoße ich heftig mit ihm zusammen, und in diesem Augenblick schießt mir Millets „Angelus“ durch den Kopf. Als ich einmal bei einbrechender Dunkelheit mit Gala das Naturkundliche Museum in Madrid besuche, erkenne ich in meiner Träumerei in den Schatten, die auf riesigen Insekten ruhen, die furchterregenden Gestalten des „Angelus“. Beim Verlassen des Museums verspüre ich dann das geradezu grausame Bedürfnis, Gala in dem leeren Portal von hinten zu lieben, und ich tue es mit wilder Freude.

Einige Zeit später fahre ich im Auto durch eine Straße des kleinen Hafens von La Salva in der Nähe von Cadaqués. Da sehe ich in einem Schaufenster ein Kaffeeservice, und jedes Stück ist mit dem „Angelus“ von Millet verziert. Es ist zum Verrücktwerden! Gewiß, es läßt sich statistisch beweisen, daß ich große Aussichten hatte, ein solches Modell früher oder später in einem Schaufenster zu finden, da der „Angelus“, der seit jeher eine Faszination ausübte, die die Form einer regelrechten Epidemie annahm, oft genug reproduziert wurde, aber man muß sich fragen, wie ein so stilles, fades, unbedeutendes, konventionelles Bild eine solche Macht über die Phantasie der Menschen gewinnen kann. Was will denn dieses Bild *sagen,* daß es so *gehört* wird? Was geht da hinter der äußeren Erscheinung vor? Was bedeutet diese Situation: Ein Mann und eine Frau stehen einander gegenüber – ohne eine Geste, ohne ein Wort, ohne eine auch nur angedeutete Bewegung?

Wenn ich den „Angelus" von Millet betrachte, tauchen zunächst Erinnerungen auf, die sich an die Dämmerung und die elegischen Empfindungen der Kindheit knüpfen – der letzte Gesang der Zikaden, die Träumerei des Abends, die Verse, die ich mit vierzehn Jahren vortrug ... alles, was ich den Atavismus der Dämmerung nennen möchte, der beherrscht wird von einer Weltuntergangsstimmung.

Die Frau, die mit gefalteten Händen dasteht wie eine jener Postkartenheldinnen, die die heilige Katharina anflehen, ihnen „einen lieben Mann zu geben", scheint mir die symbolische Haltung der exhibitionistischen Erotik der wartenden Jungfrau einzunehmen – die Haltung vor dem Akt der Aggression, die eine solche ist wie die der Gottesanbeterin vor der grausamen Paarung, welche mit dem Tod des Männchens endet.

Der Mann steht da wie hypnotisiert – und vernichtet – von der Mutter. Er nimmt für mich eher die Haltung des Sohnes als des Vaters ein. Man wird sagen, daß sein Hut in der Freudschen Sprache die geschlechtliche Erregung bedeutet, die er verbirgt, um eine schamhafte Einstellung zu seiner Männlichkeit auszudrücken.

Die erotische Bedeutung der Schubkarre ist ebensowenig zu leugnen wie die der in die gepflügte Erde gesteckten Gabel, und auch die beiden Säcke in der Karre haben ihren besonderen Sinn. Bezüglich der fetischistischen Rolle der Schubkarre erinnere ich an den berühmten Briefträger Cheval*, der ebenfalls der Schubkarre auf wahnhafte, poetische Weise in seinem idealen Pantheon einen Vorzugsplatz einräumte und sie sagen ließ:

* Anm. des Herausg.: Ferdinand Cheval (1879–1912), ein Briefträger, lebte in Hauterives (Drôme) und baute sich eigenhändig einen idealen Palast. „Eines Tages", sagte er, „stolperte ich über einen Stein und verlor beinahe das Gleichgewicht. Dieser Stein war so seltsam geformt, daß ich ihn aufhob und mitnahm; wenn sich die Natur als Bildhauerin betätigt, will ich Maurer und Architekt werden ..."

Sein schweres Werk ist nun getan,
In Frieden ruht er von den Mühen aus.
Und als bescheid'ne Freundin habe ich
Den Ehrenplatz in seinem Haus.

Ich habe Dokumente über die bäuerliche Erotik gesammelt, um einen Film mit dem Titel „La brouette de chair“ (Die Schubkarre aus Fleisch) zu drehen. Darin wollte ich zeigen, daß die von schwerer Arbeit geplagten Bauern ihre Werkzeuge erotisieren und daß besonders die Schubkarre ein typischer Gegenstand mit symbolischer Funktion ist. Auf einem volkstümlichen amerikanischen Bild aus dem 19. Jahrhundert sieht man eine Frau, die ihren Mann an den Beinen hält und wie eine Schubkarre vor sich herschiebt. Er hält mit beiden Händen die Achse eines Rades, und sein steifes Glied pflügt die Erde auf. Seine Hoden sehen aus wie Kakteen. Die Deutung drängt sich einem förmlich auf: Nach dem Vorbild der geierköpfigen phallischen Mutter der Ägypter läßt sich die amerikanische Mutter – die hier zugleich die nährende Erde ist – befruchten, während sie ihren Mann kastriert, dessen Männlichkeit auf die reine Produktivität reduziert wird. Auf dem Bild ist außerdem noch eine Sonne zu sehen, die das Schauspiel lachend betrachtet. Sie ist die Sonne des absoluten Matriarchats.

In demselben Sommer 1932 zersticht ein Verrückter im Louvre den „Angelus“ von Millet, nachdem er, wie er später erklärt, lange geschwankt hat zwischen dem „Angelus“, der „Einschiffung nach Kythera“ – einem im höchsten Maße surrealistischen Gemälde – und der „Mona Lisa“. (Bekanntlich hat Freud die inzestuöse Anziehungskraft dieses letzten Werkes Leonardos nachgewiesen.)

Ich schrieb meine Ideen nieder und analysierte gründlich die Gesamtheit der wahnhaften, durch den tragischen Mythos des „Angelus“ von Millet hervorgerufenen Phänomene, aber dann, beim Einmarsch der Deutschen im Jahre 1940, hatte ich das Manuskript verlegt und fand es nicht mehr. Zweiundzwanzig Jahre später tauchte es wieder auf. Inzwischen hatte ich erfahren, daß Millet angeblich zwischen den Gestalten des Vaters und der Mutter zunächst einen Sarg gemalt hatte, in dem der tote Sohn liegen sollte. Doch dann hatte er dieses Detail übermalt, weil er befürchtete, es könnte allzu melodramatisch wirken. Ich bat 1963 Madame Hours, die das Laboratorium des Louvre leitete, das Gemälde zu röntgen. Tatsächlich erschien zu Füßen der Mutter eine Masse von geometrischer Form. Nun klärte sich alles auf! Mein paranoia-kritisches Genie hatte das Wesentliche erahnt. Keine andere Deutung konnte wahrer die magische Wirkung erklären, die von Millets „Angelus" ausgeht, und wenn meine Erkenntnis auch rein intuitiver Natur war, so war darum meine Interpretation nur um so erhabener – wie Gala sagen sollte.

Diese Studie ist eines der grundlegenden Dokumente der Kosmogonie Dalis. Sie hat eine ebenso große Bedeutung wie der Bahnhof von Perpignan.

Jedes Jahr, wenn wir aus Cadaqués nach Paris zurückkehren, fahren wir mit unserem alten Cadillac bis zum Bahnhof von Perpignan, wo ich in der Halle warte, bis Gala das Gepäck aufgegeben hat. Die Leute umringen mich. Ich fühle mich gleichsam isoliert und empfinde einen Augenblick absoluter Lust. Eben habe ich mein Atelier in Cadaqués mit seinem übererregenden Klima schöpferischer Arbeit verlassen, wo ich in einem ständigen Alarmzustand lebe, und nun fahre ich nach Paris mit seinen köstlichen Mahlzeiten und erotischen Festen. Ich sitze auf meiner Bank wie an einem Grenzübergang, ich fühle mich ungebunden, und diese Blicke, die mich einkreisen, versetzen mich in meinen Dali-Zustand. Ein heftiges Frohlocken, eine monumentale Fröhlichkeit erfüllt mich.

In diesem Augenblick sehe ich im Geiste mit aller Genauigkeit das Bild, das ich in diesem Sommer hätte malen sollen. Ich kaufe am Kiosk eine wissenschaftliche Zeitschrift und lese, daß man bei den Glaukom-Operationen zur Betäubung des Auges einen „Diffusionsfaktor" verwendet, der aus Wespengift hergestellt wird. Da erinnere ich mich, daß eines Tages eine Wespe in meinen Malnapf fiel und daß sich daraufhin die Farben besonders leicht und geschmeidig mischen ließen. Ich fragte mich damals, ob man mit Hilfe des Wespengifts nicht die Vereinigung der Farben erleichtern könnte. Seither habe ich, meine Eingebung weiter verfolgend, dieses Mittel herstellen lassen, das eines der Geheimnisse meiner Malkunst ist.

So ist der Bahnhof von Perpignan für mich seit Jahren eine Quelle der Erleuchtungen, eine Kathedrale der Eingebungen. Ich weiß seit langem, daß das Genie einen trivialen Ort braucht, um sich zu behaupten. Der Parthenon oder die Niagarafälle sind zu erdrückend. Das Absurde und das Unbedeutende sind bessere Gefährten der Erleuchtung. Die Erinnerungen des Unbewußten lassen ihre Botschaften nur in den Augenblicken geistiger Leere durchsickern, und ein Klosett ist deshalb so gut ein Gnadenort wie der Bahnhof von Perpignan.

Dann erfuhr ich 1966, daß man in Perpignan das Maß der Erde, das Meter, errechnet und festgelegt hat. Auf der schnurgeraden, zwölf Kilometer langen Strecke zwischen Vernet und dem Ortseingang von Salses, nördlich von Perpignan, hatte Méchain 1796 die Grundlagen der trigonometrischen Vermessung geschaffen, mit deren Hilfe man zuletzt das Meter bestimmen konnte. Ich begriff die fundamentale metaphysische Bedeutung dieser Untersuchung. Ein Meter ist nicht nur der 40millionste Teil eines Erdmeridians; er ist auch die Formel des spezifischen Gewichts Gottes, und daher erscheint mir dieser Ort als vor allen anderen ausgezeichnet. Der Bahnhof von Perpignan wird so zum wahren Heiligtum.

Ich nahm damals ein Taxi, ließ mich langsam um den Bahnhof herumfahren und betrachtete diesen, als wäre er ein esoterisches Monument, dessen Bedeutung ich ergründen müßte. Die untergehende Sonne flammte, und ihr Schein ließ die Fassaden aufglühen, vor allem das große Fenster in der Mitte des Gebäudes, das zum Zentrum einer Atomexplosion zu werden schien. Ich entdeckte um den Bahnhof herum eine Aura, die einen vollkommenen Kreis bildete: Die Oberleitungen der Straßenbahnen, die das Gebäude umkreisten und im Licht eine funkelnde Krone bildeten. Mein Glied reckte sich vor Freude und Ekstase. Alles war plötzlich von blitzhaftiger Klarheit: Vor mir befand sich der Mittelpunkt des Universums.

Physik, Mathematik und Astronomie sind sich uneinig in der Frage, ob die Welt endlich oder unendlich sei. Noch niemand hat diese Schlüsselfrage beantworten können. Mir wurde in diesem Augenblick klar, daß die Welt nur *auf einer Seite* begrenzt ist, die ihre *Achse* bildet. Mit Worten bin ich nicht imstande, meine Vision und meine Gewißheit zu definieren, aber für mich gab es von diesem Augenblick an keinen Zweifel mehr: Der kosmische Raum beginnt vor der Fassade des Bahnhofs von Perpignan, in dem von dem Bogen der Oberleitungen der Straßenbahn bestimmten Abstand, und an diesem selben Punkt endet auch das Universum.

Ebendiese Grenze ist der Beweis für die Existenz des Universums. Sie zeigt, daß die Hypothese von dessen ständiger Ausdehnung falsch ist. Der nichteuklidische Raum endet dort, wo er auf die Dimension des Geistes trifft. Diese Grenze konnte nicht definiert werden, sondern nur als Vision erscheinen – eine Momentaufnahme der

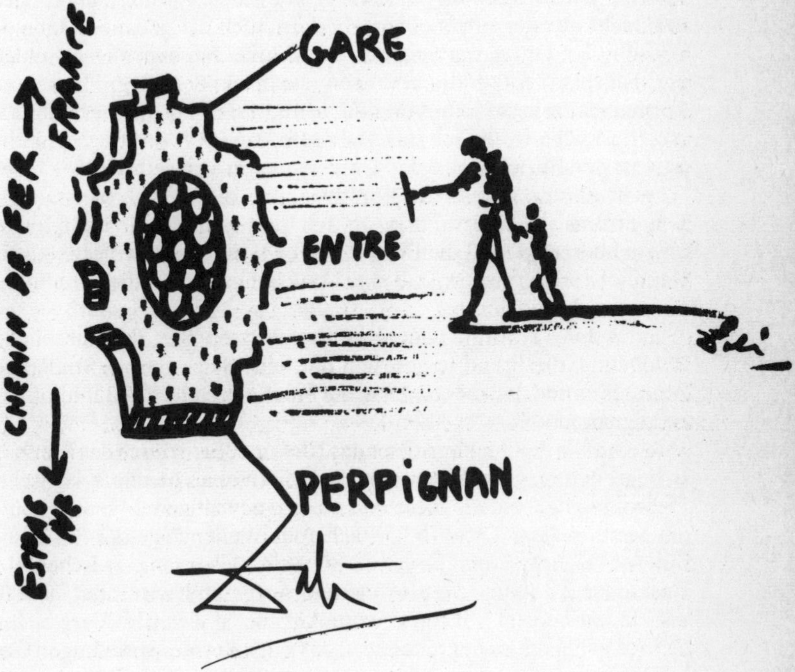
GARE
ENTRE
PERPIGNAN
CHEMIN DE FER
FRANCE
ESPAGNE

absoluten Raum-Zeit, die mich in den Eingeweiden erleuchtete. Ich faßte den Entschluß, den Bahnhof von Perpignan als transzendentes Bild der Wahrheit in Gold nachbilden zu lassen. Er ist für mich das Laboratorium, in dem man die absoluten Werte des Universums aufspüren kann, und ich untersuche ihn leidenschaftlich. Von meinem paranoischen Delirium inspiriert, habe ich dieses Monument gründlich analysieren lassen. Alle seine Abmessungen wurden aufgezeichnet, nicht nur die allgemeinen, sondern auch die genauen Maße der Fenster, der Türen, der Schalter, der Bänke. Ich habe die Anschläge und Fahrpläne fotografieren lassen, die mir in der Vergrößerung alle Formen des reinen Zufalls enthüllen, und auf Grund meiner wahnhaften Eindrücke werde ich imstande sein, eine Art seismographisches System der Beziehungen des Universums zu sich selbst aufzustellen. Es geht darum, eine totale Wahrheit über diesen Mikrokosmos des Universums ans Licht zu bringen. Ich bin sicher, ich bin im Innersten davon überzeugt, daß die Bibel der Welt symbolisch dargestellt ist im Bahnhof von Perpignan; und man braucht nur den Schlüssel zu finden, um sie zu dechiffrieren.

Jedes Jahr erbringt neue Beweise. Wissen Sie, daß die einzige Zeichnung, die Freud je gemacht hat, eine Skizze seines Studentenzimmers ist und daß dieses genau die Form der Halle des Bahnhofs von Perpignan hatte?

Ich bin wie der Alchimist, der das Nichtmeßbare durch das Meßbare zu begreifen versucht, und mir ist die Kraft meines paranoia-kritischen Deliriums gegeben, um diese Aufgabe zu bewältigen. Man sagt heute, ein Meter sei das 1 650 763,73fache der Wellenlänge der Strahlung, die von einem Atom Krypton 86 beim Übergang zwischen den Zuständen 2 p 10 und 5 d 5 im Vakuum ausgesandt wird, aber diese bis auf ein tausendstel Mikron genaue Angabe ist wenig im Vergleich zu meiner Fähigkeit zu begreifen, daß das x der Kryptonstrahlungen Gott gleichzusetzen ist, dessen Tempel dieser Bahnhof von Perpignan ist, der deshalb so lächerlich und unbedeutend erscheint, damit niemand seine Bedeutung errät, und den ich nun als den Brennpunkt der ganzen Universalität des Denkens enthüllt habe.

Dali, der fähig war, die Diskontinuität der Materie zu erkennen, indem er die Fliegen beobachtete und die Bedeutung ihrer Brownschen Bewegungen erfaßte; Dali, der die Strukturen des Lebens zeichnete, der mit seinen weichen Uhren die genauesten Äquivalenze der Raum-Zeit lieferte: Dali enthüllt der Welt die wesentlichsten

Informationen durch die Offenbarung des nur auf einer Seite begrenzten Alls. Dali ist ein Radar des genialsten Geistes; seine Malerei ist nur ein Zeichen, und sein Delirium ist heiliger als die Wahnreden der Pythia des Altertums. Die Paranoia-Kritik wird die Welt erleuchten.

„Mein Leben ist einer Art von Klassizismus verhaftet... Ich denke, ich werde noch ein Klassiker werden und dabei um nichts weniger paranoisch sein."

11. Wie man Geld verdient

Ich glaube an den Arschloch-Humanismus. Man darf sich weder den Tod noch die Scheiße verhehlen, und das Gold erhebt und transzendiert den Menschen.

Das Gold hat für mich immer eine halluzinatorische Schönheit besessen. Als Kind liebte ich mit goldenen Tressen besetzte Kostüme, und ich hatte lange einen Königsmantel und eine goldene Krone, von denen die Inspiration für viele meiner Träume und Gestalten stammte. In den jahrtausendealten Erinnerungen der Völker ist das Gold mit dem Heiligen verbunden, und die Priester haben es immer mit der göttlichen Macht assoziiert. Aber mehr noch als in seiner Seltenheit liegt sein Wert in seinem eigenen Wesen, dessen Vollkommenheit Ausdruck des kosmischen Geistes ist. Dem Gold wohnt ein Zauber inne, der fasziniert wie die Reinheit und die Transzendenz. Ich glaube, daß das Gold das schönste Abbild der Seele ist. Wenn ich mich nicht in acht nähme, würde ich der Versuchung des goldenen Metalls vollends erliegen, das mich unterjocht und meine höchsten paranoia-kritischen Fähigkeiten lähmt.

Eines Tages sucht mich ein amerikanischer Verleger auf, um mir ein Geschäft vorzuschlagen. Ich höre ihm mit der zweckdienlichen Zerstreutheit zu, ich ködere ihn, ich verwirre ihn, indem ich wieder zurücknehme, was ich einen Augenblick zuvor schon zugesagt habe, kurz: Ich röste ihn, bis er gar ist und ich das Doppelte von dem herausgeschlagen habe, was er mir ursprünglich geboten hat. Ich sehe meinen Kammerherrn, den Capitaine Moore, an, um meinen Sieg auszukosten. Der wiegt den Kopf hin und her, um mir seine Bewunderung auszudrücken. Da öffnet der Verleger plötzlich das schwarze Köfferchen, das er mitgebracht hat. Er schlägt ein Tuch zur Seite, und ich sehe vier wunderbare Goldbarren im Licht blinken. Der Verleger hebt das Fach heraus, in dem sie liegen, und vor meinen Augen leuchten vier weitere Barren dieses reinen Metalls. Meine Hände greifen mechanisch zu und nehmen zwei der Barren. Ich lasse sie wollüstig im Licht blitzen.

„Sie gehören Ihnen“, sagt der Verleger. „Ich habe gehört, daß Sie das Gold lieben, und ich dachte mir, ich kann Ihnen eine Freude machen, Meister, indem ich mit dieser Münze zahle.“

Ich halte meine beiden Barren in der Hand, und nichts in der Welt könnte sie mir entreißen. Ich kneife meine Gesäßbacken zusammen, als hätte ich eine Kolik.

„Sie dürfen auch die anderen angreifen“, sagte der Verleger. „Es gehört alles Ihnen.“

In jeder anderen Lage würde mein genialer kritischer Geist sofort reagiert haben, aber ich befand mich in einem regelrechten Trancezustand.

Ich konnte nichts anderes denken, als daß das Gold, das da in der Sonne leuchtete, mir gehörte. Ich legte einen Barren auf jedes meiner Knie und würde mir auch einen auf den Kopf gelegt haben, wenn ich nicht befürchtet hätte, er könnte herunterfallen. Der Verleger zog seine Füllfeder aus der Tasche und reichte sie mir zur Unterschrift.

Da hüstelte der Capitaine Moore diskret. „Bevor Sie unterschreiben, göttlicher Meister, erlauben Sie mir vielleicht, das Gold in diesem Koffer zu wiegen ... Eine reine Vorsichtsmaßnahme, die mein Amt von mir fordert“, fügte er mit einem irischen Lächeln hinzu.

Er tat es, und es zeigte sich, daß man mich um die Hälfte der vereinbarten Summe betrügen wollte. Obwohl es mich schwer ankam, warf ich diese Pflastersteine dem Geizhals an den Kopf, der mich beinahe zum Narren gehalten hätte, indem er auf meine älteste Leidenschaft spekulierte.

Man weiß, daß das größte Spiel meiner Kindheit darin bestand, den Schatz meines Kotes so lange wie möglich bei mir zu behalten – eine Lust, die an Ekstase grenzte. Ich kniff die Gesäßbacken zusammen, ich hüpfte auf einem Bein, ich hielt mir den Bauch, ich wurde abwechselnd rot und blaß und wand mich in Krämpfen. Meine Gedärme verknoteten sich. Ich genoß masochistisch meine Schmerzen. Dann, wenn ich die äußerste Grenze des Erträglichen erreicht hatte und mein After vor Anspannung schmerzte, ging ich zum zweiten Teil meiner Übung über: zur Verfolgung meiner Familie. Mit Tränen der Qual in den Augen ging ich von Zimmer zu Zimmer und suchte einen unbenutzten Winkel. Wenn ich ihn endlich gefunden hatte, vergewisserte ich mich, daß niemand zu sehen war, und mit einem Schauder tiefen Wohlbehagens ließ ich die Hose hinunter und ergötzte mich an dem Kot, der endlich zwischen meinen wollüstig entspannten Gesäßbacken hervorquoll.

Ebenso pißte ich bis zu meinem achten Lebensjahr jeden Morgen ins Bett, nachdem ich mir das Vergnügen, das mir diese Rache bereiten würde, lebhaft ausgemalt hatte, und während mir der Urin an den Beinen entlangrann, dachte ich, daß ich mir damit die Befriedigung versagte, die mir der Besitz eines wunderschönen Dreirads bereitet hätte, das mein Vater meinem Bett gegenüber auf den Schrank gestellt hatte, damit ich es immer vor Augen hätte, und das meine Belohnung gewesen wäre, wenn ich in den Topf gemacht hätte. Aber ich gab weder meinen Urin noch meinen Kot her. Mein After und mein Penis waren Pforten, die ich vor meinen Schätzen verschloß. Ein Psychoanalytiker, der weiß, daß im Unterbewußtsein Gold und Kot eins sind, wird sich nicht darüber wundern, daß Salvador Dali „avida Dollars“ – dollargierig – wurde und daß mir mit meinem Kot durch die Anwendung der paranoia-kritischen Methode eine phänomenale Verwandlung gelang. Man denke an das Huhn mit den goldenen Eiern, den „Goldesel“ oder die goldene Diarrhoe der Danae.

Das Anagramm „avida Dollars“* erfand André Breton, um meine Vorliebe für das Gold zu brandmarken, und er glaubte, damit meinen bewunderungswürdigen Namen an den Schandpfahl zu stellen. Tatsächlich hat er mir nur einen Talisman gemacht, der mir die Türen der Banken und Tresore öffnete. Amerika hat mich wie den verlorenen Sohn aufgenommen und mir die Dollars paketweise an den Kopf geworfen. Breton hat mir zum Erfolg verholfen. Ich habe allen Grund, ihm dankbar zu sein für die Erfindung dieses gewinnbringenden Markenzeichens. Das Gold blendet mich, und die Bankiers sind die Hohenpriester der Dalischen Religion. Auguste Comte hat sie mit Recht an die Spitze der Hierarchie seiner positivistischen Gesellschaft gestellt. Das Gold ist der Eckpfeiler nicht nur der Wirtschaft, sondern auch des Humanismus. Es veredelt alles, was es berührt. Sartre sieht nur die schwarze, negative Seite des Menschen, der in seinen Augen obendrein eine „nutzlose Passion“ ist, und glaubt, der Besitz von Gold sei entwürdigend. Für mich ist es entwürdigend, im Elend zu sterben wie Cervantes, der den unsterblichen Don Quijote geschaffen, oder wie Kolumbus, der Amerika entdeckt hat.

* Aus den Buchstaben des Namens Salvador Dali.

Wie Dali den Menschen durch das Prisma des Goldes sieht

Ich habe vom Sein die Vorstellung eines Alchimisten. Ich glaube nicht an einen abstrakten Begriff vom Menschen. Sein Geschlecht, seine Gerüche, seine Exkremente, die Genen seines Blutes, sein Eros, seine Träume und sein Tod sind wesentliche Bestandteile seiner Existenz. Ich glaube vielmehr, daß „die Substanz, die man sucht, dieselbe ist wie die, aus der man sie ziehen muß". So lautet das Grundprinzip der Alchimie. Jedes Element der Materie verbirgt einen Schatz. Und der Mensch ist für mich die vornehmste Materie der Alchimie: Der Brunnen, aus dem der Reichtum quillt, die Goldmine des Absoluten, sofern man ihn zu transzendieren versteht. Das Gold ist der wahre Beweis für die Erkenntnis Gottes, der Lebensgesetze, der tiefen Moral.

Alle großen Männer haben es immer wieder versichert. Lenin träumte davon, ein goldenes Pissoir als Symbol für das Gelingen der Revolution einzuweihen. Ignatius von Loyola schuf auf dem Höhepunkt seiner mystischen Ekstasen den Jesuitenstil, der sich durch die Zurschaustellung von Gold in allen Kirchen auszeichnet. Überall blinkt einem Gold entgegen. Gustave Moreau läßt seine Bilder vor Gold leuchten. Verlaine, der in den letzten Tagen seines Lebens von der Syphilis zerfressen wurde, verbrachte seine ganze Zeit damit, den Stuhl, auf den er seinen Hintern setzte, und seinen Nachttopf golden anzustreichen. Ich wünsche mir übrigens, daß man nie aufhöre, in tiefer Einsicht in die Wirklichkeit des Menschen das Gold den Exkrementen gleichzusetzen. Maupassant im Asyl hielt den Harn zurück, um seine kostbare Pisse nicht zu vergeuden, die, wie er sagte, in seinen Halluzinationen Diamanten enthielt. Die Anbeter des Pisse-Brotes der öffentlichen Bedürfnisanstalten glauben, daß die Brotkrume, die sie in den Urin tunken, Ausdruck eines absoluten Reichtums, eines Goldes sei, das allen gehört. Die Träume Lenins, der wie alle Syphilitiker einen goldenen Kot hatte – der durch die Spirochäten hervorgerufen wird –, und die Qualen der Verehrer der Pisse-Hostie haben einen gemeinsamen Nenner: die innerste Überzeugung, daß die widerlichste Materie das Sanktuarium eines verborgenen Schatzes ist. Ich persönlich ziehe es vor, meinen Reichtum geizig zu verbergen, um ihn um so sicherer zu besitzen.

Am liebsten würde ich in einem Haus wohnen, das ganz aus Gold ist, aber das Gold müßte versteckt sein unter den Fliesen des Badezimmers, der Fayence der Badewanne, dem Porzellan der Türklinken, den Treppenstufen. Was für eine Quelle tiefster Befriedigung! Als einziger wissen, daß alles, was man berührt, aus Gold ist! Und daß alle Besucher die Füße auf ein Vermögen setzen, ohne es zu ahnen! Als Krönung des Ganzen müßte natürlich die Klosettbrille sichtbar aus Gold sein und jeder aufgefordert werden, auf den edelsten und kostbarsten aller Stoffe zu scheißen.

Was Dali unter „Arschloch-Humanismus" versteht

Der Ausdruck ist keine Verhöhnung, im Gegenteil. Aber man muß eine hohe Vorstellung vom Menschen haben. Die gesamte große Malerei kommt aus den Eingeweiden. Chardin und Gustave Moreau liefern Beispiele für die Scheiße-Palette. Für die Darstellung des Goldes und der Speisen kann man nur Terra di Siena, Ocker, Gelb, Braun und Kastanienbraun, das heißt die Exkrementenfarben, verwenden. Das Besessensein vom Unflätigen ist der Ursprung der großen bildnerischen Sujets. Und jedesmal wenn ich eine reiche, mit Diamanten behangene Frau sehe, muß ich im Geiste unwillkürlich alle diese kostbaren Steine in Kotwürste verwandeln, die ihren Hals, ihren Busen, ihre Hände zieren und zur Schau stellen, was sie von der menschlichen Natur vergessen möchte.

Die Amerikaner haben sich große Mühe gegeben, um die fundamentalen Elemente zu pasteurisieren und die Exkremente und den Tod aus ihrem Denken zu verbannen. Sie haben die UNESCO erfunden, das heißt eine theoretische Vorstellung vom Menschen, und sie haben eine Dekoration in Bonbonrosa und Pistaziengrün aufgebaut, um die Wirklichkeit dahinter zu verstecken. Ich glaube, sie sitzen schlecht auf ihren Ärschen, sie machen sich in die Hose und teilen ihren Reichtum aus wie einen nutzlosen Durchfall. Dali glaubt im Gegensatz dazu an die Kräfte der Fäulnis, an den Geruch des Lebens und, in der Malerei, an die magische Exkrementenpalette. Ich verabscheue die Antischeißefarben und die gekünstelte Fröhlichkeit.

Jede große Kunst wird aus der Alchimie und der Überwindung des Todes geboren. Ich mache Gold, indem ich durch ein Überbewußtsein meine Eingeweide transzendiere.

Ich habe immer die Gabe besessen, Gold hervorzulocken. Mit meinem Spazierstock schlage ich auf den Boden wie Moses mit seinem Stab, und schon sprudelt auf wunderbare Weise die Quelle des Lebens. Wohlverstanden: die Askese allein genügt nicht. Man braucht die List der großen Priester. Mein Vergnügen wird übrigens verdoppelt durch meinen genialen Einfallsreichtum, und ich freue mich immer wieder über mein strategisches und kaufmännisches Geschick. So war es mir ein wahrer Genuß, einen Milliardär dazu zu bringen, zwanzigmal soviel Geld auszugeben, als er eigentlich wollte. Das ist ein Rekord. Vor allem, weil ich ihn noch davon überzeugte, daß er ein gutes Geschäft gemacht habe. Ich hielt ihn zum Narren, und er war es auch noch zufrieden.

Eines Tages geht vor Port-Lligat eine prächtige Jacht vor Anker. Ein Kapitän mit viel Lametta geht von Bord, und das Beiboot bringt ihn bis vor meine Haustür. Er meldet mir, daß mich sein Chef am nächsten Tag besuchen will, um sich das Aquarell zu holen, für das er mir schon vor einigen Monaten 10 000 Dollar gezahlt hat. Wir verabreden uns für fünf Uhr in meinem Atelier.

Zehntausend Dollar, das war mir nun doch etwas zu wenig, als ich die Jacht betrachtete. Zu dieser Zeit interessierte ich mich gerade sehr für die Seeigel.

Ich setzte also eines dieser Tiere in den Hals einer Vase, steckte ihm einen in Farbe getauchten Pinsel zwischen seine Stacheln und kitzle es. Bei jeder seiner Bewegungen geht der Pinsel mit und fährt auf dem Papier hin und her. Zwei Stunden später hat mein Seeigel lange genug den Rembrandt gespielt, und das Aquarell ist fertig. Als Krönung setze ich selber noch einen recht wirkungsvollen Farbfleck darauf und signiere es.

Als der Jachtbesitzer kommt, reiche ich ihm sein Aquarell und sehe, wie sein Blick vor Verblüffung starr wird – zumal dieser Blick eben noch auf einem meiner Meisterwerke geruht hat, das ich gerade beendet habe und das eine ganze Wand meines Ateliers einnimmt.

„Das Aquarell ist bewundernswert“, sagt er, „aber die derzeitigen Experimente sind nicht nach meinem Geschmack, lieber Meister. Dagegen entzückt mich Ihre surrealistische Phantasie. Dieses Bild, zum Beispiel, ist ein wahres Wunder.“

Er verläßt mich um 200 000 Dollar leichter und mit einem Bild, an dessen Kauf er ohne die Mithilfe meines Seeigels nie gedacht hätte.

Mein Dandytum tarnt meinen Ernst, mein Exhibitionismus den sichtbaren Teil des Eisbergs. Eines Tages wird alles einstürzen, und man wird die revolutionäre Kraft erkennen, die sich in meiner Malerei unter dem akademischen Äußeren des Klassizismus verbirgt. Die Prüderie und die große Kunst gemeinsam zwingen mich, die traditionellen Formen zu übernehmen. Mein Erfolg wird darin liegen, daß ich meine Epoche bezwungen und gleichzeitig Unsterblichkeit errungen habe. Mein Erfolg, das ist das Gold, das mein heutiges Glück begründet und mein ewiges Genie nährt.

Der Zufall beschert mir übrigens so viele glückliche Erlebnisse, daß ich mir manchmal sage, die Paranoia-Kritik ist im Begriff, durch Ansteckung die ganze Welt zu erobern.

Ein großes Kaufhaus in New York bestellt bei mir für seine Eröffnung eine Reihe von Fresken, die auf der Fassade angebracht werden sollen. Die ganze Presse spricht davon. Ich zeichne im allerletzten Augenblick noch schnell die Kartons. Unglücklicherweise wird die Baufirma nicht rechtzeitig fertig, und eine Woche vor der Eröffnung erklären mir die Direktoren, meine Arbeit könne leider nicht ausgeführt werden.

Ich bekomme einen echt Dalischen Wutanfall, erkläre, ich fühlte mich erniedrigt, verweise auf den Schaden, der mir erwächst, und verlange, noch einmal bezahlt zu werden. Meine Forderung wird tatsächlich erfüllt.

Einige Tage später, als ich an dem nun geöffneten Kaufhaus mit seiner nackten Fassade vorbeigehe, kommt mir eine Idee. Ich eile hinein und suche den Generaldirektor auf, dem ich ein Spiel vorschlage. Jeden Tag wird ein Element meines Freskos aufgemalt, und das Publikum wird aufgefordert, das Element des nächsten Tages zu erraten – ein regelrechtes Puzzle, von dem alle Welt sprechen wird. Natürlich muß man mich für das Recht, dieses Spiel durchzuführen, ein drittes Mal bezahlen.

Es gelang mir, den großen Chef zu überreden, aber unglücklicherweise drohte sein Verwaltungsrat, ihn „abzusägen", falls er meinen Forderungen nachgäbe. Ich weiß aber, daß er es noch heute bedauert und jedesmal seufzt, wenn er meine Entwürfe betrachtet, die er als Andenken in seinem Büro aufbewahrt. Seine Freunde sagen, er seufze, weil er daran denkt, daß er sie zweimal bezahlt habe, aber seine

Feinde meinen: weil er sich nun schon einmal ans Zahlen gewöhnt habe und es ihm sehr leid tut, daß er nicht noch ein drittes Mal bezahlte. Das ist zweifellos wahr, aber sein Rekord wurde zwei Jahre später gebrochen. Ich habe eine Verdreifachung meines Honorars unter Umständen erzielt, die insofern noch bemerkenswerter waren, als es sich bei meinem Auftraggeber um die italienische Regierung handelte.

Der damalige Unterrichtsminister beauftragte mich, Dantes „Göttliche Komödie" zu illustrieren. Die Platten für die staatliche Druckerei hatte ich fertiggestellt, und ich hatte auch mein Geld bekommen und war darüber sehr froh, denn plötzlich gab es in Rom einen Skandal. Einem Mitglied der Opposition war bewußt geworden, daß man es einem ausländischen Künstler, einem Spanier – Dali, um ihn beim Namen zu nennen – überlassen hatte, den größten Dichter der italienischen Geschichte zu bebildern. Mit einem Chauvinismus ohnegleichen zogen die Abgeordneten gegen diesen Verrat an der Seele Italiens zu Felde. Die Regierung wurde in ihren Grundfesten erschüttert. Ich betrachtete mich als gekränkt und beschloß, mich zu amüsieren. Aber der Minister, der nicht mehr wußte, wohin er mit dem Kopf sollte, um den Tomaten auszuweichen, flehte mich an, nichts zu unternehmen; er bat mich das Geld und die bereits fertigen Platten unter der Bedingung zu behalten, daß man in Italien nie wieder von einer von Dali illustrierten „Divina Commedia" reden hörte. Ich hielt Wort und trat die Rechte um den doppelten Preis an einen französischen Verleger ab.*

Jeden Morgen muß eine goldene Diarrhoe auf meinen Kopf niedergehen, jede Zeichnung von meiner Hand muß sich in eine Banknote verwandeln, und in den Banken muß mein Gold unaufhörlich Früchte tragen. Alles, was ich sage oder tue, verwandelt sich in Gold. Ich werde eine wunderbare Verwandlungsmaschine, der Papst einer Kirche, die das Heil im Goldbarren sieht, und ich würde meine Gläubigen gern Quevedos „Lob des Arschlochs" als das Evangelium eines neuen Humanismus lehren.

Man versteht mich jedoch recht: Das Geld ist für mich nur ein Zeichen, und das Interesse, das ich ihm entgegenbringe, ist paranoiakritischer Natur.

* Der Verleger ist Joseph Foret, der auch die „Apocalypse", das teuerste Buch der Welt, herausbrachte.

Der Capitaine Moore übergibt mir eines Tages einen Scheck über 50 000 Dollar, den ich in die Tasche stecke. Wir befinden uns vor dem Fahrstuhl im Erdgeschoß des Hotel Astoria in New York. Ich fahre hinauf. Unterwegs treffe ich Freunde, die mich in ihr Appartement mitnehmen. Ich verlasse sie wieder und gehe zu Gala, die schon auf mich wartet.

Sie bittet mich um den Scheck. Ich suche in allen Taschen. Nichts. Gala ruft Moore an, der ihr bestätigt, daß er mir den Scheck gegeben hat. Er erinnert sich, daß ich eine Nummer der Zeitschrift „Time“ in der Hand hielt, zweifellos dieselbe, die ich später auf der Etage meiner Freunde in den Müllschlucker geworfen habe. Moore stürzt von einem Müllschlucker zum andern und geht schließlich in die zentrale Sammelstelle hinunter, wo man die Abfälle durchsuchen muß, um die Zeitschrift und meinen Scheck wiederzufinden.

Ich war darum auch nicht glücklicher. Es genügte mir zu wissen, daß dieses kleine Vermögen mir gehörte.

Wie Salvador Dali das Geld verachtet

Eines der Spiele meiner Jugendjahre bestand darin, eine Banknote in Alkohol aufzulösen, während ich mit einer Prostituierten erbittert um den Tarif feilschte. Das Geld gewann dann den doppelten Wert und eine sadistische Macht, die mir ein unbezahlbares Vergnügen verschaffte! In der christlichen Schule in Figueras behauptete ich vor meinen Kameraden, ich hätte einen Trick entdeckt, wie man viel Geld gewinnen könne, und ich kaufte ihnen Fünf-Centimo-Stücke um je zehn Centimos ab. Dann tat ich so, als stellte ich gelehrte Berechnungen an, deren Resultat mich sehr befriedigte, während die anderen mich für einen Narren hielten – und nicht ahnten, daß ich mir gerade ihre Verachtung wünschte!

Ich brauche wohl nicht zu betonen, daß ich nie Geld bei mir trage. In New York vertraut mir Gala eines Tages fünf Hundertdollarnoten an. Um sie nicht zu verlieren, hefte ich jeden einzeln mit einer Sicherheitsnadel unter der Weste an mein Hemd. So trete ich dann beruhigt auf die Straße hinaus. Am Abend bittet mich Gala, ihr das Geld zurückzugeben. Es war nichts mehr davon da: Ich war fünfmal mit einem Taxi gefahren.

Ich habe immer gewußt, welche Überlegenheit das Geld einem verleiht. Mein Vater als Notar hielt es sorgsam beisammen, aber es ist schließlich nur ein Mittel, einen gewissen Zustand des Behagens zu erreichen, auf den es allein ankommt. Ich erinnere mich, daß ich eines Morgens in Madrid nach einer durchfeierten Nacht meine letzten hundert Peseten für einen Korb Gardenien ausgab, den ich unmittelbar darauf einer Bettlerin schenkte. Ihre Bestürzung entzückte mich. Meine Ausschweifungen und mein Dandytum gehorchen dem gebieterischen Gesetz meiner paranoischen Begierde.

Ich hatte dem Vicomte de Noailles vorgeschlagen, ihm für 29 000 Francs ein Bild zu malen. Warum dieser Betrag? Weil er seinem Ansehen und seinem Vermögen entsprach. Er gab mir einen Scheck, den ich wie einen Schatz betrachtete und so genau studierte, daß ich ihn förmlich in mich aufnahm. Als der Augenblick kam, da ich ihn am Bankschalter vorlegen mußte, empfand ich eine unerträgliche Verlegenheit, die in mir eine Reihe von Abwehrreflexen auslöste.

Schon als ich hörte, wie der Bankbeamte mich mit meinem Namen ansprach, wunderte ich mich, und mein Mißtrauen war um so größer, als ich ihn nicht kannte und nichts von ihm wußte; und als er die Hand nach dem Scheck ausstreckte, steckte ich das rosa Papier wieder in die Tasche.

„Erst dann, wenn er mir das Geld zeigt, gebe ich ihm den Scheck", sagte ich zu Gala.

„Was befürchtest du?"

„Daß er ihn verschlingt", sagte ich. „Denn das würde ich an seiner Stelle tun."

Sie mußte mich zur großen Verwunderung des jungen Bankbeamten erst davon überzeugen, daß er sich nichts aus Papier mache und daß seine paranoia-kritische Leidenschaft von zu geringer Intensität sei, als daß ich eine possessive Provokation zu befürchten hätte. Danach hätte ich am liebsten jeden einzelnen Schein aus dem Bündel der 29 000 Francs verschlungen, um sicher zu sein, daß mir das Geld für immer gehörte.

Macht, Geld und Gold sind unfehlbare Heilmittel gegen die Angst, die das Unflätige ebenso wie die Heuschrecken mir lange Zeit einflößten. Die Surrealisten hielten mich für einen Kotesser, weil ich auf meinen Bildern Scheiße darstellte. Tatsächlich handelte es sich um einen Exorzismus, aber das Gold war dann ein Balsam, der meine Phantasmen zum Verschwinden brachte. Der Geldmangel kann in mir

Ängste und Krisen von unerhörter Heftigkeit auslösen. Eines Tages erlebte ich furchtbare Augenblicke in Torremolinos auf der Straße nach Malaga. Gala und ich hatten einen Freund aufgesucht, um uns fünfzig Peseten zu borgen. Der Freund brachte uns zum Autobus, mit dem wir zurückfahren wollten, und drückte mir einen zusammengefalteten Schein in die Hand. Der Bus war schon abgefahren, als ich bemerkte, daß ich statt der erhofften Peseten eine Telegrammquittung in der Hand hielt. Das Blut stockte mir, ich erstickte bei dem Gedanken an die Niederträchtigkeit dieser Komödie, an die Demütigung, der man mich aussetzte.

Ich sah mich schon im Gefängnis, denn ich hatte nicht einmal genug Geld für die Fahrkarten bei mir. Voll Haß sah ich dem Schaffner entgegen, der sich langsam unseren Plätzen näherte. Ich dachte schon daran, ihn in den Unterleib zu treten und zu fliehen. Ein furchtbarer Zorn hatte mich gepackt. Gala mit ihrer wunderbaren Intuition nahm meine Hand und machte sich auf das Schlimmste gefaßt. Plötzlich zog der Mann an einer Klingel, und der Bus blieb stehen. Unser Freund stieg ein. Er war, als er sein Versehen bemerkte, sofort in ein Taxi gesprungen und dem Bus nachgefahren. Ich glaube, an jenem Tag hätte ich einen Mord begehen können. Ich schwor mir, dafür zu sorgen, daß es mir nie wieder an Geld mangelte.

Der Besitz von Gold stumpft oft den Verstand ab. Ich bin ein katalanischer Bauer geblieben mit all seiner Listigkeit, seiner Naivität und seinem mystischen Hunger nach Macht. Die Liebe zum Gold und zu Gott machte einen wesentlichen Teil meiner Seele aus. Nur wenige Leute von Welt sind so gut gewappnet, und die meisten, die „Geld wie Heu“ haben, sind völlig verblödet durch den Kampf, den sie ständig führen müssen, um ihr Geld zu behalten.

Seit ich in den Vereinigten Staaten lebe, bin ich glücklich, meine Steuern zahlen zu dürfen. Denn seit ich sie zahle, bin ich reich, und je mehr ich zahle, desto größer wird mein Vermögen. Eine typisch paranoia-kritische Reaktionsweise. So verhält es sich auch mit meinem Kammerherrn und Impresario, der mir 90 Prozent von allem gibt, was er verdient. Ich könnte ihm natürlich vorwerfen, daß er 10 Prozent behält, aber ich werde nichts dergleichen tun, denn man muß es verstehen, das Geld beim Fenster hinauszuwerfen, damit es bei der Tür wieder hereinkommt. Außerdem weiß ich es so einzurichten, daß ständige Geschenke meinen Gewinn noch mehr vergrößern und den Anteil der anderen verkleinern.

Worauf es wirklich ankommt ist, daß man in dem Augenblick, da man es braucht, soviel Geld wie möglich zur Verfügung hat.

Von meinem Hotel in Madrid aus rufe ich den Portier des Hotels in Barcelona an, in dem ich gewöhnlich absteige: „Ich brauche 500 000 Peseten.“ Dann gehe ich pissen. Der letzte Tropfen fällt von meinem aristokratischen Penis, da klopft es an der Tür meines Appartements. Ein Page überreicht mir auf einem silbernen Tablett einen Haufen Banknoten. Der Portier hat seinen Kollegen in Madrid angerufen, und der schickt mir das Geld herauf. Es vergeht gerade soviel Zeit, wie man zum Pissen braucht, und schon klopft das Vermögen an meine Tür. Reich und frei – das ist die richtige Formel.

Die Surrealisten halten es anders. Sie geben vor, das Geld zu verachten, weil sie unfähig sind, Geld zu verdienen. Sie züchten sich einen lähmenden Komplex an. Sie reagieren auf das Geld ebenso wie auf die Kacke, den After, die Päderastie. Die Wahrheit beleidigt sie. Sie möchten einen neuen, idealen Menschen ohne Arschloch, ohne Geschlecht und ohne Appetit schaffen, der wie im Traum dahinlebt, das Ganze in einem Stück, das Aragon geschrieben und Breton inszeniert hat.

Mein ganzes Leben ist ein alchimistisches Werk. Mein Geheimnis ruht in dieser bis zum Paroxysmus geschärften Intelligenz, die sich in den Dienst meiner Paranoia stellt und mir die Welt ausliefert.

Gala und ich haben unseren Geldmangel lange geheimgehalten. In den schlimmsten Augenblicken, wenn wir weinten, weil wir nicht wußten, wie wir über den Tag kommen sollten, fanden wir noch immer den Mut, anderen unsere Verlegenheit, ja unser Elend zu verheimlichen. Das Mitleid ist die Tugend der Freudenmädchen, und wir wollten von anderen keine Barmherzigkeit. In Katalonien lehrte man uns, bis zum Tode Charakter und Haltung zu zeigen. Verhungern, das ist gar nichts, wenn nur die andern glauben, man sei an einer Verdauungsstörung gestorben.

Ich sage es offen: Ich weigere mich, dem Gold Zugeständnisse zu machen, denn ich bin sehr reich. Und das bewahrt mich auch davor, mich prostituieren zu müssen, um meinen Lebensunterhalt zu verdienen oder irgendwelchen Ideen zu dienen; denn das Engagement ist für den Künstler und den Intellektuellen, was für die Hure der Strich ist. Sie bezahlen mit ihrer Person für das Recht, sich als nützliche Mitglieder der Gesellschaft betrachten zu dürfen!

Ich liebe die Butterbrote der Wirklichkeit nur vergeistigt, das heißt mit einem schönen goldenen Belag. Die Spitze meines Pinsels läßt den doppelten Schatz meines Genies und meines Vermögens entstehen, sie zieht die Linien meines Schicksals und macht aus meinen gefährlichsten Ideen Greifbares und Schöpferisches. Meine besten Tage sind solche, an denen ich zwischen Erwachen und Frühstück 10 000 Dollar für eine Platte verdiene, die ich zu meinem Vergnügen graviere, und die mit einem Scheck über 50 000 Dollar enden, den ich nach einem köstlichen Abendessen ohne mit der Wimper zu zucken einstecke. Man weiß, daß ich ein Mann aus Gold bin. Und Gold zieht Gold an. Mein Schatz schwillt unaufhörlich an, und ich vergeistige mich mehr und mehr und komme der Engelhaftigkeit jeden Tag ein Stück näher. So furze ich beinahe überhaupt nicht mehr, und in dem Maße, in dem mein Vermögen wächst, wird mein Stuhl immer geruchloser und immer schöner in der Form. Als ich arm war und ausschweifend lebte, war mein Kot dagegen widerlich und pestilenzialisch. Der Honig des Goldes macht mich sanft, während meine Paranoia immer weiter zunimmt. Unveränderlich bleibt allein meine Liebe zu Gala, die ich immer noch mehr liebe als meine Mutter, mehr als meinen Vater und mehr als das Geld.

„Ich weiß nie, ob ich reich oder arm bin – die Buchführung macht meine Frau.“

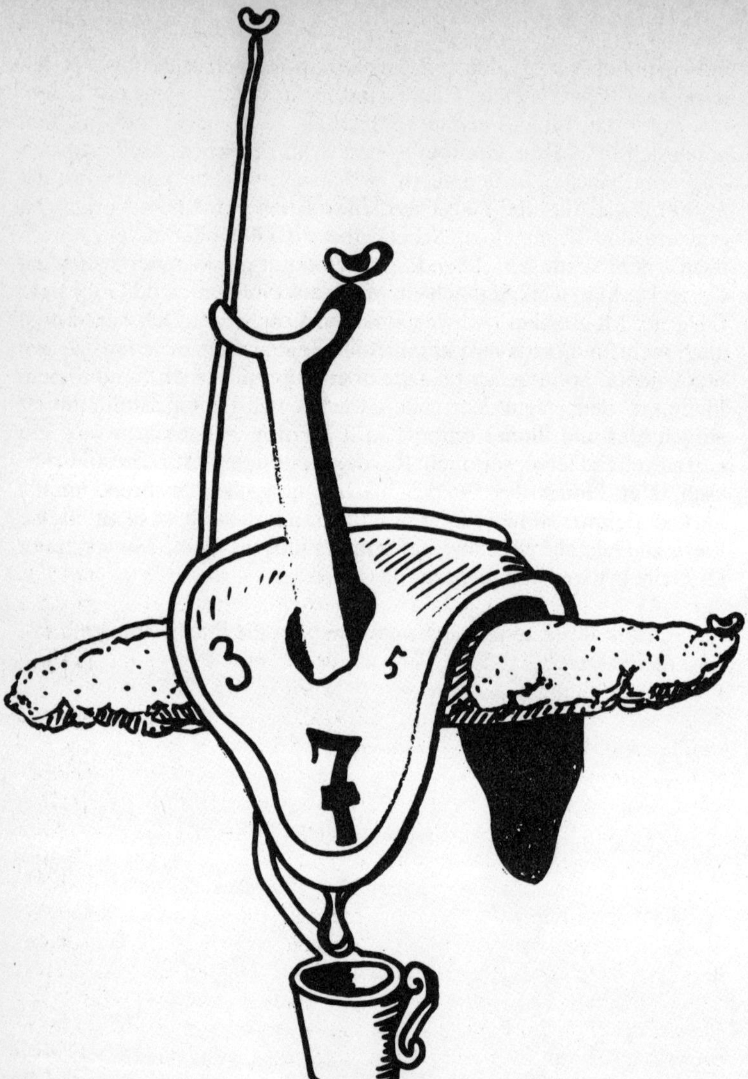

12. *Wie man Amerika erobert*

Frankreich verlassen, Europa verlassen, das war mein einziger Gedanke angesichts der steigenden Flut des Hasses und der Gewalt. Ich hatte „die Nacht der katalanischen Erhebung", den 6. Oktober 1933, in Barcelona erlebt und wäre damals beinahe erschossen worden. Daher hatte ich mir geschworen, keine anderen historischen Ereignisse mehr zu erleben als die, deren Urheber ich selbst war. Meine hoffnungsvollen und gierigen Blicke gingen näher über den Ozean zu den Honiggestaden des amerikanischen Kuchens. Und wie ein Athlet beschloß ich, für den großen Sprung zu trainieren.

Amerika war, abgesehen von meinem Katalonien, das erste Land, das mich anerkannte. Seit 1927 hing im Museum für Moderne Kunst in Pittsburgh mein „Brotkorb", und dieses belegte Brot, das mich da auf dem Büffet des Onkels aus Amerika erwartete, war ein gutes Omen. Die Überfahrt war jedoch lang. Es ging nicht an, sich ohne Mundvorrat einzuschiffen, und vor allem mußte ich meine Ankunft feierlich ankündigen.

Ich hatte die richtigen Leute an der Hand, die dafür sorgen konnten, daß die Schlösser der Tresore *made in USA* vor mir aufsprangen und sich die gewichtigsten Stimmen und die berühmtesten Namen für mich einsetzten, nämlich jene internationalen Snobs, die mich in ihren Kreis aufgenommen hatten. Während dieses ganzen Jahres tat ich mich mit besonderem Eifer in der vornehmen Welt um. Man sah nur noch mich auf der Vorbühne der Gesellschaft. Der Vicomte de Noailles empfing mich oft an seiner Tafel. Er hatte mehrere Bilder von mir an seinen Wänden hängen, namentlich „Le Jeu lugubre" und „La Dormeuse-Lion-Invisible" prangten neben den größten Namen der Malerei und sein Châteauneuf-du-pape 1923 war die Anstrengung eines Besuches wert. Beim Fürsten Faucigny-Lucinge brachte ich meinen „Tour du Désir" unter, und ich war davon überzeugt, daß das nackte, sich umarmende Paar auf diesem Bild viel von sich reden machen werde. Ich besuchte die Konzerte der Comtesse de Polignac, wo ich die schönsten Klatschweiber von Paris traf, die sodann in allen Salons herumgackerten und mein Markenzeichen verbreiteten. Eigens für sie erfand ich die ungewöhnlichsten Geschichten, die sie entzückten. Beim Comte Etienne de Beaumont ging ich dem Maharadscha von Kapurthala und einigen Surrealisten auf die Nerven, Freunden von ehedem, die von den Zuckertörtchen und dem Konfekt des Büffets angelockt wurden, und Bébé Bérards Bart blieb einige Male an meinen Westenknöpfen hängen. Er hatte einen wunderbaren Huri-Blick und Intelligenz bis in die Spitzen seiner wulstigen Finger, die er unaufhörlich bewegte, vielleicht um seine schwarzen Nägel besser zur Geltung zu bringen. Seine Schmutzigkeit faszinierte mich ebensosehr wie sein Geist.

Das Ehepaar Bettina und Gaston Bergery – er war Botschafter in Moskau und später in Ankara –, vergleichbar mit der Verbindung einer Gottesanbeterin mit Stendhal, gefiel mir wie die Lösung einer unmöglichen Gleichung. Coco Chanel, Missia Sert und Bettina waren die Favoritinnen meines Klatsch-Harems. Der Salon Marie-Louise Bousquets diente oft als Laboratorium, in dem die ausgefallensten Geschichten zusammengebraut wurden, die dann die Runde durch ganz Paris machten. Alles und alle benutzte ich als Boten: den alten Couturier Poiret, den verschlafenen Vollard, den quicklebendigen Jean Cocteau, Marie Laurencin, Serge Lifar, Léonide Massine, Boris Kochno, einen Beleuchter des Russischen Balletts, der einen Schädel wie eine Billardkugel hatte. Mein Schnurrbart wurde angeschmachtet bei den Diners von Arturo Lopez und auf den Bällen von Reginald Fellowes. Ich war unentbehrlich bei allen ultrasnobistischen Empfängen, und mein Spazierstock schlug bei allen gelungenen Abenden den Takt.

Ich ließ einige meiner schillerndsten Blasen steigen, die unter Gelächter und Bravorufen platzten: Ich erfand künstliche Fingernägel aus kleinen Spiegeln, die den Glanz der Augen reflektierten; erotische Kleider mit einer besonderen Auspolsterung, die sich je nach den Launen der männlichen Phantasie abwandeln ließ; und aufblasbare falsche Brüste, die sogar auf dem Rücken getragen werden konnten. Eines Tages erschien ich mit einer durchsichtigen Kleiderpuppe, in der rote Fische schwammen. Jedes Auftreten war ein mit Spannung erwartetes Ereignis, dessen Echo schließlich über das Meer hallen mußte. Ganz Paris kannte bereits meine Geschichten. Die Sache mit dem revolutionären Brot sollte wenig später sogar mich selbst zu einer meiner glänzendsten paranoia-kritischen Aktionen inspirieren.

Eines Abends bei den Polignacs war ich von den elegantesten Frauen umgeben. Diamanten von insgesamt mehreren hundert Karat zierten wie von einem geometrischen Hintern geformter Kot die Hälse der vornehmsten Damen von Paris. Das Konzert war beendet, und man hätte meinen können, man befände sich in den hängenden Gärten Babylons. Eine Atmosphäre von Dekadenz schwebte im Raum. Ich verkündete mit klingenden Worten, daß ich eine revolutionäre Geheimgesellschaft, den Brotorden, gründen wolle, der Ausgangspunkt einer Revolution des Empfindens der Massen sein und die soziale Logik und die Weltordnung in Frage stellen werde. Nichts weniger als das. Ich erläuterte meinen Plan:

Wir wollten ein fünfzehn Meter langes Brot backen. Dazu brauchten wir natürlich einen Spezialofen, dessen Bau beträchtliche Geldmittel erfordern würde. Doch der Verkauf einiger der Diamanten, die um mich her zu einem Strauß vereint waren, würde die ersten Ausgaben ohne weiteres decken. Ich liebkoste mit meinem Blick die Perlen- und Juwelenkolliers, die bereits von einem angst- und erwartungsvollen Zittern bewegt wurden, und fuhr mit meinen Erklärungen fort: Sobald das Brot nach bester französischer Bäckertradition gebacken war, sollte es in alte Zeitungen eingewickelt und verschnürt werden. Eines Nachts sollten dann Mitglieder des geheimen Brotordens, als Arbeiter verkleidet, die angeblich ein Kanalisationsrohr an eine Baustelle bringen mußten, in den Park des Palais Royal eindringen und das fünfzehn Meter lange Brot in der Mitte des Parks niederlegen. Danach brauchte man nur zu warten, bis irgendein Neugieriger die Schnüre aufknüpfte, die Umhüllung entfernte und erschrak. Gewiß würde man zunächst daran zweifeln, daß es sich wirklich um ein Brot handelte. Man würde das Labor der Polizeipräfektur benachrichtigen; Feuerwerker würden untersuchen, ob es sich nicht um eine Höllenmaschine handelte; die Chemiker würden Gift vermuten. Da aber niemand auf das Brot Anspruch erhob und dieses sich als ungefährlich entpuppte, mußte man sich zuletzt fragen, wie es zu einer solchen Verschwendung gekommen sei.

Einige Tage später würde man ein fünfzehn Meter langes Brot im Hof des Schlosses von Versailles finden, dann auf der Place de la Concorde, am Fuß des Obelisken, im Hyde Park, auf der Place Sainte-Catherine in Brüssel, auf dem Kapitol in Rom ... immer ohne weitere Provokation, ohne eine Botschaft. Nun aber trat die Presse der ganzen Welt in Aktion, wartete auf weitere Brotfunde und stellte Mutmaßungen an. Wer finanzierte dieses Unternehmen? Durch wessen Mithilfe war eine solche Organisation möglich? Welches Ziel verfolgte sie?

Die Bäckergewerkschaft fühlte sich betroffen. Die politischen Parteien, vor allem die sozialistische und die kommunistische Partei – die sich erniedrigt fühlten durch diese Provokation eines Riesenbrotes, das weggeworfen wurde, während Tausende von Unterernährten hungrig die Hände ausstreckten –, entsandten Abordnungen zum Ministerpräsidenten, um eine Untersuchung zu fordern. In der Abgeordnetenkammer wurden Erklärungen verlangt. Die religiösen Autoritäten gaben lange Kommentare über diesen sinnlosen Akt ab und versuchten, dem Brot seine Heiligkeit und hohe Würde zurückzugeben. Verlorene Mühe! Die provokante poetische Bedeutung des weggeworfenen Riesenbrotes schuf eine totale Verwirrung, die sich zur kollektiven Hysterie steigerte. Um so mehr als der Brotorden seine Provokation vervielfachte. Die Brote wurden immer größer und erreichten schließlich eine Länge von vierzig Metern. Durch eine Art natürlichen Wetteifers angespornt, schalteten sich nach und nach anonyme Personen in die Aktion ein: Studenten, die zu jedem Ulk bereit waren, Schwärmer, Logiker, Revolutionäre, Protestler. Man fand weggeworfene Brote auf allen Gehsteigen, vor den Denkmälern, auf den Knien der Statuen großer Männer. Man schleuderte den Politikern Brotkrusten ins Gesicht, man bombardierte Aufmärsche mit Brot, man warf sich gegenseitig beim geringsten Anlaß Brot an den Kopf. Die Verblödung erfaßte wie ein totales Delirium die ganze Welt...

Ich sprach laut mit großem Nachdruck, überzeugend, prophetisch, fesselnd. Die leuchtenden Blicke der Frauen spiegelten meine Zuversicht und meine Macht. Es war ein glänzender Abend. Einige dieser von meinem Genie verdrehten hübschen Köpfe verbreiteten meine Geschichte mündlich und schriftlich in der internationalen Mafia des Snobismus bis ans Ende der Welt. Ihr Sauerteig fand sich schon in dem amerikanischen Brot, in das ich bald kräftig hineinbeißen wollte.

René Crevel stellte uns Caresse Crosby vor, einer Amerikanerin, deren Reichtum vollkommen meinen Ambitionen entsprach. Sie hatte sich im Wald von Ermenonville in der Moulin du Soleil niedergelassen, aber sie hätte sich einen weniger grünen Ort aussuchen sollen, denn sie sah die Welt in Weiß. Sie kleidete sich weiß, sie trank Milch, sie schritt über weiße Teppiche, und makellos weiß war auch das ganze übrige Interieur, vom Telefon bis zu den Vorhängen. Schwarz waren dagegen die Teller und das Tischtuch. Ich überredete Caresse dazu, einen fünfzehn Meter langen Backofen bauen zu lassen. Und während wir darauf warteten, daß meine Geheimgesellschaft das Licht der Welt erblickte, fuhren Gala und ich an jedem Wochenende nach Ermenonville, um unseren amerikanischen Feldzug vorzubereiten, indem wir Cole Porters „Night and Day", das Lieblingslied unserer Gastgeberin, hörten und mit vom Champagner feuchten Fingern im „New Yorker" blätterten.

Wie Dali Amerika erobern wollte

Ich wurde von Tag zu Tag ungeduldiger, denn mir fehlte das Salz der Erde, ich will sagen: das Geld. Ich teilte Fußtritte in alle Richtungen aus, um meinen Zorn abzureagieren. Eines Abends reizte mich der unförmige Hintern eines Krüppels ohne Beine. Ich hätte diese Mißgeburt gar nicht bemerkt, der in seinem kleinen Rollwagen am Boulevard Edgar-Quinet stand, wenn er nicht plötzlich mit einem Stock auf das Pflaster geklopft hätte, damit man ihm helfe, die Straße zu überqueren. Es war sonst niemand zu sehen. Nur am untersten Ende des Boulevards hielt eine Hure Wache. Augenscheinlich wandte sich der Mann an mich. Diese Unverschämtheit machte mich wütend. Ich trat von hinten an ihn heran und beförderte ihn mit einem gewaltigen Tritt samt seinem Wagen auf die andere Straßenseite hinüber, wo das Gefährt hart gegen die Gehsteigkante stieß. Mit unglaublicher Geschicklichkeit hielt er sich an den seitlichen Stützen fest, und der Stoß brachte ihn nicht aus dem Gleichgewicht. Er saß schweigend und wie erstarrt auf seinem aus den Fugen geratenen Wagen. Ich ging rasch über die Straße, um meinem Opfer ins Gesicht zu sehen. Da bemerkte ich, daß er nicht nur keine Beine hatte, sondern obendrein noch blind war und mich gar nicht sehen konnte, was mir ein wenig den Spaß verdarb. Er hatte aber ein feines Gehör und nahm, als er mich kommen hörte, eine demütige, unterwürfige Haltung an, die mich besänftigte. Ich ging pfeifend davon. Nach einer Weile tat es mir leid, daß ich ihn nicht aufgefordert hatte, mir den Inhalt seiner Brieftasche auszuhändigen. Dieser blinde Krüppel war zweifellos ein Bettler, der die Gutherzigkeit der Leute ausbeutete. Mit dem Ertrag seiner Sammlung hätte ich wahrscheinlich schon einen Teil meiner Fahrkarte nach Amerika bezahlen können.

Als ich bei den Noailles Alfred Barr, den Direktor des New Yorker Museums für moderne Kunst, kennenlernte, beschloß ich zu handeln. Barr war ein nervöser junger Mann von leichenhafter Blässe. Seine Kenntnisse auf dem Gebiet der bildenden Kunst waren überwältigend, er war ein wahres Radar der modernen Kunst, interessierte sich für alles Neue und verfügte über ein Budget, das die aller französischen Museen zusammen übertraf. „Kommen Sie in die Vereinigten Staaten", sagte er mit Nachdruck. „Sie werden dort einen durchschlagenden Erfolg haben." Seine Worte waren wie das Echo meiner eigenen Überzeugung.

Mein Vater setzte mir dermaßen zu, daß mir der Aufenthalt in Cadaqués verleidet wurde. Er wollte mich so weit bringen, daß ich mich schämte. Ich hatte nur noch den heftigen Wunsch zu fliehen. Eine Zeitlang flüchtete ich in meine Malerei. Ich stellte mich selbst mit einem Kotelett auf dem Kopf dar, was psychoanalytisch gesehen bedeutete, daß ich meinem Vater nahelegen wollte, das Kotelett zu essen und mich in Ruhe zu lassen. Dann provozierte ich in Barcelona einen Skandal, dessen Echo ihn betäuben mußte.

Ich war vom Kulturinstitut der Stadt eingeladen worden, in einem Vortrag die Tugenden der katalanischen Seele zu preisen, hielt aber statt dessen eine Lobrede auf den Marquis de Sade und geißelte die Niederträchtigkeit und geistige Bequemlichkeit Angel Guimeras, des Idols der Stadt, den ich „einen Haufen Unrat" nannte. Sämtliche Stühle wurden zerschlagen, es gab mehrere Verletzte, und der Präsident der Gesellschaft mußte zurücktreten. Tags darauf führte ich vor einer Gruppe von Anarchisten, die meine Kühnheit begeistert hatte, mein Brot, das allerdings nur zwei Meter lang war, zum erstenmal öffentlich vor. Ich eröffnete die Sitzung, indem ich in vertraulichem Ton und wie ein geübter Redner die schimpflichsten Beleidigungen, Obszönitäten und Schmähungen des katalanischen Vokabulars von mir gab. Ich hatte es mit Kennern zu tun, und das Publikum, in dem sich auch viele Frauen befanden, war zuerst gefesselt, aber dann begann es zu protestieren und zu brummen wie ein Raubtier, das von seinem Dompteur gestreichelt wird. Nun ließ ich mir mein Brot mit Riemen auf dem Kopf befestigen und brüllte weiter meine Obszönitäten. Plötzlich fühlte ich, wie sich der Saal erhob. Das Brot wirkte wie ein Katalysator. Alle Schmähungen verfestigten sich und wurden greifbar. Die männlichen und weiblichen Anarchisten verwandelten sich in hysterische Wesen, und einige begannen regelrecht zu delirieren. Es kam zu einem wilden Geschrei und zu Brutalitäten. Ich verschwand mit meinem Brot unter dem Arm und ließ heillose Verwirrung zurück. Die Lektüre der Zeitungen des folgenden Tages erfüllte mich mit Jubel; meinen Vater dürfte sie so getroffen haben, daß er sich zu Bett legen mußte, ich aber war für immer von meiner krankhaften Schüchternheit kuriert.

In New York hatte eine Ausstellung meiner weichen Uhren einen ermutigenden Achtungserfolg. Die Presse schrieb begeistert über meine originelle Weltschau. Ich war für sie die neueste Neuheit aus der Alten Welt. In Paris hatte ich nicht mehr viel zu erwarten. Die Bresche war geschlagen. Ich hatte wie Alexander einen gordischen Knoten zerhauen. Es gab hinfort einen Surrealismus, der für alle Zeiten meinen Stempel trug. Ich hatte seine Strukturen verändert durch die Einführung des Klebrigen, der Verwesung, des Bizarren, des Beängstigenden und Unmöglichen. Aber hier lief alles auf einen byzantinischen und scholastischen Kleinkrieg hinaus. Mein Name wurde zu einer Art Vogelscheuche. Der französische gesunde Menschenverstand war ein wenig zu klein für mein Format. Ich hatte Hunger und Durst im Maßstab eines Kontinents, auf dem ich mich sättigen konnte an eßbarem Ruhm und Erfolg. Allein Amerika besaß genug Reichtum, frische Intelligenz und verfügbare Energie, um meine Ich-Hypertrophie zu befriedigen und meine Launen zu verkraften.

Wie sich Dali entschloß, den Sprung zu wagen

In Wahrheit vertrockneten Gala und ich langsam aus Geldmangel. Gala nähte sich ihre Kleider selbst und kochte für uns – wenn wir nicht bei den Supersnobs von Paris speisten –, und ich arbeitete ununterbrochen. Ein Bergmann hätte sich meine langen Arbeitszeiten und meine unbarmherzige Schinderei nicht gefallen lassen. Man plünderte mich aus, man machte meine Ideen zu Geld, nur ich selbst profitierte dabei nichts! Um das Unglück voll zu machen, beschloß mein Händler, Pierre Colle, meinen Vertrag nicht zu erneuern. Ein Kurswechsel war dringend geboten.

Der Tritt in den Hintern des blinden Krüppels hatte mir gezeigt, bis zu welchem Grade ich mich von allen Tabus freigemacht hatte. Nichts hinderte mich mehr, einen Entschluß zu fassen. Gala kratzte unsere Ersparnisse zusammen und buchte zwei Plätze auf der „Champlain“, die nach New York ging. Nun blieben uns noch drei Tage, um mit nietzschescher Kühnheit bei unseren wohlhabendsten Freunden Geld aufzutreiben. Aber ich führte mich offenbar auf wie ein zorniger Tiger, und so mancher schlug erleichtert die Tür hinter mir zu, ohne mir auch nur soviel gegeben zu haben, wie ich für ein Taxi gebraucht hätte. Der einzige, der mich damals – mit der stolzen Haltung eines Löwen – empfing, war Picasso. Er brach für den verlorenen Sohn die mythische Sparbüchse des Vaters auf, und so konnte ich mich nach Amerika einschiffen.

Ich war wie im Fieber. Drei Tage lang hatte ich befürchtet, die für unsere Abreise nötigen 500 Dollar nicht auftreiben zu können. Während der ganzen Fahrt von Paris nach Le Havre fürchtete ich, der Zug könnte sich verspäten, so daß wir das Schiff versäumten, und bei der Abfahrt auf der Gare Saint-Lazare lehnte ich es ab, mich vor der Lokomotive fotografieren zu lassen, weil ich Angst hatte, der Zug könnte ohne mich abfahren. Ich hatte keine Ruhe, bis wir endlich an Bord waren, und quälte Gala unaufhörlich. Drei Stunden vor dem ersten Pfiff der Sirene waren wir schon an Deck. Aber meine Erregung ließ während der ganzen Überfahrt nicht nach, und meine vagen Befürchtungen verdichteten sich zu regelrechter Angst. Die „Champlain“ ächzte in allen Fugen. Ihre Größe machte sie meiner Ansicht nach verwundbar und zerbrechlich, und im Falle einer Katastrophe war sie gewiß schwer unter Kontrolle zu halten. In dieser Meinung bestärkte mich die offensichtliche Sorglosigkeit aller Offiziere, denen ich auf den Gängen begegnete und die, offenbar nur auf Äußerlichkeiten bedacht, ihre Mützen schief aufgesetzt trugen, während doch unser aller Heil von ihrer ernsten Pflichterfüllung abhing. Ich trank Champagner in phänomenalen Mengen, um mich zu beruhigen, und trug meinen Rettungsgürtel immer bei mir. Sogar im Bett umgab ich mich mit Kork, bereit, auf dem Ozean der Verzweiflung zu treiben. Bei den Alarmübungen war ich stets aufmerksam als erster zur Stelle. Ich hielt meinen Stock in der Hand und war fest entschlossen, zuerst Frauen und Kinder niederzuschlagen, um zu meinem Rettungsboot zu gelangen. Wenn ich mich auf dem Deck aufhielt, erhöhte die ungeheure Weite des Ozeans noch mein Unbehagen, und ich wagte nicht, die Kimm zu betrachten. Die Bulletins der „Champlain“, durch die man uns ständig die Entfernung von der Küste des Kontinents mitteilte, versetzten mich in düstere Grübeleien, und ich rechnete mir aus, wie viele Ruderschläge im Falle eines Schiffbruchs nötig wären, um Land zu erreichen. Ich war ganz von Furcht und Schrecken beherrscht. Ohne mein Brot wären mir meine Ängste zum Alptraum geworden, aber seine Hefe beschäftigte zum Glück meinen Geist und ließ neuen Ehrgeiz keimen.

Wir reisten auf der „Champlain“ zusammen mit Caresse Crosby, die in die Staaten zurückkehrte und sich unser annahm. Ich erinnerte sie daran, daß sie mir ein Brot von fünfzehn Meter Länge schuldete, dessen Herstellung sie mir in Ermenonville versprochen hatte. Sie sprach mit dem Kapitän, aber leider war der Backofen des Schiffes für eine solche Großleistung nicht eingerichtet, und ich mußte mich mit einem zweieinhalb Meter langen Brot zufriedengeben, in das man obendrein noch ein Rückgrat aus Holz einbacken mußte. Für mich war dieses Brot jedoch ein Zauberstab, der mich der Freude zurückgab. Bevor ich es bekam, hatte ich mich entmannt, impotent, ohne Nabelschnur gefühlt. Als mir der Koch mit großer Feierlichkeit mein in Zellophan gehülltes Brot überreichte, war ich verwandelt. Ich nahm es in die Hand wie ein Glied beim Masturbieren und streichelte es mit tiefer Befriedigung. Es war schmal und fest, ein wenig biegsam und knorpelig wie ein Penis und hatte eine schöngeformte Kruste. Ich spürte, wie mir der Speichel der Begierde die Kehle netzte. Feierlich nahm ich das Brot mit beiden Händen und schwenkte es mit ausgestreckten Armen hin und her. Man hatte mir meinen Phallus zurückgegeben.

Meine erste Sorge war, ihn in eine Hose zu stecken, das heißt, ich wickelte das Brot in Zeitungspapier, um es vor den Blicken zu verbergen und die Begierde der anderen anzustacheln. Dann legte ich es in die Mitte meiner Kabine, wo es auf den großen Tag meiner Vermählung mit Amerika wartete! So wollte ich an Land gehen: als Bräutigam, der seinen Penis in der ausgestreckten Hand hält und die ganze Welt zur Hochzeit lädt.

Ich befand mich gerade auf dem Oberdeck, als man uns New York ankündigte. Aus dem Nebel sah ich plötzlich eine schwarze Masse aufsteigen, und ich begriff, daß wir uns in unserer liliputkleinen Schale einem liegenden Ungeheuer näherten, dessen vielfältig geformter Penis sich steif emporreckte. Wie Filzläuse wollten wir uns an diesen hohlen Gliedern anklammern, um uns ein Nest zu suchen. Als die

Sonne die Tausende von Fenstern mit Licht übergoß, schien ein Zittern an den Wolkenkratzern hochzusteigen, so als ob eine lüsterne Massage diese riesigen Massen in Spannung hielt, die sich in der Vagina des Himmels auflösten. Die „Champlain" machte nur wenig Fahrt, sie ließ sich von der Dünung tragen, und ich hatte das Gefühl, daß wir der langsamen, liebenden Durchdringung der Erde und der Wolken beiwohnten. Die Sirene heulte, um den Koitus anzukündigen. Ich fühlte, wie mir mein Glied zwischen den Beinen schrumpfte, und stürzte in meine Kabine, um meinen zu Brot gewordenen, eßbaren Penis wiederzufinden.

Dort hatte sich eine Meute von Journalisten mit köstlicher Ungeniertheit niedergelassen, was mir zeigte, daß ich schon sehr berühmt war. Sie standen oder saßen auf den Sofas, dem Bett, den Stühlen, den Teppichen, kauten Gummi und hatten den Hut auf dem Kopf und den Notizblock in der Hand. Erstaunlicherweise hatte mein über vier Stühle gelegtes Brot das Gedränge überlebt, und niemand schien sein Vorhandensein bemerkt zu haben. Ich nahm es unverzüglich in die Hand und hielt es wie ein Bischof sein Kreuz oder Moses seinen Stab. Die Fragen prasselten auf mich nieder. Mein Alter, mein Vater, meine Mutter, die weichen Uhren, die Paranoia-Kritik, aus welchem Grunde hatte ich Gala mit Koteletts auf den Schultern gemalt?... Kein Wort über das Brot! Man hätte meinen können, mein Stab wäre unsichtbar. Ich streckte es zur Kabinendecke hinauf, ich klemmte es unter den Arm, ich lief durch die Gänge, ich stieg an Deck, ich ging langsam durch den Zoll, immer umgeben von der Gruppe der Journalisten. Nichts! Sie wollten alles von mir wissen, und ich vertraute ihnen Geschichten an, mit denen sie ihre Spalten füllen konnten und die gute Schlagzeilen hergaben, und keiner von ihnen bemerkte, was ich ihren Blicken unaufhörlich darbot. Da begriff ich, daß ich sie genarrt hatte und daß es diesen anmaßenden Leuten, die mich in Stücke reißen wollten, um mich den Säuen vorzuwerfen, nicht gelungen war, die List des Odysseus zu durchschauen. Mein Brot war das Bild meiner ungebrochenen Kraft, meines mannhaften Phallus. Indem ich ihnen Krümel hinwarf und Konfetti in die Augen streute, hatte ich ihnen meine Wahrheit verborgen. Ich war für sie der König des Universums, der Clown, der Gaukler; keiner hatte begriffen, was sich an angestauter Kraft, an nietzscheschem Willen hinter dem äußeren Anschein verbarg. Ich stellte mein aufgerichtetes Brot auf die Erde Amerikas, wie man einen Baum pflanzt, nahm ihm langsam die

Hülle aus Zeitungen ab und warf diese schon gestorbenen Neuigkeiten fort. Die goldene Kruste glänzte in der Sonne. Ich packte mein Brot wie einen Fahnenschaft, und mit geschwenktem Phallus zog ich in die Stadt ein ... Schwierig war nur, dieses Brot trotz seiner Unsichtbarkeit in einem Taxi unterzubringen. Und es wurde immer unsichtbarer. Ich ging in New York spazieren, hielt mein Brot in der Hand und versperrte damit den Passanten den Weg, aber niemand sagte etwas. Ich blieb auf dem Gehsteig stehen und stützte mich auf mein Brot, ich stellte mich vor den Schaufenstern damit auf, und man fotografierte mich, aber da die beiden Enden des Brotes von den Bildrändern abgeschnitten wurden, bemerkte es auf dem Foto niemand.

Am letzten Tag geschah jedoch ein Wunder. Da das Brot allmählich alt und bröckelig wurde, beschloß ich eines Morgens, es zu essen. Ich nahm mein Frühstück in einem Drugstore der 50th Street ein und brach die Rinde meines Stabes, um sie zu meinen Spiegeleiern zu verzehren. Bald war ich von den übrigen Gästen umringt, die mir bei meinem Mahl zusahen. Man stellte mir Fragen, aber da ich nicht Englisch sprach, trat das Unverständnis an die Stelle der Unsichtbarkeit, und das Geheimnis des Brotes wurde den Amerikanern an diesem Novembertag des Jahres 1934 nicht enthüllt.

Als ich die Straße überquerte, glitt ich aus und ließ mein Brot fallen. Ein Polizist half mir auf den Gehsteig hinauf. Als ich mich umdrehte, war mein Brot verschwunden – vollkommen unsichtbar geworden auch für mich. Da wußte ich, daß es von der Stadt verschlungen und verdaut worden war, daß sein Ferment in den Bäuchen dieser riesigen Phalli zirkulierte, die mich umgaben, und daß es bereits den Dalischen Samen meines künftigen Erfolgs bildete.

Der erste amerikanische Sieg Dalis

Schon am Tag nach meiner Ankunft begann mein Triumph. Mein Händler Julian Lévy verkaufte nahezu die Hälfte der ausgestellten Bilder in den ersten drei Tagen nach der Vernissage. Die Presse feierte meine Phantasie, und Caresse Crosby gab mir zu Ehren einen Ball.

Die Elite der amerikanischen Gesellschaft nahm im „Coq Rouge" an dieser Veranstaltung unter dem Thema „Ein surrealistischer Traum" teil. Es ging darum, zu zeigen, wessen die amerikanische

Traumphantasie angesichts der Herausforderung durch die surrealistische Imagination Europas fähig war.

Für Gala dachte ich mir ein Kostüm aus, das ich „köstlicher Kadaver“ nannte. Sie trug auf dem Kopf eine nackte Puppe, deren Bauch von Ameisen zerfressen wurde, und an den Kopf selbst klammerten sich die Scheren eines phosphoreszierenden Hummers. Ich empfing die Gäste neben einem auf Krücken ruhenden, abgehäuteten und ausgeweideten Ochsen, in dessen Bauch Trichtergrammophone aufgestellt waren. Meine wie Antennen aufgerichteten Schnurrbartspitzen strahlten ein magisches Fluidum aus. Es wurde ein märchenhafter Abend. Die erste der Geladenen erschein splitternackt, und ihr Kopf stak in einem Vogelbauer. Sie wurde begleitet von einem Mann im Nachthemd, der auf dem Kopf wie einen Schirm ein Nachttischchen trug. Während des Balls öffnete er dessen Türchen, hinter dem sonst der Nachttopf stand, und ließ einige Kolibris fliegen. Überall waren Augen zu sehen: auf dem Bauch einer hübschen Frau, auf Brüsten, Rücken und Stirnen. Geschwülste schwankten hin und her wie kugelige Busen. Große Sicherheitsnadeln hingen von dem schönsten Fleisch New Yorks nieder. Von Zeit zu Zeit schlug ich mit meinem Spazierstock gegen eine mit Wasser gefüllte Badewanne, die immer mehr aus dem Gleichgewicht geriet und meine Gäste von einer Treppe herab bedrohte ... Ein Abend, der dazu angetan war, meine kleinen surrealistischen Genossen vor Neid erblassen zu lassen, die um die Marmortische eines Cafés an der Place Blanche vereint waren und im Namen Lautréamonts onanierten!

Am nächsten Tag um zehn befanden wir uns an Bord der „Normandie“ auf der Heimreise nach Europa, wo mich wieder die Eifersucht und die Mittelmäßigkeit der surrealistischen Krisen erwartete. Meine alten Freunde machten mir gleich bei meiner Ankunft einen lächerlichen Prozeß. Sie beriefen sich auf einen Artikel im „Petit Parisien“ und warfen Gala vor, sie habe in New York einen Skandal provoziert, indem sie mit dem Symbol der Leiche des Lindbergh-Babys – dieses Verbrechen ging damals durch alle Zeitungen – auf dem Traumball erschienen sei. All das war widerlich. Die Wahrheit war, daß mein Erfolg sie nicht schlafen ließ. Das galt vor allem für die kleine Gruppe der von Aragon verdorbenen Kommunisten. Eine fatale Krise kündete sich an, und ich freute mich darauf.

Hitler brüllte nun immer lauter. Mit seinem Koppel, seiner Haarlocke und seinem kleinen, fest zusammengekniffenen Hintern beeindruckte er mich ebensosehr wie das amerikanische Telefon, das mich zu den Bildern „Violettes Impériales“, „Le Moment sublime“ und „Cheval aveugle mâchant un téléphone“ inspirierte. Um meine Rückkehr zu verkünden, schrieb ich „La Conquête de l'Irrationnel“, die 1935 erschien und in Künstlerkreisen Aufsehen erregte. Aber beinahe hätte ich mich von meinem Streben nach Ruhm ablenken lassen, wie man sich von einem geschickten Taschendieb, der einem ein Loch in den Bauch schwatzt, die Brieftasche ziehen läßt. Den ersten Schock versetzte mir die Erhebung in Spanisch-Marokko unter Franco, dann kam die Belagerung Madrids, dann die tragische Nachricht vom Tode Garcia Lorcas, der aus Versehen erschossen wurde. Das spanische Chaos erschütterte mich, die Ungeheuer des Bürgerkrieges drangen in meine Gemälde ein. Das Doppelwesen des „Kannibalismus des Herbstes“ verschlingt sich selbst und saugt mein Blut. Man wird meinen Vater verfolgen, meine Schwester wird beinahe den Verstand verlieren, man wird meinen Kirchturm zerstören, und wie viele meiner Freunde werden den Tod finden! Der Tod, das Nichts, die Niedrigkeit des Hasses kreisen mich ein. Mein paranoia-kritisches System funktioniert vollkommen. Mitten in der Verzweiflung male ich weiter. Ich erfinde die „Vénus de Milo aux tiroirs“ und das „Cabinet anthropomorphique“. Der reichste englische Sammler, Edward F. W. James, erteilt mir einen großen Auftrag. London lädt mich zu einer Ausstellung – „Cézanne, Corot, Dali“ – ein, und ich schicke ihnen hierfür mein „Veston aphrodisiaque“, das sich aus 98 Likörgläsern zusammensetzt, die mit grüner Minze gefüllt sind und in denen Trinkhalme stecken. An diesen Erfolg würde ich gern zurückdenken, wenn mit ihm nicht die Erinnerung an ein schreckliches Erlebnis verknüpft wäre.

Ich hatte beschlossen, anläßlich der Ausstellung eine Rede zu halten, jedoch in einem Taucheranzug, um das Unterbewußtsein zu versinnbildlichen. Man steckte mich also in meine Rüstung und zog mir sogar Schuhe mit Bleisohlen an, die es mir unmöglich machten, die Beine zu bewegen. Man mußte mich auf das Podium tragen. Dann setzte man mir den Helm auf und verschraubte ihn. Ich begann hinter dem Glas des Helms mit meiner Rede – vor einem Mikrophon, das offensichtlich gar nichts aufnehmen konnte. Meine Mimik faszinierte jedoch das Publikum. Bald rang ich aber mit offenem Mund nach Luft, mein Gesicht lief zuerst rot und dann blau an, und ich verdrehte die Augen. Offenbar hatte man vergessen, mich an ein Luftversorgungssystem anzuschließen, und ich war dem Ersticken nahe. Der Spezialist, der mich ausgerüstet hatte, war verschwunden. Ich gab meinen Freunden durch Gebärden zu verstehen, daß meine Lage kritisch wurde. Einer holte eine Schere und versuchte vergeblich, den Anzug aufzustechen, ein anderer wollte den Helm abschrauben. Da es ihm nicht gelang, begann er mit einem Hammer auf die Schrauben zu schlagen. Mein Kopf dröhnte wie eine Glocke, und meine Augen tränten vor Schmerz. Man zerrte, man stieß mich hin und her. Zwei Männer versuchten, mir den Helm abzureißen, ein dritter schlug weiter auf das Metall, daß ich fast die Besinnung verlor. Auf dem Podium herrschte nur noch ein wirres Handgemenge, aus dem ich ab und zu hervortauchte wie ein Hampelmann mit ausgerenkten Gliedern, und mein Kupferhelm tönte wie ein Gong. Da klatschte das Publikum Beifall zu diesem gelungenen Dalischen Mimodrama, das in seinen Augen zweifellos darstellte, wie das Bewußte des Unterbewußten habhaft zu werden versucht. Ich aber wäre an diesem Triumph beinahe gestorben. Als man mir den Helm endlich herunterriß, war ich so bleich wie Jesus, als er nach vierzigtägigem Fasten aus der Wüste zurückkehrte.

Dieses entsetzliche Angstgefühl hinterließ Spuren in mir, die lange nicht vernarbten und mich die Tragödie des spanischen Bürgerkrieges noch schmerzlich empfinden ließen. Der pestilenzialische Gestank des Todes stieg von den Leichenfeldern des alten Europa auf, und eines der ersten Opfer war Garcia Lorca, ein Sinnbild des von blindem Haß gefällten Helden. Die Dummheit nahm geradezu surrealistische Formen an. Man wollte mich als Hitleranhänger und Provokateur ausstoßen, man warf mir vor, ich hätte den Kindern der Arbeistlosen die Milch weggenommen und ihnen meine mit heißer Milch gespeiste Denkmaschine vorgezogen.

Wie sich Dali für den Erfolg und gegen die Dummheit entschied

Ich kehrte Europa den Rücken, um mich von dem zähen Leim des Hasses zu befreien, den es wie Schleim absonderte. Daß mein Rücken so durchsichtig war wie der meiner Amme, wußte ich noch nicht. Als ich 1936 zum drittenmal in New York ankam, erwartete mich der

Ruhm. Die Hefe meines Brotes hatte getrieben und vortreffliche Arbeit geleistet. Amerika litt an einer akuten Dalitis.

Das „New York Times Magazine“ empfing mich mit einem Porträt von Man Ray auf dem Titelblatt. Da ich diese Zeitschrift nicht kannte, wußte ich nicht genau, was das bedeutete, und behielt meine blasierte Miene. Ich hatte nämlich keine Ahnung von der Auflagenhöhe des Magazins, aber bald sollte mir klar werden, wie zahlreich seine Leserschaft war. Ich konnte nicht mehr über die Straße gehen, ohne angesprochen zu werden, und mein Arm tat mir weh von den vielen Autogrammen, die ich auf den absonderlichsten Papierfetzen geben mußte. Der Ruhm berauschte mich wie ein Frühlingsmorgen. Ich verkaufte noch am Tag der Vernissage alle meine Bilder, und das Kaufhaus Benwit-Teller bestellte bei mir eine surrealistische Schaufensterdekoration. Ich enthauptete eine Kleiderpuppe und setzte an die Stelle des Kopfes einen Rosenstrauß, und ich verlängerte die Fingernägel durch Hermelinhaare. Diese Puppe, ein in ein Telefon verwandelter Hummer und mein „Veston aphrodisiaque“ mit grüner Minze bildeten die drei Hauptteile meiner Inszenierung, die große Erfolge hatten. Doch diese kleinen Spielereien und auch der Weihrauch des Ruhms befriedigten mich nicht. Ich stand auf meinem Balkon, sah das Leben vorüberziehen, ohne dazuzugehören, und fühlte mich unbehaglich.

Gala, die stets Aufmerksame, versuchte mich zu zerstreuen. Sie schlug mir vor, nach Spanien zurückzukehren, wo gerade unser Haus in Port-Lligat aufgestockt wurde. Mit den Maurern und Dackdeckern zu trinken, konnte mich jedoch nicht hinsichtlich der Wesensart und der Zukunft der Menschen beruhigen, die jederzeit bereit waren, sich um irgendeiner künstlichen Idee willen die Bäuche aufzuschlitzen. Als ich den Handwerkern zuhörte, begriff ich, daß der Bürgerkrieg unvermeidlich war und furchtbar werden mußte. Es war Zeit, aus Spanien zu fliehen, bevor die Katastrophe losbrach. Gala führte mich nach Italien, und wir folgten den Spuren Bramantes und Palladios, des Erbauers des Palazzo Foscari, das ich bewunderte. Ich irrte durch Rom und lud mich bei meinem Freund Edward James und dann bei Lord Berners ein, wo ich die „Impressions d'Afrique“ malte. Während der Arbeit hörte ich durch das Fenster, das auf das Forum ging, mit einem Ohr Mussolini, der dem Volk von Rom seine Reden entgegenbrüllte.

Es war für mich ein seltsamer Lebensabschnitt, vergleichbar dem schmerzlichen Zustand einer Schwangeren, aber es handelte sich um eine Art von nervöser Schwangerschaft. Ich fühlte mich schwer von dem Unglück meiner Welt. Ich lebte wie ein Verfolgter. Furcht vor Krankheit suchte mich heim. All die Wirren, die Dramen, die Morde, die Krisen, von denen man täglich hören konnte, fanden in mir ihren Niederschlag in einer peinigenden Angst vor Mikroben.

Ich hatte eben erfahren, daß dreißig meiner Freunde von den Anarchisten erschossen worden waren, als mich Gala nach Tre Croci an der österreichischen Grenze brachte, damit ich mich in der Stille wiederfinden konnte. Sie ließ mich dort allein. Meine Ängste verschlimmerten sich. Ich fühlte mich von allen Seiten bedroht und hatte die Nase die meiste Zeit in der Klosettmuschel, um meinen Stuhl zu untersuchen, oder im Taschentuch, um meinen Nasenschleim zu analysieren. Ich hatte wieder die gleichen Halluzinationen wie zur Zeit meiner ersten Begegnung mit Gala, die mich durch ihre Liebe geheilt hatte. Ich begriff, daß ich ein außergewöhnliches Phänomen meines paranoia-kritischen Werdens erlebte.

Galas Rückkehr war meine Befreiung. Am Tage vor ihrer Ankunft hatte ich ein einzigartiges Dalisches Erlebnis. Seit einer Woche war mein Blick jedesmal, wenn ich mich auf die Klosettbrille setzte, von einem grünlichen Rotzklümpchen angezogen worden, das in der Fuge zwischen zwei Kacheln der Wandverkleidung klebte und mich zu verhöhnen schien. An diesem Tag nahm ich nun ein Stück Seidenpapier und schlug mit einer heftigen Bewegung auf den Rotz.

Das harte Klümpchen löste sich jedoch nicht von den Kacheln, sondern durchstach das Papier und drang mir unter dem Nagel bis auf den Knochen durch. Blut spritzte hervor. Ich betrachtete entsetzt diese unglaubliche Verletzung, und meine erregte Phantasie sagte mir sofort, daß man zweifellos den Finger, wenn nicht gar die ganze Hand, die sich schon violett färbte unter dem Druck, den ich auf sie ausübte, abnehmen müsse, um die bakterielle Infektion zu vermeiden! Gewiß waren die Tetanusbazillen schon im Begriff, meinen Körper zu erobern.

Konnte ich mit einer abgeschnittenen Hand weiterleben? Mit einer toten Hand, die in der Erde verfaulte? Der bloße Gedanke machte mich schaudern. Ich fiel auf die Knie. Da erkannte mein Auge den abgebrochenen Stumpf des Rotz-Stalagmiten, und seine Bruchfläche glänzte. Ich begriff, daß es sich in Wirklichkeit um ein Stück verhärteten Leim handelte. In einem Sekundenbruchteil fegte meine

Hellsichtigkeit alle meine Ängste beseite. Nur der Rotz wäre unheilvoll für mich gewesen! Den Leim fürchtete ich nicht! Ich zog den Splitter aus der blutenden Wunde. Geheilt! Gala erklärte mir dann, was in mir vorgegangen war: Wie die schwere Krise, die Spanien und ganz Europa erschütterte, das Resultat der unüberwindlichen Widersprüche war, in die sich die Gesellschaft verstrickt hatte, so hatte mich mein Erfolg in den Vereinigten Staaten in eine surrealistische Vorstellung von mir selbst gedrängt, die genau dem entsprach, was ich geträumt hatte. Mein Kopf stieß gegen den Plafond, und die hallenden Schläge kamen daher, daß ich mit der Stirn gegen „mein gelungenes Markenzeichen" stieß. Ich mußte unbedingt meine Panzerung zerbrechen und mir ein neues geistiges Modell suchen. Nur mein Werk konnte mir die Kraft und Größe geben, die die Ereignisse und der Erfolg selbst forderten. Deshalb hatte mich Gala allein gelassen, um mir die Möglichkeit zu geben, mich selbst wiederzufinden.

Meine Metamorphose verdankte ich allein Gala, die mir wieder einmal die Pforten der Erlösung öffnete, so daß ich zum Leben zurückfand. Sie zeigte mir, daß es hinfort wesentlich für mich war, den Weg der großen Tradition zu finden, meinem Werk die klassische Kraft einer Architektur zu geben. Da kristallisierte sich in mir alles, was ich in diesen letzten Monaten gesehen hatte, mit wunderbarer Kraft und göttlichem Instinkt. Ich malte „Le Corridor de Palladio", „La Plage enchantée avec trois grâces fluides" und vor allem „Gala gravida", um meine Liebe zu verherrlichen.

Ja, ich begriff, daß ich „der Retter der modernen Kunst" war, daß in dieser Zeit der philosophischen und künstlerischen Kurzsichtigkeit ich allein imstande war, alle Versuche und alle zeitgenössischen Werte zu sublimieren, um ihnen ihre wahre klassische Bedeutung zu verleihen. In einer zerborstenen Welt ging es darum, die Synthese zu bewerkstelligen, in einer zusammenhanglosen Welt mußte ich eine Kraftlinie vorzeichnen, in einer skeptischen Welt wollte ich ein Glaubender sein. Die Eroberung des Irrationalen erhielt ihre volle Bedeutung. Ich wechselte meine Haut. Ich war gerettet! Nichts – weder Amerika noch der Erfolg, noch das Geld – nichts konnte mir noch etwas anhaben.

Ich war es zufrieden, daß ich meine neue Kraft in der Begegnung mit Sigmund Freud erproben konnte. Als ich ihm in London von Stefan Zweig vorgestellt wurde, machte der Fanatismus meiner Persönlichkeit tiefen Eindruck auf den Vater der Psychoanalyse. Wir hatten in diesem Herbst auch eine Villa in Florenz gemietet, die wir verließen, um Coco Chanel als Leidende in Venedig und dann als Genesende in der „Pausa“ in Roquebrune an der Côte d’Azur zu besuchen, wo ich mit Pierre Reverdy zusammentraf. Ich probierte meine neue Macht an dem kubistischen Dichter, dem Sänger der modernen Kunst, aus. Das gab einen schönen Krach! Ich war im Begriff, der Welt meine Herausforderung entgegenzuschleudern.

Wie Dali Amerika herausforderte

Indem ich eine Badewanne umstieß, warf ich einem Amerika den Handschuh hin, das sich in eitler Selbstzufriedenheit gefiel.

Der Erfolg meines Schaufensters bei Benwit-Teller hatte ein Plagiat in der 5th Avenue selbst zur Folge. Ich konnte mir das Vergnügen nicht versagen, zu zeigen, was Dalische Inspiration war, und nahm von derselben Firma den Auftrag an, zwei weitere Schaufenster zu gestalten.

Diesmal hatte ich aber nicht die Absicht, die üblichen scheußlichen Kleiderpuppen zu verwenden. Ich hatte auf dem Dachboden des Kaufhauses zwei Frauen aus Wachs mit langem Ophelia-Haar entdeckt, die mit Spinnen und Spinnweben bedeckt waren. Der Staub gab ihnen eine Patina, die so köstlich war wie die einer Flasche edlen Champagners. Ich wählte als Themen Tag und Nacht und die Narzißsage, verwendete Teppiche und Möbelstücke und legte die eine der Wachsfiguren, den Tag, in eine mit Astrachanfell ausgekleidete Badewanne, die ich mit Wasser füllte. Die Nacht stellte ich in einem Himmelbett liegend dar, das mit schwarzem Satin überdeckt war. In den Stoff waren Löcher gebrannt, durch die man die andere Wachspuppe sah, deren Kopfkissen aus glühenden Kohlen – selbstverständlich einer Attrappe – bestand. Ein mit Schmuck behängtes Phantom saß am Kopfende des Bettes neben der Schlafenden.

Nach einer anstrengenden Nacht, die bis zwei Uhr morgens dauerte, machte das Ganze einen großartigen Eindruck, aber ebenso großartig war mein Zorn, als Gala und ich am nächsten Nachmittag um fünf feststellten, daß die Wachspuppe verschwunden war und man das Himmelbett offenbar wieder auf den Dachboden gebracht hatte.

Ich ließ mich bei der Direktion anmelden, fegte die Komplimente beiseite, mit denen mich der Direktor überschüttete, und verlangte, daß man entweder die von mir entworfene Dekoration wiederherstellte oder meinen Namen entferne. Meine Forderung wurde mit der größten Arroganz abgelehnt. Als ich einsah, daß ich nichts auszurichten vermochte, verabschiedete ich mich ganz ruhig – aber geladen mit der Kraft des Nashorns, das trottet, bevor es angreift.

Mit der gleichen ruhigen Festigkeit stieg ich am hellichten Tag in das Schaufenster und blieb regungslos stehen, um die Aufmerksamkeit auf mich zu lenken. Als sich draußen genug Zuschauer angesammelt hatten, packte ich mit beiden Händen den Rand der vollen Badewanne und versuchte sie zu heben, um sie umzustürzen. Sie glitt mir jedoch plötzlich davon und stieß mit großer Kraft gegen die Scheibe, die in tausend Stücke zersprang. Wasser und Glasscherben spritzten in die aufschreiende Menge. Ich legte meinen Spazierstock über die Schulter und sprang durch das Loch munter auf die Straße hinaus. Kaum hatte ich den Rand der zerbrochenen Scheibe überschritten, als sich oben ein riesiger Glassplitter löste und auf dem Boden zerschellte. Als ich mich umdrehte, legte mir ein Kriminalbeamter seine dicke Hand auf die Schulter und forderte mich auf, ihm zu folgen.

Ich mußte zwei Stunden in der Gesellschaft von Betrunkenen und Vagabunden auf der Polizeiwache verbringen, bis endlich ein Richter meine Freilassung anordnete – unter der Bedingung, daß ich die zerbrochene Schaufensterscheibe bezahlte. Tags darauf erwies mir jedoch die Presse alle Ehren, und von diesem Augenblick an verkörperte ich für die amerikanischen Künstler den schöpferischen Menschen, der sich zur Wehr setzt. Und die zerbrochene Scheibe tat mehr für meinen Ruhm, als wenn ich die ganze 5th Avenue verschlungen hätte.

Noch waren aber für mich die Widerwärtigkeiten nicht zu Ende, die der Künstler auszustehen hat, der sich mit amerikanischen Geschäftsleuten einläßt.

Man bot mir an, völlig frei und unbehindert einen Pavillon der New Yorker Messe zu dekorieren. Dieses Angebot war eine reine Fopperei und Ausbeutung meines Namens, denn man wollte mir die Materialien und die Ausführung vorschreiben. Ich widerstand allen Versuchen, mich unter Druck zu setzen, und reagierte mit solcher Heftigkeit, daß man um Gnade bat, dann aber sabotierte man meine Arbeit auf die niederträchtigste Weise, und ich mußte zurücktreten. Diese Erfahrung war sehr heilsam. Ich verfaßte ein Manifest, die „Unabhängigkeitserklärung der Imagination und der Rechte des

Menschen auf den Wahnsinn", die 1939 in New York erschien. Sie war meine Kriegserklärung gegen die Dummheit. Ich hatte den Kräften des Irrationalen ihre amerikanischen Satzungen gegeben.

„Ich habe nie mehr als eine Nacht verbringen können, ohne mit der Lösung eines Problems beschäftigt zu sein, das mich bewegte."

13. Wie man die Männer beherrscht, die Frauen unterwirft und die Kinder verblödet

Ich bin kein Surrealist, ich bin der Surrealismus selbst. Der Surrealismus ist keine Partei und kein Etikett, er ist ein einzigartiger, jedem einzelnen eigentümlicher Geisteszustand, der durch keine Parole, kein Tabu und keine Moral beeinträchtigt werden darf. Er ist die totale Freiheit des Seins und das Recht auf den absoluten Traum. Als ich aus den Vereinigten Staaten zurückkehrte und in der Gruppe der Surrealisten wieder die kindischen Einstellungen in der Entwicklung zurückgebliebener Jünglinge antraf, wurde mir daher regelrecht übel. Man schlug mir nun vor, mich an einer surrealistischen Ausstellung zu beteiligen, bei der die Ausstellenden in alphabetischer Reihenfolge vertreten sein sollten. Angeblich, um jede Art von Rangordnung zu vermeiden! Das bedeutete die Errichtung der Herrschaft des Mittelmäßigen, der großen Zahl, das hieß, unter dem Vorwand naiver Reinheit das Wesentliche ersticken. Der Weg zur surrealistischen Hölle war mit guten Vorsätzen von Pfadfindern gepflastert.

An Bord der „Champlain" hatte ich die Zeit meiner Rückreise damit ausgefüllt, meine Ideen und Standpunkte einer Prüfung zu unterziehen, um eine Verhaltensregel zu finden, die so hart wäre wie ein Diamant. Ich hatte nun dreiunddreißig Jahre, das Alter Christi, überschritten, und meine Kosmogonie mußte abgeschlossen sein. Zunächst: Wenn ich Amerika erobert hatte, so hatte Amerika mich verführt durch seinen Abenteuergeist, der an jeder Straßenecke durch die ungewöhnlichsten Vorschläge zum Ausdruck kommen konnte – tatsächlich findet sich in den Vereinigten Staaten immer jemand, der für die ausgefallenste Idee zugänglich ist –, und es hatte mich verführt durch die Jugendfrische seiner stets neugierigen, begierigen, phantasievollen Geister, durch seinen Sinn für die Freiheit und das Spielerische. Ja, Amerika hatte seinerseits mich erobert. Seine Tugenden und Vorzüge stachen von dem altmodischen Stil Europas ab, wo der Geist der Tradition, der mir so lieb war, unter einem engen Formalismus, unter Geschwätz und Künstelei erstickte. Ich beschloß ein für allemal, diesen Staub abzuschütteln. Ich wollte keinerlei Rücksichten mehr nehmen, und allein meine Laune sollte Gesetzeskraft haben. So zwang ich meine europäischen Zeitgenossen, gegen ihre moralische Bequemlichkeit und ihre schlechten kulturellen Gewohnheiten zu reagieren. Hinfort gab es nur noch mich, Dali – und dann die übrige Welt! Ich wußte nun, daß man durch eine künstlerische Geste eine ganze Stadt, die Zeitungen und die besten Köpfe mobilisieren konnte. Amerika hatte es mir bewiesen, und diese Erfahrung wollte ich mir zunutze machen. Ja, Schluß mit der falschen Demokratie, die sich auf eine angebliche Gleichheit gründet. Eine Rangordnung war vor allem nötig! Fort mit den armseligen Dichterlingen und Farbenkleckseern, fort mit allen, die nur die Krümel von der Tafel der Kunst aufsammeln! Jedem nach seinem Verdienst! Es war nur zu leicht, einen Verein zu gründen, zu schwatzen und den einen zugunsten des andern auszuplündern. Nur Picasso konnte ich noch als meinesgleichen betrachten. Alle andern rochen nach Herde. Im übrigen hatten diese kleinen Vorstadtpiraten, die sich Surrealisten nannten und einen lachhaften Klub bildeten, der vom Ruhm träumte, den ungeheuren Unterschied zwischen meiner Kühnheit, meiner Unruhe, meiner Leidenschaft und dem, was sie unter diesen Begriffen verstanden, sehr richtig empfunden. Die internationale Ausstellung des Surrealismus von 1938, an der ich mich kurz vor meiner Abreise in die Vereinigten Staaten beteiligt hatte, war für mich eines jener geheimen Ereignisse gewesen, die kennzeichnend waren für einen tiefen Bruch. Meine Reise hatte dann diese Kluft vergrößert. Und der zurückgekehrte Dali sagte: „Europa, da bin ich!“ Und trat, gewissermaßen gewappnet mit den Schenkeln der Freiheitsstatue, aus dem Kreis der andern hervor.

Wie Dali die surrealistische Ausstellung von 1938 beurteilt

In den Räumen der Galerie des Beaux Arts, Faubourg Saint-Honoré 140, die auf die Präsentation der großen Klassiker spezialisiert war und eben erst El Greco beherbergt hatte, unternahm es Georges Wildenstein, eine internationale surrealistische Ausstellung zu veranstalten. Die Galerie hatte schon Seurat und seine Freunde, Gauguin, die Fauves und die Kubisten gezeigt. Raymond Cogniat, der künstlerische Leiter der Galerie, wollte den Surrealisten Gelegenheit geben, ihre Offenbarungskraft ungehindert zu entfalten, und er hatte internationale Qualität angestrebt. Breton und Eluard nahmen die Organisation in die Hand, hatten aber den glücklichen Einfall, Marcel Duchamp als Schiedsrichter einzusetzen, und Duchamp hatte die Idee, die Galerie zu verdunkeln: Sie mußte ganz mit gebrauchten Kohlensäcken ausgehängt werden, so daß die Ausstellung im Finstern stattfand, und jeder Besucher mußte eine Taschenlampe mitbringen, um besser zu erkennen, was er sah. Es war ebensoschwer, die benötigten 1200 Kohlensäcke zu finden wie eine Versicherungsgesellschaft, die bereit war, das Risiko einer Grubengasexplosion zu übernehmen, die diese Ausstellung in eine Apotheose verwandeln konnte, indem sie aus den 229 Werken von 60 Ausstellern und der zur Vernissage erschienenen vornehmen Welt ein einziges Feuerwerk machte – was allerdings nicht einmal das Schlimmste gewesen wäre. Wenigstens hätte man den unwahrscheinlichen, angeblich surrealistischen Plunder rasch vergessen, der sich in diesen ehrwürdigen Räumen ansammelte.

Bis dahin hatte man sich fragen können: „Was ist der Surrealismus?“ Jetzt wußte man es: Ein Trödelmarkt von allerlei Schabernack und Attrappen, bei denen allzuoft der Trick den mangelnden Einfall ersetzte, der Bluff als Mysterium ausgegeben wurde, der Lärm die Stelle der Musik vertrat und die Launen Bretons „heiliger Zorn“ getauft wurden. Ein alles in allem klägliches Arsenal, das vielleicht den Bürger schrecken konnte, nicht aber einen Marquis de Sade, einen E. A. Poe, einen Baudelaire, einen Nietzsche, also eben jene Großen, auf die sich der Surrealismus berief. Sie wären fassungslos gewesen angesichts dieser faden Scherze, die sich „revolutionäre surrealistische Werke“ nannten.

Vier Betten im Stil Louis XV., mit gelben Narzissen bedeckt, vier Windfangtüren, sechzehn kostümierte Kleiderpuppen, eine mit Satin ausgekleidete Schubkarre, ein Tabernakel auf Frauenbeinen, ein mit Samt gedeckter Tisch, auf dem eine Frauenbüste stand, ein Kanonenofen, die Nachbildung einer niedrigen Badewanne, eine riesige Cancan-Hose von der Größe eines Zimmers und dazu eine Wasserpfütze und ein wenig Moos bildeten die Hauptbestandteile der Dekoration.

Die Verwirklichung des surrealistischen Olymps der Begierde gab Anlaß zu Szenen von höchst seltsamer Moral. Breton hatte ohne mit der Wimper zu zucken die Puppe Duchamps akzeptiert, die einen Männerhut, eine Weste und einen Rock trug und deren Täschchen aufleuchtete. Auf ihrem Schamberg konnte man die mit Bleistift geschriebenen Worte lesen: „rrose selavy“. Ebenso war er einverstanden gewesen mit der Puppe Massons, deren Kopf in einem Vogelbauer stak. Als aber Max Ernst ein Paar zusammenstellte – einen Mann mit einem Löwenkopf, der eine Frau in Trauerkleidung umarmte, deren hinaufgerutschter Rock ein Höschen aus rosa Seide freigab, in dem eine Glühbirne brannte –, gab es einen Skandal. „Kein Feuer in der Hose!“ entschied Breton, und Max Ernst mußte diese Flamme unzüchtiger Begierde löschen. Der „Häuptling“ des Surrealismus dürfte die Farbe des Schlagflusses angenommen haben, als er eines Morgens die nackte Puppe von ich weiß nicht mehr wem entdeckte, die zwischen den Schenkeln ein rundes Glasgefäß trug, in dem ein roter Fisch schwamm. Sein Gebrüll hallte durch die ganze Galerie, und das Glas wurde zerschmettert. Nach dem Feuer wurden nun auch Wasser und Fisch in die Hölle der bürgerlichen Sittsamkeit geschickt. Da über jeder Puppe ein Straßenname zu lesen stand – Straße der Schwäche, Straße der Lippen, Straße einer Perle, Straße der Blutübertragung, Kirschenstraße –, entstand ein ideales Paris – in dem nur noch die Bistumsstraße und die Beichtstuhlstraße fehlten.

In diesem Klima schlug ich die Gründung eines „Generalkommissariats für die öffentliche Phantasie“ vor, das den Blitzen eines galligen, pedantischen und für meinen Geschmack zu sehr an vernüftige, brave Träume gewöhnten Breton entrinnen sollte. Ich hatte schon eine Puppe mit einem Tukankopf aus schwarzer Pappe aufgestellt, die zwischen den Brüsten ein Ei trug und mit einer Unzahl kleiner Löffel bekleidet war. Auf einem Strohtischchen stand mein „aphroditisches Telefon“, dessen Hörer ein gesottener Hummer darstellte. Man hatte selbstverständlich dafür gesorgt, daß ich auf dieser Ausstellung nicht allzu sichtbar vertreten war, und ich durfte nur diese Stilübung und den „Grand masturbateur“ und die „Girafe en feu“ zeigen. Nun holte ich jedoch zum Schlag aus und verlangte im Eingangshof der Galerie die Aufstellung eines Monuments, und zwar eines Taxis mit durchlöchertem Dach, durch das ein unaufhörlicher Regen auf eine Venus fiel, die inmitten von Flechten lag. Am Steuer sollte ein Ungeheuer sitzen. Ich war überzeugt, Breton würde platzen vor unterdrücktem Zorn... Am Vorabend der Eröffnung ging ich daran, seine Pläne zu durchkreuzen! Ich konnte die anderen überzeugen. Sie stimmten mir bei, und ich entwarf auf der Stelle mein Projekt eines „Regentaxis“ für versnobte und surrealistische Damen, das einen vegetabilischen Teppich mit interner Regeninstallation, 200 Weinbergschnecken und zwölf winzige Frösche mit zierlichen Kronen auf den Köpfen enthalten würde. Der Chauffeur sollte einen Helm tragen, der aus einem Haifischkiefer gemacht war. Die Dame sollte nach Möglichkeit in schmutzigen Kretonne gekleidet sein, auf die Millets „Angelus“ und seine sensationellen Ährenleserinnen aufgedruckt waren. Ein Protokoll wurde aufgesetzt, das ich unterzeichnete.*

Die Frösche waren dann nicht aufzutreiben, aber in einem Duft von geröstetem Kaffee und unter dem auf eine Platte aufgenommenen Geschrei von Pavianen wurde am 17. Januar 1938 die Ausstellung eröffnet. Ich durfte mir mit Max Ernst den Titel des Sonderberaters – eines ganz besonderen Beraters – teilen.

Auf dem Programmzettel stand zu lesen: „Der echte Nachfahr Frankensteins, der im Jahre 1900 von dem amerikanischen Ingenieur Ireland konstruierte *automate énigmarelle,* wird eine halbe Stunde

* Dalis Text in der Originalschreibung:
„Le taxi pluvieux“ pour dame esnob et surréaliste comportera: de l'obscurité bégétale, instalation de plui interiere 200 escargots de bourgogne vibrants, 12 grenouilles liliputienes portant chacune d'elle une très fine courone d'or agripé sur la tête, le chofeur portera un casque constant avec une machoire de roquin. La d'Ame s'habillera de préférence avec une creton sordide ou sera imprimé l'estigmate de L'Angelus de Millet et de ses sensationnelles glaneuses.

Bon pour toute l'Ané 1938 –
Salvador Dali

nach Mitternacht in falschem Fleisch und flaschem Blut den Ausstellungssaal durchqueren. Um 22 Uhr gibt André Breton das Zeichen zur Eröffnung. Erscheinung von Gegenstandswesen – Hysterie – Hochroter Klee – Fehlleistung von Hélène Vanel – Angebundene Hähne – Fluoreszierende Klammern – Aus-dem-Bett-steigen an der Seite von Wasserkäfern – die schönsten Straßen von Paris – Regentaxi – Goldammernhimmel ...“

Wie sich Dali an die surrealistische Soiree erinnert

Eluard öffnete die Tore – Breton, der sich über wer weiß wen oder was ärgerte, hatte sich zurückgezogen –, und im Schein der Taschenlampe, die das vornehme Paris in der Hand trug, wurde die Ausstellung eröffnet. Das Ereignis des Abends war der Auftritt Hélène Vanels als tanzendes Gespenst. Sie war wie eine Puppe oder eine Macbethsche Hexe gekleidet. Ich hatte große Mühe gehabt, Breton, der von Musik und Tanz nichts verstand, zu dieser Szene zu überreden, in der die Tänzerin Hélène Vanel mit dionysischer Leidenschaft ihr meisterhaftes Können bewies.

Um Mitternacht kam sie wie ein Wirbelwind aus den Kulissen geflogen, mit einer unerhörten Bewegung, die alle Anwesenden in ein wahnsinniges Delirium versetzte. Sie löste durch ihr stürmisches Erscheinen einen regelrechten Tumult aus, sprang auf ein Bett und hielt in der einen Hand einen Hahn, der vor Schreck gackerte. Dann begann sie selbst in einem hysterischen Mimodrama zu schreien, während sie sich auf dem Bett hin und her wand. Sie beendete ihre Zuckungen, indem sie sich in eine von Schilfrohr umstandene Pfütze warf, die man mitten im Raum angelegt hatte. Ihre Apotheose endete damit, daß sie die verstörten Zuschauer bespritzte, die mit ihren Taschenlampen den Zickzacksprüngen der inspirierten Tänzerin zu folgen versuchten, die übrigens einen Teil des in vorsichtigem Schwachsinn befangenen Publikums völlig außer Fassung brachte. Der einzige Vorzug dieser Ausstellung war in meinen Augen ihre Unverschämtheit, aber in dieser Hinsicht hatte ich von niemandem mehr etwas zu lernen. Und ich dachte nicht daran, mein Verhalten oder meinen Geschmack den Ukassen eines Breton oder einer willkürlichen Konvention zu unterwerfen. Als man mir nach meiner

Rückkehr aus den Vereinigten Staaten vorschlug, für das Russische Ballett von Monte Carlo das Thema eines Balletts zu entwerfen, nahm ich an. Die in ihr politisches Pathos verstrickten Surrealisten hatten vor allem Manifeste im Sinn und warfen mir Oberflächlichkeit vor, während ich in Wirklichkeit nur an das Wesentliche dachte: an das große Spiel mit mir selbst. Ich hätte gern meinen „wahnsinnigen Tristan" auf die Bühne gebracht, den ich schon vor einigen Jahren entworfen hatte, aber die Gesetze des Balletts zwangen mich, zuerst einen Venusberg und dann ein Bacchanal darzustellen. Léonid Massine als Choreograph, Fürst Chervachidze als Bühnenbildner und Coco Chanel, die die Kostüme entwarf, wirkten wahre Wunder. Wir befanden uns alle mitten im Dalischen schöpferischen Delirium, als uns die politischen Ereignisse überrollten. Das Ballett von Monte Carlo floh vor dem Krieg in die Vereinigten Staaten. Die Metropolitan Opera führte mein Bacchanal auf, das trotz der improvisierten Kostüme ein sehr großer Erfolg wurde. Der Applaus in New York übertönte eine Zeitlang das Dröhnen der Marschtritte an den Grenzen. Hitler war in Polen eingefallen.

Wie Dali auf den Ausbruch des Krieges reagierte

Die Geschichte geht mich nichts an. Sie macht mir Angst wie die Heuschrecken. Die Kriege sind für mich Streitigkeiten schlecht erzogener Kinder, denen man ausweicht. Meine Arbeit, meine Sorgen und Probleme bestehen darin, daß ich wissen muß, wie viele Tropfen Öl ich für eine Farbmischung brauche, wie lange eine Mischung absitzen muß oder welche Technik Velázquez in seinen Hintergründen anwandte, aber nicht, wie ein Jagdflugzeug bewaffnet ist oder mit welcher Geschwindigkeit es fliegt oder wie schnell ein Maschinengewehr schießt. Die militärische Strategie hat für mich trotz des heiligen Ernstes, mit dem man sie umgibt, etwas von am Biertisch geborenen Hirngespinsten und von den ledernen Hosen der Generale, die ewig nach dem Schweiß und dem Blut der für nichts Gestorbenen stinken. Ich finde es im höchsten Grade symbolisch, daß es sich durch eine Reihe von Umständen ergab, daß ich kurz vor Kriegsausbruch im Bett Gamelins, des Oberbefehlshabers der französischen Armee schlief.

Wir hatten beschlossen, uns einige Tage in Font-Romeu, in den östlichen Pyrenäen zu entspannen. Als wir ankamen, war das Appartement im Grand-Hotel eben von dem General beschlagnahmt worden, der sich auf einer Inspektionsreise befand. Tags darauf liebte ich Gala jedoch im Bett dieses Strategen. Ich kam mir vor wie Napoleon und erlebte einen Triumph. Am nächsten Tag legte Gala die Karten und sagte das genaue Datum der Kriegserklärung voraus. Ich konnte also nicht mehr von den Ereignissen überrascht werden. Da das Hotel geschlossen wurde, legte ich den Finger auf die gastronomische Karte Frankreichs und suchte einen Ort, an dem ich hoffen durfte, in der Erwartung ewig gleicher Tage gut bei Fleisch erhalten zu werden. Entenleber mit Weintrauben, Austern und Wein bedeuteten die Gegend um Bordeaux. Ich entschied mich für Arcachon.

Es folgte eine glückliche Periode. Das sogenannte zivilisierte Europa brach alle Brücken hinter sich ab und bereitete sich vor auf eine jener Kriegsorgien, in denen es immer wieder im Namen der absonderlichsten Ideale seinen Ideenüberschuß und seine vortrefflichsten Menschen hinopfert und die Massen in ihren angeborenen Schwachsinn zurückstößt. Und ich, Dali, in dieser Atmosphäre blutiger Fäulnis, in meinem Atelier an der bewunderungswürdigen Bucht von Arcachon – ich freute mich an mir selbst und frohlockte bei dem Gedanken, daß auf dieser dem paranoischen Wahnsinn verfallenen Welt ich der einzige kritische Geist war, Herr der Lage und immun gegen jegliche Propaganda und gegen die niedrigen Leidenschaften. Ich spazierte einen einsamen Strand entlang, träumte vom Ende der Welt und deklamierte vor den Wellen Garcia Lorca: *El río Guadalquivir tiene las barbas granates, Granada tiene dos ríos, uno llanto, el otro sangre.* (Der Fluß Guadalquivir hat einen granatfarbenen Bart, Granada hat zwei Flüsse, einen aus Tränen, den andern aus Blut.) Ich fühlte die blinden Kräfte der Wut, der Zerstörung und des Todes aufsteigen, die Europa überwältigen sollten. Als drei Tage später der Krieg offiziell erklärt wurde, dachte die stets umsichtige Gala sofort daran, unsere Abreise vorzubereiten, aber ich wollte mich noch nicht von dem wunderbaren Gefühl trennen, in einer Welt von Wahnsinnigen der weiseste aller Menschen zu sein. Und mit der gleichen Freude wie früher stellte ich wieder einmal fest, daß der große Unterschied zwischen den Narren und mir der ist, daß ich ganz entschieden keiner bin.

Coco Chanel besuchte uns. Ihre Anwesenheit vergrößerte noch mein Behagen. Als eines schönen Morgens auch noch Marcel

Duchamp in Arcachon eintraf, war die Freude vollkommen. Nach Coco, die schon mein Gegenteil darstellte – denn ihre Art, die Menschen zu kleiden, tötete jeden Exhibitionismus –, war für mich Marcel Duchamp das antidalischste Wesen durch seine Weigerung, die Gegenwart zu erleben, durch seine vollkommene Abgeschlossenheit, seinen Wunsch, im Schatten zu bleiben und zur Wirklichkeit nur durch den Humor in Beziehung zu treten. Die Anwesenheit dieser beiden stellte die phänomenalste psychische Provokation dar, und ich stürzte mich in eine eifrige Arbeit, die es mir erlauben sollte, meine lebendigsten Quellen wiederzufinden. Während die Welt in den Krieg eintrat, nahm ich in der Loge Platz.

Würde ich auf Duchamp gehört haben, so hätte ich meine Pinsel verbrennen müssen. Er hatte Kunst und Antikunst schon längst über Bord geworfen. Er hatte die Probleme wie ein Schachprofessor gelöst, der er im Grunde auch war. Die einzigen Lösungen, die ihn noch interessierten, waren imaginäre. Er wurde mit allem durch seine Ironie fertig. Er fand, er habe ein für allemal von den Lüsten gekostet, und die Wiederholung töte den Orgasmus. Seine Laufbahn war von Anfang an die eines Blasierten gewesen. Er hatte sich mit dem Impressionismus amüsiert und „Courant d'air sous un pommier au Japon“ gemalt, er hatte mit dem Kubismus gespielt und ihn innerhalb von acht Monaten mit schwindelerregender Geschicklichkeit assimiliert und überschritten. Sein „Jeune Homme triste dans un train“ ist ein wenig er selbst – traurig, weil er so rasch und so gut alles erreicht hat. Er und ich, wir verhielten uns zueinander wie Materie und Antimaterie. Man weiß, daß er, nachdem er 1912 „Nu descendant un escalier“, das Bild, das ihn berühmt machte, ausgestellt hatte, auf alle Verträge verzichtete und für zwei Dollar die Stunde jedem, der wollte, Französischunterricht erteilte – gerade um genug für Brot und Bier zu haben und, wie er sagte, „seine Freiheit ausleben“ zu können. Er wählte, nichts zu sein, und konnte alles sein. Die Mentalität des Vagabundenadels! Wir hatten den Stolz und das Genie gemeinsam. Das ist nicht wenig. Aber er stammte von einem anderen Planeten wie seine „Maríe mise à nu par les célibataires“, dieses Bild, auf dem der Priester, der Kürassier, der Gendarm, der Polizist, der Jäger, der Laufbursche, der Totengräber, der Diener und der Stationsvorsteher einen unmenschlichen, mechanischen Liebesreigen nach einer auf dem Sirius erdachten Melodie tanzen. Allein seine Nähe schuf schon Distanz, und das beste an ihm war das *Geheimnis*. Er war so

VELASQUES

gleichgültig und unbeteiligt, daß ich an manchen Tagen mit seinem Schatten zu sprechen glaubte. Er hatte dann den starren Blick seiner *ready-mades,* und meine katalanische Leidenschaft entzündete sich an seiner souveränen Gleichgültigkeit.

Ich dagegen begeisterte mich für die Malkunst. Ich hatte schon immer den Wunsch gehabt, zu zeichnen und zu malen wie die alten Meister, denn nur so lassen sich die Visionen des Gehirns verwirklichen. Man muß das handwerkliche Können Vermeers oder Leonardos erlangen. Ein Maler ist vor allem einer, der seine Trägheit überwindet und die Anatomie, die Zeichenkunst, die Perspektive, die Farben studiert. Das Geniale kommt später – sofern es einem gegeben ist. Die Ehrlichkeit besteht darin, nicht unehrlich zu malen.

Die damals herrschende Atmosphäre der Zersetzung trieb mich dazu, mich mit einer so ausschließlichen Hingabe auf meine Kunst zu konzentrieren, daß ich die übrige Welt vergaß. Was eines der angestrebten Ziele war. Mein anderes Ziel war es, das Geheimnis des Gesichts Galas zu ergründen. Zuerst das Wunder des Nußbrauns ihrer Augen, das wie Wasser der Tiefen des Meeres ist; dann die Ekstase der Durchsichtigkeit ihrer Wangen. Ich versuchte, etwas Gleichwertiges zu schaffen, indem ich ohne Überlegung in eine Art beherrschter Raserei drauflosmalte. Wie ein Alchimist versuchte ich die genaue Chemie der Farbverbindungen zu erforschen, indem ich sorgfältig die Öltropfen zählte und meine Farben Körnchen um Körnchen selbst rieb wie die alten Meister. Oft packte mich Verzweiflung, wenn ich feststelle, daß ich, der größte Maler der Welt, nicht weiß, wie man malen soll. Gala steht mir bei und tröstet mich. Immer ist ihre Liebe gegenwärtig, sogar auf dem Boden der Tiegel, in denen ich meine Farben reibe. Ich verwende Ambra und die ausgefallensten Mittel, um die Farben zu binden – sogar Kartoffeln. Jeder Irrtum ist ein Sieg. Ich verbringe ganze Tage nur mit der Malerei und sinke erschöpft in den Schlaf wie in den Tod.

Galas Fürsorglichkeit kennt keine Grenzen. Sie kaufte die besten Bordeaux-Weine und zwang mich, mit ihr in den „Chapon fin" oder ins „Château Trompette" zu gehen. Ich ließ meine Studien an Velázquez oder El Greco wegen Hasenpfeffer, Ente mit Orangen, Entenleber mit Weintrauben und Steinpilz mit Knoblauch im Stich. Ich stieg auf dem Wege über die gastronomische Sinneslust wieder auf die Erde nieder und gab meine Pinsel in der Garderobe ab, um sie gleich nach dem Kaffee wieder aufzunehmen, denn die Zerstreuung sollte mich nicht vom Wesentlichen ablenken. Die Dummheit meiner Zeitgenossen erschien mir ansteckend, also las ich keine Zeitungen und hörte kein Radio. Denn die Geschichte widerte mich immer mehr an. Doch eines Morgens rempelte sie mich im Vorbeigehen an, mich solcherart müde an ihr Vorhandensein erinnernd. Mit dem Lärm erschöpfter Motoren kamen LKWs angerollt. Sie waren mit Zweigen getarnt, hinter denen sich schmutzige Teufel mit weißen Augen verbargen, und kündeten Niederlage, Flucht und Plünderung an. Das war zuviel. Unsere Koffer gingen nach Lissabon ab. Zwei Tage darauf unterbrachen die Deutschen die Brücke von Hendaye. Zum Glück hatte Gala schon die Grenze zwischen sie und uns gebracht.

Um zwei Uhr morgens klopfte ich an die Tür meines Vaterhauses. Ich war durch zehn zerstörte Dörfer gekommen, deren Mauerphantome sich gegen den Mond abzeichneten wie auf Goyas „Desastres de la guerra", und mein Herz hatte sich zusammengekrampft, als ich durch dieses Labyrinth der Schrecken des Krieges fuhr. Meine Schläge hallten wohl wie der Gong eines Alptraums durchs Haus, denn es dauerte lange, bis eine zitternde Stimme fragte: „Wer ist da?" Vor nicht allzulanger Zeit noch hatte ein solches brutales Gewecktwerden mitten in der Nacht Verhaftung und Tod bedeutet. Mein Erscheinen rief Angst hervor in diesen von vielen bösen Erinnerungen gequälten Menschen.

„Ich bin's, Salvador, euer Sohn!"

Doch wenn meine Stimme auch fest war, so blieb meine Silhouette spukhaft. Die Meinen standen im Dunkeln regungslos beisammen und starrten mit großen Augen auf den Eindringling mit seinem aufgezwirbelten Schnurrbart, der einem von den Toten Auferstehenden glich. Wir alle versuchten auf dem unsicheren Boden der Gefühle Fuß zu fassen. Zuletzt siegte unsere Liebe, und ich wurde herzlich umarmt.

Rasch wurde der Tisch gedeckt, auf den meine Schwester und meine Tanten Sardellen, Tomaten und Öl stellten. Mein Vater nahm mir gegenüber Platz, immer noch furchtgebietend in seiner Größe. Und er verschlang mich mit den Augen. Wir wechselten nur wenige Worte. Die Angst vor dem Krieg würgte mich.

Ich ging durch das Haus zu meinem Zimmer. Man zeigte mir, daß es keinen Balkon mehr gab. Eine Bombe hatte ihn weggerissen. Im Speisezimmer hatte man mir den angekohlten Fußboden unter dem Tisch gezeigt. Dort hatten sich Anarchisten auf offenem Feuer ihre Mahlzeiten zubereitet. Eine der Mauern hatte einen Sprung. Doch in meinem Zimmer hatte sich nichts geändert. Auf der Tapete war noch der kleine alte Fleck zu sehen, und auf der Kommode stand mein Kaninchen aus Elfenbein. Ein Schlüssel war total verrostet. Auf dem Boden einer Schublade fand ich meine alten Knöpfe wieder. Das Fenster – an dem mir eines Morgens in einer köstlichen Vision eine Frau erschienen war – stand schwarz gegen die Nacht. Ich war da, ich Dali, so lebendig, wie wenn es die Zeit nicht gegeben hätte. Alle diese Gegenstände um mich her – so wirklich und unzerstörbar wie meine Seele. Alles war an seinem Platz. Für *nichts* hatte man getötet, für *nichts* gefoltert. Meine Schwester wäre beinahe wahnsinnig geworden, aber auch sie hatte ihren Verstand wiedergefunden. Und *nichts,* nicht einmal der Tod, konnte diese mit der Kraft der Tradition in mich eingegrabene Wirklichkeit jemals ändern. Mein Vater schlief auf der anderen Seite der Trennwand, oder vielleicht lag er auch wach und dachte an den verlorenen Sohn, der in den Schoß der Familie zurückgekehrt war, so als hätte ihn *nichts* je von ihr getrennt. Die blinde Wut der Menschen war wie zornige Wogen gegen den steinernen Damm der Zeit gebrandet und hatte nutzloses, ekelerregendes Treibgut angeschwemmt. Am nächsten Tag betrat ich mein verwüstetes Haus in Port-Lligat. Die Fensterläden hingen schief, die Türen waren aus den Angeln gehoben. Von den Möbeln und dem Geschirr war nichts geblieben. Auf den Wänden überall die Kritzeleien der bewaffneten Trupps, die einander abgelöst und ihrer arroganten Siegesgewißheit Ausdruck verliehen hatten. Ich konnte den Verlauf des Krieges wie auf einer Generalstabskarte verfolgen. Anarchisten waren von Kommunisten verjagt worden, die Trotzkisten waren gekommen und wieder gegangen, die Separatisten, die Republikaner, die Leute Francos schließlich, die „Arriba España“ über eine ganze Tür geschrieben hatten. Ich stieß mit dem Fuß die Trümmer beiseite und trat in die Sonne hinaus.

Lydia, in ihrer „schönen Haltung“, erwartete mich vor dem Haus, das lange das ihre gewesen war. Sie lachte mit zahnlosem Mund, als sie mich sah. Ich umarmte sie, und sie erzählte mir ihre Version des Krieges. In ihrem edlen Wahnsinn hatte sie auf den zuverlässigsten aller Instinkte gesetzt. In den schlimmsten Wirren des Krieges ging sie jeden Abend an den Strand von Cadaqués und zündete ein großes Feuer an, das sie methodisch in Gang hielt. Die müden, hungrigen, fröstelnden Soldaten gingen in der Nachtkälte zu ihr und machten ihre Brotbeutel auf. Lydia wurde ihre Marketenderin. Wenn sie nichts mehr zu essen hatten, plünderten sie, und Lydia wurde zur Hehlerin. Am nächsten Tag fielen sie im Kampf oder wurden von anderen verjagt. Lydia zündete wieder ihr Feuer an und sorgte für die Soldaten. Alle kamen sie bei ihr vorbei: die von Haß verzehrten Fanatiker, die prahlerischen Revolutionäre, die grausamen Militärs, die sanftmütigen Träumer. Am Feuer Lydias schmolzen die Ideen, die Leidenschaften, die Disziplin. Alle streckten die Hände aus, um sich zu wärmen, und zahlten Tribut, um sich zu nähren. So spielen sich Revolutionen ab. „Essen muß man immer", sagte Lydia. Und es gefällt mir, daß das Feuer der Küche stärker ist als das Feuer des Krieges.

Auf der Weiterreise fuhr ich über Madrid, um Eugenio d'Ors von Lydia zu grüßen, ihren Herrn und Meister, der sie in „La Bien Plantada" verewigt hatte. Wir umarmten uns, als sollten wir uns nie mehr wiedersehen. Er stellte mir seine Gefährten vor: den Philosophen Eugenio Montés und die Dichter Marquina und Djonisio Ruidejo. Eine Woche lang war ich Mittelpunkt dieses platonischen Gastmahls und beantwortete die Fragen meiner Freunde, die darauf brannten, sich zu orientieren. Alle waren sie noch gezeichnet vom Bürgerkrieg, aber fester denn je entschlossen, ganz durch die Kraft des Geistes zu leben.

Sich bewahren können! Dem Drängen dieser Idee des kollektiven Mordes nicht nachgeben, die Europa beherrschte und deren Drama mein Land erlebt hatte – für einen Künstler konnte es kein anderes Ziel geben.

Gala erwartete mich in Lissabon, umgeben von dem großen Publikum des internationalen Gotha. Auf dem Del-Rossio-Platz, der seine Berühmtheit den Scheiterhaufen der Inquisition verdankt, stöhnten in der Hitze der Hundstage die berühmtesten Autoren des Dramas der Flucht, dessen letzer Akt mit einem Visum endete. Schiaparelli, René Clair, der Herzog von Windsor und Paderewski wischten sich den Schweiß von der Stirn und träumten von Kühlschränken *made in USA*. Einstweilen mußte man sich begnügen mit überfüllten Hotels, verstopften Klosetten und der Atmosphäre von Polizeistationen, wo blinde und blasierte Bürodiener sparsam Papier austeilten, die den Himmel oder die Hölle bedeuteten. Auf den Straßen wimmelte es von Freunden, die so angstvoll dreinsahen, daß man sich fragte, ob man sie wiedererkennen oder ihnen lieber aus dem Weg gehen sollte. Dali machte sich nicht sang- und klanglos aus dem Staube, und die „Exemption" trug mich der Freiheit entgegen. Noch nie war ich so glücklich gewesen über meinen Egoismus, der mich daran hinderte, mich umzudrehen und in eine Salzsäule des Mitleids verwandelt zu werden. Wehe den Armen im Geiste, die sich durch gute Gefühle fesseln lassen!

Ich streifte die alte, rissige Haut eines senilen, angefaulten, von Widersprüchen zerrissenen, von Skeptizismus zerfressenen, von Materialismus trunkenen Europa ab. Auf die Reling der „Exemption" gestützt, sah ich in den Hitzeschleier die Silhouette eines Kontinents zerfließen, der bald nur noch als symbolischer Strich zu sehen war ... Und wie eine mächtige Sehnsucht erfüllten mich die Erinnerungen an meine Jugend. Ich entdeckte plötzlich tausend Gründe, diesen Kontinent zu lieben, der mir so viel gegeben hatte. Aber zweifellos mußte ich ein Schicksal erfüllen, der große Aderlaß mußte die Geschwüre leeren, Leid und Tränen mußten die Geister läutern. Ich kehre zurück, sagte ich mir, sobald Europa den Glauben an den Menschen wiedergefunden hat. Das war einer jener romantischen Träume, wie man sie im Exil träumt. Zum Glück hatte ich Gala an meiner Seite und ihre Augen, ihre Haut und ihre Kraft. Alles übrige zählte schließlich nicht so viel wie ein Lächeln von ihr.

Wie Dali fünf Jahre in den USA lebte

In Hampton Manor erwartete uns Caresse Crosby mit der ganzen Gastfreundschaft einer reichen Amerikanerin, und bei ihr fanden wir ein wenig von dem Zauber der Ile-de-France und der Moulin du Soleil wieder. Kaum angekommen, stellte ich zwei große Leinwände auf meine Staffelei und begann „Araignée du soir, espoir" und „La Résurrection de la chair" zu malen, zu deren Vollendung ich mir fünf Jahre Zeit ließ. Auf dem ersten Bild speit der Schlund einer durch eine Krücke gestützten Kanone ein wildes Pferd und eine Zunge aus, die sich in Brust, Fuß und Siegesgöttin verwandelt, während eine zerfließende Frauenleiche vor einem Engel, der sich das Antlitz verhüllt, auf einem lebendigen Cello spielt.* „La Résurrection de la chair" ist eine Art Jüngstes Gericht, bei dem das Gold, die Macht, das Denken, die Liebe und der Tod vor dem Leben angeklagt sind.

* Siehe Kapitel 17: Wie man die Bilder Dalis liest.

Die Deutschen zogen in Paris ein, als ich den ersten Pinselstrich tat, sie verließen es wieder, als ich das Bild signierte, nachdem ich wie ein Seismograph das Fieber der schrecklichen Jahre darauf verzeichnet hatte, an denen teilzuhaben ich mich mit katalanischem Fanatismus weigerte, aber deren Schwankungen mein Genie registrierte. Zwischendurch amüsierte ich mich damit, mein „Autoportrait mou avec du bacon grillé" zu malen, das meine neue Lebensweise in Pebble Beach, Kalifornien, ausdrückte.

Amerika hatte mich mit dem Luxus aufgenommen, den es seinen Auserwählten vorbehält. Das Museum für moderne Kunst in New York organisierte im November 1940 eine Retrospektive mit 43 Gemälden und 17 Zeichnungen, die einen enormen Erfolg hatte. Ich schritt einher wie ein römischer Kaiser auf dem Weg zum Kapitol. Zwei Jahre lang machte diese Ausstellung die Runde durch die Vereinigten Staaten. Sie wurde in acht großen Städten gezeigt. Dann nahm sich die Galerie Knoedler eine Zeitlang meiner an und stellte 29 Bilder aus, die alle verkauft wurden.

Europa war von Glasgow bis Stalingrad in Blut und Feuer getaucht und wand sich im Grauen des Zorns. Diese Blüte der Weltzivilisation hatte die giftigen Dünste einer Politik ausgeschieden, von der sie nun vernichtet wurde. Nichts blieb mehr von dem, was einst der Stolz dieser edlen, verschwenderischen Völker gewesen war. Ein eiserner Zwang zermalmte alles. Ich sagte mir damals, daß ich von den Engeln Gottes auserwählt war, die große Tradition unversehrt zu erhalten und Zeugnis abzulegen von dem Genie eines Kontinents. Diese Gewißheit gab mir großen Mut und eine geniale Intensität der Konzentration und der schöpferischen Arbeit. Ich fühlte, daß der Augenblick kommen mußte, da man auf einer verwüsteten Erde wiederaufzubauen begann, und daß ich es mir schuldig war, da zu sein mit dem ganzen Hochmut meines Genies, um eine Wiedergeburt zu ermöglichen.

Zwischen einem Ballett „Labyrinthe" und der Illustration der „Mémoires fantastiques" von Maurice Sandoz schrieb ich „La Vie secrète de Salvador Dali", um der Welt meine Wahrheit auszuhändigen und die Pforten zur Erkenntnis des Taumels meiner Seele zu öffnen. Ich wußte, daß ich aus meiner eigenen Erfahrung heraus die grundlegenden Fragen des heutigen Menschen beantwortete und ihm zeitgemäße Lösungen anbot für das Gefühl des Todes, die große Krise der Raum-Zeit, die das Empfindungsvermögen erschüttert, und die Sublimierung des Geschlechtstriebs. Ich enthüllte die Quellen einer

Methode, die es gestattet, den Wahnsinn, alle Arten von Wahnsinn, zu bezwingen, und ich bot die unerschöpflichen Reichtümer der Freuden der Kindheit und der Erhabenheit des Lebens dar. Noch nie hatte sich ein Mensch in seinem Innersten und in der Tiefe des Seins so preisgegeben. Und wenn ich dreißig Jahre später auf diese Seiten meines Lebens zurückkomme, so nicht, um etwas davon zurückzunehmen, sondern um mit einer neugewonnenen Distanz zu Menschen und Dingen den Reichtum eines neuen Abschnitts meines Lebens und das Licht meines immer schärferen und durchdringenderen Genies hinzuzufügen.

Die Bombe von Hiroshima explodierte unter einem makellosen Himmel. „Pikadon", Licht und Lärm, nannten sie die wenigen Japaner, die mit dem Leben davonkamen. Ich malte gerade Gala, nackt von hinten, und Galarina – ganz meiner Liebe und dem Zauber der Wollust hingegeben –, als ich die seismische Erschütterung der Explosion spürte, die mich mit Entsetzen erfüllte. Ich stellte mir nicht einen Augenblick die 200 000 Toten vor, die – zu Asche verbrannt – auch wirklich nicht faßbar waren, aber ich dachte voller Grauen, daß eine Kettenreaktion hätte entstehen können, die, noch ehe ich den vollkommenen Busen meiner Galarina beendet hätte, den ganzen Erdball in Brand gesteckt und meine Unsterblichkeit aufs Spiel gesetzt haben würde. Daß ich so sehr von den blinden Zufällen der Geschichte abhing, erfüllte mich mit Unruhe. In keinem Winkel der Welt war man mehr sicher. Ich beschloß, unverzüglich nach der besten Methode zu suchen, wie ich mein kostbares Leben vor den Anschlägen des Todes schützen könnte, und begann mich enrsthaft mit Unsterblichkeitsrezepten zu beschäftigen. Die „Melancolica atomica", die ich damals malte, drückt meine am 6. August 1945 geborenen Zweifel und Ungewißheiten aus.

Mein Erfolg hielt an, und mein Genie, das einen Augenblick durch die Atomexplosion aus dem Konzept gebracht worden war, wurde sehr bald von allen Seiten in Anspruch genommen. Man schlug mir vor, den „Don Quijote" zu illustrieren, und ich begann an den lithographischen Platten mit der Gewißheit zu arbeiten, daß ich dieses Genre erneuern würde – und ohne zu wissen, daß ich einen Weg einschlug, der mich erst nach neunzehn Jahren zu Dulcinea führen sollte. In meinem Haus drängten sich die Verleger wie Fliegen, die der Honig angezogen hat. Der eine sprang mit den Korrekturabzügen für „Macbeth" zum Fenster hinaus, und der nächste kam schon durch den

Lieferanteneingang herein, um mir vorzuschlagen, Montaigne zu illustrieren. Oder man wollte mich mit den „Fünfzig Geheimnissen der magischen Kunst“ oder der Autobiographie Benvenuto Cellinis verführen. Allen antwortete ich: „Zahlen Sie zuerst einmal.“ Ich bin Goldschmied. Nur das Geld inspiriert mich. Die gute amerikanische Erde ließ das goldene Korn des alten Europa wachsen, und geerntet wurde es von dem Katalanen Dali, der, um seinem Namen treu zu bleiben, immer gieriger wurde. Das düstere Massaker, das auf der anderen Seite des Atlantiks den edelsten Teil der Menschheit dezimierte, mußte doch für etwas gut sein. Wohlbehütet, mit Reichtum überhäuft, übersättigt, legte ich Zeugnis ab gegen die allgemeine Verblödung, und ich beherrschte meine Epoche mit dem Glanz meines Genies, ungebeugt, stolz, unbesieglich. Ich hatte damals tatsächlich das Gefühl, nicht dieser Rasse masochistischer Insekten anzugehören, die sich barbarischen Göttern zum Opfer darboten, während sie doch alle Chancen des Glaubens hatten. Immerhin zog ich einige nützliche Schlüsse hinsichtlich der Art und Weise, wie man die Männer beherrscht, die Frauen unterwirft und die Kinder verblödet, und ich glaube gezeigt zu haben, welchen Nutzen mein Zynismus und mein Genie aus diesen Beobachtungen zogen.

„Alle Welt ist pazifistisch – im Widerspruch zu allen Prinzipien unserer Handlungen seit dem Altertum, der Renaissance, der wunderbaren Rede Michel de Montaignes über Kunst, Adel und Größe der Kriegskunst... Alle Welt, seien es nun die Sowjets oder die Amerikaner. Das ist eine große Dekadenz! Ebenso bin ich der Meinung, daß in einer Monarchie der Anarchist, der den König töten will, im höchsten Grade achtbar ist, denn er gewährleistet durch seine Tat das Maximum an Mannigfaltigkeit, das eine vollkommene Gesellschaft – nämlich die der absolutistischen Monarchie – enthalten muß. Und ebenso ist es ungeheuerlich, daß sich ein Mensch eine Menschheit ohne Krieg vorstellt.“

14. *Wie man Supersnob wird*

Als ich Helena Rubinstein zum erstenmal in New York begegnete, sah ich zunächst nur die Majestät einer bourbonischen Nase, die groß wie eine Pflugschar, von kurzen Beinen getragen, auf und nieder hüpfend auf mich zukam, während im Licht der Kronleuchter eine Konstellation von Smaragden funkelte, die den Eindruck erweckte, daß die Hände der Frau Fackeln trügen und ihr Hals von Flammen umgeben sei. An dieser Funkengarbe erkannte ich die Milliarden. Wenn sie lachte, blieben ihre Augen kalt wie Knöpfe, und ihre Haut – pergamenten wie die der Tse-hi, der letzten Kaiserin Chinas, der sie ähnlich sah – legte sich in Falten, die so bunt waren wie die Kriegsbemahlung eines Sioux-Häuptlings.

Im Jahre 1942 war Helena Rubinstein 100 Millionen Dollar wert. Sie hatte Wohnungen in New York, London, Paris und Grasse. Sie herrschte über eine Fabrik und eine Unzahl von Geschäften in New York, Chicago, Boston und San Francisco, in Australien und in Europa, aus denen Ströme von Schönheitscrèmes, Salben und Abschminkmitteln quollen und Wolken von Puder stoben. Sie hüllte mehr als die Hälfte des weiblichen Geschlechts in einen Panzer von Illusionen, die die Gesichter und die Seelen verwandelte. Dieser edle Handel hatte Helena Rubinstein einen Charakter wie ein unbarmherzig enges Korsett verliehen.

Sie war als älteste von acht Kindern aus Polen ausgewandert und im Alter von sechzehn Jahren mit zwölf Tiegeln Schönheitscrème ihrer Mutter im Koffer in Australien an Land gegangen, um ein Reich zu erobern.

Sie regierte Männer und Frauen mit eiserner Hand, aber mit einem Telefon konnte sie nicht umgehen. Sie war unfähig, eine Nummer zu wählen, und schrie mit dalischem Ungestüm in die Sprechmuschel. Ich machte übrigens großen Eindruck auf sie und begegnete ihrer Höflichkeit mit meinem königlichen Stolz.

„Wissen Sie", sagte sie zu mir, „das Haus, in dem wir uns befinden, gehört mir." Und als ich sie ansah, ohne eine Miene zu verziehen, fügte sie hinzu: „Die Wohnung gefiel mir, aber der Besitzer wollte an keine Jüdin vermieten. Da habe ich das ganze Haus gekauft."

Sie zeigte mir ihre 36 Zimmer im 14. Stock des Hauses. Der Flur war ein Dschungel im Stil des Zöllners Rousseau. Vom Empfangszimmer bis zu den Bildergalerien führte alles auf ihr Schlafzimmer zu, und darin versteckte sie sich wie der Minotaurus im Herzen des Labyrinths und wartete auf ihre Beute in einem riesigen Bett aus durchsichtigem Glas, dessen Beine und gekrümmter Halbhimmel fluoreszierten. Wenn Helena im Bett lag, schien sie zu zerfließen wie eine meiner weichen Uhren. Und bevor sie sich zu Bett legte, verstreute sie Smaragde, Perlen und Amethyste und häufte Abend für Abend ganze Ströme von Diamanten um sich an. An manchem Morgen war ihr Zimmer eine Galaxis erster Größenordnung, die durch ihren Glanz blendete, und Helena schien dann weniger Falten zu haben als sonst. An dem Morgen, an dem sie mich in ihrem Zimmer empfing, schneuzte sie sich in ihr Bettlacken aus Satin.

Helena Rubinstein hatte diese neue Wohnung in der 65th Street in New York eben erst gekauft und bestellte bei mir drei Fresken für das Speisezimmer. Sie, die verehelichte Fürstin Gourielli, die man insgeheim die Sarah Bernhardt der Schönheit und in vertraulichem Umgang „Madame" nannte, war eine dalische Persönlichkeit. Ihre Liebe zu Schmuck und Geld und ihre Launen und Ansprüche trugen ihr meine volle Aufmerksamkeit ein.

Der Glanz der Juwelen sollte ihr Alter vergessen machen. Bei jeder Begegnung wurde mir der Anblick neuer Karaffenstöpsel zuteil, die ihr um den Hals oder an den Ohren hingen oder ihre Finger umschlossen. Reliquienschrein, Totem oder javanische Göttin – so spazierte sie durch die Welt und trug in einer Hutschachtel die Schätze eines Ali Baba mit sich herum. Jedenfalls sah ich sie nie mit weniger als acht Reihen Perlen um den Hals, aber sie fuhr grundsätzlich nur im Taxi. „Die Chauffeure sind alle Diebe", sagte sie. „Der letzte ist mit meinem Rolls verschwunden." Sie regierte ihre Welt absolut autokratisch. Ihr Gatte, der georgische Fürst Gourielli, öffnete den Mund nur, um Rauchringe zu blasen; ihr Sohn aus erster Ehe, Horace Titus, schien, düster wie eine Gestalt aus einer Tragödie Racines, ständig Verse vor sich hin zu murmeln. Oscar Kolin, ihr Neffe, nickte ständig wie ein Metronom, dem man beigebracht hat, ja zu sagen. Mala, ihre Nichte, war nicht mehr als ein Schatten. Aber Helenas linke Hand – die immer sehr wohl wußte, was die rechte tat – war Miß Fox, ihre

Sekretärin, die sie über alles auf dem laufenden hielt wie ein Obereunuch seinen Sultan. Helena hatte Miß Fox sogar aufgefordert, sie auf ihrer Hochzeitsreise im Jahre 1938 zu begleiten; man fand sie auf alle Fälle morgens an der Tür von „Madames" Badezimmer und abends am Fuß ihres Bettes.

Meine Fresken sollten unweit von sieben Renoirs, zwei Modiglianis und einem Lautrec angebracht werden, die die Bilderwand ihres Salons schmückten. Diese Nachbarschaft irritierte mich ein wenig, aber das Schlimmste war die unmittelbare Nähe der Werke des Bildhauers Nadelmann. Sie hatte diesen Polen 1930 in Paris kennengelernt. Um ihrem Landsmann behiflich zu sein, organisierte Helena, die auf die dümmste Weise sentimental sein konnte, eine Ausstellung in New York, die ein Fiasko wurde. Da kaufte sie ihm seine 36 Werke ab, die nun überall in ihrer Wohnung herumstanden. Während ich mit den Füßen einen Teppich von Miró trat, betrachtete ich um mich herum die Bilder von Braque, Chagall, Juan Gris, Matisse, Picasso und Rouault – und sagte mir, daß sie, von den meinen abgesehen, nur unbedeutendere Werke der bekanntesten Künstler ihrer Zeit besaß.

Auf der Durchreise in Moskau, wo sie Gourielli heiratete, hatte sie einem deutschen Juden, der vor Hitler geflohen war, eine Ikone und eine ganze Wagenladung Negerskulpturen abgekauft.

„Aber Sie haben ja noch gar nichts gesehen", sagte sie zu mir. „Die schönsten Sachen sind in Paris! Ich hoffe, die Deutschen passen auf sie auf. Kommen Sie, sehen Sie sich meine Kleider an."

In der Garderobe hundert Kleider und ebenso viele Mäntel; Schuhe wie zur Parade aufgestellt; auf Köpfen aus Papiermaché Hüte, die nicht einmal die Girls der Folies augesetzt hätten; Pelze wie schlafende Tiere. Sie zählte auf: Zobel von Molyneux, Leopard aus Somalia, Turmalinnerz. In einem eigenen Schrank erinnerte ein kleines Museum von Kleidern von Poiret, Doucet und Lanvin, faltenreich und mit Perlen besetzt, an die Mode des Jahres 1914.

„Man könnte meinen, die Kleider Ihrer Großmutter", sagte ich. „Was für ein Familiensinn!"

Der Laserblitz ihres Blickes durchbohrte mich. Mein Schnurrbart lächelte vor Vergnügen.

„Meine Hutpuppen hat Vertes für mich entworfen", sagte sie. „Wissen Sie, ich trage diese Hüte nie. Ich kaufe sie nur, um mein Auge zu erfreuen."

Helena Rubinstein schob die Glasscheibe zu, die ihre Hutausstellung schützte. „Manchmal stelle ich mir zum Spaß vor, wie ich aussehen würde, wenn ich sie aufsetzte. Dann nehme ich meinen Bibi“, fügte sie hinzu und zeigte auf den Glockenhut, den sie das ganze Jahr trug, „und gehe wieder meinen Geschäften nach.“

Ich sagte mir, daß der Abstand, der die Irre von Chaillot von Helena Rubinstein trennte, gewiß nicht größer war als die Breite eines Hutes. Beide waren die Schöpferinnen von Illusionen, die einen einfangen konnten, wenn man nicht achtgab.

Ein Gespräch mit Helena Rubinstein war ein napoleonischer Monolog. Sie zählte ihre Siege auf und diktierte ihren Willen, und letzten Endes lief alles auf das Geld hinaus.

„Ich kam 1907 in London an. In Australien hatte ich 500 000 Dollar verdient. Zwei Jahre später eröffnete ich einen Salon in Paris. Das war die Zeit der ersten Kollektionen. Ich brachte die Lippenstifte in der Hülse, die farbigen Puder heraus. Man bat mich, die Mannequins zu schminken. Das war ein Triumph. Poiret kreierte die weichen Kleider und warf die Korsetts auf den Kehrichthaufen. Mein Schönheitsinstitut war die ideale Lösung für überflüssiges Fett.“

Aber ich hörte ihr schon nicht mehr zu, als sie mir die drei Hauptquellen ihres Vermögens erläuterte: Massagen, Duschen, Waschungen. Niemand widerstand ihren „Gratiskonsultationen“. Die berühmte Romanschriftstellerin Colette war der erste Schmetterling, der ihr ins Netz ging. Helena Rubinstein entlockte ihr eine sehr wirkungsvolle Erklärung. Sie behauptete, eine Frau könne ihren Liebhaber ohne Massage nicht halten. Darüber dürften alle Männer gelacht haben.

Helena Rubinstein sprach von der Liebe wie ich von der Presse:

„Ich habe die Männer immer so behandelt, wie sie es verdienten.“ Und träumerisch fuhr sie fort: „Es gab damals in Australien Männer, die in mich verliebt waren und mir leidenschaftlich den Hof machten. Wenn ich so einen Burschen fest an der Angel hatte, nahm ich ihn in meine Wohnung mit ... und dort half er mir dann die halbe Nacht, die Crémetiegel zu füllen und zu verpacken, und wenn es Tag wurde, lieferte er die Ware aus.“

Die Milliardärin Helena Rubinstein hatte ein dalisches Gefühl für Geld. Ihr Lieblingsmotto (das natürlich nur für die anderen galt) lautete: „Gehen Sie sparsam um mit dem Geld – kleine Münzen machen große Summen.“

Sie erzählte mir, wie sie ihr Geschäft an den Bankier Lehman abgetreten hatte. Dann hatte sie mit großer Geduld in vertraulichem Ton an Hunderte von Frauen, die kleine Aktienanteile besaßen, geschrieben und sich Vollmachten erteilen lassen. Nach dem großen Krach von 1929 hatte sie die Brüder Lehman gezwungen, ihr 50 Prozent der Aktien wieder zu verkaufen. Um 2 Millionen Dollar. Zwei Jahre zuvor hatte sie den Lehmans diese Aktien um 6 Millionen verkauft.

Das Geldverdienen war für sie Religion. Eine ihrer Sekretärinnen berichtete, daß Helena Rubinstein, wenn sie mit ihr reiste, die Spendengelder einsteckte, die ihr für eine Reise von zwei Personen im voraus ausbezahlt wurden. Dann schickte sie ihre Rechnungen an eine andere ihrer Firmen und ließ sich die Spesen noch einmal ersetzen.

Geld war für sie der einzige Maßstab des Erfolgs, und ich hätte sie gern als Vestalin in meinen Dienst genommen. Bei einer unserer ersten Begegnungen im Jahre 1942 hatte sie eben ein neues Parfum herausgebracht und Tausende von blauen Ballons über die 5th Avenue fliegen lassen. An jedem waren ein Musterfläschen und ihre Visitenkarte mit der Aufschrift „Ein Geschenk des Himmels“ befestigt. War das eine gute Idee? fragte sie sich. „War das eine gute Idee?“ fragte sie mich. „Es *war* eine gute Idee“, sagte sie mir später. „Eine Million Dollar!“

War Helena Rubinstein für Dali eine Dalierin?

Ich glaube, daß sie außer mir und Picasso – „diesen Teufel“, wie sie ihn nannte – jedermann und zu jeder Zeit geistig „ausplünderte“. Sie erzählte gern, daß sie den Leuten die besten Ideen nach einem guten Essen entlockte und daß ihr die Colette, Marie-Laure de Noailles und Louise de Vilmorin wider Willen einige gute Formulierungen lieferten, die in der Welt der Rubinsteinschen Publicity ihren Weg machten. Während ich selbst hartnäckig schwieg, damit sie mir keine Dalische Idee stehlen konnte, wurde jeder nach seinem Marktwert eingeschätzt.

Modigliani, den sie persönlich gekannt hatte, war „nett, aber unsauber“; Matisse „ein Teppichhändler“, weil er zu viel feilschte; Hemingway „eine große Schnauze mit spitzen Zähnen“; Joyce „ein Kurzsichtiger, der nicht gut roch“; Lawrence „ein Schüchterner, der von Frauen beherrscht wurde"; Proust „ein kleiner Jude im Pelz, der nach Naphthalin roch".

Der Wert eines Werkes hing ab von der Differenz zwischen dem Preis, den sie dafür bezahlt hatte, und dem vermutlichen Verkaufspreis. „Ich bin eine Geschäftsfrau", sagte sie ständig. Max Ernst bedeutete für sie 20 000 Dollar Gewinn. Sie schätzte ihn auch sehr. Als sie aber eines seiner Bilder zurückkaufen wollte – diesmal zu seinem wahren Preis –, verzichtete sie: Die Gelegenheit war nicht günstig.

Eines der Dinge, auf die sie sich etwas einbildete, war ihr Fürstinnentitel, und es traf sie schwer, als sie eines Tages einen ihrer Gäste sagen hörte: „In Georgien braucht man nur Schafe zu besitzen, um Fürst zu werden." Doch wenn die Herkunft des Fürsten auch fragwürdig erscheinen mochte, so war jedenfalls das Bankkonto der Fürstin ein gutes Wappenschild. Die Mäzenin und Kunstliebhaberin konnte jedoch der Geschäftsfrau nicht das Wasser reichen. Es fehlte ihr zur Vervollkommnung die paranoia-kritische Methode. Die Juwelen, mit denen sie sich schmückte wie mit heiligem Kot, befriedigten ihren Stolz und ihren Lebenshunger, aber sie hatte auch einmal versucht, „anders" zu sein. Damals hatte sich Missia Sert ihrer angenommen. Die beiden hatten einander zu Beginn unseres Jahrhunderts kennengelernt, als Missia eine der Königinnen von Paris und Helena eine Debütantin war. Beide waren sie Polinnen, und die gemeinsame Sprache brachte sie einander nahe. Missia wurde ihre geistige Führerin. Sie heiratete später Thadée Natanson, den Sohn des Herausgebers der „Revue Blanche". In Missias kosmopolitischem Salon begegnete man Mallarmé, Renoir, Vuillard, Dufy, Helleu, Fürsten, Königen – und Marcel Proust, der sie einmal ausfragte, um zu erfahren, „wie sich, ihrer Ansicht nach, eine Herzogin schminkt".

Wie sich Dali an Missia Sert erinnert

Missia heiratete in dritter Ehe den katalanischen Maler José Maria Sert, der in der Ile Saint-Louis ein vornehmes Privathaus aus dem 18. Jahrhundert bewohnte. Das Haus war schon baufällig. Missia verkaufte es Helena Rubinstein „um einen Bissen Brot".

„Aber es kostete mich dann den ganzen Laib, es herzurichten", meinte Helena und fügte hinzu: „Zum Glück hatte ich inzwischen den Lehmans vier Millionen abgenommen."

Alle Malerfreunde Missias porträtierten Helena. „Das ist eine ausgezeichnete Werbung und eine gute Kapitalanlage", sagte sie und warf mir einen ihrer zynischen Blicke zu. Ich zuckte mit keiner Wimper. Irgendwo bereitete das Schicksal die Rache an Missia, ihren Freunden und einigen anderer vor. Ein Schicksal namens Picasso.

Zu den Freunden, die ich mir von meiner Rückkehr nach Paris versprach, gehörte der Umgang mit Coco Chanel, deren beste Freundin Missia war. Missia war eine geborene Musikerin. Liszt hatte ihr die Tonleitern beigebracht, Fauré war ihr Lehrer gewesen, Debussy hatte ihr später „Pelléas und Mélisande" vorgespielt und Grieg den „Peer Gynt". Sie hatte beinahe Renoir ins Verderben gestürzt, der in ihren Busen verliebt war und acht Porträts von ihr malte, die sich heute in der Sammlung Barnes und in der Eremitage befinden. Missia hängte sie neben die Bilder, zu denen sie Vuillard, Bonnard, Valotton und Lautrec inspiriert hatte. Mallarmé, der Missia in Valvins am Ufer der Seine als Nachbar in Holzpantinen besuchen kam, schrieb ihr einen Vierzeiler auf ihren Fächer.*

Paul Morand beschrieb sie in seinem Buch „Venise" als „genial in der Treulosigkeit, raffiniert in der Grausamkeit".**

Ihr zweiter Mann, Edwards, Herausgeber der Zeitung „Le Matin", brachte ihr nach der Scheidung von Thadée die ganze übrige Welt ins Haus. Ihr dritter Mann, José Maria Sert, war Katalane, ein Riese mit einem Riesenappetit, der ihr vor allem beibrachte, wie man mit der größten Sorglosigkeit ein Vermögen verschleudert. Serts Malerei war monumental – „aber das gibt sich noch", sagte man damals.

Die große Begegnung Missias war jedoch Coco Chanel. Der Krieg hatte alle Korsetts gesprengt, die wirklichen und die anderen, die Tabus.

* *Aile que du papier déploie*
Pats toute si t'initia
Naguère à l'orage et à la fois
De son piano Missia.

** „Missia, Ernterin von in sie verliebten Genies, Sammlerin von Herzen und rosa Ming-Bäumen, Missia, deren Launen Mode wurden ... die nachgeahmt wurde von den Damen von Welt mit leeren Köpfen, Missia, die Königin des modernen Barocks ... Missia, die Schmollende, die Listige, genial in der Treulosigkeit, raffiniert in der Grausamkeit ... unbefriedigt, Missia, deren durchdringende Augen noch lachten, wenn der Mund schon grollte."

„Im Jahre 1919 wachte ich eines Morgens auf und war berühmt", sagte Coco Chanel. „Und ich hatte eine neue Freundin, die meinem Erfolg erst den wahren Sinn gab."

Empfand Dali Freundschaft für Coco Chanel?

So wie ich meinen Gestalten ähnele und wie meine Bilder an meinen Schnurrbartspitzen aufgehängt sind, so war Coco – ganz kurze Haare, falscher Schmuck, schwarzes Kostüm, Jersey, Sonnenbräune und weiße Pyjamas. Auch ihr Leben war ein ununterbrochener Monolog, indem sie alles erzählte, und die Unordnung ihres Lebens wurde dann zu einem magischen Gleichgewicht. Ihren Salon betreten hieß ein surrealistisches Golkonda entdecken. Als sie mich zum erstenmal einlud, wußte ich gleich, wer sie war. Umgeben von Perlmutt, Ebenholz, Gold und Kristall, von Masken, Spiegeln und Parfums, inmitten ihrer mythologischen Herde von Löwen, Hindinnen und einem angreifenden Eber saß Coco Chanel, den Hut, von dem sie sich niemals trennte, auf dem Kopf, rauchte ununterbrochen und redete, redete, redete – herrisch, unschuldig und schrecklich.

Sie sagte: „Nich wahr, Dali, Berühmtheit ist Einsamkeit?"

„Wir, wir brauchen nicht Freude, sondern Zustimmung."

„Meine Freunde, es gibt keine Freunde."

Worin sie sich nicht täuschte, denn ich bin nicht zur Freundschaft fähig. Sie behauptete: „Menschen, die eine Legende haben, ähneln zuletzt dieser Legende, um ihre Berühmtheit zu bestätigen."

So hatte sie sich ganz selbst geschaffen: ihre Familie, ihre Kindheit, ihr Alter und sogar ihren Vornamen.

Mein genialer paranoia-kritischer Geist verstand Coco Chanel vollkommen. Sie hatte unter Lieblosigkeit gelitten. Ihr Vater hatte sie nach dem Tode ihrer Mutter verraten. Er hatte ihr weisgemacht, er werde sie in einem neuen Haus im Süden zu sich nehmen, aber in Wirklichkeit fuhr er mit der Absicht, nie mehr zurückzukehren, nach Amerika. Von diesem Tage an konnte sie keinem Mann mehr glauben. Sie las Romane, die es ihr gestatteten, sich eine andere Familie zu erdichten und sich für eine Heldin zu halten. Mit zwanzig Jahren wurde sie von einem reichen, adeligen Husarenleutnant entführt, der sie nach Paris mitnahm. Sie hielt Einzug im „Maxim" und freundete sich mit Emilienne d'Alençon an, einer der offiziellen Mätressen ihres schönen Kavaliers. Gedemütigt betrachtete sie mit mörderischen Blicken die Schönen der Nacht, die über die Körper und die Herzen herrschten mit ihren über den Korsetts nackten Brüsten, mit ihren langen Schleppen, die den Staub fegten, mit ihrem wiegenden Gang auf hohen Stöckeln. Gegen *sie* und ihre provokanten Federhüte kreierte sie diese neue Mode, die die Schauspielerin Gabrielle Dorziat populär machte. Und gegen *sie* lancierte sie wie eine Bombe die Mode des Tailleurs, des Jerseykleides, durch die diese andern auf ein *Nichts* reduziert wurden.

Sie verstand es, jede Begebenheit ihres Lebens zu ihrem Vorteil auszuwerten. „Ich habe ein Modegeschäft aufgemacht", sagte sie, „weil sich zwei Herren um meine kleine Person stritten." Sie verdiente besondere Erwähnung im paranoischen Pantheon.

„Ich weiß nicht, was ich vergessen will", sagte sie noch. „Vielleicht, daß ich lebe. Und ich mache Bewegungen, um den Anschein zu erwecken, daß ich hinter der Zeit herlaufe."

Sie war sehr stolz auf ihren Hals, den „längsten Hals der Welt", wie sie sagte, und um ihm eine Form zu bewahren, hielt sie sogar beim Essen den Kopf hoch. Sie massierte ihn unaufhörlich wie einen riesigen Penis beim Masturbieren.

Und sie war Schlafwandlerin. „Ich gehe nachts in den Parks spazieren." Im „Ritz" entdeckte ein Zimmermädchen eines Morgens ein Kostüm, das in der Nacht mit der Schere aus einem Bademantel zugeschnitten worden war. Im Knopfloch stak eine aus einer Serviette geschnittene Gardenie.

Sie erzählte sehr drollig von ihrem ersten Abend im „Maxim". Ein Engländer hatte eben mit seiner Begleiterin Platz genommen, da erschien plötzlich eine Frau, zerschlug ein Glas und zerkratzte dem Mann mit dem abgebrochenen Stiel des Glases das Gesicht. „Ich floh. Ich rannte eine Treppe hinauf und versteckte mich unter einem Tisch, der mit einem großen Tuch bedeckt war. Ich kann kein Blut sehen. Das zweite Mal im ‚Maxim' hatten wir uns kaum gesetzt, als ein Mann mit einem Revolver hereinstürzte und uns eine ganze Weile mit erhobenen Händen dazusitzen zwang. Jetzt verstehen Sie, warum ich dreißig Jahre gebraucht habe, um den Weg in dieses Restaurant wiederzufinden."

Coco Chanel betrachtete sich als Künstlerin und sprach von sich selbst in der dritten Person. „Sie hat das englische Maskuline ins

Feminine übertragen. Ihr ganzes Leben lang hat sie immer nur Männerkleidung in Kleidung für Frauen umgewandelt: die Westen, die Krawatten, die Manschetten – auch die Frisuren. Coco Chanel hat sich immer wie der starke, unabhängige Mann gekleidet, der sie gern gewesen wäre. Sie hat die Frauen befreit, weil sie selbst zu lange unter der Unfreiheit gelitten hatte. Wovon die Mode kommt, die man oberflächlich nennt!"

War Coco Chanel der Freundschaft fähig?

Ich glaube, Coco Chanel schenkte ihre Freundschaft nicht Einzelpersonen, sondern abstrakten Wesen. Ich war für sie *das* Genie, so wie Diaghilew *der* Tanz war und Coco *die* Mode. Sie liebte sich sehr und sprach endlos von sich.

Mit Diaghilew hatte Missia Sert sie bekanntgemacht. Er behandelte Missia wie seine Schwester, war aber in sie verliebt. Nachdem er in London mit dem Balett „La Belle au bois dormant", das ein spektakulärer Mißerfolg wurde, Schiffbruch erlitten hatte, flüchtete er nach Paris und zu Missia Sert ins „Ritz". Dort hielt sich gerade auch Coco Chanel auf. Am nächsten Tag gab sie ihm einen Scheck über einen hohen Betrag, der es ihm ermöglichte, von vorn zu beginnen, und verlangte von Diaghilew nur völliges Schweigen über ihre Großzügigkeit. Diese Diskretion erschreckte Diaghilew, der an die „stillen Teilhaber", die in Tänzer oder Tänzerinnen verliebt waren, gewöhnt war. Coco finanzierte Strawinskys „Noces" und „Le Sacre du printemps". Diaghilew beschloß, sich in sie zu verlieben, aber Coco schickte ihn zu seinen *Pas de deux* zurück. Ihr ging es um etwas ganz anderes als die Liebe. Vielleicht wollte sie sich selbst ihre Macht, ihre Freiheit und ihre „Männlichkeit" beweisen. Das Geld, das sie verdient hatte, ermöglichte es ihr, sich ihre Wirklichkeit zu demonstrieren. Sie erfuhr, daß Diaghilew, der zuckerkrank war, in Venedig im Sterben lag, als sie sich gerade auf der „Flying Cloud", der Jacht des Herzogs von Westminster, befand, der eine der großen Lieben ihres Lebens war, und verlangte sofort, daß das Schiff nach Venedig zurücksegelte. Sie kam gerade noch zurecht, um Diaghilew zum Friedhof zu geleiten. Serge Lifar und Boris Kochno wollten dem Trauerzug auf den Knien folgen. Coco befahl ihnen, sich ihr anzuschließen, und mit diesen beiden Pagen führte sie das Trauergeleit ihrer Freundschaft an. Sie hielt jedoch nichts von Dankbarkeit und trieb keinen Kult mit ihren Erinnerungen.

„Man muß die Kiepe der Vergangenheit jeden Morgen ausleeren", sagte sie, „sonst drückt einen das Gewicht des Lebens nieder, und man liegt bald mit den Gespenstern und den Dummköpfen im Staub."

Sie liebte Reverdy so sehr, daß sie Cocteau, dessen Erfolg sie ärgerte, zu hassen begann.

„Die Zukunft wird das, Gott sei Dank, richtigstellen", meinte sie, „und bleiben werden nur Reverdy und Cendrars."

An Reverdy liebte sie vor allem das Heiligmäßige, aber er zog den Frieden der Abtei von Solesmes einer großen Liebe vor. Lange war Coco auch von der Tatsache fasziniert, daß der Herzog von Westminster, der in sie verliebt war, seine Briefe nicht der Post anvertraute, sondern Boten, die eigens aus London kamen, um ihr den täglichen Liebesbrief zu überbringen. Sie heirateten nicht, weil sich das Haus Chanel nicht mit Großbritannien vermählen konnte. Ihre Beziehungen waren durch echten Luxus gekennzeichnet. Als er einmal ihre Verzeihung erbitten mußte, weil er sie eifersüchtig gemacht hatte, schenkte der Herzog Coco während einer Kreuzfahrt einen Smaragd. Coco stützte sich auf die Reling, drehte den Stein im Licht hin und her und ließ ihn, nachdem sie ihn genug bewundert hatte, ins Wasser fallen. Sie hielt sich für Kleopatra, die Cäsar trotzte, indem sie seine Perlen, Geschenke eines Imperators, in Essig legte, um sie aufzulösen.

Winston Churchill zwang den Herzog schließlich, die Tochter des Protokollchefs des Königlichen Palastes zu heiraten. In einer einzigen Nacht zertrümmerte eine denkwürdige Szene den Schein des Glücks.

Zum letztenmal sah ich Coco Chanel mitten im Krieg, in Arcachon vor meiner großen Reise in die Vereinigten Staaten. Sie erinnerte sich damals an die Ferien, die sie als kleines Mädchen bei einem Austernzüchter verbracht hatte. Er hatte sie am Morgen in seinem Boot mitgenommen und ihr Austern zu essen gegeben, die er aus seinem Park holte. „Ich spuckte sie angeekelt wieder aus", erzählte sie mir. „Später habe ich es sehr bedauert, daß ich mich damals nicht an ihren Geschmack gewöhnte. Als ich mit meinem hübschen Offizier im ‚Ritz' wohnte, ließ ich mir Austern aufs Zimmer bringen, und um mich zu üben, lud ich das Zimmermädchen ein, aber die mochte das nicht. Und Sie, Dali, mögen Sie Austern?"

Als ich mich mit Gala nach Europa einschiffte, fiel mir dieses

Gespräch mit Coco wieder ein, und das Wasser lief mir im Munde zusammen bei dem Gedanken an die Freunde und an die Mahlzeiten, die mich erwarteten.

Vom Deck des Schiffes aus blickte ich zufrieden auf New York zurück. Helena in New York, Coco in Paris. Eine der Königinnen des Welt-Snobismus in jeder Hauptstadt, um mir Lebewohl und guten Tag zu sagen, und Gala in meinem Herzen und in meinem Bett. Was für ein Luxus! Aber was für ein Glück auch, die transzendente Schönheit von Port-Lligat, mein Reich, meine platonische Höhle wiederzufinden! Gleich bei meiner Ankunft tauchte ich wieder in den Glanz dieser Bucht, berauschte ich mich an der heiligen Landschaft, die der Horizont begrenzt. Ich bin in Trance. Ich vergesse den Hochmut der Wolkenkratzer, die Geschäftigkeit, den Lärm, die wilde Raserei Amerikas. Es bleibt mir an diesem Punkt des Hypersnobismus, an dem ich angelangt bin, kein anderer Ausweg mehr: Ich muß Mystiker werden. Ich lasse mich von meiner Sonne durchdringen und fühle das Licht des Mittelmeers. Ich empfange wie einen brennenden Pfeil die Gewißheit meiner Kommunikation mit Gott, dessen bevorzugtes Geschöpf ich bin. Meine Rückkehr aus Amerika wird geheiligt durch dieses feierliche Ereignis: Nach dem Erfolg, dem Geld, dem Höhepunkt des Snobismus legt Gott Zeugnis ab für mich. Ich fühle mich als Auserwählter des Herrn.

In diesem Augenblick erklärt die Regierung Port-Lligat zu einem „malerischen Ort von nationalem Interesse“ und verwandelt diesen Winkel der Welt in eine Dalische Kirche. Ich fühle mich des Triumphs gewiß, den mir Paris bereiten wird.

> *„Ich bin meinen Freunden sehr treu, aber das ist immer eine Sache des Verstandes. Mein Gefühl lasse ich ihnen gegenüber nicht sprechen. Crevel erkrankte plötzlich in einem kleinen Dorf, in dem wir wohnten, und war dem Tode nahe, aber ich konnte ihn nicht einmal berühren. Ich habe mich so verhalten, wie ich mich verhalten mußte, so daß alle Welt fand, ich opferte mich für ihn auf, aber ich konnte ihn nicht anfassen, um ihm zu helfen. Alles, was Gefühl ist, ist ausschließlich auf meine Frau konzentriert, und alle anderen Wesen sind mir völlig gleichgültig, aber ich verhalte mich ihnen gegenüber, wie es Intelligenz und Vernunft gebieten.“*

15. Wie man zu Gott betet, ohne an ihn zu glauben

Die Atomexplosion vom 6. August 1945 hatte mich seismisch erschüttert. Hinfort war das Atom der bevorzugte Gegenstand meiner Überlegungen. Viele Landschaften, die ich damals malte, drückten die große Angst aus, die ich bei der Meldung von dieser Explosion empfand.

Ich wandte meine paranoia-kritische Methode an, um diese Welt zu erforschen. Ich möchte die verborgenen Kräfte und Gesetze der Dinge begreifen, um sie zu beherrschen, und ich habe die geniale Intuition, daß ich, um zum Kern der Wirklichkeit vorzudringen, eine ungewöhnliche Waffe besitze: den Mystizismus, das heißt die tiefe intuitive Erkenntnis dessen, was ist, die unmittelbare Kommunikation mit dem Ganzen, die absolute Vision von Gnaden der Wahrheit, von Gottes Gnaden. Besser als Zyklotrone und kybernetische Regler kann ich in einem Augenblick die Geheimnisse der Wirklichkeit durchdringen, und angesichts der Landschaft von Port-Lligat wird dieser Glaube Gewißheit werden und mein ganzes Wesen sich entzünden an dem transzendenten Licht dieses gesegneten Ortes.

Am Strand von Port-Lligat begriff ich, daß die Sonne Kataloniens, unter der schon zwei Genies, Raymond de Sebonde, der Autor der „Théologie naturelle", und Gaudi, der Schöpfer der mediterranen Gotik, geboren worden waren, in mir das Atom des Absoluten zur Explosion gebracht hatte. Ich wurde Mystiker, indem ich aus dem Fenster den Schwalben nachsah. Ich begriff, daß ich der Retter der modernen Malerei werden sollte. Alles wurde klar und offenkundig: Die Form ist eine Reaktion der Materie unter dem inquisitorischen Zwang aller Seiten des harten Raumes. Die Freiheit ist das Formlose. Die Schönheit ist der letzte Spasmus eines strengen inquisitorischen Prozesses. Jede Rose wächst in einem Gefängnis.

Ich hatte plötzlich eine Vision der höchsten Architektur der menschlichen Seele, die sich ausdrückt im Tempietto di San Pietro in

Montorio von Bramante in Rom und im Eskorial in Spanien – beide aus der Ekstase geboren.

„Für mich die Ekstase!“ rief ich. „Die Ekstase Gottes und des Menschen. Für mich die Vollkommenheit, die Schönheit, daß ich ihr in die Augen schaue! Tod dem Akademismus, den bürokratischen Formeln der Kunst, dem dekorativen Plagiat, den schwachsinnigen Verirrungen der afrikanischen Kunst. Für mich die heilige Theresa von Avila!“

Und ich stürzte mich in die strengste, architektonischste, pythagoräischste und erschöpfendste mystische Träumerei. Ich wurde ein Heiliger. Ich hätte Asket werden können, aber ich bin Maler. Ich schuf mir ein Hautskelett, indem ich wie ein Krustentier meine Knochen nach außen schob, so daß die Seele nur noch zum Himmel hinaufwachsen kann. Ich übte mich vom Erwachen bis zum Einschlafen und machte mir die geringfügigsten Zwischenfälle meiner Verdauung, die zartesten Leuchterscheinungen zunutze: so gelang es mir, mich zu erforschen, mich zu zergliedern, mich auf eine ultragelatinöse Korpuskularwelle zu reduzieren, um mich in der Ekstase und in der Freude um so besser wieder zusammensetzen zu können.

In diesem Zustand intensiver Prophetie erkannte ich, daß die bildnerischen Ausdrucksmittel ein für allemal und mit der größten Vollkommenheit und Wirkungskraft in der Renaissance erfunden wurden und daß die Dekadenz der modernen Malerei von dem Skeptizismus und der Ungläubigkeit herrührt, die eine Folge des mechanistischen Materialismus sind. Ich, Dali, will, den spanischen Mystizismus wiedererweckend, durch mein Werk die Einheit des Universums beweisen, indem ich die Geistigkeit jeglicher Substanz aufzeige.

Ich fühle – mit den Sinnen und metaphysisch –, daß der „Äther“ nicht existiert. Ich begreife die relative Rolle der Zeit. Heraklits „Die Zeit ist ein Kind“ nimmt für mich eine blendende Klarheit an, und meine weichen Uhren erhalten ihre volle Bedeutung. „Schluß mit der Verneinung!“ rief ich auf dem Höhepunkt meiner Ekstase. „Schluß mit dem surrealistischen Unbehagen der existentiellen Angst. Ich will einen Christus malen, der mehr Schönheit und Freude enthalten soll als jedes andere Bild, das je gemalt wurde! Ich will einen Christus malen, der das genaue Gegenteil des materialistischen und antimystischen Christus von Grünewald ist.“

Mein Weg war vorgezeichnet!

In einem genialen Überschäumen von Ideen beschloß ich, mich an die bildnerische Lösung der Quantentheorie zu machen, und erfand den „gequantelten Realismus“, um der Schwerkraft Herr zu werden. Ich malte „Léda atomica“, eine Verherrlichung Galas, der Göttin meiner Metaphysik, und es gelang mir, den „schwebenden Raum“ zu schaffen; und sodann „Dali im Alter von sechs Jahren, als er sich für ein Mädchen hielt, das die Haut des Wassers aufhebt, um einen schlafenden Hund im Schatten des Meeres zu sehen“ – ein Bild, auf dem die Wesen und Gegenstände wie Fremdkörper des Raumes erscheinen. Ich entmaterialisierte bildnerisch die Materie; dann vergeistigte ich sie, um Energie schaffen zu können. Der Gegenstand ist ein lebendes Wesen dank der Energie, die er einschließt und ausstrahlt, dank der Dichte der Materie, aus der er sich zusammensetzt. Jedes meiner „Sujets“ ist zugleich ein Mineral, das an dem Pulsschlag der Welt teilhat, und ein lebendiges Stück Uran. Es ist mir in meiner Malerei gelungen, dem Raum Substanz zu geben. Meine „Coupole formée par les brouettes contorsionnées“ ist die glanzvollste Demonstration meiner mystischen Schau. Ich behaupte mit voller Überzeugung, daß sich der Himmel mitten in der Brust des Menschen befindet, der den Glauben hat, denn meine Mystik ist nicht nur religiös, sondern auch nuklear und halluzinogen, und im Gold, in der Malerei der weichen Uhren oder in meinen Visionen des Bahnhofs von Perpignan entdecke ich die gleiche Wahrheit. Ich glaube auch an die Magie und an mein Schicksal.

Ich beschließe meine „Madone mystique“ zu malen, aus der dann „La Madone de Port-Lligat“ wird, die Papst Pius XII. bewundert. Aber zunächst muß ich mich von jeglicher religiösen Formulierung freimachen. Die Kuppeln der Renaissance, die der Himmelskuppel entsprachen, erscheinen mir in einem Genieblitz als Behälter des Bewußtseins. Ich nehme dieses Thema wieder auf im „Tête raphaélesque explosant“ und spreche in meinem „Manifeste mystique“ eine transzendente metaphysische Botschaft aus.

Ich will mich einem mönchischen Werk unterziehen, und als mir die italienische Regierung Illustrationen zur „Göttlichen Komödie“ in Auftrag gibt, widme ich mich mit ganzer Hingabe dieser Arbeit, die zweihundert Aquarelle umfassen soll. Ich beginne mit der Büste Dantes, indem ich die Suppe meiner Vision mit dem Löffel ausschöpfe.* Wie mich dann menschliche Dummheit daran hinderte,

* Dali setzte den Lorbeerkranz Dantes aus lauter kleinen Löffeln zusammen.

Italien die Frucht dieser Benediktinerarbeit zu schenken, habe ich schon berichtet. Doch allem zum Trotz entfaltete sich das Werk in seiner erhabenen Größe, und sein Erfolg war ungeheuer. Die Ausstellung in Rom im Jahre 1954 war ein Ereignis ersten Ranges. Die Werke fließen mir in der reichsten mystischen Ekstase aus dem Pinsel. Ihre Apotheose ist der „Christ de saint Jean de la Croix“. Ich schaffe „Le Coeur royal“ aus Gold und Rubinen im Andenken an die Stimme meiner Mutter, die sich über mich beugte und fragte: „Herz, was wünschst du dir?“ Die gleiche Frage stellte ich später Gala, und mit jener Sicherheit, die immer meinen geheimsten Wünschen entgegenkommt, antwortete sie: „Ein Herz aus einem Rubin, das schlägt.“ Ich gab es ihr mit ausgestreckten Händen. Dann malte ich für sie „Galatéa aux sphères“, eine Synthese meines neuen mystischen Wissens von der Malerei und meiner Technik des gequantelten Realismus, bei dem jedes Bildelement aus sich selbst existiert und dennoch dazu beiträgt, ein kosmogonisches Ganzes zu schaffen, das es transzendiert. Das Gesicht meiner geliebten Gala tauchte aus dem universalen Wirbel der Brownschen Bewegung hervor wie das heilige Bild des Göttlichen.

Interessiert sich Dali, der Narr Gottes, noch für die Menschen?

In Paris beschloß ich, wieder ein wenig weltlich zu werden. Ich traf wieder mit Coco Chanel zusammen, die gerade ein sensationelles Comeback feierte. Ihre Aussprüche gingen von Mund zu Mund.

Wo muß man sich parfümieren, Mademoiselle?

„Überall wo Sie sich küssen lassen können.“

„Mode ist Architektur: eine Frage der Proportionen.“

„In Sachen der Mode ändern nur Dummköpfe ihre Meinung nie.“

„Seien Sie unersetzlich, indem Sie anders sind.“

Marie-Hélène Baronin Guy de Rothschild war ihr sehr behilflich. Coco Chanel hatte ihr für ihren ersten Ball ein aufsehenerregendes Kleid aus einem roten Taftvorhang geschneidert. Alle Welt beglückwünschte sie dazu. Coco öffnete ihren Salon wieder, mit dem Ehrgeiz, die Mode zu industrialisieren. Sie war 71 Jahre alt. An der Einrichtung aus dem Jahre 1925 war nichts geändert worden. Eine spanische

Wand aus Koromandelholz und Spiegel. Hundertdreißig Modelle zählten die Fachjournalisten. „Eine ganze Menge", sagten die weniger Boshaften.

Die Vereinigten Staaten feierten Coco Chanel. Sie chanelisierte Amerika mit ihren Tailleurs und ihrem „Nr. 5", das Marilyn Monroe populär machte. („Was ziehen Sie heute morgen an, Miß?" – „Einen Rock und einen Pulli." – „Und am Nachmittag?" – „Einen anderen Rock." – „Und am Abend?" – „Das gleiche aus Seide." – „Und in der Nacht?" – „Fünf Tropfen Chanel Nr. 5.") Nr. 5 war für Coco Chanel, was für meine Persönlichkeit mein Schnurrbart ist. Wir trafen uns wieder wie zwei Gefährten einer Legende, und sie erzählte mir die neueste Geschichte aus Paris.

Helena Rubinstein war in Paris eingetroffen, und zwar in Begleitung ihrer Kammerfrau, die nie von ihrer Seite wich und, wie in der Haute Couture jedermann wußte, eine talentierte Kopistin war. Helena ließ sich alle Kollektionen vorführen, und die andere notierte sich die Details auf ihren Ärmeln. Sie plagiierte schamlos und kaufte nur die Kleider, die nicht zu plagiieren waren. „Manchmal gelang es uns, einen Teil des Gestohlenen wieder einzubringen, indem wir ihr zwei Kleider verkauften", sagte Coco Chanel. „Sie war eine Amerikanerin, die sich etwas von der Marshall-Hilfe zurückholte."

Ihre große Enttäuschung erlebte Helena Rubinstein mit Picasso. Sie wollte sich seit Jahren von ihm porträtieren lassen. Seine Freundin, Marie Cuttoli, teilte ihr eines Tages mit, er habe sich bereit erklärt. Sie kam ganz aufgeregt aus New York angereist.

Tagelang rief sie ihn immer wieder an. Picasso war nie da. Er schlief gerade, er war ausgegangen, am Strand, beim Boulespiel, in Paris... Jedesmal war Picasso selbst am Apparat und sprach mit verstellter Stimme.

Eines Morgens kam Helena Rubinstein in die Villa La Californie oberhalb von Cannes. Sie wurde empfangen. An diesem Tag befand sich unter den Gästen auch Gary Cooper, mit dem Picasso Cowboy spielte. Man verabredete sich schließlich für den folgenden Tag um sechs Uhr abends, und Helena saß Picasso mehrere Tage lang. Eines Abends sagte Picasso: „Jetzt ist es genug!" Er hatte über vierzig Skizzen bemacht: die Hände, den Hals, den Mund, das Kinn, die Augen. Keine fertige Zeichnung.

„Und mein Porträt?" fragte Helena.

„Das wird ein posthumes Werk werden", antwortete Picasso. –

„Verflucht sei dieser Teufel", sagte Helena Rubinstein, wann immer man sie nach ihrem Porträt fragte.

Vollends wütend war sie, als sie erfuhr, daß Picasso noch gesagt hatte: „Ich porträtiere nur Frauen, mit denen ich schlafe."

Welche Beziehung besteht für Dali zwischen Eros und Gott?

Ich vertiefe meinen Mystizismus durch das erotische Delirium. Polymorph pervers übersetze ich jede neue Bewußtwerdung in Gefräßigkeit. Die Erotik ist ein Königsweg der Seele Gottes. Sie fließt in den Molekularstrukturen. Für mich ist ihre Grundlage heterosexuelle Angst. Indem ich meine Begierde erforsche, ergründe ich mein Leben.

Ich beginne an meinen Theaterstück „Le délire érotique" zu schreiben, aus dem später die „Tragédie érotique" wird und das nur vor eingeweihten Daliern gespielt werden kann. Außerdem schreibe ich als Huldigung an Sade „Les cent vingt journées de Sodome du divin marquis à l'envers". Und ich male „La Jeune Vierge autosodomisée par les cornes de sa propre chasteté."

Die Malerei geht wie die Liebe bei den Augen hinein und fließt durch die Haare des Pinsels wieder aus. Mein erotisches Delirium treibt mich, meine sodomitischen Neigungen bis zum Paroxysmus zu steigern. Die lange Masturbation, die mich während mehr als eines halben Jahrhunderts dazu führte, einen regelrechten Kult mit meinem eigenen Glied zu treiben, das ich in meinen Werken und Handlungen (die im wesentlichen alle einen phallisch-aggressiven Charakter haben) unaufhörlich verherrlichte, diese Askese der Onanie konnte ihre Erfüllung nur in der mythischen Sodomie finden.

Ich umgebe mich mit den köstlichsten Hintern, die man sich vorstellen kann. Ich bringe die schönsten Frauen dazu, sich auszuziehen. Ich sage immer, daß sich durch den Hintern die größten Geheimnisse ergründen lassen, und ich habe sogar eine tiefe Analogie zwischen den Gesäßbacken einer meiner Besucherinnen in Port-Lligat, die sich für mich auszog, und dem Raum-Zeit-Kontinuum entdeckt, das ich das Kontinuum der vier Gesäßbacken genannt habe. Ich male mir die köstlichsten und verrücktesten Stellungen aus, um mich in einem Zustand paroxysmaler Erektion zu halten, und mein Glück ist vollkommen, wenn ich einer gelungenen Sodomisierung beiwohnen kann.

Alles Wesentliche geht für mich durch das Auge. Es gelang mir, eine junge Spanierin dazu zu überreden, sich von einem Burschen aus meiner Umgebung, der ihr den Hof machte, sodomisieren zu lassen. Zusammen mit einer Freundin – denn die Zeugen sind in meinem Theater wichtig und spielen gewissermaßen die Rolle von Buchhaltern – setzte ich mich auf einen Diwan. Die beiden Partner betreten den Raum durch verschiedene Türen: sie nackt unter einem Morgenmantel, er unverhüllt und mit steifem Glied. Er dreht sie sogleich herum und macht sich ohne Zögern daran, in sie einzudringen. Das gelingt ihm so rasch, daß ich aufstehe, um nachzusehen, ob er nicht nur so tut, als ob, denn ich mag mich nicht zum Narren halten lassen. Da schreit sie mit ekstatischer Stimme: „Das ist für Dali, für den Göttlichen!" Diese Behauptung behagt mir nicht, denn ich durchschaue sofort, wie schlecht begründet sie ist – um so mehr, als sich der kräftige Bursche inbrünstig im Hintern der jungen Spanierin zu schaffen macht, die vor Wonne röchelt. Ich sage: „Gestehen Sie, daß Sie den lieben, den Sie da in Ihrem Arsch haben?" Sie hört sofort auf, Komödie zu spielen, und ruft: „Ja, ich bete ihn an!"

Und dann sah ich das Erstaunlichste, das man sich als Ausdruck phänomenaler Schönheit erträumen kann: Die junge Frau, die fest an den Hüften gehalten und gegen den Mann gepreßt wurde, hob beide Arme und warf sie nach hinten, wodurch sich ihre prachtvollen Brüste hoben. Zugleich drehte sie den Kopf zurück, und ihre Lippen streiften die des Mannes, der sie in der Qual genießen ließ. Es war eine Art vollkommener Gebärde, die dieses animalische Paar in eine Liane verwandelte und eine engelhafte Vision vermittelte. Ich habe diese Geschichte nie erzählen können ohne die wunderbare Empfindung, das Geheimnis der vollkommenen Schönheit entschleiert zu haben ... ein Wunder, das ich in dieser Fülle nie wieder fand. Später bat ich die beiden, noch einmal von vorn zu beginnen, aber die Befriedigung und vielleicht auch Nervenschwäche erlaubten ihnen nicht, diese Gnade noch einmal zu erleben. Sie gaben sich dennoch Mühe, mich zufriedenzustellen, und fielen schließlich aus dem Bett.

Wer den Engel spielen will, wird zum Tier.

Ich schätze die erotische Strategie sehr hoch ein, und ein Paar zur Ekstase führen, das macht mich glücklich. Von der Vorstellungskraft und der geschickten Anordnung des Liebesfestes hängt alles ab. Ich wähle im allgemeinen junge und schöne Partner aus, die ineinander verliebt sind – oder wenigstens imstande sind, so zu tun, als ob –, denn ohne wenigstens einen Schimmer von Liebe ist die Paarung ein klinisches Experiment, und ich habe mein Vergnügen daran, jede Einzelheit des Unternehmens mit meinem Spazierstock zu dirigieren: Gebärde mit der Hand, Liebkosungen, Pause, Neubeginn, Einführung, Rhythmus – aber auch Stellung der Körper, der Beine, Lage der Haare. Ich werde zum Regisseur eines Stückes für zwei Personen, deren Begierde ich entfache und die ich nach Belieben zur Ekstase führe; und in ihrem Keuchen, ihrem Murmeln, ihrer Hingabe aneinander, ihrer Erschöpfung und im Ausbruch ihrer Freude sehe ich ein Abbild des totalen Lebens, das ich suche, während ich mich über sie beuge und auf ihr Röcheln lausche, um das Geheimnis dieser Paranoia zu zweit zu ergründen, die man Liebesleidenschaft nennt.

All das hat selbstverständlich nichts mit meiner Liebe zu Gala zu tun, die für mich die eine und einzige bleibt, mit der ich genießen kann, indem ich die erhabensten Bilder meiner Schönheitsarchitektur erlebe. Sie ist meine innerste Wahrheit, meine *Doppelgängerin,* mein *Eines.*

Meine Erotik ist ein Spiel mit genauen Regeln und einer Askese, die so streng ist wie eine Einweihungszeremonie. Zunächst geht es darum, eine Reihe von Ausnahmewesen nach ihrer Schönheit und Liebesbereitschaft auszusuchen. Sobald die Wahl feststeht, muß man sich Paare ausdenken, die sich noch nicht kennen, Kontakte herstellen, Gespräche und Situationen herbeiführen, die nach und nach die Akteure verführen und dazu bewegen, sich den Regeln des Dalischen Spiels zu unterwerfen; zwar entgeht ihnen die Subtilität dieses Spiels, aber sie werden dennoch seine bereitwilligen, ergebenen Sklaven. Mein Ehrgeiz geht dahin, aus einem Marienkind eine Lesbierin und aus einem Steeplechase-Champion einen Päderasten zu machen. Ich beherrsche die Kunst, Neugier zu erwecken, Legenden zu schaffen, einzigartige Verbindungen herzustellen. Diese erotische Diplomatie entzückt mich bis zu dem Augenblick, in dem ich zwei Wesen, nachdem ich ihre Leidenschaft geschürt habe, in mein Reagenzglas stecke, wo sie sich nackt und mit angestachelter Begierde zu meinem Vergnügen und unter der genialen Autorität Dalis der Lust der Liebkosungen ergeben.

Der Höhepunkt ist erreicht, wenn ich um dieses Paar herum, dessen

Widerstand geschwächt oder völlig gebrochen ist, ein solches Netz von Mitwissern und Mittätern aufgebaut habe, daß es zum Mittelpunkt einer Art Messe, einer gleichsam magischen Erwartung wird. Ich bin dann der einzige feste Punkt in diesem regelrechten Spinnennetz, in dem ich, wann immer ich will, einfangen kann, wen immer ich will – so groß ist die Erwartung aller –, und mein Wille wird zum bestimmenden Element ihrer Metamorphose. Nun entwerfe ich eine erotische Zeremonie.

Ich gebe beträchtliche Summen für Diners, Geschenke, Kleider und Unterhaltungen aus, um mein Ziel zu erreichen und meine Akteure zu faszinieren und mir zu unterwerfen. Die Vorbereitungen dauern manchmal Monate, und ich setze sorgfältig alle Teile meines Puzzles zusammen.

Ich erfinde die kunstvollsten Perversionen, ich zwinge anderen meine ausgefallensten Launen auf, überrede jeden Teilnehmer zu den verrücktesten Handlungen und erlange seine vorbehaltlose Einwilligung. Dann verpflichte ich jeden dazu, sich das von ihm erwartete Verhalten mit allen Einzelheiten einzuprägen: Sie werden sich *so* hinlegen, sie werden sich auf diese oder jene Weise liebkosen lassen, Ihre Beine werden diesen Winkel bilden. Das Ganze wird mit der Einführung eines Strohhalms beginnen, der angezündet wird und den Sie bis zur äußersten Grenze ertragen werden, ohne sich zu rühren... Nachdem auf solche Weise jeder einzelne pervertiert, konvertiert, unterworfen und erregt worden ist, versammle ich eines Tages das ganze Eros-Bataillon an einem sorgfältig ausgewählten und eingerichteten Ort, wo es Spiegel, Polster, Lichter, Teppiche und süße Parfums gibt, um die Triebe und Begierden auf ihren Höhepunkt zu führen. Ich halte darauf, daß das ganze Zeremoniell mit absoluter Präzision abläuft, nach einer strengen Ordnung, die nicht nur die Bewegungen im großen bestimmt, sondern auch die Stellungen und Haltungen der Körper, die Geräusche, die Kleider – alle Einzelheiten einer jeden Operation. Wenn ich eintrete, muß alles an seinem Platz sein – überwacht von einem Zeremonienmeister, den ich im Andenken an meinen Vater den Notar nenne.

Meine Rute spannt sich in der Hose – eine wunderbare Erektion, die meine Eichel schwellen und meine Hoden zu kleinen Metallkugeln werden läßt. Ich fühle, wie die schreckliche Lust der Befriedigung gleich von mir Besitz ergreifen wird. Jeder ist auf seinem Platz und wartet unbeweglich und mit gespanntem Willen auf das Zeichen zum

Beginn. Ich bin das Omega, auf das sich das Strahlenbündel der Begierden richtet.

Doch dann gibt es unweigerlich immer einen Teilnehmer, der mein unerbittliches Gesetz übertritt, ein Detail, das plötzlich aus der Ordnung des Ganzen herausfällt, einen Mißton, der die Harmonie stört. Oder ich selbst bin es, der die eine katastrophale Einzelheit entdeckt, die die Fortsetzung meiner erotischen Messe unmöglich macht. Und mit einem Wort zerbreche ich das allgemeine Einverständnis, mache ich so viele Anstrengungen zunichte, sabotiere ich mein Werk. Alles erstarrt, versteinert im Schrecken meines Mißvergnügens, wie vom Donner gerührt wegen des an mir begangenen Verrats. In ebendem Augenblick, da das von der Ekstase gekrönte, wahnhaft orgiastische Treiben beginnen soll, befehle ich, der Hohepriester, die Auflösung der heiligen Schar. Vernichtet, gebrochen ziehen sich alle zurück; ich aber falle auf die Knie nieder, von Freude überwältigt und weinend über dieses erhabene Mißlingen. Meine ganze katalanische Seele frohlockt über diese absurde, großartige Geste des Verzichts. Der gewollte, vorausberechnete Mißerfolg, der wie der logische Abschluß langer Forschungen eintritt, ist der feierliche *Beweis* für meinen Willen. Der höchste Lohn meines Stolzes, meiner Maßlosigkeit! Die Geste des über die bloße Befriedigung der Sinne Hinausgehens... Ich befinde mich dann in einer außergewöhnlichen Dimension, in einem Absoluten, wo nur das *Göttliche* herrscht, in einem völlig irrationalen Universum, wo alles erhaben und transzendiert und meine Freude selbst mystisches Delirium ist. Es gibt dort weder Laster noch Tugend, weder Gut noch Böse, weder Fleisch noch Geist. Der Orgasmus wird Ekstase und Vollendung des Geistes. Ich erlange eine Harmonie im Raum der Seele. Zweifellos finde ich so auf meine Weise den Weg der großen Tradition wieder, der es – von der höfischen Minne bis zu den Katharern, den weisen Hindus, den Anachoreten in der Wüste – gestattete, die sexuellen Energien durch die Erleuchtung des Geistes zu verwandeln. Die jähe Befreiung aus den Schranken der Begierde bringt den Genuß der Nichterfüllung. Ich brauche nur noch zum Pinsel zu greifen, um mein Genie fließen zu lassen.

Genauer möchte ich nicht verstanden werden. Meine Geheimnisse sind zu tief und einer nietzscheschen Elite vorbehalten. Die Regeln meines Schachspiels sind eine meiner Askesen, die mich dahin führen, zu Gott zu beten, um mein Genie größer zu machen.

Sind die Spiele Dalis alle unschuldig?

Die erotischen Phantasien nehmen viel Zeit in Anspruch, die ich nicht der Malerei widme. Ich finde mein Vergnügen daran, die Einzelheiten und Begleitumstände ständig zu ändern und die Menschen immer wieder auszutauschen, und ich habe nur die Qual der Wahl. Ich schöpfe aus dem Fischteich von New York oder Paris, wo hundert von der Erotomanie geplagte Damen von Welt stets bereit sind, sich meinen Launen zu fügen – ganz zu schweigen von den Gewerbsmäßigen von Rang, die ich die *danieles* nenne und deren ich mich manchmal bediene, um Lücken aufzufüllen. Es gilt jedoch die Regel, daß die *danieles* weder durch das Wort noch durch die Tat die Initiative ergreifen dürfen. Sie haben sich bei den Proben völlig unbeweglich zu verhalten. Während jedoch im Laufe dieser Vorbereitungen meine Adepten ihre Begierden entfachen, nutze ich hin und wieder die Gelegenheit. Ich spiele ein wenig den Voyeur, gestatte mir da und dort einen geschickten Griff, und aufreizende Lippen können mich in Versuchung führen – jedoch niemals so sehr wie der jähe Verzicht auf die Lust, die ich mir ausmale.

Warum Dali Gala von seinen erotischen Orgien fernhält

Gala ist puritanisch nach der Art der Surrealisten. Die Kenntnis der Einzelheiten meiner erotischen Messen bereitet ihr echte Qualen, aber ich möchte ihr jeden auch noch so leichten Schmerz ersparen. Sie ist nicht eifersüchtig, aber empfindsam. Und ich muß mit Mühe den Drang unterdrücken, von meinen Lastern mit Genugtuung zu sprechen. Ich gestatte mir ihr gegenüber nur Andeutungen. Unsere Liebe muß das Sinnbild der Leidenschaft, der Reinheit und der Selbstvergessenheit bleiben. Die Erotik, das sind die anderen. Gala und ich sind eins. Der magische Kreis meiner Liebe schirmt sie gegen meine erotischen Phantasien ab, und im übrigen liebe ich sie um so mehr um ihrer Unbeugsamkeit und Reinheit willen. Eine große Liebe kann wie ein großes Gemälde nur gelingen, wenn man sich des Zuviels entledigt und alle ablenkenden Elemente ausscheidet. Wenn ich male, ist ein Teil von mir zum Glück immer anderswo. Ich lausche einem Gespräch, ich denke an eine Erfindung, meine Erinnerungen sprechen zu mir, und zwischen meinem Auge und meiner Hand ist der Weg völlig frei. Das Bild baut sich auf nach seinen eigenen, aus einem automatischen Reflex geborenen Gesetzen, aber meine erotische Phantasie ist notwendig für meine Gesundheit. Mein Werk ist nur eine Dekoration meines erotischen Theaters, dessen Seele Gala ist.

Die Erotik ist eines der Mittel, eine Barriere gegen das Todesgefühl und die Beklemmung der Raum-Zeit zu errichten. Ich fühle einen wilden dionysischen Drang, das Leben zu verherrlichen, aber ich lehne es ab, mich von den Sinnen, den Zwangsvorstellungen, den Trieben des Lebens narren zu lassen. Ich möchte alle seine Möglichkeiten auskosten, ohne mich von dem äußeren Schein verführen zu lassen. Die erotischen Triebe befriedigen – das wäre ein Mittel, mich zu unterwerfen. Das Spiel mit der Erotik und ihre Überwindung ist dagegen eine Kraft, die ich mir zunutze machen kann.

Fünfzehn Jahre vor der Entdeckung Cricks und Watsons habe ich dank einer genialen Intuition, die meine Übereinstimmung mit den universalen Strukturen beweist, die Spirale der Desoxyribonukleinsäure gezeichnet. Dank der gleichen Intuition weiß ich, daß die Erotik das schöpferische Prinzip ist, das die Moleküle belebt, und ich bin davon überzeugt, daß ich durch die Verherrlichung der Erotik unter Mißachtung der herkömmlichen Moral und über die rein sexuellen Begierden hinaus dem Prinzip jeglichen Lebens diene, indem ich das Geschöpf mit der Schöpfung vereine. Und wenn in mir der atavistische Durst aufsteigt, den ich transzendiere, befinde ich mich im Epizentrum meiner Liebe zu Gala.

Ich habe die große Einheit des Universums entdeckt. Meine Liebe zu Gala ist die geistige Energie, die alle denkbaren Dalis und alle Zellen meines Seins zu einem einzigartigen Dali vereint, so wie die Desoxyribonukleinsäure das Gedächtnis Gottes im Dienste jedes einzelnen Elements der Welt ist.

Die Erotik, die halluzinogenen Drogen, die Atomwissenschaft, die gotische Architektur Gaudis, meine Liebe zum Gold – all das läßt sich auf einen gemeinsamen Nenner bringen: Gott ist in allem gegenwärtig. Der gleiche Zauber waltet im Herzen aller Dinge, und alle Wege führen zu derselben Offenbarung: Wir sind Kinder Gottes, und das ganze Universum ist auf die Vervollkommnung des Menschen ausgerichtet. Da ich das verstanden habe, hilft mir die göttliche Gerechtigkeit in der Gestalt des Zufalls bei meinen alltäglichsten Unternehmungen.

Ich habe die Gesetze der Malerei entdeckt, als ich begriffen hatte, daß sich der menschliche Geist abhängig von seinen Vorstellungen vom Raum entwickelt. Für Euklid waren Ebene und Punkt idealisierte Objekte, die etwa die Konsistenz von erkaltetem Sago hatten. Descartes baute so etwas wie ein leeres Büfett mit drei theoretischen Dimensionen, in das Newton einen Traumapfel legte. Einstein mit seiner Relativität enthüllte die vierte Dimension der Zeit und gab uns das Mittel, zu delirieren, um Gott zu begegnen. Der Rationalismus kehrte in seine Nische zurück.

Alle religiösen, nuklearen, halluzinogenen und dem Gold verschriebenen Mystiker haben denselben Gotteshimmel, den meine Malerei verherrlicht und der seinen Ausdruck gefunden hat in dem „Abendmahl", das ich für den berühmten Sammler Chester Dale malte, der es wiederum der National Gallery in Washington schenkte. Von diesem Bild läßt sich meine ganze Kosmogonie ablesen: die Vereinigung von Zeit und Raum, die das Geheimnis Gottes ist.

„Für einen Maler kommt jeder Pinselstrich einer erlebten Tragödie gleich."

16. Wie Dali eine paranoia-kritische Stadt erfindet

Ich bin ein Schwein. Ein göttliches Schwein, das seinen Weg in der Gesellschaft gemacht hat und „besessen ist von der Begierde" – und Dali ist das katalanische Wort für Begierde. Aus den Menschen mache ich mir nicht viel, aber ich muß mich ihrer bedienen, und mit dem Schweinsrüssel voran stürme ich los. Ich schleiche mich ein und verschlinge gefräßig alles, was sich mir bietet, aber ich weiß sehr wohl, welcher Kloake ich ausweichen muß. Ich habe meine paranoia-kritischen Antennen, und mein Delirium ist vollkommen hellsichtig.

Die beste aller Welten ist für mich diejenige, in der ich mich mit dem größten Behagen sielen kann, in der es die schönsten Dreckhaufen und die perfekteste Verblödung – durch Presse, Fernsehen und Rundfunk – gibt. Meine Verehrung gilt jedoch der erblichen Monarchie, wo die strengste Sittenordnung herrscht – unter der Bedingung natürlich, daß dort ich der Mann an der Spitze bin. Spanien, das mir das Großkreuz Isabellas der Katholischen verlieh, hat Anspruch auf meine Dankbarkeit – doch ich kenne keine Dankbarkeit, keine Bewunderung und kein Gefühl außer für Gala, aber Gala liebt Spanien, wo sie ihr Schloß hat, und ich liebe Gala – ein unausweichlicher Schluß. Die Monarchie, das ist der anerkannte, berühmte Vater, die Kuppel Gottes, getragen von den Säulen der Weisheit, das ist die Ordnung, die jede Unordnung überdeckt, das Individuum im Schoße seiner geistigen Familie. Alle Regime äffen nur mit mehr oder weniger Demagogie und Geschick die monarchische Ordnung nach. Sie überschminken nur die monarchische Hierarchie, sie verstellen sich, um in die Denkkreise der Menschen Impulse, Befehle und Normen einfließen zu lassen, die sie unter anderen Umständen nicht akzeptieren würden. Man täusche sich jedoch nicht: In der Welt herrscht die monarchische Ordnung.

Ich möchte sogar sagen: eine gerontokratische monarchische Ordnung. Es gab eine Zeit, da waren Mao in China, Stalin in der

MAO

UdSSR, Eisenhower in den USA, Churchill in England, de Gaulle in Frankreich und de Gasperi in Italien die Herren, und sie alle waren über siebzig Jahre alt! Das Alter hat sich seither geändert, die Methoden sind die gleichen geblieben. Im übrigen nimmt die politische Heuchelei mehr und mehr ab. Die Völker gewöhnen sich an die Wirklichkeit. Sie werden noch daraufkommen, daß sich, abgesehen von der Elektrizität, dem Fließwasser und dem Penicillin, seit den Bourbonen nichts wirklich geändert hat. Und deshalb bin ich darauf gefaßt, daß Rumänien wieder einen König, Rußland einen Zaren und China einen Kaiser haben wird. Amerika hat keine Tradition dieser Art, und das ist schade. Mit seinen vielen Erdöl-, Mafia- und Rindfleischkönigen hat es genug Vasallen, die nur auf einen Lehnsherrn warten.

Ein oder zwei Revolutionen, und man wird in dieser Sache klarer sehen.

Die monarchische Ordnung ist wie der Eros in die Desoxyribonukleinsäure eingeschrieben. Daran ändert unsere heftige Brownsche Bewegung nichts. Es gibt eine Immanenz, die uns zur Wahrheit zurückführt. Auf die Könige kommt es im übrigen nicht sosehr an; was zählt, ist die Ordnung.

Es verhält sich damit nicht anders als mit der infamen Architektur des Herrn Le Corbusier, dessen schweizerische Schwerfälligkeit Tausenden jungen Architekten und Künstlern den Magen verdorben hat. Man konnte einmal glauben, er werde über die Stadt des Menschen regieren. Und heute? Das Gewicht seines Zements hat ihn auf den Grund hinabgezogen (Le Corbusier ist ertrunken), und sein Werk, das ganz „Wirkung“ sein wollte, hat ihm nichts anderes eingetragen, als daß man ihn nun als Dummkopf betrachtet. Man kehrt ihm gähnend den Rücken. Und man ist sogar davon abgekommen, jene großen Komplexe zu bauen, die doch die Grundlage seiner architektonischen Vision waren, und kehrt zurück zur „individuellen Narretei“. Die Welt hat genug von der Logik und dem Rationalismus der Schweizer Volksschullehrer. Ich habe nichts gegen Kuckucksuhren und nichts gegen die Schweizer Bankiers. Im Gegenteil. Aber wenn dieses Land doch nur aufhören wollte, Architekten zu exportieren!

Gaudi, der Bewunderungswürdige, verwirklicht die Schönheit, die die Bewußtseinssumme unserer Perversionen ist. Gaudi, katholisch, apostolisch und römisch, hat es verstanden, seine religiöse Vision, die

ROUMANI
ADAMCLISI

mit der Volksseele übereinstimmt, in Stein zu übertragen. Betrachten Sie den Sühnetempel der „Sagrada Familia“, der die vollkommenste Ikonographie des Christentums und der Frömmigkeit des Volkes ist, und zwar nicht nur, weil Gaudi den Grashalm, die Hühnerschar und den Ziegenhirten, nach dem er seinen Judas modellierte – also die Welt und das Volk –, mit naiver Wahrhaftigkeit im unbeweglichen Stein eingefangen hat, sondern weil er die Reue genau wiedergegeben hat, die das große christliche Anliegen ist, auf das sich die zivilisierte Intelligenz des 20. Jahrhunderts – wie alles, was seit zwei Jahrtausenden an Großem geschaffen wurde – gründet. Man nehme die Reue weg, und unsere Gesellschaft bricht zusammen! Sie ist der Treibstoff und der Motor. Sie erklärt unsere Moral und unser Unterbewußtsein, unser Reden und unser Schweigen, unser Leben und unsere Tugenden, unsere Ambitionen, unsere Träume und unsere Ideen.

Eine Architektur muß ihre Zeit ausdrücken und vor allem kleiden. Le Corbusiers Geometrie ist nicht der Ausdruck der vitalen Bedürfnisse einer Epoche, sondern die Hausaufgabe eines Schülers, der sich bemüht, theoretische Probleme zu lösen.

Man muß zu den Sinnen zurückkehren. Gaudis Finger sind eine Verlängerung seines Gehirns. Ich glaube an eine erogene und nicht an eine ideologische Architektur. Ich glaube an eine polychrome Architektur, die das Auge befriedigt wie ein Mosaik. Ich glaube an eine Architektur, die den Klangwerten Rechnung trägt, das heißt der Harmonie der Sphären. Tatsächlich muß die totale visuelle Dekoration die harmonischen Resonanzen berücksichtigen.

Ich glaube an eine Architektur des schlechten Geschmacks, in dem Maße nämlich, in dem der gute Geschmack kastriert ist!

Ich lernte Le Corbusier 1925 kennen. Er erklärte mir, Gaudi sei die Schande Barcelonas, und mit der Tölpelhaftigkeit der Schweizer (aber gegen die Schweizer Bankiers habe ich nichts) fragte er mich nach meinen Ansichten über die Zukunft der Architektur. Ich antwortete ihm, ich stellte sie mir „weich und haarig“ vor. Ich habe meine Meinung seither nicht geändert und warte darauf, daß mich die Technik einholt, denn ich bin ihr immer noch ein Stück voraus. Le Corbusier hat unterdessen zugegeben, daß er sich in bezug auf Gaudi geirrt hat, aber er hat seine Seele verraten!

Das göttliche Schwein, das ich bin, trägt – habe ich vergessen, es zu sagen? – ein Rhinozeroshorn. Genauer gesagt: Ich bin ein Rhinozeros, aber eins mit einem Schnurrbart.

Im Jahre 1954, mitten in der mystischen Phase, entdeckte ich plötzlich, daß ich seit einem halben Jahrhundert unaufhörlich Rhinozeroshörner gemalt hatte, ohne mir dessen bewußt zu sein. Ich halte Attribute wie den Bart, das Haupthaar und die Haare ganz allgemein, die immer eine wesentliche soziale Bedeutung hatten, für sehr wichtig. Der dicht Behaarte galt schon lange vor Samson als männlich und stark, und meine Schnurrbartspitzen sind die Haken, an denen meine Persönlichkeit aufgehängt ist. „Haare auf den Zähnen haben" heißt männlich-aggressiv sein, sich seiner Haut zu wehren wissen, und „haargenau" drückt einen hohen Grad von Präzision aus. Einen Mechaniker hörte ich einmal von einer Bohrung sogar sagen, sie sei „auf ein Arschhaar genau", was für ihn offenbar den höchsten Grad der Vollkommenheit bedeutete. In einer Gesellschaft, die sich selbst achtet, ist es für mich wesentlich, einen Schnurrbart, einen Kinnbart oder lange Haare zu tragen. Es sollte dies sogar ein Zeichen von gesellschaftlicher Bedeutung sein, und die sozialen Schichten, die kein Recht darauf haben, sollten für das unbefugte Tragen von Gesichtsbehaarung mit einer Sondersteuer belegt werden. Im 19. Jahrhundert durfte ein Diener keinen Schnurrbart haben, denn dieser war dem Herrn vorbehalten. Erst nach dem Krieg von 1914–1918, in dem er sich den Ehrennamen „Poilu" – d. h. „Haariger" – erworben hatte, besaß der einfache Mann ein Recht auf Haare. Tatsächlich ist es auch sinnlos, einen Bart oder lange Haupthaare wie aggressive Antennen zur Schau zu tragen, wenn man nichts zu sagen, zu verteidigen oder aufzufangen hat. Mein Schnurrbart hatte mir bis dahin meinen Zahn (das heißt mein Rhinozeroshorn) verborgen. Ich hatte zusammen mit Philippe Halsman „Dalis Schnurrbart" geschrieben und war anläßlich der Ausstellung meiner 200 Aquarelle zur „Göttlichen Komödie" in New York gewesen, als ich in Paris der *Spitzenklöpplerin* von Vermeer van Delft begegnete, die mir die Bedeutung des Rhinozeroshorns enthüllte.

Wie Dali eine Verbindung zwischen Brotkrümeln, der Spitzenklöpplerin und einem Rhinozeroshorn herstellt

Ich war neun Jahre alt, als ich eines Tages in Figueras das Interesse eines jungen Dienstmädchens einzufangen versuchte. Ich legte am Eßzimmertisch den Kopf auf die Arme und stellte mich schlafend. Da empfand ich unversehens eine seltsame Lust: Die Brotkrümel, mit denen das Tischtuch übersät war, drückten sich in meine Ellbogen ein, und ich mußte den Schmerz ertragen, wenn ich unbeweglich bleiben wollte, während sich das Mädchen mit raschelnden Röcken in meiner Nähe zu schaffen machte. In diesem Augenblick vernahm ich den Gesang einer Nachtigall, der mich zu Tränen rührte. Dieser Schmerz und diese Freude, die in meiner Erinnerung auf ewig miteinander verknüpft sind, nahmen nach und nach die Form einer Zwangsvorstellung an, deren Thema Vermeers „Spitzenklöpplerin" war. Eine Reproduktion dieses Gemäldes hing im Arbeitszimmer meines Vaters, und ich konnte manchmal einen verstohlenen Blick daraufwerfen, wenn die Tür offenstand. Von jenem Augenblick an habe ich übrigens oft beobachtet, daß viele bedeutsame Emotionen durch den Ellbogen in mich eindringen, der meine Achillesferse wurde (eines Tages wird man von einem „Dali-Ellbogen" sprechen). Daher kam es auch, daß ich im Mai 1955, als ich mir einmal den Ellbogen anstieß, plötzlich wieder mit großer Deutlichkeit die „Spitzenklöpplerin" vor mir sah. Ich bat den Chefkonservator des Louvre um die Erlaubnis, diesen Vermeer kopieren zu dürfen. Unter den strengsten Vorsichtsmaßnahmen brachte man das Bild in einen kleinen Saal, und ich stellte im Beisein des Generalstabs der Konservatoren und einiger Freunde meine Staffelei auf. Dann betrachtete ich mit größter Aufmerksamkeit dieses ergreifende Gemälde, dessen erregenden Mittelpunkt eine Nadel darstellt, die niemand sieht und die nicht einmal gemalt ist, sondern dem Betrachter nur suggeriert wird. Plötzlich hatte ich das Gefühl, daß mich mein Ellbogen wieder einmal schmerzte, daß sich diese Nadel in ihn hineinbohrte und eine paradiesische Empfindung in mir erweckte. Unter dem äußeren Anschein dieses so ruhigen, friedlichen Gemäldes, dieses Bildes stillen Glücks, verbarg sich eine wunderbare, scharf prickelnde Energie, die für mich den Wert des damals gerade entdeckten Antiprotons annahm.

Ich trat vor das Bild hin und nahm mit meinem Spazierstock einige Messungen vor, um eine intuitive Erkenntnis zu überprüfen. Die Konservatoren, die nicht einzuschreiten wagten, wechselten angstvolle Blicke, als sie mich so wild vor einem Werk hantieren sahen, das sie als einzigartigen Schatz betrachteten. Dann zeichnete ich plötzlich zur großen Überraschung aller Anwesenden statt der Spitzenklöpplerin, die ich kopieren wollte, Rhinozeroshörner auf meine Leinwand. Die Angst verwandelte sich in Verblüffung. Ich begriff selbst nicht ganz, was ich da tat. Danach beschäftigte ich mich den ganzen Sommer mit der „Spitzenklöpplerin", und zuletzt wurde ich gewahr, daß meine Intuition die logarithmischen Kurven des Gemäldes herausgelesen hatte, die genau die Form von Rhinozeroshörnern nachzeichneten.

In Port-Lligat legte ich eine ganze Sammlung von Rhinozeroshörnern an, die sich in meinen Tagträumen wie Sternbilder zu bewegen begannen, zuerst miteinander vermengte Brotkrümel bildeten und sich dann zu einem Ballett von Korpuskeln ordneten, aus denen sich die „Spitzenklöpplerin" zusammensetzte. Ich kaufte etwa fünfzig Reproduktionen dieses Bildes Vermeers und verteilte sie im ganzen Haus, und selbst wenn ich mit Gala an den Strand ging, um zu baden, nahm ich die „Spitzenklöpplerin" mit.

Während ich mich meiner Obsession bis zum Überdruß hingab, setzte ich meine Studien über die Morphologie der Sonnenblume fort, die Leonardo da Vinci so lieb gewesen war, und schließlich entdeckte ich in den Spiralen der Sonnenblume die Umrisse der Rhinozeroshörner. Ein noch größeres Wunder war, daß die gleichsam logarithmischen Kurven der Sonnenblume in meinen Augen bald die Haartracht und das Kissen der Spitzenklöpplerin nachzeichneten wie auf einem divisionistischen Bild Seurats. Das war eine Offenbarung. Das Rhinozeros wurde zum vollkommenen, von der Natur selbst geschaffenen Beispiel für die logarithmischen Spiralen, und seine Tierhaftigkeit bildete einen Gegensatz zu der Anmut der Spitzenklöpplerin, dem Ausdruck der Keuschheit, der Reinheit, der absoluten Monarchie. Die Spitzenklöpplerin erschien mir als das reine Symbol des Maximums an geistiger Kraft, die das Rhinozeros auf der Nasenspitze trägt. Das zermahlene Rhinozeroshorn ist ein starkes Aphrodisiakum. Das Schöne und der Eros sind eins. Dieses bewundernswerte Tier begnügt sich nicht damit, ein Zeugungsglied auf der Nase zu tragen:

seine Paarung dauert beinahe eine ganze Stunde. Es treibt das Dalische Zeremoniell so weit, daß es seinen Kot wie Grenzsteine absetzt, um sein Revier zu kennzeichnen. So viel Raffinement verdient Respekt und aufmerksame Beobachtung.

Ich analysierte anhand dieses Kriteriums das Gesicht Galas, das ich aus achtzehn Rhinozeroshörnern zusammensetzte, und ebenso auch ein Gemälde Raffaels; aber da alles in allem enthalten ist, entdeckte ich bei der Betrachtung des Rhinozeroshinterns, daß dieser genau eine zusammengefaltete Sonnenblume darstellt. Somit hat dieses Tier auf der Nase die schönste aller Formen und auf dem Hintern eine Galaxis vollkommener Kurven. Dann sah ich eines Tages die Fotografie eines Blumenkohls, und augenblicklich verschaffte ich mir einen ganzen Berg Blumenkohl, um nachzuprüfen, ob sich in seinen Spiralen nicht die Spitzenklöpplerin wiederfinden lasse. Es war so. Meine mystische Kraft und meine paranoia-kritische Vision waren von solcher Art, daß mir fortan alle der Welt zugrundeliegenden verborgenen Wahrheiten offenkundig waren.

Nicht jeder kann einen so empfindsamen Ellbogen haben wie ich. Nicht jeder kann ein Dali sein, aber jeder kann von der Dalischen Askese profitieren und die Wirklichkeit mit hellen Augen betrachten. Der soziale Kodex einer vollkommenen Stadt gründet sich auf Ekstasen, die allein imstande sind, die Begierde, die Lust, die Angst, jede Meinung, jedes Urteil in etwas Empfundenes zu verwandeln, das vom Traum gleich weit entfernt ist wie von der Wirklichkeit. Das Abstoßende wird zum Wünschenswerten, Zuneigung verwandelt sich in Grausamkeit, das Häßliche in das Schöne, der Fehler in eine gute Eigenschaft, und aus den guten Eigenschaften kann finsteres Elend werden. Eine Welt in Ekstase ist nicht vorstellbar. Versetzen Sie sich in Ekstase, um sie zu erleben!

Ich träume von einer Stadt voll surrealistischer Objekte, die in einem architektonischen Rahmen im Stile Gaudis die Ekstase begünstigen. Das surrealistische Objekt ist nach der Definition, die ich ihm gegeben habe, unbrauchbar. Es dient lediglich dazu, den Menschen in Bewegung zu setzen, ihn zu schwächen, zu verdummen. Das surrealistische Objekt wird nur dem Denken zu Ehren geschaffen.

Man muß die Fahnen und Trophäen durch einen Triumphbogen der Hysterie ersetzen, der aus weichen Gebilden besteht und von aphrodisischen Jacken gekrönt ist, die von Urin und Smaragden glitzern.

So kann jeder sich seiner Leidenschaft überlassen, in einem zusammenhängenden, weil durch die Paranoia geeinten, Universum zu leben. Jeder wird Gewissen und Maß der Welt.

Ich war etwa zehn Jahre alt, als ich mit meiner Dullita auf den Turm der Pitchots stieg. Ich trug eine zu enge Matrosenmütze, die mir die Ohren quetschte. Oben auf dem Turm nahm ich sie ab, und die kühle Abendluft streichelte mir so köstlich die Ohren, daß ich mich noch erinnere, wie mir damals schien, daß die Liebe mich streifte.

Im Juli 1957 wurden in der belgischen Stadt Knokke-le-Zoute 34 Gemälde und 48 Zeichnungen und Aquarelle von mir ausgestellt. Zur gleichen Zeit zeigte man in Brüssel meine „Madone sixtine", deren optische Effekte einen durchschlagenden Erfolg hatten. In einer Entfernung von einem Meter erkannte man die sixtinische Madonna, aber aus einem Abstand von drei Metern ein Ohr, das mit Antimaterie gemalt zu sein schien. Wer konnte wissen, daß es sich um die Verherrlichung meiner Kindheitserinnerungen handelte und daß mir dieses Werk diktiert worden war von meinem paranoia-kritischen Ehrgeiz?

Jedenfalls wurde das Dalische Irrationale zum Ereignis. Einige Monate später sollte ich den Mythos des Ohrs wiederaufnehmen, als ich in Orly das monumentale Ohr Papst Johannes' XXIII. in Form einer Krippe – obwohl ich Kinder verabscheue – schuf, um die Inkarnation dieses Zaubers der Liebe noch fühlbarer zu machen, der mich eines Morgens angesichts des Himmels und der Wolken gestreift hatte.

Die Stadt Paris verlieh mir 1958 ihre Goldmedaille und die „Médaille de la qualité française". Mir kommt es auf ein Mißverständnis mehr oder weniger nicht an, und es gefällt mir, für Qualitäten ausgezeichnet zu werden, die ich nicht besitze. Man belohnt auf diese Weise nur meine verborgenen Tugenden. Als ich in demselben Jahr das „Ovocipède" erdachte, deutete jeder diese Erfindung als ein neues Fortbewegungsmittel, und ich machte mir nicht die Mühe zu erklären, daß es mir im wesentlichen darum ging, meine paradiesischen, intrauterinen Phantasmen zu gestalten und es gewissen Menschen zu ermöglichen, ihre geheimsten Träume nachzuerleben. Die Gesellschaft liebt nicht, was die Regeln zu umgehen oder zu vergessen hilft. Eine Feile für die Flucht kann man nur in ein Gefängnis einschmuggeln, wenn man sie im vertrauenerweckenden Brot der täglichen Nahrung versteckt.

Ist Dali für menschliches Leid empfänglich?

„Das Mitleid ist nicht meine Stärke, sondern die Tugend der Freudenmädchen“, sagt Nietzsche. Man fragte mich eines Tages, wie ich in Spanien leben könne, wo einem doch so viele Menschen die Hand hinhielten. Ich antwortete, daß ich im Cadillac durch Spanien fahre und die Spanier als ein stolzes Volk kenne, das nicht bettelt, sondern aufrecht stirbt.

Als die deutschen Bauern, die sich unter Thomas Münzer erhoben hatten, in der Entscheidungsschlacht von Frankenhausen von den Adeligen geschlagen worden waren, rief einer der Gefährten Münzers auf dem Weg zur Hinrichtung aus: „O mein Gott, nun soll ich sterben und habe mich doch mein Lebtag lang nicht ein einziges Mal sattgegessen!“ Man wird mich nicht dazu bringen, mich über die Ungleichheit der Lebensumstände der Menschen aufzuhalten, die eine offenkundige Folge der psychologischen Ungleichheit und der natürlichen Rangordnung ist, aber eine Gesellschaft ohne hochentwickelte Gastronomie kann ich mir nicht vorstellen. Ich erinnere mich, daß ich eines Abends in Saulieu eintraf, als der Koch eben seine Trüffelpastete fertigstellte. „Sie kommen gerade im richtigen Augenblick“, sagte Monsieur Dumaine. „Unter den Eichen steigt der Nebel auf, aber der Himmel bleibt klar. Man kann die Sterne und die Trüffeln zählen. Die Trüffeln werden würzig, und die Feuchtigkeit macht sie noch besser. Das ist der einzigartige Augenblick, in dem mir die Pastete mit einer guten Kruste gelingt. Ein erlesener Genuß erwartet Sie.“ Meine Phantasie erklomm den Höhepunkt der Begierde. Es wurde tatsächlich ein königliches Mahl. Eine Gesellschaft ohne in Ölpapier gebratene Fettammern, ohne Entenleber mit Weintrauben und ohne gastronomische Gespräche hat ihre Mutation noch nicht vollendet. Eine Nation ist erst fertig, wenn sie mindestens fünfzig Sorten Käse und große Weine hat.

In meinem Wertsystem steht die Gastronomie ebenso wie das Dandytum und der Heroismus ganz oben, aber die Güte steht auf Null. Die Perversität nimmt dagegen den ersten Rang ein.

In einer idealen Stadt erhält die Frau eine neue Bedeutung. Eine irrationale Gymnastik und die aerodynamischen Ensembles der

Haute Couture werden es ihr gestatten, die verrücktesten Träume zu verwirklichen. Ich stelle mir einen zerlegbaren Körper vor, der die Schaustellung des Weiblichen in seiner ganzen Pracht in der Weise ermöglicht, daß jeder Teil der Anatomie für sich allein konsumiert werden kann. Auf Stiele montiert wie die Körperelemente einer Gottesanbeterin, können die Brüste, die Schenkel, der Bauch, die Geschlechtsteile und die Schultern einzeln genossen werden.

Ich habe zu diesem Zweck schon ein ganzes Ensemble entworfen: ein Korsett, das große erotische Kräfte besitzt, falsche Brüste, die, leicht hängend, aus dem Rücken hervorwachsen – es ist nicht einzusehen, warum man nicht ein zusätzliches Paar Brüste haben sollte –, gefederte Fersen, wohlschmeckende Hosen und Schenkel und Unterleiber, an denen man sich satt essen kann.

Schon 1928, als die funktionalistische Anatomie ihren Höhepunkt erreichte, habe ich vorausgesagt, daß sich das neue sexuelle Vergnügen an der Frau aus der Nutzanwendung ihrer spektralen Fähigkeiten ableiten wird, das heißt aus der möglichen Auflösung und Zergliederung des Fleisches. In der Holographie oder Laserfotografie wird diese Hypothese eine nahezu vollkommene Lösung finden.

Wie denkt Dali über die Freiheit, die Zukunft, die Gerechtigkeit?

Man wird verstehen, daß meine „sozialen" Ansichten – dieses Wort „sozial" widert mich an – auf die Unterdrückung der Freiheit hinauslaufen. Ich habe 1971 meinen Kodex in Form eines Gedichts niedergeschrieben:

Ruchlose, formlose Freiheit,
Romantisch, unkundig der fünf einzigartigen,
vollkommenen Polyeder,
Unkundig der Käfige der göttlichen Geometrie,
Glückliches Gefängnis der Netzhaut,
Unkundig der ewigen Lust unerbittlicher, strenger Netze.

Freiheit ist Anarchie, ist infantile Ausbeutung der höheren Fähigkeit des Wesens zu wollen, ist Mißbrauch des Göttlichen. Die wahre

Freiheit ist die erhabene Pflicht, für das Vaterland zu sterben, die höchste Wollust, Sklave zu sein – aber was soll man von denen sagen, die Augen haben und nicht sehen, Ohren und nicht hören?

Es ist bezeichnend, daß Frankreich die Architektur Nicolas Ledoux' wieder aktualisierte, indem man ein Planungszentrum an ebenden Orten dieses futuristischen Mausoleums einrichtete, das den Tieren des Waldes überlassen war. Der Symbolismus ist offenkundig, und die sich immer klarer abzeichnende Entwicklung dürfte binnen kurzem dahin führen, daß man die UNESCO offiziell in eine öffentliche Verdummungsanstalt verwandelt, um ihre primitive Politik feierlich zu sanktionieren. Ich schlage vor, diesen Hort der bürgerlichen Langeweile in ein folkloristisches Bordell umzuwandeln – unter den Auspizien des heiligen Ludwig, dieses Vorkämpfers der käuflichen Liebe.

Ich setze auf die Entbürgerlichung der Kultur in dem Maße, indem die Gesellschaft entproletarisiert wird. Den neuen Kulturstil wird man finden, indem man die großen Gedanken aktualisiert, die dem Materialismus zum Opfer fielen: die *Ars Magna* des Ramón Lull, die „natürliche Theologie“ des Raymond de Sebonde, das Traktat des Paracelsus, die inspirierte Architektur Gaudis, die Hyperaxiologie des Francisco Pujols, die Poetik Raymond Roussels ... Eine Pädagogik, die noch auf ihre Meister wartet! Die Zukunft gehört dem Phantastischen.

Die demokratische Gerechtigkeit hat das Zwitterhafte einer bärtigen Frau. Die wahre Gerechtigkeit ist monarchisch. Die Dalische Gerechtigkeit ist der reine Zufall. Der Gerechtigkeit habe ich die Scheiben eingeschlagen des nachmittags um fünf in der New Yorker 5th Avenue, an jenem Tag, an dem ich das Schaufenster von Bonwit-Teller zertrümmerte, der meine Dekoration sabotiert hatte. Der Gerechtigkeit bin ich auf einem Polizeirevier in der Person eines kleinen Portorikaners begegnet, der mich, als er erfuhr, was ich getan hatte, gegen die Gauner und Betrunkenen verteidigte und das Gesindel mit Fußtritten verjagte, um mich vor seinem Erbrochenen zu schützen.

Die Gerechtigkeit besteht darin, daß ich, Dali, göttliches Schwein, erhabenes Rhinozeros, als Bestätigung eines ununterbrochenen Dandy-Daseins Fettammern verspeisen kann bis ans Ende der Zeiten.

„Ich bin Monarchist – auf morphologische Weise.“

FESOL
973

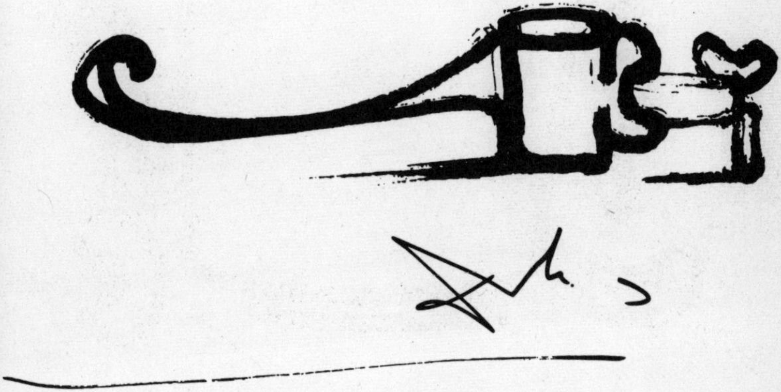

17. *Wie man die Bilder Dalis liest*

Der Clown bin nicht ich! Aber diese monströs zynische Gesellschaft erkennt in ihrer Naivität nicht, wer sich nur ernst gibt, um seine Verrücktheit besser zu verbergen. Denn ich – ich kann es nicht oft genug sagen – bin nicht verrückt. Meine Hellsichtigkeit hat eine solche Schärfe und Konzentration erreicht, daß es in diesem Jahrhundert keine heroischere, erstaunlichere Persönlichkeit gibt als mich, und abgesehen von Nietzsche (der allerdings im Wahnsinn endete), wird man auch in anderen Jahrhunderten nicht meinesgleichen finden. Meine Malerei bezeugt es.

Ja, ich kann es nicht oft genug sagen: Meine Malerei ist, wenngleich nur ein Teil meiner Kosmogonie, der bedeutsamste Ausdruck meiner *Wahrheit.* Entziffern Sie! Entziffern Sie! Und Sie werden den Taumel des menschlichen Absoluten erleben.

Als Grundsatz meines Schaffens gilt, daß aus der Trägheit kein Meisterwerk entstehen kann. Jede schöpferische Leistung erfordert die Anspannung des ganzen Wesens und hat am bloßen Talent nicht genug. Meine Malerei ist die von Hand gefertigte farbige Fotografie der virtuellen, überfeinen, extravaganten, hyperästhetischen Bilder des konkreten Irrationalen. Diese Formulierung steht ein für allemal fest. Ich rate allen Daliern, sie auswendig zu lernen, denn jedes Wort hat sein Gewicht als Initiation und Offenbarung.

Das ist keine „intellektuelle" Definition. Ich denke mit meinen Eingeweiden, mit meinem Körper. Durch das Ohr habe ich mich auf der Spitze eines Turms verliebt, durch den Ellbogen habe ich die Wirklichkeit entdeckt, mit den Kiefern ergründe ich die metaphysischen, ästhetischen und moralischen Werte. Ich erkläre, daß das erste philosophische Instrument des Menschen der Kiefer ist, der die bewußte Wahrnehmung der Wirklichkeit gestattet. Ich bin den Menschen meiner Zeit voraus, weil mein ganzer Körper in unmittelbarer Verbindung mit der Wirklichkeit steht. Daher besitze ich auch die Gabe der Vorausschau, die sich beispielsweise sechs Monate vor Ausbruch des Krieges in Spanien durch die Vorahnung des „spanischen Bürgerkriegs“ ausdrückte. Aber selbstverständlich interessiere ich mich mehr für den Fall Dali als für irgendwelche aktuellen Ereignisse. Genauer gesagt: Nur der Fall Dali interessiert mich. Immer und überall in meinem Werk bin ich selbst vorhanden.

Zwischen der Natur und mir ist eine große Schlacht im Gange, denn ich muß die Natur verbessern. Die Gestaltung eines Stillebens ist eine Möglichkeit, die Wirklichkeit durch eine allen offenkundige Entropie zu berichtigen. Ich fühle die Faszination des Todes. Das ist mein Sujet. Und es ist einer der Vorzüge meines Werkes, daß es das Todesgefühl in den kolloiden Zustand überführt, es streckt und melkt wie den Euter einer Kuh, um die Milch der Auferstehung des Fleisches daraus zu gewinnen.

Doch vor allem anderen kommt die Erotik; diese Erotik, die in uns strömt und deren Quelle in der schraubenförmigen Struktur zu suchen ist, die ich in der Desoxyribonukleinsäure gemalt habe. Alles, was unter meinem Pinsel entsteht, ist erotisch. Ultrakonkret oder ultraabstrakt – immer handelt es sich darum, die heterosexuelle Angst des polymorph Perversen zu bezwingen, der ich bis zur Autosodomisierung bin.

Seit meinen weichen Uhren bin ich historisch derjenige, der es verstanden hat, das Äquivalent zur Raum-Zeit-Gleichung zu schaffen, aber immer drückt meine Kunst die modernste Angst aus, weil sie Ausdruck eines Deliriums ist, das alle Dimensionen der Wirklichkeit überschreitet. Meine Malerei ist wahrhaftig die der vier Dimensionen, zu denen eine paranoia-kritische Seele tritt.

Die Zeit ist undenkbar ohne den Raum, das sagen alle meine Bilder; und alle Dalischen „Sujets“, die Ammen mit den übermäßig weichen und mit Fenstern versehenen Rücken, der „Apotheker von Figueras, der absolut nichts sucht“, das „Telefon in der Schüssel“, „Die weichen Nachtische“ ... verherrlichen mit meiner maßlosen Freude am Leben meinen Willen, es zu transzendieren.

Und wenn ich unsichtbare Gestalten male wie den „Sklavenmarkt mit der unsichtbaren Büste Voltaires“, so zwinge ich den Betrachter, sich eine neue Wirklichkeit – Zeit und Raum zusammenhängend und neu – vorzustellen. Mit meinen moirierten Bildern, deren mikroskopisches Raster die dreidimensionalen Bilder einfängt, befreie ich die Wirklichkeit von ihrem schrecklichen Taumel, indem ich die Gänsehaut der Raum-Zeit schaffe, die „nach Belieben“ sein kann oder nicht sein kann – ebenso wie meine „Sixtinische Madonna“ ein Ohr ist, das, je nach der stereoskopischen Wirkung, aus Antimaterie oder aus dem Antlitz der Jungfrau besteht.

Ich bin der einzige Maler, dessen Kunst das Problem der Dichtigkeit der Substanz löst. Es ist mir gelungen, die Formen zu mineralisieren, um ein nahrhaftes, eßbares Äquivalent der Raum-Zeit zu schaffen. Ich bereite aus meinen Schwindelgefühlen, meinen metaphysischen Ängsten ein Gericht zu. Jedes Werk ist wie eine Hostie, die es gestattet, die Wirklichkeit zu verdauen, indem es nämlich den Magensäften die materialisierten Bilder des Irrationalen liefert.

Zu der Zeit, als sich die Kubisten von der vierdimensionalen Wirklichkeit entfernten und sich vergeblich die Existenz einer sie beruhigenden intellektuell und bildnerisch wahren Welt einzureden versuchten, verwandte ich vier Monate darauf, einen Brotkorb zu malen, der durch die Kraft seiner Dichte und die Faszination seiner Unbeweglichkeit die mystische und bis zum äußersten gesteigerte Empfindung einer Situation entstehen läßt, die unsere gewöhnliche Vorstellung von der Wirklichkeit übersteigt. Wir befinden uns an der Grenze der Entmaterialisierung der Materie allein durch die Kraft des Geistes. Jenseits dieser Grenze herrschen die Energie und das Leben, die in erfundenen Formen bezwungen und bewahrt werden. Die Vergeistigung der Malerei beginnt mit der Mineralisierung der Formen und endet beim Uran des Lebens. Will man in die Magie des Universums eindringen, so muß man die geistige Energie freisetzen, die wir durch unsere Ängste lähmen. Fürchte ich, daß es mir an Hoden mangle? Ich male die Hoden des Torsos von Phidias, und meine Angst verfliegt, während die rhinozerontische Auflösung des Phidias einsetzt, die eine gewaltige mystische Reaktion auf den Druck der Wirklichkeit ist.

Meine Sorgfalt und Genauigkeit steht im Gegensatz zu der großen Faulheit der modernen Kunst, wo alles rasch hingeschludert wird und, immer weniger werdend, mit ebenjenem Nichts endet, das es zu überwinden gilt. Es gibt in der ganzen Geschichte der Kunst keine schlimmere Häresie und Verirrung als das Phänomen der gegenwärtigen Kunstschöpfung, die sich selbst verneint. Der Taumel des Nichts endet mit dem Krebs des Geistes. Ich habe verstanden – und das ist die große Erleuchtung meines Lebens –, daß ich der Retter der modernen Kunst bin, und ich habe die wesentlichen Gründe für meine gebieterische Macht erkannt. Mein ganzes Wesen ist eine unerschöpfliche Schatzkammer, aus der die Kraftlinien einer Wahrheit hervorgehen, die bald allgemein anerkannt werden wird. Ich darf sagen, daß ich heute der Mensch bin, der der Existenz Gottes am nächsten steht, der am wenigsten wahnsinnige von allen, und wenn man mich gelegentlich göttlich nennt, so drückt man damit nur eine existentielle Wirklichkeit aus.

Wie Dali seinen göttlichen Fall interpretiert

Am Anfang war der Wahnsinn – dem ich entronnen bin. Und die ganze Geschichte meiner Kunst und meines Lebens bis zur Begegnung mit Gala ist ein furchtbarer Kampf gegen den geistigen Tod. Professor Roumeguère („Gala, Dali les jumeaux divins") hat das Auf und Ab dieses Abenteuers analysiert, das wie der Leidensweg Christi ist. Man weiß, daß mir drei Jahre nach dem Tod meines Bruders Salvador, der sieben Jahre alt geworden war, mein Vater und meine Mutter denselben Namen gaben wie ihm, der zugleich auch der Name meines Vaters war – ein unbewußtes Verbrechen, das erschwert wurde durch die Tatsache, daß im Zimmer meiner Eltern – einem verlockenden, geheimnisvollen, furchterregenden, mit Verboten belegten und mit zwiespältigen Empfindungen betrachteten Ort – die majestätische Fotografie meines toten Bruders neben der Reproduktion des Gekreuzigten von Velázquez hing. Und dieses Erlöserbild, dem Salvador zweifellos in seiner engelhaften Himmelfahrt nachgefolgt war, schuf in mir einen Archetyp, der aus der Existenz von vier Salvadors entstand, die mich zur Leiche machten – um so mehr, als ich meinem toten Bruder zu ähneln begann wie meinem Spiegelbild.

Ich hielt mich für tot, bevor ich mir meines Lebens bewußt wurde. Die drei Salvadors, die einander ihre Bilder zuwarfen und von denen der erste ein gekreuzigter Gott war, der zweite ein Toter und ein Zwillingsbruder des ersten und der dritte ein imperialistischer Vater, hinderten mich daran, mein Leben in eine vertrauenserweckende Form zu gießen, ja ich möchte sagen: mich selbst zusammenzusetzen. In einem Alter, in dem die Empfindsamkeit und die Phantasie eine essentielle Wahrheit und einen starken Beschützer brauchen, lebte ich in den Labyrinthen des Todes, der „meine zweite Natur" wurde. Ich hatte das Bild meines Seins verloren, man hatte es mir gestohlen, und ich lebte nur vorläufig und vertretungsweise.

So weit meine – erstaunliche – Erinnerung zurückreicht, fühle ich nur die Sehnsucht nach dem Geborenwerden und die tiefe Lust an meinem intrauterinen Leben, das dieser Wirklichkeit vorzuziehen war, die mich vergewaltigte und enteignete. Ich empfinde mein Sein und meine Person als Doppelwesen. Ich war in Wirklichkeit, sobald ich das Sein der Dinge erfaßte, von mir selbst getrennt und jeden Augenblick gezwungen, mich von meiner Zugehörigkeit zur Welt zu überzeugen – daher meine polymorphe Perversität. Aber ich hatte keine Konturen. Ich war nichts und zugleich alles. Da man mich verneinte, schwebte ich im Unbestimmten, Verschwommenen. Mein Körper und mein Geist lebten im Weichen und Zwiespältigen, und ich existierte in Gegenständen ebensogut wie in Landschaften. Mein psychologischer Raum war nicht in einem Körper kristallisiert, er zerfloß vielmehr in einem unendlichen Raum, der zwischen Himmel und Erde ausgespannt war wie bei der Himmelfahrt des Engels, der mein toter Bruder zur Rechten des Erlösers war. Mein Denken bewegt sich auf natürliche Weise in dieser Dimension des Irrealen, in der sich die Kraft und die Dynamik meines Lebens entfalteten, während mein Körper eine Art Trugbild war, das mir nur durch Anpassung fühlbar wurde. Ich ging durch ihn hindurch wie durch ein Loch des Irrealen.

Mein bevorzugter Psychiater, Pierre Roumeguère, versichert mir, daß ich durch meine gewaltsame Identifikation mit einem Toten kein anderes wirklich empfundenes Bild von meinem Körper hatte als das einer verwesenden, verfaulenden, weichen, von Würmern zerfressenen Leiche. Und es ist richtig, daß sich meine frühesten Erinnerungen an eine starke, wahre Existenz an den Tod knüpfen (an die von meinem Vetter getötete Fledermaus, an den Igel). Meine sexuellen Zwangsvorstellungen sind alle an weiche Schwellungen gebunden. Ich träume von leichenhaften Formen, von langgezogenen Brüsten, von zerrinnendem Fleisch, und die Krücken, die für mich bald die Rolle sakraler Gegenstände spielten, sind in meinen Träumen und später auch in meinen Bildern unentbehrliche Instrumente, die mir dazu dienen, meine schwache Vorstellung von der Wirklichkeit zu stützen, die mir ständig durch die Löcher entflieht, welche ich sogar in den Rücken meiner Amme schneide. Die Krücke ist nicht nur eine Stütze: ihre Gabel ist auch ein Beweis für die Ambivalenz. Das Rätsel der Gabelung erregt meine Phantasie aufs äußerste. Wenn ich meine geöffnete Hand und die vierfache Gabel meiner Finger betrachte, kann ich diese Gabelung ins Unendliche verlängern und stundenlang träumen. Ich verfüge über eine echte halluzinogene Kraft ohne Halluzinogene.

Überragend begabt, organisiere ich mit Hilfe meiner ganzen transzendentalen Kraft meinen Kampf gegen den Tod. Ich erfinde andere mögliche Leben, zuerst durch Butchaqués, meinen kleinen Kameraden, der mein toter Bruder hätte sein können, dann mit Dullita, die lange durch meine Träume ging. Aber meine Phantasmen stacheln nur meine Lebensgier an, und ich mache schwere Krisen in Form von Lachkrämpfen und Masturbationen durch, die meine Ängste auf den Höhepunkt treiben, bis endlich Gala in mein Leben tritt.

Ein Gemälde aus dem Jahre 1940, „Araignée du soir, espoir", drückt die Wirklichkeit meines tiefen Dramas vollkommen aus. Ein Kind mit Engelsflügeln, das in der linken Ecke des Bildes sitzt, hält sich die Augen zu, um die von einer Krücke gestützte sexuelle Kanone nicht sehen zu müssen, aus der ein Pferd mit leeren Augenhöhlen und einem muskulösen, schon von der Fäulnis angefressenen Körper hervorschießt, dessen Vorderbeine die Arme einer geflügelten Siegesgöttin bilden, welche ihrerseits in einem riesigen zerfließenden Fuß endet. An den Fuß schließt sich eine lange weiche Brust an, die wie Sperma ebenfalls aus der Kanone fließt.

Vor der Penis-Kanone spielt eine weiche entzweigebrochene Frau mit einem viskosen Bogen auf einem weichen Cello. Sie wird von einem Ast eines Baumes getragen, der in einen geometrischen Rahmen gepflanzt ist.

Ich überlasse es anderen, zu interpretieren und festzustellen, ob das Engel-Kind mein toter Bruder ist, ob das aus der Kanone hervorfliegende wilde Pferd ich selbst bin, ob die Kanone der Penis meines alternden Vaters und die Frau meine Mutter ist und das Cello Sinnbild des Stöhnens, das aus dem Ehebett kommt, welches durch den in ein Rechteck gepflanzten Baum dargestellt wird. Ich kann nur sagen, daß mir dieses Weiche, dieses Zähflüssige, dieses Gelatinöse das Grundgefühl vermittelt, das ich lange von meinem Körper und meinem Sein hatte.

Gala hat mir im wahrsten Sinne des Wortes die Struktur gegeben, die meinem Leben fehlte. Ich existierte nur in einem Sack voller Löcher, weich und verschwommen, immer auf der Suche nach einer Krücke. Indem ich mich an Gala drückte, fand ich ein Rückgrat, und indem ich sie liebte, füllte ich meine Haut aus. Mein Samen war bis dahin durch die Masturbation verlorengegangen und gleichsam ins Nichts geschleudert worden. Bei Gala habe ich ihn wiedergewonnen, bin ich durch ihn neu belebt worden. Ich dachte zuerst, sie werde mich verschlingen, aber tatsächlich hat sie mich gelehrt, die Wirklichkeit zu essen. Wenn ich meine Bilder „Gala-Dali" signierte, so gab ich nur einer existentiellen Wahrheit einen Namen, denn ohne meinen Zwilling Gala würde ich nicht mehr existieren.

Durch Gala habe ich nicht nur das Recht auf mein eigenes Leben gewonnen, sondern auch den männlichen und weiblichen Teil meines Genies und die Fähigkeit, zu allen meinen Phantasmen Distanz zu halten. Die paranoia-kritische Methode ist zuallererst Gala. Wir waren fortan vier (Mann-Weib Dali, Weib-Mann Gala), und zu viert erforschten wir die Welt. Mein Werk verherrlicht seither diese neue Kraft. Mit Gala fand ich die Freude der frühen Kindheit wieder, das heterogene Paradies des Säuglings, meine totale orale Lust und den blendenden geistigen Imperialismus. Mein Appetit ist ungeheuer geworden, meine Intelligenz staunenswert. Seit damals habe ich die wunderbarsten, die Gegensätze und antinomischen Werte vereinigenden Paradoxien in die Welt hinausgesandt: die Monarchie-Anarchie, die keusche Erotik, die atheistische Gottesleidenschaft und die barock-klassische Ästhetik – alle möglichen Formen des Gala-Dalischen Mythos. Und seit damals verstehe ich die bewundernswerte Anatomie einer nackten, gut abgehangenen und mit starkem Alkohol flambierten Schnepfe auf einem Teller ebensosehr zu würdigen wie die Vollkommenheit Raffaels. Alle Dalischen Wahrheiten beginnen im Mund und finden ihre Bestätigung durch den Elan der Eingeweide. Meine Malerei ist gastronomisch, spermatisch, existentiell. Sie ist weder intellektuell noch sentimental. Dali fühlt nichts, er kennt keine Emotion; nichts erschüttert mich, nicht einmal mein Liebesleben. Meine Intelligenz stützt sich nicht auf das Gefühl, im Gegenteil: Sie ist davor geschützt und kann sich daher allwissend entwickeln. Meine Malerei ist jener wesentliche Teil meiner Existenz, der im „Loch" meines Seins zwischen dem sinnlich und psychisch Erlebten und der inquisitorischen Intelligenz liegt. Ich male, um zu sein und alle Kräfte meines Ichs zu vereinen. Und durch mein Werk, das mein Leben ist, erforsche ich die tiefsten menschlichen Geheimnisse. Deshalb ergibt jede meiner Blütezeiten eine Ernte für die ganze Menschheit.

Welche Etappen unterscheidet Dali in seinem Werk?

Wenn man alle Bilder Dalis nebeneinander aufhängen könnte, hätte man den existentiellen Film des mystischen Leibes Dalis. Den göttlichen Dali. Jedes Wesen trägt in sich gleichsam die strukturale Intuition eines Bildes seiner Körperlichkeit. Pierre Roumeguère beschreibt drei Stufen der Wirklichkeit: Den Körper in der Welt, das Ich im Körper, das Ich in der Welt. Aber dieses Bild, das wir von unserem Körper besitzen und das unsere Wahrnehmungen, unsere Empfindungen und unser Einwirken auf uns selbst und die Welt, die uns umgibt, ausrichtet, dieses Modell von uns selbst wird immer wieder in Frage gestellt und neu aufgebaut. Dazu kommt, daß ein Gefühl unserer Körperlichkeit vorhanden sein muß, ein dreidimensionales Schema, das an die Schwelle des Bewußtseins streift und einen projektiven Dynamismus determiniert... Die moderne Psychologie ist eben dabei, diese essentiellen Wahrheiten zu entdecken, die ich seit einem Dreivierteljahrhundert erlebe. Eines Tages wird meine Erfahrung als fundamental angesehen werden und eine der großen wissenschaftlichen Offenbarungen darstellen. Denn mein Schema, mein Körperbild und mein Doppelgänger hatten als Ursprung einen Toten. Ich besaß zunächst kein Körperbild. Das Schicksal hat mich ohne Körper zur Welt kommen lassen – oder in einem engelhaften Körper mit den Bildern der Verwesung als Draufgabe.

Ich habe mich daher in den Körper projiziert, um meine Struktur zu entdecken – eine ergebnislose Suche, die mir jedoch eine phantastische Erforschung der Welt ermöglichte, ein einzigartiges Erlebnis, das eine der Quellen meines Genies bildete. Es gibt den Begriff der Heautoskopie, der das Phänomen der halluzinatorischen Projektion durch Verdoppelung bezeichnet, wie man sie im Traum oder vor einem Kunstwerk empfindet. Ein mit Hellsichtigkeit und großem sinnlichen Wahrnehmungsvermögen begabter Doppelgänger ist imstande, beispielsweise in ein Gemälde, in einen vom Künstler suggerierten Raum einzudringen, während der Körper selbst still vor dem Bild stehenbleibt. Goethe, Musset, Dickens und Dostojewskij haben ähnliche Zustände sogar in Augenblicken intensiver literarischer Schöpfung beschrieben. Ich allerdings habe dieses Phänomen nicht zufällig oder unter dem Druck starker geistiger Beanspruchung erlebt, sondern – bis zu meiner Begegnung mit Gala – ununterbrochen. Auf diese Weise habe ich in mir außergewöhnliche psychische Mechanismen entwickelt und Tatsachen über Sein und Wirklichkeit gesammelt, die Diamanten von kosmischem Wert sind. Mein Werk gibt davon nur den sichtbaren Teil des Eisbergs wieder. Man muß meine Gemälde lesen wie die archetypischen Projektionen einer neuen platonischen Höhle. Von mir, Dali, ausgehend, könnte ein neues Humanitätsbewußtsein entstehen. Gewiß, eine Reise ins Reich des Grauens und der Angst, wie man sie in einem unbekannten Land empfinden mag – und ich habe so manchesmal den Tod herausgefordert und in meiner Nähe gespürt seit der Zeit, wo ich von Mauern oder Treppen hinuntersprang, um meinen Körper zu erproben, wie in Zeitlupe, meine Muskeln und mein Fleisch schmerzhaft, aber lebendig spürend – zugleich aber auch eine existentielle, wunderbare Reise im Sinne des Heideggerschen Wortes: „Sein heißt in der Welt explodieren". Ich bin buchstäblich in der Welt explodiert, denn ich hatte keinen Körper.

Und da ich die Analogie eines Körpers nicht besaß, konnte ich die Formen und Gegenstände, die mich umgaben, nicht *beurteilen.* Ich konnte sie nur von *innen* erfühlen. Nach und nach habe ich dann diese Seinsflucht, diese Übertragung in reines Bewußtsein verwandelt. Darin liegt die Eigenart meines Genies. Außerstande, den Dingen einen Sinn zu geben, da mir der Bezug auf ein festes Ich fehlte, erlebte ich sie, indem ich sie in Besitz nahm und mit unglaublicher Schärfe ihre Gestalt – so seltsam sie auch sein mochte – erfühlte. Meine Malerei hat daher den Charakter einer wunderbaren Offenbarung. Die meisten Menschen sind niemals aus ihrem Körper herausgetreten. Den Begabtesten gelang es nur für sehr kurze Zeit, und sie brachten nur die eine oder andere zufällige Entdeckung mit zurück, die meistens durch den Verstand in buchstäblicher und ästhetischer Hinsicht verwandelt wurde. Ich dagegen fließe über von all den „anderen" Wahrheiten, ich halte in meinen Händen die Schätze der Wirklichkeit, und meine Augen starren gebannt auf wahnhafte Visionen, die so wahr sind wie unser Leben. Das ist meine „Botschaft". Und von Bild zu Bild kann man verfolgen, wie sich, von Gala ausgehend, mein Körperbild nach und nach aufbaute. Ich mußte alles neu erfinden. Jede der sogenannten fundamentalen Gegebenheiten des Seinsbewußtseins bedeutete für mich eine Schlacht und einen Sieg. Wenn ich sage, daß ich malend die Natur korrigiere, so muß man meine Natur begreifen. Als ich 1956 in der „Nature morte vivante“ die Obstschale mit dem Ventilator und den Früchten, einem Blumenkohl, einem Vogel, einem Glas, einer ausrinnenden Flasche und einem Messer im Raum schwebend darstellte – vor einem Fenster, das auf ein glänzendes, unendliches Meer geht –, und dazu eine Hand, die ein Rhinozeroshorn hält, da definierte und suggerierte ich eine Vorstellung von der Raum-Zeit, die sich durch die Vision einer die Entropie umstürzenden Levitation ausdrückt. Mit dem Rhinozeroshorn, das in einem minimalen Volumen ein Maximum an Energie einschließt, und vor der Unendlichkeit der Räume des Meeres wird das Bild zum bevorzugten Ort einer Geometrie, die nicht nur die tiefgründigsten wissenschaftlichen und philosophischen Spekulationen ausdrückt, sondern es auch mir, Dali gestattet, die Wahrheit der Raum-Zeit existentiell zu erfassen und damit auch eine Dalische Wahrheit über meine Person und meine Situation in der Welt zu erkennen. Jedes Bild ist ein paranoia-kritisches Bewußtsein.

Will Dali uns lehren zu delirieren, wenn er malt?

Es gibt Schöpfer, die ganz in ihr Ich eingeschlossen sind und für die gelassene Heiterkeit der Daseinsgrund ist. Ich, Dali, der sich ständig der Unterlassung der Beistandsleistung bei Unglücksfällen schuldig macht, kann nur unter Streß leben. Mit meiner paranoia-kritischen Methode, dieser Boje meiner Abtrift, schreite ich von einer explosiven Mutation zur andern, und ich kann nur die Seismographie meiner lebendigen Wahrheit mitteilen. Meine Logik will es, daß ich in alle Richtungen die Bilder dieses mystischen Leibes ausstrahle, der Dali geworden ist. Tatsächlich habe ich keine körperlichen Dimensionen. Mein Ich ist Dali, das heißt eine Raum-Zeit, die unaufhörlich modifiziert werden kann nach meinen Launen, meiner Begierde, meinem Stolz, meiner Kraft.

Jedes Bild ist ein Code meiner psychologischen und imperialistischen Genetik. Das Harte und das Weiche, das Kalte und das Heiße, die Bewegung und die Ruhe, das Relief der Muskeln oder das schwärende Fleisch, die optische Täuschung oder die gerade Linie sind Ausdruck und Mitteilung der Ekstase oder des Ekels, der Trunkenheit oder der Hellsichtigkeit, die notwendige Zustände sind, wenn man teilhaben will an der Weltschau, die ich biete, und an der Erkenntnis, die ich offenbare. In diesem Sinne ist jedes Bild eine Messe, in der ich eine Wissenshostie darreiche.

Ich schaffe für mich selbst die ganze Kunstgeschichte noch einmal nach. Ich habe durch meine Askese alle Stadien der Bewußtwerdung der Menschheit durchlebt und mir gleichzeitig meine Dalische Hülle neu geschaffen.

Von den Träumen der Renaissance, die darauf gerichtet waren, die Archetypen der griechischen Skulptur mit Farben zu malen, über die magischen Schätze des Velázques, des Meisters der Reflexe und der Spiegel, bis zur Phantastik der Kernphysik, der Quantenmathematik und der Biologie der Desoxyribonukleinsäuren bin ich zu der Wahrheit der klassischen Kuppel gelangt, zur Schöpfung des glorreichen Dalischen Körpers und zur Erleuchtung durch den Bahnhof von Perpignan. Ich suche in der Kunst und in meinem Leben die von den Prinzipien der Legitimität und der Hierarchie regierte Tradition und fürchte nicht die Vollkommenheit, denn ich weiß, daß niemand sie erlangen kann; und es ist mein Ich (und mein Spiel), das Unmögliche herauszufordern. Ich bin der Don Quijote der Irrealität.

Wie Dali den Don Quijote illustrierte und die Lithographie revolutionierte

Im Sommer 1956 kam der Verleger Joseph Foret nach Port-Lligat und brachte in seinem Wagen große Steindruckplatten mit. Er wollte, daß ich den „Don Quijote“ illustrierte, aber ich mochte mit dem lithographischen Verfahren, das ich weich und zuchtlos fand, nichts zu schaffen haben. Joseph Foret kam jedoch immer wieder mit neuen Platten. Seine Hartnäckigkeit machte mich so aggressiv, daß ich am liebsten auf diesen kleinen, ruhigen, unbeugsamen Mann geschossen hätte. Da hatte ich eine engelhafte Idee. Ich wollte die Arkebusenkugel, die ich dem Verleger zugedacht hatte, auf die Steine abfeuern und telegrafierte ihm, er möge die Waffe vorbereiten.

Der Maler Georges Mathieu schenkte mir eine aus dem 15. Jahrhundert stammende, prachtvolle Arkebuse mit einem Kolben aus Elfenbein.

RAJAN

Das große Ereignis fand am 26. November 1956 auf einer Pontonbrücke über die Seine statt, wo ich, umgeben von hundert Schafen, eine in litographische Tusche getauchte Bleikugel auf den Stein abfeuerte und auf diese Weise einen wunderbaren Spritzfleck erzeugte. Ich erkannte augenblicklich einen Engelsflügel von vollkommener Dynamik, der den Gipfel der Vollendung darstellte. Damit hatte ich den „Bouletismus“ erfunden.

Ich brauchte mir nur noch die mathematische Anordnung meiner Kugeln auszudenken. Es gab ein beträchtliches Aufsehen. In New York stritten sich das Fernsehen und die Liebhaber um meine Arkebusenschüsse. Jeden Morgen füsilierte ich in der New Yorker Militärakademie eine lithographische Platte, die sich sogleich in Dollars verwandelte.

Meine geniale Erfindung war den avantgardistischen Arbeiten der Kernphysik vorausgegangen, die, wie ich einige Monate später erfuhr, die Arkebuse des Zyklotrons verwendete, um in die Geheimnisse der Materie einzudringen.

Aus einem Arkebusenschuß geboren, mobilisierte Don Quijote auch Polypen, Seeigel und kleine Kröten, die der Sturm herbeiwehte, und aus ihnen entstand das Gewand meines Helden. Phantasie, Laune und Zufall zusammen ließen aus dem Stein den edelsten Helden des Cervantes hervorgehen.

Ich habe für die Geschichtsschreibung notiert, daß genau am 25. August 1957 der erhabenste Klecks in der Geschichte der Morphologie fabriziert wurde. Ich nahm als Geschoß ein mit Tusche gefülltes Schneckenhaus. Mein aus sehr geringer Entfernung abgefeuerter Arkebusenschuß ließ die Form der Schneckenspirale mit solcher Präzision und solcher Feinheit entstehen, daß ich begriff: Es mußte sich um die Erscheinung einer „präschneckischen Galaxie“, eines Archetyps der göttlichen Schnecke vor ihrer Erschaffung handeln. Ich hatte einen der Gipfel der Dalischen Visionen erreicht.

Joseph Foret schlug mir vor, in demselben dionysischen Zustand den Buchdeckel zur Offenbarung des Johannes zu schaffen. Ich entwarf ein 24 Kilo schweres Basrelief aus Bronze, meine erste bildhauerische Arbeit. In apokalyptischem Überschwang begann ich damit, daß ich eine Wachsplatte mit einem Beil zerhackte. Ich arbeitete im Freien, auf einem Tisch am Strand von Port-Lligat. In das Wachs steckte ich ein Stück Honigkuchen, denn der Honig ist im ganzen Alten Testament das Bild des Geistigen, und ich fügte goldene

Nadeln ein, um einen Strahlenkranz um den Christus herum zu schaffen, über dem ein Achat als Symbol der Reinheit angebracht war. Zwölf feine Perlen versinnbildlichten die zwölf Tore Jerusalems, und vierzehn Arten von Edelsteinen stellten die Fundamente des himmlischen Jerusalem dar.

Außerdem schlug ich 585 Nägel ein, die den Seelenkategorien des genialen Philosophen Ramón Lull entsprachen, und zuletzt fügte ich noch Messer und Gabeln – Elemente des täglichen Lebens – hinzu, denn die Apokalypse will gegessen werden wie ein Käse. Der Verleger Joseph Foret machte daraus das damals teuerste Buch der Welt, aber ich dachte vor allem an den Text des heiligen Johannes selbst, der in Kapitel 10, Vers 9, der Offenbarung sagt: „Und ich ging hin zum Engel und sprach zu ihm: Gib mir das Büchlein. Und er sprach zu mir: Nimm hin und verschling es, und es wird dich im Bauch grimmen; aber in deinem Mund wird's süß sein wie Honig."

Die drei Illustrationen im Innern des Buches stellte ich mittels einer Bombe her, die ich in der alten Winter-Radrennbahn in Paris explodieren ließ. Ich befestigte auf dem Sprengkörper eine Uhr, Medaillen und Nägel, die auf eine Kupferplatte geschleudert wurden und sich in ihr abdrückten. Über dieses explosive Motiv zeichnete und aquarellierte ich eine Pietà.

Die „Apokalypse" erschien zur selben Zeit, in der meine Illustrationen zum „Don Quijote" und die ersten Bände der „Divina Commedia" mit den Lithographien meiner Aquarelle ausgestellt wurden. Ich erlebte die apollinische Trunkenheit des Triumphs und veröffentlichte einen Text über den göttlichen Käse, an den ich die Dalier erinnern möchte, deren geistige Kiefer sich unaufhörlich bewegen müssen:

„Die Romantik hat die Ruchlosigkeit begangen, uns glauben zu machen, die Hölle sei schwarz wie die Kohlengruben Gustave Dorés, in denen man nichts sieht.

Nein, das Inferno Dantes ist von der Sonne und dem Honig des Mittelmeers erhellt. Deshalb sind die Schrecken meiner Illustrationen analytisch und supergelatinös mit ihren engelhaften Viskositätskoeffizienten.

Die digestive Hyperästhesie zweier Wesen, die sich zum erstenmal gegenseitig verschlingen, kann im vollen, vor mystischer und ammoniakalischer Freude verrückten Licht des Tages beobachtet werden.

Die Mystik ist der Käse; Christus ist Käse, besser noch: Berge von Käse.“

Wenn mich Dante so lange – nämlich mehr als zehn Jahre – interessierte, so kommt das von seiner *engel*haften Weltschau:

So zeigte denn, wie eine weiße Rose
Gestaltet, sich die heil’ge Kriegerschar mir,
Die Christus durch sein Blut sich angetrauet;
Doch jene, die im Fliegen schaut und singet
Die Herrlichkeit des, der sie füllt mit Liebe,
Und seine Güte, die so groß sie machte,
Gleich einem Bienenschwarm, der in die Blumen
Bald ein sich senkte, bald dorthin zurückkehrt,
Wo lieblichen Geschmack sein Werk erlanget,
Stieg in die große, mit so vielen Blättern
Geschmückte Blum’ herab und stieg dann aufwärts
Dahin, wo ewig ihre Liebe weilet.
Das Antlitz aller war lebend’ge Flamme,
Die Flügel Gold, und also weiß das andre,
Daß bis zu solchem Ziel kein Schnee kann reichen.

Die Idee des Engels stimuliert mich. Denn wenn Gott unfaßbar ist,so ist er kosmisch, da er sich nicht eingrenzen läßt. Die Engel dagegen haben eine Gestalt. Proton und Neutron sind für mich engelhafte Elemente. Raffael und der heilige Johannes vom Kreuz sind den Engeln nah. Ich trachte mich der Welt der Engel zu nähern durch die hyperästhetische, paranoia-kritische Keuschheit und Geistigkeit dieser Illustrationen. Meine Askese, um den Himmel zu gewinnen.

Dreißig Jahre lang träumte Dante als Verbannter und zum Tode Verurteilter von Beatrice, der er nur ein einziges Mal im Vorübergehen begegnet war. Er flüchtete sich in seine Vision: „Es war mir gegeben“, schrieb er, „eine wunderbare Erscheinung zu betrachten, in welcher ich Dinge sah, die mich bewogen, von diesem gesegneten Geschöpf nicht eher mehr zu sprechen, als bis ich mich mit mehr Talent auszudrücken imstande wäre. Um dieses Ziel zu erreichen, arbeite ich, soviel ich kann, was sie in Wahrheit weiß.“

Er beschließt die 14 000 Verse seines Gesangs mit den Schlüsselworten der „Divina Commedia“: „Die Liebe, die die Sonne bewegt und die anderen Sterne.“ Die Liebe, die es ihm ermöglichte, am Leben zu bleiben, und die Sterne, auf denen er Beatrice wiederzufinden hoffte. Ich stellte mir mich ohne Gala vor und empfand niederschmetternde Angst, und nicht eine dieser Illustrationen habe ich entworfen, ohne von dieser Angst heimgesucht zu werden.

Gelesen habe ich Dante allerdings nie. Ich habe über ihn nachgedacht, und Gala war es dann, die die fertigen Zeichnungen auf den Text verteilte. Die beste Geschichte, die ich in dieser Hinsicht kenne, handelt von einem ganz großen Dante-Spezialisten, der sein ganzes Leben dem großen Dichter geweiht und ihm sein Familienleben, seine Mußestunden und seine Kinder geopfert hatte. Nun nahte seine Todesstunde. Die Familie ist um das Bett des Sterbenden versammelt und wartet auf seine letzten Worte, und plötzlich sagt er: „Dante kotzt mich an!" Und stirbt befreit. Soweit wird es mit mir nicht kommen.

Ich schuf 1963 ein danteskes Gegengift: „Galacidallahcidésoxyribonucléique" – eines meiner engelshaftesten, transzendalsten Bilder, auf dem die Wissenschaft und der Himmel den Triumphbogen Galas bilden. Dann veröffentlichte ich das „Tagebuch eines Genies" und „Der tragische Mythos des ‚Angelus' von Millet". Tokio widmete mir eine große Retrospektive, desgleichen New York in den vier Etagen der Galerie Moderner Kunst.

Nach „Salvador Dali im Begriff, Gala zu malen, teilnehmend an der Apotheose des Dollars, in der man zur Linken auch Marcel Duchamp als Ludwig XIV. verkleidet wahrnehmen kann hinter einem Vorhang in der Manier Vermeers, der in Wirklichkeit das unsichtbare, aber monumentale Gesicht des Hermes von Praxiteles darstellt" stand es mit meinem Geschäften zum besten. Ich war, was die Bekanntheit, meinen Umsatz und das Gewicht meiner Kunst und meiner Ideen anbetraf, einer der Könige der Welt. Der Dollarregen hörte nicht mehr auf. Mein Kammerherr, der Capitaine Moore, verbrachte den größten Teil seiner Zeit mit der Abfassung von Verträgen, und er stellte Fünfjahrespläne für meine Arbeit auf.

Das war auch die Zeit, in der mich die Sonne des Bahnhofs von Perpignan erleuchtete. Mein Schicksal wurde das eines Fürsten. Die junge Malerei stieß zu mir. Ich hatte 1963 meinen „Smoking aphrodisiaque" und die erste Denkmaschine geschaffen, die das glorreichste Werk der Pop-art war, und mein „Esclave de Michelange" und „Lilith" zeigten, daß ich auf diesem Gebiet nicht zu schlagen war. Aber schon interessierte ich mich brennend für die Holographie, die Herstellung dreidimensionaler Bilder mit Hilfe von

Laserstrahlen, und gleichzeitig setzte ich meine Studien und meine Arbeit an „La pêche au thon“ fort, die alle gegenwärtigen revolutionären Erfahrungen transzendiert und sublimiert, jedoch in der Schönheit und in der Tradition, um alle Gewalttätigkeiten und die überreizte Erotik zu integrieren.

Die Bibel, die Gedichte Mao Tse-tungs und Apollinaires, die Memoiren Casanovas, die Gestaltung von Schmuck, Kleiderentwürfe, fotografische Puzzles – alles fesselte meine Aufmerksamkeit, alles erregte meine Begeisterung und meine Hand. Mein gebieterisches Auge übertrug in Dalische Zeichen alle Werte, die es in Gold verwandelte.

Im Jahre 1967 hielt ich den Augenblick für gekommen, in den Salons des Hotel Meurice eine Huldigung an Meissonier zu veranstalten, um die Rückkehr zur Hierarchie der Werte und die Abkehr von der Verneinung, dem Automatismus, dem Nihilismus und dem Skeptizismus zu proklamieren. Genug der Experimente: von nun an Strenge, Technik und Stil!

Und alle Welt erkannte, daß der Papst der akademischen Malerei – den ich stets gegen Cézanne ausspielte – eine Malerei erfunden hatte, die die neuesten Entdeckungen der Physik vollkommen ausdrückte und einsteinischer war als alle zeitgenössischen Werke. Wieder einmal hatte ich recht gehabt.

Ich hatte in meinem Fleisch und in meinem Werk eine für die Menschen meiner Zeit beispielhafte Geschichte erlebt. In dieser Hinsicht nahm mein Schicksal die Gestalt eines universalen Mythos an. Ich, Dali, von meinem Vater verjagt und verleugnet, erlebte am Fuße meines Ölbergs, inmitten von Fischern, wie Christus meine Passion und genoß sie. Ich stellte mir in meinen Trancen meine Himmelfahrt mit meinem Doppelgänger – meiner Mutter – Gala – vor, die ich durch die Liebe und den Willen neu erfinde, nachdem ich mein Dasein in verwestem Fleisch verwandelt habe in die Essenz des Lebens; und ganz aus eigenem neu erschaffen, brauche ich nur noch heroisch meine Unsterblichkeit anzunehmen, indem ich, ohne mit der Wimper zu zucken, mit weit geöffneten Augen den Christus von Velázquez betrachte, das Symbol meines toten Bruders, den mein Genie im Zustand der Schwerelosigkeit hielt wie einen Planeten des Systems, über das ich herrschte.

„Don Quijote ist eine Art Narr, der größte Fetischist der Erde, der die seltensten Dinge besitzen möchte, die es auf der Welt gibt. Ich meinerseits möchte, daß jede meiner Illustrationen zum ‚Don Quijote' durch die Mittel, die zu ihrer Ausführung verwendet worden sind, etwas höchst Seltenes sei. Jedes Element dieser Lithographien muß ein Element von übersteigerter Donquijoterie enthalten."

IPER
REALISME

18. Wie man Picasso, Miró, Max Ernst und einige andere beurteilt

Sein Onkel Salvador blies dem totgeborenen „blauen“ Baby den Rauch seiner Zigarre in die Nase und erweckte es damit zum Leben. So kam Picasso zweimal zur Welt. Ich glaube, sein ganzes Leben lang hat sich etwas in ihm an diesen Tod und diese Auferstehung erinnert. Und für ihn – wie für mich – war ein gewisses Körperbild, das heißt ein Bild von seinem eigenen Körper, niemals ganz gefestigt. Man stirbt nicht ungestraft, bevor man lebt.

Er machte immer den Eindruck, daß er sich vor dem Ersticken fürchtete, und ging gern mit nacktem Oberkörper umher. Die ruhige Kraft, die er ausstrahlte, war Täuschung. In Wirklichkeit war er stets auf der Lauer wie jene Stiere, die in die Arena gejagt werden, einen freien Raum gefunden zu haben glauben und dann feststellen müssen, daß sie umzingelt sind. Seine Kunst hatte die Aggressivität eines Stoßes mit den Hörnern. Indem er sich hartnäckig mit dem menschlichen Gesicht oder allem beschäftigte, was er als „Minotaurus, Eule, Hahn, Stier“ identifizierte, „ließ er seinen Zorn aus“ und täuschte er Freiheit vor. Der geringste Widerstand brachte ihn in Wut.

In seiner Kunst gibt es so viele Perioden, wie er in seinem Leben Frauen geliebt hat. Er liebte. Er bekam keine Luft mehr. Er wurde wütend. Er brach mit der Frau und fing mit einer andern wieder von vorn an: Anziehung und Abstoßung wie die unaufhörliche Bewegung der Meereswellen, die seinem Genie den Rhythmus verleiht.

Er war sadistisch, um das Dasein besser zu genießen, indem er das Leid der anderen atmete. Eines Tages sagte er, seine schönste Erinnerung sei, wie sich zwei Frauen – eine, die er nicht mehr liebte, und eine, die er noch nicht liebte – um ihn rauften. Er hatte die Szene provoziert, indem er die eine in der Bluse der anderen malte, und tat nichts, um die Streitenden zu trennen.

Professor N. N. Dracoulides behauptet in seinem Buch „Le Cas Picasso“, zu dem Blau seiner berühmten Periode sei Picasso inspiriert worden durch seine depressive Verfassung, als er in Paris mit Max Jacob zusammen in einer kleinen Kammer wohnte, in der die beiden Freunde nur ein einziges Bett hatten. Picasso malte nachts, während Max Jacob schlief, und schlief bei Tage, während sein Gefährte seiner Arbeit nachging. Max war Laufbursche bei seinem Onkel, einem Buchhändler. Eines Tages warf er die Bücher, die er austragen sollte, in den Rinnstein, um seine Runde schneller zu beenden, und wurde dafür selber hinausgeworfen. Die beiden Freunde dachten sogar daran, sich von einem Balkon zu stürzen. Picasso faßte sich als erster wieder. Um nach Spanien zurückkehren zu können, versuchte er, seine Bilder zu verkaufen. Niemand wollte sie haben. Der Händler Vollard grinste nur. Madame Besnard, die Frau seines Farbenhändlers, nahm ihm schließlich um sechzig Francs eine „Mutter mit Kind am Strand" ab, die bei einem Verkauf im Jahre 1971 eine halbe Million Dollar erbrachte. Man könnte rotsehen! Doch wenn das Blau dieser Periode durch irgend etwas inspiriert wurde, so war dies ganz gewiß nicht der Kaufpreis einer Tube Ultramarin. Picasso konnte seine Zeichnungen verbrennen, um sich zu wärmen, aber er war doch zu sehr Maler, um auf seine Leinwand eine Farbe aufzutragen, die seiner Vision nicht entsprochen hätte. Das phönix-blaue Kind fand das Blau auf dem Grunde seiner Verzweiflung. Ich liebe solche Erklärungen, die zu den Geheimnissen der Schöpfung, zu den Quellen der Metamorphosen hinführen. Picasso sagte: „Die Kunst ist der Sohn der Verlassenheit und des Schmerzes, und ich male, wie andere ihre Autobiographie schreiben."

Er ist zweifellos der Mann, an den ich, nach meinem Vater, am meisten gedacht habe. Er war mein Leuchtfeuer, als ich in Barcelona war und er in Paris. Sein Auge war mein Maßstab. Ich bin ihm in allen großen Epochen meiner Herrschaft begegnet. Und als ich mich nach Amerika einschiffen wollte, war wiederum er da: ohne ihn hätte es vielleicht keine Fahrkarte gegeben. Ich betrachtete ihn, wie der Knabe mit dem Apfel auf dem Kopf den zielenden Wilhelm Tell betrachtete. Aber er zielte immer auf den Apfel, nie auf mich. Er strahlte ein wunderbares katalanisches Leben aus. Wenn wir zusammen waren, muß der Ort der Erde, an dem wir uns befanden, schwerer gewogen und die Noosphäre eine besondere Dichte angenommen haben. Wir waren die stärksten Gegensätze, die man sich vorstellen kann. Eines hatte ich ihm voraus: Ich nannte mich „Gala-Salvador-Dali" und wußte, daß ich zum Retter der modernen Kunst ausersehen war, die zu zerstören er sich bemühte, er, der sich nur Pablo nannte. Ich war zwei und auserwählt. Er war allein und so verzweifelt, daß es ihm ein Bedürfnis war, Kommunist zu sein. Und er hat sich sein ganzes Leben lang zum Narren halten lassen.

Man will oft von mir wissen, was von Picassos Werk bleiben wird. Was für eine Frage! Alles, was dazu dienen wird, die Kinder *meines* Genies ins rechte Licht zu setzen. Wenn sich das Auge zerstochen und zerquält von seinen Bildern abwendet, füllt es sich mit unbeschreiblichem Glück, sobald es meine Malerei nur streift. Katalonien hat uns zur selben Zeit hervorgebracht* als Erben der eldesten Tradition. Picasso ist mir in der Welt vorausgegangen als Wegbereiter des klassischsten Deliriums einer Virtuosität, welche gebieterische Meisterwerke mit durch die Energie gequantelten Formen schuf, Werke, denen in einer mechanischen, mittelmäßigen Welt die vornehme Aufgabe zufallen sollte, das Nichts der modernen Malerei in Gold und Schönheit zu verwandeln – ich spreche von denen Gala-Salvador-Dalis.

Man sagt: Aber Picasso hat nie eine Fotografie kopiert!

Es ist richtig, daß *ich* mich mein Leben lang der Fotografie bedient habe. Ich habe schon vor Jahren erklärt, daß die Malerei nur eine von Hand gefertigte Farbfotografie ist, zusammengesetzt aus überfeinen Bildern, deren einzige Bedeutung darin liegt, daß sie von einem Menschenauge erfaßt und von einer Hand geschaffen wurden. Alle großen Kunstwerke, die ich bewundere, sind nach Fotografien entstanden.

Der Erfinder der Lupe wurde im selben Jahr geboren wie Vermeer. Das hat man noch nicht genug beachtet. Und ich bin überzeugt, daß Vermeer van Delft einen Spiegel benutzte, in dem er die Sujets seiner Bilder sah und abpauste.

Praxiteles, der göttlichste aller Bildhauer, kopierte seine Körper getreulich ohne die geringste Abweichung.

Ebenso respektierte Velázques die Wirklichkeit mit vollkommener Keuschheit.

An dem Tag, an dem ich den Plan gefaßt hatte, ein Bild zu Ehren des heiligen Jakob von Compostela zu malen, traf ich zufällig die Vicomtesse de Noailles, die eben ein Buch über Santiago de

* Dali Bezieht sich darauf, daß Picasso, an sich Andalusier, an der Kunstakademie in Barcelona studierte. (Anm. des Übers.)

Compostela gekauft hatte. Sie zeigte es mir, und als ich es aufschlug, sah ich das muschelförmige Gewölbe dieser berühmten Kirche und beschloß, es zu reproduzieren. Ebenso suchte ich einmal eine Fotografie eines ausschlagenden Pferdes, das ich auf die gleiche Weise abpauste.

Die genaue Kopie der Wirklichkeit ist kein Skandal, sofern der Künstler, der sich ihrer bedient, imstande ist, es nach Belieben ebensogut oder vielleicht noch besser zu machen als die Fotografie. Ein Skandal ist es nur, sich zu verstellen und andere glauben zu machen, man sei der Urheber eines Werkes, das man nicht geschaffen hat.

Praxiteles sagte, die ganze Schönheit eines Kunstwerks ruhe in dem bißchen Schmutz unter dem Nagel eines Fingers, das der Bildhauer, so treu er auch sein Modell kopierte, vergessen habe.

Kopieren Sie, wenn Sie Künstler sind! Kopieren Sie! Es wird immer etwas bleiben. Es wird immer etwas Zusätzliches entstehen.

Ludwig XIV. gab eines Tages einem Bildhauer an seinem Hof eine Medaille in Auftrag. Um dem König zu schmeicheln und auch, weil er die römischen Basreliefs bewunderte, beschloß der Künstler, mit peinlichster Genauigkeit eine römische Medaille zu kopieren. Da er aber ein Mann des Sonnenkönigs und nicht ein Zeitgenosse Julius Cäsars war, fügte seine Hand ohne seinen Willen das eine oder andere hinzu: Linien und winzige Unterschiede in der Behandlung des Materials – Unwägbarkeiten, die das Sujet leicht abwandelten. Die Kunsthistoriker wissen, daß aus diesen unscheinbaren Veränderungen an einer Medaille der ganze Louis-XIV.-Stil entstand.

Heute ist dieses Phänomen schwer zu begreifen, denn wir leben in einer Epoche des Gewaltsamen, und unsere Zeitgenossen lieben nur das Brutale. Sie wissen die feinen Nuancen nicht mehr zu schätzen. Das einzige, was in der Kunst noch entscheidet und zählt, ist der Pinselstrich des Malers oder der Daumenabdruck des Bildhauers. Der Pinselstrich ist das einzige Unwägbare, die engelhafte Art, sich auszudrücken.

Die abstrakten Maler von heute, Mathieu zum Beispiel, malen ihre Bilder mit schrecklich verbreiterten Pinselstrichen, das heißt in riesigem Maßstab. Man muß wissen, daß für den Künstler ein Pinselstrich einer Tragödie des Sophokles gleichkommt.

Es besteht keine Notwendigkeit, zu deformieren, zu verzerren und die Wirklichkeit zu verfälschen, um seinen künstlerischen Ausdruck zu finden. Weder Praxiteles noch Vermeer haben in dieser Hinsicht geschwindelt. Trotzdem haben sie die erhabensten und vollkommensten Empfindungen und Gedanken ausgedrückt.

Jedesmal wenn ein Maler die Wirklichkeit manipuliert, das heißt, wenn er etwas anderes herstellt als eine Fotografie der äußeren Welt, hat er eine unklare Einstellung zur Natur. Er hat das Auge eines Karikaturisten. Er will seinem Charakter gegenüber der Schönheit den Vorrang geben, und daher verliert sein Werk in ästhetischer Hinsicht an Bedeutung.

Die Hand eines Malers muß so treu sein, daß sie imstande ist, durch eine Fotografie deformierte Elemente der Natur automatisch zu korrigieren. Jeder Maler muß eine ultraakademische Ausbildung haben. Erst dank einer solchen Virtuosität ist etwas anderes, nämlich die Kunst, möglich.

Ich sehe voraus, daß das die neue Malerei sein wird, die ich den „gequantelten Realismus" nenne und die berücksichtigen wird, was die Physiker Energiequantum, die Mathematiker den Zufall und wir Künstler das Unwägbare und die Schönheit nennen. Das Bild von morgen wird getreuer Ausdruck der Wirklichkeit sein, aber man wird spüren, daß diese Wirklichkeit beseelt ist von einem außergewöhnlichen Leben, das dem entspricht, was man die Diskontinuität der Materie nennt.

Schon Velázquez und Vermeer waren Divisionisten. Sie ahnten bereits die Ängste des modernen Menschen. Heute drücken die begabtesten und empfindsamsten Maler nur die Angst des Indeterminismus aus.

Die moderne Wissenschaft sagt, daß nichts wirklich existiert, und man sieht die Wissenschaftler leidenschaftlich diskutieren über fotografische Platten, auf denen offensichtlich keine Existenz einer Materie nachzuweisen ist. Es ist daher nicht ganz abwegig, wenn gewisse Maler ihre Bilder aus nichts machen. Doch das ist nur ein Übergangsstadium. Der große Maler muß imstande sein, das Nichts in seinem Bild zu assimilieren. Und dieses Nichts wird der großen Kunst von morgen Leben einhauchen.

Ich glaube, daß der Künstler der wahre Kosmologe ist und daß unter allen Künstlern der Maler an erster Stelle zu nennen ist, denn er wird vom Auge beherrscht, das heißt von dem Organ, das in der Rangordnung den höchsten Platz einnimmt und in jeder Situation den Überblick über die Geschehnisse hat.

Es ist für einen Künstler sehr wichtig, ein hochentwickeltes Gefühl für den Kosmos zu haben. Ich bin als kosmisches Genie viel bedeutender denn als Maler. Meine Malerei ist nur eines der Mittel, die es mir gestatten, mein kosmisches Empfinden auszudrücken. Mein Delirium und meine Hellsichtigkeit sind wichtiger als meine Malerei.

Wie sich Dali seiner Beziehungen zu Picasso erinnert

Er hatte eine Vorliebe für Adjektive, aber nur wenige Ideen. Er hörte mich an und hielt mir dann mit Eigenschaftswörtern gewürzte Reden. Er brillierte allein durch sein Geschick als Plagiator, als Regisseur – als einer, der Edelsteine zu fassen verstand. Im Grunde war Picasso ein Duettist. Er brauchte immer einen Partner: Ingres, Delacroix, Velázquez... ich weiß nicht mehr, wen noch alles. Aber er war ein Eunuch, ein Imitator und Karikaturist, der zerlegte und verspottete, was ihm zu hoch war.

Als noch die Zeitschrift „Minotaure" erschien, machten wir einmal aus Spielerei gemeinsam einen Kupferstich, der von jedem von uns fünfmal überarbeitet wurde, wobei immer der eine auf die Arbeit des anderen eingehen mußte. Ich habe dabei alle seine Techniken genau beobachten können. Picasso nahm übrigens das Original an sich. Er ließ nicht gern Beweisstücke herumliegen, die ihn überführen konnten. Er konnte nicht kopieren, ohne zu deformieren.

Die große Entdeckung Picassos war der Kubismus, und selbst diesen hat er der katalanischen Bildhauerkunst entlehnt: es ist die Transposition einer gemeißelten Form, die man in den Kirchen Kataloniens sehen kann, die Übertragung eines dreidimensionalen Gegenstandes ins Zweidimensionale. Der Kubismus war die Holographie des Jahres 1912.

Niemand begriff damals die bildnerische Bedeutung dieser neuen Zeichen, aber Picasso ließ sich durch seine Einsamkeit und durch die Spötteleien seiner Freunde nicht beirren, im Grunde wohl, weil er eine einmal begonnene Arbeit zu Ende führen wollte. Er war sehr starrsinnig. Er bewunderte Juan Gris, der ein echter Maler war, und besuchte ihn oft in seinem Atelier. Gris begleitete ihn dann nach Hause, aber Picasso kehrte noch einmal mit ihm zurück, um noch einmal sein Atelier betreten und ihm beim Malen zusehen zu können, denn er wollte begreifen, wie Gris seine Hintergründe machte. Er war aber nicht geduldig genug und nicht Maler genug, um es selbst ebenso machen zu können.

In seinem ganzen Malerleben hat Picasso immer nur Pläne geschmiedet. Er mußte von ein und demselben Sujet hundert Bilder malen, denn er wußte nie, welches das gute, gelungene war. Das festzustellen überließ er anderen.

Was ihm nie gelang, ist ein echtes Bild. Nicht ein einziges Meisterwerk! ... Aber eine erstaunliche Anzahl satirischer Gemälde.

Er war ein Barbar. Daher sein Erfolg in einer Zeit, die nur den unmittelbaren Augenblickseffekt liebt. Sein Werk ist ein einziger gigantischer Beckenschlag.

Jedes Jahr schickte ich ihm eine Postkarte. Sie sollte ihn an eine alte Geschichte erinnern, die er mir einmal erzählt hatte: Es gab in Cadaqués eine Altistin, die auf einer Postkarte abgebildet war, wie sie den Kopf Samsons in den Händen hielt. In den Achselhöhlen hatte sie dichte schwarze Haarbüschel, die dichter und schwärzer waren als das Haar Samsons und uns sehr erregten. Als ihr Liebhaber sie eines Tages vögeln wollte, lief sie auf den Balkon hinaus und schrie: „Im Juli keine Frauen und keine Schnecken!" Picasso antwortete mir nie, aber ich weiß, daß er meinen jährlichen Kartengruß und diese Erinnerung sehr schätzte. Seine Umgebung trennte uns. Wenn er mir geantwortet hätte, wäre er zweifellos als Verräter an der Sache angesehen worden. Er war ein Gefangener seines politischen Systems. Im Grunde strebte er ein volkstümliches Niveau an. Er schöpfte seine Inspiration aus dem Blut und dem Schweiß des Volkes. Nichts Erhabenes war an ihm. Immer war er nur darauf bedacht, Gretchen zum Lachen oder zum Weinen zu bringen! Er war begabt, aber es fehlte ihm an Gewandtheit. Das einzige Positive, das sich sagen läßt, ist, daß er immerhin geschickter war als Cézanne – der das Allerletzte ist.

Was für Dali der Schlüssel der Malerei ist

An dem Tag, an dem ich den Schlüssel der Kunst entdeckte, fiel ich nieder, um Gott zu danken. Mit beiden Knien auf dem Boden! Und mit gefalteten Händen! Leonardo da Vinci glaubte wie Euklid, daß die vollkommenste Form das Ei sei. Für Ingres war das Ideal die Kugel. Cézanne schwor nur auf Würfel und Zylinder. Die Wahrheit ist jedoch nicht in der Form, sondern an einem geometrischen Ort zu finden, der für alle gekrümmten Formen des menschlichen Körpers derselbe ist. Diese Goldene Regel entdeckte ich auf der abgerundeten Spitze des himmelwärts gerichteten Kegels des Rhinozeroshorns. Ich überlasse es Ihnen, sie ebenfalls zu finden. Es kommt darauf an, mit unerbittlicher Strenge diese inquisitorische Mathematik anzuwenden, aus der allein große Malerei entstehen kann.

Ich meine, die Zeit der Algen-Malerei eines Matisse ist vorbei, der nur ein trübsinniger Koch des Erbbürgertums von 1789 war – ein Maler des Haars in der Suppe! Ich fordere die Welt zu einer gastronomischen und ästhetischen Revolution auf: Das Weiche, das Viskose, das Klebrige gegen die Gerade und den spitzen Winkel, das knöcherne Zeichen. Eine Malerei der Begierde und der Erektion. Eine Malerei des Irrtums und des Heiligen. Eine Malerei des Erhabenen! Die Geometrie ist immer utopisch und körperlos. Ich habe es oft genug gesagt: Die Geometer bringen nicht viel zustande.

Zu viele gute Handwerker haben sich in die Kunst verirrt, Kandinsky, zum Beispiel, der ein wunderbarer Fabrikant von Spazierstöcken mit emailliertem Knauf geworden wäre.

Das schönste Beispiel für diese Dekadenz ist Cézanne. Er war völlig unfähig, die Meisterwerke nachzuahmen, und seine ganze vielbewunderte Technik ist ein einziger Beweis für seine Schwäche. Seine Äpfel sind aus Zement.

Das Paradoxe ist, daß man das am wenigsten Bewunderswerte bewundert: die Nichtigkeit! Was für ein Symbol für eine Epoche! Mit der Begründung, daß die akademische Malerei hassenswert sein kann, hat man aus dem Letzten der Klasse einen Helden gemacht! Er öffnet das Tor zur Ästhetik der Scheiße! Etwas Neues um jeden Preis – und die Kunst ist zuletzt nur noch eine Latrine! Die Logik dieser Suche nach dem Neuen führt zur Verherrlichung der totalen Scheiße, deren Hoherpriester Cézanne ist.

Meissonier ist der letzte Maler, der noch malen konnte. Nach ihm bricht die Periode der Katastrophen an. (Gott sei Dank wird außer Dokumenten nichts übrigbleiben von diesen beiden Geißeln: der modernen Kunst und dem russischen Kommunismus.) Mit neunzehn Jahren zum „Salon" zugelassen, beginnt Meissonier eine außergewöhnliche Karriere, deren Höhepunkte der Verkauf seines Bildes „1814" um drei Milliarden alter Francs und das Beileidstelegramm Kaiser Wilhelms II. an den Präsidenten der Französischen Republik beim Tode des Malers sind. Was für ein erfolgreiches Leben! Was für eine großartige Leistung ist diese Malerei, die aus der Detailgenauigkeit eine Goldene Regel machte, die es Meissonier ermöglichte, die Vielschichtigkeit, die Dichte und das Tragische seiner Zeit zu assimilieren.

In meinen Augen könnte ihm nur Detaille, sein Schüler, die Palme streitig machen. Er wurde von allen Herrschern Europas empfangen, mobilisierte ganze Armeen als Staffage, um nach der Natur skizzieren zu können, und berief den Präsidenten Grévy zu sich. Detaille war so groß, daß man sagen darf: Ohne ihn hätte die Salonmalerei zu existieren aufgehört. Und sein Gefühl für die Mikrostrukturen inspirierte die Kubisten.

Die achthundert Gemälde Gustave Moreaus warten noch immer auf träumerische Jünglinge, um sie in dem Atelier-Museum, das er dem Staat vermachte, zu verzaubern. Gegen Ende des 19. Jahrhunderts – und noch lange danach – sah man die Schönheit und die Liebe mit seinen Augen. Der Surrealismus verdankt ihm viel.

An Boldini liebe ich die Sinnlichkeit, die es ihm gestattet, eine Frau mit einem kühnen, scharfen Strich auszuziehen, und aus seiner Schreibweise eine der Offenbarungen der modernen Malerei macht.

Und ich liebe den erotischen Kannibalismus Millets, der in meiner Malerei wiederauflebt.

Was ich nicht liebe, läßt sich ebenso deutlich sagen.

Die Malkunst hätte sehr gut auf die gesamte deutsche Malerei und im besonderen auf die Malerei Max Ernsts verzichten können, der – völlig unfähig, das Phänomen der Schönheit zu begreifen – lediglich ein guter Illustrator ist. Und Dürer – einer der wenigen Deutschen, die zeichnen können – ist nur ein blasser Abglanz der italienischen Renaissance.

Braque sagte: „Ich liebe die Regel, die das Gefühl korrigiert." Juan Gris verbesserte ihn: „Lieben wir das Gefühl, das die Regel korrigiert." Braque ist ein französischer Kleinbürger mit einigem Geschmack, der einen guten Anstreicher und Marmor-Imitator abgegeben hätte. Er hat Glück, daß sich die Natur einmischt und sein Werk vollendet, denn seine Collagen, beispielsweise, wären weniger gelungen ohne die Fliegenschisse, die sie in Quanten aufteilen.

Miró ist ein katalanischer Bauer, sehr begabt wie alle katalanischen Bauern, aber außerstande, „die Malerei zu ermorden", wie er sich's vorgenommen hatte. Er wäre ein erfolgreicher Modemaler geworden, denn er versteht es, einen Smoking zu tragen, aber er hat sich auf die Folklore verlegt, und das hat seinem Ansehen geschadet.

Léger ist der Schlimmste von allen. Sogar Braque ist noch besser als dieser Plattfuß, denn er kann immerhin gelegentlich angenehm sein.

Soutine gehört einer schändlichen Säuferfamilie an.

Moore ist, verglichen mit dem Hermes des Praxiteles, der Dorftrottel: eine Skulptur aus lauter Löchern.

Ich bewundere dagegen Marcel Duchamp, der der Gioconda den ersten Schnurrbart aufgemalt und damit ihre Ambivalenz aufgezeigt hat. Ist sie das von einem Ödipuskomplex diktierte Porträt der Mutter Leonardos oder das trügerische Bild seiner Bettgenossin? Jedenfalls hat Duchamp das wahre Problem mit der Unterschrift zu seiner schnurrbärtigen Mona Lisa dargestellt: LHOOQ *(Elle a chaud au cul)*.*

De Kooning gefällt mir, dieser Koloß, der mit einem Bein in New York und mit dem andern in Amsterdam steht und malend die geologischen Träume früher Zeitalter und die kosmischen Happenings heraufbeschwört, die von den Abenteuern unseres Planeten erzählen.

Aber heute vergiftet die falsche Kultur alles. Eines Tages treffe ich im St. Regis in New York André Malraux. Wir unterhalten uns über Kunstgeschichte. Ich sage, die orientalische Kunst sei gleich Null und man sollte sie stillschweigend übergeben, was eine große Zeitersparnis wäre.

Er antwortet mir, die orientalische Kunst sei ebenso bedeutend wie die abendländische. Ich sage: „Sehen wir uns das einmal näher an. Ich werde Ihnen drei Meisterwerke der abendländischen Kunst nennen,

* Die Buchstaben LHOOQ ergeben, französisch gelesen (el-asch-o-o-kü), dasselbe Lautbild wie *Elle a chaud au cul* = „Ihr ist warm am Hintern". (Anm. des Übers.)

und Sie mir drei Meisterwerke Ihrer orientalischen Kunst." Und ich zähle auf: „Las Meninas" von Velázquez, die „Jungfrau" von Raffael und Vermeers „Ansicht von Delft". „Jetzt sind Sie an der Reihe."

Er erklärt mir, es gebe da das Fragment eines Pferdekopfs aus China, aus welcher Dynastie wisse er nicht mehr, und das erscheine ihm erhaben. Gut, aber was für ein Pferd ist das? Was für ein Werk? Was für eine Dynastie? Was für ein Fragment? Wie? Warum? Von wem?

Null. Ein Kulturbrei.

Ich speie aus denselben Gründen die infame Architektur Le Corbusiers aus. Die Bleischwere dieses masochistischen Protestanten, der dem Haus alles Persönliche genommen hat! Mit Entzücken betrachte ich dagegen das Werk Fullers, seine schwerelosen Bauten, die der Hauch des Lebens beseelt.

Ja, die erhabenen Bauten unserer Zeit sind die des Amerikaners Fuller, der die ersten monarchischen Bauwerke der modernen Architektur errichtete, da er das Ideal Ludwigs XIV. wiederentdeckte in Ledoux, der die ersten vollkommenen kugelförmigen Häuser und die Kuppeln baute. Dieses Werk war durch die unselige Französische Revolution unterbrochen worden, die die legitimen Bestrebungen der Aristokratie zunichte machte und an ihrer Statt die Bourgeoisie einsetzte, bis dann Fuller mit der Leichtigkeit seiner Bauten kam, die beinahe so zart sind wie die Löwenzahn-Ornamente des *Dictionnaire Larousse*... Man bläst darauf, und alles fliegt davon.

In Spanien schuf Emilio Pignero Strukturen, von denen Fuller sagte, er könne sie sich nicht erklären, so molekular und lebendig sei ihre Leichtigkeit. Sie gründen sich auf Spannungen, die sich aus sich selbst heraus entwickeln, und bestehen aus mit Kabeln zusammengehaltenen Bündeln: man löst die Kabel, und sie entfalten sich und werden starr. Eine gleichsam lebendige Zellular-Architektur.

Ich hoffe, das „Europa der Vaterländer" wird sich mit Bauten von Pignero und Fuller bedecken. Die Vaterländer sind sphärische Gebilde, die, wie de Gaulle sagte, von der Bretagne bis zum Ural reichen werden! Karl Marx hat sich in allem gründlich geirrt. Er ist, historisch betrachtet, der größte Schwachkopf der Menschheit. Er sagte voraus, daß wir den Klassenkampf erleben würden, was sich als falsch erwies, denn wir wissen, daß es bald gar keine Klassen mehr geben wird. Dafür werden wir vielleicht einen Rassenkampf haben, das heißt einen Kampf zwischen Schwarzen, Weißen, Chinesen und

Japanern. Der Irrtum des Karl Marx wird bestätigt werden durch den Triumph der Architektur Fullers und Pigneros in Rußland, sobald dieses Land sein Regime gewechselt haben wird.

Die Architektur demonstriert, daß eine Epoche ein gewisses Niveau in bezug auf die Kenntnis der Strukturen erreicht hat, das heißt: Die Architektur muß alle Strukturen zusammenfassen, von der Quantenphysik bis zur Biologie. Man spricht heute viel von Strukturalismus, aber die Architektur ist es, die eine moralische Struktur und eine Ethik schafft.

Das größte Drama der Menschheit auf unserem Erdball ereignete sich in dem Augenblick, da sich der Golf von Biskaya öffnete und die Kontinente auseinandertrieben. Die Gegend um Perpignan hat standgehalten, und diesem Umstand ist es zu danken, daß es Velázques gab, daß es Vermeer gab, daß es Europa gibt. Ohne diese heilige Religion befänden wir uns in Australien bei den Känguruhs.

Ja, wenn all das standgehalten hat, so ist das der Gegend um Perpignan zu danken. Als der Golf von Biskaya entstand, kam es zu gravitationellen Anomalien, die zur Folge hatten, daß sich die Laichzüge der Aale änderten und ausdehnten, und nun ziehen diese wandernden Fische, von allen äußeren Umständen unbeeinflußt, seit Millionen Jahren dieselben Strecken. Mit dem Menschen verhält es sich ebenso, und die beste Pilgerfahrt ist die nach Santiago de Compostela.

Die Menschen, die Heuschrecken und die Aale folgen bestimmten Routen und liefern Schlachten, ohne zu wissen, warum. Man möchte sagen, das menschliche Blut folge trotz des Auseinanderbrechens der Kontinente nur den uralten Rissen. Die große Architektur versucht, uns mit dem Universum zu versöhnen.

Für mich ist das Kriterium großer Kunst die Wiedergabe des Äquivalents zur nußbraunen Farbe der Augen Galas in dem Maße, in dem ihre Augen die Antirealität sind. Ich glaube an den Mißkredit der Wirklichkeit, und dem Künstler fällt die Rolle zu, ein System in die Verwirrung zu bringen, indem er seine Obsession den andern aufzwingt. Man muß sich der Elemente der äußeren Welt bedienen, um das Wollen des Geistes zu illustrieren. Die „Wirklichkeit" des Doppelbildes schaffen, das ist der Beweis für die korrekte Anwendung der paranoia-kritischen Methode. List und Geschicklichkeit, die sich der geringfügigsten Übereinstimmungen von Formen und Farben bedienen, können das Bild einer Ziege umwandeln in ein Pferd, eine

Wolke, eine Frau, und die Beschleunigung der Begierde steigert diese Schöpferkraft ins Unendliche.

Was ist Wirklichkeit, was ist Scheinbild? Es gibt zwischen dem einen und dem andern keine Osmose und keinen Vergleich. Das Vorhandensein des Scheinbildes ist willkürlich, aber zwingend, und alles ist untereinander austauschbar. Kot, Blut und Tod verbergen Schätze. Die Einsteinsche Relativität existiert nicht nur auf dem Gebiet der physikalischen Geometrie, sondern auch in der Welt der Ideen und der Poesie. Allein das paranoia-kritische Delirium ist imstande, von der Disharmonie der Wirklichkeit Zeugnis abzulegen. Man beurteilt einen Künstler nach dieser Weltschau.

> *„In allen Unternehmungen der modernen Kunst gibt es nur ein Hauptinteresse, das paradoxerweise darauf abzielt, die Diskontinuität der Materie zu schaffen. Die Impressionisten begannen mit der Diskontinuität des Lichts, die die höchste Steigerung der Diskontinuität ist, dann kommen der Divisionismus Seurats, der Kubismus, die abstrakte Malerei, der Futurismus; alle wollen sie eine Art Dynamismus zerstückeln, eine Zusammenhanglosigkeit der Materie hervorrufen. Vor ihnen glaubte man an eine zusammenhängende Materie, für den Modernen ist die Materie unzusammenhängend!“*

19. Tage Dalis mit Dali

Man bringt mir das Frühstück, und ich stelle das Tablett auf mein Bett. Meine Knie bilden den Tisch. Die Kälte des Metalls, die ich durch die Decke spüre, läßt mich vor Wonne erschauern. Ich werfe den Zucker so ungestüm in den Kaffee, daß ich einige Spritzer abbekomme. Mit einem kleinen Löffel rühre ich die dicke Mischung um, die ich zu trinken vorgebe, während ich sie mir in Wirklichkeit langsam über das Kinn und den Hals rinnen lasse. Der klebrige, warme Faden erreicht meine Brust und verteilt sich zwischen den Haaren. Ein köstliches Gefühl der Wärme strömt in mich ein. Immer noch scheinbar gleichgültig und ungeschickt verzehre ich mein Frühstück, den lebhaften Blick auf das Fenster gerichtet, wo Fliegen träge zwischen den sonnenbeschienenen Vorhängen umhersummen. Ich beziehe einen davon in den Kreis meiner Aufmerksamkeit ein. Der Kaffee hat mittlerweile meinen Nabel erreicht. Wollüstig nimmt die Haut die Nässe auf. Man könnte meinen, ich sei mit einer verdünnten Samenflüssigkeit begossen worden.

Zerstreut tippe ich mit dem Finger auf mein Hemd, das an meiner Haut kleben bleibt. Die Spuren des Kaffees sickern durch den Stoff, wo er auf den Haaren aufliegt. Ich stelle meine Tasse nieder und mache mir mit der Spitze des Zeigefingers ein getigertes Hemd, denn überall, wo ich es berühre, bildet sich ein schwarzer Kaffeefleck. Eine Fliege und gleich darauf eine zweite fliegt, von dem Geruch und dem Zucker angelockt, um mich herum. Ihre zarten, membranartigen, schnell schlagenden Flügel glänzen im Licht und versprühen Regenbogenfarben. Die eine schwirrt lebhaft umher, die andere segelt. Ein leises, wonniges Summen versetzt die Luft an meinen Ohren in Schwingungen. Beide sind sie Boten des Sommers und der Kindheitserinnerungen.

Meine weich und viskos gewordenen Haare verhärten sich langsam, sie kleben am Hemd und beginnen mich, fest mit dem Stoff verbunden, leicht zu zupfen. Eine Fliege läßt sich auf einem Kaffeering nieder. Ich neige den Kopf und betrachte ihre vorspringenden Facettenaugen, in denen ich mit meinem von Bartstoppeln blauen Kinn riesengroß erscheinen muß. Ihre Brust bildet ein Getreidekorn, und der Harnisch ihres Bauches glänzt wie Schildpatt. Mit den Hinterbeinen hält sie sich fest, mit den beiden vorderen betastet sie wie mit Händen den Kaffeefleck, in den sie sodann ihren Rüssel taucht. Sie scheint einen süßen Tropfen aufzusaugen. Ich mache eine kleine Bewegung, und schnell wie das Licht fliegt sie fort, vorsichtig, aber nicht erschreckt. Ich kenne kein mutigeres Tier.

Spielerisch verjage ich den Schwarm, der sich indessen um mich herum gebildet hat. An die zwanzig sind es nun, die summende Konstellationen in die Luft zeichnen. Ich streiche mir langsam mit der Hand über die Brust, damit sich das Hemd ganz an mich anklebt und durch das Unterhemd, das ich anbehalten habe, mit meiner Haut eins wird. Ich fühle mich viskos, bestrichen mit einer feinen zuckrigen Schicht, und der Gesang der Fliegen erhöht mein Behagen. Blitzschnell, aber ohne ein Zeichen von Brutalität setzt sich ein Männchen auf den Rücken eines Weibchens. Es bewegt sich, während seine Partnerin erstarrt. Was empfinden diese Herrschaften wohl? Jedenfalls läßt das Männchen nicht so bald wieder los, und als ich mich bewege, fliegt das Weibchen auf und nimmt seinen Bezwinger auf dem Rücken mit. Vielleicht setzen sie ihre Vermählung im Flug fort, wie es die Bienenkönigin tut. Der Kaffee auf meinem Bauch ist getrocknet, er bildet eine dünne Kruste, die immer härter wird und meine Haut spannt. Ich werfe die Decke ab und kratze mich mit dem Fingernagel. Mein Glied schläft noch in seinem Haarbüschel. Ich zögere eine Sekunde, es wachzukitzeln.

Eine Fliege setzt sich auf meine Eichel, die sie mit einem spinnenartigen Bein träge betastet. Ich denke mit Vergnügen an die Sage, die berichtet, daß eine bezaubernde Frau, die Endymion liebte, ihren Liebhaber zu oft durch ihren Gesang weckte, worauf dieser sie erbost in ein Insekt verwandelte. Wird sie mich mit ihrem gezahnten Rüssel stechen? Oder wird sie mir wie ihre Ahne, die athenische Kurtisane, die Liebkosung schenken, die meine morgendliche Mannheit zum Schwellen bringt? Ich denke, wenn ich einen Tropfen gezuckerten Kaffees auf meinen Poller träufle, werde ich Genugtuung erhalten, aber meine Bewegung verscheucht die Fliege...

Im Zimmer nebenan macht man sich bemerkbar. Mein Kammerherr wartet auf mein Lever. An diesem Vormittag will ich jedoch im Bett arbeiten und dieses Nachthemd und dieses Unterhemd anbehal-

MOUCHE
DU
BULU

ten, die so klebrig sind und mit meiner Haut einen weichen, komplexen kybernetischen Schaltkreis bilden, der mich mit den Kräften des Lebens verbindet, die mich umgeben.

Die Fliegen bedecken nun die Zuckerschale. Eine setzt sich auf meine Nase und ich beginne zu schielen. Jede Fliege ist eine Königin, sie verfügt nach ihrem Belieben über die Güter dieser Welt und nimmt von allem ihren Zehent. Ich sage mir, daß ich diese Fliegen genauer beobachten muß, die mir, in mein paranoia-kritisches System eingefügt, Schlüssel zu den geheimsten Gesetzen des Universums liefern könnten. Denn sie sind unsterblich, diese Fliegen, die, ins Unendliche sich fortpflanzend und vervielfältigend wie das Licht, zwischen allen Formen der Wirklichkeit genial und mit wunderbarer Ökonomie ein riesiges Netz von Einverständnissen und Beweglichkeiten weben. Weise oder wahnhaft, wild oder gleichgültig bewegen sie sich mit Brownscher Intelligenz. Stellen wir sie uns so groß vor wie wir, und wir selbst sind vielleicht nichts mehr – außer mir, Dali, denn ich bin ohne Zweifel das einzige menschliche Wesen, das imstande ist, zu sehen und somit auch zu denken wie eine Fliege.

Der Capitaine bringt mir zwei Kupferplatten, die ich für einen Pariser Verleger gravieren soll. Morgens nach dem Frühstück beginne ich meinen Tag gern damit, daß ich gleich einmal 20 000 Dollar verdiene. Ich drücke die Platten gegen meinen Bauch, stelle die Beine auf und arbeite auf dem so gebildeten Tisch mit dem Stichel. Ich finde großes Vergnügen daran, ins Metall zu schneiden und die Stahlspitze gleiten zu lassen.

Um mich herum macht man sich zu schaffen. Ich bin wie auf einem Schiff, das von kleinen Booten umgeben ist. Man bringt mir die Post, die der Capitaine öffnet. Er wirft die Schecks auf das Bett und nennt die Summen, die ich mir sorgfältig einpräge, ohne es mir anmerken zu lassen. Immer diese jesuitische Heuchelei! Einladungen zum Abendessen oder zu einem Cocktail, Theaterkarten ... Ich sage ja, ich sage nein, scheinbar ganz willkürlich, aber ich weiß immer genau, um wen es sich handelt, und im übrigen kann ich mich immer noch anders besinnen und zurücknehmen, was ich schon zugesagt habe, oder eine zunächst abgelehnte Einladung doch noch annehmen.

Ein Freund schickt mir ein Bild aus dem 18. Jahrhundert, das den heiligen Narziß darstellt, den Schutzpatron der Fliegen, dessen Statue in Gerona steht. Es wird berichtet, daß von den Soldaten Napoleons, die die Stadt eingenommen hatten, einige plündernd in die Kirche eindrangen und plötzlich von einem ungeheuren Schwarm von wütenden Fliegen angegriffen und vertrieben wurden, die dem Schenkel des heiligen Narziß entstiegen waren. Durch dieses Wunder erschreckt, verließen die Soldaten der Revolution die Stadt. Seither wird Narziß als der Heilige der Fliegen verehrt. Da ich gerade an diesem Morgen diesen Insekten gehuldigt hatte, lag es in der Logik der Paranoia-Kritik, daß ich noch am selben Tag ein Zeichen vom heiligen Narziß erhielt, weshalb ich auch nicht im mindesten erstaunt bin. Ich wäre allerdings auch im gegenteiligen Fall nicht erstaunt gewesen. Es befriedigt meinen Ultralokalpatriotismus, daß mich sogar in Paris die Zeichen meiner katalonischen Heimat erreichen und daß ich auch im Fieber des Pariser Treibens immer noch der wahren Dalischen Werte gedenke. Ehre den Fliegen des heiligen Narziß, den Facetten ihrer parabolischen Augen, die den Laserstrahl des Wunders eindringen lassen, das Vernünftige verjagen, das mit dem Galopp von Schlachtrossen eindringen will, und den Rückzug antreten vor den Wirkungen der Magie des Glaubens. Ich liebe die Fliege, das paranoia-kritische Insekt par excellence!

In den beiden Perioden, in denen ich mich auf dem Wege von Spanien in die Vereinigten Staaten in Paris aufhalte – das heißt im Oktober und im Mai –, versuche ich alle Strömungen zu spüren, die durch diese nervöse, weibliche Stadt fließen, und vor allem macht es mir Vergnügen festzustellen, wie hoch das Fieber gestiegen ist. Bis wohin darf man zuweit gehen?

Das Licht färbt sich blond über den Tuilerien, deren Laubwerk ich vom Bett aus durch das Fenster sehe. Ich lege meine Kupferplatten beiseite. Kleine Metallspäne sind auf meinen Penis gefallen, sie bleiben an den Haaren hängen und reizen meine Haut. Ich zupfe an meinem Hemd, um meine Haare zu spannen, die daran kleben, und empfinde die Erotik dieser dermatischen Situation als köstlich.

Ich erinnere mich, von weißen Exkrementen geträumt zu haben, was in der Freudschen Sprache Danaes eindeutig ist. Es wird ein mit Gold befrachteter Tag werden. Das sage ich dem Capitaine. Er versichert mir, er sei bereit. Ich gehe auf die Toilette und nehme unterwegs aus einer Vase, in der Blumen für diesen Zweck bereitstehen, eine Jasminblüte, die ich mir hinters Ohr stecke.

Mein Stuhl ist sehr flüssig und beinahe geruchlos. Ich messe meinen Exkrementen große Bedeutung bei, denn sie sind der sicherste Hinweis, den wir nicht nur auf unsere innere Verfassung, sondern auch auf die Beschaffenheit unserer Unsterblichkeit erhalten können. Ein Thema von größter Wichtigkeit. Studieren wir die Scheiße, um glücklich zu leben. Unsere Abnutzung macht sich zuerst am Arsch bemerkbar. Ich möchte, daß mein Stuhl so süß wie Honig werde, was ein Beweis für meinen existentiellen Erfolg wäre. Wie die Anachoreten, die Wurzeln und Heuschrecken kauten, möchte ich es dahin bringen, daß ich die Speisen nicht mehr schlucke, sondern mich damit begnüge, sie zu kauen und wieder auszuspucken. Ich mache auch stetige Fortschritte. Ich furze beinahe nicht mehr, außer beim Erwachen und dann sehr melodisch. An diesem Morgen habe ich meinen Furz dem heiligen Augustin gewidmet, dem Fürsten der Furzomanen, denn ich befinde mich in einer mystischen Phase.

Da ich vor den Fersehkameras sprechen soll, beschließe ich, sehr enge Schuhe anzuziehen, die meine Füße schmerzhaft einzwängen. Mit meinem Unterhemd, das, durch den schwarzen Kaffee verklebt, einen festen Panzer bildet, werde ich meine Rednergabe in ihrer ganzen Vollkommenheit entfalten können. Im Salon wird gehämmert und geschrien. Dort ist man dabei, die Dekoration aus vergoldeten Blechen anzubringen, die ich mir für Galas Ankunft ausgedacht habe – eine Art Laufgraben zwischen an der Decke aufgehängten Rohren. Man meldet mir drei Besucher, die ich gleichzeitig eintreten lasse: eine rothaarige Megäre namens Ariane, den Verleger Joseph Foret, der so hartnäckig ist wie eh und je, und einen jungen Mann, der mir einen Rennstall für die Herausgabe eines „Pantagruel“ bietet. Sie bringen ihre Anliegen vor, während die Geräte für die Fernsehsendung hereingetragen werden. Das Telefon klingelt. Zwei Journalisten erscheinen. Mein Kammerherr meldet mir, daß mir der reichste Stoffhändler Europas vorschlagen möchte, die Modelle für seine nächste Kollektion zu entwerfen. Er ist ein sehr ernster Herr, der mit dem Scheckbuch in der Hand eintritt – zugleich mit dem Fernsehteam. Man bringt mir Fotografien des Pissoirs des Bahnhofs von Perpignan, die ich bestellt habe. Drei Hippies mit einer Gitarre lassen sich auf dem Sofa nieder. Die Matinee beginnt.

Ich stehe auf, um Mr. und Mrs. Morse zu empfangen, die Gründer des Dali-Museums in Cleveland (Beachwood) Ohio, meine „Fans“. Ich betrachte sie stets voll Gefräßigkeit. Seit ich sie bei meiner Ankunft in den USA kennengelernt habe, haben sie ihr ganzes Vermögen geopfert, um Bilder von mir zu kaufen, kennen mein Werk besser als ich selbst und sammeln alles, was ich herausgebe. Ich bedaure nur, daß ihr Beispiel nicht ansteckender ist – um so mehr als sie sich durch ihre Dali-Leidenschaft beträchtlich bereichern konnten. Ihr Kapital hat sich verfünffacht, und Tausende von Besuchern besichtigen ihre Stiftung. Immer bringt der Dali-Wahn Geld und Erfolg.

An diesem Morgen schlägt man mir vor, die Attrraktion des Balls der Waisenkinder zu bilden. Ich sage zu unter der Bedingung, daß man ein Programm veranstaltet, das ich auf der Stelle entwerfe: Ein Rhinozeros soll von der Decke heruntergelassen werden und eine anderthalb Meter hohe, mit Milch gefüllte Büste Voltaires zermalmen. Die Organisatoren schwören, sie wollten alle meine Wünsche erfüllen, bitten mich aber, ihnen diese Demonstration zu erklären. Ich sage ihnen, daß die Welt Esoterik braucht, daß der Rationalismus alles ausgedörrt hat und daß die geheimen Wahrheiten durch die Stimme der Unvernunft verkündet werden müsse. Im Verlaufe dieser Manifestation will ich eine Botschaft verlesen, die ich auf der Stelle abfasse:

„Der erlauchte Herr Voltaire hatte eine ganz besondere Art zu denken, die die feinste, vernünftigste, sterilste und irrigste nicht nur in Frankreich, sondern in der ganzen Welt war. Voltaire glaubte weder an die Engel noch an die Erzengel noch an die Alchimie, und er hätte auch nicht an den Wert der Pariser Metro-Türen des Jahres 1900 und an die Barmherzigkeit geglaubt.

Was Voltaire aber vor allem niemals geglaubt hätte, ist, daß der Ex-Surrealist Dali zum Ball der Waisenkinder kommen würde, um die moralische und künstlerische Einheit der Welt in der Dekoration einer Metro-Tür mit einem über seinem Kopf aufgehängten Rhinozeros zu verherrlichen. Eben darum hätte Voltaire nicht geglaubt, daß ich da sein würde.

Ich werde aber dasein, um zu beweisen, daß das Gegenteil Voltaires das Rhinozeros ist. Voltaire hat ‚alles innen‘, während das Rhinozeros ‚alles außen‘ hat, so daß Voltaire hohl ist, und das Rhinozeros, das irrationalste und kosmischste aller Tiere, reliefartig erhaben. Auch ich bin erhaben, und man hat oft Mutmaßungen über die unmäßige Länge meines Schnurrbartes angestellt, aber ich möchte, fanatisch, wie ich bin, anstelle des einen zweitausendzweihundertundachtundfünfzig Schnurrbärte haben, die so hart und spitz sein müßten wie die Stacheln der Seeigel des Mittelmeeres, um – von Schnurrbärten starrend – der Welt zu zeigen, daß Dali im Gegensatz zu Voltaire an alles glaubt.

Morphologisch gesehen ist Voltaire etwas aus Gruben und Höhlungen bestehendes Zusammengezogenes, während das Rhinozeros ein imperialistisches System von Protuberanzen darstellt. In der Morphologie wie in der Metaphysik ist aber das Hohle die Antitugend und die Protuberanz die Tugend. Zudem bietet das Rhinozeros eine Art ‚Barmherzigkeit der Macht' im Sinne Nietzsches.

Der heilige Augustin, der Erhabene, schrieb: ‚Man tritt in die Wahrheit ein durch die Tür der Barmherzigkeit.' Und ich glaube, daß diese Türen der Barmherzigkeit für uns heutige Künstler die Türen der Pariser Metro sind, die alle nach dem Abstrakten, dem Informellen und dem bildnerischen Indeterminusmus Hungernden, alle Sklaven des Nichtfigürlichen ernähren. Diese Pariser Metro-Türen sind Ausdruck unendlicher geistiger Barmherzigkeit, Symbol und ästhetischer Ausdruck eines großen künftigen Augenblicks. Denn die Zeit ist nicht mehr weit, da uns die Kybernetik von der Bedürftigkeit befreien und in einen Zustand immerwährenden Behagens versetzen wird. Die Menschen werden es dann nicht mehr nötig haben, barmherzig zueinander zu sein. Sie werden die Metro-Türen betrachten, um aus ihnen neue Kraft zu schöpfen."

Der Ball der Waisenkinder war dann ein Reinfall. Die Büste Voltaires war dreißig Zentimeter hoch, und das von der Decke herabsteigende Rhinozeros wurde von der Polizei verboten. Meine Botschaft wartet noch darauf, verkündet zu werden.

Am Abend des Bestéguy-Balls in Venedig war ich wie im Fieber. Mit meiner genialen paranoia-kritischen Methode hatte ich die Wirklichkeit in eine Dalische Apotheose verwandelt. Ich war Ehrengast der Stadt der Dogen, und die „Serenissima" nahm mich herzlich auf. Die ganze Stadt feierte, und man hatte die Fürsten dieser Welt zu dem Empfang im Palazzo Labia geladen. Tausenddreihundertsiebenundzwanzig Privilegierte klatschten bei meinem Eintritt. Ich erkannte die Gesichter von Freunden wieder. Es gab da eine Katharina von Rußland, die die Züge der Fürstin Chachavadzé angenommen hatte und mit ihren Liebhabern und Windhunden erschienen war, ferner den Kaiser und die Kaiserin von China, verkleidet als Arturo Lopez und Frau, Kleopatra, die so tat, als wäre sie mit dem Gesicht der Lady Cooper von Tiepolo gemalt worden, Mozart, der Barbara Hutton zum Verwechseln ähnlich sah, den Prinzen Ruspoli, der immer sich selbst gleich blieb, und die Prinzessin Hyderabad, die man trotz ihres blauen Dominos erkannte.

Ich selbst hatte Christian Dior gebeten, mir das Kostüm eines Riesen von sieben Metern zu entwerfen, damit ich alle überragen und die Lage beherrschen konnte. Die Stadt war außer sich und mein Erfolg so groß, daß ich zwanzig Jahre danach in gewissen Nächten noch davon träume... Es wird Zeit, es zu gestehen: Ich bin ein Snob, das heißt, ich will an Orten gesehen werden, zu denen nur wenige Zutritt haben, und ich will immer und überall Herr über meine Umgebung sein. Diese Gabe habe ich auch tatsächlich immer besessen. Als Kind verliebte ich mich in eine Frau, weil sie einen Hut trug – was bei uns sonst niemand tat –, als junger Mann brauchte ich nur enthaarte Achselhöhlen zu sehen, um hingerissen zu sein, aber nach und nach rückte alles an seinen rechten Platz, das heißt, ich habe eine regelrechte Strategie des Erfolges und des Snobismus entwickelt und meine Gelüste transzendiert. Die Sublimierung der Triebe ist dem Menschen angemessen.

Ein großer Teil meines Prestiges im Kreise der Surrealisten war meinen Einladungen zu danken. Sobald im Café Blanche die Diskussion zu heikle Formen annahm oder man sich für meine Worte nicht mehr interessierte, stand ich auf und sagte: „Entschuldigen Sie mich, ich bin zum Essen eingeladen." Und dann sorgte ich dafür, daß meine kleinen Freunde, die sich von Brotkrusten und Sardinen ernährten, am nächsten Tag erfuhren, daß ich bei den Beaumonts Fettammern gespeist hatte.

Unter den Snobs wiederum bestand mein Trick darin, daß ich erklärte, ich müsse mich nun leider verabschieden, da ich mit meinen surrealistischen Freunden noch einen Schmähbrief gegen Claudel zu verfassen hätte. So balancierte ich auf dem Hochseil, so drang ich in die geschlossensten Kreise ein, in die mir mein genialer Ruf vorausgeeilt war. Jeder wollte mich in seinem Clan haben, jeder fürchtete, er könnte sichs mit mir verderben. Es kam sogar vor, daß ich der einzige Bindestrich zwischen Freunden war, die sich meinetwegen zerstritten hatten.

Als man Sir Hillary fragte, warum er den Mount Everest erstiegen habe, antwortete er: „Weil er da war." Ich wollte in die unzugänglichsten Milieus eindringen, um da zu sein. Der Mount Everest ist Dali. Darüber sollte sich jeder im klaren sein.

Der Gipfel des Snobismus ist es, wenn einem keiner glaubt und man den Triumph seines Erfolgs allein genießt. König Umberto von Italien besucht uns in Port-Lligat. Ein Freund meines Vaters kommt zu mir, um sich die Echtheit eines alten Bildes bestätigen zu lassen. Er läßt nicht locker und will mit mir in den Hausflur gehen, wo er das Gemälde neben dem ausgestopften Bären abgestellt hat, der dort Wache hält.

„Warte", sage ich. „Seine Majestät der König zieht sich gerade hinter dem Bären die Badehose aus."

„Deine Bilder sind besser als deine Witze", antwortet er. „Für wie dumm hältst du mich?"

In dem Augenblick, wo er aus dem Haus tritt, fängt zu seiner Verblüffung das Sardana-Orchester zu spielen an, das ich zu Ehren des Königs bestellt habe. Ein anderer Besucher fragt mich: „Macht es Sie denn nicht müde, unaufhörlich treppauf, treppab zu steigen und durch enge Gänge mit scharfen Knicken zu gehen? Ihr Haus ist ein Dalisches Labyrinth!" Der Idiot gab sich selbst die Antwort, die seine Frage hinfällig machte. Wie könnte Dali ermüdet werden durch Dali, der sich immer wieder erneuert und sich immer wieder verwundert und dessen Imagination keine Grenzen kennt? Sein Haus in Port-Lligat ist enstanden wie ein Polyp – durch eine langsame Schichtung, eine Verbindung aus der Liebe Galas und der Leidenschaft Lydias. Es ist kein Haus, das aus einzelnen Teilen besteht, sondern das Geheimnis eines Deliriums. Alles darin ist dazu geschaffen, unser erträumtes Leben zu behüten. Jede Treppenstufe, jeder Gang, jedes Möbelstück, jeder Gegenstand weckt Erinnerungen an Begebenheiten der Dali-Gala-Saga. Ich gehe darin in meiner Luft umher, ich atme darin meine Luft. Auf allen Wänden stehen in zierlicher Schrift unsere ineinander verschlungenen Namen. Alles feiert dort den Gala-Kult, alles, bis zu dem runden Zimmer mit dem vollkommenen Echo, das das ganze Bauwerk krönt und die Kuppel dieser Gala-ktischen Kathedrale ist. Und wenn ich in diesem Haus umhergehe, sehe ich mich an, erlebe ich meine Konzentrizität. Ich liebe seine maurische Strenge, doch ich mußte Gala einen noch erhabeneren, unserer Liebe würdigen Schrein geben. Deshalb schenkte ich ihr ein Schloß aus dem 11. Jahrhundert, in dem sie herrscht und von dem ich nicht sprechen will, denn es ist mein Wunsch, daß sie seine absolute Herrin sei, so daß ich mich nur auf eine Einladung von ihrer Hand dorthin begebe. Ich habe mich damit begnügt, die Decken auszumalen, damit sie mich immer an ihrem Himmel sieht, wenn sie die Augen hebt.

So erfüllt sich unsere Verbindung zu allen Zeiten unseres Lebens im Wunder der leidenschaftlichsten und zartesten Liebe.

Die Einweihung des Dali-Museums in Figueras (am 11. August 1973) erfüllt mich mit echt Dalischer Freude. In ebendiesem Gebäude, das damals das Stadttheater war, wurden, als ich fünfzehn Jahre alt war, zwei meiner ersten impressionistischen Arbeiten unter den Bildern anerkannter Maler im Wandelgang ausgestellt. Nichts erschien mir besser geeignet als ein Theater, um die Facetten meiner Launen einzufassen! Nun wird es kein gewöhnliches Museum sein! Die geniale geodätische Kuppel Pigneros wird die Hölle und das Paradies Dalis behüten. Wie ein lebendes Wesen wird sich das Dali-Museum unaufhörlich mit allen meinen Schöpfungen füllen, und die Aufnahme jedes neuen Elements wird ein Ereignis sein. Es wird also eine permanente Einweihung geben. So schenkte man mir anläßlich der Ankunft der Dali-Juwelen aus der Sammlung Owen Cheatham einen wunderbaren Schrein, den ich zwanzig Jahre zuvor nach Plänen Bramantes für die Aufbewahrung der Schätze der Sammlung Arturo Lopez entworfen hatte. Alles kehrt zu seiner Quelle zurück, und die Satelliten schwenken einer nach dem anderen in die Dalische Umlaufbahn ein. Ich warte auf die Kopie einer Metro-Station von Guimard, die eines der gelungensten Werke des Jugendstils darstellt. Alle Formen der Gegenwart, die mich inspirieren, werden ein Motiv für das Delirium des Dali-Museums liefern. So regte mich die kaiserliche Mumie, die im Pariser Grand Palais unter den Schätzen der chinesischen Kunst ausgestellt ist, dazu an, eine Bestattungsrüstung ganz aus gedruckten Schaltungen zu schaffen und Mao Tse-tung eine Botschaft in Form einer im Technologischen Institut von Madrid angefertigten Holographie dieser Dalischen Begräbnisstatue zu senden, die ihm feierlich überreicht werden wird.

Die gedruckten Schaltungen sind in meinen Augen der reinste Ausdruck des Kunstgewerbes – jenes Kunstgewerbes, das mir die am meisten verachtete Kunstgattung unsere Zeit zu sein scheint, die man totschweigt, als ob man sich ihrer schämen müßte. Oder als ob man sich scheute zuzugeben, daß die Kybernetik, die am weitesten fortgeschrittene Wissenschaft, in ihren praktischen Anwendungen einen dekorativen Ausdruck finden kann. Die Jugend hat überall die Imagination an die Macht gerufen, und ich verkünde: Die gedruckten Schaltungen für alle, das kybernetische Ornament für das Volk! Deshalb schicke ich Mao, dem Führer des größten Volkes der Welt, eine wahre Quelle symbolischer Information.

Die Prinzessin liegt in ihrer dekorativen Rüstung aus gedruckten

Schaltungen einem Deckengemälde zugewandt, auf dem ich das Ballett des Windes dargestellt habe. In der Mitte sieht man den Himmel, aber – ein Knalleffekt – der Himmel ist der Grund des Meeres, von wo aus einem Spalt so etwas wie eine Havanna-Zigarre herausragt, die jedoch nichts anderes ist als das Unterseeboot Narziß Monturiols, das in die Brust des unsterblichen Griechenland eindringt und sich in einen Engel verwandelt. Bilder der hyperaxiologischen Philosophie des Francisco Pujols. Zur Linken sieht man das Porträt eines Einwohners von Figueras, der dabei ist, mich selbst und den Apotheker von Figueras, der in der öden Landschaft von El Ampurdan nichts suchte, zu porträtieren.

Man wird in dem Museum auch einige seltene Bilder Dalis sehen, ein kubistisches und drei abstrakte, die meine „Experimente" und meine Übertretungen waren.

Ich plane außerdem einen Picasso-Saal, um mich über alles auf dem laufenden zu halten, was während seiner Zeit im Fegefeuer über ihn geschrieben und gesagt wird, und einen Saal, der Pignero gewidment sein soll, dessen Kuppeln einst die ganze Welt bedecken werden. An allen Fenstern des Museums werden riesige Atlanten zu sehen sein, und ich will die ganze Geschichte der Bildhauerkunst von den Griechen an rekonstruieren – jedoch in paranoia-kritischer Sicht dargestellt.

Das ganze Museum soll ein gigantisches, erhabenes, Dalisches *ready-made* werden, in dem das Mysterium meines Genies umgeht. So wird zum Beispiel die Kopie des Moses von Michelangelo, die Sie dort sehen werden, einen ganz normalen Eindruck machen, aber den Nagel der linken großen Zehe werde ich durch einen Nagel aus Felskristall ersetzt haben, in den der *morros de con,* mein geniales Insekt, eingeschlossen ist – also keine Fläche, sondern ein absoluter Dalischer Raum, gefüllt mit dem Mysterium Dalis, eine vollkommene Blase des Dalischen Spiels.

Meine tiefe Freude rührt daher, daß dieses Museum Gala zu danken ist. Durch ihre Ausdauer konnte mein Plan verwirklicht werden. Die Banderillas, die sie sämtlichen Beamten in den Rücken pflanzte, brachten schließlich diesen Erfolg: einen legitimen Ort für das Genie Dalis, gegenüber der Kirche, deren Glocken am 11. Mai 1904 meine Geburt verkündeten und in der ich auf den Namen Salvador getauft wurde. So hat mein Ultralokalpatriotismus den spanischen Imperialismus dazu gebracht, das geistige Blut Kataloniens in der ganzen Welt in

Umlauf zu bringen. Es gibt nichts Besseres als das katalanische Blut – die Blutwurst ist eines der Wunder unserer Gastronomie –, und wir treiben einen Kult mit dem Blut, mit diesem Blut, in dessen Farbe wir vier Streifen auf unserem goldenen Wappenschild tragen. Und wurde nicht Michel Servet, dieser geniale Katalane, auf der Place de Grève in Genf von den Kalvinisten verbrannt, weil er den Blutkreislauf entdeckt hatte? Ein amüsantes Detail: Man brauchte fünf Stunden, um ihn zu verbrennen, denn das Holz war zu grün, und seine Freunde warfen trockenes Reisig auf den Scheiterhaufen, um seine Qualen abzukürzen.

Mein Museum wird dazu dienen, die Erinnerung an all diese Helden wachzurufen. Ich schlafe ein, während ich davon träume.

Gala möchte an diesem Nachmittag am Kap Creus spazierengehen. Ich habe eben meine Siesta beendet und mich damit unterhalten, Lichterscheinungen hervorzubringen, indem ich mir mit den Fingern auf die geschlossenen Lider drückte. Ich brachte eine Folge faszinierender, halluzinogener, paradiesischer Bilder zustande und schuf mir so mein eigenes Märchenspiel, indem ich in ein ungewöhnlich helles Traum-All eintauchte. Ich erhebe mich mit geläutertem Geist. Schrecklicher Dali – entschlossen, Dali zu sein. Meine Staffelei wartet.

Ich setze mich auf meinen kleinen Stuhl. Doch da tritt Gala ein, zart, zerbrechlich, ätherisch – so stark, so strahlend, so ganz sie selbst und *wir*. In jeder Sekunde ihrer Anwesenheit kann ich mir so über unsere Liebe Rechenschaft geben. Mein Wunsch zu malen wird Verzicht, Zustimmung. Wir gehen zusammen fort. Die Fischer grüßen uns, während wir uns zwischen den Booten unseren Weg suchen, um zum Auto zu gelangen. Auf der Fahrt gerate ich in Schwärmerei beim Anblick der Felsen, die sich vor der Sonne und dem Meer abzeichnen, das ihnen Schaumfransen macht. Phidias könnte diese toten Götter gemeißelt haben, die wie ewige Zeugen das Meer eingrenzen. Wir fahren bis zum Adler von Trudela. Dort irren wir eine Weile zu Fuß zwischen den titanischen Blöcken umher. Gala lacht und plaudert glücklich.

Am Abend zieht eine Sternschnuppe über den Himmel wie ein Zeichen unseres unvergänglichen Glücks.

Als wir im Patio ankommen, erwarten uns etwa zehn Personen. Sie stehen auf. Ich lasse rosa Champagner servieren. Dann ziehe ich mich mit zwei hübschen Frauen an einen Ort in der Nähe des phallischen

Schwimmbeckens zurück. Sie bitten mich, ihnen das Bauwerk zu erklären, das ich hinter dem Haus errichtet habe, und das sie meinen Tempel nennen. Ich bekam einmal ein zylindrisches Radio geschenkt, und die erstaunliche Geometrie der Kunststoffverpackung fiel mir auf. Ich beschloß auf der Stelle, mich genau dieser Form in größerem Maßstab zu bedienen, um das Tabernakel meiner Träume zu bauen. Im Chor hängte ich an einem Bleilot das Symbol meines Milchzahns wie eine Hostie auf. Während ich nun mit den Frauen spreche, erhält mein Einfall plötzlich seinen vollen Sinn. Ich bemerke, daß die Umrisse des Bauwerks sehr genau die ungewöhnliche Form wiedergeben, die mein heiliges Insekt, der *morros de con,* wie einen Diamanten mit Facettenschliff auf seinem Rücken trägt. So lenkt die paranoiakritische Methode jede meiner Handlungen, so rechtfertigt sie jede meiner Launen.

Ich weiß, daß ich gut schlafen werde, und beschließe, ein Schlafmittel zu nehmen, um noch länger zu schlafen und nach Herzenslust zu sabbern. Und als ich am nächsten Tag am späten Vormittag aufwache, entdecke ich auf meinem Kopfkissen einen großen runden Speichelfleck wie eine Aureole. Meine Lippe ist ein wenig aufgesprungen von dieser starken Flüssigkeitsabsonderung, und ein leichter Juckreiz an dem Riß in der Haut zwingt mich, mich zu kratzen. Den ganzen Tag werde ich diese kleine stechende Wunde mit der Zungenspitze reizen und diesen Rest des Schlafes mit masochistischer Lust genießen. Ich habe solche kleinen kostenlosen Schmerzen immer gern raffiniert ausgekostet, weil sie es erlauben, von meinem Körper zu träumen. Bald wird sich dieser Riß mit einem trockenen Schorf bedecken, der einer Schuppe ähnelt, und ich werde ihn sorgfältig mit der Zunge ablösen und in den Mund nehmen. Diese winzige Kruste kann Anstoß sein für eine der erstaunlichsten Reisen – nämlich daß ich träume, ein Fisch zu werden.

Ich bemerke das gelbe Boot Galas, das sich der Mole nähert. Ich bitte eine der jungen Frauen, die in diesem Augenblick eintreten, mir zwei ihrer Haare zu geben. Ich klebe sie auf einem Drittel ihrer Länge zusammen. Dann schneide ich mit der Schere rasch zwei Schmetterlinge aus einem Stück Papier, die ich an den Enden der Haare befestige. Ich klebe die Hare auf meine Stirn, und mit einem Fächer, den ich mir besorge, lasse ich die Schmetterlinge um meinen Kopf tanzen. Als Gala eintritt, bin ich eine Blume, und meine Schnurrbartspitzen sind Staubfäden, an denen die Lepidopteren mit ihren weißen

Flügeln hängenbleiben. Das ist das Geschenk dieses Abends für die, welche mir teurer ist als das Leben.

> *„Ich war noch keine sechs Jahre alt, als ich mit Tieren im Zustand der Verwesung in Berührung kam; das hat mich am meisten erschüttert. Dann, als ich etwa zwölf war, fühlte ich mich immer zwingender zu allem hingezogen, was Verwesung war. Immer waren es Gefühle des Abscheus, die sich mit dem Großartigen vermengten.“*

20. *Wie Dali an die Unsterblichkeit denkt*

Ich habe beschlossen, mich einfrieren zu lassen. Diese Absicht hängt mit meinem Ultralokalpatriotismus zusammen. Es gibt in Figueras ein kleines Café, das Café „Sport von Figueras“, und ein gut Teil meiner Unternehmungen verfolgt insgeheim das Ziel, auf diesen Ort der Welt hinzuweisen. Ich bedenke, bei allem, was ich tue, was die Leute in diesem kleinen Café über mich sagen könnten. Die Meinung der Welt bedeutet mir weniger als ihre Reaktionen! Nehmen wir an, ich sterbe. Ich möchte nicht, daß man dann einfach sagt: „Dali ist tot.“ Ich will, daß man hinzufügt: „Dali ist wieder einmal anders als die anderen. Er hat sich einfrieren lassen.“

Im Café Sport saß jeden Abend ein gewisser Carbona. Das ewig gleiche Gesprächsthema war sein Mausoleum. Er wollte sich ein prunkvolles Grabmal errichten lassen. Das beschrieb er uns in allen Einzelheiten, und alle Gäste beteiligten sich an der Diskussion.

Eines Abends erschien der Mann, der für ihn den idealen Ort suchte, und sagte: „Herr Carbona, ich habe... einen Blick auf die Bucht von Rosas, die Garantie, daß zwischen dem Grabmal und dem Meer nie ein Haus gebaut werden wird, einen Platz, der vor dem Seewind und dem Nordwind geschützt ist, und obendrein ist der Grund noch billig.“ Carbona hörte mit unbewegter Miene zu und sagte zuletzt: „Das interessiert mich nicht mehr.“ Alle waren verblüfft. Seit zehn Jahren war von nichts anderem die Rede gewesen als von diesem Mausoleum. Man umringte ihn, man stellte Fragen. Warum? „Ich habe nachgedacht“, sagte Carbona. „Wenn ich nun nicht sterbe?“

Das ist die rechte Frage! Doktor Hubert Larcher, einer der größten Teratologen der Welt, veröffentlichte vor einigen Jahren eine Schrift mit dem Titel: „Wird das Blut den Tod besiegen?“ Er stellte darin die Frage: „Wenn der Körper nicht stirbt? Wenn unser Leichnam eine Art Lebensfabrik wird? Es gibt Menschen, die schon im Leben lauter

Unrat sind und sehr schlecht riechen (in unserer Konsumgesellschaft vor allem die Bürokraten, die übler als alle anderen stinken), aber die Heiligen verwandeln sich, wenn sie sterben, in Parfümfabriken. Nicht nur die Heiligen, sondern auch die großen Kurtisanen."

Nach Dr. Larcher besteht eine natürliche Beziehung zwischen dem Blut und dem Kosmos. Es ist vielleicht der Stoff, den die Alchimisten suchten, die in Retorten finden wollten, was sie in sich selbst trugen.

Man kennt mehr als fünfzig Heilige, die „im Geruch der Heiligkeit" gestorben sind, und das ist nicht nur eine Redensart, sondern objektive Wirklichkeit. Die Leichen mancher Heiliger haben die Eigenschaft, Balsame und duftende Öle abzusondern. Sie besitzen zahllose vorzügliche Eigenschaften, und man nennt sie Myroblyten. Der berühmteste Fall ist der der heiligen Therese von Avila, die in der Nacht auf den 15. Oktober 1582 im Alter von siebenundsechzig Jahren und sechs Monaten starb. Die Nonnen mußten trotz der kalten Jahreszeit die Tür und das Fenster die ganze Nacht offenlassen. Lilie, Jasmin und Veilchen schienen ihre süßesten Düfte vereinigt zu haben zu einem Aroma, mit dem sich nichts auf dieser Welt vergleichen ließ. Alle Gegenstände, die man in die Nähe der Leiche brachte, nahmen den gleichen Duft an. Die Glieder der Toten blieben weich und biegsam, die Arme ließen sich strecken und beugen, als wäre die Heilige noch am Leben. Von der alabasterweißen Stirn waren die Falten des Alters verschwunden, und die Lippen lächelten.

Man legte den Leichnam, ohne ihn zu öffnen oder einzubalsamieren, in einen hölzernen Sarg und ließ diesen in eine sehr tiefe Grube hinunter, die man unter dem Chorgitter gegraben hatte. Die Arbeiter warfen eine große Menge Kalksteine und feuchte Erde darauf, bevor sie die Grabplatte auflegten. Am Tag des Begräbnisses verteilten die Nonnen von Alba die Kleider Thereses an die Anwesenden: ihren Schleier, ihre Ärmel, ihre Hauben und sogar die Stricke ihrer Hanfschuhe – alles in Stücke geschnitten. Und alle diese Gegenstände hatten den Duft an sich, der dem Sarg entströmte und noch neun Monate lang durch die Steine und die Erde des Grabes drang.

Ein Jahr später öffnete man den zerfallenen, mit Wasser und Erde gefüllten Sarg. Die Feuchtigkeit hatte die Kleider zersetzt. Die Leiche selbst war mit einem grünlichen Schlamm bedeckt, aber völlig unversehrt. Das Fleisch war weich und weiß und duftete. Noch erstaunlicher war aber vielleicht, daß aus allen Gliedern ein Öl tropfte. Die Nonnen fingen es mit vielen Tüchern auf, die alle diesen Duft annahmen. Man nahm der Toten den Ledergürtel ab, und der Bischof von Tarazona versicherte, dieser Gürtel habe noch vierundzwanzig Jahre später jenen köstlichen Duft verströmt.

Im Jahre 1594 besuchte Mutter Anna de Jesus – von den Oberinnen des Klosterordens von Madrid in das Kloster von Salamanca gesandt – das Grab der heiligen Therese. Sie bemerkte auf den Schultern des Leichnams dunkle Flecke, die wie frisches Blut aussahen. „Ich legte ein Tuch auf, das sich sogleich von Blut rot färbte; ich bat um ein zweites, und dieses tränkte sich auf gleiche Weise. Die Haut blieb jedoch heil, und es war keine Wunde und kein Riß zu sehen. Ich legte mein Gesicht auf die Schulter unserer heiligen Mutter und dachte nach über die Größe dieses Wunders, denn zwölf Jahre war sie nun tot, aber ihr Blut floß wie das einer Lebenden."

Ich möchte auch den Fall des Maronitenmönchs Charbel Makhlouf erwähnen, der am 24. Dezember 1898 mit siebzig Jahren in einer Einsiedelei starb, die zum Kloster des heiligen Maro in Anny im Libanon gehörte. Der Polizeipräfekt dieser Gegend und einige seiner Männer suchten eines Tages Verbrecher, die vor der Gerechtigkeit geflohen waren und von denen man annahm, daß sie sich in den Wäldern versteckt hatten. Die Polizisten näherten sich in der Nacht dem Kloster. Da sahen sie ein schwaches Licht, das allmählich heller wurde und nahe der Klosterpforte auf der Ostseite der Kirche zu brennen schien. Sie glaubten, die Verbrecher hielten sich dort auf, aber als sie zu der Stelle liefen, war nichts mehr zu sehen. Da klopften sie an die Klosterpforte. Man öffnete ihnen, und sie durchsuchten das Kloster, fanden aber nur die Mönche. Als sie dem Abt und den Mönchen erzählten, was sie gesehen hatten, sagte der Abt: „Man berichtet uns schon seit einiger Zeit, daß manche Leute ein Licht sehen, wo Sie es auch gesehen haben. An dieser Stelle befindet sich das Grabgewölbe des Klosters, in dem Vater Charbel ruht."

Ein Jahr später wurde das Grab im Beisein des Abtes und der Mönche und von zehn Zeugen, die bei der Bestattung zugegen gewesen waren, geöffnet. Die Leiche war mit einem weißen Schimmel bedeckt, wies aber keine Anzeichen von Verwesung oder auch nur Leichenstarre auf. Mit Wasser vermischtes rotes Blut floß aus ihrer Seite.

Dreißig Jahre später wurde der noch immer vollkommen erhaltene Leichnam in einen mit Zinkblech verkleideten Holzsarg gelegt. Im Jahre 1950 bemerkten Pilger feuchte Flecke am Fuß der Mauer, die das Grab abschloß. Es handelte sich um eine viskose, rosafarbene Flüssigkeit. Die Mönche öffneten das Grab. Aus dem abwärts geneigten Ende des Sarges sickerte eine blutartige Flüssigkeit. Der Leichnam war noch immer nicht starr, und man konnte die Arme und Beine beugen.

Dr. Choukrallah, der die Leiche in siebzehn Jahren vierunddreißigmal untersuchte, stellt fest, es handle sich um ein so einzigartiges Phänomen, daß wohl noch kein Arzt dergleichen gesehen habe. In der Geschichte der Medizin sei jedenfalls noch kein solcher Fall aufgezeichnet worden.

Wenn wir annehmen, die Flüssigkeit, die täglich aus der Leiche sickert, wiege nur ein Gramm, so ergäbe das in vierundfünfzig Jahren 19 Kilogramm und 710 Gramm. Der menschliche Körper enthält aber nur 5 Liter Blut und andere Flüssigkeiten. Aus nichts wird nichts – ein wissenschaftlicher Grundsatz, der keines Beweises bedarf. Doch die rote Flüssigkeit, die aus der Leiche Vater Charbels tropft, macht viel mehr aus als ein Gramm in vierundzwanzig Stunden. Eine Quelle, die seit einem halben Jahrhundert nicht mehr gespeist wurde, hätte längst versiegen müssen. Hier haben wir also eine Quelle des Wunderbaren, die mich verwundert.

Was Dali von den Methoden des Überlebens hält

Horaz setzte uns bereits auf die richtige Fährte, als er schrieb: „Kann je ein Mensch Verse dichten, die es wert wären, mit Zedernöl getränkt zu werden?“ Und Dr. Hubert Larcher weist darauf hin, daß man in den Ruinen des Palastes Assurbanipals in Nemrud 2500 Jahre alte Zedernbalken gefunden hat, die vollkommen erhalten waren. Man brauchte sie nur nachzupolieren, und sie glänzten wieder, und heute kann man sie im British Museum bewundern.

Der erstaunliche Erhaltungszustand dieser Balken ist zweifellos dem Harzigen Öl zuzuschreiben, das man aus der Zeder gewinnt und zur Konservierung der verschiedensten Stoffe verwendet. So werden, zum Beispiel, mit Zedernöl getränkte Bücher weder vom Wurm noch vom Schimmel befallen.

Als unverweslich gilt das Fleisch mancher Tiere, zum Beispiel das des Pfaus. Es wäre vorstellbar, daß der lebende Mensch den

Veränderungen widersteht, indem er ihnen eine Kraft entgegensetzt, die man den „balsamischen Geist des Blutes“ nennen könnte. Die Verwesung wäre dann die Folge des Verlustes dieses Lebensbalsams, und die Flüssigkeit, die manchmal aus den Leichen von Heiligen rinnt, wäre eine duftende, balsamische Absonderung von öligem Aussehen, die jedoch die verschiedensten Formen annehmen und als Milch, Blut, Wasser oder Tau auftreten kann.

Hubert Larcher, der diese Öle eingehend studiert hat, stellt fest, daß die myroblytischen Produkte offenbar eine bemerkenswerte Durchdringungskraft besitzen, und zwar nicht nur, um sich in der Leiche zu verteilen, sondern auch um aus ihr hervorzutreten und Hindernisse zu durchdringen. Collin de Plancy sagt, das Öl des heiligen Nikolaus sei vor der Überführung seiner sterblichen Hülle durch den Marmor gesickert und habe Wunderheilungen bewirkt. Andererseits soll das Öl der Myroblyten brennbar sein. Jedenfalls entsprechen diese Balsame in jeder Hinsicht den Vorstellungen, die sich die Alchimisten vom Lebenselixier machten. Das Paradoxe ist: Der heilige Theodor und der heilige Fulkran wurden auf dem Scheiterhaufen verbrannt, aber ihre Leichen blieben unversehrt. Dieses brennbare Öl kann einen Körper also auch vor der Verbrennung schützen. Bezeichnend ist das Beispiel der Bernadette Soubirous, die ihre Hand in eine Kerzenflamme halten konnte, ohne Schmerzen zu verspüren, und man kennt den berühmten Fall der Männer, die alljährlich mit nackten Sohlen auf glühenden Kohlen tanzen, ohne sich zu verbrennen. Vielleicht läßt sich ihr Geheimnis auf diese Weise erklären.

Denn das Erstaunliche ist, daß nicht nur Heilige solche Fähigkeiten besitzen. Im Jahre 1932 berichtete Dr. Graves von einem englischen Alkoholiker, der Anfälle von Delirium tremens hatte. Am zweiten Tag der Krise ging sein Puls sehr schnell, er schwitzte reichlich, und sein ganzer Körper strömte einen Geruch aus, der dem von Moschus glich. „Dieser Geruch war 48 Stunden lang so stark, daß er trotz energischen Lüftens in allen Räumen wahrzunehmen war, in denen sich der Kranke aufgehalten hatte. Er verschwand zusammen mit den anderen Symptomen des Anfalls.“ Der heilige Franz von Paula soll zu Lebzeiten nach Moschus gerochen haben, und Dr. Hammond berichtet, daß eine Frau nach Ananas roch, während sie Anfälle von Veitstanz erlitt, und ein Mann nach Veilchen in seinen hypochondrischen Krisen. Ein junger Mann von dreißig Jahren, der von Dr. Spéranza beobachtet wurde, strömte durch die Haut der Unterarme einen Duft aus, der an Benzoe, Ambra oder Perubalsam erinnerte. Derselbe Arzt berichtete von zwei noch viel interessanteren Fällen. Ein Psychoanalytiker hatte Gelegenheit, eine Frau zu beobachten, die einen regelrechten Leichengeruch ausströmte. Die Analyse zeigte, daß sie von der Erinnerung an einen Toten besessen war, von der sie sich nicht zu befreien vermochte. Mit fortschreitendem Erfolg der Behandlung wurde der Geruch schwächer, und nach der Heilung verschwand er ganz.

Im zweiten Fall konsultierte ein Kranker einen Pariser Dermatologen, weil er schlecht roch. Nach sorgfältiger Untersuchung konnte der Arzt die Quelle dieses Geruchs feststellen, und zwar befand sie sich am linken Ringfinger. Er bat den Patienten, seinen Ehering abzunehmen, und wusch den Finger mit Alkohol. Der Geruch verschwand. Rückfälle an den folgenden Tagen zeigten eindeutig, daß die unangenehme Ausdünstung mit dem Ehering zusammenhing. Ein Psychoanalytiker wies nach, daß der Patient an Verdrängungen litt, die mit seiner Ehe zu tun hatten und sich durch typische Reaktionen auf die Berührung mit dem Ring, dem Symbol der ehelichen Bindung, verrieten. Die psychoanalytische Behandlung befreite den Patienten von seinen Komplexen und dem Geruch, den sie hervorriefen, und der Mann konnte seinen Ehering wieder tragen.

„Dieses Beispiel", sagte Larcher, „läßt uns besser begreifen, daß bei manchen Mystikern die Düfte in Beziehung stehen können zu dem Zustand ihrer Seele, dem Inhalt des Unterbewußtseins und des Bewußtseins, gewissen Gegenständen der Kontemplation, gewissen Visionen oder einem geistigen Einfluß."

Der Mensch wäre somit sein eigenes Laboratorium im Geheimnis des Blutes, dessen Einheit die Formel der Raum–Zeit und der lebenspendenden Materie einschließt.*

Die von Dali gewählte Form der Unsterblichkeit

Um in dem erwähnten Café von Figueras Eindruck zu machen und damit man sagt: „Dali ist nicht wie die anderen gestorben", wähle ich die Einfrierung, aber es ist gewiß, daß man auch auf anderen Gebieten noch sensationelle Entdeckungen machen wird. Man gibt nur für diese

* Siehe Anmerkung am Schluß des Textes.

Forschungen nicht genug Geld aus. Alle, die jetzt sterben müssen, sind Opfer Jules Vernes, denn er ist für all die Weltraumabenteuer verantwortlich, die uns von den echten Problemen ablenken. Man wird da draußen im All nichts finden. Es läßt sich mit immer größerer Gewißheit sagen, daß es nur einen magischen Planeten gibt, auf dem das Phänomen des Lebens als Wunder in Erscheinung trat: die Erde. Wir haben uns freigemacht von der beklemmenden Vorstellung Pascals, der glaubte, daß wir kleine im Kosmos verlorene Krümel seien. Seit Teilhard de Chardin sind wir vom Gegenteil überzeugt. Der gesamte Kosmos ist auf das Phänomen des Lebens auf der Erde ausgerichtet.

Es gibt beruhigende Zeichen, die auf ein Ende der Teufeleien hindeuten. So müssen die Astronauten schon ihren eigenen Urin trinken – was mich ausgesprochen heiter stimmt –, und wahrscheinlich werden sie auch noch ihren eigenen Kot essen müssen. Sie werden in Schüsseln scheißen, um Pilze zu raschem Wachstum anzutreiben, dann werden sie die Pilze essen und wieder ausscheißen und so weiter. Es ist sehr lustig zu sehen, daß der Mensch durch die interplanetarischen Reisen in die Lage kommt, sich von seinen eigenen Exkrementen ernähren zu müssen. Das gefällt mir sehr.* Wenn man die interplanetarischen Reisen aufgäbe und sich mehr mit der Desoxyribonukleinsäure beschäftigte, die sich, ähnlich wirkend wie die nasale Spektroskopie der Gerüche, in die Zelle einfügt wie ein Schlüssel, käme man der Unsterblichkeit ein gutes Stück näher. Letzten Endes ist die Eroberung leerer Räume sinnlos ohne das ewige Leben!

Eine gewagte Hypothese befaßt sich mit der Frage, ob die Phänomene des Lebens nicht teilweise dem zweiten Hauptsatz der Thermodynamik widersprechen, demzufolge die Energie ständig abnimmt und das Universum der Erstarrung und Entropie entgegengeht. Auf diesem Gebiet ist das Gesetz der Statistik kein absolutes Prinzip, und die Umkehrbarkeit der Phänomene beweist vor allem die Unzulänglichkeit unserer Beobachtungsmittel. Herodot sagte bereits: „Man lasse nur die Zeit arbeiten, und alles wird möglich.“ Allein das Wunder interessiert uns!

Ich bin mit Blanc de Saint-Bonnet der Meinung, daß die Heiligkeit eine Gabe der menschlichen Persönlichkeit ist. Die Dalische Heiligkeit entzieht sich begreiflicherweise allen Definitionen, aber bis mir

* Siehe Anmerkung am Ende des Kapitels.

meine Askese eine lichthafte, engelhafte, transzendentale Verwandlung gestattet, kann ich ebensogut auch meine Einfrierung vorbereiten.

Die Kosten sind erschwinglich. Professor Ettinger, einer der großen Spezialisten auf diesem Gebiet, hält 10 000 Dollar für ausreichend. Tausendfünfhundert Dollar muß man für die Einfrierung in flüssigem Helium rechnen und fünfhundert Dollar jährlich für den Ersatz des verdunsteten Heliums und die allgemeine Wartung, aber wenn man sich ein kollektives Mausoleum vorstellt, kommt das Ganze billiger. Jedenfalls müßte ein dreißig Jahre vor dem Tode eingezahltes, mit 4 Prozent verzinstes Kapital für eine Einfrierung und Wiederweckung genügen. Tatsächlich existiert bereits die von F. I. V. Cooper gegründete *Life Extension Society* (L. E. S.), die siebenhundert auf die Einfrierung wartende Mitglieder hat. Man wird allerdings die Eingefrorenen in regelmäßigen Abständen wecken müssen, damit sie sich geistig umschulen können, denn bei dem gegenwärtigen Tempo des Fortschritts, das sich alle zehn Jahre verdoppelt, würde ein nach hundert Jahren Aufgetauter die Mentalität eines Dreijährigen haben.

Wunder sind auf diesem Gebiet nicht vonnöten, sondern nur Entdeckungen, die sich aus der Weiterentwicklung der Operationstechniken und bereits bekannten Verfahren logisch ergeben werden. Die Voraussetzungen sind einfach. Man weiß, daß Tiere, die Winterschlaf halten, auf ganz natürliche Weise einschlafen und ihre Körpertemperatur bis auf zehn Grad senken.* Nach dem Herzstillstand kann das menschliche Gehirn noch zwei Minuten leben. Senkt man die Körpertemperatur um sieben Grad, so lebt es noch fünfzehn Minuten, und bei Temperaturen unter zehn Grad lebt es normal weiter. Das Problem besteht also darin, die Lebensvorgänge zu unterbrechen. Man hat lebende Mikroorganismen in 600 Millionen Jahre alten Steinsalzkristallen entdeckt – so etwas ist also durchaus möglich. Wenn man eine Temperatur von minus 270 Grad Celsius erreicht, tritt keine Energieabnahme mehr auf. Was aber bei manchen Tieren oder auch beim Sperma eines Hahns, eines Stiers oder sogar eines Menschen möglich ist, nämlich der Entzug der Flüssigkeit, die Austrocknung nahe dem absoluten Nullpunkt, das Wiederauftauen und die Rehydrierung, das ist beim Menschen eben wegen des Gehirns nicht durchführbar. Die Eiskristalle würden die Zellen sprengen, oder

* Siehe Anmerkung am Ende des Kapitels.

die nach dem Entzug des Wassers zurückbleibenden Mineralsalze würden eine gefährliche Konzentration erreichen. Man müßte also die Einfrierung allmählich vornehmen und Glyzerin oder Glykol einspritzen, um den osmotischen Schock zu mildern. Aber damit kommen wir schon zu den technischen Details.

Wie Dali das Ende der Welt sieht

Ich habe beschlossen, mich unmittelbar nach meinem Ableben konservieren zu lassen, um die Entdeckung abzuwarten, die es der Menschheit eines Tages gestatten wird, den genialen Dali wiederzuerwecken. Ich bin überzeugt, daß man den Krebs heilen und erstaunliche Transplantationen vornehmen wird, und die Verjüngung der Zellen ist die Frage der allernächsten Zukunft. Jemandem das Leben zurückgeben, das wird eine ganz gewöhnliche Operation sein. Ich werde ohne Ungeduld in meinem flüssigen Helium warten.

Drei Dinge fürchte ich allerdings – abgesehen von der Gefahr der Verschlechterung der Zellen meines wunderbaren Gehirns. Das erste ist, daß sich die Menschheit unter der Einwirkung der Überbevölkerung, von einem mörderischen Wahn befallen, daran macht, die Leichen zu massakrieren. (Ich denke da an gewisse im hohen Norden lebende Ratten, die kollektiv Selbstmord begehen.) Meine zweite Befürchtung ist, daß das Leben, das ich wiedererlangen werden, nicht genau das meine ist, ich will sagen: daß ich nicht den göttlichen Leib Dalis wiederfinde, so wie er eingeschlafen ist. Wird meine Auferstehung eine Wiederbelebung sein oder der Beginn eines neuen, anderen Lebens, die Geburt eines Dali, den ich nicht wiedererkenne? Und schließlich fürchte ich, daß mich die Menschheit einer späteren Epoche vergessen haben könnte. Doch diese Gefahr erscheint mir, ehrlich gesagt, gering, denn mein unsterbliches Werk wird nur immer größer werden, und meine Legende wird den Ruf meines Genies fördern. Ich bin so gut wie fest davon überzeugt, daß die Menschen aller Zeiten den Wunsch verspüren werden, die neuen Schöpfungen des göttlichen Dali zu sehen, zu hören und zu kennen. Was für ein erhabenes Abenteuer für mich!

Es würde mir nicht mißfallen, wenn mich die Menschheit eines Tages heiligspräche und die Fackel meines Leibes von Generation zu

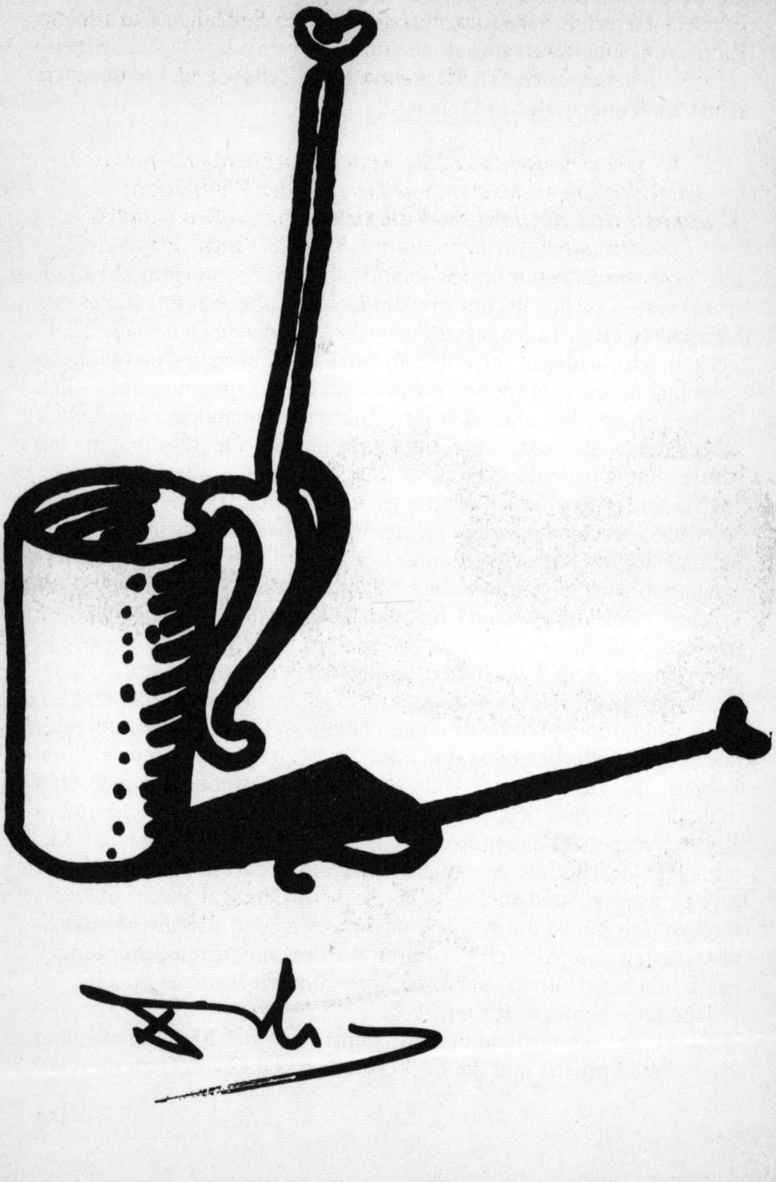

Generation weiterreichte als ewiges Zeugnis der Evolution. Dali, der durch die Welt irrt bis zum Verlöschen der Sonnen – was für ein großartiges Delirium!

So würde ich dann die Menschen aller Zeiten und Länder zum Narren halten!

> *„Ich sage: Die wichtigste Überwinterungszone des Körpers ist das Arschloch, denn das erste, was Tiere, die den Winterschlaf antreten, tun, ist, daß sie sich mit einer Paste aus Dreck und Kot das Loch zustopfen, um ihren Stoffwechsel zu erhalten, und das ist auch eine Garantie für Intimität!"*

Anmerkung: CAGA I MENJA – In dem bemerkenswerten Objekt-Buch „Zehn Rezepte für die Unsterblichkeit" (Editions Audouin-Descharnes) hat Dali seine Gedanken über das „System Caga i Menja" näher ausgeführt:

„In meiner frühen Kindheit, wahrscheinlich kurz vor dem sechsten Lebensjahr und lange vor der Masturbation, interessierte ich mich sehr für das Wohl der Menschheit, und ich hatte soziologische Träume von lauter glücklichen Menschen. Ich sah mich immer hoch auf öffentlichen Denkmälern über dankbaren Menschenmengen stehen, die mir zujubelten, und ich hatte Tränen in den Augen, wenn ich sah, was für große Dienste ich ihnen leistete. Dann besann ich mich und sagte mir: ‚Die Menschheit interessiert mich nicht mehr.' Ich begann mich für meinen eigenen Poller und meine eigenen sexuellen Probleme zu interessieren. Aus einer hohen Wertschätzung wurde eine beinahe vollkommene Verachtung der Menschheit. Damals aber, als ich die Menschheit liebte, erfand ich *‚El sistema caga i menja'*, das heißt das System ‚Scheiß und iß'.
Hier die genauen Einzelheiten, wie sie Stendhal gefordert hätte: Ich stellte mir nach dem Vorbild des Turms zu Babel von Bruegel ‚Türme der Unsterblichkeit' vor, von denen es in jeder Stadt einen gab. Jeder Bewohner, der sich entleeren wollte, tat dies, indem er direkt und nach einer festen Ordnung auf den Bewohner des darunterliegenden Stockwerks kackte, der auf Nahrung wartete. Der Mensch brachte dank gewissen Methoden der geistigen und ernährungsmäßigen Vervollkommnung einen halb flüssigen Kot hervor, der in allem mit Bienenhonig zu vergleichen war. Die einen fingen also mit dem Mund den Kot der andern auf und schissen ihrerseits wieder auf die unter ihnen ... wodurch sich in sozialer Hinsicht ein vollkommenes Gleichgewicht ergab; alle hatten zu essen, ohne arbeiten zu müssen. Ich sah an dieser Theorie nichts Komisches und glaubte fest an sie. Als ich sie aber mit einem Medizinstudenten diskutierte, erklärte er mir, daß die keinerlei Vitamine, Proteine etc. enthaltenden Exkremente keinen Nährwert hätten. Ich gab daher meine Träume von dem Babylonischen Turm der Unsterblichkeit auf, der im Gegensatz zu dem der Bibel nicht den Himmel durchstoßen, sondern die Unsterblichkeit auf der Erde finden sollte."

In demselben Werk beschäftigt sich Dali mit der Unsterblichkeit durch die Holographie.

„Als ich erfuhr, daß ein Atom einer holographischen Emulsion das vollständige dreidimensionale Bild enthält, rief ich auf der Stelle: ‚Ich will es essen!' Das hat alle anderen noch mehr erstaunt als sonst, vor allem meinen Freund, den Professor Dennis Gabor, der 1971 den Nobelpreis für Physik erhielt. Ich konnte aber auf diese Weise zumindest im Bild einen meiner liebsten Wünsche verwirklichen: das angebetete Wesen Gala essen, in mich, in meinen Organismus, Atome aufzunehmen, die holographische lächelnde Galas, am Kap Creus schwimmende Galas enthalten. Gala, Belka, das Eichhörnchen, diesen Spezialisten der Überwinterung. (Belka ist das russische Wort für Eichhörnchen.) Das Rezept für die holographische Unsterblichkeit:
Man nehme mit einem Glas Wasser von Solarès holographische Information, die imstande ist, Bilder hervorzubringen, welche ein Maximum an glücklicher Auferstehungsaugenblicklichkeit enthalten. Zu der ‚Beständigkeit des

Gedächtnisses“ (so lautet der Titel, den ich schon 1930 meinen berühmten weichen Uhren gab) wird die freiwillige Programmierung der Begierde treten: Das Bild eines erwachenden, wollüstigen Eichhörnchens kann den Menschen unsterblich machen.“

„Im Jahre 1948 beschrieb der englische Physiker Dennis Gabor vom Imperial College of Science and Technology in London das Prinzip der Holographie (aus dem Griechischen – ‚alles schreiben‘), das auf der Rekonstruktion des Lichtwellenfeldes beruht und sich die Eigenschaften des Lasers zunutze machte. Die Holographie ist eine Fotografie ohne Linse und gestattet die Wiederherstellung des vollständigen dreidimensionalen Bildes.
Entsprechend der Leibnitzschen Monadologie braucht das Auge nur ein Fragment eines Hologramms, um sich das Bild zu ergänzen, das durch das ganze Hologramm dargestellt wird, da jeder Punkt des Hologramms die Informationen einfängt, die ihm durch Lichtbrechung von allen anderen Punkten des Objekts zugehen.
Abgesehen von ihren Nutzanwendungen in der Interferometrie, Spektroskopie, Mikroskopie und Akustik, ist die Holographie, die von Dali bereits in der Malerei angewandt wird, der Schlüssel zur Beständigkeit des Gedächtnisses und seiner Unsterblichkeit, da 1,2 cm Emulsion imstande sind, hundert Millionen elementare Informationen oder Bits zu speichern.“

Daten, Fakten, Werke

1904 – Am 11. Mai um 8 Uhr 45 morgens wird in der Monturiolstraße Nr. 20 in Figueras (Provinz Gerona, Katalonien) Salvador Domenech Felipe Jacinto Dali als Sohn des Salvador Dali y Cuzi, Notar, und der Felipa Domenech geboren.

1911 – Aufnahme in die Gemeindeschule.

1913 – Unterricht bei den Schulbrüdern.

1914 – Erste Malerei. Selbstporträt „L' Enfant malade". Erholungsaufenthalt bei den Pitchots, Freunden der Familie Dali. Salvador wird von den impressionistischen Bildern Ramón Pitchots stark beeindruckt. Mit zehn Jahren tritt er in das Maristenkolleg von Figueras ein.

1916 – Dali nimmt Zeichenunterricht bei Professor Juan Nuñez, den er verehrt.

1918, 1919 – Dalis Malerei scheint von Modesto Urgel, Ramón Pitchot, Mariano Fortuny und einigen realistischen Malern des 19. Jahrhunderts beeinflußt zu sein. Er fühlt sich vom Impressionismus und Pointillismus angezogen. Er klebt Steine in seine Bilder, um Tiefe und Licht wiederzugeben, liest die Zeitschrift „L' Esprit nouveau" und entdeckt den Kubismus und Juan Gris. Zusammen mit dreißig Künstlern aus seiner Heimat stellt er im Theater von Figueras zwei Bilder aus und wird von den Kritikern bemerkt. Er entwirft ein Plakat für das Fest der Stadt Figueras.

1919 – Von Januar bis Juni gibt er zusammen mit einigen Kameraden die Zeitschrift „Studium" heraus, in der er über die großen Meister der Malerei schreibt. Er beginnt mit Wasserfarben zu malen. Er beteiligt sich an der Agitation der Studenten, wird verhaftet und 24 Stunden festgehalten.

1920 – Seine Malerei scheint dem Einfluß der italienischen Futuristen zu unterliegen.

1921/22 – Dali besucht das Institut San Fernando für Malerei, Bildhauerei und Zeichenkunst in Madrid und lernt Federico Garcia Lorca und Luis Buñuel kennen. Er gibt sein mönchisches, arbeitsames Leben, in dem er als „Künstler" gekleidet auftritt, auf und macht sich Kleidung und Lebensweise eines „Dandys" zu eigen. Er malt nach klassischer Manier: „Portrait de sa tante", „L'Allée du Verger à Cadaqués", „Autoportrait de l'artiste à son chevalet", „Autoportrait avec le cou de Raphael, une cruche".

1922 – Im Okrober zeigt Dali im Rahmen einer Ausstellung von Schülern der Kunstakademie acht Gemälde in der Galerie Dalmau in Barcelona.

1923 – Dali wird beeinflußt von der metaphysischen Schule der italienischen Malerei: Giorgio de Chirico und Carlo Carrà. Ausschluß aus dem Institut San Fernando für die Dauer eines Jahres wegen Aufwiegelung der Studenten nach Protesten gegen die Ernennung eines Professors. Vier Wochen Haft als politische Vorsichtsmaßnahme im Gefängnis von Figueras.

1924 – Illustrationen zu „Les Bruixes de Ilers" von Fages de Clement. Dali verbringt seine Ferien mit Garcia Lorca in Cadaqués.

1925 – Rückkehr ans Institut San Fernando. Vom 14. bis 17. November erste Alleinausstellung in der Galerie Dalmau (17 Gemälde und 5 Zeichnungen). Porträts seines Vaters und seiner Schwester, Landschaften von Cadaqués. (Im Ausstellungskatalog zitiert er Ingres' Ausspruch: „Die Zeichnung ist die Rechtschaffenheit der Kunst.") Von Dezember 1925 bis Februar 1929 ständige und vielbeachtete Mitarbeit an der „Gaceta de los artes" in Barcelona. Kubistische Experimente. Er malt: „L'Arlequin", „Petite Bouteille de Rhum", „Femme couchée", „Vénus et le Marin".

1926/27 – Trotz ausgezeichneter Noten endgültiger Ausschluß aus dem Institut San Fernando laut königlichem Dekret vom 20. Oktober 1926 wegen ungebührlichen Betragens. Dali läßt sein Gepäck zurück, um ganz mit seiner jungen Vergangenheit zu brechen. Vom 31. Dezember 1926 bis 14. Januar 1927 zweite Ausstellung in der Galierie Dalmau (20 Gemälde und 7 Zeichnungen).

1926–29 – Mitarbeit an der „Gaceta de Sitges". Er malt ein „Mädchen von El Ampurdan" mit kräftigen Gesäßbacken, das er später nach Paris mitnimmt, um es Picasso zu zeigen, und einen „Brotkorb", der bei Dalmau ausgestellt und für das Carnegie Institute in Pittsburgh ausgewählt wird.

1927 – Neun Monate Militärdienst als „Luxussoldat". Erste Reise nach Paris mit seiner Schwester und seiner Tante. Dali besucht Versailles und das Musée Grévin und trifft mit Picasso zusammen. Er malt „Arlequin", „Nature morte au clair de lune" und entwirft die Dekoration für Garcia Lorcas Drama „Mariana Pineda". Außerdem malt er „Le Sang plus doux que le miel", das erste surrealistische Gemälde, das von Garcia Lorca zunächst „Der Wald der Apparate" getauft wird.

1928 – Zweiter Aufenthalt in Paris. Er trifft Picasso und André Breton und wird von Miró den Surrealisten vorgestellt. Im März veröffentlicht er zusammen mit Sebastian Gasch und Lluis Montanya in Sitges (Spanien) das „Manifeste Croc". Vom 18. Oktober bis 9. Dezember werden auf der 27. Internationalen Ausstellung des Carnegie Instituts in Pittsburgh sein „Corbeille de pain", „Anna-Maria" (seine Schwester) und seine „Jeune fille assise" gezeigt, die ersten in den USA ausgestellten Bilder Dalis. Der „Corbeille de pain" wird vom Museum für Moderne Kunst der Stadt Pittsburgh erworben. Unter dem Einfluß Max Ernsts und Mirós macht Dali eine Reihe von Collagen mit Kieselsteinen. Gala Eluard, die Frau des Dichters Paul Eluard, kommt nach Cadaqués und trifft zum erstenmal mit Dali zusammen. Luis Buñuel schreibt mit ihm das Drehbuch zu „Un chien andalou", und Miró stellt ihn seinem Händler, Pierre Loeb, vor. Dali malt einige abstrakte Bilder, um Erfahrungen zu sammeln.

1929 – Vom 20. November bis 5. Dezember erste Ausstellung in Paris in der Galerie Goeman (elf Gemälde). Dali unterzeichnet seinen ersten Vertrag (über 3000 Francs) mit einem Händler. René Char, Gala und Paul Eluard und Nush halten sich in Cadaqués auf. Dali ist

von Gala fasziniert. Paul Eluard kehrt allein nach Paris zurück. Vom 1. Oktober bis 23. Dezember Vorführung des Films „Un chien andalou" im Studio 28 in Paris. Eine Sensation und ein Skandal.
Dali beginnt mit der Arbeit an „Grand Pouce-Oiseau pourri et Lune". Das Bild wird vom Salon d'Automne 1929 wegen „zweideutiger Anspielungen" zurückgewiesen und von Mr. und Mrs. Morse erworben, die die größte Dali-Sammlung der Welt besitzen. Er malt „Les premiers jours du printemps", eine erotische Vision des Dalischen Deliriums.
Die „Revista del Occidente" veröffentlicht Federico Garcia Lorcas „Ode an Salvador Dali".

1929/30 – Dali steht unter dem Einfluß des Jugenstils und des Archtikten Antony Gaudi. Er malt: „Commencement automatique d'un portrait de Gala", „L'Accomodement de désir", „Les Plaisirs illuminés", „Portrait de Paul Eluard" und „Le Grand masturbateur". Alle diese Bilder sind von seiner Liebe zu Gala inspiriert. Er hält sich mit Gala in Carry-le-Rouet an der Côte d'Azur auf, verkauft ein Bild für 29 000 Francs an den Vicomte de Noailles und kauft sein erstes Haus, eine vier mal vier Meter große Hütte in Port-Lligat. Er malt „Paysage de Port-Lligat".
Intensive Beschäftigung mit Physik, Biologie und Kybernetik. Aufenthalt in Torremolinos. Mit Buñuel Arbeit am Drehbuch zu einem zweiten, vom Vicomte de Noailles finanzierten, Film „L'Age d'Or."
Eugenio d'Ors veröffentlicht in der „Gaceta Literaria" einen Artikel über Dalis Leben in Paris, der dessen Vater erschüttert. Bruch zwischen Vater und Sohn.

1929–31 – Die Kritik stellt im Werk Dalis Einflüsse von den ersten Arbeiten Chiricos, von Max Ernst, Miró und Tanguy sowie von Arcimboldo und Bracelli fest.

1930 – Dali schreibt und illustriert „La Femme visible". Essays und Gedichte, „Le grand masturbateur", werden Gala gewidmet. Das Buch kündet die psychoanalytische und dialektische Methode der Paranoia-Kritik an. Dali schafft zwei Illustrationen zu „L'Immaculée Conception" von André Breton und Paul Eluard. In Paris wird vom 28. November bis 3. Dezember im Studio 28 der Film „L'Age d'Or" vorgeführt. Gewalttätige Demonstrationen des Bundes der Patrioten gegen den Film. Im Foyer des Studios 28 ausgestellte Bilder von Dali, Ernst, Man Ray, Miró und Tanguy werden von den Demonstranten zerstört. Der Präfekt untersagt die weitere Vorführung des Films.

1930–33 – Wichtige Beiträge zur Zeitschrift „Le Surréalisme au service de la Révolution". Dali meditiert über die Doppelbilder und die Tell-Sage. Er wird stark beeinflußt von Böcklins „Toteninsel" und Vermeers „Künstler im Atelier". Er tritt für Meissonier ein und bekämpft „die Niedertracht und das Elend der Abstraktion". Er schreibt „L'Amour et la Mémoire" (Editions Surréalistes) und malt ein Porträt Galas.

1930–38 – Dali illustriert bedeutende surrealistische Publikationen, unter anderem das Zweite Manifest des Surrealismus (1930), „Le Revolver à cheveux blancs" von André Breton (1932), „Grains et Issues" von Tristan Tzara und „Cour naturelle" von Paul Eluard (1938).

1931 – In Spanien übenehmen die Republikaner die Macht. Ausrufung der Katalanischen Republik. Aufstände. Dali malt: „L'Ombre de la nuits s'avance" und „Solitude". Beide Bilder sind von der Vorahnung des Bürgerkriegs inspiriert. Vom 16. November bis 10. Dezember werden acht Gemälde und zwei Zeichnungen im Rahmen der Ausstellung „der neue Superrealismus" im Wadsworth Atheneum, Hartford, Connecticut, gezeigt. Dali redigiert „L'Amour et la Mémoire" (Editions Surréalistes).

1932 – Dali schreibt „Babaou" (Editions des Cahiers Libres, Paris). Der Text enthält eine kritische Betrachtung über die Filmkunst und ein Essay über Wilhelm Tell. Im Januar stellt er in der Galerie Julien Lévi, Madison Avenue, New York, drei Gemälde aus, darunter „Persitance de la Mémoire", das vom Museum für Moderne Kunst erworben wird. Er malt: „Méditation sur la Harpe"; „Moi, á 10 ans, quand j'étais enfant-sauterelle"; „Bureaucrate moyen atmosphéricocéphale en train de peindre une harpe crânienne".

1933 – Vom 11. November bis 10. Dezember erste Alleinausstellung in New York in der Galerie Julien Lévi (26 Gemälde). Dali schreibt in „Le Minotaure" über den „Angelus" von Millet und verschiedene

Mißbildungen des Schädels und des Skeletts. Vom 8. bis 12. Dezember werden seine surrealistischen Werke zum erstenmal in Spanien ausgestellt, und zwar in der Galerie für Katalanische Kunst in Barcelona. Er hält einen Vortrag, der eine Schlägerei provoziert.
In Port-Lligat malt er: „Cardinal, cardinal! Sevrage du meuble-aliment"; „Le spectre du sex appeal"; „Le couple aux têtes pleines de nuages". Zu einem Vortrag nach Barcelona eingeladen, gerät er in den Tumult der katalanischen Erhebung. Mit Hilfe Galas und des Händlers Dalmau gelingt es ihm, die Grenze zu erreichen.

1934 – Vom 24. Oktober bis 10. November erste Ausstellung in London in der Galerie Zwemmer (16 Gemälde, 20 Zeichnungen, 17 Stiche). Ein Streit mit André Breton führt zu seiner Verurteilung durch die Surrealistische Bewegung. Auf eine Anregung Picassos hin illustriert er mit 42 Stichen „Les Chants de Maldoror" von Lautréamont (Skira).
Erste Reise nach New York. Dali schafft eine Reihe von der Stadt gewidmeten Illustrationen, die vom 24. Februar bis 5. Juli im „American Weekly" erscheinen. Er malt: „Violette impériale"; „Le moment sublime"; „Cheval aveugle mâchant un téléphone". Nach Port-Lligat zurückgekehrt, malt er: „Image médiumnique paranoïaque".

1934–36 – Wichtige Beiträge zu den „Cahiers d'Art", vor allem „Honneur à l'objet" (erscheinen in Vol. XI, No. 1 und 2, 1936).

1934–37 – Dali malt: „Les Figures Instantanées apparues sur la plage de Rosas." Er empfindet große Neugier für Lenin und ein neuerliches Interesse am „Angelus" von Millet.
Außerdem interessiert er sich für Hitler und das Telefon. „Paranoïa"; „Le Grand Paranoïaque".

1935 – Mit „La Conquête de l'Irrationnel" (Editions Surréalistes) definiert Dali die paranoia-kritische Betätigung als „spontane Methode der auf die kritisch-interpretative Assoziation des wahnhaften Phänomens gegründeten irrationalen Erkenntnis".

1936 – Nachricht vom Tode Garcia Lorcas. Er malt: „Le cabinet anthropomorphique"; „Banlieu de la ville paranoïa-critique"; „Après-midi sur la lisière de l'histoire européenne" und erfindet die

„Venus von Milo mit Schubladen". Zweite Reise in die Vereinigten Staaten, wo ihm das „Time Magazine" die Titelseite widmet. Dali dekoriert ein Schaufenster für Bonwit-Teller. Zu dieser Zeit erschüttert eine schwere psychische Krise seine Existenz. Reise nach Port-Lligat und nach Österreich.

1937 – Die Deutschen bombardieren Almeria. Picasso malt „Guernica", Dali „Le sommeil". Er veröffentlicht „La Métamorphose de Narcisse" (Editions Surréalistes) und ein paranoisches Poem, das sein Doppelbild-Gemälde mit demselben Titel illustriert.

1937–39 – Drei Reisen nach Italien, Aufenthalt bei dem Dichter F. W. James und bei Lord Berners in Rom, dann in Florenz, wo er Palladio studiert. Dali wird stark von den Malern der Renaissance und des Barocks beeinflußt. Er malt: „Le corridor de Palladio"; „Souvenirs d'Afrique"; „L'Enigme sans fin"; „La plage enchantée avec trois grâces fluides"; „Gala Gravida". Dali trifft in London mit Sigmund Freud zusammen, dem er von Stefan Zweig vorgestellt wird. Er zeichnet das Porträt des großen Psychoanalytikers auf Löschpapier.

1939 – Dritte Reise in die USA. Dali wird international berühmt, als er durch die Schaufensterscheibe Bonwit-Tellers schritt, um gegen die an seiner Komposition vorgenommenen Änderungen zu prostestieren. Er veröffentlicht die „Unabhängigkeitserklärung der Imagination und der Rechte des Menschen auf seine eigene Verrücktheit". Mit dieser Broschüre rechtfertigt er, daß er in „La rêve de Vénus", einer surrealistischen Dekoration für die New Yorker Messe des Jahres 1939, einen Fischkopf auf den Torso Botticellis gesetzt hatte. An der Metropolitan Opera wird das Ballett „Bacchanale" mit den Dekorationen und Kostümen aufgeführt, die Dali für das Ballett von Monte Carlo entworfen hatte.

1939 – Hitler marschiert in Polen ein. Dali übersiedelt nach Arcachon. Er trifft dort mit Marcel Duchamp und Coco Chanel zusammen.

1940 – Bei der Besetzung Frankreichs durch deutsche Truppen geht Dali zunächst nach Spanien, wo er seinen Vater wiedersieht, dann nach Lissabon, von wo aus er auf der „Exemption" in die USA fährt.

Er bleibt dort bis 1948. Zunächst Gast Caresse Crosbys in Hampton Manor, richtet er später ein Atelier in Pebble Beach, Kalifornien, ein. Er beginnt „La Résurrection de la Chair“ zu malen, für dessen Beendigung er fünf Jahre braucht, und malt das „Autoportrait mou avec du bacon grillé“, das seinen neuen amerikanischen Lebensstil darstellt.

1941–42 – Von November bis Januar erste große Retrospektive im Museum of Modern Art in New York (43 Gemälde und 17 Zeichnungen). Von Februar 1942 bis Mai 1943 wird diese Ausstellung in acht großen amerikanischen Städten gezeigt. Dali entwirft die Dekoration für mehrere Ballette: „Labyrinthe“ (1941), „Le café de Chinitas“ (1944), „Colloque sentimental“ (1944) und „Tristan fou“ (1944).

1942 – Er schreibt seine Autobiographie, „La Vie Secrète de Salvador Dali“ (The Dial Press).

1943 – Vom 14. April bis 5. Mai Ausstellung von 29 Werken bei Knoedler in New York. Dali beendet die Entwürfe zu drei Fresken für die New Yorker Wohnung Helena Rubinsteins (der Fürstin Gourielli).

1944 – Er veröffentlicht seinen Roman „Les faces cachées“ (The Dial Press), und illustriert mehrere Bücher: „Mémoires fantastiques“ (1944), „Le labyrinthe“ von Maurice Sandoz (1945), „Macbeth“ (1946), die Essais von Michel de Montaigne (1947), „Wie es euch gefällt“ (1948) und die Autobiographie Benvenuto Cellinis (1948).

1946–1965 – Dali schafft vier Folgen von Illustrationen zu „Don Quijote“, die zwischen 1946 und 1965 erscheinen.

1948 – Er illustriert „Cinquante secrets du métier de magicien“. Dann malt er „Geopoliticus observant la naissance de l’Homme nouveau“, „Mélancholica Atomica“, „Nu de dos“ und „Galarina“.
Rückkehr nach Europa, zuerst nach Port-Lligat. Beginn der Studien für seine „klassische und religiöse Kunst“.

1948–49 – Erste religiöse Bilder. Zwei Fassungen der „Madone de Port-Lligat“, deren erste der Papst segnet.

1951 – Dali malt „Christ de saint Jean de la Croix“ (Museum Glasgow). Er veröffentlicht das „Manifeste Mystique“ (Editions Robert Godet).

1952 – Er beendet die 102 Illustrationen zu Dantes Göttlicher Komödie. Vorträge in sieben amerikanischen Staaten über „Die mystische und nukleare Kunst“. Er malt: „Léda Atomica“; „Dali à l'age de six ans quand il croyait être une jeune fille en train de soulever la peau de l'eau pour voir un chien dormir à l'ombre de la mer“; „Coupole formée par des brouttes contorsionnées“; „Tête raphaëlesque explosant“; „Galatea aux sphères“; „Assumpta corpuscularia lapislazulina“; „Poésie d'Amérique“. Er beginnt mit der Niederschrift eines Theaterstücks: „Le Délire érotique mystique“, und schreibt als Huldigung an den Marquis de Sade „Les cent vingt journées de Sodome du divin marquis à l'envers“.

1954 – Er veröffentlicht zusammen mit Philippe Halsmann „La Moustache de Dali“ (Simon Schuster) und malt „Corpus Hypercubicus“ (angekauft vom Metropolitan Museum, New York). Große Retrospektive in Rom (24 Ölgemälde, 17 Zeichnungen, 102 Aquarelle zur „Göttlichen Komödie“). Dali beginnt mit Robert Descharnes an einem Film zu arbeiten („Histoire prodigieuse de la dentellière et du rhinocéros“) und malt „Les deux adolescents“; „La jeune vierge autosodomisée par les cornes de sa propre chasteté“.

1955 – Ausstellung des von Chester Dale gestifteten „Abendmahls“ („La Cène“) in der National Gallery in Washington. Dali malt „La copie paranoïaque de la Dentellière de Vermeer de Delft“. Periode der „Spitzenklöpplerin“ Vermeers, des „Rhinozeros“ und des „Blumenkohls“. Vortrag Dalis an der Sorbonne.

1956 – Vom 1. Juli bis 10. September große Dali-Retrospektive in Knokke-le-Zoute (34 Ölgemälde, 48 Zeichnungen und Aquarelle). Veröffentlichung eines „Traktes über die moderne Kunst“: „Les Cocus du Vieil Art moderne“ (Fasquelle). Dali malt „Le Crâne de Zurbaran“; „Nature morte vivante“.

1957 – „Santiago El Grande“ wird in der Beaverbrook Art Gallery in New Brunswick, Kanada, ausgestellt.

1958 – Internationale Ausstellung in Brüssel, wo Dali „Saint Jacques de Compostelle“ und „Vierge sixtine“ zeigt. Er schafft in Orly eine Krippe nach dem Ohr Johannes' XXIII. Goldene Medaille der Stadt Paris. Dali erfindet das „Ovocipède“. Er zeichnet die Place des Vosges und die Place de la Concorde.

1959 – Er beendet „La Découverte de l'Amérique par Christophe Colomb“, sein erstes historisches Gemälde, das in New York in der Galerie Moderne Kunst und in der Huntington Hartford Collection ausgestellt und dann von der Sammlung Morse erworben wird.

1960 – Dali zeichnet „Le couronnement de Jean XXIII“; „La crucifixion angélique“; „Le concile oecuménique“; „Les disciples d'Emmaüs“. Er entwirft den Einband zur „Apocalypse selon saint Jean“, die das teuerste Buch der Welt wird.

1961 – Dekorationen und Kostüme für das „Palais de Gala“ und für einen Akt von Scarlattis Oper „Die spanische Dame und der römische Kavalier“, die in Venedig aufgeführt wurde.

1962 – Dali beendet ein großes Gemälde: „La bataille de Tétouan“ (Sammlung Huntington, Hartford, New York).

1963 – Dali malt das Bild „Galacidallahcidésoxyribo-nucléique“ und beendet „Le portrait de mon frère mort“. Er malt „Cinquante peintures abstraites par lesquelles à trois mètres on voit trois Lénines déguisés en Chinois, le tout formant la gueule d'un tigre royal“ und beendet „La mort de Raymond Lulle“. Er veröffentlicht „Le Mythe tragique de l'Angélus de Millet“ und die paranoia-kritische Interpretation. (Jean-Jacques Pauvert).

1964 – Im September-Oktober veranstaltet die japanische Zeitung „Mainichi“ eine große Dali-Retrospektive in Tokio. Veröffentlichung des „Journal d'un génie“ (Editions de la Table Ronde). André Bretons Anagramm auf seinen Namen – *avida Dollars* – paraphrasierend, malt er „L'Apothéose du dollar“.

1965 – Illustrationen für eine neue Bibelausgabe. Periode des „Bahnhofs von Perpigan". Er arbeitet über die „dreidimensionale Kunst" und schafft seine erste große Skulptur: „Buste de Dante". Dali meditiert über die Holographie und die Laserstrahlen.

1966 – Die New Yorker Gallery of Modern Art veranstaltet für Dali die größte Retrospektive, die ein lebender Künstler jemals hatte. Dali schafft eine Reihe von Pop-Objekten: „Esclave de Michel-Ange", „Lilith", „Smoking aphrodisiaque", „Première machine pensante". Veröffentlichung der „Entretiens de Salvador Dali avec Alain Bosquet" (Editions Pierre Belfond). Er schreibt einen „Offener Brief an Salvador Dali" (Editions Albin Michel).

1967 – Dali beendet das große Gemälde „La pêche au thon". Er illustriert Guillaume Apollinaires „Poèmes Secrets"; „Alyah"; „Poème de Mao Tsétoung"; „Huit péchés capitaux". Bei Rizzoli erscheint die von Dali illustrierte Bibel.

1968 – Veröffentlichung des Dali von Draeger. Dali illustriert Pierre de Ronsard und drei unveröffentlichte Stücke des Marquis de Sade. Louis Pauwels veröffentlicht die „Passions selon Dali" (Denoël).

1969 – Dali illustriert die „Métamorphoses érotiques"; „Faust"; „Tristan und Isolde" und „Carmen". Er malt „Le toréador hallucinogène".

1970 – Eröffnung der Arbeiten am Dali-Museum in Figueras. Dali veröffentlicht „Dali, par Dali" (Draeger). Bedeutende Retrospektive mit den Werken der Sammlung Edward W. James im Museum Boymans, Rotterdam.

1971 – Eröffnung des „Dali-Museums" in Cleveland (Beachwood), Ohio, am 7. März. Retrospektive in der Städtischen Kunsthalle Baden-Baden. Veröffentlichung einer Sammlung sämtlicher Schriften Dalis unter dem Titel „Qui, Dali" (Denoël). Dali illustriert das letzte Werk von André Malraux: „Roi, je t'attends à Babylone" (Skira). Dali beendet das zweite große Feld der Decke des Museums von Figueras. Ausstellung von Stichen – „Hommage à Dürer" – in der

Galerie Vision Nouvelle, Paris. Dali beendet die Deckenmalerei in Galas Schloß.

1972 – Erste Ausstellung von dreidimensionelen Ölgemälden und Hologrammen in der Galerie Knoedler, New York. Dali schafft für Lincoln Mint die Skulptur „L'assiette de Pâques". Er wählt im Prado die Werke für die einstweilige Eröffnung des Dali-Museums in Figueras aus. Dali widmet sich der Gravur.

1973 – Er schreibt und illustriert sein erstes „livre-objekt": „Dix recettes d'immortalité" (Audouin-Descharnes).

SONNET A LA COMMODE DE MALLARME

Le regard de Gala, ~~odeur~~ d'hectolitre or
~~Sonor~~e de tasses appuyées demi portugaises
Blanche péninsule où garder mon ~~pâle~~ trésor
Une patrie ! Que rien à moitié me ~~déplaise~~.

Espagne et Portugal, sang ~~du~~ jour ibérique
~~Torrent~~ triomphal du destin impérial : Rome
~~Cent~~ Maos Graals, Cadaquès, Vélasquez l'~~unique~~
~~Dans l'or blanc liquide, hectolitre tassé~~, l'homme.

Depuis ~~des~~ millions d'ans, la gare de Perpignan
~~Appuie~~, protège, le tassé ~~génie~~ de Séville
En le garant de la dérive du continent.

Trajan Ta ! Ta ! Ta ! Ta ! Qu'à Rome empereur brille !
Codifiant, les guerres de Vénus à la commode,
Mous tiroirs au crépuscule, absolu, aube, ode.

SALVADOR DALI DOMENECH FHELIPHE
I HYACINTHO DE FIGUERAS

Membre de l'Académie royale de San Fernando.

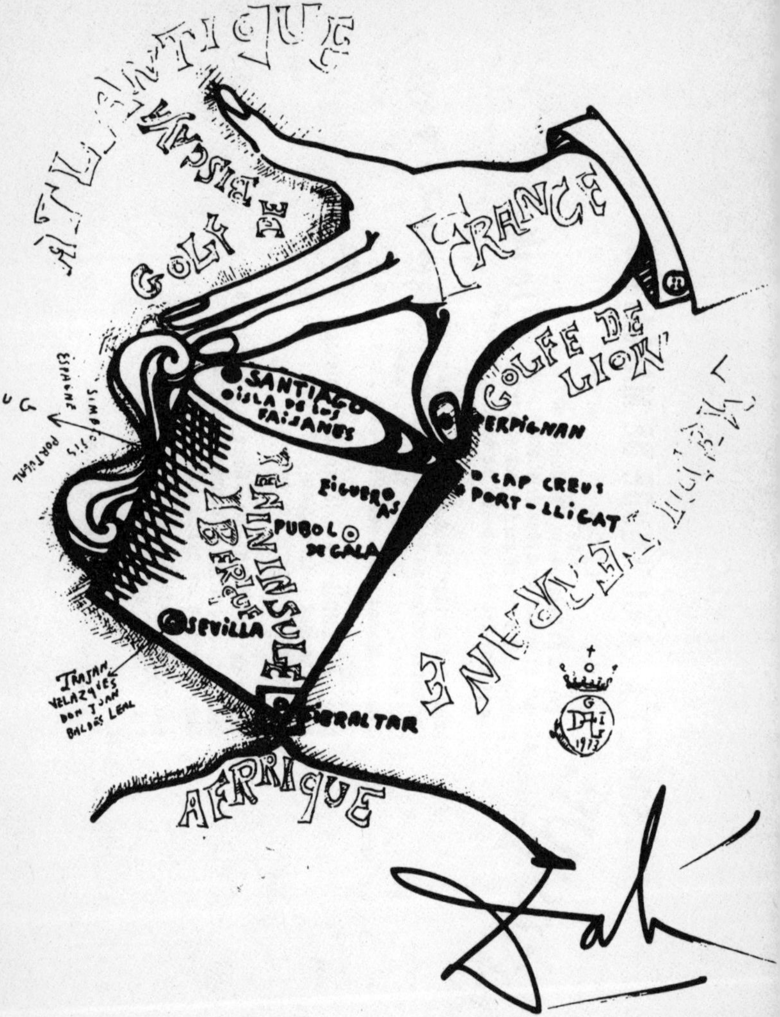
ATLANTIQUE
GOLFE DE BISCAYE
FRANCE
GOLFE DE LION
SANTIAGO
ISLA DE LOS FAISANES
PERPIGNAN
CAP CREUS
PORT-LLIGAT
FIGUERAS
PUBOL DE GALA
SEVILLA
JOUG
ESPAGNE
PORTUGAL
TRAJAN
VELAZQUES
DON JUAN
BALDES LEAL
AFRIQUE
Dalí